Knaur

Über den Autor:

Jockel Tschiersch, geboren 1957, studierte vier Semester Soziologie und Philosophie, brach ab und nahm Schauspielunterricht. Mit Ottfried Fischer gründete er das Kabarettduo »Tschiersch & Fischer«, das mit dem Salzburger Stier und dem Deutschen Kleinkunstpreis ausgezeichnet wurde. Zahlreiche Rollen für Kino (u. a. *Daheim sterben d' Leut*, *After the Truth*, *Das Jahr der ersten Küsse*), Theater (u. a. im Frankfurter TaT, Renaissance-Theater Berlin, Kölner Schauspiel, Thalia-Theater und Kampnagel-Fabrik Hamburg) und Fernsehen (u. a. als Assistent Kubick in der Serie *Rosa Roth* neben Iris Berben, *Tatort*); fortlaufend Gastspiele mit eigenem Programm, z. B. in der Berliner Bar jeder Vernunft, Spiegelzelt München, Theaterspektakel Zürich u. v. a. m. Jockel Tschiersch lebt in Berlin und Wustrow/Ostsee. *Gratsch* ist sein erster Roman.

Jockel Tschiersch

Gratsch

Roman

Knaur

Besuchen Sie uns im Internet:
www.knaur-taschenbuch.de

Originalausgabe 2003

Redaktion: Regine Weisbrod
Umschlaggestaltung: ZERO Werbeagentur, München
Umschlagabbildung: Matthias Fischer / M8, Berlin; Anja Bölck
Satz: Ventura Publisher im Verlag
Druck und Bindung: Clausen & Bosse, Leck
Printed in Germany
ISBN 3-426-62261-0

2 4 5 3 1

Für Anja

1

Einer roch es immer als Erster. Und bald zog durch die ganze Stadt, so penetrant, wie siebzehn hektisch zusammengematschte Bioschweinebuletten für die Kita *Chaos-Kids* eine Berliner Altbauwohnung verpesten: ein im Keimen begriffenes Gerücht in der Berliner Film- und Fernsehbranche. Hervorgekrochen aus Urinalen vermengte es sich mit dem Berliner Januardunst, zog über den Potsdamer Platz und durch die gestylten Büros in den Protzbauten, wo längst der alljährliche Kampf um die Ausweise für die Berlinale im Februar begonnen hatte, ein Kampf, der mit harten Bandagen geführt wurde. Schließlich war die Berlinale der eigentliche Berliner Karneval, wo sich biedere Leute als Very Important Producers verkleideten oder sich frech als erfolgreiche Schauspieler ausgaben, eine Woche lang beliebigen Opfern die Ohren über angebliche Projekte vollschwafelten und so schamlos logen, dass sich selbst morsche Balken bogen. Um schließlich alle, nachdem fertiggelogen und -geschwafelt war, am Aschermittwoch zurück nach Hause zu fahren und wieder einzutauchen in den Brei aus Langeweile, Uninspiriertheit, Verklemmtheit und gewollter Komik, aus dem nun leider der deutsche Film gemeinhin zu bestehen schien, von ein paar Ausrutschern einmal abgesehen. Bis zur nächsten Berlinale würde nun gejammert werden, dass man den Silbernen Bären wieder nicht bekommen hat, ohne sich die Frage nach dem Warum auch nur pro forma mal gestellt zu haben.

Es wehte hinüber zum Hackeschen Markt, wo sie alle saßen, die Wichtigen und die Wenigerwichtigen, die nur eins im Sinn hatten: irgendwann einmal weniger wenigerwichtig zu sein. Von da aus kroch es hinauf zum Prenzlauer Berg, in die kleinen sanierten Altbauwohnungen, in denen noch mancher vom Theater träumte und der großen Chance, in einer Off-Bühne entdeckt zu werden und gar ins große Geschäft einzusteigen, und man konnte es sogar schon bis ins verpupste Charlottenburg schmecken, am Savignyplatz, dort wo die Übriggebliebenen saßen, die vom Trend Verlassenen. Die, die abends im *Zwiebelfisch* oder im *Florian* jammerten, dass alles Leben an ihnen vorbeigezogen war, was ja tatsächlich stimmte.

Von Babelsberg aus war es losgezogen, von den mit Subventionsgeldern haltlos aufgeplusterten ehemaligen DEFA-Studios, die sich nun großkotzig Medienstadt nannten und vollgepfercht waren mit all den hoffenden Seelchen, die vom großen Kino träumten: vom Hollywuttl zwischen Griebnitz- und Schwielowsee. Und alle, die im Frühstadium davon Wind bekommen hatten, versuchten natürlich klarzustellen, dass es ohne sie gar nicht ginge bei der Sache. Und wenn es sich dann herumgesprochen hatte, war es meist vorbei mit der Heimlichkeit, die Messer wurden ausgepackt, und das anfängliche sachte Fühlerausstrecken mutierte hurtig zur blanken Hysterie der nackten Klingen.

Schon öfter hatten große Hollywood-Produktionen kundgetan, in Berlin einen Film drehen zu wollen, wie immer sollte es auch diesmal ein ganz großer Film sein, wenn nicht der größte überhaupt. Und kundzutun hieß, dass irgendwer in irgendeinem Café fallen ließ, er hätte gehört, der Hollywood-Regisseur Soundso wolle angeblich ›im Juli was in Berlin machen‹. Schon gingen Recherchen los, deren Qualität und Ehrgeiz sowohl Kripobeamte als auch *Focus*-Reporter vor Neid hätten erblassen lassen müssen. Prompt hatte alles, was in der Berliner Filmbranche herumkrebste, beschlossen, dabei zu sein, vom Beleuchter bis zum Produktionsleiter, von der Kostümbildnerin bis hin zur kleinen Materialassistentin oder Hemdenbüglerin. Alles Streben galt dem Dabeisein, wenn der Berg zum Propheten kam, wenn Hollywood herüberschwappte an die brackige Spree.

Kommunikation sei der Nervenstrang des Sieges, so hatte es bei der Nationalen Volksarmee geheißen, und das galt sinngemäß auch in der freiheitlichen Schlacht ums Dabeisein. Die Information, vor allem die schnelle Information, konnte entscheidend sein über Sieg oder Niederlage. Naturgemäß war die Hysterie unter den Schauspielern am größten, die hatten sie ja schließlich erfunden oder zumindest gepachtet. Demobänder wurden neu geschnitten und ohne Rücksicht auf Nachfrage verteilt, desgleichen Porträtfotos ungefragt flächendeckend gestreut. Überhaupt gab es eine Hochkonjunktur schamlos inszenierter zufälliger Begegnungen. Da musste man schon mal beim netten Gespräch mit dem lieben Kollegen die eine oder andere Information abgreifen, um dann genau diesem Kollegen zuvorzukommen, vielleicht irgendwo schon eine erste Fassung des Drehbuchs zu ergattern, damit man sich für eine Rolle systematisch interessant machen konnte. Da ging auch mal schnell eine alte Freundschaft in die Brüche, wenn man den vermeintlichen Freund ins mutmaßliche Produktionsbüro hineingehen sah, just in dem Moment, als man selber dort hineinwollte und sich als den Ersten wähnte.

Es boten sich an allen Ecken Coaches an, die mit den Schauspielern trainierten, wie man sich im Casting gewinnträchtig zu benehmen hat, oder den weniger Erfolgsträchtigen versprachen, sie wenigstens so weit aufzupäppeln, dass die es zumindest bis in die Nähe eines Castings schafften. Derartige Coaches waren zu diesen Zeiten hoch im Kurs, und es gab böse Zungen, die behaupteten, solche Amifilm-Gerüchte würden von den Coaches selbst in die Welt gesetzt, um ihrem Geschäft eine konjunkturbelebende Vitaminspritze zu versetzen.

Doch diesmal war es mehr als ein Gerücht. Es gab berechtigten Grund zur Annahme, dass der berühmte Hollywood-Regisseur Greg McBain in Berlin drehen wollte, im Sommer. Und natürlich sollte es eine aufwändige Produktion sein, ein Mammutschinken sozusagen, bei dem man auch Leute aus Berlin dabeihaben wollte. Jeder sprach von ihm, von Greg McBain, vom großen Greg McBain. Schnell wurde er auch einfach GMB genannt, ausgesprochen Dschie-Em-Bieh, und beiläufig fallen gelassen die Bemerkung, man sei da bei der Sache mit Dschie-Em-Bieh wohl dabei. Ebenso schnell waren in den Videotheken die Kassetten seiner paar belanglosen Filmchen vergriffen. Man wollte natürlich, falls man je an ihn herankam, mit Dschie-Em-Bieh über seine Arbeit reden können, um dann wie nebenbei einfließen zu lassen, die Szene in ›Funny Bunny‹, einer Videospielverfilmung, in der der harte Checker zu dem Geiselmäuschen sagt: »Sie haben so wahnsinnig schöne Augen, Miss«, die Szene also sei so wahnsinnig schön gewesen, das sei einer der größten Momente gewesen, die man je im Kino erlebt habe, und das habe man ihm, Dschie-Em-Bieh, schon lange mal sagen wollen und dergleichen anbiedernder Mist mehr. Kurse in ›American English for Actors‹ wurden plötzlich allbezirklich angeboten, waren schnell ausgebucht, und die Preise schnellten auf das Doppelte hoch. Wie Pilze schossen Amerikaner aus dem Boden, die schon oft mit Dschie-Em-Bieh gearbeitet hatten und bereit waren, gegen einen kleinen Obolus diese Erfahrungen weiterzugeben. Und die wussten dann auch, auf was Dschie-Em-Bieh stand, und bald wusste es ganz Berlin, wahrscheinlich besser als er selbst.

Hysterieverschärfend kam hinzu, dass Dschie-Em-Bieh angeblich vorhatte, einen Film über einen deutschen Stoff zu drehen. Einen historischen deutschen Stoff noch dazu, einen Stoff, auf dessen Verfilmung die ganze westliche Welt seit Jahren sehnlichst gewartet hatte: die Lebensgeschichte des deutschen Jagdfliegers Ernst Udet. Der Mann, der sich Meriten verdient hatte im Ersten Weltkrieg und dann unter den Nazis ein bissel

Pech hatte, tendenziell organisatorisch, wie man heute sagen würde. Und diesen Ernst Udet, den wollte Dschie-Em-Bieh wieder auferstehen lassen, ihn als Held im Film zunächst wieder leben und dann noch einmal sterben lassen. Eine mutige Idee, ein gewagtes Projekt, fürwahr.

Und natürlich gab es da jede Menge Rollen drin, alle mit deutschen Schauspielern zu besetzen, und das Filetstück war die Rolle des Ernst Udet selbst. Die Chancen standen so schlecht nicht, denn Tom Hanks war zu groß und zu fett, Manfred Krug und Armin Müller-Stahl definitiv zu alt. Und vor allem war Udet als Charakterrolle angedacht, der hatte sich ja umgebracht, nachdem er die Luftwaffe in den Sand gesetzt hatte, da gab es schon was zu spielen, schauspielerischer Lorbeer lag zentnerweise in der Luft, zum Abgreifen bereit. Und auch politisch wäre da vielleicht etwas zu bewegen, indem man durch die an die Nieren gehende Darstellung des ehemaligen Nazi-Fliegerasses den rechten Schlägern den Wind aus den Segeln würde nehmen können, eventuell, oder so. Und da Udet auch Karikaturen gezeichnet hatte und ein ziemlich schamloser Weiberheld gewesen sein soll, der so gut wie jede Braut in seinen Flamingo-Doppeldecker gezerrt hatte, um sie nach dem Ausrollen in der von Reinhard Mey Jahrzehnte später zu beträllernden Luftaufsichtsbaracke durchzupimpern, das alles schürte natürlich auch die darstellerischen Hoffnungen der weiblichen Berliner Nachwuchsgören bis zur Gluthitze.

Also befand die ganze Stadt sich in Hysterie, der Kampf um die Berlinale-Karten war noch heftiger ausgetragen worden als sonst, und alles harrte der wunderbaren Dinge, die der große Greg McBain im Sommer über die Stadt bringen würde. Er sollte nur kommen, dieser Dschie-Em-Bieh, und das Land am Schopf seiner Metropole wieder ein Stückchen herauszerren aus dem Sumpf der Bedeutungslosigkeit im internationalen Film. Und wenn Berlin tausendmal nach Kita-Buletten stank, vielleicht konnte Dschie-Em-Bieh die Deutschen wieder ein Quäntchen wichtiger machen in der Welt, und wenn er dazu den eingestaubten Udet noch mal abschießen müsste, über dem Himmel von Berlin.

2

Natascha schob den Gashebel voll bis zum Anschlag nach vorne, ließ die kleine Pitts etwas Speed aufbauen, hängte sie förmlich an die Latte und zog dann entschlossen am Höhensteuer, bis der Flieger senkrecht am Himmel stand. Natürlich musste Natascha mit dem linken Seitenruder den Torque-Effekt des Propellers ein wenig abstützen. Die 300 PS des Sechszylinder-Conti zerrten heftig an dem kleinen leichten Kunstflugdoppeldecker aus Sperrholz mit ein bisschen Stoff drum, da musste man es schon im Hintern haben, wie man die kleine Kiste gerade hielt. Die Pitts war ein quirliges Ding, aber fliegen konnte man mit ihr wie der Teufel, bei einer Rollrate von 400 Grad pro Sekunde um die Längsachse. Nun stand das kleine rote Flugzeug senkrecht am Himmel, scheinbar schwerelos verharrend in der Vertikalen. Natascha mochte diesen Moment, wenn das Flugzeug am Propeller hing, der Conti auf Vollgas plärrte und die Schwerkraft nach unten zerrte. Ganz zart kompensierte Natascha mit dem Seitenruder jeden Ansatz einer Drehbewegung, völlig senkrecht stand die Pitts da, wie angenagelt in der Luft. ›Irgendwann gewinnt immer die Schwerkraft‹, dachte Natascha, und sie liebte dieses Patt, wenn sich für einen kurzen Moment alle Kräfte aufhoben, wenn man bewegungslos und scheinbar schwerelos am Himmel hing: kein Fuß nach unten, kein Fuß nach oben. Ein kurzer Augenblick nur. Eine Sekunde wartete Natascha noch.

›Einen Furz lang‹, dachte sie, ›kann ich sie noch hängen lassen am Himmel, bevor sie mir nach hinten über den Schwanz abrutscht.‹ Sie nahm das Gas heraus bis zum Leerlauf, trat beherzt das rechte Seitenruder, zog das Höhenruder bis zum Anschlag durch, drückte, sowie sich ein Hauch von Reaktion zeigte, den Knüppel ganz kurz in die linke vordere Ecke – und schon drehte sich die brave Pitts ruckartig über die rechte Fläche, rollte längs auf den Rücken und stürzte in einer Steilspirale auf die nasse Startbahn zu. Natascha schob den Gashebel wieder bis zur Halblaststellung nach vorne, nahm mit dem Seitenruder die Drehbewegung heraus und jagte im perfekten Lot in Richtung Erdmittelpunkt, der gesteuerte senkrechte Sturzflug, der Speed schon weit im roten Bereich. Natascha schielte kurz nach unten, während die Pitts mit knapp 350 Stundenkilometer abwärts sauste, schneller als der beste Fahrstuhl von Schoppe/Keil oder Schindler, exakt 175 Knoten, und bei 180 Knötchen beginnt der Never-Exceed-Speed, die Geschwindigkeit, ab der es gefährlich wird, wo Tragflächen brechen, Spanndrähte reißen und Ruder aus der Verankerung fliegen würden – davon trennten sie noch ein paar Knoten.

Unten sah sie nicht viel. Nur wenige Menschen waren nach Fürstenwalde auf den Flugplatz gekommen an diesem regnerischen Sonntagnachmittag. Zwar war der Flugtag in der örtlichen Presse mit einer kleinen Meldung angekündigt worden, aber blöderweise wurde just heute am anderen Rand der Stadt ein Möbelhaus der Firma Höpfner eröffnet – Slogan: Höpfner öffnet immer öfter –, und so standen nur knapp hundert Leute an der nassen Startbahn des ehemaligen Militärflugplatzes. Das Flugfeld sah noch fast so aus wie vor zehn Jahren, als die Russen den Platz verlassen hatten. Die heldenhafte 16. Luftarmee war bis ’93 dort stationiert gewesen, genauer gesagt das Jagdfliegergeschwader *Juri Gagarin* mit seinem Kommodore Oberst Vassilij Gratsch, der längst abgeschoben worden war, auf eine verrottete Luftwaffenbasis irgendwo in der Ukraine. Jetzt war der Platz ein Eldorado für Segelflieger, die hier ihren Sommer verbrachten, in Wohnwagen hausten und sich in dem Container-Café am Rand der Landebahn verköstigten, wo ein ehemaliger Volkspolizist in drei alten Eisenpfannen wirklich schmackhaftes Essen zusammenbriet, deftig, bürgerlich und preiswert. Da unten hatte auch die *Come & Fly*-Flugschule ihre Basis für die Praxisausbildung, mitsamt ihrem Chef Victor A. Lehmann, diesem ehemaligen Ostzonen-Stasi-Wichtigtuer, wegen dem Natascha den ganzen Fürstenwalder Mist überhaupt am Hals hatte.

Die Zuschauer glotzten nur, die meisten hatten ja nicht den Hauch einer Ahnung, was Natascha ihnen, den Brandenburger Säuen, an fliegerischen Perlen da gerade zum sonntäglichen Fraß vorwarf. Und als Natascha die Gesichter da unten bereits deutlich erkennen konnte, die nassen klebrigen Haare unter den speckigen Mützen, all die geröteten Nasen von Märkisch-Oderland, da merkte Natascha mit einem Schlag, dass sie verdammt tief war, um nicht zu sagen, zu tief.

›Scheiße‹, schoss es ihr durchs Hirn, während das Adrenalin in voller Dröhnung die Venen entlanghämmerte. ›Fang ab, fang ab‹, murmelte Natascha selbstbeschwörend und zog den Knüppel voll durch, mit aller Kraft.

Auch Victor A. Lehmann von der *Come & Fly* war das Blut aus dem Gesicht gewichen, wenn auch nicht vom Lastvielfachen des Abfangbogens, so doch vom Anblick der Pitts im Sturzflug, viel zu knapp über der maroden Betonpiste. Lehmann stand kreidebleich an der kleinen Tribüne mit dem Sprecher, dem jetzt für einen Moment die Stimme weggeblieben war. Lehmann war wütend. Natascha machte nur Ärger in letzter Zeit, die würde sich irgendwann noch mal die Knochen brechen – womöglich noch vor Publikum, das fehlte gerade noch. Und, wenn er ehrlich war, hatte Lehmann auch ein ganz klein wenig Schiss um seinen schönen roten Flieger. Davor, dass ihm sein selbstimportiertes russisches Teufelsweib seine teure Airshow-Kiste zu Schrott flog, die er für die Werbung brauchte und die noch nicht mal ansatzweise abbezahlt war.

»Brich mir jetzt bloß nicht auseinander!«, rief Natascha beschwörend dem kleinen Flugzeug zu, während ihr das Blut aus dem Gesicht lief und sie die Pitts mit einem Lastvielfachen von 7 g knapp zwei Meter über der alten Betonpiste abfing, die bereits so marode war, dass man sie für Starts und Landungen schon lange nicht mehr benutzen konnte. Für einen deftigen Aufschlag jedoch hätte sie allemal noch Festigkeit genug gehabt. Aber die Pitts hielt der Belastung tapfer, wenn auch ächzend, stand.

›Tschjort poberi! Spalaja!‹, dachte Natascha bei sich, was auf Deutsch so viel heißt wie: ›Scheiße, verfluchte, ich hab gepennt.‹ Sie hatte wirklich einen Moment lang geschlafen, war mit den Gedanken sonst wo gewesen, bei Lehmann oder bei den Brandenburger Döffeln. So ein Patzer war ihr noch nie passiert. Sie hatte verdammtes Glück gehabt. Eine Sekunde später, und der Abfangbogen der Pitts wäre ein paar Meter unter der Betonpiste zu Ende gewesen, theoretisch. Primitivste Flugalgebra war das: mit 180 Knoten abwärts, das waren pro Sekunde ziemlich genau hundert Meter Richtung Erdmitte, und eine halbe Sekunde zu spät gezogen hieß dann folglich, der Kurvenbogen hin zur Waagrechten wäre fünfzig Meter unter der Erdoberfläche zum Abschluss gekommen, theoretisch. Praktisch endete so etwas dann immer genau auf Platzhöhe, Oberkante Beton, die Sperrholzsplitter verteilt im Umkreis von mindestens 500 Metern rund um den Aufschlagort. Sie war dem Fliegertod gerade noch mal von der Schippe gesprungen und hatte damit vielleicht den einen oder anderen Brandenburger Flugschaugast um ein insgeheim erhofftes Erlebnis gebracht, zum Glück.

Natascha hängte noch einen tiefen Überflug über den Platz dran, drehte die Pitts querab zu den wenigen Zuschauern auf den

Rücken und winkte mit einem Taschentuch den paar Brandenburgern zu, die sich im leichten Sprühregen langsam trollten. Die scheppernde Stimme des Sprechers bekam Natascha natürlich nicht mit, der vom Publikum den Applaus für ihre bravouröse Flugvorführung einforderte. Viel Beifall kam nicht, all die lokalen Stimmungskanonen waren wahrscheinlich bei Möbel-Höpfner und soffen sich dortselbst an der kostenlosen Eröffnungsbowle blöd.

Natascha rollte mit der Pitts zur Halle und stellte den Motor ab. Sofort kam Lehmann herbeigesprungen in seiner blauen Fliegeruniform, die aussah, als hätte er sie einem Lufthansakapitän geklaut und die Abzeichen heimlich mit der Schere abgetrennt. An der Brust trug er ein Namensschild, das ihn als Victor A. Lehmann auswies und hinter dem Namen noch die Bezeichnung CFI-ME folgen ließ. Lehmann trug das Blauzeug nicht nur zu offiziellen Anlässen wie diesem hochtrabend Flugtag genannten Schmalspurevent, sondern schlichtweg immer. Nachts schlüpfte er in einen ebenfalls blauen Pyjama, den aber ebenfalls die blauweiße Schwinge der Pilotenzunft zierte, wenn auch nur am Kragen und in einer stark verkleinerten Ausgabe.

Lehmann war einer derer, von denen jeder glaubte oder zumindest glauben sollte, sie seien erfolgreich und hätten Geld. Geld hatte Lehmann keins, das steckte in der Pitts und in der Flugschule, und die Rentabilität der Schule hielt sich in sehr überschaubaren Grenzen. Lehmann war bis zum Mauerfall Segel- und Motorfluglehrer bei der Gesellschaft für Sport und Technik gewesen und hatte sich nach der Wende durch geschickte Kreditaufnahme und hinterlistiges Bescheißen von Kollegen einen guten Start ins westliche Finanzleben verschafft. Sein einstiger Genosse und Fliegerkumpel Podbielski, der mit Lehmann gleich '90 die Spreewaldflug GmbH gegründet und sein geerbtes Haus im sächsischen Oschatz als Sicherheit mit eingebracht hatte, saß jetzt in der Flugaufsichtsbaracke am kleinen Flugplatz in

Oschatz und versuchte bei 1500 Euro brutto im Monat die knapp 100 000 Euro Schulden abzuzahlen, die ihm die kurze geschäftliche Spreewaldflug-Liaison mit Lehmann eingebrockt hatte. Dass Lehmann sich das Geld unter den Nagel gerissen hatte, konnte er allerdings nicht beweisen, denn Podbielski konnte nur fliegen, von kapitalistischen Finanzmachenschaften hatte der dicke Sachse keine Ahnung, bis heute nicht. Lehmann war dann mit dem Geld aus dem Konkurs gleich für zwei Jahre in die Staaten gegangen, wo er das Zertifikat CFI-ME erwarb, was für ›Certified Flight Instructor – Multi-Engine‹ stand und vor allem gut klang. Bei einem Geschäftsflug nach Petersburg hatte er Natascha kennen gelernt, die dort als junge Agrarpilotin gearbeitet hatte und nichts wollte als rauskommen aus der russischen Enge und Armut. Also hatte sie Lehmann geheiratet, der bei Frauen weniger Glück hatte als bei seinen dubiosen Finanzgeschäften, und war mit ihm nach Fürstenwalde gegangen, wo sie für ihn tagsüber als Fluglehrerin und nachts als Ehefrau tätig zu sein hatte. Und nachdem das alles unter Dach und Fach gebracht war, hatte sich Lehmann die blauen Anzüge machen lassen, vom Rest des Geldes, das nach Anschaffung der Pitts von Podbielskis Oschatzer Erbmasse übriggeblieben war.

Natascha war noch nicht aus der Pitts herausgeklettert, da ging Lehmann schon auf sie los: »Bist du jetzt komplett wahnsinnig geworden?!«

»Lass mich in Ruhe, Lehmann.«

Natascha streifte sich die alte braune Lederkappe vom Kopf, die sie aus Petersburg mitgebracht hatte und unter der man die Kopfhörer tragen konnte, ohne dass sie verrutschten, nicht einmal bei der wildesten Herumturnerei.

»Wenn du noch einmal so eine Scheiße zusammenfliegst, dann hast du das letzte Mal in der Pitts gesessen!«

»Sei froh, dass ich hier für dich fliege. Du kriegst eine Flugshow ja nicht mal am Boden richtig organisiert.«

»Was kann denn ich dafür, dass dieser Scheiß-Möbel-Höpfner ausgerechnet heute …«

»Ach Lehmann, bei dir sind immer die anderen schuld.«

»Und wenn schon! Noch lange kein Grund, so mit der Pitts umzugehen! Das ist immer noch mein Flugzeug! Verstehst du: mein Flugzeug!«

»Dein Flugzeug, ja? Zusammengeschnorrt bei der Bank und deine alten Kumpel beschissen dafür …«

Lehmann musste seinen aufkommenden Zorn jetzt aktiv unterdrücken, um durch sein Gebrüll nicht noch die letzten paar Zuschauer vom Nachhausegehen abzuhalten.

»Das geht dich gar nichts an, also halt dich da raus. Sei doch lieber froh und dankbar für das, was du hier alles hast …«

»Ja? Was hab ich hier denn alles?«

Irgendwas stimmte nicht in letzter Zeit, irgendetwas lief da signifikant aus dem Ruder mit ihnen beiden. Im Bett war es, das musste Lehmann zugeben, etwas ruhiger geworden zwischen ihm und Natascha, was sicher auch zum Teil an ihm lag. Er hatte heftige Probleme mit der Bank, und wenn einem die Kredite zu platzen drohen, dann vögelt sich's eben nicht so leichtfüßig. Aber das würde sich schon wieder einrenken. Lehmann hatte da gar keine Zweifel. Es war eben, wie wenn man durch schlechtes Wetter fliegt. Da muss man a) die Nerven behalten und b) die Flughöhe und c) einfach durchmarschieren durch den Mist. Genauso war's mit den Frauen: Nerven bewahren, Höhe und Kurs halten und durch. Wahrscheinlich mussten sich die Weiber einfach austoben. Hauptsache, die Pitts blieb heil, und dieses Granatenweib zog nicht wirklich irgendwann mal eine Zehntelsekunde zu spät am Knüppel. Lehmann war sicher, dass er dieses Problemchen in den Griff bekommen würde.

3

Jörg Raabe schlug das Textheft auf und ging die Szene im Kopf noch einmal durch. Die Figur würde er vorstellen in den ersten drei Repliken, dann einen Bruch spielen, einen präzise gesetzten, langen Blick: zeigen, dass der Mann, den er da spielte, gefährlich war. Und dennoch verführerisch, oder gerade deswegen. Seit vier Stunden wartete er jetzt auf seine Szene, aber das war normal. So etwas ließ sich nicht vermeiden. Dreharbeiten, auch für Fernsehserien, waren nur bedingt planbar. Jörg war gut vorbereitet, und wenn es dann so weit war, würde er dem Regisseur ein paar schöne Angebote machen. Es waren zwar nur zwei kleine Szenen, aber die Rolle gab etwas her. Vor allem das Bild 46, wo er im Labor über die junge Lernschwester herfallen würde. Da könnte er es mal wieder richtig krachen lassen, so wie damals, als er im Pathos-Theater die Bösen und die Irren gespielt hat.

Das Kostüm war nicht optimal, es schmeichelte Jörgs fett gewordenem Körper nicht gerade, und die Klunker, die man ihm zu dem schwarzen Anzug und dem hellroten Hemd umgehängt hatte, ließen ihn aussehen wie die Parodie auf einen ungarischen Mafiaboss, der einem Ufa-Film von 1926 entsprungen sein könnte. Aber das würde er schon wegspielen.

Wenigstens saß Jörg jetzt. Es war zwar nur ein kleiner, unbequemer Klappstuhl in einer Ecke des kleinen Maskenraums, aber immerhin. Die Maskenbildnerin – Evi hieß sie, soweit er sich erinnern konnte – hatte ihm den Platz angeboten, nachdem sie Jörg gut eine Stunde lang im Gang hatte herumlungern sehen. Jörg hielt es durchaus für möglich, dass sie auf ihn stand, denn in letzter Zeit zog Jörg im Wesentlichen – wenn überhaupt! – Frauen über fünfzig an, und die nette Maskenbildnerin Evi war noch weit darüber. Sämtliche Garderoben und Stühle waren belegt von den Kollegen, die die Hauptrollen in dieser Serie spielten. Jörg hatte sich nicht beschwert, denn er wollte sich nicht unbeliebt machen bei der Produktionsfirma. Er war froh, dass er diese kleine Rolle überhaupt bekommen hatte.

Nun rumste der Praktikant der Aufnahmeleitung, ein 25-jähriges Büblein mit einem dieser Grunge-Bärtchen um Kinn und Oberlippe, ohne anzuklopfen und grußlos in den kleinen Maskenraum, schnauzte Jörg an, man habe ihn schon überall gesucht, wo er denn stecke und dass er jetzt endlich mal ans Set kommen solle. Jörg verkniff sich eine Entgegnung, denn ein Zurückmeckern wegen unfreundlicher Behandlung wäre unprofessionell gewesen und hätte ihn nur Kraft und Konzentration gekostet.

Also ging er kommentarlos hinter dem Bärtchenträger her, hinüber zu den Studios. Diese Bezeichnung war etwas hoch gegriffen, denn man hatte hier in Adlershof mit viel Sperrholz und Pappe eine Krankenhausdekoration in ein verlassenes Kasernengebäude hineingefummelt, wobei die eigentliche Frechheit darin bestand, das Ganze auch noch *MediaPark Adlershof* zu nennen. Gedreht wurde immer mit zwei Teams in zwei Dekorationen, zwischen denen die Schauspieler hin- und hergeschickt wurden, denn so ließ sich die Krankenhausserie, für die man Jörg engagiert hatte, wesentlich schneller und damit billiger produzieren.

Mitten im Raum stand ein Krankenbett, in dem die Dame, die Jörgs im Koma liegende Frau spielen sollte, bereits lag, im Koma, ohne Text: nur eine Komparsin also, die komatös herumlag. Es war ein rechtes Gewusel, unter dem ein Klangteppich von geschäftigem Gemurmel lag. Beleuchter liefen umher, der Kameramann ließ sich auf seinem Kamerawägelchen sitzend um Jörg herumfahren, schob ihn mit ausgestrecktem Arm, das Auge am Okular, vor das Koma-Bett, bugsierte ihn in eine exakte Position, sagte: »Hier wär's gut!«, ohne Jörg überhaupt begrüßt oder gar sich selbst vorgestellt zu haben.

Jörg, in seiner mit Klebeband am Boden markierten Position verharrend, sah sich um und entdeckte den Regisseur, der ins Drehbuch blickte und mit einem Kugelschreiber darin herumstrich. Der Mann hieß Jo Luburg oder nannte sich zumindest so, soviel wusste Jörg aus der Tagesdisposition, hatte angeblich einen fulminanten Abschlussfilm an der Filmhochschule in Ludwigsburg hingelegt und wollte nun vermutlich, so wie er aussah, zum abendfüllenden Werbefilm, zur Not auf dem Umweg über die Krankenhausserie. Jörg wollte einen Moment abwarten, um sich dem Regisseur vorzustellen, aber Jo Luburg sprach mit seiner Regieassistentin, einer dunkelhaarigen, knapp zwanzigjährigen Frau, die sich, die Arme auf die Oberschenkel gestützt, zu dem sitzenden Jo Luburg hinunterbeugte und dabei ihren runden Hintern mitten in den Raum streckte, direkt auf das Bett mit der Koma-Komparsin zu und somit mittenmang in Jörgs Blickfeld. Jörg sah, wie sich die kleine, schwarze Unterhose unter dem Stoff der engen, weißen Levis 501 abzeichnete. ›Black & white‹, dachte Jörg und konnte seinen Blick nicht lösen. Jörg liebte das zufällige Entdecken von Unterwäsche, und kaum ein bekleideter weiblicher Hintern entging seinem Blick, ohne dass er zu erkennen trachtete, was sich da an reizvoller Unterbekleidung seinem Blick zu entziehen versuchte.

»Können wir jetzt anfangen, oder wollen Sie meiner Assistentin noch länger auf den Arsch glotzen?«

Jörg erschrak, fühlte sich ertappt, hatte sich aber im aufkommenden Gelächter des Teams gleich wieder unter Kontrolle.

»Tag, ich bin der Jörg Raabe, ich spiele den Schewtschenko, den russischen Mafiaboss.«

»Davon gehe ich aus.«

»Ja. Also, ich hab mir gedacht, ich spiel das so: Ich würde …«

»Herr Raabe, bitte nicht erzählen, zeigen Sie's mir einfach.

Die Positionen hat der Kameramann ja schon markiert. Die Kollegin, die das mit Ihnen spielt, ist noch in der Maske, aber das kann nicht mehr lang dauern.«

Und als wäre Jörg gar nicht im Raum, fragte Jo Luburg den Kameramann: »Willst du den Mist groß proben? Komm, lass gleich mitlaufen, wir machen ja keine große Kunst hier.«

Und dann kam die Kollegin: eine junge Blondine im kurzen weißen Kittelchen, kaum zwanzig Jahre alt und mit ihren vollen Lippen und den großen blauen Augen genau das Abbild dessen, was sich die Fernsehnation zwischen 19 und 20 Uhr vermutlich unter der attraktiven Lernschwester Inga aus der Spreeklinik vorstellte.

Jörg lächelte die junge Kollegin an, sagte brav seinen Namen, und die junge Frau lächelte beinahe debil zurück, kurz nur, abwesend, so wie man eben die Darsteller kleiner Rollen anlächelt als Hauptrolle, ohne einen Ton zu sagen. Wozu auch, immerhin spielte dieses Starlet die Lernschwester Inga, die absolute Hauptrolle in dieser erfolgreichen Serie aus dem Sektor der deutschen Gesundheitsunterhaltung.

Jo Luburg ließ Ton und Kamera einschalten, die Klappe wurde geschlagen, Jörg holte noch einmal kurz Luft und stieg ganz ein in die Rolle des bösen Herrn Schewtschenko. Jo Luburg hob kurz die Hand, stand schnell noch mal auf, sprang auf die junge Lernschwester zu, öffnete ihr grinsend mit flinken Fingern den obersten Knopf des Schwesternkittels, fing sich dafür einen bösen Blick der Kostümbildnerin ein, schnellte zurück auf seinen Regiestuhl und sagte im Niedersetzen laut: »Action, please!«

Jörg sah die Lernschwester an, durchdringend, so wie ein böser Wolf ein zum Reißen auserkorenes Schäfchen anguckt, und sagte dann geheimnisvoll, mit dem zu Hause wohl einstudierten russischen Akzent: »Bist du scheene Mädchen. Mach ich gutt Geschäft.«

Lernschwester Inga glotzte Jörg mit großen Augen an, als hätte sie ihn nicht verstanden, und es war eine geradezu fassungslose Leere, der Jörg sich gegenübersah. Er überlegte einen Moment lang, ob er vielleicht einen falschen Satz gesagt haben könnte, ob die Lernschwester hier etwa eine hochgradig raffinierte Pause machte oder einfach nur ganz banal nach dem Text suchte. Letzteres musste wohl der Fall gewesen sein, denn nach einem tiefen Atemholen, das mit einem leichten Wippen der Knie einherging, kam dann relativ prompt die Antwort der jungen Kollegin: »Wasss wollen Sie von mia, Herr Schäschänko?«

Jörg zuckte zusammen, innerlich, für die anderen kaum wahrzunehmen, denn er war ja ein Profi. Dieser erste Satz der Kollegin war ein Hammer gewesen, ein Hieb, der gesessen hatte. ›Oh Gott‹, dachte Jörg, ›wie spricht die denn?‹ Der Satz hatte geklungen, als sei er bereits während des Sprechens simultan von einer lispelnden Anrufbeantworterstimme synchronisiert worden. Die Bewegungen der jungen Kollegin waren dabei so gestelzt und unnatürlich, dass man im Theater lang hätte proben müssen, um Verkrampfung in solchem Maße herzustellen. Nur war das hier nicht geprobt, das war keine gewollte Darstellung von Verkrampftheit zum Zwecke der Erklärung der Welt, nein, viel schlichter: Das Mädchen war einfach verkrampft. Aber sie hatte ein hübsches Gesicht und eine gute Figur, und unter dem weißen Schwesternkittel schimmerten die großen Brüste durch. Der Kittel war aus sehr dünnem Stoff, und Jörg fragte sich für den Bruchteil einer Sekunde, ob das Sparsamkeit oder Absicht war. Auch der BH war so dünn, dass man die Brustwarzen sah und die wirklich großen dunklen Vorhöfe. ›Heißen die wirklich Vorhöfe?‹, dachte Jörg. ›Irgendwie werden sie wohl heißen, diese dunklen Kreise um die Brustwarzen‹. Aber dann riss er sich zusammen, er konnte seinen Text im Schlaf, allen Vorhöfen dieser Adlershofer Hölle und der Lernschwesterbrüste zum Trotz, und überhaupt spielte er ja einen russischen Mafiaboss, und der konnte im Subtext schon mal an Brüste denken, woran auch sonst, wenn nicht an Brüste und Geld. Ja, dieser Schewtschenko, der musste etwas Sinnliches haben, etwas vom reißenden Wolf, eine unbändige erotische Ausstrahlung, ein Tier. Und all das legte er hinein in seinen nächsten Satz: »Ist wichtig, was *du* willst. Kannst du alles haben, was du willst in Leben, weil bist scheene Frau.«

Das Entsetzen, das die junge Kollegin jetzt spielte, entlud sich in einem kleinen unterdrückten Aufschrei, gepaart mit einem Aufreißen ihrer großen Augen bis zum Anschlag, wobei sie auch noch das Patschehändchen vor den Mund legte und in lispelndem Falsett kreischte: »Aba Herr Schäschänko, hier liegt doch Ihre Frau. Sie ist schwea vea-letzt.«

›Gut, das war der falsche Text, vom Lispeln, der dilettantischen Betonung und der fehlerhaften Aussprache des Namens Schewtschenko mal ganz abgesehen‹, dachte Jörg, denn die Kollegin hatte einfach eine Zeile übersprungen. Aber Jörg wollte nicht unterbrechen, schließlich war er Profi, und da benahm man sich nicht wie ein Kollegenschwein, schon gar nicht gegenüber einer jungen Schauspielerin.

»Lass Frau liegen, liegt gutt!«

Jörg machte eine kurze Pause. Jetzt kam der Moment, wo er auf sie zugehen und sie in den Arm nehmen würde. Jörg zögerte noch ein bisschen, das brachte mehr Spannung, ein lüsterner Blick noch drangehängt in der Hoffnung, da noch eine Großaufnahme rauszuschinden, und als Jörg dann losging, den ersten Schritt tat, um Lernschwester Inga in den Arm zu schließen, keinen Zweifel lassend, dass der von ihm dargestellte böse Herr Schewtschenko die Brüste unter dem Schwesternkittel wohl wahrgenommen hatte, genau in diesem Moment kam vom Regiestuhl her die Stimme von Jo Luburg: »Gut. Danke, das war's. Check the gate, und wenn die Kamera sauber ist, ziehen wir um ins nächste Bild, Folge 13.«

Jörg war irritiert. Was war das? Wieso hatte Jo Luburg abgebrochen? Die Szene war doch noch gar nicht zu Ende.

»Entschuldigung, Herr Luburg, aber da kommen noch zwei Sätze, wie ich sie küsse und ihr einen Flug ans Schwarze Meer verspreche ...«

Der Regisseur drehte sich zu Jörg herum und sah ihn an, eine Sekunde zu lang, fast mitleidig.

»Das können Sie ja für den Ton noch mal sagen, das legen wir im Off dann drüber.«

Jörg dachte, er hätte sich verhört, und hatte alle Mühe, seine Enttäuschung zu verbergen. Luburg merkte das und sagte vertraulich, während Jörg noch nach Argumenten suchte: »Ich bin sowieso schon zwei Minuten zu lang mit der Folge.«

Jörg sah sich hilfeheischend im Set um, aber alle schienen wichtige Dinge zu tun zu haben. Jörg ging einen Schritt auf Jo Luburg zu.

»Ja, aber dann fall ich doch noch im Labor über die Lernschwester her ... Bild 46.«

»Bild 46 ist gestrichen. Hat man Ihnen das nicht gesagt?«

»Nein, ich habe die Szene vorbereitet.«

»Na ja, tut mir Leid. Ich meine, die Gage ist ja fest, die kriegen Sie sowieso.«

»Aber ich will auch spielen ...«

»Nennen Sie's nicht Gage, nennen Sie's Schmerzensgeld.«

Ohne vom Bärtchenfuzzi oder sonst wem geleitet zu werden, trottete Jörg wieder zurück in die Maske. Evi, die nette Maskenbildnerin, reichte ihm zwei feuchte Tüchlein der Marke Feuchti, um sich abzuschminken.

»Das ging aber flott, Herr Raabe.«

»Die haben die Hälfte der Szene gestrichen.«

»Schade.«

»Ja, find ich auch.«

»Ich hab Sie mal im Pathos-Theater gesehen, kurz nach der

Wende. Da waren Sie noch ein ganz Wilder. Da waren Sie auch ein bisschen schmaler, hm?«

Natürlich war Jörg damals schmaler gewesen. In den letzten Jahren, jetzt war er 35, hatte er gut zwanzig Kilo zugenommen, die man nicht nur an den Hüften, sondern auch im Gesicht schon deutlich sah, weswegen er sich vor zwei Jahren für einen Vollbart entschieden hatte.

»Ich würde schon gern mal wieder was Wildes spielen … Aber in einem Off-Theater, da guckt ja kein Mensch …«

»Das ist doch kein Kriterium, Herr Raabe.«

Jörg senkte betreten den Blick, wischte sich mit dem Feuchti den Bart.

»Möchten Sie eine Creme, Herr Raabe?«

»Ja, wär schön, wenn's Ihnen nichts ausmacht …«

Evi reichte Jörg lächelnd ein Cremedöschen.

»Sie sind ja noch mal dran, Bild 46.«

»Nee, das ist gestrichen.«

»Und das lassen Sie sich gefallen?«

Jörg guckte unsicher zurück. Diese nette Evi hatte ja Recht. Aber was sollte er denn tun? Er musste ja froh sein, dass er überhaupt Arbeit bekam.

»Wehren Sie sich doch, Herr Raabe. Sie sind doch kein Jammerlappen, oder? Früher waren Sie das jedenfalls nicht.«

»Nein, früher war ich das nicht. Da war ich auch schmaler.«

Jörg stand auf, legte die zwei benutzten Feuchtis auf den Schminktisch, nahm seine Tasche und verabschiedete sich. Außer Evi erwiderte niemand den Gruß. Man hatte ihn bereits vergessen, es musste ja alles so schnell gehen. Jörg verließ mit hängenden Schultern das Studio und ging zur Haltestelle der Straßenbahn, die ihn zur nächsten S-Bahn-Station bringen würde. Denn für die Darsteller kleiner Episodenrollen wie der des bösen Herrn Schewtschenko war im Budget der Spreeklinik die Bereitstellung eines Fahrers nicht vorgesehen.

4

Wegen des gestrichenen Bildes konnte Jörg schnell noch einkaufen gehen im Edeka 2000 am Savignyplatz, wo er Stammkunde war. Dennoch war Jörg hier, insbesondere an der Grilltheke, schon mehrfach angeblafft worden wegen mangelnder Kenntnis der unterschiedlichen Grillgerichte und daraus resultierender zögerlicher Bestellung. Oder er wurde gar nicht wahrgenommen, besonders beim Käse, wo eine verhärmte Mittvierzigerin jedes Mal manisch Käse schnitt, ohne Jörg zu beachten, als sei das stupide Aufschneiden von industriell hergestelltem Käse die Fron, die die Götter ihr zur Rettung aus den Marzahner Sümpfen auferlegt hatten.

Jörg stellte sich in die Schlange vor der Wursttheke. Hinter dem Tresen war nur eine ältere Verkäuferin zugange, die schlecht hörte und noch dazu recht langsam war. Jörg versuchte, die Wurstsorten hinter der Glasscheibe zu erspähen und sich klar zu werden, was er eigentlich kaufen wollte, um nicht wieder wegen Unentschlossenheit angeschissen zu werden. Direkt vor ihm in der Reihe stand eine sehr dicke Frau, die ihm den Blick auf die Wurstsorten versperrte und nicht daran dachte, auch nur ein wenig zur Seite zu treten. Aber noch hatte Jörg etwas Zeit, denn die ältere Verkäuferin arbeitete, wie gesagt, sehr langsam und musste immer nachfragen, weil sie die Bestellungen aufs erste Mal nie verstand. Auch konnte sie sich nur scheibchenweise an die vom Kunden verlangte Gewichtsmenge herantasten. Einige Verkäuferinnen schafften das ja aus dem Handgelenk, die hatten das im Gespür, wie viel hundert Gramm Salami waren, da blieb die Waage bei verlangten hundert Gramm immer schon beim ersten Versuch auf 99 oder 102 stehen. Hinter Jörg stand eine junge, schlanke Frau, die ein schreiendes Baby im Arm hatte. Sie war elegant gekleidet, sicher arbeitete sie in einer Werbeagentur und hatte einen erfolgreichen jungen Werbefachmann, mindestens Diplomvolkswirt mit Dreitagebart, zum Mann. Wenn Jörg Schlange stand, spann er immer so herum, anstatt die Zeit zu nutzen, um sich seine Bestellung zu überlegen.

Hinter dem Tresen öffnete sich die Tür zum Kühlraum, und eine weitere Verkäuferin kam heraus. Jörg stockte fast der Atem. Sie war es wirklich, seine Lieblingsverkäuferin. Sie war ungefähr 25, rothaarig und von genau der Üppigkeit, die er liebte, hart an der Grenze zum Übergewicht. Sie hatte die tiefgrünen Augen der Rotblonden, und natürlich hatte sie das obligatorische Hygienemützchen über das wallende rotblonde Haar gezogen. Gerade streifte sie sich die Einmalgummihandschuhe über, die sie zum Bedienen tragen musste. An der Brust hatte sie, wie alle Verkäuferinnen hier, ein Namensschildchen angesteckt, das sie als Fräulein Czikowski auswies. Und was Jörg am meisten faszinierte – ein wenig schämte er sich wegen seiner heimlichen Gelüste –, war Fräulein Czikowskis runder, praller Hintern. Unter dem Kittel hatte sie fast immer weiße Leggings an, hauteng und für Jörg, den trainierten Beobachter, war es kein allzu großes Problem, unter diesen Leggings den kleinen Stringtanga auszumachen, den sie heute wieder trug. Fräulein Czikowski trug ausnahmslos Stringtangas, meist in Schwarz. Jörg hatte diesen Umstand zum ersten Mal erspäht, als Fräulein Czikowski sich nach von ihm verlangtem Roastbeef hatte bücken müssen. Unter den weißen Leggings hatte Jörg den knappen schwarzen String schimmern sehen, dieses Dreieck von Stoff, das sich genau um die schmalste Stelle der Taille eng über den Körper spannte, weit oberhalb vom oberen Rand der Leggings und daher Jörgs Blick schutzlos preisgegeben. Das schmale senkrechte Bändchen verschwand ganz zwischen den prallen Pobacken, die genau von der Prälle waren, die Jörg liebte – mehr wäre fett gewesen. Vielleicht trieb die

Czikowski ja Sport, die Backen sahen aus, als würde der Glutaeus regelmäßig in Übung gehalten. Jörg liebte diese kleinen Wäschestücke. Sie betonten die runden Hinterbacken so herrlich, sie ließen einen prallen Hintern in einem Glanz von Wahrhaftigkeit erstrahlen, den reine Nacktheit nie würde zeigen können. ›Tangas‹, dachte Jörg, ›Tangas sind ehrlich, Tangas lügen nicht.‹

Jörg wusste natürlich nicht, wie Fräulein Czikowski mit Vornamen hieß, es war ja nie zu einem Gespräch gekommen, nicht einmal ansatzweise. Wahrscheinlich wohnte sie im Ostteil der Stadt, Prenzlauer Berg vielleicht, hatte einen Freund, irgendeinen dieser Fitnesscenter-Primaten, ging in den Nächten in Discos zum Abtanzen, nahm sich vorher aus ihrem Wäschefach eines dieser Höschen, die säuberlich sortiert in einem Karton lagen, lauter winzige Stoffdreiecke in Schwarz und vielleicht auch in Rot, zusammengefaltet auf Spielkartengröße, griff sich eines davon aus diesem Pappkarton, streifte sich das blitzschnell über, ging tanzen und schlief dann jede Nacht mit ihrem tumben Kerl, der die Delikatesse ihrer Wäsche gar nicht zu würdigen wusste. Jörg hätte das gewürdigt, und nicht zu knapp. Oft dachte er, wenn er sich selbst befriedigte, an Fräulein Czikowski. Seine Freundin Petra schlief seit Monaten so gut wie nicht mehr mit ihm. Und irgendjemanden aufzureißen, abends in einer Disco, das gelang ihm nicht, zumindest in der jetzigen Phase des Dickseins und des mäßigen beruflichen Erfolgs. Meist onanierte er am Computer, suchte sich im Internet erregende Homepages heraus und ejakulierte nach ein paar Minuten in ein bereitgelegtes Kleenex, ohne dabei die Tastatur zu beschmutzen. Gerade Computer waren hoch empfindlich gegen jede Art von Feuchtigkeit. Jörg war dankbar für die Pornobilder im Internet, sie waren diskret und ersparten ihm die Peinlichkeit, in einen Sexshop gehen zu müssen und eventuell erkannt zu werden.

Ein kleines Problem trat bei der internetgestützten Befriedigung jedoch bisweilen dann auf, wenn seine Freundin Petra zeitgleich telefonieren wollte. Jörg hatte noch keinen ISDN-Anschluss, das Telefon war während der Wäschestreifzüge durchs Internet also nicht zu benutzen. Jörg log dann meist, er müsse einem Produzenten noch schnell seinen Lebenslauf mailen, und Petras ärgerliche Frage »Hast du's bald?« traf unbeabsichtigt den Kern des Problems. Wenngleich Jörg es durchaus für möglich hielt, dass Petra ahnte, was er dort am Computer trieb.

An Fräulein Czikowski jedoch und deren kleine, schwarze Unterhosen unter dem weißen Kittel kamen die Pantys im Internet nicht heran. Immerhin hatte Jörg unter der Adresse www.-dream-panties.com eine angebliche Melissa aus Santa Barbara aufgetan, die Fräulein Czikowski vom Edeka 2000 ähnelte und mit der er sich hin und wieder in den Zustand der Erregung versetzte. Und wenn dann sein Geschlechtsteil – gutes Mittelmaß, wie einige Frauen ihm bestätigt hatten – bereit war und er begann, es rhythmisch zu bearbeiten, dann schwenkte sein erotisches Gedankenpotenzial von Melissa schlagartig hinüber zu Fräulein Czikowski, die er in ihrer kleinen Wohnung im Prenzlauer Berg durchpimpern würde. Manchmal ließ er ihr in seiner Phantasie auch das kleine schwarze Höschen an, nachdem er ihr die Leggings heruntergezogen hatte, und küsste – in Gedanken! – den feuchten schwarzen Stoff, der sich zwischen ihren herrlichen Hinterbacken eingrub. Dann zog er ihn – den Stoff, auch in Gedanken! – nur ein wenig zur Seite, während er Fräulein Czikowski mit seinem guten Mittelmaß beikam. Bei dieser Vorstellung war's dann meist gut, die ersehnten Tropfen der Befriedigung klatschten prompt aufs Kleenex, es war vollbracht.

»Und, wer is dran!?!« Fräulein Czikowskis Stimme riss Jörg aus seinen tagträumerischen Sauereien, und bevor er geltend machen konnte, dass er an der Reihe war, trat von hinten ein junger, geschniegelter Börsenmakler im dunklen Zweireiher mit lässig offener Jacke und mindestens 300 000 Jahresbrutto neben ihn, räumte Jörg sozusagen kraft seiner angeborenen Präsenz und Herrlichkeit zur Seite und sagte, genau die Spur zu laut, mit der sich solche Menschen gern artikulieren: »Parmaschinken, 200. Aber nicht den billigen!«

Jörg raffte all seinen Mut zusammen: »Entschuldigen Sie, aber ich glaube, ich war vor Ihnen dran.«

Der Anzugträger sah ihn nur mit einem mitleidigen Blick an: »Ach Gottchen ... Mandel dich nicht auf hier. Ich hab Wichtigeres zu tun.« Und wieder zu Fräulein Czikowski: »200 Parma, nun machen Sie schon, ich hab nicht den ganzen Tag Zeit!«

Fräulein Czikowski stand einen Moment ratlos, sah die beiden Männer an, unentschieden. Jörg hoffte, sie würde ihn erkennen, als einen Stammkunden, als den netten jungen Mann, der sie immer freundlich anlächelte, wenn er sein Roastbeef bestellte. Aber bevor Fräulein Czikowski etwas sagen oder gar für Jörg Partei ergreifen konnte, fuhr der junge Sieger Fräulein Czikowski schon an: »Wollen Sie mich jetzt hier bedienen, oder soll ich den Geschäftsführer rufen?«

Fräulein Czikowski zuckte mit den Schultern und begann, den Parmaschinken aufzuschneiden. Kein Blick zu Jörg, kein Wort der Unterstützung. Jörg atmete tief durch, zentrierte die Stimme und sagte mit aller Ruhe, deren er fähig war, dem Nemax-Maxen direkt ins Gesicht: »Machen Sie ruhig. Aber ich war eigentlich vor Ihnen. Nur um's noch einmal klarzustellen.«

»Ja? Dann heul doch! Schwuchtel, du klargestellte!«

Und bevor Jörg weitere Einwendungen anbringen konnte, war der New Economist schon mit seinen 200 Parmaschinken verschwunden. Jörg lächelte Fräulein Czikowski an, wollte nur ein solidarisches Nicken, eine kleine Bestätigung, dass sie die Lage so beurteilte wie er. Doch Fräulein Czikowski sagte nur: »Und?«

Ja, Mist, blöder. Jörg hatte vor lauter Tagträumerei über Fräulein Czikowskis Unterwäsche und dem Ärger mit dem Börsenheini völlig vergessen, sich eine Bestellung zu überlegen. Sein kurzes Zögern reichte aus, dass die junge Frau mit dem schreienden Baby auf dem Arm blitzschnell hundert Gramm vom mageren Putenschinken bestellte. Jörg schluckte und sagte dann mit aller Freundlichkeit, deren er fähig war: »Entschuldigen Sie bitte, aber ich glaube, jetzt wäre ich dann an der Reihe.«

Die junge Frau lächelte Jörg mit einem Augenaufschlag an: »Ach, würden Sie mich bitte vorlassen? Die Kleine hat die Windel voll, die quengelt schon rum.«

Jörg nickte nur stumm, und Fräulein Czikowski begann, den mageren Putenschinken für die elegante Mutter aufzuschneiden, ohne Jörg eines Blickes zu würdigen. Die ältere schwerhörige Kollegin der Czikowski bellte ihr »Und wer kommt als Nächstes?« heraus, Jörg witterte seine Chance und sagte ohne weiteres Zögern: »Hundert Gramm Schinkenwurst.«

»Roher Schinken oder Kochschinken?«, kam es von hinter dem Tresen zurück, und Jörg entgegnete, nun seinerseits eine Spur zu laut: »Nein, Schinkenwurst! Wurst!«

»Ja, was nu? Wurst oder Schinken? Ich bin ja nicht schwerhörig!«

»Ja, dann eben hundert Gramm Salami!«, konterte Jörg, um weiteren Missverständnissen vorzubeugen.

»Ja wie? Abraham oder Gutshof?«

Offensichtlich handelte es sich hier um Herstellerbezeichnungen, die Jörg aber nicht kannte, und alles, was ihm auf die Schnelle einfiel, war das Wort »Ungarische!«.

»Die aus'm Angebot?«

»Ja, ja, die aus'm Angebot.«

»Die aus'm Angebot is aus! Und die Abraham is auch aus! Wer kommt als Nächster?«

Da gab Jörg auf, ging zum Kühlregal und suchte sich dort eine folienverschweißte Packung Salami heraus. Eine junge Verkäuferin, die gerade das Regal einräumte, machte ihn darauf aufmerksam, dass es ›hier im Markt‹ auch eine Frischfleischabteilung gäbe und dass er diesen abgepackten Mist von Wurst nicht kaufen solle. Jörg bedankte sich für den Hinweis und legte die Folienwurst trotzdem in seinen Einkaufswagen. Es war ein Salamierzeugnis der Wurstwarenfirma Abraham aus Schneverdingen im Hannoverschen, die ja angeblich aus sein sollte. Und was überhaupt der Vorteil einer Frischfleischtheke sein sollte, wenn die Schwerhörige dort auch nur Packungen aufriss, die man sich im Kühlregal ohnehin selbst nehmen konnte – und zwar ohne dass sie aus waren –, dieser Vorteil war Jörg nun überhaupt nicht mehr ersichtlich.

Am Kühlregal für Milch- und Milchmischerzeugnisse langte Jörg treffsicher die einzige defekte Tüte mit fettarmer Frischmilch aus dem Fach, und beim Griff zum Magerquark fiel ihm beim Versuch, eine Packung mit noch nicht abgelaufenem Verfallsdatum herauszufingern, eine halbe Palette Crème fraîche herunter, was ihm eine heftige Rüge einer weiß bekittelten Matrone einbrachte, die das Regal gerade aufgefüllt hatte.

Die Kasse, bei der Jörg sich angestellt hatte, wurde in dem Moment geschlossen, als er dran war. Jörg ging hinüber zu einer anderen, dort, wo die kürzeste Schlange war. Weil aber die Kassiererin besonders langsam war, dauerte es hier am längsten. Jörg machte sich bei den Miteinkäufern mehrfach unbeliebt. Er hatte Zitronen nicht abgewogen, weil er sie für Stückware gehalten hatte, er hatte sich die Tragetasche nicht rechtzeitig im weit vor der Kasse deponierten Ständer herausgegriffen, war zu langsam gewesen beim Aufpacken der Ware aufs Band, hatte zu lange nach dem Geld gefummelt und dann den Einpackbereich nicht rechtzeitig für den nächsten Kunden freigegeben. Es erhob sich von hinten Gemurre und Geschnauze. Die allgemeine Wut auf die Langsamkeit der Kassiererin wurde seinem Sündenkonto auch noch mit draufgepackt.

Jörg brachte den Spießrutenlauf tapfer zu Ende, stopfte alles in die Tragetasche, deren Henkel natürlich riss, und verließ schließlich mit vor Peinlichkeit schweißnasser Stirn, den defekten Beutel auf dem Arm tragend, den kundenfreundlichen Markt.

5

Jörg schloss die Tür der kleinen Altbauwohnung in der Kantstraße, die gerissene Tüte balancierend, und ging durch das kleine Wohnzimmer in die Küche. Wohnzimmer war ein irreführender Ausdruck, denn Wohnen war in diesem Raum schwierig, wenn nicht unmöglich. Jörg hielt sich meist in seinem kleinen Arbeitszimmer auf, und Petra saß in der Küche oder in ihrem Zimmer. Außerdem gab es noch ein winziges Schlafzimmer, eigentlich die mit einem Doppelbett aufgefüllte Speisekammer.

Petra hatte in dem formal als Wohnzimmer bezeichneten Durchgangsraum vor Jahren versucht, einen billig erstandenen Schrankbausatz zusammenzusetzen, was sich aber als unmöglich erwiesen hatte. Seitdem standen die Fragmente dieser Materialsammlung im Wohnzimmer, wo auch die Telefonbuchse war. Petra hatte sich direkt daneben mithilfe von ein paar Kisten ein improvisiertes Büro zusammengestellt, von wo aus sie ihren Internetaktivitäten nachging. Ansonsten standen nur noch Gegenstände im Wohnzimmer, die Petra aus ihrem Zimmer verbannt hatte und die irgendwann einmal weggeworfen werden sollten, also ein Schuhschränkchen, zwei kleine Regale und dergleichen mehr.

Jörg ging direkt in die Küche, die havarierte Einkaufstüte auf dem Arm. In der Küche saß Petra am Tisch, in Trainingshosen und einem Sweatshirt, um die eingedrehten nassen Haare ein Handtuch gewickelt. Sie hatte einen Popsender eingestellt, rauchte und las in einer Zeitschrift.

Jörg stellte die Sachen auf den Küchentisch.

»Ich war früher fertig, da bin ich noch schnell einkaufen gegangen«, sagte Jörg, und Petra blickte einmal kurz zu ihm hin. »Hast du mir die *Elle* mitgebracht?«

Jörg zog eine Frauenzeitschrift aus der Jackentasche, die er im Vorbeigehen an einem Kiosk noch schnell erstanden hatte, wobei ihm die auf dem Kiosktresen abgestellte Einkaufstüte umgefallen und Milch ausgelaufen war. Petra nahm die Zeitschrift und jaulte, wie von Schmerzen gepeinigt: »*Cosmopolitan*, och neee … Zickenpostille.«

Petra warf die Zeitschrift auf den Tisch und vertiefte sich wieder in ihre eigene Illustrierte, die *Gala*, wo sie hoffte, etwas über die Kreise zu erfahren, in denen sie und ihre Freundinnen dann verkehren würden, sobald das mit dem Internetprojekt mal am Laufen war. Jörg packte die eingekauften Lebensmittel aus. Wie üblich machte Petra keine Anstalten, ihm dabei zur Hand zu gehen. Schließlich schlug sie die *Gala* zu, drehte sich zu Jörg um, der versuchte, im Kühlschrank neben angefangenen Frischkäsebechern die eingekauften Lebensmittel unterzubringen. Petra aß gern Frischkäse, ließ aber oft halb angegessene Schälchen stehen, die Alufolie entfernt, so dass sich das Haltbarkeitsdatum nicht mehr feststellen ließ und dadurch eine Form der Ungewissheit entstand, die sowohl weiterem Verzehr als auch einem Wegwerfen der Frischkäsebecher entgegenstand.

»Lass bloß den Philadelphia, der ist noch gut, glaub ich! Und mit dem Wagen stimmt was nicht.«

»Wie, stimmt was nicht?«

»Na ja, da stimmt eben was nicht«, sagte Petra. »Schon beim Anlassen. Erst springt er nicht an, und dann tuckert er so komisch. Der Zünder. Der Zünder tuckert so komisch.«

Jörg sagte nur: »Hm.«

»Ja hm, hm, immer sagste nur hm. Musste mal nachschauen lassen. Ist ja dein Wagen!«

»Und wer fährt damit die ganze Zeit?«

»Ist sowieso eine Schrottmühle.«

»Ich hab kein Geld für einen neuen Wagen!«

»Ich auch nicht.«

Jörg schüttelte den Kopf und räumte weiter die Lebensmittel ein. Das Verhältnis zu Petra war im vierten Jahr und seit zwei Jahren eigentlich kein Verhältnis mehr, sondern eher nur noch ein Nebeneinanderherwohnen mit der Option, sich irgendwann endgültig gleichgültig zu werden. Ganz schuldlos an der Misere war Jörg nicht, das wusste er. Zu Beginn der Beziehung hatte er Petra mal unverbindlich ein Kind versprochen, dann aber immer wieder einen Rückzieher gemacht, nicht zuletzt wegen seiner sich geradezu linear verschlechternden beruflichen und finanziellen Situation.

Und so hausten beide in dieser Altbauwohnung, hofften offiziell auf den Aufschwung und warteten innerlich seit zwei Jahren auf den Mut zum Absprung, der ihnen beiden aus Angst vor dem Alleinsein fehlte.

Als Jörg alles im Kühlschrank untergebracht hatte, nahm er eine Flasche Rotwein aus der Tüte. Sie war teuer gewesen. Jörg stellte die Flasche stolz vor Petra auf den Tisch und lächelte sie an. »Hier, guck mal. Die trinken wir morgen, hinterher …«

»Wie hinterher?«

»Na, hinterher. Nach der Premiere …«

»Was für ne Premiere?«

»Na, morgen ist doch die Premiere von diesem Film, wo ich mitgespielt habe, mit diesen Gummibärchen!«

»Also morgen Abend kann ich nicht, da treff mich mit Renate und Gabi wegen unserem Internetprojekt.«

»Aber das ist ein Kinofilm, Petra. Ein Kinofilm, in dem ich mitspiele!«

»Meine Güte, den wird's ja irgendwann auf Video geben.«

Petra stand auf und begann, sich vor dem kleinen Spiegel über dem Waschbecken die Wickler aus den Haaren zu nehmen. Jörg beobachtete sie, legte die Ellbogen auf den Küchentisch und vergrub den Kopf in seinen Händen. Petra nahm in der Spiegelung wahr, wie Jörg zusammengesunken am Tisch saß, und meinte dann knapp: »Ich brauch noch mal ein bisschen Geld.«

»Schon wieder? Aber …«

»Was aber?«

»Aber wir haben doch gesagt, du suchst dir einen Job!«

»Was meinst du, was ich den ganzen Tag mache? Telefonieren, Bewerbungen schreiben, eine nach der anderen!!!«

»Das geht jetzt seit zwei Jahren so! Ich hab die letzten drei Monate gerade mal vier Drehtage gehabt, das reicht kaum fürs Nötigste …«

»Dann streng dich an und guck, dass du deinen fetten Arsch in irgendeine Serie reinbringst. Schaffen andere ja auch.«

»Petra, das ist unfair!«

»Ein Weichei bist du, das ist alles!«

Petra nahm sich die letzten Wickler aus dem Haar und schielte im Spiegel nach Jörg, der wieder zusammengesunken am Tisch saß.

»Was ist jetzt mit dem Geld?«

»Ich hab heute sowieso wieder von meinem Geld eingekauft!«

»Schöne Liebe ist das, wenn einem jeder Pfennig vorgerechnet wird!«

Jörg nahm seinen Geldbeutel aus der Hosentasche, zog einen Fünfzigeuroschein heraus und legte ihn wortlos auf den Tisch. Petra steckte sich das Geld in den Bund ihrer Jogginghose und verschwand in Richtung Wohnzimmer.

»Und nimm nachher bitte die Lockenwickler aus der Spüle!«, rief Jörg ihr hinterher, aber Petra war schon außer Hörweite, auf dem Weg in ihr Zimmer.

Jörg saß ein paar Minuten am Küchentisch und blätterte

abwesend in der verschmähten *Cosmopolitan* herum. Einmal blieb er kurz an einem Bericht über einen jungen, wilden russischen Schriftsteller hängen, der gerade in den deutschen Medien Furore machte und flächendeckend Interviews gab in Form thematischer Rundumschläge mit Variationen. Der junge Mann verteufelte die Korruption in Russland, die Geldgeilheit im Westen, die Saturiertheit und Frigidität der Frauen in Ost *und* West und fand überhaupt alles beschissen, mit Ausnahme seiner Person. Jörg schlug die Illustrierte zu, ging in sein Arbeitszimmer und setzte sich an seinen Schreibtisch. Er steckte sich eine Zigarette an, nahm ein paar tiefe Züge und holte dann einen abgegriffenen DIN-A4-Zettel aus der Schublade. Auf diesem Papier hatte er die Namen aller Regisseure und Produzenten, die er kannte, aufgeschrieben mit dem Vorsatz, sie der Reihe nach anzurufen und sich bei ihnen wieder ins Gedächtnis zu bringen. Fünf Anrufe pro Tag waren das unterste Limit, das Jörg sich gesetzt hatte. Jörg hielt durch bis zur Nummer fünf. Danach hatte er zwei Sekretärinnen erreicht, die ihn abgewimmelt hatten, und drei Anrufbeantworter, die ihm großzügigerweise die Möglichkeit einräumten, eine Nachricht zu hinterlassen oder ein Fax zu senden. Jörg verzichtete, zumal er bei dem monotonen Gewummere der Bässe in Petras Zimmer sein eigenes Wort kaum verstand. Jörg schaltete den Computer ein, wählte sich ins Internet ein, rief eine seiner favorisierten Panty-Pages auf, doch bevor er einen Finger am Hosenladen hatte, rief Petra schon laut aus ihrem Zimmer herüber, die Wummerbässe übertönend: »Hast du's bald? Ich muss telefonieren!«

Jörg meldete sich vom Netz wieder ab und fuhr den Computer herunter. Er saß am Schreibtisch und starrte auf die Wand gegenüber. Da hing immer noch ein Plakat von einer seiner ersten Theaterproduktionen, damals im Pathos-Theater, als er gerade nach Berlin gekommen war. Das Plakat zeigt ihn mit nacktem Oberkörper, so wie er damals ausgesehen hatte: ohne Bart, gut zwanzig Kilo leichter und eben mit nacktem Oberkörper. Die Inszenierung mit dem Titel »Der Irre und die Hure« war ziemlich vordergründiger plakativer Mist gewesen, mit viel Geschrei und voll von obszönen Anspielungen, aber die Vorstellungen waren gut besucht. Das Stück war innerhalb weniger Wochen zur Kultveranstaltung in der freien Szene im damals noch nicht befreiten Kreuzberg avanciert, und alle Kollegen hatten ihm prophezeit: »Jörg, jetzt hast du's geschafft, jetzt bist du durch!« Und dann waren auch ein paar Angebote vom Film gekommen, doch nach und nach hatte sich alles verläppert. Theater hatte er schon jahrelang nicht mehr gespielt, und aus den wilden und bösen und irren Rollen wurden nach und nach die harmlosen Lehrer, die betrogenen Ehemänner, die depressiven Musiker und schließlich die übergewichtigen bärtigen Kriminalassistenten, die hie und da mal in einem Kommissariat auftauchten und vermeldeten, dass entweder der Mann tot sei oder die Ergebnisse vom Labor vorlägen. Die Belanglosigkeit schlechthin. Jörg hielt mit seinen selbstmitleidigen Gedanken inne und lauschte, wie Petra ihr Zimmer verließ, sich im Flur die Jacke überzog, die Schlüssel in ihre Handtasche fallen ließ und die Tür hinter sich ins Schloss warf; nach Jahren kannte man die Geräusche des anderen. Jörg wartete noch einen kurzen Moment – manchmal kam Petra wieder, weil sie etwas vergessen hatte –, stand dann auf, ging zum Campingtischchen neben der Wohnungstür und suchte nach dem Autoschlüssel, vergeblich. Also hatte Petra ihn mitgenommen – sie hatten nur noch den einen Schlüssel – und war wieder mit dem Wagen unterwegs.

Jörg stattete Melissa von www.dream-panties.com einen ausgiebigen Besuch ab, der schließlich kurz vor Mitternacht mit der erhofften Befriedigung endete. Er schlüpfte in seine alten Turnschuhe, ließ die Schnürsenkel offen, warf sich die Trainingsjacke über die Schulter und ging hinunter zum türkischen Imbiss *Izmir* auf der gegenüberliegenden Straßenseite. Er kaufte sich zwei halbe Hähnchen, zwei Tüten Kartoffelchips mit Paprikageschmack und eine Flasche trockenen Rotkäppchen-Sekt, alles zusammen für 7,40 Euro. Wieder oben in der Wohnung machte er den Rotkäppchen-Sekt auf und zappte sich noch ein wenig durch die TV-Programme. Dabei schlang er eines der halben Izmir-Hähnchen, die vor Fett trieften, ohne Zuhilfenahme von Besteck in sich hinein. Die kautschukartige Beschaffenheit der Geflügelhaut bescherte ihm einen mittleren Erstickungsanfall, weil er versucht hatte, das labbrige Gewebe ohne langwieriges Kauen einfach herunterzuschlucken. Auch eine Tüte Kartoffelchips musste dran glauben, das alles in einer Rekordzeit von knapp sieben Minuten. Zweimal war ihm dabei die Fernbedienung aus seinen fettigen Fingern gerutscht. Seine Laune sank auch nur unwesentlich, als er einige bekannte Kollegen in genau den Rollen sah, für die er sich auch beworben hatte – vergebens. Schließlich landete er bei einem Kanal, in dem der russische Jungliterat aus der *Cosmopolitan* – Peljewitsch hieß er, Viktor Peljewitsch – wieder Gift versprühte und Werbung für seinen neuen Roman machte. Eine junge Frau saß mit ihm in einem Loft und stellte ihm dämliche Fragen, auf die der zickenbärtige Russe überhaupt nicht einging. In gepflegt schlechtem Deutsch zog er diesmal über die mafiösen Zustände im deutschsprachigen Verlagswesen her, bezeichnete Lektoren durchgängig als impotente Schleimscheißer, die nur deswegen lektorierten, weil ihnen selbst nichts einfiele.

Jörg schaltete mit der klebrigen Fernbedienung angewidert weiter. In einer Talkshow im schön dekorierten Rumpf eines alten Binnenschiffs gab ein bekannter Schauspieler mit Gangstervisage und unappetitlich dickem Hals den Bösewicht. Randolph hieß der Mann, Jean-Pascal Randolph, trug eine dunkle Sonnenbrille, hatte die Füße mit den Cowboystiefeln auf den Couchtisch gelegt und pöbelte, ein Whiskeyglas in der Hand, reihum die beiden Gastgeber und die anderen Talkgäste an.

Besonders auf die brünette Moderatorin hatte er es abgesehen. Immer wenn sie versuchte, seine Ausfälle mit Bemerkungen wie »Das ist jetzt aber gar nicht nett von Ihnen, Herr Randolph« sanftzuschleimen, ging er ihr verbal an die Wäsche: »Mensch, Pussy, nun heul doch! Oder geh deinem Chef einen blasen!«

Das hatte immer heftiges Gelächter im Schiffsrumpf zur Folge, die anderen Talkgäste kicherten in sich hinein, offensichtlich froh, diesmal nicht selbst das Opfer einer Obszönität geworden zu sein. ›Wahrscheinlich hat ihm das noch einer aufgeschrieben, um die Quote zu steigern‹, dachte sich Jörg, und: ›So widerlich das ist, der macht es richtig, den kennt man wenigstens, die Fresse merkt man sich.‹ Einen evangelischen Pastor aus Weimar, der ab und zu versuchte, dem Ekel per Moraltheologie in die Parade zu fahren, schwenkte man dann einfach aus dem Bild. Schließlich gelang es dem sächselnden Pfarrer doch noch, den Satz ›Aber wir brauchen doch einfach mehr Liebe und Mitmenschlichkeit in dieser Welt!‹ in die Kamera zu sagen, was seitens Herrn Randolphs einen kleineren Monolog auslöste: »Geh doch nach Jerusalem, Pfaffenarsch! Stell dich hin zwischen die Hamas-Wichser und die jüdischen Siedleraffen und sabbel denen deinen Mist von Mitmenschlichkeit an die Birne! So schnell guckst du gar nicht, da pusten die dich per Handgranate zu deinem Arbeitgeber in den Himmel!«

Der Pastor sagte darauf nichts, schüttelte nur traurig den Kopf. Jörg drehte den Fernseher ab, wischte sich mit einem Kleenex die Reste von Geflügelfett und Sperma von den Fingern, trank den letzten schalen Schluck der Rotkäppchen-Flasche aus, ging pinkeln, verzichtete auf das Zähneputzen und legte sich ins Bett. Von Petra immer noch keine Spur, und Jörg wusste nicht, ob ihn das fröhlich oder betrüblich stimmen sollte. Er war ohnehin bald eingeschlafen, Rotkäppchen und Izmir-Hähnchen sei Dank.

6

Natascha lag unter der roten Pitts und rieb mit einem alten Stück Putzwolle die Ölschlieren ab, die der Fahrtwind vom Motorraum aus auf die Rumpfunterseite des kleinen Flugzeugs verteilt hatte. Victor A. Lehmann kam über das Vorfeld gelaufen und blieb ein paar Meter von der Pitts entfernt stehen. Er freute sich an dem Anblick seiner jungen Frau, die in ihrer grauen Fliegerkombi in der Februarsonne den Rumpf seines wunderschönen Flugzeugs polierte. Seit Natascha beinahe das Sturzflugmanöver verpatzt hatte, hatten sie nicht mehr viel miteinander geredet. Miteinander geschlafen auch nicht mehr, soweit Lehmann sich erinnerte. Doch dass irgendetwas nicht stimmte, hatte er auch schon vorher gemerkt. Frauen machten immer mal wieder Zicken, das war normal, aber was da in den letzten Tagen und Wochen zwischen ihnen ablief, war eine merkwürdige Form des Waffenstillstands. Lehmann hatte sogar bereits gemutmaßt, dass da ein anderer Mann im Spiel sein könnte, aber das war eigentlich kaum möglich. Tagsüber flog sie mit den Schülern, und abends fuhr sie mit ihm nach Hause. Und wenn er dann nachts mit dem Theorieunterricht fertig war oder seine Buchhaltung erledigt hatte, lag sie meist schon im Bett, was Lehmann nicht unrecht war, denn eine unausgeschlafene Fluglehrerin war das Letzte, was er gebrauchen konnte. Die Konkurrenz redete gern und viel, und Karl-Heinz Hartl von der Flugschule im benachbarten Eggersdorf hatte ihm auch schon mal einen Flugschüler abgeworben.

Lehmann war aus Frauen noch nie recht schlau geworden. Die verhielten sich nicht so logisch wie Flugzeuge, da gab es keine Checklisten für Notverfahren in schwierigen Situationen. Aber wenn Natascha jetzt, ohne dass er einen Ton gesagt hatte, die

Pitts polierte, dann hatte sie sich wahrscheinlich ausgesponnen. Es war gut, dass sie das Material in Schuss hielt, aber das taten die Russen ja, die pflegten ihre Sachen, was kein Wunder war, wenn man im absoluten Mangel aufgewachsen war. Da hatten die Dinge eben noch ihren Wert.

Lehmann ging die paar Schritte bis zur Pitts.

»Na, meine Kleine glänzt ja wieder richtig …«

»Wen meinst du mit ›meine Kleine‹, Lehmann?«

Lehmann lachte. Manchmal nannte sie ihn Victor und manchmal nur Lehmann, das hatte nichts zu bedeuten.

»Euch beide. Die Pitts und dich, meine beiden Kleinen, haha.«

Lehmann kniete sich neben das Hauptfahrwerk der Pitts, peinlich darauf bedacht, sich die Knie seiner blauen Fliegeruniform nicht schmutzig zu machen.

»Jetzt geht die Saison bald wieder richtig los. Und dieses Jahr wird gut, glaub's mir. Wirst sehen, ich schlepp uns eine Menge Schüler ran. Berlin ist bis zum Stehkragen voll mit jungen, erfolgreichen Business-Heinis. Die pack ich mir.«

Natascha rückte weiter wienernd den Ölschlieren zu Leibe, ohne Lehmann auch nur anzusehen.

»Ich geh jetzt nämlich ins Internet, Natascha. Da kann ich zielgruppenorientiert und bedarfsgerecht werben, und da kommen sie dann gelaufen, im Sog des Hauptstadtbooms. Da bieten wir Gastkunstflug an, damit lässt sich ne Menge verdienen. Da fliegst du mit denen zehn Minuten, da nehmen wir mal 120 Euro. Vielleicht bauen wir noch eine Videokamera in die Pitts, dann können sie das Band für noch einen Hunderter mitnehmen und sich zu Hause angucken, wie ihnen kotzübel geworden ist, haha.«

Natascha stand auf und wischte sich mit der Putzwolle das Öl von den Fingern.

»Ja, Lehmann, du bist eben ein schlauer Kapitalist, durch und durch.«

Victor A. Lehmann wusste nicht, wie er diese Bemerkung verstehen sollte, schließlich war Kapitalist seit der Wende kein Schimpfwort mehr.

»Wenn ich den Betrieb hier zum Laufen bringe, dann kommt das ja nur uns beiden zugute, Natascha.«

»Klar, was dir zugute kommt, kommt logischerweise auch mir zugute.«

Auch diese Bemerkung wusste Lehmann nicht so recht zu deuten. Er stand auf, um wieder in sein Flugplatzbüro zu gehen, das in einer kleinen Baracke hinter der Halle untergebracht war.

»Gegen sieben fahr ich wieder in die Stadt.«

»Mach mal. Ich komm nicht mit.«

Victor A. Lehmann stutzte.

»Was heißt das, du kommst nicht mit?«

»Das heißt, dass ich hier bleibe.«

»Du bleibst hier, auf dem Flugplatz?«

»Ja, stell dir vor.«

Lehmann fühlte sich, als habe ihm der Tower-Controller von Tempelhof gerade gesagt, er solle statt auf der Bahn null-neun auf dem Dach des Hangars landen.

»Ja, und wo schläfst du?«

»Da mach dir mal keine Sorgen.«

»Moment mal, du bist immer noch meine Frau! Du musst doch irgendwo schlafen!«

Natascha hatte es lange hinausgeschoben, aber irgendwann musste Lehmann es ja erfahren. Sie würde die nächste Zeit hier am Flugplatz wohnen, in einem alten Bauwagen. Den hatte ihr einer der Segelflieger überlassen, Brönner, ein Bauunternehmer, der bei Natascha ein paar Motorflugstunden genommen hatte, weil er sich seinen Segelfliegerschein auf Motorflugzeuge umschreiben lassen wollte. Aber ihm fehlte die Zeit, und nun stand dieser Wagen hinter der Halle herum. Er war komplett eingerichtet und bot für einen Bauwagen doch einigen Komfort. Zumindest hatte er ein ordentliches Bett und einen Tisch samt Kochgelegenheit. Die Möbel waren alt, aber gemütlich, haarscharf an der Kante zur Antiquität vorbei. Das Ganze sah fast so aus, als hätte sich der Bauunternehmer da ein Nest für Schäferstündchen schaffen wollen, aber dazu war Brönner einfach nicht der Typ. Das einzige Problem war die fehlende Dusche, aber das würde Natascha auch irgendwie in den Griff bekommen. Die Segelflieger hatten im Vereinsheim drüben eine Dusche, wenn auch von dem Standard, den sie noch aus früheren Zeiten kannte.

»Natascha, ich versteh dich nicht. Du willst also zu Hause ausziehen und jetzt hier in dem Bauwagen von diesem Brönner wohnen?«

»Ja, Lehmann, zumindest eine Zeit lang.«

»Und wieso?«

»Wieso? Für dich und deinen Lebensablauf ändert sich dadurch doch sowieso nichts, oder?«

Und wieder hatte Lehmann, wie so oft beim Umgang mit der weiblichen Psyche, ein Gefühl, das am ehesten mit einem Blindflug durch die Wolken bei Totalausfall sämtlicher Instrumente zu vergleichen war.

»Und außerdem, Lehmann, bin ich dann immer am Platz, wenn mal außer der Reihe ein Flugschüler vorbeikommt.«

Das war allerdings ein Grund, den Victor A. Lehmann nachvollziehen und billigen konnte. Nur die Hauptsache hatte Natascha ihrem Herrn Lehmann nicht gesagt, den eigentlichen Grund für ihre Heimlichkeit: dass sie angefangen hatte, per Fernkurs für ihre Lizenz zur Airliner-Pilotin, der ATPL, zu büffeln. Sie hatte nämlich keine Lust mehr, ihr Leben an der Seite ihres Gatten Victor A. Lehmann abzufeiern, bis sie alt und grau und Lehmann entweder stinkreich oder endgültig bankrott sein würde. Mit Airshows war sowieso nichts zu verdienen, die Begeisterung für Flugshows in den neuen Ländern war längst verflogen, die Möbelmärkte machten das Rennen. Und den Rest des Lebens für

Lehmann Putze, Fluglehrerin und Entsafterin zu spielen, das war nicht die Perspektive, wegen der sie von Petersburg nach Deutschland gekommen war. Auf eines jedoch wollte sie nicht verzichten: mit der Pitts zu fliegen. Und zu trainieren, denn im Herbst wollte sie an der Deutschen Meisterschaft im Kunstflug teilnehmen, in der offenen Klasse. Und solange sie sich kein eigenes Kunstflugzeug leisten konnte, musste sie den Zustand mit Lehmann noch erdulden. Zumal ihre ganzen Ersparnisse wahrscheinlich für die ATPL draufgehen würden. Aber all das brauchte Lehmann nicht zu wissen, zumindest jetzt noch nicht.

»Lehmann, ich muss trainieren, da ist's besser, ich bin öfter hier draußen. Und wenn ich bei der Meisterschaft gut abschneide, dann ist das doch auch eine Werbung für die Flugschule, oder?«

Dagegen fiel Lehmann auf der Stelle kein Argument ein. Und wenn Natascha erst die Airliner-Lizenz in der Tasche haben würde, konnte sich Lehmann eine neue Fluglehrerin suchen. Und eine neue Frau. Davon ahnte Lehmann nichts. Er war sicher, dass Natascha sich mit der kleinen Pitts austoben wollte. Bei ihrem Können und ihrem Ehrgeiz hatte sie wahrscheinlich sogar gute Chancen, bei der Meisterschaft vorne mitzumischen. Und irgendwann würde sie wieder ins gemeinsame Heim zurückkehren, spätestens dann, wenn sie sich wieder mal in eine saubere Badewanne legen wollte.

»Gut, Natascha, dann bleib eben mal ein paar Tage hier. Falls du ein Bad nehmen möchtest oder dir die Haare waschen, du hast ja den Schlüssel. Du bist das Leben in einfachen Verhältnissen ja gewohnt …«

Natascha lächelte ihren Victor A. Lehmann breit an.

»Wo ich herkomme, da scheißen die Leute in den Garten, das wolltest du doch sagen, oder?«

Lehmann ahnte, dass er sich seine letzte Bemerkung vielleicht besser gespart hätte, und zog ab.

7

Jörg lag auf der Couch in einem kleinen Zimmer im Hochparterre eines Steglitzer Altbaus. Jacke und Schuhe hatte er ausgezogen, den Knopf am Hosenbund geöffnet. Er war in den letzten Monaten wieder knapp zehn Pfund schwerer geworden und hatte sich einen Vollbart stehen lassen, um nicht jeden Morgen beim Rasieren ein sich langsam ausbildendes Doppelkinn im Spiegel zu sehen. Jörgs Blick ging nach oben zu der einfachen Stuckdecke, deren simples Muster er bereits auswendig kannte, und dann hinüber zur gegenüberliegenden Wand, die in voller Breite mit einer wuchtigen Regalwand aus Buchenholz zugestellt war, vollgepackt mit Büchern, Nachschlagewerken oder Jahresordnern von Fachzeitschriften, wie beispielweise der *Monatshefte für Psychotherapie*, die in kompletten Jahrgängen seit der Ausgabe von 1968 vorhanden waren. Jörgs Augen schweiften weiter durch den Raum, soweit das eben in der auf dem Rücken liegenden Position möglich war. Hinter seinem Kopf, direkt am Fenster, saß Dr. Rastemborski in einem bequem anmutenden Polstersessel, der bestimmt sündteuer gewesen sein musste. Dr. Rastemborski war ein wenig über fünfzig, das graue Haar lichtete sich bereits, und der bescheidene Rest an Haarpracht hing in knapp schulterlangen Strähnen kranzförmig vom bebrillten Haupt herunter. Rastemborski trug fast immer Cordanzüge, die wahrscheinlich maßgeschneidert waren und in den beiden Farben Sandbraun und Hellgrau zur Verfügung standen. Auf seinen Knien ruhte stets eine schwarze, abgegriffene Kladde von Atlasformat, in die er sich während der Behandlungen hin und wieder etwas notierte.

»Wie geht es Ihnen heute, Herr Raabe?«, leitete Dr. Rastemborski die Sitzung ein und wartete, dass Jörg anfing, sich in so genannter freier Assoziation den Kummer von der Seele zu reden. Es ist bei der klassischen Psychoanalyse üblich, dass der Patient den Therapeuten nicht sieht, was in diesem speziellen Fall auch aus einem weiteren, wenn auch nicht medizinischen Grund von Vorteil war. Dr. Rastemborski hatte nämlich neben dem Sessel auf einem Tischchen eine Tasse Kaffee stehen nebst einer Untertasse mit zwei Croissants. Sobald Jörg zu erzählen begann, biss Dr. Rastemborski leise die Spitze des ersten Hörnchens ab und nahm unhörbar einen Schluck aus der Kaffeetasse. Nach einer kurzen Anlaufphase und einigen wenigen Zwischenfragen des Analytikers schwallte es nur so aus Jörg heraus: Er klagte über sein unleidiges Zusammenleben mit Petra, lamentierte über seine verfahrene berufliche Situation, ließ auch die kleinen Kränkungen an der Frischfleischtheke bei Edeka 2000 nicht aus und beichtete seine Masturbationspraxis via Internet. Bald hatte sich Jörg zu Hochform hochgejammert.

»Wir können nicht alle Sieger sein, Herr Raabe«, kam es von hinter der Couch zurück. »Legen Sie sich die Latte nicht zu hoch. Sie müssen lernen, auch bei sich selbst Zufriedenheit zuzulassen.«

»Jaja, Zufriedenheit, weiß ich ja!«, wiederholte Jörg, im Tonfall hart an der Grenze zum Nachäffen. Dr. Rastemborski wusste, der Quell des assoziativen Gejammers würde nunmehr bald versiegen, nahm schnell das letzte Stückchen Croissant in den Mund und spülte mit einem Schluck Kaffee nach. Jörg bäumte sich noch einmal verbal auf: »Ich hab es satt, dass mir alle ständig auf der Nase rumtanzen! Und dass mich keiner beachtet! Meine lieben Kollegen spielen Hauptrollen in den Serien, müllen mit ihren Fotos die Gazetten voll, sitzen in Talkshows rum und sind wichtig, wichtig, wichtig! Nur mich engagiert kein Schwein, ich steh nicht mal in der Fernsehzeitung! Ich finde überhaupt nicht mehr statt! Ich bin ein jämmerliches Stück Dreck, das keiner will! Das ganze Leben kotzt mich an!« Jörg atmete noch ein paarmal tief aus und verstummte. Dr. Rastemborski schluckte schnell den letzten Rest des Kaffee-Teig-Gemenges herunter.

»Hm. Verstehe. Sie klagen also über ein subjektives Gefühl, man begegnet Ihnen mit mangelnder Beachtung. Woran, glauben Sie, könnte das liegen?«

»Ich weiß es nicht«, sagte Jörg. »Deswegen bin ich ja hier!«

»Nun, ich kann Ihnen das auch nicht sagen. Da müssen Sie schon selbst dahinterkommen.«

»Wie denn? Ich werd ja nicht mal meiner Freundin Herr. Die verjuxt das Haushaltsgeld und nimmt ständig meinen Wagen!«

»Ihr Wagen, hm. Sie denken, Ihre Freundin nutzt Sie aus, weil sie den Wagen benutzt. Hat sie denn einen Schlüssel für den Wagen?«

»Gibt ja nur noch den einen! Ich musste heute wieder mit dem Scheißbus fahren! Und stellen Sie sich vor. Letzte Woche sagt die glatt zu mir: ›Du bist doch ein kleinkarierter Hosenscheißer.‹ Und das nur, weil ich ihr zum tausendsten Mal gesagt hab, sie soll sich doch endlich mal einen Job suchen und nicht immer von Kindern reden!«

»Hm. Wörtlich?«

»Wörtlich.«

Dr. Rastemborski zog einen eleganten Füllhalter aus der Innentasche des sandbraunen Cordjacketts und schrieb schnell etwas in seine schwarze Kladde.

»Aber sehen Sie, Herr Raabe, damit beachtet sie Sie doch immerhin.«

»Jaja. So kann man's auch sehen …«

»Sehen Sie.«

»Ich kann mir doch die ganze Scheiße nicht einfach schönreden!«

»Das sollen Sie auch nicht. Aber wir müssen gemeinsam die

Ursachen herausfinden, die zu Ihrer Situation und Ihren Empfindungen geführt haben.«

»Und? Was haben Sie herausgefunden?«

»Sie müssen schon selbst suchen, ich kann Ihnen nur Hilfestellungen leisten.«

Dr. Rastemborski machte mit dem Füllfederhalter noch eine Eintragung.

»Gab es denn in den letzten Wochen auch Situationen und Momente, in denen Sie sich wohl gefühlt haben?«

Jörg tat einen verächtlichen Seufzer: »Soll ich Ihnen mal sagen, wann ich mich noch wohl fühle? Wenn ich in der Sauna hocke!«

»Sie gehen in die Sauna? Schön.«

»Ja, ich gehe schön in die Sauna, zweimal die Woche für drei Stunden. In so eine Proletensauna am Tauentzien, wo auch die russischen Edelnutten hingehen, mit ihren Zuhältern. Da setz ich mich rein, ganz nach oben, wo's am heißesten ist, und da bleib ich hocken, bis ich fast auslaufe, bis ich denke, ich halt's nicht mehr aus – und da geht's dann.«

»Hatten Sie irgendwann einmal im Traum ein Saunaerlebnis?«

»Im Traum?« Jörg überlegte kurz. »Ja, stimmt, jetzt, wo Sie's sagen. Ich hab mal geträumt, ich war in der Sauna und bin nicht mehr rausgekommen und bin irgendwie … geschmolzen. Dann bin ich aufgewacht.«

»Nun, was, denken Sie, könnte das bedeuten?«

»Was denken Sie, was denken Sie … Keine Ahnung. Todessehnsucht …?«

Dr. Rastemborski blätterte in der schwarzen Kladde ein paar Seiten zurück, las kurz und nickte dann.

»Sehnsucht. Sie sehnen sich nach etwas. Vielleicht nach Geborgenheit?«

»In der Sauna?«

»Die Sauna ist nur eine Ersatzhandlung, eine Substitution.«

»Aha.«

»In der Fachsprache nennen wir das Sublimation eines uteralen Defizits. Sie haben überproportional viel weibliches Introjekt in Ihrer Persönlichkeitsstruktur, hervorgerufen durch Defizite in Ihrer Mutterbeziehung. Ihre Mutter hat Ihnen in der frühkindlichen Phase Wärme und Geborgenheit verweigert. Darüber haben wir ja in der letzten Sitzung gesprochen. Und nun suchen Sie in der Sauna die Wärme und Geborgenheit, die Ihnen in der pränatalen Phase im Uterus vorenthalten wurde.«

»Deswegen gehe ich in die Sauna?«

»Sie kriechen sozusagen in einer kompensativen Ersatzhandlung in den Mutterleib zurück, vollziehen die Regression in die uterale Phase.«

»Und Aufguss?«

»Bitte?«

»Was bedeutet dann der Aufguss in der Sauna?«

»Nun ...«

»Ich meine, wenn jede volle Stunde der fette Bademeister reinkommt und zwei Liter Wodka-Eukalyptus-Brühe über die Steine kippt, dann ist das doch, wie wenn mein Alter noch mal über meine Mutter drübergegangen ist, als sie mit mir schwanger war, oder ...?«

Dr. Rastemborski sah etwas verwirrt zu Jörg hinüber. Ein spontanes Kopfschütteln kam ihm aus. Dieser Fettkloß war wohl wirklich krank, das war nicht einer der branchenüblichen Jammerlappen, die in die Therapie kamen, nur weil es schick war, nein, der Mann war krank. Dr. Rastemborski räusperte sich kurz.

»Nun, ganz so gegenständlich sollten Sie das vielleicht nicht sehen, Herr Raabe. Wir sprechen ja hier von Sinnbildern und Ersatzhandlungen des Unterbewussten.«

Dr. Rastemborski machte sich noch eine Notiz in seiner schwarzen Kladde und schloss sie.

»Nun, Herr Raabe, vielleicht ist es noch von Interesse für Sie, dass Ihre Kasse nunmehr meinen Antrag auf Kostenerstattung Ihrer Therapie beantwortet hat.«

»Na endlich!«

»Nun ja. Ihre Kasse lehnt es ab, die Kosten zu übernehmen.«

Jörg richtete sich auf und sah den Analytiker überrascht an. »Wieso denn das? Sie haben doch gesagt, ich bin ernsthaft krank. Depressiv, oder?«

»Nun, man ist der Ansicht, dass es sich in Ihrem Fall nur um eine temporäre leichte Beeinträchtigung Ihres Wohlbefindens handelt. Eine berufsbedingte Notwendigkeit der Therapie gemäß D.1.1. PTRL wird bei Ihnen als Schauspieler nicht anerkannt.«

»PTRL?«

»Psychotherapierichtlinien.«

Jörg glotzte Dr. Rastemborski fern aller Patientenrichtlinien an. Die Enttäuschung stand ihm ins Gesicht geschrieben. »Ja, und was machen wir jetzt?«

»Nun, ich habe Ihnen hier mal eine Liquidation für die bereits stattgefundenen zehn Sitzungen ausgestellt.«

Dr. Rastemborski stand vom Sessel auf, ging zu dem Biedermeierschreibtischchen und reichte Jörg ein kleines Papier. Jörg sah sich die Summe an und war einen Moment lang still.

»Das heißt, ich muss das aus eigener Tasche bezahlen?«

»Darum würde ich Sie bitten, ja. Ich werde mich allerdings nochmals mit einer erneuten Eingabe an die Kasse wenden.«

Dr. Rastemborski sah auf die Uhr, nahm die Kladde vom Sessel und legte sie ostentativ auf den Biedermeiersekretär.

»Herr Raabe, wir sehen uns dann nächste Woche wieder, zur selben Zeit.«

Jörg nickte nur, zog sich auf der Couch sitzend seine Schuhe wieder an, stand auf, knöpfte den Hosenbund zu, faltete die Liquidation zweimal zusammen, stopfte sie in die enge Hosentasche und verließ den kleinen Behandlungsraum. Mit dem Bus

101 fuhr er direkt in den Bezirk Zehlendorf, genauer gesagt nach Dahlem, wo die Villen derer standen, die sich's leisten konnten, keine drei Kilometer vom Ku'damm entfernt auf dem Land zu wohnen. Jörg stieg an der Haltestelle Königsallee aus und ging die paar hundert Meter zum Haus Nummer 147 zu Fuß. Es war ein dreistöckiges Jugendstilhaus mit parkartigem Garten, der auf einem bekiesten Weg zu durchschreiten war. Jörg war ein wenig subversiv aufgelegt, wie früher, als er noch statt den Lehrern die Irren gespielt hatte, und er traute sich was. Er hob die Füße nicht, sondern schlurfte durch den Kies, ganz frech sichtbare Spuren in den sorgsam egalisierten Kies ziehend. Die Königsallee 147 war in der Tat eine gute Adresse, ob mit oder ohne Spuren im Kies. Neben der Haustür, die schon fast ein Portal war, zweiflüglig, zeugten mehrere großzügig dimensionierte Messingschilder, wer hier residierte: zwei Immobilienfirmen in der Unternehmensform GmbH & Co KG, eine gut situierte Werbeagentur namens *Dr. Teicke PR Consult*, mehrere Rechtsanwälte oder gar regelrechte Anwaltssozietäten, wie zum Beispiel auf der gesamten zweiten Etage *Hemprich, Geyer, Hemprich & Partner – Rechtsanwälte, Tätigkeitsschwerpunkt Immobilienrecht & Investmentconsulting*, und eben unten links das Büro von *pegasus – agentur für film und fernsehen.* Klein geschrieben. Jörg war seit über zehn Jahren in der Kartei von *pegasus*. Frau Dr. Suchanek, die Inhaberin, war damals in Jörgs Kreuzberger Tagen samt ihrem Rollstuhl in das Pathos-Theater gekommen, hatte sich die Vorstellung »Der Irre und die Hure« angesehen und ihm danach in ihrem sorgsam gepflegten Wiener Akzent auf der Stelle einen Agenturvertrag angeboten. Das war die Chance gewesen, auf die Jörg seit Jahren vergeblich gewartet hatte: auf den Absprung von der Kreuzberger Off-Szene hinein in das wirkliche Business bei Film und Fernsehen. Ein paar Jahre lang war es tatsächlich ganz gut gelaufen, er hatte ein paar schöne mittlere Rollen in Spielfilmen abgegriffen, aber irgendwann war es weniger geworden.

Er hatte es im Lauf der Jahre nicht zum Star geschafft, sondern war zu einer besseren Karteileiche bei *pegasus* abgekackt, der hin und wieder mal bei Fernsehserien genommen wurde, wenn definitiv kein, aber auch gar kein gefragter Kollege Zeit hatte.

Jörg klingelte an der Tür, der Summer ertönte und gab das Portal frei. Als er das Büro von *pegasus* betrat, sah Heidemarie, die Assistentin von Frau Dr. Suchanek, ängstlich von ihrem Schreibtisch auf. Heidemarie war eine spindeldürre, etwas verhärmte Frau von schwer schätzbarem Alter, die das Haar immer zu einem strengen Zopf oder gar Dutt geschnürt trug. Jörg hatte sie noch nie in etwas anderem als langen Kleidern gesehen, die sackartig an ihrem dürren Leib herabhingen. Heidemarie war wohl irgendwann Dramaturgin am Theater in Rostock gewesen und kurz nach Maueröffnung zur Assistentin von Frau Dr. Suchanek geworden. Heidemarie wisperte mit dem ihrer Erscheinung entsprechenden dünnen Stimmchen nur »Ach, Herr Raabe …« und sah Jörg dabei ängstlich an, als sei er der auferstandene Herr Generalsekretär persönlich.

»Ich war bloß mal in der Gegend, da wollte ich gucken, was gerade so ansteht.«

»Ähh … Meines Wissens steht bei Ihnen nichts an. Hat Frau Doktor Suchanek da etwas erwähnt?«

»Nein, nein, die Frau Doktor hat nichts Konkretes erwähnt, aber könnte doch sein, dass auch bei mir mal wieder etwas ansteht, muss ja nicht gleich ein Kinofilm sein.«

»Sicherlich, aber im Moment steht meines Wissens nichts an.«

»Ist denn die Frau Doktor kurz zu sprechen?«

Heidemarie zögerte kurz, ging dann zu der großen Flügeltür, klopfte leise an und schob ihren dürren Körper durch einen winzigen Spalt der riesigen Tür in das Büro von Frau Dr. Suchanek. Als der Spalt sich wieder geschlossen hatte, schielte Jörg auf Heidemaries Schreibtisch, um vielleicht Kenntnis von Filmprojekten zu erhaschen, bei denen er sich selbst noch mal in Erinnerung rufen könnte, wenn's die Suchanek samt Heidemarie schon nicht tat. Nach einer knappen Minute kam Heidemarie durch einen ebenso schmalen Spalt aus der Flügeltür wieder heraus, schloss die Tür mit unendlicher Sanftheit und hatte einen dünnen Aktendeckel in der Hand. Es stünde doch etwas an, sagte sie, und zwar wolle eine Journalistin ein ganz kleines Interview mit ihm machen. »Yellow Press?«, fragte Jörg, und Heidemarie nickte fatalistisch. Das sei doch immerhin etwas, ein kleiner Bericht, und die Journalistin würde sich umgehend bei ihm melden. Bitte? Nein, ansonsten stünde nichts an.

Das Köpflein auf dem dürren Hals schüttelte sich mehrmals verneinend. Halt, bis auf eins: Heidemarie nahm einen Schnellhefter vom Schreibtisch und erläuterte piepsig, da drin befänden sich noch offene Rechnungen für Vermittlungsprovisionen, die Frau Dr. Suchanek doch gern baldmöglichst beglichen gewusst hätte. Jörg nahm den Hefter, rollte ihn zusammen, steckte ihn in die Jackentasche, lächelte, bestellte schöne Grüße an Frau Doktor und verließ das Büro. In der weitläufigen Eingangshalle zog er den Hefter heraus und warf einen kurzen Blick darauf. Es waren also nochmals 1700 Euro offen, die sich während der letzten Monate angesammelt hatten. Jörg hatte weder eine Ahnung, wofür das Geld war, noch, wie er es bezahlen sollte. Er steckte die Rechnungen zu der Liquidation von Rastemborski, warf den Hefter in den Briefkasten von *pegasus* und verließ das Areal, tiefe Spuren in den Kies schabend. Irgendjemand aus der Sozietät Hemprich, Geyer, Hemprich & Partner rief ihm hinterher, er solle gefälligst die Füße heben, sonst lasse man ihm eine Rechnung des Landschaftsarchitekten zukommen, aber Jörg drehte sich nicht mal um nach dem pöbelnden Volljuristen.

Als er nach einer halben Stunde Busfahrt in der Wohnung ankam, saß Petra am Küchentisch und hatte erneut die Wickler im Haar, das Radio lief in heftiger Lautstärke, die Bässe wummerten.

»Du warst gar nicht zu Hause heute Nacht …«

»Fang doch nicht schon wieder an rumzustänkern. Ich frag dich ja auch nicht, wo du jetzt herkommst!«

»Ich war beim Therapeuten!«

»Dann kipp doch bitte dem deinen Müll vor die Füße und nicht immer mir!«

»Ich stecke in einer beruflichen Krise, Petra!«

»Weil du jammerst und deinen Arsch nicht hochkriegst. Kotz doch deiner blöden Agentin mal auf den Tisch! Aber das traust du dich ja nicht! Dafür jede Nacht stundenlang irgendwelche Teeny-Muschis im Internet angucken!«

»Du bist gemein!«

Jörg ging zum Kühlschrank und nahm sich eine Dose Bier.

»Sauf nur schön viel Bier, damit du noch fetter wirst!«

Diesen Dialog hatten sie schon unzählige Male geführt, fast wörtlich, präzise wie in einer Boulevardkomödie.

»Also gehst du heute Abend definitiv nicht mit zu meiner Premiere?«

»Ich hab dir doch gesagt, ich treff mich mit Gabi und Renate. Den Film gibt's ja irgendwann bestimmt auf Video.«

Petra gab Jörg ein Küsschen auf die Wange und ging mitsamt den Wicklern im Haar in ihr Zimmer, aus dem sogleich wieder lautes Gewummere herüberdröhnte.

Jörg setzte sich an den Tisch und stellte das Radio ab, denn das Gewummere aus Petras Zimmer reichte ihm. Aus dem Wohnzimmer hörte Jörg das Telefon klingeln, aber nur einmal. Entweder kam ein Fax – wer sollte ihm ein Fax schicken? – oder Petra hatte abgenommen. ›Wahrscheinlich war's sowieso für Petra‹, dachte Jörg, denn wer sollte ihn schon anrufen?

»Für dich!!!«, tönte Petra aus ihrem Zimmer herüber. Jörg stand auf, ging zum Apparat im Wohnzimmer, nahm ab und meldete sich mit Raabe. Am anderen Ende war die Journalistin, von der Heidemarie berichtet hatte. Na immerhin. Jörg schlug vor, sich in einem Café zu treffen, aber Frau Höfele, so hieß die Dame, wollte lieber zu ihm nach Hause kommen. Jörg versuchte, ihr das auszureden – schließlich kannte er seine Wohnung –, aber Frau Höfele blieb hartnäckig: Sie habe das mit *pegasus* schon so besprochen, man brauche ja nur ein kleines Eckchen, irgendwo, nur ein kleines Eckchen, und ob es ihm morgen um 14 Uhr passen würde? Jörg hörte, wie die Musik in Petras Zimmer verstummte, wie Petra die Jacke nahm, ins Treppenhaus hinauswischte und die Tür hinter sich zuschlug. Jörg sagte nur leise: »Jetzt ist die schon wieder weg!«, völlig vergessend, dass er noch den Telefonhörer in der Hand hielt. Frau Höfele am anderen Ende wiederholte höflich ihre Frage, ob es ihm um 14 Uhr passen würde. Was? Ja, natürlich passte es Jörg, 14 Uhr, kein Problem. Die Adresse? Die Adresse hatte Frau Höfele auch schon, von *pegasus*. Frau Höfele sagte, sie freue sich auf morgen, und Jörg bestätigte, er freue sich auch, und legte auf. Dann ging er zum Campingtischchen neben der Wohnungstür, nur mal gucken, aber natürlich war der Autoschlüssel weg.

Jörg ging zurück in die Küche, machte sich noch eine Dose Bier auf und trank sie fast in einem Zug leer, er musste ja heute nicht mehr fahren. In knapp drei Stunden würde die Kinopremiere beginnen, und er müsste sich was Schickes anziehen, weil sicher Gott und die Welt da waren, der übliche Massenauftrieb der Branche. Die Frage war nur, wo er noch hineinpasste. Jörg holte einen alten Smoking, den er einmal in einem Film getragen hatte, aus dem Schrank und versuchte, dem Anzug seinen fülligen Körper einzuverleiben. Er begann mit der Hose, seine Oberschenkel füllten die Hosenbeine satt. Vergeblich versuchte er, den Hosenbund zu schließen. Vielleicht hätte er den Knopf ja mit Kraftaufwand ins Knopfloch hineingebracht, aber bei der ersten Bewegung wäre er abgerissen. Mit einem Gürtel konnte er vielleicht den Hosenbund weit genug zusammenziehen, um die fehlenden fünf Zentimeter Bundweite zu kaschieren. Er zog sich ein Smokinghemd an, stopfte es sorgsam in die Hose, fädelte den Gürtel ein, zog ihn zu, platzierte den Dorn im letzten Loch der Schnalle und zupfte den Stoff des Hosenbunds unter dem Gürtel soweit zurecht, dass er kaum mehr Falten warf. Der Gürtel war so eng, dass die Wulst seines Bauchs die waagrechte Gürtellinie sichtbar überwallte, aber da kam ja noch das Jackett drüber. Er durfte es eben nicht ausziehen, aber dazu gab es auch keinen Grund. Das Jackett ließ sich gerade noch schließen, nur die Fliege um den Smokingkragen musste er etwas weiter machen, indem er mit einem Korkenzieher ein kleines Löchlein in den Stoff bohrte. Allein die schwarzen Lackschuhe passten noch. Jörg stand vor dem Spiegel, fühlte sich wie eine Leberwurst im Naturdarm und hoffte, die Nähte würden halten, wenigstens für diesen Abend. Als er sich so sah, mit dem Vollbart in dem schwarzen Stützkorsett von Smoking mit der schwarzen Fliege, die unter dem Doppelkinn klemmte wie ein aufgeschwemmter Fenstersims, da wusste er: Hier ist das Ende, hier geht's nicht weiter, das ist der Point of no Return. Und weil er keine Lust hatte, wieder mutterseelenallein bei der Premierenfeier herumzustehen, griff er zum Telefon und rief seinen Freund Axel an. Jemand anderer fiel ihm beim besten Willen nicht ein.

8

Der große Saal im Cinemaxx war bis auf den letzten Platz besetzt, an den Wänden lehnten einige Zuschauer, die keine Plätze mehr gefunden hatten. Ein paar junge Leute hatten sich auch auf den Stufen niedergelassen, die beidseits der Sitzreihen nach oben führten. An den Eingängen standen Dutzende von hochgradig nervösen Security-Leuten mit ihren Walkie-Talkies. Immer wieder sprachen sie wichtig in die kleinen Geräte hinein und erhielten zum Dank prompt ebenso wichtiges Gekrächze von sonst wo. Über die Leinwand war ein großes Transparent gespannt mit dem Titel des Films: »Mein Freund, der Gummibär«. Und darunter, in wesentlich kleinerer Schrift: »Ein Film von Sebastian Sinkel«. Durch das Gewühl lief eine schwer schätzbare Zahl von Gummibärchen. Es waren dies Hostessen in Gummibärkostümchen, ein wenig ausgestopft, ein wenig an Disney-Figuren erinnernd, aber auch ein bisschen an Playboy-Bunnys. Diese lebenden Gummibärchen verteilten Unmengen von Gummibärchen, der Name des Gummibärchenherstellers – Sponsor für den Film – war omnipräsent. Die PR-Agentur, der die Organisation der Premiere übertragen worden war, hatte ganze Arbeit geleistet: thematisch passend, amüsant und ein klein wenig erotisch.

Jörg und Axel saßen ganz links außen, wo sie in einer der unteren Reihen noch zwei Plätze gefunden hatten, wenn auch Jörg mit dem ausklappbaren Notsitz hatte vorliebnehmen müssen, der seinem breiten Hintern nur mangelhaft Sitzfläche bot. Mit ganz vorsichtigen Bewegungen justierte er sich, um die Nähte des Anzugs nicht übermäßig zu strapazieren, und brachte seine Beine in eine Stellung, die einen knapp zweistündigen Filmgenuss in die Nähe des Denkbaren rückten.

Die Prominenten hatten auch schon ihre Plätze eingenommen, als ein schnöseliger junger Mann im hellgrauen Zweireiher die Bühne vor der Leinwand betrat, sich als Sales-Manager des Gummibärchenherstellers outete und voller Stolz preisgab, dass er den Film bereits gesehen hatte, von selbigem verzaubert worden sei und dem Publikum im Namen des Gummibärchenherstellers anheim gab, sich nunmehr auch verzaubern zu lassen. Der Schnösel ersparte dem Publikum Verhaltensmaßregeln, verließ die Bühne, und der Film begann. Nach knapp dreißig Minuten – die Verzauberung hielt sich noch in Grenzen – sah man auf der Leinwand eine Außenszene, in der ein Penner auf einer Parkbank saß und die des Weges kommende Hauptdarstellerin um etwas Geld anbettelte. Die Hauptdarstellerin, im Leben hieß sie Laura Lanski, im Film einfach nur Joy, blieb kurz stehen und setzte sich dann zu dem Penner auf die Parkbank. Jörg zupfte Axel aufgeregt am Jackett und flüsterte ihm zu: »Das bin ich! Der Penner! Guck doch!« Natürlich guckte Axel, alle guckten. Der Penner sagte: »Eh, schöne Frau, hamm Sie mal'n Euro für'n armen Tippelbruder?«

›Schön‹, dachte Jörg, ›hab ich schön gesagt.‹

Laura Lanski alias Joy erwiderte knapp: »Wieso?«

Jörg zupfte Axel wieder am Ärmel und flüsterte: »Jetzt kommt's!«

Auf der Leinwand nahm der Penner einen Schluck aus der Flasche, holte tief Luft – offenbar setzte er zu einem längeren Monolog an – und sagte mit versoffener Stimme: »Also, schöne Frau, passen Se uff, kann ick Ihnen erklären, det is nämlich Folgendes …«

Es folgte eine Großaufnahme von Laura Lanskis Gesicht, wie sie den Penner ansah, und schon folgte ein abrupter Schnitt. Laura stand als Joy irgendwo mitten in einem riesigen Berliner Loft, wo sich ein nackter Mann mit Waschbrettbauch auf einer Relax-Liege räkelte, in der Hand eine Zigarre, von einem Penner weit und breit keine Spur.

Jörg starrte entsetzt abwechselnd auf die Leinwand und in Axels Gesicht. Axel sah zu Jörg herüber und flüsterte: »Bisschen kurz, hm?« Jörg blickte nochmals verzweifelt auf die Leinwand. Mittlerweile saß Laura auf dem Waschbrettbauch, der ihr auch schon an die Wäsche ging, und ihm war klar, dass da kein Penner mehr kommen würde. Jörg hatte ja auch nur die Szene im Park gehabt, aber die war eigentlich drei Minuten lang gewesen und hatte aus einem absurden Monolog bestanden, in dem der Penner seinen Anspruch auf den verlangten Euro mit einer aberwitzigen Argumentationskette über Weltwirtschaft und Globalisierungswahn herleitete. Ein schöner Monolog war das gewesen, und nun war er weg, einfach weg. Wut und Enttäuschung stiegen in ihm hoch, bitter wie Galle. »Rausgeschnitten!«, raunte er Axel zu, »der hat die ganze Szene rausgeschnitten!« Aus der Reihe hinter ihnen zischte ihm eine junge Frau ein bitterböses »Pssst!« in den Rücken, und Jörg sagte nichts mehr, sank schweigend in sich zusammen, soweit das auf dem bescheuerten Notsitz überhaupt möglich war.

Die Premierenfeier war in vollem Gange, das Büfett längst eröffnet, und das riesige Foyer prall gefüllt mit schicken Leuten. Auf einem Podium musizierte eine dreiköpfige Klezmer-Band mit Akkordeon, Kontrabass und Schlagzeug, tapfer aufspielend gegen das offensichtliche Desinteresse des Publikums, das die Klänge eher als akustische Störung beim Bemühen betrachtete, gesehen und erkannt zu werden und Kontakte zu knüpfen.

In einer Ecke hatte man auf einer kleinen Bühne eine knallrote Polstersitzgruppe aufgestellt, und dort saß der Regisseur Sebastian Sinkel zusammen mit Laura Lanski und dem Waschbrettbauch, einem jungen Kollegen namens Torsten Schunke, dem man in der Branche eine große Karriere vorhersagte. Bekannt geworden war Torsten Schunke damit, dass er in einem Teenager-Film mehrfach Ehehygieneartikel aus Toiletten oder Abflüssen hervorgezaubert und dabei kleine Schweinereien aufgesagt hatte, die ihm vom Gagschreiberteam eines namhaften Komikers in den Mund gelegt worden waren. Laura Lanski trug dasselbe enge Kleidchen, das sie als Joy im Film angehabt hatte, und die Maske hatte auch ihr Gesicht und ihre Frisur wieder auf Anschluss gebracht. Um die Sitzgruppe herum lungerten Produzenten und Redakteure, die beachtet, und Schauspieler, die besetzt werden wollten. Laura Lanski, Sebastian Sinkel und Waschbrettbauch Torsten Schunke hielten Hof, ließen die Leute herankommen und schenkten ihnen zwei, drei Sätze Aufmerksamkeit.

Ein älterer Fotograf mit Bürstenhaarschnitt entdeckte Laura Lanski auf dem Sofa, baute sich vor dem Sitzmöbel auf, fummelte an der Kamera herum, presste den Sucher ans Auge, ging in die Knie, hopste auf der Suche nach der besten Position ein paarmal vor und zurück und sagte dabei permanent Dinge wie: »Schön. Schön so. Sehr schön. Ja ja ja. Sehr, sehr schön.« Dann begann er abzudrücken, ließ mit dem automatischen Winder den Film im Zehntelsekundentakt am Objektiv vorbeischrammen. Bewegung und Haltung erinnerten Jörg an militärische Schießübungen, insbesondere an den so genannten ›Deutschuss aus der Hüfte mit Maschinenpistole in Gefechtssituation‹. Er taufte den Bildkünstler mit der Stuhlverhaltungsposition kurzerhand ›Oberstleutnant Kesselring‹.

Aus der Masse Mensch vor dem Büfett tauchte Frau Dr. Suchanek auf, die Inhaberin von *pegasus*. Von ihrer mageren Assistentin Heidemarie geschoben, bahnte sie sich mit dem Rollstuhl einen Weg durch die Menge. Das war mühsam, denn die beiden Frauen bewegten sich mit ihrer lichten Höhe von knapp einem Meter fünfzig deutlich unterhalb des Blickfelds der schönen großen Menschen, die da wie unter Drogen nach Häppchen und Kontakten geierten. Als Jörg das Rollstuhlgespann kommen sah, versuchte er schnell, sich hinter einer Gruppe essender Leute hinwegzucamouflieren, aber Frau Dr. Suchaneks Adlerauge hatte ihn sofort erspäht. So viele dicke bärtige Männer in zu engen altmodischen Anzügen liefen hier schließlich nicht herum.

»No, des wor ja wieder sauber nix, Jörg Raabe. Was host ma denn do erzoihlt, von wegen aana großen dollen Szene ois Penner, ha?«, fragte die Suchanek mit ihrem sorgsam kultivierten

Wiener Akzent. Jörg zog verlegen die Schultern nach oben und versuchte aus Unsicherheit die eine Hand, die kein Sektglas hielt, in die Hosentasche zu stecken, aber die Hose saß zu eng, als dass seine Hand in der Tasche Platz gefunden hätte.

»Frau Doktor, es war wirklich eine schöne Szene, aber das Beste hat er rausgeschnitten.«

»Wer?«

»Na, der Regisseur, der Sinkel!«

»Na geh, Jörg, do wird er scho an Grund g'habt hamm, der Sebastian Sinkel …«

Heidemarie kicherte einmal kurz auf, meckernd. Ein Blick von Frau Dr. Suchanek ließ sie sofort wieder verstummen und Contenance bewahren.

»Kommst die nächsten Tage bittschön amoi zu mir in die Agentur, na müsmer amoi an wengerl mitnand reden, mir zwaa. Baa baa!« Ein kleines Nicken mit dem Kopf genügte, und Heidemarie schob Frau Dr. Suchanek weiter durch die Masse, mit unbekanntem Ziel. Jörg und Axel sahen ihr hinterher, Jörg fast ein wenig paralysiert.

»Das war die Suchanek. Meine Agentin.«

»Die hält nicht so viel von dir, oder?«

Eine Stunde später hockten Jörg und Axel auf der großen Treppe, soffen Sekt und schlangen Gummibärchen in sich hinein. Beide hatten sich auf Kosten der Gummibäragentur schon ziemlich einen angesoffen.

»Jörg, muss dir was sagen …«, lallte Axel, »ich hab was mit der Petra …«

Jörg glaubte, sich verhört zu haben.

»Was hast du?«

»Ich bums deine Petra, immer wenn du beim Therapeuten bist. Sorry. Wolltich dir schonlangmal gesagt haben …«

Jörg wusste nicht, ob er das für einen schlechten Scherz halten sollte, und starrte hinüber zu dem roten Plüschsofa, in dem, inzwischen tief eingesunken, immer noch Laura Lanski, Sebastian Sinkel und Torsten Schunke saßen. Jörg stand auf – die Hose brauchte er sich nicht hochzuziehen, die rutschte nicht, konnte sie gar nicht – und stapfte los, auf die Plüschcouch zu. Axel folgte ihm, mit tippelndem Schritt den Vorsprung schnell wettmachend. Jörg fläzte sich auf den Rand der Couch und legte den Arm um Sebastian Sinkel.

»Na, der große Regisseur so alleine hier?«

Laura Lanski warf Jörg einen bösen Blick zu.

»Alle schon weg, bis auf ein paar besoffene Fettsäcke.«

Jörg quittierte die Bemerkung nur mit einem Lächeln und wandte sich sofort wieder Sebastian zu.

»Gib mir doch nächstes Mal ne größere Rolle! Umso mehr kannste dann rausschneiden, haha!«

Laura gefiel die kleine Plauderei gar nicht, aber Sebastian dachte nicht daran, den betrunkenen Zudringling Jörg der Couch zu verweisen, er hatte wohl tatsächlich ein schlechtes Gewissen wegen der zusammengeschnittenen Szene.

»Mal im Ernst, Jörg. Hab ich auch schon dran gedacht. Aber dich krieg ich nicht durch bei den Producern. Die wollen bekannte Gesichter und große Namen.«

Waschbrettbauch Schunke grinste, und Laura Lanski hieb gleich nach: »Du hast keine Hauptrollenfresse, Raabe. Du bist einfach vom Typ her ein Supporting Actor.«

»Ich hab also ein Nebenrollengesicht, hm? Und du hast Hauptrollenfresse, oder was?«

Sebastian Sinkel versuchte, mäßigend auf die beiden einzuwirken.

»Hört auf!«

»Du wirst immer fetter, Raabe, hat dir das schon mal einer gesagt? Für die nächste Sitcom bei RTL suchen sie noch'n Depp mit Doppelkinn, meld dich da mal!«

»Mensch Laura, die Amis drehen doch im Sommer einen großen Fliegerfilm. Was ihnen noch fehlt, ist das Flittchen vom Teufelsflieger. Geh mal hin zu Dschie-Em-Bieh und zeig ihm deine Hauptrollenmöpse!«

Bevor Jörg sich an irgendwes Reaktion auf diese etwas unfeine Breitseite erfreuen konnte, war Laura Lanski schon herumgefahren und hatte ihm mit voller Wucht eine Ohrfeige auf die bärtige Wange geschlagen. Waschbrettbauch Schunke gab ein amüsiertes, meckerndes Lachen von sich. Jörg griff sich Sebastian Sinkels Whiskeyglas, trank es in einem Zug aus, sagte: »Leckt mich doch am Arsch!«, stand auf und ging davon.

Mitten im Wohnzimmer, vor dem Spiegel, pellte sich Jörg aus dem engen schwarzen Smoking und sah tiefe rote Streifen, die der enge Gürtel nach all den Stunden als Abdruck auf seiner schwabbeligen Taille hinterlassen hatte. Beim Versuch, die Hose schnell abzustreifen, riss schließlich die Naht am Gesäß, die den ganzen Abend lang so tapfer dem Expansionsdrang seines Fleisches widerstanden hatte. Jörg ließ den malträtierten Smoking samt den nicht aufgeschnürten Schuhen auf dem Wohnzimmerboden liegen, fummelte sich die Fliege vom Hals, schlüpfte aus dem Smokinghemd, wobei sich die beiden obersten Knöpfe vom Stoff trennten, warf Hemd und Fliege auch noch auf den Haufen und schmiss sich ins Bett, in dem auch in dieser Nacht – es war schon kurz nach vier Uhr morgens – keine Petra lag.

9

Jörg wachte um kurz nach elf auf. Der Kopf tat ihm weh, der Hals brannte. Er ging in die Küche, riss die Kühlschranktür auf, nahm eine Flasche No-Name-Zitronenlimo heraus, soff einen großen

Schluck, rülpste und setzte mit zittrigen Fingern die billige Kaffeemaschine in Gang. Nun fingerte er eine folienverschweißte Packung Wiener Würstchen aus dem untersten Fach des Kühlschranks hervor, wurstelte mit den Fingern die Folie auf und verschlang zwei von den Naturdarmerzeugnissen mit einigen wenigen Bissen, während die Kaffeemaschine brodelnde Geräusche von sich gab. Jörg nahm die Kanne aus der Maschine – zu früh! –, und der noch im Filter befindliche Rest des Kaffees ergoss sich auf die kleine Heizplatte, auf der die Kanne eben noch gestanden hatte. Jörg füllte sich eine Tasse voll mit Kaffee und stellte die Kanne wieder auf die Heizplatte, mitten in die danebengelaufene zischende Kaffeebrühe. Er setzte sich wieder an den Küchentisch, schüttete zwei Teelöffel Zucker in den Kaffee, trank einen großen Schluck – der Kaffee schmeckte miserabel, das lag an der billigen Kaffeemaschine – und schlang noch ein drittes Würstchen in sich hinein. Einen Moment saß er still da und lauschte: nichts zu hören. Also war Petra wohl immer noch nicht nach Hause gekommen.

Und dann fiel Jörg auf einmal ein, dass um 14 Uhr ja diese Frau Höfele von der *Neuen Post* kommen wollte, und mittlerweile war es schon zwanzig vor zwölf. Was sollte er der denn erzählen? Die Idee, mit ihr über den Gummibärchenfilm zu reden, hatte sich wohl erübrigt. Er konnte ja schlecht sagen: ›Ich hab da einen tollen Monolog gespielt, aber der ist nicht drin im Film.‹ Und außerdem musste er erst mal die Wohnung aufräumen, in diesen Dreckstall konnte er die Journalistin ja schlecht hineinlassen. Und dann musste er duschen, wahrscheinlich stank er nach dieser Nacht wie ein Iltis. Und den Smoking konnte er auch nicht anziehen, der hatte einen Riss am Hintern.

Mit dem Wohnzimmer fing er an. Er räumte den Smoking weg, die Schuhe, das Hemd und die Fliege. Aber als er so mitten in diesem Wohnzimmer stand, wurde ihm klar, dass er hier kein Interview geben konnte. Die halbfertigen Möbel, all der Schrott und Müll, der herumlag, das war die Behausung eines Penners und nicht das Wohnzimmer eines deutschen Schauspielers. Vor allem würde er das in zwei Stunden nicht aufgeräumt kriegen. In der Küche? Da müsste er erst den Boden wischen, zweimal am besten, wegen der eingebrannten Fettspritzer, den Herd putzen wegen dito, das alte Geschirr abwaschen, den Dreckrändern in der Spüle mit Spiritus zu Leibe rücken, den Kühlschrank zumindest äußerlich mal abwischen und die übergelaufene Kaffeemaschine samt Heizplatte restaurieren, also auch aussichtslos.

Petras Zimmer war tabu, also blieb nur sein Arbeitszimmer, in Anbetracht des Zeitdrucks die erfolgversprechendste Möglichkeit. Zumal er auch durch das Bad noch mal durchmusste, falls diese Frau Höfele mal Pipi machen wollte. Und außerdem musste er was anzubieten haben, ein paar Getränke, vielleicht bisschen was zu knabbern, ein Stück Kuchen oder etwas in der Art. Die zwei restlichen Würstchen aus der Folie konnte er ja schlecht auf den Tisch stellen. Das hieß also, nach der Putzorgie duschen, anziehen, und dann schnell noch mal runter zum Izmir-Imbiss, Trinken und Knabbern ranschaffen. Kaffee war noch da, Zucker auch, immerhin etwas.

Also fiel Jörg, immer noch in seinen Boxershorts vom Vorabend, mit Besen und Handfeger in seinem Arbeitszimmer ein. Schnell hatte er einmal durchgekehrt, frei herumliegende Kleinigkeiten im Schrank verstaut oder gleich weggeschmissen, das kleine Sofa abgestaubt, den Schreibtisch abgeräumt, die Fenster zur Kantstraße schnell mit einem trockenen Lappen gewischt, um den gröbsten Staub zu entfernen – es wurde daraufhin tatsächlich etwas heller in dem Zimmer –, und die hässliche kleine Hantelbank zu den anderen Übrigkeiten ins Wohnzimmer geschleppt. Den Computermonitor wischte er ab, und vor das kleine Sofa stellte er ein Couchtischchen, das er als Leihgabe aus Petras Zimmer geholt hatte. Jörg drapierte seine alte Gitarre dekorativ an die Wand, legte ein paar Notenhefte aus, denn es konnte nie schaden, wenn das Zimmer eines Schauspielers einen etwas künstlerisch angehauchten Eindruck machte. Zu selbem Zweck verteilte er einige Reclamheftchen mit Theaterstücken von Shakespeare und Schiller, dazu ein paar Kerzenständer mit Kerzen. Im Plattenschrank kamen die Klassik- und die Jazzplatten nach vorne, und dann riss er nochmals die Fenster auf, um den abgestandenen Mief hinauszulassen, direkt auf die Kantstraße. Er lehnte sich in die Tür des Arbeitszimmers und sagte sich: ›Geht doch.‹ Hier konnte ein netter Mensch wohnen, durchaus.

Also weiter, ab ins Bad, die Wanne gewienert, die Toilettenschüssel schnell noch mal mit dem WC-Wichtel eingeschäumt und sauber geschrubbt, Waschbecken und Wasserhahn in einen Zustand der Benutzbarkeit gebracht und dem Spiegel dieselbe Trockenpflege angedeihen lassen wie den Fenstern im Arbeitszimmer. Schnell die getragenen Höschen von Petra – seit wann trug die denn schwarze Tangas? – in den Wäscheeimer, die offensichtlich vor Dreck stehenden Handtücher dazu, die eigenen Unterhosen noch obendrauf, ein frisches Stück Seife aufgelegt – fertig war das Bad. Die Reinigung der Küche erfolgte ebenso im Schnellgang, langsam kam Jörg in Übung, aber es war auch schon kurz vor halb zwei.

Husch, husch unter die Dusche, aber ohne die Wanne wieder dreckig zu machen, schnell die Haare gewaschen, die Fingernägel geschnitten, das Haar nur mit dem Handtuch trockengerubbelt, denn Jörg wollte ja nicht den Geschniegelten raushängen, sondern den … ja, sagen wir mal den Künstler, den Liebenswerten mit leichtem Hang zum Chaos. Das war's. So war's gut. Also dementsprechend über die Boxershorts den schwarzen Anzug, der noch passte, dazu ein Hawaiihemd, die beiden obersten Knöpfe offen, so dass zwar die Brustbehaarung, aber noch nicht der Ansatz seiner fett gewordenen Brust zu sehen war. Bisschen Cool Water von Davidoff drauf, nicht zu viel, einmal in den

Spiegel geguckt und nichts wie runter zum Izmir-Imbiss, zehn Minuten hatte er noch.

Mit drei Tüten Kartoffelchips, Geschmacksrichtung Paprika, einer Dose Goldkringel, drei Flaschen Orangensaft, zwei Flaschen Selters und noch zwei Fläschchen Prosecco, man konnte ja nie wissen, kam Jörg zurück in die Wohnung, Punkt vierzehn Uhr, als das Telefon klingelte. ›Wahrscheinlich für Petra‹, dachte sich Jörg, hob aber trotzdem ab. Es war eine Assistentin von Frau Höfele, die ausrichten ließ, dass Frau Höfele sich leider ein halbes Stündchen verspäten würde, weil ihr ein wichtiger Termin dazwischengekommen war. Na gut. Jörg setzte sich auf die Couch im Arbeitszimmer und überlegte, ob er sich nicht ein Bier aufmachen sollte. Nein, das war bestimmt keine gute Idee, dieser Journalistin schon am Nachmittag mit einer Bierfahne gegenüberzutreten, dann hatte sie ja vielleicht gleich die Geschichte, die sie suchte. Jörg ging in die Küche, machte sich noch einen Kaffee, freute sich über den halbwegs sauberen Boden und wartete. Er hoffte nur, dass Petra nicht ausgerechnet in das Interview reinplatzen und ihn wieder mit lauter Musik malträtieren würde. Jörg schob die Gedanken beiseite und überlegte sich noch einmal, was er der Journalistin erzählen wollte. Es fiel ihm nichts ein, und er beschloss, sich einfach vom Gefühl leiten zu lassen, locker drauflos zu erzählen, assoziativ, wie Dr. Rastemborski immer sagte.

Kurz vor drei klingelte es dann, Jörg rannte zur Wohnungstür, und da stand Frau Höfele, eine etwas üppige Frau, vielleicht Ende zwanzig, vielleicht Anfang dreißig, schwer zu schätzen. Sie hatte dunkles Haar, schöne blaue Augen und trug Jeans mit weißer Bluse, darüber eine Art Umhang oder Kaftan, wie immer man das nennen mochte, der ihre doch eher üppigen Formen sanft bis herab zur Kniehöhe textil umwallte. Wieder mal keine Chance, einen kurzen heimlichen Blick auf ein hervorblitzendes Höschen oder Halterchen zu erhaschen.

Dennoch: Jörg hatte kaum noch etwas von ihr gesehen, sie stand ja erst ein paar Sekunden im Flur herum, und doch fand er sie auf Anhieb – ja, was denn? Hübsch? Nett? Ja, nett, das war's. Die war nett, Punkt. Nett und sympathisch.

Jörg war ein wenig durcheinander, er hatte sich auf eine Auseinandersetzung eingestellt, aber Frau Höfele wirkte hochgradig friedlich. Eben nett. Ein blödes Wort, aber sie war wirklich nett, nicht eine dieser hektischen Journalistinnen, die sowieso schon immer alles wussten und ruppig wurden, wenn sich der zu Verhörende nicht in ihre ausgedachte Interviewstruktur einpasste. Aber so war diese Frau Höfele nicht. So wie die hier im Flur stand, nett war, ohne blöd zu sein, lächelte, ein Scherzchen machte, erinnerte Jörg das alles eher an einen privaten Besuch als an ein Interview mit dem Zweck, Postillen zu füllen und ihn vielleicht beruflich weiterzubringen.

›Die will wirklich was wissen über mich‹, dachte Jörg, obwohl Frau Höfele ihm noch keine einzige Frage gestellt hatte, aber das machte man ja auch nicht an der Tür. Frau Höfele entschuldigte sich mehrmals, dass sie sich derart verspätet hatte. Da erst fiel ihm auf, dass sie ein wenig schwäbelte. Gestern am Telefon hatte er das gar nicht bemerkt, aber da war er auch mit den Gedanken ganz woanders gewesen. Jetzt hörte er das natürlich, denn er war auch im Ländle aufgewachsen, im Schwarzwald, aber das ging keinen was an. Frau Höfele war aber wohl mehr aus dem Stuttgarter Raum, vielleicht ein bisschen südlicher, aus der Alb. Hätte er sich bei dem Namen denken können. Eigentlich hörte er den Dialekt ja nicht so gern, schließlich hatte er damals lange genug gebraucht, sich selbst den alemannischen Tonfall abzugewöhnen. Aber bei Frau Höfele konnte er ja mal eine Ausnahme machen.

Frau Höfele wollte nicht ablegen, den Überwurf behielt sie an, die große alte, abgeschabte, prall gefüllte lederne Aktentasche nahm sie unter den Arm; auch die Tasche gefiel Jörg, das war wenigstens nicht wieder so ein modernes Samsonite Kosmetikkofferderivat, das sie jetzt alle mit sich herumschleppten, wichtig, wichtig. Jörg führte Frau Höfele vom Flur gleich in sein Arbeitszimmer, sorgsam die Tür zum Wohnzimmer geschlossen haltend. Falls sie jedoch tatsächlich mal auf die Toilette müssen sollte, würde sich der Anblick nicht vermeiden lassen, aber jetzt am Anfang war's einfach besser ohne Wohnzimmerblamage. Frau Höfele blieb in der Tür zum Arbeitszimmer stehen, sah sich einen Moment lang um und nickte. Es gefiel ihr. Immerhin. Frau Höfele sagte, man sehe, dass hier jemand wohne, der sich wohl fühle. In sich ruhe. Na also. Frau Höfele setzte sich auf das kleine Sofa, packte einen dicken Schreibblock, ein kleines Aufnahmegerät und zwei gespitzte Bleistifte aus ihrer Tasche, die sie auf das Couchtischchen legte. Es war eine gute Idee gewesen, das Möbel aus Petras Zimmer herübergeschleppt zu haben. Jörg fragte, was sie trinken wollte, sie sah ihn mit einem Augenaufschlag an und fragte, ob sie vielleicht einen Kaffee haben könnte. Freilich konnte sie, mit Milch? Gerne, am liebsten aufgeschäumt. Nochmals gerne, irgendwo in der Küche musste noch eine Tüte H-Milch stehen. Bevor Jörg losging, um den Kaffee zu holen, hatte Frau Höfele noch eine Überraschung parat. In ein paar Minuten würde ›gschwind‹ ein Fotograf vorbeikommen, um die Fotos für den Bericht zu machen, aber das ginge ganz flott, und dann könne man sich in Ruhe unterhalten. Ausgerechnet, dachte Jörg, aber solange er nicht das Wohnzimmer ablichtete, sollte es ihm recht sein. Zwar hatte er für Frau Höfele ein paar von den Agenturfotos herausgesucht, auf denen er noch dünner war, aber die wollte Frau Höfele wahrscheinlich nicht haben.

Als Jörg mit einem Tablett mit Tassen, Kaffee und der geschäumten Milch – sie war auf dem Weg schon wieder ein wenig zusammengefallen – zurückkam, klingelte es an der Wohnungstür.

»Des isch der Fotograf«, sagte Frau Höfele, und Jörg öffnete die Tür. Draußen stand, mit zwei Taschen und einer Lampe beladen, der ältere Herr mit Bürstenschnitt, den Jörg bei der Premierenfeier am Vorabend kurzerhand ›Oberleutnant Kesselring‹ getauft hatte. Frau Höfele kam aus dem Arbeitszimmer herüber und stellte die beiden einander vor. Der Mann hieß natürlich nicht Kesselring, sondern Guderius, mit Vornamen nur H. J.

»Sagen alle nur Ha-Jott zu mir«, sagte H. J. Guderius, nahm sein Equipment auf und fragte knapp: »Also, wo machen wir das?«

Jörg führte Frau Höfele und H. J. Guderius in sein Arbeitszimmer. Guderius stellte seine Taschen ab, besah sich den Raum nach fotografischen Kriterien und fragte, wieder nur militärisch knapp: »Wat anderes hamm wir nich?«

Jörg schüttelte den Kopf, und Ha-Jott packte seine Ausrüstung aus. Das alles geschah mit präzisen Handgriffen, und Jörg musste zugeben, der Mann war wirklich schnell. Nach knapp drei Minuten war alles aufgebaut, das Licht gemessen, die Filme eingelegt, und Ha-Jott sagte zu Jörg, knapp, wie immer: »Dann setzen Se sich ma mit zu Elke auf det Kindersofa.«

Elke hieß sie also. Jörg setzte sich neben Frau Höfele, H. J. Guderius korrigierte noch einmal die Blitzlichtlampe, nahm den Sucher ans Auge, ging wieder in die Knie und legte los.

»Schön. Schön so. Sehr schön. Bisschen dichter zusammen, bitte. Ja ja ja. Sehr, sehr schön.« Und schon war der Film durch. Es folgten noch ein paar Aufnahmen von Jörg am Schreibtisch, eine kleine Serie, die ihn mit der Gitarre zeigte, und schließlich eine Pose, wie er am Fenster stehend mit Blick auf die Kantstraße in einem Shakespeare-Text las.

H. J. Guderius legte einen neuen Film ein und machte noch einen Vorstoß.

»Anderes Motiv hamm wer nich?«, fragte er knapp und war schon unterwegs in Richtung Wohnzimmer. Noch bevor Jörg ihn hindern konnte, hatte Ha-Jott die Tür aufgerissen und einen Kennerblick ins Wohnzimmer geworfen. Er sagte nur: »Na, det sparen wir uns ma lieber.«

Ha-Jott begann, seine Sachen wieder einzupacken, und wandte sich an Frau Höfele: »Wenn dir det reicht, Elke, denn lassen wir det jut sein so.«

»Ja, das roicht mir, Ha-Jott, da send sicher a paar schöne Sache dabei.«

»Bei mir is immer wat Schönes bei!«

Ha-Jott lud sich seine Taschen wieder auf, ging schnurstracks zur Wohnungstür, warf ein joviales ›Frohes Schaffen noch!‹ in den Raum und war weg. Nun war die Milch endgültig zusammengefallen, und Jörg fragte, ob er sie noch mal aufschäumen sollte. »Scho gut«, sagte Frau Höfele, »I mag's grad gern so, wenn's it ganz so hoiß isch. Die Franzose trinked ihren Café au lait au immer lauwarm.« Ob sie Frankreich liebe, fragte Jörg, und Frau Höfele sagte, sooft sie könne, fahre sie nach Frankreich, und später, wenn es mal besser laufe, würde sie gern ganz dorthin ziehen. Jörg sagte, auch er möge Frankreich und so weiter, Geplänkel, Geplänkel.

Und ohne dass Jörg den Einstieg bemerkt hätte, waren sie plötzlich mitten im Interview. Er stellte fest, dass Frau Höfele so gut wie alles über seine berufliche Laufbahn wusste: wie er angefangen hatte, in welchen Filmen und Serien er gespielt hatte. Auch, dass er im Gummibärchenfilm dabei gewesen war, wenn Frau Höfele den Film auch noch nicht gesehen hatte. Jörg musste zugeben, die hatte recherchiert, die hatte ihre Hausaufgaben gemacht, die konnte ihren Job, und das mochte er.

»Und was schtoht jetzed als Nächschdes an?«, fragte Frau Höfele, und Jörg zögerte einen Moment.

»Na ja, da sind ein paar Sachen in Aussicht, eine kleine Rolle in einem Kinofilm, vielleicht ein Fernsehfilm mit Sebastian Sinkel, aber das ist alles noch nicht spruchreif. Sie wissen ja, wie das ist in unserer Branche.« »Ja, des kenn i!«, sagte Frau Höfele, »aber da kömmer schön was formulieren.« Schön was formulieren, na schön. Dann kamen die privaten Fragen: »Und die Freundin? Was schroibet mir über die Freundin?« Na ja. Was sollte man da schreiben? »Ich glaube, die möchte das nicht, die ist sehr … schüchtern.«

Frau Höfele lächelte verschmitzt: »Sie habed a schüchterne Freundin? Des mag i ja gar ned glaube.«

»Doch, doch, die ist ganz schüchtern, introvertiert, die ist richtiggehend öffentlichkeitsscheu. Das ist eine ganz … äh … leise Beziehung, und wir wollen nicht, dass das in der Öffentlichkeit …«

»Wie hoißt se denn?«

»Petra. Sie heißt Petra, aber bitte …«

»Und Kinder?«

»Wie bitte?«

»Ja, Kinderwunsch, des interessiert unsere Leserinnen. Also, wie hämmer's denn?«

»Na, Sie stellen Fragen, Frau Höfele!«

»Jo, des g'heert halt dazu in unsrem Genre. Gut, na schreiben mir so was wie: ›Die schüchterne Petra wünscht sich sehnlich ein Kind von ihrem Jörg, und sicher wird es bald so weit sein …‹ So was in der Art.«

Jörg sah Frau Höfele skeptisch an. Frau Höfele lächelte gütig und schaltete das Tonbandgerät ab.

»Gut, des roicht, da mach i was Schönes draus. A nettes halbes Seitele. Kommt wahrscheinlich in der nächschdn Ausgabe, wenn mein Chef ned wieder was anderes vorhat.«

Jörg nickte, und seine Bedenken schwanden, dass Frau Höfele ihn journalistisch in die Pfanne hauen würde, wenn es denn überhaupt möglich war, einen wie ihn überhaupt noch weiter zu schädigen, bei seiner Leichenstarre im PR-Bereich.

»Dann haben wir's schon?«, fragte Jörg, und Frau Höfele sagte, das Wesentliche hätte sie im Kasten, aber man könne ja noch ein bisschen reden über die Details am Rande und die Hintergründe, ohne das Aufnahmegerät. Einfach so ein bisschen plaudern. Irgendwie war sie ja wirklich nett, die Frau Höfele.

Jörg ging in die Küche, holte eine Flasche Prosecco aus dem Kühlschrank, ließ den Korken knallen – er war froh, das Wesentliche schon hinter sich gebracht zu haben – und goss ein, in Vorfreude auf die Hintergründe.

»Also, ich heiß Elke, wenn Sie wolled.«

»Ich bin der Jörg, wenn du willst.«

»Des woiß i.«

Beide tranken einen Schluck, lächelten sich an. Dann sagte Jörg du zu Elke Höfele und legte los. Er plauderte einfach assoziativ, über all den Mist in der Branche. Jörg zog gut vom Leder, von ein paar Spritzern Prosecco enthemmt fing er an, Anekdötchen zu servieren aus seinem miesen kleinen Leben: sein Auftritt als der böse Russe in der Krankenhausserie, der im Busen seiner jungen Partnerin steckengeblieben war, bevor er überhaupt böse werden konnte; vom Gummibärchenfilm, der komisch sein wollte, aber dessen einziger komischer Moment der war, in dem Jörg merkte, dass seine Szene rausgeschnitten worden war, und die wäre wirklich komisch gewesen. Aber hier im notdürftig hergerichteten Arbeitszimmer machte Jörg seine Sache gut, konnte – und musste – über sich selbst lachen, auch wenn sich hin und wieder ein kleiner Unterton von Sarkasmus einschlich. Jörg versprühte Charme, lief auf zu alter Form, konnte wieder Pointen reißen, war auf einmal ein bisschen das Zirkuspferd wie damals auf der Bühne, hatte er doch in Frau Höfele – in Elke – unvermutet ein kleines, aber dankbares Publikum gefunden. Elke Höfele musste ein paarmal laut lachen, schließlich waren eitle Schauspieler, karrierelüsterne Jungdiven, phantasielose Regiemetzger und angstschisshosenvolle Redakteure auch ihr tägliches Brot. Bald waren die erste Flasche Prosecco weggesoffen und die

Branche großflächig verhechelt, Jörg ging in die Küche und holte das nächste kalt gestellte Fläschle. Dann zogen sie beide über Ha-Jott Guderius und dessen Stuhlverhaltungshaltung her und landeten schließlich bei *pegasus* und Frau Dr. Suchanek. Jörg sagte, die Suchanek sei für ihn weniger eine Agentin als vielmehr eine Geheimagentin, das gab auch wieder einen kleinen Lacher – immerhin –, und Elke Höfele erzählte ihm, dass die Frau Doktor, als Elke bei ihr wegen Jörgs Interviewtermin angefragt hatte, statt dessen versucht hatte, ihr eine Geschichte über zwanzig Jahre *pegasus* als Kaderschmiede für internationale Filmstars aufzuschwatzen. Die beiden Plaudertaschen hielten sich am Prosecco schadlos und hatten großen Spaß beim Ablästern über das Film- und Fernsehbusiness. Nur einmal unterbrach Elke Höfele ihn kurz und zeigte auf die Goldkringel-Keksdose aus dem Izmir-Imbiss, die auf dem Tisch stand. Jörg kapierte zunächst nicht, aber dann riss er sofort die Zellophanhülle auf und nahm den Deckel der Dose ab.

»Jörg, musch wissen, i bin a kloine Naschkatz …«, sagte Elke Höfele, kicherte ein wenig und machte sich über die Goldkringel her. Einen Kringel nach dem anderen schob sie sich in ihr hübsches Mündchen, während Jörg weiter über die Branche lästerte, sehr zum Amüsement der Goldkringel schlingenden Journalistin.

Bald waren sie bei Greg McBain, also bei Dschie-Em-Bieh und seinem Fliegerfilm gelandet. Entweder würde das überhaupt nicht zustande kommen, und wenn, waren sich Jörg und Elke Höfele einig, kam wahrscheinlich wieder bloß irgendein sündteures, verquastes Kriegsepos dabei heraus, das vorgab, dem alten Schmarren eine neue – kritische! – Dimension hinzuzufügen, und in Wirklichkeit nicht mehr war als ein paar halbseidene Dialoge vor einer Materialschlacht mit wild gewordener Pyrotechnik und selbstgefälligen Special Effects. Jörg und Elke amüsierten sich über die Hysterie, die jetzt schon über der ganzen

Stadt lag, und über die lachhafte Gier der ganzen Mischpoke, da alle dabei sein wollten, allesamt. Jörg nahm noch einen Schluck Prosecco und sah Elke Höfele einen Moment lang tief in die Augen.

»Mal ganz ehrlich. Ich würde auch gern dabei sein. Ich würde diesen Fliegerheini auch gern spielen. Völlig idiotisch, oder?«

»Ja, dann mach's doch oifach!«

Jörg winkte ab. Das schaffe er nicht, das sei ihm eine Nummer zu groß. Es sei schwierig, da reinzukommen, wenn man keinen Namen habe. Und den habe er nicht. Elke Höfele schüttelte den Kopf: Für sie habe er einen Namen, und sie halte ihn für einen sehr guten Schauspieler, den man viel zu selten sehe. Jörg nickte, trank noch einen Schluck, sah sie an.

Elke Höfele lächelte ihn an: »Vielleicht isch ja unser kloins Gschichtle ein erschter Schritt, dass es gscheid losgeht bei dir!«

»Ich hab zu wenig Freunde unter all diesen Karrierehaien!«, sagte Jörg. »Ich bin immer ein Einzelkämpfer gewesen, und das rächt sich irgendwann.«

»A wa, du bisch halt a oinsamer Wolf.«

»Ja, vielleicht bin ich ein einsamer Wolf.«

»Aber des g'heert zu dir. Vielleicht brauchschd du des.«

»Ja, vielleicht brauch ich das.«

Die beiden lächelten sich an, und das war jetzt schon mehr als ein Plaudertaschenlächeln, in diesem Blick lag schon etwas drin von der sinnlichen Sehnsucht zwischen einem willigen Weib und einem einsamen Wolf. Jörg nahm den letzten Goldkringel aus der Dose und steckte ihn Elke ganz sanft in den Mund. Elke Höfele hielt den Goldkringel mit den Zähnen fest, Jörg zog ein bisschen daran, Elke verstärkte den Druck ein wenig, Jörg zog seinerseits etwas kräftiger, aber gerade nur so fest, dass der Goldkringel nicht zerbrach. Elke öffnete den Mund, gab den Goldkringel wieder frei und sagte mit leiser Stimme: »Du bisch a ganz Verspielter, gell!« Und sie schnappte urplötzlich mit ihrem

Mündchen nach dem güldnen Kringel, gerade so, dass Jörg seinen Finger noch aus ihrem Mund herausbekam, bevor die kleinen Zähnchen – Elke hatte auffallend kleine Zähne – wie eine Falle zuschnappten.

Jörg setzte sich neben Elke Höfele auf die Couch, und sie ließ es geschehen. Er nahm ihre Hand, und als sie den – letzten – Goldkringel heruntergeschluckt hatte, ging er aufs Ganze. Ganz vorsichtig kam er mit seinen Lippen näher, immer näher an die ihren heran. Würde sie auch das zulassen? Immerhin glaubte sie an ihn, an den einsamen Wolf, also los, noch ein Stück dichter, und da packte Elke Höfele ihn mit ihren Armen, zog ihn ganz dicht zu sich heran, und Jörg legte – nochmals ermutigt – seine Lippen auf ihre und hoffte, sie würde den Kuss erwidern. Aber erwidern war gar kein Ausdruck, sie saugte und züngelte, und Jörg hielt mit. Die beiden verbissen sich regelrecht ineinander. ›Herrgott noch mal‹, dachte Jörg, ›so habe ich zuletzt mit zwanzig geknutscht!‹ Und fast eine Viertelstunde lang hatte dieser Kuss gedauert, als die beiden ihre Münder für einen Moment lang lösten, heftig schnaufend, beide hochgradig erregt. ›Oh ja‹, dachte Jörg, ›das war eine gute Eingebung gewesen mit den Goldkringeln vom Izmir-Imbiss.‹

»Die einsamen Wölfe küssen am beschden von alle«, sagte Elke, und schon ging es wieder los, wieder brach der Sturm des Zungenkusses los, dort auf dem Sofa in Jörgs Arbeitszimmer entflammte Leidenschaft nach Prosecco und Plauderei.

Und dann fiel der Kaftan. Als Jörg ihr den lindgrünen Umhang von den Schultern streifte, bemerkte er mit freudiger Erregung, dass Elke Höfele wirklich recht üppig war. Unter der hellen Seidenbluse konturierte sich schimmernd ein weißer, altmodischer Büstenhalter, prall gefüllt mit berstender Weiblichkeit – Jörg dachte in erotischen Situationen oft in schwülstigem Vokabular. Jörg hatte diesen Typ von Damenwäsche oft bei www.dream-panties.com gesehen, auch Melissa hatte so einen schon angehabt, wenn auch in Verbindung mit einer blickdichten weißen Strumpfhose, was ihn jedoch nicht so erregt hatte wie die Tangas, die sie meistens trug. Schluss jetzt mit Melissa und der Internet-Phantasie, schließlich lag hier eine vollblütige junge Frau aus Fleisch und Blut in seinen Armen, und jahrelang hatte er sich nach so einem Abenteuer gesehnt. Noch wusste er nicht, wie weit er kommen würde, aber dieses prächtige Miederwarenmeisterwerk unter der Seidenbluse war einen weiteren Vorstoß wert, ungeachtet der vielleicht doch noch virulenten Gefahr einer plötzlichen Zurückweisung. Da wollte er ran, und wenn's das Letzte wäre, was er tat. Mit dem Handrücken berührte er behutsam den Stoff der Seidenbluse, dort, wo er sich über dem Büstenhalter spannte, so vorsichtig, als wäre es ein Zufall gewesen, dass seine Hand dort vorbeistrich. Elke Höfele stöhnte ganz leise auf, nur ein Hauch von Stöhnen war das, aber es gab ihm Mut, seine kühne Offensive fortzusetzen. Mit spitzen Fingern öffnete er den obersten Knopf der Bluse, hielt kurz inne, als wolle er einen möglichen Protest abwarten, dann nahm er den zweiten Knopf und den dritten. Währenddessen hatten sich die Münder der beiden wieder gefunden, und im Sog der wilden Knutscherei zog Jörg die Bluse so weit von Elke Höfeles Schultern, dass die spitzenbesetzte Pracht nun frei dalag. Eine seiner Lebensgrundregeln verletzend öffnete er im Kuss die Augen, um sich die von der Bluse befreite Brust kurz anzusehen. Elke Höfele roch den Braten sofort, entzog ihre Lippen den seinen und hauchte: »Derfsch se ruhig a bissle schtroichle …« – »Erst muss ich mal ein bisschen gucken«, hauchte nun Jörg seinerseits und verschlang die miederbewehrte Üppigkeit mit seinen Blicken. Es war ja diese volle Oberweite in dem miederähnlichen Halter ein faszinierend stilles Spiel von Kraft und Gegenkraft, sozusagen ein in sich stabiles, selbsttragendes Gebinde im Gleichgewicht der Kräfte. Für Jörg, den Dessousliebhaber, war diese in ihrem formvollendeten Käfig aus Stoff und Gummilitze gefangene

Prallheit die Faszination in Reinform. Und dann begann Jörg, Elkes Brust zu streicheln. Sanft fuhr er mit seinen Fingern über den zum Zerreißen gespannten Stoff, und bald hauchte er ein Küsschen auf die Stelle, an der sich die Spitze von Elke Höfeles linker Brust unter dem festen Gewirk befinden musste. Elke Höfele genoss dieses Spiel von Jörgs Lippen, sie gab glucksende Laute der Erregung von sich, Tendenz steigend. Immer wilder wurden Jörgs Küsse, und er fing an, dem fast berstenden Wäschestück mit kleinen, aber sanften Bissen zuleibe zu rücken. Das war Elke Höfele dann aber doch zu viel, sie machte sich ein wenig los von Jörg und schalt ihn scherzhaft: »Aber zerreiße derfsch mir den BH ned glei, mei wildes Wölfle!«

Jörg hielt inne, sah sie mit großen Augen an. War er doch zu weit gegangen? Aber weit gefehlt. Elke nahm ihn mit beiden Armen fest bei der Schulter, blickte ihm direkt in die Augen und sagte: »Komm, mei Wölfle, jetzed will i di, aber ganz!«

Elke Höfele stand auf, nahm Jörg bei der Hand und fragte: »Wo hosch denn dei Bettle?« Jörg überlegte, für einen Moment kam ein kleiner Schwall von Panik hoch. Ins Schlafzimmer konnte er nicht gehen mit ihr, das war zu riskant, falls Petra doch hereinschneite. Nein, dann eben im Arbeitszimmer. Jörg zeigte auf die Couch.

»Die kann man ausziehen.«

»Dann zieh sie aus, komm!«

Jörg begann, die Couch auszuziehen, was sich als umständlich erwies, und Elke Höfele zog sich selber aus. Sie brauchte dazu nicht so lange wie Jörg für die Couch. Jörg spielte mit dem Gedanken, sie zu bitten, ihn auch ihr Ausziehen erledigen zu lassen, denn er liebte dieses Spiel mit den Kleidern, die beinahe Nacktheit unter engen Dessous erregte ihn weit mehr als eine reine nackte Nacktheit. Aber Elke Höfele war schneller. Mit einem Seitenblick – Jörg klappte gerade die zweite Schaumstoffhälfte der Couch nach vorne – sah er, wie Elke Höfele sich der Socken entledigt und die Jeans abgestreift hatte und nun in einer weißen Baumwollunterhose dastand. Nur, da zeigte sich keine Spur von raffiniertem Dessous, nicht ein Hauch von knapper enger Wäsche, die nur angezogen wurde, um sie irgendwann möglichst langsam ausgezogen zu bekommen, wenn überhaupt. Nein, dieses Ding, in dem Elke Höfele da firmierte, war eine Doppelrippdamenunterhose, die üblicherweise die ältere Dame bevorzugt, ein weißes Monstrum der Größe 44 für 2,90 Euro vom Grabbeltisch im Kaufhaus, und Jörg war für einen kurzen Moment etwas desaphrodisiert. Elke Höfele legte nun auch den Büstenhalter ab, schwupp – und weg war das Ding mitsamt seiner Faszination, in sich zusammengesunken und zusammengelegt, nicht mehr jetzt als ein Stück Stoff neben Jeans, Socken und Kaftan, und der Doppelripp landete mit einem gezielten Wurf noch oben drauf. Da stand sie nun nackig vor ihm, in freudiger Erwartung. Die Brüste waren unter dem Mieder zweifellos schöner anzusehen gewesen, und Jörg fiel ihr dichtes, volles Schamhaar auf, das sich in schwarzem Gekräusel fast über die Hälfte der Strecke vom Venushügel hinauf in Richtung Bauchnabel erstreckte. Elke Höfele ließ sich ohne weitere Verzögerung mit ihren großen Brüsten und ihrem breiten Busch auf der Liegefläche des mittlerweile auch ausgezogenen Sofas nieder.

»Komm, zieh di aus, mei Wölfle, oder hoschd Angschd vor mir?«

Jörg konnte ihr ja schlecht erzählen, dass er Liebhaber ausgiebiger Entkleidungsspiele war, auf knappe Wäsche stand und auf gestutzte Schambehaarung, ›teilrasiert‹, wie das im pornografischen Fachjargon im Internet so schön hieß. Er liebte es, nach halbstündigem Gerangel und Gezerre an den Klamotten dennoch halb angezogen in der Vertikalen zu landen, und nun lag Elke Höfele einfach da und harrte des Vollzugs. Also fügte Jörg sich ins Unvermeidliche, drehte Elke Höfele seinen Rücken zu und zog sich ebenfalls schnell aus. Elke tätschelte von der Couch aus den Wulst um Jörgs Hüften und seine allmählich barocken Hinterbacken.

»Bisch au koi Magermilchbüble, gell?!«

Jörg dachte für einen Moment lang daran, das Abenteuer vielleicht hier enden zu lassen, bevor es noch zu weiteren verbalen Ergüssen kam, setzte sich aber dann doch zu Elke Höfele auf die ausgeklappte Lagerstatt, schob all die hinderlichen Gedanken beiseite und küsste sie. Doch Elke Höfele wollte mehr. Er sollte ihr ein ›Bussile‹ auf ihre Muschi geben, das hatte sie ›ganz arg gern‹.

»Schau, wie gut die zammpassed, mei Muschibärle und dei Vollbärtle!« – ›Ach du meine Güte‹, dachte Jörg, ›wo bin ich hier?‹ Warum verfiel sie denn plötzlich in einen derart kindlichen Schwabenslang? Optisch gesehen passten sein Vollbart und ihre behaarte Scham wirklich zusammen, aber das war im Moment wirklich die einzige Übereinstimmung, die Jörg ausmachen konnte.

»Jetzt komm, mei Wölfle, komm, tu mi ganz fescht lieb habe!«, animierte sie, und Jörg beantwortete die Bewegungen ihres Beckens, so gut es ging, mit seinen Stößen. Noch hielt sein Mittelmaß, aber sein Hirn war dabei, ihn zu verlassen, seine Lust zusammenfallen zu lassen bei dem Gedanken an das, was diese Frau dachte und sagte, und vor allem auch, wie sie es sagte. Jörg gab beim Akt gerne auch mal verbale Sauereien von sich, aber im Moment hoffte er nur, dass man das alles möglichst bald und in gegenseitigem Schweigen hinter sich bringen würde. Wo hatte er sich da wieder hineinmanövriert? War sein Leben schon so eine armselige Farce, dass er eine hochgradig schwäbelnde Illustriertenreporterin flachlegen musste, nur weil ihm sonst nichts mehr gelang? Weg mit den Gedanken, nur Mann sein jetzt und tun, was die Natur von einem Mann verlangt, wenn eine Frau unter ihm liegt. Jörg der Verdränger schob sich tapfer wie ein Verdränger durchs raue Wasser, nahm Welle für Welle und hoffte nur innig, dass ihn nicht noch eine verbale Sturmbö erwischen würde, bevor sie gemeinsam, oder wenigstens einer von ihnen beiden, den erlösenden Hafen des Höhepunkts erreichen würde – Jörg dachte beim Geschlechtsverkehr auch gerne mal in maritimen Bildern. Und Elke Höfele hatte, um im Maritimen zu bleiben, den besagten Hafen schon in Sicht, als sie anfing, laut stöhnend, herauszuschreien: »I komm glei, it aufhöre jetzt, mei kloins Wölfle, musch mi ganz, ganz fescht bumse jetzt!!!«

Bumsen – dazu noch mit stimmhaftem s! Jörg war am Ende, nicht physisch, aber psychisch. Diese tiefschwäbische Anfeuerung so kurz vor dem Ziel hatte ihm den Rest gegeben. Irgendwo musste Schluss sein, und irgendwo war genau hier!

Jörg entzog sich der kurz vor dem Höhepunkt einherhechelnden Frau, murmelte irgendetwas wie: ›Ich kann nicht mehr, tut mir Leid‹, und Elke Höfele sagte, ein wenig bedauernd, aber ohne Arg: »Hei, des isch aber schad, i hätt bloß no a ganz, ganz kloins bissle braucht …«

Aber Jörg hatte nichts mehr zu geben, nicht mal mehr ein ganz ›kloins bissle‹, stand auf und zog sich seine Boxershorts über.

»Das passt heute nicht mit uns beiden, tut mir Leid«, sagte Jörg, schlüpfte in seine schwarze Anzughose, zog sich das Hawaiihemd über seinen feisten Oberkörper und stopfte sich das bunte Hemd mehr schlecht als recht in den Hosenbund.

»Was hosch denn auf oimol? Hosch doch dei Sach gut g'macht, mei Wölfle!« Jörg fuhr abrupt zu ihr herum: »Ich bin nicht dein kleines Wölfle, und ich hab auch meine Sache nicht gut gemacht! Ich mache meine Sachen überhaupt nicht gut, ich bin ein Loser, ein Versager, ein Totalversager, eine larmoyante Niete auf der ganzen Linie! Aber damit ist jetzt Schluss! Ein für alle Mal!«

Elke Höfele sah ihn entsetzt an. »Henn i was Falsches g'sagt?« Jörg schüttelte wild den Kopf.

»Nein, nein, du hast nichts Falsches gesagt. Entschuldige bitte, aber das liegt nicht an dir, ich muss mich selber auf die Reihe kriegen. Tut mir Leid, dass es ausgerechnet dich erwischt hat, aber … Und jetzt sei so gut und … Ich muss jetzt einfach allein sein.«

Das hatte gesessen. Elke Höfele begann, sich anzuziehen, legte den Büstenhalter um, zog rasch das 44er-Unterhöschen hoch, aber Jörg sah gar nicht hin. Er stand am Fenster, glotzte stumpfsinnig nach draußen, hinunter auf die dunkle Kantstraße und wusste. Hier war nun wirklich der Point of no Return, hier hieß es umkehren, und zwar endgültig und radikal.

Elke Höfele legte den Kaftan wieder um, nahm ihre Tasche, kam zum Fenster, gab Jörg ein Küsschen und sagte: »Ruf mi amol an, wenn's dir wieder besser goht.« Jörg erwachte aus seiner Trance, nickte und brachte Elke Höfele noch zur Tür. Als sie das Treppenhaus hinunterging, sah er ihr von der offenen Tür aus nach und kam sich vor wie ein mieses Dreckschwein.

Elke Höfele musste wohl gerade eine Treppe nach unten gegangen sein, da hörte Jörg, wie unten die Haustür geöffnet wurde, und sah, wie im Hausflur das Licht anging. Jemand trampelte laut die Treppe herauf, und Jörg kannte den Klang dieser Schritte. Petra war wohl ausnahmsweise mal wieder auf dem Weg nach Hause, ausgerechnet in diesem Moment. »Send Sie die Petra, die Freundin vom Herrn Raabe?«, hörte er Elke Höfele unten im Treppenhaus fragen. »Sein's fei a bissle nett zum Herrn Raabe, dem goht's ned so guat.« Petra murmelte irgendeine knappe Erwiderung, die Jörg aber bei der miesen Akustik im Treppenhaus nicht verstand, zumal die Worte von Petras lautem Trampeln überlagert wurden. Jörg schloss schnell die Tür und stand wie ein ertappter Sünder im Flur, als von außen der Schlüssel ins Schloss gesteckt wurde.

Die Tür öffnete sich, Petra kam herein, schleuderte ihre Tasche in die Ecke und polterte los: »Was war'n das für ne Zimtzicke auf der Treppe?«

Also gut. Rein in die Vollen, Jörg war gerade in der richtigen Stimmung, jetzt war sowieso schon alles egal, der Farce mit Petra fehlte nur noch ein guter Schluss, oder zumindest überhaupt einer. Mit seinem offenen Hawaiihemd lehnte Jörg sich an die Wand im Flur, in einer Pose, die von James Dean hätte abgeguckt sein können.

»Ich will mit dir schlafen, Petra.«

»Was willst du???«

»Mit dir schlafen, komm! Lass uns rübergehen zu mir.«

Jörg unterfütterte seine Pose nun noch mit einem breiten Grinsen, ein schlechter Regisseur hätte ihm noch einen Kaugummi dazu gegeben, aber es reichte auch schon so. Petra sah ihn fassungslos an. Hatte der etwas genommen? Der nahm doch sonst nie was.

»Pass auf, Jörg, was immer mit dir los ist. Ich kann jetzt nicht mit dir schlafen.«

»Ach Petra, komm, bitte, wir haben schon so lange nicht mehr.«

Jörg lächelte wie ein Unschuldslamm, und Petra wurde das allmählich unheimlich. Vier Jahre war sie jetzt mit diesem Idioten zusammen, aber so hochkantig gesponnen hatte er noch nie, wie er da grinsend mit halb offenem Hawaiihemd an der Wand lehnte, nach Schweiß und Alkohol stank und auf einmal mit ihr ins Bett wollte.

»Jörg, das muss sich erst mal wieder einrenken zwischen uns. Das braucht Zeit.«

»Hast einen andern, hm?«

»Jörg, jetzt sei vernünftig, bitte. Mit dem Wagen stimmt was nicht.«

Jörg legte eine gespielt sorgenvolle Miene auf.

»Mit dem Wagen stimmt was nicht? Wie das denn?«

Petra lief rot an vor Zorn. »Die Kiste steht irgendwo in Friedrichshain und springt nicht mehr an!«

»Kennt Axel sich nicht aus mit Motoren?«

Mit einem Schlag war Jörgs Grinsen verschwunden, und er blaffte sie mit tiefer Stimme an: »Schlüssel!«

»Was?«

»Die Autoschlüssel!«

Petra wusste nun wirklich nicht mehr, was los war, am Ende drehte der doch noch durch. Sie griff in ihre Handtasche, wühlte den Schlüssel aus den untersten Schichten der Tasche hervor und warf ihn vor Jörg auf den Boden.

»Ab sofort nimmst du meinen Wagen nicht mehr, klar?«, sagte er kalt.

Nun war es vorbei mit Petras Geduld und Verständnis: »Sag mal, spinnst du? Hat dir die Zimtzicke im grünen Kaftan ins Hirn geschissen, oder was?!«

Jörg packte sich blitzschnell Petras Arm. »Und noch was. Es ist aus mit uns, Petra. Schluss. Ich beende hiermit die Beziehung und würde dich bitten, dir so schnell wie möglich eine andere Wohnung zu suchen. Klar?«

Petra starrte Jörg sprachlos an. Was war das? Probte der eine Szene? War der durchgedreht? Irgendwo musste sie die Nummer von diesem Psychiater haben, zu dem er immer rannte, vielleicht sollte sie den anrufen.

»Hast du verstanden, was ich gesagt habe, Petra?«

Der war übergeschnappt.

»Ich frage dich noch mal: Hast du verstanden, was ich gesagt habe?«

»Fick dich doch!«

»Ich werte das mal Bestätigung, dass du mich verstanden hast. Wo steht der Wagen?«

»Such ihn doch!«

»Petra, ich kann auch zur Polizei gehen und Anzeige erstatten wegen Autodiebstahl.«

»Wolgaster Straße, vor der Wolgast-Ritze«, warf Petra ihm

wie einen letzten Brocken vor die Füße, ging in ihr Zimmer und schlug die Tür hinter sich zu.

Jörg hob den Schlüssel auf, zog sich eine Lederjacke über, steckte seinen Geldbeutel ein und verließ die Wohnung. Die Techno-Musik, die im nächsten Moment aus Petras Zimmer losdröhnte, hörte er schon nicht mehr.

10

Mit einem Blick in den kleinen Motorraum sah Jörg, woran es fehlte. Das Kabel, das von der Zündspule in den Zündverteiler führte – von wo aus dann die einzelnen Zündkabel für die vier Zylinder in der Reihenfolge 2-3-4-1 wieder wegführten –, war locker und verursachte damit wahrscheinlich ein unregelmäßiges Aussetzen der Zündung. Das war es wohl gewesen, was Petra mit den Worten ›der Zünder tuckert so komisch‹ hatte beschreiben wollen. Jetzt fing etwas Neues an, und zwar schon dadurch, dass er sich seinen alten Käfer aus Petras Klauen zurückholte. ›Spät genug, aber nicht zu spät‹, dachte Jörg, als er mit einer Spitzzange den Sitz des Kabels am Zündverteiler wieder zurückbog. Das Aufeinanderprallen seines Leibes mit dem von Elke Höfele war nur noch der letzte Rumpler gewesen, der ihm zur Erkenntnis gefehlt hatte, dass es Zeit war, sein ganzes Leben umzukrempeln. In diesem Moment hatte er mehr kapiert als in zehn kostenpflichtigen Sitzungen bei Dr. Rastemborski. Jörg steckte das Kabel, das von der Zündspule kam, in die entsprechende Öffnung, prüfte nun den Sitz des Kabels, indem er ein paarmal daran herumwackelte, und war mit dem Ergebnis zufrieden.

Erst mal würde er abnehmen. Mindestens zehn Kilo. Er hatte

es satt, als bärtiger Fettkloß durchs Leben zu torkeln und darauf zu warten, dass ihm irgendjemand ein Gnadenröllchen in einer Serie gab. Also mindestens zwanzig Kilo. Jörg stieg ein, steckte den Schlüssel ins Zündschloss, ließ den Choke geschlossen – wahrscheinlich hatte Petra den Motor komplett absaufen lassen – und trat das Gaspedal voll durch, als er den Anlasser betätigte. Das war eine Möglichkeit, auch völlig feucht gewordene Motoren wieder zum Leben zu erwecken, ohne die Zündkerzen auszubauen und die Brennräume trockenzulegen. Ein paarmal drehte der Anlasser den Motor durch – die Batterie war schon schwach, wahrscheinlich hatte Petra ewig georgelt –, und quasi mit dem letzten Saft der Batterie kam der Motor, zündete ein paarmal unregelmäßig. Jörg ließ sofort das Gaspedal los, und schließlich lief der Boxer, zuerst mit ein paar Aussetzern noch, aber nachdem auch die restlichen Zylinder freigebrannt waren, schnurrte er schön und rund in perfekter Leerlaufdrehzahl vor sich hin. Jörg legte den Gang ein und fuhr los. Die Wolgast-Ritze war der letzte Ort der Welt, an dem er nun sein wollte.

Jörg fuhr kreuz und quer durch die Stadt, um die mitgenommene Batterie aufzuladen. Also weiter, ein Plan musste her. Abnehmen war schon mal klar, der Rausschmiss von Petra war in die Wege geleitet, womöglich musste er ihr noch ein paarmal auf die Füße treten, bis sie wirklich verschwand. Jörg fuhr und fuhr, die Stadtautobahn entlang, über den Ku'damm, rüber in den Prenzlauer Berg und über Mitte wieder zurück nach Wilmersdorf. Wie konnte so ein Plan aussehen? Zwanzig Kilo abnehmen, zu Greg McBain ins Besetzungsbüro eindringen, ihm mit einer alten Wehrmachtspistole vor der Nase rumfuchteln, rausplärren, dass er zwanzig Kilo abgenommen und sich von Petra getrennt hatte und deswegen den Wehrmachtsflieger spielen musste, er und kein anderer? Der große Dschie-Em-Bieh würde sich bedanken.

Jörg brauchte Musik. Er entdeckte auf dem Boden eine seiner

alten Kassetten, unbeschriftet, ohne Hülle und völlig verdreckt, wahrscheinlich von Petras Mitfahrern respektive Gelegenheitsstechern – Axel? – mit den Füßen getreten. Er hob die Kassette auf – im Fahren, auf der Stadtautobahn! –, kratzte den gröbsten Dreck ab, schob die Kassette in den Schlitz des Abspielgeräts und drehte den Lautstärkeknopf nach rechts, voll bis zum Anschlag. B. B. King – es war seine alte geliebte B. B.-King-Kassette! –, und er fand gleich ohne viel Spulerei seinen Lieblingstitel, den Breakin' free Blues. Und das war es auch, was er jetzt tun musste: to break free, zur Not wie eine Sau durchs Unterholz. Break free! Dieser Russenschriftsteller zum Beispiel, der schonungslos herumpöbelte und es geschafft hatte, dass ihn jeder kannte. Wenn das auch durchschaubar war, so hatte es doch Methode und funktionierte offenbar. Oder dieser Jean-Pascal Randolph, der Beleidiger von Moderatoren und Pastoren, der hatte sich auch eine feine Ritze geschürft in die harte Rinde des Filmgeschäfts, die er nunmehr voll und ganz ausfüllte. War das ein Plan? Jörg fuhr den Hollenzollerndamm entlang, suchte gerade zum dritten Mal – oder schon zum vierten Mal? – den Anfang vom Breakin' free Blues, als ihm rechts der Straße mitten auf dem Hohenzollerndamm etwas ins Auge stach. An einem der Häuser war über eine Breite von knapp fünf Metern ein großes Transparent aufgespannt: FLIEGEN LERNEN – JETZT!

Jörg hatte das Transparent erst im letzten Augenwinkel bemerkt, drehte nun den Kopf, guckte nach hinten, bremste abrupt, sah kurz nach vorne, prügelte den Rückwärtsgang hinein, ziemlich gnadenlos, und fuhr die knapp hundert Meter rückwärts auf dem Hohenzollerndamm unter lautem Gehupe anderer Autofahrer wieder zurück, bis er direkt vor dem Haus mit dem Transparent stand. Es war eine Flugschule, die Kunden suchte. Jörg ließ den Motor laufen, weil er nicht wusste, ob es die Batterie noch einmal schaffen würde, stieg aus und ging auf das Haus zu. An einem Schaufenster war das Logo der Schule angebracht:

COME & FLY – *Die Flugschule der Hauptstadt – Sonderpreise für Schnellentschlossene!*

Darunter hatte noch jemand mit weißer Farbe auf das Schaufenster geschrieben, wie man es von Fleischereischaufenstern kennt:

Stellen Sie sich der Herausforderung! Steigen Sie auf! Come & Fly now!

Offenbar lief das Geschäft der Flugschule nicht ganz so gut an, wie man erwartet hatte. Jörg ging zurück zum Käfer und kramte unter dem Rücksitz eine Dose Bier hervor. Er hatte da ein geheimes Lager angelegt, das Petra und ihre mutmaßlichen Beifahrer wohl noch nicht entdeckt hatten. Jörg öffnete die Dose, trank einen großen Schluck, ging wieder zu dem Schaufenster und schielte hinein. In einem dunklen Unterrichtsraum hing von der Decke an Perlonfäden das Modell eines kleinen Kunstflugdoppeldeckers, einer Pitts S 2 B. Das Modell hatte mindestens eine Spannweite von zwei Metern und war, soweit Jörg das bei dem schlechten Licht erkennen konnte, eine geradezu perfekte Arbeit. Jörg trat wieder ein paar Schritte vom Schaufenster zurück und soff den Rest Bier mit einem Schluck aus. Er starrte auf das Schaufenster und hatte die Eingebung: Er musste fliegen lernen. Das war der nächste Schritt. Sich in so eine Kiste setzen und durch die Lüfte fliegen. Jörg warf die Bierdose weg, die laut über den Hohenzollerndamm schepperte, nahm Haltung an, legte seine Hand an die Stirn wie zu einem militärischen Gruß und schrie mitten durch die Nacht, während sein Käfermotor tadellos im Leerlauf vor sich hin tuckerte: »Jawoll, ich stelle mich der Herausforderung! Machen Sie einen Flieger aus mir, meine Herren! Idioten zu Piloten! Jawoll! I come and fly, up to the sky!«

Im dritten Stock öffnete sich ein Fenster, in dem die milchigen Lichtreflexe eines Fernsehbildschirms zu erkennen waren. Ein Mann um die vierzig, nur mit Unterhosen und einem schmuddligen Unterhemd bekleidet, lehnte sich zum Fenster heraus und schrie Jörg an: »Jetzt ma Schnauze da unten, du Arsch!!! Und mach bloß deine Stinkekiste aus, verpestet ja die ganze Luft hier!«

Jörg sah hinauf zu dem Proleten, und sofort war sein so plötzlich aufgekeimter Mut wieder verflogen, in sich zusammengefallen wie eine Eiswaffel im Sommerregen. Ohne jede Gegenrede schlich er zu seinem Käfer, stieg ein, schaltete in den ersten Gang und fuhr wieder los. Jörg drosch den Wagen der Batterie zuliebe nun mit gut 130 Stundenkilometern über die Avus. Hier waren zwar nur noch hundert erlaubt, aber mitten in der Nacht würde da wohl keiner kontrollieren. Jörg trat das Gaspedal bis zum Anschlag durch, und bei dem leichten Gefälle parallel zur Kronprinzessinnenallee in Richtung der Ausfahrt Wannsee kletterte die Tachonadel glatt auf knappe 137 Stundenkilometer. Wieder hatte er sich von einem Schreihals den Schneid abkaufen lassen, wieder war er ängstlich davongeschlichen, nur weil einer sein Maul aufgerissen hatte. Damit musste jetzt Schluss sein, ein für alle Mal!

Jörg wendete bei der Ausfahrt Wannsee, trat den Käfer auf der Rückfahrt wieder voll durch: 139 Stundenkilometer. Der Seelenklempner Rastemborski konnte sich seine Zufriedenheit sonst wo hinschmieren, Angriff hieß jetzt die Devise. Die Radarkontrolle stand auf Höhe der Ausfahrt Hüttenweg, und es war ein wunderschöner roter Blitz, der die klare Nacht erhellte, als wolle er Jörgs soeben gefasste Beschlüsse besiegeln. Aber das war jetzt auch egal, er würde eben sagen, Petra sei gefahren, als Abschiedsgeschenk, haha. Jörg bremste den Wagen am Dreieck Funkturm herunter, schön vorsichtig, denn die Bremsen zogen stark nach links. Die Batterie war wieder voll, und jetzt brauchte er was zu trinken. Fünfzig Euro hatte er noch, das würde bei kluger Getränkewahl reichen, um sich voll laufen zu lassen.

Jörg fuhr direkt zur *Po-Saune*, einer Nachtbar, die ein wichtiger Kollege namens Daniel Decker aufgemacht hatte, wo dieser nun Hof hielt, sich delektierte am Startourismus der zwanzigjährigen Mädels aus Westdeutschland, die hofften, ihn da drin zu entdecken und mit feuchtem Höschen um ein Autogramm und/oder eine Nacht an seiner Seite zu bitten. Daniel Decker nannte sich Dan, und Jörg kannte ihn flüchtig, hatte mal eine kleine Szene mit ihm gedreht, bei der Decker ihn irrtümlicherweise für einen Statisten gehalten hatte. Trotzdem, da musste er jetzt rein. Jörg stellte den Käfer direkt vor die *Po-Saune*. Er stieg aus und merkte, dass er immer noch die schwarze Hose, das halb offene Hawaiihemd und die Lederjacke trug. Ein wenig heruntergekommen sah er schon aus, und wahrscheinlich roch er nach Bier, Motorenöl und ein wenig noch nach Frau Höfele. Jörg schlenderte zum Eingang der *Po-Saune*, als wäre sein Käfer mindestens eine Corvette Stingray, und da stand er auch schon, mit den anzeigenüblichen Vorzügen – um die dreißig, über 1,85, Bodybuildertyp –, der Herr Türsteher und sagte: »Tut mir Leid, is nur für Clubmitglieder.«

Jörg blieb stehen und sah den Steher stumm an. In seinem Hirn ratterte es: ›Jaja, Jörg, genau wie immer.‹ Immer kam er nicht rein in diese Läden, nie kam er vorbei an diesen Göttern von Gesellschaftsmachern, den Richtern über Dabeisein und Draußenbleiben, die wahrscheinlich selbst nicht mal die Kriterien kannten, nach denen sie selektierten, wenn sie überhaupt wussten, was Kriterien denn waren. Immer war Jörg an denen gescheitert, immer hatte er aufgegeben, war traurig zurückgeschlichen nach Hause oder in den *Zwiebelfisch* am Savignyplatz, wo einfach jeder rein durfte, ohne Türsteher und ohne Selbstbewusstsein. Und jetzt sollte das wieder so sein? Nein. Nicht nach diesem Tag, nicht nach dem Höfele-Fiasko, nicht, nachdem er Petra so tapfer angeschissen hatte, und schon gar nicht nach geblitzten 139 Stundenkilometern auf der Avus. Jörg sah den Türsteher immer noch an, fast ein wenig debil, bohrte sich mit dem Finger im Ohr, als habe er den Mann nicht richtig verstanden, und sagte dann ganz leise, fast flüsternd, so wie Kinski immer gesprochen hatte, wenn Bedrohlichkeit verlangt war: »Du, pass mal auf, du, ich geh jetzt da rein, und wenn du auch noch ein Mal dein Maul aufmachst, dann schick ich dir Dan Decker hier raus, und dann suchst du dir heute Nacht noch einen neuen Job, du. Klar?«

›Puuuhh‹, dachte Jörg, ›das war ein bissel zu dicke, das schluckt der nie, gleich hast du eine Faust im Gesicht. Nur jetzt den Blick nicht wegnehmen. Da musst du durch.‹

Und Jörg nahm den Blick nicht weg, und der Türsteher sagte nur: »Klar.« Sonst nichts. ›Klar‹ – keine Faust kam, man ließ ihn rein. Aha. Soso. Ging also doch. Am liebsten wäre er gleich noch mal rausgegangen und dann noch mal rein, und noch mal einen Spruch ablassen für diesen abgekackten Zerberus.

In der *Po-Saune* erkannte ihn niemand. Jörg setzte sich auf einen der geschmacklosen Ledersessel. Das Ganze war so eingerichtet, wie sich kleine Jungs aus Neustrelitz Anfang der Neunzigerjahre eine Prominentenbar im großen New York vorgestellt hätten. Die Bedienung kam, eine dieser langweiligen magersüchtigen Model-Aspirantinnen. Sie würdigte ihn kaum eines Blickes, fragte ihn auch nicht nach seinem Wunsch, und als er quasi wie in ein weißes Rauschen hinein einen Whiskey bestellt hatte, nickte sie nur gelangweilt. Aber immerhin blitzte das hintere obere Dreieck eines Tangas unter der viel zu weiten Designerjeans hervor, als sie sich bückte, um am Nebentisch ein paar Gläser abzuräumen. Immerhin. Magerblondlangweil brachte den Whiskey, Jörg prostete ihr zu, keinerlei Reaktion, trank und schickte seinen Blick auf die Reise durch den Schlund der *Po-Saune*. Dan Decker war nicht da. Mädels? Fehlanzeige. Ein paar alte Männer saßen herum, alte Männer aus der Branche, die das Leben beschissen hatte und die normalerweise in Charlottenburger Promirestaurants darauf warteten, dass eine junge Frau zu ihnen an den Tisch kam, um nach Feuer zu fragen, was aber so gut wie nie geschah. Wogegen sich stattdessen meist ein älterer, hagerer, stadtbekannter und vom Alkohol gezeichneter blonder Schauspieler ranwanzte und wenigstens mit ihnen soff. Dieser omnipräsente Mittrinker war übrigens der Ziehvater von Dan Decker. Der war aber auch nicht da, nicht mal der.

»Noch einen Whiskey, Blondie!«, rief Jörg quer durch die *Po-Saune*, und die als Blondie Bezeichnete knallte ihm das Getränk kurze Zeit später auf das Couchtischchen. Na also.

Jörg stürzte den Whiskey in einem Zug herunter, bestellte gleich noch einen und dazu Tacos, die wenig später mit einer grünlichen Avocado-Knoblauch-Pampe an den Tisch kamen. Jörg hatte ja den ganzen Tag außer einem Goldkringel mit Frau Höfele noch nichts gegessen. Die grüne Pampe fügte der Symphonie seiner Gerüche noch ein weiteres Crescendo hinzu.

Alle Blicke wandten sich plötzlich zur Tür, und Jörg konnte den Grund der kollektiven Fokussierung schnell ausmachen. Es lief der Kollege ein, der die Moderatorin in der Talkshow beleidigt hatte und sich Jean-Pascal Randolph nannte. Womöglich war das ein Pseudonym, und der Kerl hieß bloß Hans-Peter Randmeier oder Schwachberger oder so. Mit Sonnenbrille und langem schwarzen Mantel rumpelte er das kleine Treppchen herunter, just das beleidigte blonde Moderatorenmädchen aus der Talkshow hinter sich herziehend wie ein Haustier. Mitten in der Bar blieb der dreitagebärtige Widerling stehen, sah sich ostentativ um, ohne die Sonnenbrille abzunehmen, zog dann das Moderatorinnenmäuschen ein wenig dichter zu sich heran, grabschte ihr mit der Hand – für alle sichtbar – voll auf den Hintern, flüsterte ihr etwas ins Ohr und zeigte dann auf den Platz, wo Jörg saß. ›Hat der mich erkannt?‹, dachte Jörg, und Jean-Pascal Randolph ging tatsächlich auf ihn zu, blieb vor ihm stehen und machte mit der Hand eine knappe Geste, die in den hinteren Teil der Bar wies. Jörg verstand nicht, was das bedeuten sollte, bekam aber sogleich die Erklärung nachgeliefert, mit kultiviert versoffener Stimme: »Mach ma Platz hier, Fettwanst!«

Jörg schluckte, nahm all seinen Mut zusammen und piepste mit etwas zu hoher Stimme heraus: »Und warum?«

»Weil ich hier sitzen will mit der Braut und weil du Wichser zum Glotzen auch da rüber gehn kannst an'n Barhocker!«

Jörg dachte für ein paar Augenblicke an einer Widerrede oder zumindest einer schlagfertigen Entgegnung rum, gab sich dann aber geschlagen, nahm sein Glas und stand auf. Ein kurzes Glucksen der Moderatorin war zu hören, deren kleiner Arsch sich immer noch im festen Griff des Rüpels befand. Jörg ging hinüber zu den Barhockern, die vor kleinen Brettchen standen, an der Wand festgeschraubt, direkt gegenüber der Bar. Einer der Barhocker war tatsächlich noch frei, und Jörg bestieg ihn. Er war kein guter Barhockersitzer, das sah bei ihm immer ein wenig verkrampft aus. Er beobachtete, wie sich Jean-Pascal Randolph in den Sessel fläzte und die Moderatorin kurzerhand auf seinen Schoß hob, die Hand immer noch an ihrem Hintern.

So wie dieser Widerling musste man es machen! Frech sein und wichtig tun. Den Bösewicht spielen und die ganze Welt zum Publikum machen. Zum Teufel mit der Bescheidenheit, zum Teufel mit all den ehrlichen Versuchen, sich durch Nebenrollen in den Serien mühsam nach oben zu schinakeln. Jörg trank noch einen Whiskey und hieb feste die Gedanken weiter, die er schon auf der Avus gehabt hatte. Was dieser Widerling konnte, konnte er auch. Jörg sah sich in der Runde um und rief durch die Bar, so laut, dass es alle hören konnten: »Ich bin genauso ein Arschloch wie der da drüben!«

Die Reaktionen hielten sich bis auf ein paar abschätzige Blicke in Grenzen.

Jörgs Hirn arbeitete im aufziehenden Alkoholdunst fieberhaft. Widerlich zu sein wie dieser Randolph, das allein reichte nicht. Da brauchte es schon mehr, da musste noch eine Dimension dazukommen. Bösewicht plus x. Aber plus was?

Jörg erhob sich auf dem Barhocker, fiel beinahe um mit dem Sitzmöbel und brüllte immer lauter, schließlich hatte er eine ausgebildete Stimme, ja, er begann seinen Atem professionell zu stützen wie auf der Bühne und krakeelte durch die ganze *Po-Saune*: »Ich bin nämlich das Hyper-Arschloch! Arschloch plus x! Merkt euch das, ihr Posaunen-Pisser! Arschloch plus x!«

Nun war es in solchen Locations durchaus üblich, dass Schauspieler laut herumplärrten, aber Jörg hatte bald die Grenze von laut in Richtung zu laut verletzt. Und wenn ein gewisser definierter Punkt überschritten war, handhabte man das in der *Po-Saune* so, dass einfach die beiden Barkeeper – die sich dem Mixer-Job karrieremäßig über Aufsichtstätigkeit in einem Fitnessstudio genähert hatten, ihren Drinks hing auch immer ein leichter Nachgeschmack von Anabolika und Schweiß mit an – losgingen und den Querulanten einfach zur Tür brachten, natürlich nicht, ohne dass Magerblondie vorher abkassiert hätte, und zwar genau 43 Euro, für vier Whiskeys und dreimal Taco. Jean-Pascal Randolph hobelte immer noch am Hintern des Mäuschens herum und würdigte den Abgeschleppten und seine Rausschmeißer keines Blickes. Als die beiden Männer Jörg am Türsteher vorbeizerrten, hatte er noch ganze neun Euro in der Tasche.

Jörg setzte sich in seinen Käfer und fuhr, nach dem Augenaufreißen beim Knutschen eine weitere seiner Lebensregeln verletzend, im Suff zum Savignyplatz, eine Strecke, die fast nur geradeaus führte und keine komplizierten Abbiegevorgänge verlangte. Er parkte den Käfer direkt auf dem Trottoir vor dem *Zwiebelfisch*, durch dessen Glasfront ein paar Rest-Trunkene ihm stoisch vor sich hin stierend zusahen, wie er den Wagen zwischen zwei Begrenzungspfosten setzte, und zwar so eng, dass die Türen nicht mehr aufgingen. Trotz Suff. Jörg fuhr noch ein Stück weiter auf das Trottoir, bis er die Tür öffnen konnte. Wäre der Wagen jetzt mit offenen Türen zurückgerollt, hätten die Pfosten ihn aufgehalten. Das war, dachte Jörg, genau das Prinzip, nach dem so genannte Hohlraumdübel für die Altbausanierung funktionierten. Im *Zwiebelfisch* setzte Jörg die letzten neun Euro optimal in Volumenprozente Alkohol um, wobei die Wahl Doppelkorn hier das optimale Preis-Alkohol-Verhältnis darstellte. Sein olfaktorisch inzwischen bedenklicher Zustand bescherte ihm selbst im *Zwiebelfisch* schnell einen weiträumig freien Platz. Hier dachte er nach, für die restlichen neun Euro Doppelkorn, aber sein Hirn kam ihm allmählich schon vor wie eine Endlagerstätte für Hohlraumdübel. Arschloch plus x. Aber plus was? Fiel ihm das altehackeverdammtenochmal ein für neun Euro Alkohol?

Durch die breite Glasfront im *Zwiebelfisch* starrte Jörg suffestumb nach draußen, auf den Savignyplatz. Sein Blick fiel auf einen alten Schaltkasten der Telekom, vollgepappt mit mehreren Schichten von Plakaten, die sich bereits abzulösen begannen. Nach und nach fokussierte sich sein Auge auf das Schwarzweißposter, das frisch über die herabhängenden Papierschichten gepinnt war. Es kündigte eine Lesung des Schriftstellers Peljewitsch an. Jörg hob zu einer doppelkorngestützten Schimpftirade an: »Muss dieses Arschloch denn überall sein?«

Und da durchfuhr es ihn mit der Heftigkeit eines ICE, der mit 270 Stundenkilometern durch Brandenburg rauscht, mit der Klarheit eines unverhofften Kündigungsschreibens: Literat. Natürlich. Literat. Literat, Literat, Literat: Das war das plus x. Arschloch plus Literat! Das war die Mischung. Herrgott noch mal, das war's! Und Russe noch obendrein. Bösewicht und Russe und Flieger und Arschloch und Literat und alles! Jörg stürzte den Rest des Doppelkorn hinunter, stieg auf den Tisch und brüllte, mitten hinein in das tumbe Geglotze der Zwiebelfischhocker, schamlos Shakespeare paraphrasierend:

»Den Literaten und den Bösewicht,
die hindert selbst der Teufel nicht!
Erzeugt der Plan aus Höll und Nacht,
der aus dem Knecht den König macht!
Zum größten Wohl wird all dies Übel,
im Arschloch steckt der Hohlraumdübel!«

Und weggesoffen war der Gegenwert für neun Euro, einen bekam Jörg noch aufs Haus, dann schleppte er sich zu Fuß in die Kantstraße, den VW zwischen den Hohlraumdübelpfosten zurücklassend.

11

Gegen neun wachte Jörg auf. Er stellte fest, dass er immer noch das Hawaiihemd anhatte, und begann bereits selbst, die merkwürdige Mixtur der ihm anhaftenden Gerüche wahrzunehmen. Er stand auf und ging in die Küche, setzte Kaffee auf und wartete, bis die minderwertige Kaffeemaschine wenigstens so viel Wasser in Kaffee verwandelt hätte, dass er eine Tasse würde abgreifen können – einen Brühstopp hatte das Glump ja nicht. Auf dem Küchentisch lag immer noch die *Cosmopolitan* mit der Titelgeschichte über den literarischen Russenlümmel. Jörg überflog den Artikel kurz und erinnerte sich bruchstückhaft, was in der Nacht passiert war. Er hatte den ultimativen Einfall gehabt. Oft entpuppen sich solche nächtens gekommenen Ideen am nächsten Morgen ja als minderwertiger Schrott, nachts geschriebene Seiten befördert der Literat nicht selten nach der Morgenlektüre direkt in den Papierkorb oder, noch hygienischer, mit der Tastenkombination für Löschen ins ewige Nichts elektronischen Mülls. Aber nichts von alledem: Als Jörg den Bericht über Peljewitsch noch einmal las, die Ideen der Nacht noch einmal rekapitulierte, war er sich sicher. Das war es. Das Plus hoch drei. Jörg sinnierte schon gar nicht mehr über den Plan an sich, sondern dachte über Möglichkeiten nach, ihn zu realisieren. Er wollte sich gerade mithilfe einer zweiten Tasse – um sie während des Abgreifens unter den Brühfluss auf die Heizplatte zu stellen, als Zwischenlager für den während des Abgreifens durchlaufenden Kaffee – frisch gebrühten Kaffee abgreifen, als Petra aus dem Badezimmer angeschlurft kam, zur Kaffeemaschine ging und sich ohne Hinzuziehung einer Hilfstasse einfach Kaffee aus der Kanne nahm, was wieder eine gewaltige Überschwemmung zur Folge hatte, denn immerhin lieferte selbst diese miese Maschine eine Durchflussmenge von etwa 0,15 l/min, was der Füllmenge einer durchschnittlichen Kaffeetasse entspricht. Bevor Jörg dazu kam, Petra auf die verursachte Sauerei aufmerksam zu machen, fuhr sie ihn schon an, was denn das am Vorabend für eine dämliche Nummer gewesen sei.

»Guten Morgen, Petra. Was das gestern gewesen ist? Ich habe unsere Beziehung beendet. Und dich gebeten, dir möglichst bald eine neue Wohnung zu suchen. Hab ich das so unklar ausgedrückt?«

Petra sah Jörg wachsam an. Er hatte sich also immer noch nicht ausgesponnen, er war immer noch auf diesem komischen Trip, von dem sie nicht wusste, woher der auf einmal kam und wohin das führen sollte. Jörg nahm sich nun auch eine Tasse Kaffee und war die Ruhe selbst.

»Den Autoschlüssel hast du mir schon gegeben, falls du das nicht mehr weißt. Die Papiere hätte ich auch noch gern. Der Wagen läuft übrigens einwandfrei, wobei dich das nicht mehr interessieren dürfte, da du ihn ja nicht mehr benutzen wirst.«

»Was?«

»Und sei bitte so gut und mach die Kaffeesauerei noch weg.«

»Hör bloß auf, mich vollzusabbeln!«, schrie Petra, als Jörg achselzuckend an ihr vorbei ins Badezimmer ging.

»Du stinkst wie ein Iltis!«, rief sie hinter ihm her und lag damit sachlich richtig, wenn auch in diesem Fall nicht weiterführend. Jörg ging ins Bad, duschte sich, zog sich an, nahm den Wagenschlüssel und verließ die Wohnung ohne weitere Wortwechsel mit Petra, die am Küchentisch saß und nun doch ernste Zweifel bekam, dass das alles nur eine temporäre Laune von Jörg wäre.

Eine halbe Stunde später hatte Jörg den Käfer vom Hohlraumdübelparkplatz vor dem *Zwiebelfisch* wieder abgeholt und stand im Unterrichtsraum der Flugschule, auf die er in der Nacht mehr oder minder zufällig gestoßen war. Ein großer Unterrichtstisch mit aeronautischem Material stand in der Mitte des Raums, an den Wänden waren Cockpitdarstellungen und Typentafeln von verschiedenen Flugzeugen angebracht. Aber es war vor allem das Modell der Pitts S 2 B, das es Jörg, selbst Modellbauer, angetan hatte. Es war wirklich ein Meisterwerk, nicht nur optisch, es war bestimmt auch flugfähig. Ein wunderbares Stück. Jörg stieg auf einen Stuhl und inspizierte das Modell. Er glotzte und glotzte – unter der Cowling saß ein Viertaktmotor vom Typ US PET MAX, 18 Kubik, mit offen liegenden Ventilen, allein der schon ein Stück wunderbarer Modellbautechnik – und bemerkte so natürlich Victor A. Lehmann nicht, der mittlerweile mitten im Raum stand und Jörg beobachtete. Herr Lehmann trug wieder die obligatorischen blauen Fliegerhosen und das vielgepriesene Lufthansa-Pilotenhemd, das bei jedem Flugbedarfsversand für 29,90 Euro mit langem Arm zu bestellen war. Einzig die Schulterklappen mit den vier Streifen für den Captain fehlten. Auf seiner Brust prangte das kleine Kunststoffschild mit seinem Namen: ›Victor A. Lehmann CFI-ME‹.

Victor A. Lehmann sah Jörg eine Weile lang zu und sagte dann mit geübter Jovialität: »Schönes Ding, was?«

Jörg erschrak, sah Lehmann, stieg vom Stuhl und stellte ihn wieder seinen Platz. »Ja, schönes Teil.«

»Aber das schöne Teil hamm wir auch noch mal in Originalgröße, draußen am Flugplatz. Wir nennen die bloß Brülleimer, weil sie so 'n Lärm macht mit ihrem 300-PS-Conti und sich fliegt wie 'n Eimer, haha.«

Herr Victor A. Lehmann lachte, offensichtlich zufrieden mit sich und seiner Eröffnung des Kundengesprächs.

»Ich wollte mich mal erkundigen ...«

Sofort war Lehmann mit einem kurzen Lacher wieder dazwischen, bevor Jörg seinen Satz zu Ende sprechen konnte: »Um gleich eins klarzustellen: Fliegen kann jeder lernen. Fast jeder. Nicht überall, aber bei uns, haha.« Und wieder ein kleines Lachen. Jörg wollte schnell eine kurze Zwischenfrage unterbringen, aber so mir nichts, dir nichts kam man bei Victor A. Lehmann nicht zu Wort: »Unsere Flotte, nur vom Besten, und wunderbare Lehrer, alles alte Profis. Die würden's noch Ihrer Großmutter beibringen. Stellen Sie sich der Herausforderung. Und so günstig wie bei uns bekommen Sie das nirgendwo. Und jetzt sind Sie dran. Ihre Fragen, bitte.«

Das klang beinahe schon so, als hätte er Jörg den Steuerknüppel für seinen Brülleimer in die Hand gedrückt.

»Was heißt günstig?«

Victor A. Lehmann ging zu dem Unterrichtstisch, zog direkt unter dem Modell der Pitts zwei Stühle heraus, bot Jörg einen Platz an und rückte ganz dicht an Jörg heran, für Jörgs Geschmack vielleicht eine kleine Spur zu nah, seine Stimme einen Hauch zu vertraulich: »Passen Sie auf, Sie gefallen mir.«

Jörg befürchtete für einen kurzen Moment, Victor A. Lehmann würde ihm im nächsten Moment seinen Pilotenarm um die Schulter legen, wie einem alten Kameraden, mit dem er gerade einmal quer durch Afrika geflogen ist. Aber Lehmann blieb glücklicherweise beim Verbalen: »Einer wie Sie, der gehört in den Himmel. Ohne Flieger ist der Himmel sowieso nur Luft, haha. Ich mach Ihnen einen Sondertarif. Die Theorie ist kostenlos, die machen wir hier in der Stadt, und Sie bezahlen nur die Flugstunden draußen am Flugplatz …«

Es gelang Jörg, schnell ein gefragtes »Insgesamt?« dazwischenzuschieben.

»Rechnen Sie mal mit 7000.«

Jörg überlegte, und Lehmann schob ihm zwei vorbereitete Formulare hin, legte einen Stift daneben.

»Das füllen Sie aus, und mit dem anderen Zettel gehen Sie zum Arzt, am besten gleich heute, Termin mach ich Ihnen, und wenn Sie wollen, geht's morgen früh los.«

»Morgen früh?«

»Morgen früh sitzen Sie in der Kiste und fliegen. Wenn Sie wollen, haha …«

»Und wann hab ich …?«

»Wir hatten gerade einen, der hat's in vier Wochen geschafft. Aber der war begabt. Schlagzeuger.«

Jörg nickte. Victor A. Lehmann war Geschäftsmann genug, um zu wissen, dass Jörg jetzt einen Moment Ruhe brauchte. Er stand auf, ging nach hinten in sein Büro und beobachtete Jörg aus dem Augenwinkel. Jörg stand wieder unter dem Modell der Pitts und sah sich die Augen wund an dem roten Kunstflugdoppeldecker. Lehmann stand gleich wieder am Durchgang, hatte einen vorbereiteten Ausbildungsvertrag in der Hand, aber zögerte noch einen Augenblick, als wolle er den günstigsten Moment abpassen.

»Also, probieren wir's?«

Jörg drehte seinen Blick von der Pitts zu Victor A. Lehmann, der schon wieder neben ihm stand.

»Oder hamm Sie Schiss?«

Jörg schüttelte den Kopf.

»Gut, dann machen wir gleich einen Ausbildungsvertrag. Reine Formsache, schreibt das Luftfahrtbundesamt vor. Deutsche Behörden, haha. Aber ohne Vertrag geht's eben nicht.«

Jörg nickte. Die beiden setzten sich an den Tisch, Lehmann zog einen teuren Lamy-Kugelschreiber aus dem dafür vorgesehenen Schlitz an der linken Brusttasche des Lufthansa-Pilotenhemds und legte sich das Ausbildungsformular samt Durchschlägen zurecht.

»Hat der Arzt heute noch einen Termin für mich?«, fragte Jörg, und Lehmann grinste: »Für meine Schüler immer.«

Mit militärischer Knappheit fragte er Jörgs Personalien ab und trug sie in Großbuchstaben in den Ausbildungsvertrag ein. Jörg las sich den Vertrag durch und unterschrieb, dann setzte Lehmann eine schwungvolle unleserliche Unterschrift darunter, die jedem ärztlichen Rezept zur Ehre gereicht hätte.

»Sie werden's nicht bereuen«, sagte Lehmann und reichte Jörg den für ihn bestimmten Durchschlag. Ein Handschlag mit kräftigem Händedruck folgte.

»Willkommen im Klub der Flieger«, tönte Lehmann und hielt Jörgs Hand immer noch fest.

Jörg löste seine malträtierte Hand aus der Klaue des Captains und zeigte auf das Namensschild auf Lehmanns Pilotenhemd. »Eine Frage hab ich noch: Was heißt eigentlich CFI-ME?«

Ein Anflug von Stolz zeigte sich auf Lehmanns Gesicht: »Certified Flight Instructor, Multi-Engine. Ich bin nicht nur Lehrer für die deutsche Privatpilotenlizenz, bei mir können Sie auch so gut wie alle Scheine bis zur amerikanischen Commercial Pilot's License machen, haha. Gewinnen Sie im Lotto, und ich mache Sie zum Airliner-Piloten.«

Wenn der Mann nur halb so gut fliegen konnte wie Verträge machen, dachte sich Jörg, dann konnte ja nichts schief gehen.

Jörg fuhr hinüber nach Kreuzberg in die Oranienstraße. Unter dem Schild, das auf das Pathos-Theater im dritten Hinterhof hinwies, ließ er den Käfer stehen und ging in die Toreinfahrt. Die Höfe hatten sich kaum verändert, immer noch lag Dreck und Gerümpel herum. Es gab kaum eine Ecke, in die er damals nicht nach Vorstellungen oder Besäufnissen mal hingepisst hatte, wie ein Hund, der seine Duftmarken setzt. Die Tür zum Theater war immer noch die alte Gasschutztür, die wohl noch aus Kriegszeiten stammte und alle drei Jahre mit einer neuen Farbe überpinselt worden war, ohne dass sich jemand die Mühe gemacht hätte, auch nur einen der alten Anstriche zu entfernen. Jörg öffnete die Tür leise, und sofort schlug ihm der wohlbekannte Geruch entgegen: eine Mischung aus Moderduft, dem beißenden Gestank heißer Scheinwerfer und einem Schweißgemenge aus Bühnentranspiration und Zuschauermief. Der kleine Theaterraum war fensterlos, und wenn man das Haus eines Tages abreißen würde, bliebe der Gestank wahrscheinlich auch ohne die Wände drum herum noch ein paar Wochen stehen. Jörg ging durch den kleinen Vorraum, wo das Tischchen mit der Kasse stand und den selbst unverbesserliche Euphemisten nie und nimmer als Foyer bezeichnet hätten. Vom Bühnenraum her drangen Probengeräusche. Eine dünne weibliche Stimme mühte sich an einem klassischen Text ab, einzelne Worte oder gar der Sinn waren durch den dicken, dunkelroten Samtvorhang, der den Vorraum vom eigentlichen Theater trennte, nicht zu verstehen. Jörg schlich vorsichtig zum Vorhang und zog ihn einen Spalt weit zur Seite. Drinnen stand bei Neonlicht eine junge, magere Frau im Jogginganzug auf der leeren Bühne und versuchte sich an dem Monolog der Anna aus Shakespeares Richard dem Dritten. In den leeren Stuhlreihen vor der Bühne saß einsam ein alter Mann mit einem kantigen Gesicht, der ein Regiebuch auf den Knien hatte und durch eine dicke Hornbrille hindurch den Sprechversuchen der jungen Frau scheinbar emotionslos zusah und zuhörte. Sofort rief dieses Bild die Erinnerung in Jörg wieder wach. Genau so hatte er vor fünfzehn Jahren auf dieser Bühne gestanden, genau so hatte der alte Mann, Zoltan Schneider, in den leeren Reihen gesessen. Auch das Regiebuch auf Zoltan Schneiders Knien schien noch das alte zu sein, genau wie der zentrale Neonscheinwerfer, der bei Proben als ausschließliche Lichtquelle obligatorisch war, weil er weniger Strom verbrauchte als die Bühnenscheinwerfer für die Vorstellungen.

Zoltan Schneider war das Pathos-Theater, Punkt. Der alte Mann war Intendant, Spielleiter, Dramaturg, Betreiber und Hausmeister des kleinen Theaters in Personalunion.

Nach einer in den Siebzigern freiwillig abgebrochenen Regiekarriere bei Größen wie Peymann oder Zadek und einer gescheiterten Ehe mit einer Tänzerin in Wuppertal war Zoltan Schneider nach Westberlin gekommen, hatte sich das Theater gemietet, eine junge fanatische Truppe um sich geschart und mit unkonventionellen Klassikerinszenierungen Furore gemacht, und zwar nicht nur in der Off-Theaterszene. Oft hatten die Feuilletons geschrieben, im Pathos-Theater könnten sich die großen Theater etwas abgucken, bei Zoltan Schneider sollten so manche Damen und Herren Regisseure aus den Staatstheatern tunlichst mal Nachhilfestunden nehmen, und derer Formulierungen mehr. Manche hielten Zoltan Schneider für ein Genie, genauso vielen war er suspekt wegen seines bald stadtbekannten Hangs zu Ausschweifungen und Bösartigkeiten, nicht nur in den Inszenierungen, von denen natürlich auch mal die eine oder andere grundlegend in die Hose gegangen war, was immer ein willkommenes Fressen für seine vielen Neider und selbstgeschaffenen Feinde in der etablierten Szene war. Phasenweise hatte Zoltan Schneider haltlos rumgesoffen, bei Interviews im Vollrausch Politiker und insbesondere den Kultursenat porentief beleidigt und sich und das Pathos-Theater damit um manche Subvention gebracht. Zeitweise hatte er sogar im Theater gewohnt, auf einer alten Pritsche auf der Bühne geschlafen, mit seinen Schauspielerinnen herumgevögelt und sich in der kleinen Toilette im Vorraum des Theaters die Zähne geputzt und den Hintern gewaschen.

Jörg Raabe war für knapp drei Jahre Zoltan Schneiders männlicher Star gewesen, und es hatte für eine Weile so ausgesehen, als könnte das kleine Pathos-Theater den Sprung aus der Off-Szene schaffen, hin zur gefestigten Position eines geachteten und ernst genommenen kleinen Privattheaters. Aber irgendwann hatte Jörg sich aus dem Sumpf von Pathos und Zoltan Schneider davongeschlichen, sich an der Seite von Frau Doktor Suchanek abgeseilt in die Verlockungen einer Fernsehkarriere, und Zoltan Schneider war nach der Öffnung der Mauer mit seinem Pathos-Theater irgendwo im Wald der wie Pilze aus dem Ostberliner Boden sprießenden Kleintheater und Showrooms ein wenig verschütt gegangen.

Jörg zog den Samtvorhang weiter zur Seite, schlich sich leise zur hintersten Stuhlreihe und setzte sich geräuschlos auf einen der leeren Stühle, um die laufende Probe nicht zu stören. Zoltan Schneider hatte seinen Blick unverändert auf die Bühne gerichtet, dorthin, wo sich die junge Frau unter Tränen und nicht ohne Talent, wie Jörg feststellte, an den Shakespeare-Versen rieb. Als sie geendet hatte, sich die Tränen aus dem Gesicht wischte und Zoltan Schneider kritikheischend ansah, sagte Zoltan mit seiner tiefen, vom Saufen allerdings schon ein wenig brüchigen Stimme, die bar jeden Akzents war, das, was er damals auch zu Jörg Raabe so oft gesagt hatte: »Du bist gut. Aber du kannst noch besser sein. Wenn du endlich aufhörst, mich anzulügen.«

Die junge Schauspielerin nickte und fragte nur: »Noch mal?«

Zoltan Schneider machte eine kleine Geste mit der Hand und schüttelte zweimal ganz leicht seinen haarlosen Kopf: »Setz dich, Viola, nimm dir den Text und überleg dir, wo du gelogen hast. Und wenn du es weißt, dann sagst du mir das alles noch mal, ohne zu lügen.«

Die Schauspielerin nickte, nahm ihr Textheft von einem Stuhl am Rand der Bühne, setzte sich und ging den Text durch. Ohne seine Haltung zu verändern oder sich gar umzudrehen, sagte Zoltan Schneider, so dass sein Bass den ganzen Raum füllte: »Jörg Raabe. Du bist lange nicht hier gewesen. Du hast dich fortgeschlichen wie ein Hund. Talent hast du gehabt, damals. Aber du warst faul. Das ist schade. Manchmal sehe ich dich im Fernsehen, aber da bist du nicht gut. Nicht so gut wie bei mir damals. Ein fetter Saftarsch bist du geworden. Schäm dich!«

Jörg schloss die Augen, saß einen Moment lang stumm da und überlegte. »Du hältst also immer noch Monologe, Zoltan«, sagte Jörg mit einem kleinen hinterhergeschickten Lachen, das ihm aber selbst schon verlogen vorkam, kaum dass es ihm herausgerutscht war.

»Wenn ein fetter Saftarsch wie du, Jörg Raabe, nach Jahren hier angeschissen kommt, dann will er etwas von mir haben. Aber wer etwas von mir haben will, der sollte nicht lachen, bevor ich lache. Hast du das verstanden?«

Jörg zögerte einen Moment, den Drang nach einer Retourkutsche unterdrückend.

»Ich muss mit dir reden, Zoltan. Alleine.«

»Wenn du reden willst, dann rede. Sag, was du sagen willst, oder verschwinde aus meiner Probe.«

Jörg sah noch einmal prüfend zu der jungen Kollegin Viola hin, die aber offensichtlich in ihr Textheft vertieft war. Jörg stand auf, setzte sich in die erste Reihe vor Zoltan Schneider, seitlich einen Stuhl Abstand lassend, und versuchte, ihm in die Augen zu sehen, aber Zoltan Schneider starrte immer noch geradeaus auf die leere Bühne.

»Zoltan, ich brauche deine Hilfe.« Zoltan wandte den kahlen Kopf ein Stück zu Jörg hin, nahm die Hornbrille ab und sah ihn durchdringend an.

»Ich bin kein Psychiater für gescheiterte Fernsehfressen. Ich gebe Schauspielunterricht.«

»Ich will Schauspielunterricht.«

Zoltan Schneider schüttelte langsam den Kopf.

»Dafür ist es zu spät, Jörg Raabe. Du bist versaut. Ein für alle Mal.«

Jörg schluckte eine Bemerkung hinunter und versuchte es noch einmal.

»Rollenstudium, Zoltan. Bösewichte.«

»Bösewichte.«

»Ja, Bösewichte.«

Stille. Nur aus Violas Richtung war ganz kurz ein leises Rascheln zu hören, als sie eine Seite umblätterte. Plötzlich, völlig unvermittelt, begann Zoltan Schneider zu lachen, holte das Lachen von ganz tief unten aus dem Bauch, ein schallendes Lachen, das für ein paar Sekunden wie ein Gewittergrollen durch den kleinen Theaterraum dröhnte und ebenso abrupt wieder verstummte, wie es gekommen war.

»Bösewichte. Jetzt will Jörg Raabe also Bösewichte spielen. Ganz böse Bösewichte.«

»Ich weiß wirklich nicht, was es da zu lachen gibt«, sagte Jörg trotzig.

»Du kannst keine Bösewichte spielen. Du bist ein harmloser Trottel, der keinen Schimmer hat von den Abgründen der menschlichen Seele. Geh wieder nach Hause, Jörg Raabe, und spiel Weicheier. Spiel Familienväter, Lehrer, Kriminalassistenten und den ganzen anderen Scheißdreck. Wenn du unbedingt den Bösewicht geben willst, such dir ein kleines, dickes Mädel, fick sie und behandle sie mies. Und wenn du Glück hast, glaubt die dir vielleicht den Bösewicht.«

Aus Violas Ecke kam ein kleines Kichern.

»Bist du fertig, Zoltan? Deine plumpen Provokationen von damals, die ziehen nicht mehr. Ich will, dass du mit mir arbeitest.

Gegen Bezahlung. Und ich will dich, weil's keinen Besseren gibt.«

Zoltan guckte Jörg an wie einen Ziegenbock, der ihm soeben ins Wohnzimmer geschissen hat.

»Vergiss es, Junge. Ich brauche dein Drecksgeld nicht. Geh nach Hause und hol dir einen runter. Such dir einen anderen. Irgendeinen vertrottelten Sprechlehrer vom Fernsehen.«

Jörg sah Zoltan lange in die Augen, eine Ewigkeit lang. Dann stand er mit einem Ruck auf, war mit drei schnellen Schritten bei Viola, riss ihr das Shakespeare-Textheft aus der Hand, schlug die erste Seite auf, stellte sich auf die Bühne und fing an, mit kräftiger Stimme den Einleitungsmonolog von Richard zu sprechen:

»Nun ward der Winter uns'res Missvergnügens
glorreicher Sommer dank der Sonne Yorcks.«

Wieder der Hänger, an der gleichen Stelle.

»Doch ich, zu Possenspielen nicht gemacht,
Noch um zu buhlen mit verliebten Spiegeln.
Ich, roh geprägt, von Liebesmajestät
Vor sanft sich drehnden Nymphen mich zu brüsten
lahm und ungestalt,
dass Hunde bellen, hink ich wo vorbei …«

Immer mehr steigerte sich Jörg in den Monolog hinein, sein Hals schwoll an, und seine Augen schienen aus den Höhlen treten zu wollen. Und er gab mehr, drückte auf die Stimme, ein Crescendo zum Finale:

»Und darum, weil ich nicht als ein Verliebter
kann kürzen diese fein beredten Tage,
bin ich gewillt, ein Bösewicht zu werden,
und feind den eitlen Freuden dieser Tage.«

Jörg hielt inne, nach dem kurzen Text schon ein wenig schwitzend und etwas außer Atem, und sah Zoltan Schneider erwartungsvoll an.

»Hast du dir diesen scheußlichen Bart stehen lassen, damit

keiner sieht, dass sich nichts mehr abspielt in deiner fetten Saftarschfresse?«

Jörg stützte seinen Kopf für einen Moment in die Hand, wischte sich den Schweiß aus dem Gesicht und fuhr Zoltan Schneider zischend an: »Was soll das heißen, in meiner Fresse spielt sich nichts mehr ab?«

Mit dem Elan eines Zwanzigjährigen sprang Zoltan Schneider auf, stieß mit seinem steifen Bein zwei Stühle zur Seite, schlug Jörg das Textheft aus der Hand und schrie ihm mitten ins Gesicht: »Tritt mir nie wieder mit einem Textheft unter die Augen! Und wenn du mir etwas zeigen willst, dann zeig mir was, irgendwas, aber sabber mir keine verlogene Scheiße in die Ohren!!«

Zoltan Schneider ging, als wäre nichts gewesen, zurück zu seinem Stuhl, setzte sich, streckte das steife Bein von sich und sagte mit ganz ruhiger Stimme zu Jörg, der sprachlos auf der Bühne stand: »Und lass dir um Gottes willen Zeit dabei! Wer irgendwas runterrattert, der ist nicht böse. Der will es nur sein! Und nun mach!«

Und noch mal ging Jörg auf die Bühne und sprach den ganzen Eingangsmonolog von Richard dem Dritten, ohne einen Texthänger und schön strukturiert. Viele Tempowechsel, eine deutliche innere Haltung und die Körperlichkeit eines Krüppels, die schon äußerlich den Neid und die Boshaftigkeit dieses vom Leben verbitterten Mannes sichtbar machen würden. Jörg war sicher, er hatte eine Menge Wahrhaftigkeit gezeigt in seinem Spiel.

Zoltan Schneider saß ohne eine Regung vor der Bühne, und als Jörg fertig war, ihn lobheischend ansah, das Betteln um Applaus im Blick, da sagte er nur: »Noch mal. Aber jetzt spielen und nicht nur Text abkotzen!«

Jörg zog sein Hemd aus, ihm war heiß, und spielte noch mal, im T-Shirt, legte noch mehr Boshaftigkeit in seine Stimme, noch mehr von der Verwachsenheit des Krüppels in das Spiel seines Körpers. Er stellte sich vor – als Subtext, wie er es auf der Schauspielschule gelernt hatte –, dass er seinen Bruder umbringen ließ, ließ den Moment, wie der Dolch eindrang ins weiche, wehrlose brüderliche Fleisch, vor seinen Augen ablaufen, malte sich in der Phantasie aus, wie er kaltblütig wehrlose Kinder metzeln lassen würde und wie er die schöne Anna, nachdem er deren Mann hatte abstechen lassen, verführen, durchvögeln und dann fallen lassen würde. Wenn das nicht böse war, was er da machte, dann wusste er es nicht. Nach dem dritten Durchgang war das T-Shirt klatschnass vom Schweiß.

Zoltan Schneider saß da und schwieg. Er hatte die Augen gesenkt, den Kopf auf beide Hände gestützt, und sah mit einer unendlichen Traurigkeit auf den dreckigen Boden vor der Bühne. Jörg verkniff sich die Frage, ob er gut gewesen war. Er kannte diesen Fatalistenblick zu gut und wusste, gleich würde der nächste Anschiss kommen. Zoltan Schneider hob leicht den Kopf und warf die halb gerauchte Zigarre auf den Boden.

»Du bist einfach zu fett! Der Körper ist das Werkzeug des Schauspielers, aber dein Werkzeug ist stumpf, kraftlos und schwabbelig wie ein aufgedunsener Teigschaber. Und deine Stimme ist nicht die Stimme eines bösen Mannes, sie tönt schwach und piepsig wie das zänkische Gezeter eines alten Weibes. Zum Kotzen!«

War das wieder nur Provokation, um noch mehr aus ihm herauszuholen, oder war er wirklich so mies gewesen?

»Mit einem Fettsack, der seinen Körper und seine Stimme nicht im Griff hat, will ich nicht arbeiten. Das ist eine Beleidigung für mich!«

Viola in ihrer Ecke verkniff sich ein weiteres Kichern, und Jörg überlegte fieberhaft, wo er jetzt auf die Schnelle mehr Kondition und mehr Kraft in der Stimme herbekommen sollte, die er brauchen würde für seinen großen Plan …

12

Nach der Tortur bei Zoltan hatte sich Jörg mit Axel in einer kleinen Nachtbar in Berlin-Mitte verabredet und sich von ihm, dem Taschengeldgaukler mit den reichen Eltern, unter Hinweis auf die zusätzlichen Therapiestunden, die er wegen der Sache mit Petra jetzt benötigen würde, schnell 5000 Euro geliehen. Und Axel gleich noch wissen lassen, dass er Petra rausgeschmissen hatte. Und Axel hatte bezahlt, bar.

Als Jörg nach Hause kam, kurz nach Mitternacht, schleppte er einen Karton vom Rücksitz des Käfers nach oben und schleifte ihn durch das Wohnzimmer in die Küche. Die Tür zur Wohnschlafkammer war schon zu. Petra war wohl zu Bett gegangen oder gar nicht hier. Aus der Wohnung ausgezogen war sie offensichtlich noch nicht, denn auf dem Küchentisch lagen die Lockenwickler, direkt neben einem überquellenden Aschenbecher. Jörg holte sich ein Bier aus dem Kühlschrank, stellte den Warmhaltebeutel mit den zwei halben Hähnchen vom Izmir-Imbiss auf den Tisch, schob Wickler und Aschenbecher beiseite, setzte sich und fing an, den Karton auszupacken, dessen Inhalt im Wesentlichen aus Büchern bestand. Jörg stapelte sie übereinander und sah sie der Reihe nach an, so wie wohl ein Ladendieb nach der Flucht die hastig zusammengeraffte Beute im sicheren Versteck erst einmal gründlich inspiziert. Natürlich hatte Jörg all die Bücher nicht geklaut, er hatte in der Stadtteilbücherei Charlottenburg zugeschlagen, wo er seit Jahren Mitglied war, aber schon lange nichts mehr ausgeliehen hatte. Unter den skeptischen Blicken einer korpulenten Bibliotheksangestellten hatte Jörg exakt die maximale Ausleihmenge an Büchern auf den Tisch gelegt, einen thematisch höchst seltsam anmutenden Mischmasch von Titeln. Nach der Registrierung und der mehrfachen Erinnerung an die Ausleihfrist von vier Wochen seitens der Walküre hinter dem Tresen hatte Jörg die Bücher in einem mitgebrachten Pappkarton verstaut und war mit dem Karton unter dem Arm fröhlich pfeifend zum Ausgang marschiert.

Zuoberst auf dem Küchentisch lag eine Biographie über den Flieger Ernst Udet. Jörg blätterte ein wenig in dem Buch und sah sich die Fotos an. Sie zeigten Udet als jungen Mann, in abenteuerlichen Kunstflugsituationen mit seinem Flamingo, den jungen Jagdflieger aus dem Ersten Weltkrieg, weiter hinten den von Verzweiflung gezeichneten Fünfzigjährigen, aufgedunsen, kurz vor seinem Tod, und mittendrin auch einige Karikaturen, die ihm als fliegendem Frauenheld mit wehendem Schal im Doppeldecker huldigten.

Jörg legte den Udet zur Seite, es folgten mehrere literaturwissenschaftliche Abhandlungen über neuere russische Literatur, selbstredend ohne Bebilderung, ein Diätratgeber mit beiliegender Kalorientabelle, ein abgegriffenes Bändchen mit ›Tipps für Fitness in Alltag und Beruf‹, ein ›Boxtraining für Anfänger‹. Jörg blätterte in all den Büchern ein wenig herum, überflog die Seiten und war zufrieden mit der Auswahl. Zuunterst im Karton lagen noch fünf Bände der Reihe ›Theorie für den Privatpiloten‹, die ihm Victor A. Lehmann kostenlos überlassen hatte, als Service am Kunden sozusagen. Jörg blätterte auch in diesen Theoriebüchern. Ganz fremd war ihm das nicht, im Band ›Technik‹ fand er einige Grafiken und Formeln, die ihm vom Modellflugzeugbau her bekannt waren. Meteorologie und Funknavigation sahen schon komplizierter aus, aber die Theorie würde bestimmt nicht das Problem werden. Die Praxis war es, die ihm ein wenig Sorgen machte, und er hoffte nur, dass er sich im Flugzeug nicht vor Angst in die Hosen scheißen würde. Aber Victor A. Lehmann würde ihm das schon beibringen. Das geborgte Geld von

Axel würde er natürlich nicht für die Therapie, sondern für seine Flugstunden bei Victor A. Lehmann verwenden.

Jörg riss den Warmhaltebeutel vom Izmir-Imbiss auf, nahm eine fetttriefende Geflügelhälfte in die Hand und biss lustvoll hinein. Beim Kauen fiel sein Blick auf den Diätratgeber. Jörg wischte sich notdürftig die Finger an einem Küchentuch ab, schlug die Kalorientabelle auf, sah bei Brathähnchen nach und entdeckte dort eine durchschnittliche Kalorienzahl von 135 Kilokalorien pro halben Gockel in der Imbiss-Zubereitung. Jörg hielt inne, trank einen Schluck Bier und sah dann in der Tabelle unter dem Stichwort Bier nach. So saß er einen Moment lang, neben sich auf dem Tisch das fettige Izmir-Hähnchen, in der Hand die halb leer gesoffene Bierdose und vor sich die Kalorientabelle mit den Horrorzahlen. ›Errechnen Sie zunächst Ihr Idealgewicht‹, stand da, und Jörg sah hinunter zu seinem Hosenbund respektive zur Fettwulst, die sich darüber wölbte. Jörg nahm das Hähnchen, stopfte es zurück in die Warmhaltepackung, stapfte, schon ein wenig besoffen, durch das Wohnzimmer in sein Arbeitszimmer, öffnete das Fenster und schmiss die Hähnchentüte hinunter auf die nächtliche Kantstraße, einem vorbeifahrenden Lastwagen direkt vor die Räder. Jörg stieß einen Freudenschrei aus, eine Art befreienden Urschrei, als die Warmhaltetüte vom Zwölftonner plattgewalzt auf der Straße lag, Fett und Hähnchenreste seitlich herausgequollen, ein schönes Symbol für die Liquidation des Alten und den Beginn des Neuen. Jörg machte zufrieden das Fenster wieder zu und legte sich schlafen, von Petra keine Spur. Wahrscheinlich war sie bei Axel, und das konnte ihm nur recht sein. Wenn er mehr Flugstunden brauchen würde, müsste Axel eben nochmals in die Tasche greifen.

Am nächsten Morgen fuhr Jörg mit dem Käfer auf das Gelände des ehemaligen Militärflugplatzes Fürstenwalde, knapp fünfzig Kilometer östlich von Berlin gelegen, und stellte den Wagen

unter einem verwitterten Schild ab, das eine vom Regen ausgewaschene Kiesfläche mit Schlaglöchern als Parkplatz auswies. Es war kurz nach zehn, die Sonne stand noch tief am Himmel, und es war ein klarer, kalter Februartag. Das Gelände war riesig. Inmitten einer Wiese stand völlig einsam eine alte, heruntergekommene Baracke mit einem Windsack auf dem Dach, die wohl als eine Art Tower diente. Am Rand der Wiese, neben der Parkplatzfläche, waren zwischen kleinen Gartenhäuschen einige Wohnwagen abgestellt. Das Ganze erinnerte eher an eine Schrebergartenanlage als an einen Flugplatz. Einige Flaggen und ein verwittertes Schild wiesen darauf hin, dass hier die Segelflugfreunde Fürstenwalde ihr Zuhause hatten. Kein Mensch weit und breit. Segelflieger traf man nicht an einem Februarmorgen um zehn Uhr auf einem Flugplatz.
Jörg stiefelte weiter über die Wiese, auf der rotweiße Markierungen wohl die Landebahn kennzeichneten. In einiger Entfernung sah er alte große Hallen und hangarähnliche Gebäude, die wohl noch aus DDR-Zeiten stammten, wenn nicht gar aus der Zeit vor '45. Das ganze Gelände machte auf Jörg einen verlassenen Eindruck, als sei die Sowjet-Luftwaffe erst gestern abgezogen und der Aufbau Ost spurlos an diesem Areal vorbeigegangen.

Vor den Hallen entdeckte Jörg endlich ein paar kleine Flugzeuge, mit Planen abgedeckt, und den Rumpf irgendeines alten Tiefdeckers, bei dem die Tragflächen abmontiert worden waren. Neben einer Halle stand ein gelbes Agrarflugzeug herum, und Jörg war stolz, dass er den Typ erkannte. Es war eine tschechische Zmylek Z 37, die in der DDR als Agrarflugzeug zum Besprühen von Äckern mit volkseigenen Pestiziden verwendet worden war und aussah wie ein riesiges, buckliges Insekt. Unter der zylindrischen Motorhaube steckte ein großer Siebenzylinder-Sternmotor, dessen einzelne Zylinder mitsamt den Steuerstangen für die Ventile deutlich zu sehen waren. Jörg stand fasziniert vor dem Monstrum und spielte mit dem Gedanken, so etwas irgendwann mal als Modell zu bauen.

Jörg ging weiter auf die Hallen zu, und die Bezeichnung ›Ausbildungszentrum Fürstenwalde‹, die Victor A. Lehmann für diesen heruntergekommenen Flugplatz verwendet hatte, kam ihm im Nachhinein reichlich großkotzig vor. Ein Ausbildungszentrum war das beim besten Willen nicht, die Klitsche lag am Arsch der Welt, kein Mensch war zu sehen, kein Flugzeug in der Luft. Die großen Schiebetüren der einen Halle, über denen in großen Buchstaben ›Flugplatz Fürstenwalde‹ geschrieben war, standen etwa drei Meter weit offen, und aus dem Inneren drangen schürfende Geräusche. Wenigstens hier ein Zeichen von Zivilisation.

Als Jörg zwischen den Schiebetüren stand, sah er als Erstes die knallrote kleine Pitts S 2 B, deren Modell im Unterrichtsraum von *Come & Fly* hing und die ihn letztlich wie magisch in die Flugschule gezogen hatte. Hier war sie also nun in echt. Mit einer Spannweite von knapp sechs Metern war das Ding recht klein und wirkte in der großen Halle fast auch wie ein Modell. Jörg ging auf die Pitts zu, spähte in das Cockpit und wunderte sich über die Enge. Da hatte wirklich nur einer Platz drin, ein Knüppel zwischen den Knien, und ein paar wenige Instrumente. Der Sitz war ein kleines Brettchen aus Holz, spartanisch mit Kunstleder überzogen. Außer der Pitts standen noch zwei Cessnas und eine alte Piper J 3 C in der Halle.

Nun hörte Jörg wieder die Schürfgeräusche und sah in der hintersten Ecke jemanden in einer grauen Arbeitskombi, der mit einem alten Besen den staubigen Hallenboden kehrte. Vielleicht wusste ja der Hallenbodenpfleger, wo sich Victor A. Lehmann mitsamt seiner Flugschule hier in diesem Ausbildungszentrum versteckt hatte.

Jörg ging auf den Besenschwinger zu, rief aus einiger Entfernung ›Hallo!‹ und merkte beim Näherkommen, dass da eine Frau in dem grauen Overall steckte. Wahrscheinlich eine von der Putzkolonne, dachte Jörg und fragte die dunkelhaarige Frau, die nicht so alt war wie die üblichen Putzkolonnenweiber, wo er denn Herrn Lehmann von der Flugschule *Come & Fly* finden würde. Jörg sprach *Come & Fly* vorsichtshalber deutsch aus, also ›ko-me and flüü‹, wahrscheinlich war die Putze eine Polin und verstand kein Englisch.

Die alte dreckige Kombi labberte um den Körper der dunkelhaarigen Frau herum, als sie mit dem Kehren aufhörte und Jörg taxierend ansah.

»Flugschule, verstehen Sie? Ich suche die Flugschule von Herrn Lehmann. Ko-me and flüü.«

Natascha nickte, ein kleines Lächeln spielte um ihr Gesicht, und Jörg bemerkte, dass die Frau für eine Putze gar nicht so übel aussah.

»Sie sind der neue Schüler, oder?«

Jörg stellte fest, dass sie nur einen ganz leichten polnischen Akzent hatte, und dachte verärgert, was die denn das überhaupt angehe. Aber das kannte man ja bei Putzfrauen, diese permanente Neugierde. »Jaja. Ich suche den Herrn Lehmann. Ich sollte um zehn hier sein …«

»Haben Sie die Fliegertauglichkeit?«

Die sollte sich mal lieber um ihren Hallenboden kümmern, dachte Jörg, aber um weitere blödsinnige Diskussionen zu vermeiden, zog er das Fliegertauglichkeitsformular aus der Tasche und hielt es der Frau vor die Nase.

»Lassen Sie stecken. Ich glaub's Ihnen auch so.«

»Und wo finde ich den Fluglehrer?«

Die Frau in der Kombi sah auf ihre Armbanduhr.

»Zehn Uhr haben Sie gesagt? Es ist zwanzig nach.«

Das konnte ja heiter werden, wenn das Reinigungspersonal sich hier um die Pünktlichkeit der Flugschüler kümmerte.

»Wartet der Fluglehrer schon?«

Natascha lachte kurz, kehlig und guttural, als hätte Jörg eine höchst amüsante Pointe gelandet.

»Was gibt's denn da zu lachen?«

»Hier ist das so: Wenn ein Schüler zu spät kommt, muss der Lehrer zur Strafe die Halle kehren. Das geht alles von der Flugzeit des Schülers ab.«

Jörg sah Natascha mit dem blöden Gesicht eines Fünfjährigen an, dem die Mutter soeben eröffnet hatte, Weihnachten sei dieses Jahr ersatzlos gestrichen. Natascha stellte den Besen an die Wand, wischte sich die Hände an einem Stück Putzwolle ab und sagte zu Jörg im selbstsichersten Ton eines Lufthansa-Kapitäns: »Ich mach das mit Ihnen.«

»Das meinen Sie aber nicht ernst!«

»Kommen Sie, wir sind spät dran.«

Natascha ging zu einem Regal, holte ihren alten schwarzen Pilotenkoffer, nahm eine Basecap heraus, steckte ihr dunkles Haar drunter und ging aus der Halle.

»Wir nehmen die Möhre da drüben!«, rief Natascha, und Jörg trottete hinter ihr her wie ein dummer Schuljunge, direkt auf eines der Flugzeuge zu, die vor der Halle standen. Natascha stellte ihren Pilotenkoffer ab und begann, die Plane von dem kleinen Flugzeug herunterzuziehen.

»Helfen Sie mir mal, bitte.«

Jörg langte mit hin und war etwas enttäuscht über das, was da unter der Plane zum Vorschein kam: ein altes Flugzeug, eine französische Morane, soweit Jörg sich erinnern konnte. Die Linienführung war gedrungen und wenig elegant, der Lack war stumpf, das Flugzeug sah einfach aus wie eine hässliche alte Gurke.

»Also, der Herr Lehmann hat gesagt: erstklassige Flugzeuge und Profi-Piloten …«

»Jaja, das sagt er immer, der Herr Lehmann.«

»Aber dieses Ding da sieht ja völlig vergammelt aus!«

»Genau das Richtige für Anfänger. Alt und gutmütig. Nun kommen Sie schon.«

»Was ist das? Ein umgebauter Traktor?«

»Das ist eine französische Morane Rallye 180, ein Ganzmetalltiefdecker mit einem 180 PS Lycoming-Vierzylinder. Wir nennen sie einfach die Möhre, okay?«

Jörg nickte blöd, und Natascha fing an, die Ruder und Steuerflächen der Maschine zu überprüfen.

»Schon mal in einem Flugzeug gesessen?«

»Im Airliner nach Mallorca …«

»Also bei null anfangen.«

Natascha ging hinter die rechte Tragfläche, prüfte den Sitz der Landeklappe.

»Also. Das hier ist die Tragfläche, und diese Klappe da hinten heißt Landeklappe.«

»Ganz blöd bin ich ja auch nicht. Ich bin Flugmodellbauer!«

»Modellflugbastler? Na prima. Dann erklären Sie mir doch mal die Wirkungsweise der Landeklappe.«

Jörg überlegte einen Moment lang. Blöderweise hatten Modellflugzeuge für gewöhnlich keine Landeklappen, und ausgerechnet danach fragte sie. Dumm war die nicht.

»Also … Landeklappen … Die braucht man zum Landen …«

»Das ist der Zweck. Ein möglicher Zweck. Gefragt hab ich nach der Wirkungsweise. Vielleicht besser, Sie hören sich erst mal an, was ich Ihnen erkläre. Schlaumeier spielen können Sie dann oben in der Luft noch lange genug.«

Na, dachte Jörg wieder, das konnte ja heiter werden. Vor allem, weil er nicht wusste, wie er in der Luft zurechtkommen würde, wenn alles so wackelig war, so ganz ohne Boden unter den Füßen. Noch dazu mit einem Schrotthaufen von Flugzeug und einer resoluten polnischen Putzfrau als Lehrerin. Von wegen CFI-ME, Herr Lehmann! Hoffentlich konnte die Polin überhaupt fliegen. Wenn er auch nur die geringsten Zweifel haben würde, wollte er Victor A. Lehmann bitten, ihm vielleicht einen anderen Lehrer zuzuteilen und nicht ausgerechnet dieses Putzkommando. Natascha erklärte ihm die Ruder, zeigte, wie man die Spritkontrolle vor dem Start durchführte, auf was man zu achten hatte. All diese Punkte waren auf einer Checkliste aufgeführt, und Natascha trichterte Jörg schon hier beim ersten Vertrautmachen ein, sich immer penibel an diese Liste zu halten. Zumindest erweckte die routinierte Art, wie sie die Vorflugkontrolle durchzog, bei Jörg den Eindruck, dass sie wusste, wovon sie sprach.

Dann ging es hinein in das Flugzeug. Jörg setzte sich auf den linken Sitz, Natascha kletterte gelenkig über die rechte Tragfläche auf den rechten Sitz. Sie erklärte Jörg kurz die wichtigsten Instrumente, schloss die Haube, fummelte an irgendwelchen Spritähnen und Gashebeln herum, betätigte den Starter, und plötzlich lief der Motor, erst hustend, dann schön regelmäßig im Leerlauf. Jörg spürte, wie ihn eine Gefühlsflut in der nun heftig vibrierenden Möhre überwallte: durchaus Abenteuerlust, jaja!, gepaart jedoch mit einem prallen Sack voll Besorgnis, Mulmigkeit und ganz ordinärer Angst. Es war ein bisschen wie das Gefühl vor einer Premiere, bevor man raus musste vor die Leute, in dieser engen kleinen Kabine zu sitzen, mitten im Lärm des Motors, während der Propeller an dem kleinen Flugzeug rüttelte, als wolle er es irgendwo hinziehen.

»Warum rollt die nicht los?«

»Weil ich die Parkbremse gesetzt habe.«

Natascha kontrollierte noch einmal die Instrumente, nahm ein paar Einstellungen vor, die sie auch erklärte, aber es war einfach zu viel für Jörg, sich das alles zu merken.

»Keine Sorge, das kriegen Sie nach und nach schon mit. Irgendwann ist das für Sie wie ins Auto steigen.«

Na hoffentlich. Diese Polin hatte gut reden. Jörg sollte seine Füße in die beiden Pedale im Fußraum des Flugzeugs stellen.

Damit lenkte man das Flugzeug am Boden. Natascha löste die Parkbremse, und die Möhre rollte los. Jörg versuchte, das Flugzeug mit vorsichtigen Tritten in die Pedale gerade zu halten, was ihm aber nicht gelang. Immer wieder rollte die Möhre in eine falsche Richtung, und wenn Jörg dann ins entsprechende gegensinnige Pedal trat, reagierte sie erst gar nicht und lief dann prompt in die andere Richtung aus der Spur.

»Die lässt sich nicht lenken!«, rief Jörg über den Motorenlärm hinweg, und Natascha half ein wenig mit ihren Beinen nach, die Morane über die Wiese hin zu den roten Dachreitern zu dirigieren, die den Anfang der Startbahn markierten. Vor der Startbahn stieg Natascha in die Bremsen, erhöhte mit dem Gashebel die Drehzahl – die Möhre vibrierte und rüttelte jetzt noch stärker, als wolle sie sich aus den Bremsen losreißen oder der Motor sich samt Propeller vom Rest des Flugzeugs trennen –, überprüfte das Zündsystem, nahm den Gashebel wieder in die Leerlaufposition zurück und setzte die Landeklappen auf die erste Stufe. Sie griff sich ein kleines Mikrofon, sprach: »Delta Alfa Lima, abflugbereit« hinein, und irgendwo im hinteren Teil der Kabine knarzte es prompt aus einem kleinen Lautsprecher: »Alfa Lima, Start frei zwo-fünf, Wind zwo acht null mit elf.«

»Sie nehmen den Knüppel in die Hand, Füße in die Pedale, und fühlen einfach mit, was ich mache. Beim nächsten Mal machen Sie's dann selber.« Jörg legte vorsichtig die rechte Hand an den Knüppel, Natascha löste die Bremsen und ließ die kleine Morane an den Anfang der Piste rollen, die sich über die ganze Länge der Wiese erstreckte, eingerahmt von den rotweißen Dreiecken.

»Können Sie das auch?«, fragte Jörg ängstlich, und Natascha grinste ihn an. »Wenn nicht, dann müssen Sie eben weitermachen. Im Prinzip fliegt sich das Ding auch nicht anders als ein Modellflugzeug.«

»Aber ist das nicht zu windig heute?«

Natascha schob den Gashebel voll nach vorne, der Motor machte einen Höllenlärm, die Morane rollte los, wurde schneller, rumpelte über die Wiese, schien immer leichter zu werden, reagierte hie und da auf eine Windbö, und dann spürte Jörg an seinem Knüppel einen Zug nach hinten. Natascha hob die Schnauze hoch und nahm die Möhre weg vom Boden, und Jörg erschrak, ach was, ein Anfall nackter Angst überkam ihn. ›Viel zu steil!‹, dachte er, ließ den Knüppel los und krallte seine Hände in die obere Kante des Instrumentenbretts, als könne er damit die Steilheit des Steigflugs mindern. »Hände an den Knüppel!«, rief Natascha über den Motorenlärm hinweg, und Jörg schrie nur: »Viel zu steil! Das ist viel zu steil!«, und hielt weiterhin seine Hände in der Oberkante des Panels verkrallt, den Blick krampfhaft auf den Boden des Flugzeugs gerichtet. Natascha registrierte die merkwürdige Haltung ihres Schülers mit einem Seitenblick, verzog keine Miene und ließ die Morane weiter steigen durch kalte Februarluft, mit einer Steigrate von knapp 1200 Fuß pro Minute. Als sie die Klappen einfuhr, kletterte die kleine Morane noch ein bisschen steiler nach oben, schließlich war sie ein Arbeitstier, gern auch genommen zum Ziehen von Werbebannern und Schleppen von Segelflugzeugen. Jörg machte sich vor Angst fast in die Hose. Warum musste diese blöde Putzfrau denn so steil steigen? Nein, das war nichts für ihn. Das war überhaupt nichts. Schluss mit dem Quatsch. Zum Teufel mit der Fliegerei. Er hatte in so einer Kiste überhaupt nichts verloren. Sollte doch diesen Udet, dieses Nazi-Arschloch, spielen, wer wollte! Zum Teufel mit seinem ganzen Plan von wegen ›Bösewicht plus‹. Nein, nie und nimmer. Jörg würde einfach so weitermachen wie bisher. Scheiß auf die Bösewichte, scheiß auf das Abnehmen, scheiß auf Zoltan Schneider. Jörg wollte nichts als zurück auf den Boden, um der liebe, nette, fette Jörg Raabe zu bleiben, zu dem er in den letzten fünf Jahren mutiert war, den Rausschmiss von Petra zurücknehmen, Axel das Geld zurückgeben, sich mit Melissa bei www.dream-panties.com vergnügen, brav zu Rastemborski kriechen und einfach zufrieden sein mit dem, was war, wenn er diese Schrottmöhre nur je wieder lebend verlassen würde.

Bei einer Höhe von 2000 Fuß schob Natascha den Knüppel sanft nach vorne, nahm den Gashebel etwas zurück, drehte die Höhenruder-Trimmung leicht nach vorne und ließ die Morane mit einer Drehzahl von 2000 Umdrehungen bei gleich bleibender Höhe geradeaus laufen, ruhig wie ein Brett in der Luft. Hier oben war von den leichten bodennahen Turbulenzen nichts mehr zu spüren. Bei dieser Einstellung von Trimmung und Triebwerk wäre die Morane auch ohne Zutun eines Piloten so lange geradeaus geflogen, bis der Sprit verbraucht wäre.

»Jetzt gucken Sie nach oben und tun Sie Ihre Hände an den Knüppel, sonst lass ich meinen los!«, fuhr Natascha Jörg an. Jörg hob seinen Blick, nahm die Hände vom Instrumentenbrett und legte sie gehorsam, aber vorsichtig an den Knüppel.

»Was war denn das eben?«, fragte Natascha, und Jörg sah sie mit vorwurfsvollem Blick an.

»Sie sind viel zu steil gestiegen! Da kann doch die Strömung abreißen!«

»Jaja, der Modellflieger. Wollen Sie mal sehen, wie steil die Möhre wirklich kann, bevor die Strömung abreißt?«

»Um Himmels willen!«

»Irgendwann in den nächsten Stunden müssen wir das sowieso machen, damit Sie lernen, wie die Maschine im überzogenen Flugzustand reagiert. Bevor Sie das nicht aus dem Effeff beherrschen, lass ich Sie nicht alleine fliegen, das verspreche ich Ihnen!«

»Ich kann das nicht! Ich lerne das nie!«

»Sie haben's ja noch kein einziges Mal probiert. Geben Sie immer so schnell auf?«

Jörg sah Natascha mit einem bösen Blick an.

»Jetzt versuchen Sie mal, ein bisschen zu steigen und dann wieder zu sinken. Einfach am Knüppel ziehen und drücken.«

Jörg sah noch einmal ängstlich zu Natascha hinüber, atmete durch und zupfte ganz vorsichtig am Knüppel, so wie ein braves katholisches junges Mädchen vielleicht zum ersten Mal den Schwanz eines Jungen berührt. Die Morane reagierte fast überhaupt nicht. Natascha war nun auch ein wenig verwirrt. Sie hatte schon viele Flugschüler bis zum Alleinflug gebracht, und es waren wirklich einige Vollidioten dabei gewesen. Aber einen Schisshasen, der sich nicht mal traute, den Knüppel zu berühren, hatte sie noch nicht gehabt. Was wollte der überhaupt in einem Flugzeug?

»Gucken Sie mal auf den Fahrtmesser. Der steht bei 115 Knoten. Wenn Sie ziehen, steigt die Maschine und die Geschwindigkeit nimmt ab. Die Strömung reißt irgendwo unterhalb von sechzig Knoten ab. Jetzt ziehen Sie doch wenigstens mal, bis sie auf neunzig Knoten geht.«

Jörg sah Natascha ängstlich an: »Also ziehen, bis sie auf neunzig geht? Und da kann nichts passieren?«

»Jetzt machen Sie, oder wollen Sie sich bei mir auf den Schoß setzen?«

Jörg zog am Knüppel, die Morane kletterte, die Geschwindigkeit sank auf 110, dann auf hundert und schließlich auf neunzig Knoten. Sobald die neunzig Knoten erreicht waren, drückte Jörg den Knüppel panisch wieder nach vorne, die Möhre senkte abrupt die Nase und ging in einen steilen Sinkflug über. Ebenso panisch zog Jörg sofort wieder, die Maschine nahm die Nase wieder hoch, und der Fahrtmesser sank bei diesem Berg-und - Tal-Manöver schließlich auf siebzig Knoten.

»Gucken Sie mal. Jetzt haben Sie siebzig Knoten, und sie fliegt immer noch.«

»Siebzig???«, rief Jörg erschrocken und schob den Knüppel wieder nach vorne, und die Morane sauste, Fahrt aufholend, wieder nach unten. Natascha griff schnell an den Knüppel und brachte die Morane zurück in einen stabilen Horizontalflug.

»Wenn Sie so mit Ihren Modellflugzeugen umgehen, müssten Sie eigentlich nur Bruch zu Hause rumstehen haben. Jetzt machen wir das Ganze mal ein bisschen eleganter. Steigen mit 90 Knoten bis auf 3000 Fuß, und dann wieder runter mit 120 bis auf 2000 Fuß.«

Nach einer halben Stunde konnte Jörg zumindest ein bisschen steigen und sinken, wenn auch statt den 90 Knoten beim Steigen meist doch 100 anlagen und er beim Sinken auch nicht schneller als 110 Knoten wurde.

»Spaß macht Ihnen das nicht, oder?«

»Doch, doch, aber ich will das alte Flugzeug eben nicht überbeanspruchen, nicht dass sie in der Luft auseinander bricht.«

»Bevor die Möhre auseinander bricht, sind Sie vorher mindestens zehnmal ohnmächtig geworden.« Und wieder das kehlige, gutturale Lachen. Die war wirklich frech, diese Polin, immerhin war Jörg ja der Kunde, der für die Flugstunden bezahlte.

»So, und wo ist jetzt unser Flugplatz?«

Jörg sah aus dem Cockpitfenster und entdeckte unter sich eine völlig unstrukturierte Brandenburger Pampa mit lauter kleinen Popeldörfern, die ihm auch nicht den geringsten Anhaltspunkt gaben, wo sich die Morane befand.

»Hinter uns?«

Natascha schüttelte den Kopf. »Geradeaus vor uns, 12-Uhr-Position, ungefähr zwanzig Meilen. Da, wo Sie diesen Rauch aus dem Schornstein aufsteigen sehen. Und genau da versuchen Sie jetzt mal hinzufliegen und einigermaßen die Höhe zu halten.«

Jörg versuchte es, aber der blöde Schornstein am Horizont wackelte ziemlich unverschämt herum, sowohl horizontal als auch vertikal.

»Und was ist, wenn jetzt der Motor stehen bleibt?«

»Dann machen wir eine Notlandung auf irgendeinem Acker

und hoffen, dass wir nicht gerade ein Kinderferienlager unter uns haben …«

»Was ist denn an Kinderferienlagern so gefährlich?«

»Sie haben keine Kinder, oder?«

Jörg warf Natascha einen beleidigten Blick zu und kämpfte wieder mit dem hochgradig nervösen Schornstein.

»Passen Sie mal auf, nur um Sie zu beruhigen, aber als Modellflieger müssten Sie das eigentlich wissen: Gefährlich wird's nur, wenn Ihnen das Flugzeug in der Luft auseinander bricht. Wenn Sie zum Beispiel in eine Wolke reingeflogen sind, die Orientierung verloren haben und auf dem Rücken wieder rausfallen. Beim Abfangen demontiert Ihnen das Ding dann unter dem Hintern. Aber wenn der Motor stehen bleibt, dann segelt man einfach runter, auf die nächste Wiese. Irgendwas findet sich immer. Über Berlin setzen Sie das Ding zur Not auf die Spree und schwimmen ans Ufer. Kapiert?«

Jörg nickte.

»Es gibt im Grunde nur eine einzige Situation, die wirklich gefährlich ist. Wenn Ihnen mitten im Start kurz nach dem Abheben der Quirl stehen bleibt. Da haben Sie zu wenig Höhe und Geschwindigkeit, um umzudrehen. Da können Sie nur geradeaus und gucken, wo's passt. Und wenn da dann ringsum nur Wald oder Häuser sind, haben Sie wirklich ein Problem. Ansonsten ist alles machbar. Nur nicht im Steigflug kurz nach dem Start. Da hat man keine Chance. Deswegen macht man auch die Checks vor dem Start. Klar?«

Der Schornstein war inzwischen herangewackelt, Jörg hatte ihn unter sich, zumindest so in etwa.

»Jetzt probieren wir mal eine Landung, Sie lassen diesmal einfach die Hände am Knüppel und versuchen zu fühlen, was ich mache.«

»Muss das sein?«

»Wollen Sie lieber oben bleiben?«

Jörg nahm die Hände an den Knüppel und versuchte zu fühlen. Natascha erklärte jeden einzelnen Schritt, das Reduzieren der Geschwindigkeit, das stufenweise Ausfahren der Landeklappen, das Eindrehen in den Queranflug und schließlich ins Endteil zur Piste zwo fünf, und Jörg hatte den Eindruck, das würde er nie lernen. Und wenn er jetzt daran dachte, dass Udet mit der Tragflügelspitze im Tiefflug ein auf dem Boden liegendes Taschentuch aufgespießt und mit in die Luft genommen hatte, wurde ihm schon bei dem Gedanken an dieses Manöver übel. Jedenfalls machte diese Polin gar keine üble Landung, es schien bei ihr alles wie von selbst zu gehen, und Jörg spürte kaum den Landestoß, als die Räder den Boden berührten, obwohl der Windsack prall gefüllt dastand und zeigte, dass der Wind mittlerweile voll von der Seite kam.

Nachdem Jörg die Morane in Schlangenlinien wieder grob in Richtung Halle gerollt und Natascha das Einparken erledigt und den Motor abgestellt hatte, kam der finale Anschiss.

»Wenn Sie noch mal so rumzicken wie heute beim Start, dann können Sie sich einen anderen Lehrer suchen!«

Jörg schluckte, suchte nach einer passenden Entgegnung. Aber die Polin machte gleich weiter: »Bis zur nächsten Stunde überlegen Sie sich, ob Sie wirklich fliegen wollen oder sich lieber ein Paddelboot kaufen.« Was bildete die sich eigentlich ein?

»Oder Sie bringen sich das nächste Mal einen Psychiater mit und setzen ihn hinten rein.«

Jörg pöbelte zurück, dass diese Möhre einfach ein altes Schrottflugzeug sei und dass er seine nächste Flugstunde gefälligst mit Herrn Lehmann selbst absolvieren wollte, und zwar in der kleinen roten Pitts, die da in der Halle stand und wegen der er überhaupt den Ausbildungsvertrag unterschrieben hatte, weil man ihn mit dem Modell geködert hatte. Natascha lachte laut und schallend, schüttelte sich geradezu vor Erheiterung.

»Bevor ich Sie mit der Pitts auch nur einen Meter rollen lasse, bringe ich lieber einem Mastbullen das Landen mit der Möhre bei.«

Das hatte gesessen. Ohne weiteren Gruß stapfte Jörg von dannen, über die Wiese auf seinen Käfer zu und dachte für einen Moment, hinter sich wieder das kehlige, gutturale Lachen zu hören.

Jörg scheuchte den Käfer die schnurgerade Landstraße zwischen Fürstenwalde und Fangschleuse entlang, das Gaspedal ganz durchgetreten und die Tachonadel schon wieder fast bei 130. Bolzengerade führt diese Straße durch die sumpfigen Spreewaldwiesen, und die Langsamfahrer mit den MOL-Kennzeichen – Märkisch Oderland –, die mit siebzig an der Mittellinie herumkrochen und dabei ganz dicht hinter dem Lenkrad kauerten, überholte Jörg, ohne den Fuß vom Gas zu nehmen, geschickt die Lücken zwischen den entgegenkommenden Lastwagen ausnutzend. Jörg war nach Landstraße zumute, er musste es krachen lassen, wenn schon nicht mit der Möhre, dann wenigstens mit dem Käfer. Mit jedem Langsamfahrer am Mittelstrich stieg Jörgs Wut über die Blamage, die er neben der Polin hatte einstecken müssen. Er, der den Bösewicht spielen wollte, hatte sich vor Angst in die Hosen geschissen, während diese Frau in der dreckigen Kombi in der Luft so souverän mit dem Schrottflugzeug umgegangen war wie vorher in der Halle mit dem Besen. Jörgs Lebensplan war da oben in ein paar Minuten in sich zusammengefallen, 2000 Fuß über den Spreewäldern rund um Berlin, heruntergetropft wie weich gewordenes Himbeerparfait. Wahrscheinlich lachte die Polin über ihn, beschwerte sich bei Victor A. Lehmann, was er ihr da für einen Versager geschickt hatte. Jörg wusste überhaupt nicht, wie sie hieß, sie hatte sich ihm nicht einmal vorgestellt, und so was ließ der feine Herr Lehmann auf seine Schüler los. Noch einen Schleicher verschlang Jörg im vierten Gang und scherte knapp vor der Panoramascheibe eines entgegenkommenden Reisebusses wieder nach rechts ein. Nein, diese Polin sollte ihm seinen neuen Traum vom Bösewicht nicht kaputtmachen, die nicht.

Kurz vor Fangschleuse – Jörg hatte keine Ahnung, warum die Ortschaft so hieß, aber es war trotz der Kriecher der bessere Weg hinein nach Berlin, wenn man auch nach einem Stück auf dem Berliner Ring die Landsberger Allee über Marzahn nehmen musste – war Jörg entschlossen, nicht klein beizugeben. Nein, er würde sich kein Paddelboot kaufen und auch Victor A. Lehmann nicht um einen anderen Lehrer bitten. Die Polin sollte ihn kennen lernen. Beim nächsten Mal würde er an dem verdammten Knüppel ziehen wie ein Ochse, bis sie es selbst mit der Angst zu tun bekommen würde. Da sollte sie mal zeigen, was sie draufhatte. Als Fluglehrerin musste sie ja auch mit schmerzbefreiten Schülern umgehen können, schließlich saß sie selbst mit im Flugzeug, haha. Die sollte ihren Spaß bekommen, der würde er genauso unerschrocken beikommen, wie er Petra die Autoschlüssel abgenommen hatte. Nein, er war kein Weichei, und er fuhr mittlerweile auch nicht mehr so, er raste und drängelte auf der Landstraße wie ein ausgewachsenes Arschloch. So musste er fliegen, so musste er leben. Jörg war der felsenfesten Überzeugung, auf dem richtigen Weg zu sein.

13

Der Waldweg, der vom Parkplatz Eichkamp hinunter zum Teufelssee führte, war schnurgerade. Jörg hechelte in seinen alten, grauen Trainingshosen und einem labbrigen Sweatshirt im Laufschritt den Weg entlang, vorbei an Spaziergängern und semiprofessionellen Sportlern. Sein Atem ging schnell und heftig, und obwohl er versuchte, bei jedem vierten Schritt durch die Nase ein- und dann drei Schritte lang durch den Mund auszuatmen, musste er immer wieder außerhalb des Rhythmus schnell einen Zwischenschnaufer einlegen, weil das Tempo, das er lief, einfach zu schnell für ihn war. Langsamer werden konnte er nicht, denn neben ihm fuhr Zoltan Schneider mit seiner alten Velosolex, das steife Bein auf das nach vorne gestellte rechte Pedal gestützt. Zoltan hatte einen alten Kleppermantel an, eine Mütze auf dem Kopf und um den Hals eine Stoppuhr hängen. Er sah zu Jörg hinüber, dann auf die Stoppuhr, und Jörg nahm mit einem kurzen Seitenblick auf Zoltans Mimik wahr, dass es dem alten Mann immer noch zu langsam ging. Der Schweiß lief Jörg in Strömen herunter, und er verlangsamte nun doch das Tempo ein wenig, um nicht völlig außer Atem zu kommen.

»Komm, komm, komm, nicht nachlassen! Bisschen Tempo anziehen!«

Zoltan Schneider gab Gas und fuhr Jörg einfach davon. Jörg versuchte hinterherzukommen, aber er hatte keine Chance. So eine Velosolex lief immerhin 25 Stundenkilometer, und das schaffte nicht einmal ein Marathonläufer. Unter den mitleidigen Blicken der Spaziergänger versuchte Jörg verzweifelt, zu Zoltan aufzuschließen, stolperte, hatte Mühe, nicht hinzufallen, und wollte gerade anhalten, nur für einen Moment, als Zoltans Stimme durch den Grunewald dröhnte: »Wenn du stehen bleibst, reiß ich dir den Arsch auf!«

Der alte Leuteschinder musste es also wieder gerochen haben, dass Jörg kurzfristig aufgeben wollte, und so gut wie alle Spaziergänger im Umkreis drehten sich zu ihm um und gaben spöttische Kommentare von sich. Also lief Jörg weiter, auf Zoltan zu, der inzwischen mit der Velosolex an einer Wegkreuzung stehen geblieben war, in gut 300 Metern Entfernung. Bis zur Kreuzung würde er es noch schaffen, redete Jörg sich ein. Als er an der Kreuzung ankam, drückte Zoltan Schneider die Stoppuhr und sah Jörg kopfschüttelnd an.

»Das waren 17 Minuten für geschissene drei Kilometer, du fettes Stück. Das schaffen alte Weiber in der Kurklinik schneller!« Jörg keuchte und war zu einer Entgegnung gar nicht fähig. Sollte Zoltan doch rumpöbeln, ihm war es allmählich egal. Wenigstens hatte er es bis zur Kreuzung geschafft, und jetzt würde er in aller Ruhe zum Parkplatz zurückgehen, und zwar gehen und nicht laufen, basta.

»Weiter. Noch mal drei Kilometer. Und morgen wieder. Das machst du so lange, bis du den Kilometer in vier Minuten schaffst, und zwar auf einer Strecke von zehn Kilometern!« Der hatte sie doch nicht mehr alle. Vierzig Minuten für zehn Kilometer, das war einfach nicht drin, auch nicht bei täglichem Training. Doch Zoltan war schon wieder losgefahren, den Weg entlang, der vom Teufelssee hinüber zur Wannseechaussee führte. Bis dahin waren es aber noch mindestens fünf Kilometer. Was hatte der denn vor mit ihm? Jörg lief, versuchte den Rhythmus zu finden und an Zoltan dranzubleiben, der sich immer wieder zu ihm umdrehte und mit einer solchen, auch aus der Distanz erkennbaren Bosheit ansah, dass Jörg noch einen Zahn zulegte. Nach einer Weile hatte Jörg Zoltan eingeholt, und die beiden liefen respektive fuhren nebeneinander her, Jörg schnaufend und Zoltan grinsend. ›Na‹, dachte Jörg, ›so geht's, jetzt wird er vernünftig, das Tempo kann ich gerade so halten.‹

»Und jetzt mit Text!« Jörg schluckte, holte zweimal schnell Zwischenluft und fragte: »Was???«

»Ja was wohl?! Den Richard-Monolog!«

Und dann sprach Jörg den Richard-Monolog, während er neben Zoltan herrannte, der nur ab und zu ›Schneller!‹ oder ›Lauter!‹ dazwischenrief und das Tempo noch ein wenig anzog. Jetzt guckten die Spaziergänger nicht nur, jetzt blieben sie sogar glotzend stehen und gaben den Weg frei, als der alte und der dicke Mann an ihnen vorbeizogen, der Alte meckernd, und der Junge wirres Zeug wie »feind den eitlen Freuden dieser Tage«

von sich gebend, schnaufend und laut und schwitzend, beide verfolgt von einem kleinen Dackel, der sich vom spazierenden Herrchen losgerissen hatte und kläffend hinter den beiden herlief. Als ein Spaziergänger in einem beigefarbenen Seniorensportanorak monierte, das sei hier ein Naherholungsgebiet und da dürfe man weder Moped fahren noch Lärm produzieren, fuhr Zoltan ihm mit seiner knarzenden Bühnenstimme über den Mund, er solle seine blöde Sesselfurzerfresse halten und lieber mal ins Theater gehen, anstatt sich jeden Abend die schwachsinnige Fernsehscheiße reinzuziehen.

»Wann waren Sie das letzte Mal im Theater???«, schrie Zoltan den Anorakträger an, aber so, dass es durch den ganzen Grunewald hallte. Der Naherholungssuchende schwieg betreten, geradezu angstvoll, und im Vorbeilaufen war Jörg sicher, dass der Verschüchterte am Wochenende in der Komödie am Kurfürstendamm sitzen würde, aus Angst, der alte Irre mit der Velosolex könnte ihm beim nächsten Spaziergang im Grunewald wieder auflauern, um erneut die Frage nach dem letzten Theaterbesuch zu stellen.

Noch dreimal hatte Jörg den Monolog heruntergerattert, als Zoltan wieder ein Stück vorausfuhr, auf einer Wegkreuzung nahe dem Forsthaus anhielt, sich eine dicke Zigarre ansteckte und auf Jörg wartete. Als der bei Zoltan ankam und außer Atem fragte, wie lange das denn noch gehen sollte, musterte ihn Zoltan schweigend.

»Und jetzt?«

»Dreh dich mal um!«

»Was?«

»Du sollst dich umdrehen! Und zieh den Lappen aus!«

»Wozu denn?«

»Zieh's aus!«

Jörg zog sich das Sweatshirt über seinen schweißnassen Kopf, wischte sich einmal das Gesicht damit ab und sah Zoltan fragend an. Zoltan stieg von der Velosolex, kam auf Jörg zugehumpelt, ging einmal um ihn herum, blieb dann direkt vor ihm stehen und zeigte mit der Zigarre auf Jörgs Oberkörper.

»Ist das alles? Da war ich aber ganz anders beieinander in deinem Alter.«

»Ich will Bösewichte spielen, keine Kunstturner«

»Liegestütze!«

»Was?«

»Mach!«

Jörg kniete sich auf den Waldboden neben dem Kiesweg, stützte sich mit den Händen auf und begann, Liegestütze zu machen.

»Ganz runter! Und nicht abknicken mit dem Arsch! Was ist das für eine Rolle?«

»Welche Rolle?«

»Du hast dir doch irgendeine Kinorolle ins Hirn gesetzt, sonst würdest du doch diesen Scheiß nicht machen.«

»Ein Jagdflieger«, sagte Jörg, als er sich mühsam wieder nach oben pumpte, zum zehnten Mal, und seine Oberarme wurden schon schwach.

»Jagdflieger? Ausgerechnet.«

»Wieso ausgerechnet?«

»Weil das Tiere waren, die sie da reingesetzt haben in diese Kisten. Tiere, und keine Schlappschwänze, Angsthasen und Fettsäcke! Also weiter jetzt!«

Zoltan Schneider schob die Velosolex wieder an, sprang mit seinem steifen Fuß auf und fuhr den Waldweg weiter, der zur Wannseechaussee führte. Jörg rannte hinterher, die Knie waren weich, und die Füße taten weh. Zoltan bog auf die Wannseechaussee in südlicher Richtung ein und fuhr gerade so schnell, dass Jörg, wenn auch mit Mühe, dranbleiben konnte. Von der Wannseechaussee aus erreichten die zwei Männer den Kronprinzessinnenweg, wo es zwischen Rennradfahrern und Inline-

Skatern die letzten sieben Kilometer zurückging zum Parkplatz. Das war genau gegenüber der Stelle, wo ein paar Nächte vorher die Radarkontrolle die 139 Stundenkilometer seines Käfers dokumentiert hatte. Jetzt allerdings war Jörg wesentlich langsamer unterwegs, er humpelte nun schon mehr, als er lief, an der linken Ferse hatte er eine dicke Blase, und die rechte kleine Zehe schmerzte bei jedem Schritt. Jörg wich mit dem rechten Fuß immer vom Asphalt auf den Waldboden neben der Straße aus, um die Schmerzen ein wenig zu dämpfen, aber der mildernde Effekt hielt sich in Grenzen. Jörg hatte auch keinen Blick mehr für die süßen Hintern der Inline-Skaterinnen, die ihn überholten, sah nicht mal hin auf die eine oder andere vorbeiskatende enge Gymnastikhose, unter der sich schon mal ein knapper Stringtanga abzeichnete. Jörg war einfach viel zu fertig, um zu glotzen, denn die Strecke, die Zoltan ihn jetzt schon entlanggeschunden hatte, war mittlerweile 14 Kilometer lang, und bis zum Parkplatz Eichkamp lagen genau noch drei Komma sieben Kilometer vor ihnen.

Der letzte Kilometer wurde dann richtig zur Qual. Die Blase an der Ferse war aufgegangen, und an der kleinen Zehe war Jörgs mangelhaft geschnittener Zehennagel durch die Laufbewegung in die Haut der benachbarten Zehe eingedrungen. Ab und zu musste Jörg stehen bleiben, es ging einfach nicht mehr. Doch Zoltan fuhr stetig weiter, drehte sich zu ihm um und rief immer wieder Sachen wie ›Wenn du stehen bleibst, geh ich!‹ oder ›Wer umfällt, hat sechzig Prozent seiner Leistungsfähigkeit erreicht; die anderen vierzig will ich auch noch sehen!‹ Und auf den letzten Schritten schrie der gequälte Jörg mit den Resten seiner Stimme: »Ich kann nicht mehr, du blödes Arschloch!«, und hätte er die Kraft gehabt, wäre er die wenigen Meter auf Zoltan zugerannt, hätte den Alten von seiner albernen Velosolex gerissen und ihm eines in die Fresse gegeben. Zoltan wusste das, aber er lachte, hielt schön Distanz und stellte nicht ohne Stolz fest, dass das soeben der erste echte Ton gewesen sei, den er seit Jörgs Wiederauftauchen aus dessen Mund gehört hatte. Und das kleine, von Zoltan noch nachgeschobene »Na also, mein Junge, wird doch langsam!«, rief bei Jörg sogar so etwas wie einen Ansatz von Endspurt hervor, direkt auf Zoltan zu, der mit der Stoppuhr am Parkplatz wartete.

14

»Wann ist ein Mensch böse, Zoltan?«, fragte Jörg und gab auch gleich die Antwort: »Einer ist böse, wenn er keine Angst mehr hat, Freunde zu verlieren.« Dabei blätterte er in der Speisekarte und fuhr sich mit einer Hand durch sein verschwitztes Haar. Vor ihm stand schon eine Literflasche Mineralwasser, die Jörg gleich beim Hereinkommen am Tresen abgegriffen und in einem Zug halb leer getrunken hatte. Die Schuhe hatte er unter dem Tisch ausgezogen, an der rechten Sockenferse schimmerte ein dunkelroter Fleck von der Blase durch, die auf den letzten Metern der Kronprinzessinnenallee noch aufgegangen war. Zoltan saß Jörg gegenüber, den Kleppermantel hatte er über den Stuhl gehängt und sein steifes Bein auf die untere Sprosse des freien Stuhls neben sich gestellt. Die Tische standen eng, aber irgendwie hatte man es geschafft, zwischen die Tische noch Tröge mit mannshohen Bäumen zu stellen, so dass man bei den karmesinrot gestrichenen Wänden den Eindruck hatte, in einem Wald bei Sonnenaufgang zu sitzen. Der Laden hieß *Götterspeise* und nannte sich offiziell Delikatessen-Imbiss, die am Tisch bestellten Delikatessen wurden jedoch auch am Tisch serviert. Also war das *Götterspeise* doch fast ein Restaurant, wenn man mal von den relativ günstigen Preisen absah. Die Auswahl der Speisen reichte vom indischen *Lammcurry-Manna* über *Buddhas Lieblingsspeise* bis hin zum *Schwarzwälder Steinpilzaltar mit Filetspitzen von der Heiligen Kuh*. Das Publikum war gemischt. Junge Business-Helden traf man hier genauso wie Künstlervolk oder Verkäuferinnen aus den zahlreichen Modegeschäften in der Umgebung. Die zwei Männer an Tisch sieben passten nicht ganz ins Raster: Der erschöpfte Jörg in seinen Joggerklamotten und der alte Mann im labbrigen Norwegerpullover über der nackten behaarten Brust mit der umgehängten Stoppuhr ernteten hin und wieder Blicke der anderen Gäste, und nicht nur wohlwollende.

Am Nebentisch saß ein Pärchen, gegen das die Bauminstallation leider nur mangelhafte Deckung bot. Er war einer dieser geschniegelten, langweiligen, blonden, 1,90 großen Computer- oder Werbebranchenheinis im C & A-Anzug mit Fitnessstudiovertrag, Föhnwelle und BMW Z 3, sie das dazugehörige kleine Mäuschen mit hochmodischer Fielmann-Brille und kleinen spitzen Brüstchen unter einem blassroséfarbenen Kostümchen aus einer Ku'damm-Seitenstraße. Unter dem Oberteil zeichnete sich ein dunkelroter La-Perla-Büstenhalter mit Spitzenbesatz ab, den Jörg natürlich sofort treffsicher identifizierte. Der Heini sabbelte in einem fort von seinem Lehrgang für den Sportbootführerschein Binnengewässer, und Mäuschen hörte ergeben zu, fummelte unentwegt an ihrer Brille herum und gab in regelmäßigen Abständen ein hochfrequentes Kichern von sich, mit dem jedes Mal ein sichtbares Zittern der kleinen Brüste im La-Perla-BH einherging.

»Was ist böse, Zoltan?«, fragte Jörg noch einmal. Er konnte sich nicht entscheiden zwischen dem Lammcurry und dem Steinpilzaltar und beschloss kurzerhand, beides zu bestellen. Als die Bedienung, eine füllige Frau um die vierzig in wallenden schwarzen Kleidern und mit kunstvoll hochgestecktem dunklen Haar, die unverzichtbare lange weiße Schürze umgebunden, an den Tisch kam, um die Bestellung aufzunehmen, drückte Zoltan ihr beide Speisekarten wieder in die Hand, bestellte für sich eine Mecklenburger Kartoffelsuppe und sagte, sein junger Freund gedenke nicht zu speisen. Jörg sah die Bedienung und Zoltan konsterniert an. Die Frau schürzte die knallrot geschminkten Lippen, aber Zoltan machte ihr mit einem eindeutigen Blick und einer kleinen Geste klar, wer hier der Gott über die Speise war, und die Weißbeschürzte schwebte davon in Richtung Tresen. Jörg soff die andere Hälfte der Mineralwasserflasche in einem Zug auch noch aus und knallte die Flasche auf den Tisch.

»Spinnst du? Was soll das heißen, ›gedenkt nicht zu speisen‹? Ich gedenke allerdings zu speisen! Ich bin mindestens zwanzig Kilometer gerannt, ich hab einen Hunger, dass mir der Magen in den Kniekehlen hängt!«

»Dann lass ihn hängen. Oder sauf Wasser. Du bist einfach zu fett!«

»Irgendwas muss ich doch essen!«

»Aber nicht deinen Imbiss-Fraß. Guck dich doch an!«

Zoltan Schneider griff in seine alte lederne Umhängetasche, holte einen Stift und einen kleinen Schreibblock heraus und schob Jörg beides hin.

»Schreib! Frühstück: eine Orange, ein Zwieback. Mittag: ein Joghurt, eine Tomate, zwei rote Paprika. Abend: noch mal zwei Orangen, zwei rote Paprika und eine Möhre.«

»Möhre, ausgerechnet …«

»Von mir aus einmal in der Woche mittags ein Stück Fleisch, ohne Fett gebraten. Salat, so viel du willst.«

»Das halte ich nicht durch.«

»Wenn du das nicht mal durchhältst, dann …«

»Wer kommt denn auf so einen Schwachsinn, Joghurt und Zwieback und Orangen?«

»Damit habe ich ’57 in Budapest einen fetten Schauspieler, der den Jago spielen sollte, in drei Wochen um 17 Kilo leichter gemacht.«

»Ich will keinen magersüchtigen Budapester Jago spielen!«

»Aber einen vollgefressenen deutschen Jagdflieger, oder was?«

»In Budapest gab's '57 doch überhaupt keine Orangen!«

Und wieder drang das Geschwalle vom Nebentisch herüber. Mittlerweile war der Heini bei den Details des Mann-über-Bord-Manövers angelangt, und Mäuschen kicherte heftig, als Herr Heini sich über seine eigene Unfähigkeit ausließ, eine Boje wieder an Bord zu holen.

Jörg guckte genervt zum Pärchen hinüber, dann zur Bedienung, und überlegte sich, ob er nicht doch bestellen sollte.

»Wenn ich dich mit irgendwas anderem als der Diät erwische, brauchst du mir überhaupt nicht mehr angeschissen zu kommen.«

»Es gibt doch auch dicke Bösewichte.«

»Du bist aber kein Bösewicht. Heute kann man als Vollidiot Karriere machen, aber dazu muss man einer sein. Du bist keiner, du kannst nur einen spielen. Und dazu brauchst du deinen Körper, dein Werkzeug. Außerdem siehst du beschissen aus mit diesem Gestrüpp von Vollbart. Den hast du doch nur, damit man deine Speckfalten unterm Kinn nicht sieht. Und Jagdflieger mit Vollbart ist lächerlich.«

Die Kartoffelsuppe kam, dazu auf einem Tellerchen Brot und Butter. Zoltan Schneider schmierte sich kräftig Butter aufs Brot und begann mit lautstarken Löffelschlägen, die Suppe in sich hineinzuschaufeln, zwischendurch immer einen dicken Happen vom Butterbrot nehmend.

Jörg sah mit Neid zu und wollte sich unbemerkt ein Stück Brot aus dem Körbchen greifen, als Zoltan ihm schnell mit dem Löffel auf die Finger schlug.

»Wieso kommst du Arschloch überhaupt auf die Idee, einen Jagdflieger zu spielen?«

Jörg sah Zoltan baff an.

»Das ist nichts für Hosenscheißer. Die psychische und physische Belastung, die steht nicht jeder durch. Und das sieht man schon im Blick, ob einer das packt oder nicht.«

»Ich pack das.«

Zoltan grinste, den Löffel voll Kartoffelsuppe in der Hand.

»Ein Jägerpilot, der Angst hat, ist keiner. Und dir sieht man die Angst an. Die kommt dir aus jeder Pore raus. Mit dir würde ich mal gern fliegen gehen.«

»Du?«

»Ich war Jagdflieger im Krieg. Bis mich ein Tommy abgeschossen hat, weil ich einen Moment zu lange gezögert habe. Du hast die Angst im Blick, und das verrät dich.«

»Ich hab keine Angst.«

Zoltan sah nun auch hinüber zum Nebentisch, wo weitere Details aus dem Mann-über-Bord-Manöver breitgetreten wurden. Zoltan beugte sich zu Jörg hinüber, zeigte auf den Mann am Nebentisch und flüsterte: »Schmeiß dem Deppen da drüben das Bier runter.«

»Was soll ich?«

»Ohne dich zu entschuldigen. Oder hast du Angst?«

Jörg atmete kurz durch, drehte sich zum Nebentisch um und stieß mit einer gezielten Bewegung das Bier des Heinis um. Das Bier rann dem Computerspezialisten über den Anzug, das Mäuschen quiekte mehrmals erschrocken. Der Mann sah Jörg verblüfft an.

»Sie haben mein Bier umgeschüttet!«

»Ja. Und?«

Fräulein Maus sah Ärger heraufziehen und fummelte nervös an ihrer Brille herum. Ihr bierbenetzter Beschützer raffte all seinen Mut zusammen, stand auf und fuhr Jörg an: »Möchten Sie sich nicht entschuldigen?«

»Nein.«

Zoltan grinste und löffelte weiter an seiner Suppe, als ginge ihn das alles nichts an. Jörg schickte einen lobheischenden Blick zu Zoltan, aber der tat, als gäbe es im Moment nichts anderes auf der Welt als seine Kartoffelsuppe. Der angehende Skipper am Nebentisch startete noch einen Versuch, sich Satisfaktion zu verschaffen: »Würden Sie sich jetzt bitte bei mir entschuldigen?«

Jörg schüttelte den Kopf.

»Nein, hab ich doch gesagt. Ihr blödes Binnengewässergesabbel nervt. Und Ihre Visage auch. Das reicht ja wohl.«

Das Mäuschen fummelte weiter an der Brille herum und zupfte den Freund mit der anderen Hand am Jackett, als wollte sie ihn aus dem Bannkreis einer drohenden Schlägerei herausziehen: »Komm, Herbert, lass ihn.«

»Hör doch mit dem Gefummel auf!«, zischte der Sportbootführer in spe sie an. Der Mann war nur noch mehr aus der Fassung gebracht. Er hatte offensichtlich Angst, sowohl davor, mit Jörg eine Schlägerei anzufangen, als auch, sich restlos vor Fräulein Brillmaus zu blamieren. Zoltan sah zum Sportbootführer auf und ließ seine brüchige Stimme knattern: »Nun hauen Sie ihm eine rein oder lassen Sie's, aber stehen Sie hier nicht rum mit vollgesabberten Hosen wie Heinz Rühmann vor dem Reichssportbootadmiral!«

»Das ist ja unerhört!«, meckerte Junior-Sailor noch mal, zog sich seinen Mantel über und hetzte los in Richtung Tresen, um gleich dort zu bezahlen. Mäuschen saß ratlos da, stand dann auf, versuchte, sich ihren Mantel überzuziehen, und verhedderte sich mit dem Schal in ihrer Brille.

»Nun komm schon!«, fuhr der Sportbootführerschein sie quer durch das *Götterspeise* an, und sie hechelte ihm, einen Arm halb im Mantel, hinterher. Das Ganze sah aus wie ein hochgradig missglücktes Mann-über-Bord-Manöver.

»Na, war ich gut?«

»Das war erst der Anfang.«

»Macht Spaß!«

»Wart's ab.«

Vor Jörgs Augen aß Zoltan den Rest seiner Kartoffelsuppe auf, und zwar bis auf den letzten Rest, den er mit Brotstückchen aus dem Teller wischte, bis auf dem weißen Teller keine Spur von Suppe mehr zu sehen war.

15

Mit nackten Füßen kam Jörg die Treppe zu seiner Wohnung hinauf. Er hatte immer noch die Trainingssachen an, trug in der einen Hand die blutigen Turnschuhe, in der anderen einen Kasten Mineralwasser, den er im Izmir-Imbiss gekauft hatte, und eine Plastiktüte mit Lebensmitteln. Wenn man ihn beobachtet hätte hier im Treppenhaus, schleppend, mit blutigen Füßen, gezeichnet von den Strapazen im Grunewald, aber im Gesicht das selige Lächeln des Mannes, der dem Sportbootheini das Bier über die Hose geschüttet hatte, dann hätte man ihn im günstigsten Fall für einen aus einer Heilanstalt Entsprungenen halten mögen. Jörg schleppte das Wasser in die Küche, stellte sich unter die Dusche, puderte sich danach die wunden Füße, zog Boxershorts an und setzte sich mit einer Flasche Mineralwasser an den Küchentisch. Er schlug das Udet-Buch auf und las weiter in der Biographie des Fliegerasses. Dieser Udet war ein Lebemensch gewesen, ein Ass auf den Flugtagen der Zwanzigerjahre, noch unbeleckt von den Machenschaften der Nazis, am Boden immer nur unterwegs im Sportwagen, nie ohne weibliche Begleitung, oft auch in der Mehrzahl. Ein Schwarzweißfoto zeigte ihn auf einem Flugplatz in einem Mercedes Cabrio, auf dem Rücksitz zwei junge blonde Damen mit Zigarettenspitzen, im Hintergrund sein Flamingo-Flugzeug. Udet lachte, hatte eine Hand auf dem

Rücken einer dritten jungen Dame, rauchte auch und winkte in die Kamera. Jörg stellte sich vor, wie er das spielen würde. Mit je mehr Glamour und lustvoller Ausschweifung man Udet anfangs ausstattete, umso mehr würde man ihn abstürzen lassen können, am Schluss, hinein in den Hades der Selbstzerstörung. Jörg sah schon sein eigenes Gesicht in Großaufnahme, den kaputten, korrumpierten, von Drogen und Alkohol entstellten Fliegerkumpel verkörpernd, wie er jämmerlich zugrunde ging. Da saß er nun mit schmerzenden Füßen in seiner Küche und wusste: das war wirklich die Rolle, auf die er jahrelang gewartet hatte, dieser verdammte Udet schrie ihn aus dem Foto heraus quasi an: ›Spiel mich, Jörg Raabe, zeig der Welt all mein Glück und all mein Leid! Spiel mich und zeig mich, beim Fliegen, beim Ficken und beim Sterben!‹

Jetzt ein Bier, dachte Jörg, aber da wurde ihm wieder mit einem Schlag klar, was noch alles vor ihm lag: Die zwanzig Kilo mussten weg, der Bart musste weg, in die Augen musste der teuflische Blick des Jagdfliegers und das faulig-süße Lächeln des Weiberhelden, eine Portion Nazi noch dazu. Zoltan hatte Recht. In Udets Zügen lag etwas von Entschlossenheit, etwas Furchtloses. Und das Problem war ja: Auch wenn er abnehmen würde, wenn er den Blick hätte, dann wären da noch all die hundert Kollegen, die das auch alle hatten und die alle nach der Rolle geiferten wie die Fliegen nach dem Dreck. Jörg konnte kaum noch klar denken vor Hunger, holte zwei Paprikas aus der Plastiktüte und biss hinein, einfach hinein, ohne die Dinger in Stücke zu schneiden. Er war entschlossen wie nie zuvor. Er hatte keine Wahl, schlimmer als bisher konnte es nicht kommen. Er musste das durchziehen, ohne Angst, bis er entweder berühmt war oder pleite und an Paprikavergiftung einging. Oder mit der Möhre abstürzte. Jörg musste wieder an die Blamage in der Flugstunde denken. Paddelboot. Irgendwas musste er sich ausdenken, um dieser Polin klar zu machen, dass er kein Weichei war. Genauso wie er dem blöden Bootsheini das Bier über den C & A-Anzug geleert hatte. Aber Bier gab es in der Möhre nicht, er musste sich etwas anderes einfallen lassen.

Udet ließ sich in dem Buch über das Trudeln aus, im Speziellen über Flachtrudeln, eine besonders gefährliche Variante des Trudelns. Trudeln, natürlich. Jörg kramte unter den Flugtheorie-Büchern den Band ›Verhalten in besonderen Fällen und Notsituationen‹ hervor und schlug im Index nach. Da stand es, im Kapitel ›Überzogene Flugzustände‹, das Trudeln. Jörg schlug die Seite auf und las nach: Beim Trudeln stürzte die Maschine in einer Spirale steil zu Boden. Das war's. Da sollte die Polin mal sehen, wie sie damit fertig wurde. Jörg las nach, wie das Trudeln eingeleitet wurde. Im Grunde war es ganz einfach: Man ging an den überzogenen Flugzustand heran und trat dann voll ins Seitenruder. So würde er es machen. Wenn sie wieder ›Steigen‹ von ihm verlangte, würde er bis knapp ans Überziehen gehen und dann, natürlich ohne Vorwarnung, ins Seitenruder treten. Die würde Augen machen.

Jörg stellte einen Stuhl auf den Küchentisch, nahm sich einen Kochlöffel aus der Küchenschublade, stieg auf den Küchentisch, setzte sich auf den Stuhl, hielt den Kochlöffel wie einen Steuerknüppel und spielte das Szenario durch. ›Ziehen, ziehen, bis sie langsamer wird. 90 Knoten, 80, 70, 65, und kurz vor 60 voll ins Seitenruder treten.‹ Jörg trat mit dem rechten Fuß in ein imaginäres Seitenruder. So würde er es machen. Also noch mal. Vielleicht besser links herum, schließlich saß er links. Und wieder zog Jörg auf dem Stuhl am Knüppel, bis herunter auf sechzig Knoten – imaginäre! –, und dann trat er voll ins Seitenruder, diesmal ins linke, und schleuderte dadurch die Mineralwasserflasche mit einem sicheren Tritt auf den Küchenboden, wo sie in tausend Scherben zerbrach. In der Küchentür stand Petra, die ihn entsetzt ansah, wie er dort oben auf dem Stuhl auf dem Küchentisch saß, inmitten der Bücher, zwischen angebissenen Paprikas, auf dem Küchenboden die im Mineralwasser schwimmenden Scherben. Jörg hatte keine Ahnung, wie lange Petra schon da stand, es war ihm aber auch egal. Das Einleiten des Trudelns hatte jedenfalls geklappt.

»Was machst du da, um Himmels willen?«

»Ich fliege.«

»Was machst du?«

»Ich hab gerade einen Trudelvorgang eingeleitet.«

Petra ging dicht an Jörg heran.

»Was ist denn eigentlich los mit dir?«

»Was soll los sein?«

»Irgendwas stimmt doch nicht mit dir. Lass uns einfach noch mal reden über alles.«

Jörg stieg vom Stuhl. »Da gibt es nichts mehr zu reden, Petra. Ich habe dich gebeten, dir eine Wohnung zu suchen und auszuziehen. Und dabei bleibt es.«

»Ich mach mir wirklich Sorgen um dich, Jörg.«

»Nicht nötig. Mir geht's besser als je zuvor.«

»Dann red doch wenigstens mal mit Axel, wenn du schon nicht mehr mit mir sprichst.«

»Wozu denn? Ich weiß doch, wie du im Bett bist.«

Das hatte gesessen. Petra starrte ihn an wie ein Mondkalb. Jörg nahm seine Bücher, ging in sein Arbeitszimmer und fuhrwerkte eine Runde an der Hantelbank herunter, mit 200 Sit-ups und Bizepsübungen. Dann lüftete er, ließ den letzten Mief von Frau Höfele hinaus auf die Kantstraße und legte sich auf die Gästecouch. Er träumte vom Fliegen und war schnell eingeschlafen, während sich draußen über der Stadt die Gerüchte, dass der große Dschie-Em-Bieh bald kommen würde, allmählich verklumpten wie unsachgemäß angerührte Spachtelmasse.

Kurz vor zehn bog Jörg mit dem Käfer auf den bekiesten Parkplatz am Flugplatz ein. Er war früh aufgestanden, hatte seine

Orange und den Zwieback gegessen, eine Tasse Kaffee dazu getrunken, ohne Milch und Zucker, hatte schnell fünfzig Sit-ups an der Hantelbank abgeritten, war ins Bad gegangen und hatte sich auf die Waage gestellt. Bei 91 war der Zeiger stehen geblieben, immerhin. Nicht viel, aber die Richtung stimmte.

Jörg wollte sich nicht wieder wegen Unpünktlichkeit anscheißen lassen und ging schnell hinüber zur Halle, wo die Flugzeuge standen. Das Hallentor war zugezogen, aber nicht verschlossen. Jörg schob das Tor zur Seite und ging hinein: von der Fluglehrerin keine Spur. Jörg schlängelte sich zwischen den Flugzeugen hindurch und rief mehrmals ›Hallo‹, bekam aber keine Antwort. Nochmals sah er in das Cockpit der kleinen roten Pitts und versuchte sich vorzustellen, wie in der winzigen Kabine der Mastochse Platz finden sollte, dem die Polin statt seiner das Landen mit der Pitts beibringen wollte. Irgendwann würde er auch mit der Pitts fliegen, das hatte er sich in den Kopf gesetzt. Immer noch keine Spur von der Lehrerin, aber dafür merkte Jörg, dass er dringend auf die Toilette musste. Er ging durch eine schmale Tür in der Seitenwand und fand nach einigem Suchen tatsächlich eine Toilette, die wohl noch aus der Zeit stammte, als die russische Luftarmee Hausherr des Flugplatzes gewesen war; zumindest sah die Toilette so aus und roch auch entsprechend. Jörg schloss ab, zog die Hosen herunter und setzte sich auf die alte Holzbrille. Neben der Toilette lag ein Haufen vergilbter Zeitschriften, und Jörg blätterte ein paar von ihnen durch. Es waren ausschließlich Luftfahrtzeitschriften aus der ehemaligen DDR. In einer *Flugrevue* von 1986 blieb Jörg an einem Bericht über die damals hier auf diesem Platz in Fürstenwalde stationierte russische Jagdbomberstaffel *Juri Gagarin* hängen. Auf Schwarzweißbildern wurden die Flugzeuge der Staffel gezeigt, Mig 21 und Mig 23, und eine ganze Doppelseite war dem Kommandant der Einheit gewidmet, einem Kommodore namens Oberst Vassilij Gratsch.

Oberst Gratsch war ein gut aussehender Mann um die vierzig, und auf einem Bild hatte er sich sogar mit seiner Familie auf dem Flugplatz ablichten lassen, er natürlich in Uniform. Von guten Kontakten zwischen der Zivilbevölkerung und den russischen Fliegern war da die Rede, von der Freundschaft sozialistischer Länder und dergleichen politbürogesteuerter Bumfidelei mehr. Und als Jörg bei seiner Entleerung auf dieses Familienfoto des russischen Obersten starrte, hatte er die Eingebung. Es war die Idee schlechthin, es war die Lösung der Identitätsfrage, die ihm seit Tagen durch den Kopf gegangen war: Wer wollte er sein, wenn nicht Jörg Raabe? Nun war es ihm klar: Er würde der Sohn dieses russischen Offiziers sein. Aufgewachsen in Fürstenwalde könnte er natürlich fließend Deutsch und hatte sich in Russland vom Alten losgesagt und war nicht Soldat geworden, sondern Schauspieler und Schriftsteller. Und hieß nicht Jörg, sonder Juri. Oder noch besser: Jewgenij. Jewgenij Gratsch. Nein, das klang nicht gut, vielleicht einfach nur die abgekürzte Initiale: Jott Punkt. Ja, das war es. Jott Punkt Gratsch, Sohn eines russischen Fliegerobersten, der seine Jugend in Deutschland verbracht hatte und nun als böser Schauspieler und Schriftsteller zurückkam nach Deutschland und dort den Bösewicht raushängen ließ. Er kannte alles: das Leben in Deutschland, die Armut in Russland, die Machenschaften des Militärs, dazu vielleicht noch ein paar erfundene Semester in Literaturwissenschaft und Theaterwissenschaft in Sankt Petersburg. Der durchgeknallte Sprössling eines ehemals in Deutschland stationierten russischen Offiziers! Die personifizierte Rache für vierzig Jahre deutsch-sowjetische Freundschaft, eine Kampfmaschine gegen westlichen Schwachsinn und Oberflächlichkeit.

Das war genau die Biographie, die Jörg gesucht hatte. Die besten Ideen kamen ihm eben immer beim Scheißen. Jörg malte sich seine neue Identität in Gedanken aus, hier auf dieser dreckigen Flugplatztoilette, als er plötzlich in der Halle Geräusche zu hören glaubte. Er zog sich die Hosen wieder hoch, spülte, nahm die *Flugrevue* mit und ging hinüber in die Halle. Unter der geöffneten Motorhaube der Pitts sah er wieder die graue Fliegerkombi hervorblitzen. Wahrscheinlich musste die Polin die kleine Pitts für Victor A. Lehmann sauber machen, weil der damit geflogen war. Und offenbar besaß sie nur diese eine graue Fliegerkombi.

»Heute war ich pünktlich, aber Sie nicht!«, rief Jörg von der Tür aus in Richtung der Pitts. Natascha drehte sich um, wischte sich mit einem Knäuel Putzwolle die Hände und sah Jörg erstaunt an.

»Hätte nicht gedacht, dass Sie noch mal kommen, nach diesem Desaster vor zwei Tagen.«

»Ich habe nicht vor, mir ein Paddelboot zu kaufen.«

»Gut, dann probieren wir's noch mal. Und wenn Sie wieder die Hände vom Knüppel nehmen, dann fliegen wir auf dem Absatz nach Hause.«

»Können wir nicht die Pitts nehmen?«

»Ich hab's Ihnen schon mal gesagt: das ist kein Anfängerflugzeug. Die Möhre wird Ihnen ja wohl reichen. Und wenn nicht, zeig ich Ihnen, was man mit der alles anstellen kann.«

»Nur zu. Ich bin hochgradig motiviert.«

»Dann gehen Sie mal raus mit Ihrer Motivation, nehmen Sie die Plane ab, und machen Sie mit der Checkliste den Vorflugcheck.«

Jörg ging nach draußen, nahm die Plane ab und ging alle Punkte durch, die auf der Checkliste unter dem Begriff Vorflugcheck aufgeführt waren.

Natascha kam mit ihrem Pilotenkoffer, stellte ihn auf den Flügel und sah sich die Morane selbst noch einmal genau an.

»Und? Haben Sie alle Punkte erledigt?«

»Wie Sie's mir gezeigt haben, mit der Checkliste.«

Natascha ging zur linken Tragfläche, bückte sich, winkte Jörg zu sich heran und zeigte auf das kleine rote Schutzbeutelchen mit der Aufschrift ›Remove before Flight‹, das über das kleine Staurohr gestülpt war, wo der Staudruck für den Geschwindigkeitsmesser abgenommen wurde.

»Und was ist damit?«

»Ach so. Das hätte man wohl abnehmen müssen.«

»Ja, hätte man wohl, sonst haben Sie nämlich keine Fahrtmesseranzeige.«

Die musste immer meckern. Über all die Punkte, die Jörg richtig gemacht hatte, kein Wort, kein Lob.

»Bei der Fliegerei ist ein Murks genau ein Murks zu viel, klar?« Jaja, natürlich war das klar. Aber schon wieder dieser Ton, dieses Gemeckere! Na gut, die sollte heute ihr blaues Wunder erleben! Die sollte mal merken, wer da neben ihr saß: kein blöder Jörg aus dem Schwarzwald, sondern Jott Punkt Gratsch, der schaumgeborene Misanthrop!

Jörg stieg auf den linken Sitz, Natascha erklärte ihm noch mal das Anlassen des Motors und machte die Checks vor dem Losrollen, und dann gab Jörg Gas.

Das Rollen ging zwar immer noch in Schlangenlinien, aber wenigstens verließ Jörg den Rollweg nicht. Natascha griff nicht ein, und Jörg gelang es tatsächlich, die Morane auf dem Boden zum Abflugpunkt zu bringen.

»Heute probieren Sie mal den Start. Bei sechzig Knoten auf dem Fahrtmesser ziehen Sie ganz leicht am Knüppel, dann hebt sie ab.«

Jörg stellte die Morane in die Bahn und gab Vollgas. Er starrte auf den Fahrtmesser, dessen kleiner Zeiger langsam nach oben kletterte, zielstrebig auf die sechzig Knoten zu. Bei sechzig zog er den Knüppel sanft nach hinten, so wie er es auf dem Küchenstuhl durchexerziert hatte. Die Morane hob die Schnauze und flog. Ein Glücksgefühl durchfuhr Jörg: Er hatte es gemacht, er hatte diese verdammte Möhre vom Boden weggezogen! Natascha gab dem Knüppel wieder einen ganz leichten Druck nach vorne.

»Erst ein bisschen Geschwindigkeit aufbauen lassen, dann weitersteigen mit achtzig.«

Jörg tat, wie ihm geheißen, und die Morane kletterte bei einem Speed von achtzig mit einer Steigrate von 700 Fuß pro Minute nach oben. Na also, ging doch. Ganz kurz bemerkte Jörg einen Seitenblick von Natascha, den er aber nicht zu deuten wusste, zum einen, weil der Blick nichts verriet, zum anderen, weil Jörg mehr als genug beschäftigt war, die achtzig Knoten exakt zu halten und dabei auch noch halbwegs geradeaus zu fliegen. Natascha schwieg und ließ ihn machen, bis er eine Höhe von 3000 Fuß erreicht hatte.

»Da bleiben wir mal, auf 3000 Fuß«, sagte Natascha, und Jörg nickte. Er nahm Gas weg, drückte den Knüppel leicht nach vorne und drehte die Trimmung ein wenig in Richtung kopflastig. Dabei war er auf 3100 Fuß gestiegen, nahm wieder ein bisschen Gas weg, ließ die Morane auf 3000 Fuß sinken und schob ein klein wenig Gas nach, so dass er die 3000 Fuß mehr oder weniger exakt hielt. Kein Kommentar von Natascha. Kein negativer, aber auch kein Lob, kein Wort der Anerkennung. Natascha ließ Jörg eine Zeit lang fliegen, ein paar Kurven machen, Steigflug, Sinkflug und dergleichen Anfängerübungen mehr. Knapp waren ihre Anweisungen, und Jörg führte sie prompt aus. Jörg war ganz bei der Sache, konzentrierte sich und wartete im Grunde nur auf den Moment, an dem er's krachen lassen würde. Er würde zum ersten Mal Jörg zu Gratsch mutieren, so wie er Petra rausgeschmissen hatte und dem Bootsführerheini das Bier über die Hosen geschüttet hatte, genauso würde er dieser vorwitzigen Frau Luftputzfrau den alten Schrottflieger ins Trudeln bringen. Dann konnte sie zeigen, was hinter dieser Pokerfassade von wegen cooler Fluglehrerin steckte. Wie das Trudeln einzuleiten war, hatte er ja geübt, trocken auf dem Küchenstuhl, immer wieder sich vor Augen geführt, im Geiste wiederholt. Das Ausleiten war auch ganz einfach, jedenfalls stand das so in den Büchern: Gegenseitenruder, bis die Drehung aufhörte, und dann langsam aus dem Sturzflug abfangen. Und danach würde die gute Frau ihn endlich ernst nehmen. Und ihm nie wieder vorschlagen, sich ein Paddelboot zu kaufen. Wahrscheinlich schiss sie sich so in die Hosen dabei, dass sie ihn als Schüler wieder abgeben und Victor A. Lehmann sich höchstpersönlich um seine Ausbildung kümmern würde. Jörg sah kurz zu Natascha hinüber: kein Anzeichen von Skepsis oder übertriebener Wachsamkeit. Nein, nein, die ahnte nicht, was ihr gleich bevorstand. Beim nächsten Steigflug würde er es probieren, nur jetzt nicht den Mut verlieren. Einfach so durchziehen wie am Küchentisch. Der Bösewicht sein, keine Angst haben, durchziehen wie der durchgeknallte Sohn dieses russischen Obersten.

»Steigen wir mal auf 4000.«

»Mit achtzig Knoten?«

»Von mir aus auch mit siebzig.«

Das war die Chance. Sie dachte wohl, er traute sich nicht, so langsam und so steil zu steigen.

Jörg nahm den Knüppel gut zu sich heran, und die Morane kletterte mit siebzig Knoten steil nach oben. Noch ein wenig mehr Zug, und der Speed sank knapp über 65. Knapp vor 4000 Fuß. Jörg sah zu Natascha hinüber. Sie saß scheinbar regungslos, guckte nur hin und wieder auf den Fahrtmesser. Nein, die ahnte nichts. Jetzt musste er es tun.

Jörg holte tief Luft, ging ganz schnell im Kopf noch mal alle Schritte durch, warf einen letzten Blick zu Natascha hinüber, dann zog er es durch, mit knallharter Präzision – den Knüppel ganz an den Bauch, schnell das Gas raus und gleichzeitig wie ein Ochse ins linke Seitenruder getreten. Die Lehrbücher hatten Recht gehabt. Mit einem Ruck kippte die alte Möhre über die linke Tragfläche ab und ging in eine steile Trudelbewegung über, immer um eine gedachte Mittellinie herum, senkrecht in Richtung Erdmittelpunkt. Jörg dachte, ins Bodenlose zu fallen, die brandenburgische Pampa drehte sich wie ein manisch hyperaktives Karussell unter ihm. Oh Gottogottogott! So hatte er sich das nicht vorgestellt! Das war der pure Horror! Nach drei Trudelumdrehungen wusste Jörg nicht mehr, wo oben und unten, wo links und rechts war. Er wurde heftig in den Sitz gepresst, wehrlos von Götterkräften in den Höllenschlund hinabgezogen, alle Scheußlichkeit der Welt gebündelt zu einem rotierenden Sturz ins Bodenlose.

Nur eins war ausgeblieben: dass diese Polin neben ihm zu schreien und zu toben anfing. Kein Wort. Die saß einfach stumm da. Warum schrie die nicht, verdammte Scheiße! Der musste doch auch der Arsch auf Grundeis gehen?! War sie ohnmächtig geworden? Natürlich, die war ohnmächtig geworden. Verdammte Scheiße. Diese Polin war ohnmächtig, und jetzt musste Jörg alleine wieder raus aus dem Schlamassel. Die Hände begannen wieder zu schwitzen, der Puls ging hoch. Brandenburgs bewaldete Oberfläche kam näher. Da war wieder diese Panik wie an der Frischfleischtheke bei Edeka 2000, wenn Fräulein Czikowski vor ihm stand, nur viel schlimmer, jetzt ging's nicht um Wurst oder Tangas, jetzt ging's ums nackte Leben, und diese Polin da bewusstlos neben ihm. Wie war das im Lehrbuch? Verdammte Scheiße! Seitenruder. Gut. Schnell, Brandenburg kam immer näher. Seitenruder, gegen die Drehbewegung. Aber wohin dreht die Drehbewegung? Wer dreht sich überhaupt, die Erde oder die Möhre? Verdammte Scheiße. Irgendwo reintreten, am Knüppel ziehen. Jörg merkte erst jetzt, dass er sich mit Beginn des Trudelns vor Panik wieder reflexartig am Instrumentenbrett festgekrallt hatte. Wenn ihm jetzt nicht gleich was einfiel, zum Beispiel die Drehrichtung, dann war's das gewesen. Verdammte Scheiße. Und schon wollte Jörg lieber wieder aufgeben, wollte lieber der liebe Jörg bleiben, für alle Zeiten, respektive was ihm noch blieb an Zeit, und das waren wahrscheinlich nur noch ein paar Sekunden, wenn er nicht bald etwas unternahm.

»Und? Was ist mit Ausleiten? Allmählich wird's Zeit.«

Die Polin war also nicht ohnmächtig. Aber warum, verdammt noch mal, war die denn nicht in Panik? Schließlich stürzte die verdammte Möhre spiralförmig auf den Boden zu, mit einer Zielstrebigkeit, als sei sie ausschließlich dafür gebaut worden, und dieses Weib saß da neben ihm wie bei einer Kaffeefahrt im Opel durch den Schwarzwald.

»Halten Sie das verdammte Ding auf! Wir verrecken jämmerlich!«, schrie Jörg, die Hände immer noch ans Cockpit geklammert.

»Dann nehmen Sie die Hände an den Knüppel und leiten Sie aus! Oder haben Sie das Kapitel übers Ausleiten nicht gelesen?«

›Woher weiß die das?‹, dachte Jörg. War die so abgebrüht, oder tat die nur so?

»Treten Sie ins rechte Seitenruder, und halten Sie den Knüppel neutral.«

Jörg trat ins rechte Ruder, und die Drehung stoppte, fast so abrupt, wie sie angefangen hatte. Nun hörte Brandenburg da unten auf zu rotieren, aber die Möhre raste im Sturzflug weiter nach unten, direkt auf einen kleinen See zu.

»Jetzt langsam abfangen, schön sachte am Knüppel ziehen.«

Jörg zog, die Neigung des Sturzflugs verminderte sich, und Jörg wurde immer heftiger in den Sitz gepresst. »Weiter ziehen!«, sagte Natascha, und Jörg zog noch mehr am Knüppel, und die Kräfte, die ihn in den Sitz drückten, wurden noch stärker.

»Die bricht gleich auseinander!«, schrie Jörg, aber Natascha sagte nur: »Das Einzige, was hier auseinander bricht, sind Sie!«

»Wir leben!«, rief Jörg, als die Morane in knapp tausend Fuß allmählich wieder in den Horizontalflug überging.

»Ogottogott, wir haben's geschafft, sie fliegt wieder!«, schrie er und fühlte sich, als hätte er soeben eine zweite Geburt hinter sich gebracht. Schweißnass sah er zu Natascha hinüber, die immer noch scheinbar ohne jede emotionale Regung in dem Flugzeug saß.

»Mensch, wir leben, jetzt freuen Sie sich doch auch mal ein bisschen!«, rief Jörg zu Natascha hinüber.

»Ja natürlich leben wir, wieso denn auch nicht? Jetzt steigen Sie wieder auf 4000 Fuß und machen das Ganze noch mal rechts herum.«

»Was??!!« Die hatte sie wohl nicht mehr alle!

»Kommt überhaupt nicht in Frage!«

»Entweder Sie machen das jetzt, oder Sie können sich einen neuen Lehrer suchen. Los jetzt, rauf auf 4000.«

Jörg schob das Gas wieder hinein und ließ die Morane langsam klettern, mit siebzig Knoten. Als das kleine Flugzeug die 4000-Fuß-Marke wieder erreichte, sah Jörg Natascha mit einem gnadeheischenden Blick an. Natascha schüttelte demonstrativ den Kopf.

»Ich hab's Ihnen gesagt: entweder noch einmal rechts herum, oder auf der Stelle nach Hause, und zwar für immer.«

Jörg nickte, verlangsamte die Möhre bis auf sechzig Knoten und hielt sie gerade, und wieder eierte das Flugzeug knapp vor dem Strömungsabriss durch die Luft. Jörg hatte Schiss, Todesängste sozusagen, und diesmal begründet, denn jetzt wusste er ja, was auf ihn zukam, wenn er ins Seitenruder trat. Nochmals sah er hinüber zu Natascha, und wieder war keine Reaktion in ihrem Gesicht auszumachen, die er bei großzügigster Auslegung als Nachgeben hätte deuten können. Und das hieß: wenn er jetzt nicht nochmals trudeln würde, noch dazu rechts herum, dann würde sie ihn rausschmeißen. Ganz zu schweigen von der Blamage. Das Paddelboot war also immer noch nicht vom Tisch, hier oben in 4000 Fuß bei wackligen knapp sechzig Knoten auf dem Fahrtmesser. Jetzt kneifen hieß für immer Jörg Raabe bleiben. Und einfach ins rechte Ruder treten, das hieß die Angst zum Teufel jagen.

Und Jörg trat. Wieder kippte die Morane ab, diesmal über die rechte Fläche, wieder überstand Jörg lebend fünf volle Trudelumdrehungen, und wieder fing er das Flugzeug ab, diesmal schon auf 2200 Fuß. Natascha nickte nur, zeigte mit der Hand nach links und sagte: »Nach Hause, Steuerkurs drei-fünf-null.« Jörg drehte auf 350 Grad, hielt die Höhe, versuchte ein Gespräch in Gang zu bringen, aber Miss Warschau schwieg beharrlich, bis sie kurz vor dem Platz den Knüppel nahm und sagte: »Landung mache ich, fühlen Sie mit, was ich mache.«

Sanft setzte sie die Morane wieder aufs Gras, und Jörg rollte in gemäßigten Schlangenlinien zur Halle. Er stellte den Motor ab, Natascha öffnete die Haube, hieß Jörg aussteigen, ging um die rechte Tragfläche herum auf Jörg zu, stellte sich vor ihn hin und haute ihm ohne jede Vorwarnung eine Ohrfeige herunter, mitten ins Gesicht und nicht von schlechten Eltern.

»Dass das ein für alle Mal klar ist: Im Flugzeug sage ich, was gemacht wird!«

»Okay, es tut mir Leid«, stammelte Jörg, aber Natascha fuhr ihm sofort über den Mund: »Gar nichts tut Ihnen Leid. Mann, Sie sind doch schizophren! Einmal scheißen Sie sich vor Angst in die Hosen, und dann leiten Sie aus heiterem Himmel das Trudeln ein. Das haben Sie sich doch zu Hause am Küchentisch ausgedacht, oder? Um mal zu sehen, wie die blöde Kuh sich dann anstellt, oder? Mensch Mann, was wollen Sie eigentlich?«

Das war natürlich genau die Frage, auf die Jörg am allerwenigsten eine Antwort wusste, und er wusste nicht einmal, ob die Polin wirklich eine Antwort darauf wollte. Geschweige denn, ob sie noch weiter mit ihm fliegen wollte.

16

Jörg saß in der Küche, in seinem Basislager zur Vernichtung der alten und Erschaffung einer neuen Identität, und sah sich die ausgerissene Seite aus der *Flugrevue* an: Oberst Vassilij Gratsch im Kreis seiner Familie. Und wie er diesen russischen Luftwaffenoberst und seine Sippe anstarrte, um ihn herum die ganzen Fürstenwalder Fliegeraffen, da fokussierten sich Blick und Gedanken auf den kleinen Jungen, der neben dem Obersten stand, die Pfote des Vaters auf seinen schmalen Schultern. Der Junge blickte ehrfürchtig zum Oberst hinauf, man sah ihm an, dass er genau wusste: gegen diesen Alten war er machtlos. Aber in den Augen des Jungen lag auch eine Spur von Auflehnung, so ein heimliches ›Na wart nur, bis ich groß bin!‹. Was war wohl aus diesem Jungen geworden, als er mit dem Vater nach dem Fall der Mauer wieder abrücken musste, in irgendeine halb verfallene Kaserne irgendwo in der Ukraine oder in Petersburg, wo der Oberst seine restlichen Dienstjahre abzusitzen hatte und mit seiner Familie haarscharf an der Innenkante des Existenzminimums entlangschrammte? Ja, was war das für ein Leben: aufgewachsen zwischen Militärs, in einem fremden Land, dann wieder in die Heimat – die keine war – deportiert, eine Jugend in der Armseligkeit der maroden sowjetischen Luftwaffenwelt, da musste man doch einen Schlag bekommen.

Eine Biographie mit Ecken und Kanten, ein Gebräu, aus dem sich mit ein bisschen Geschick die Existenz herausdestillieren ließ, die er, Jörg Raabe, der Welt vorspielen wollte. Jörg nahm sich ein Stück Papier, einen Stift und notierte sich ein paar Stichpunkte, während er überlegte, ob sich das Ganze zumindest zu einer zeitlichen und logischen Plausibilität hinbiegen ließe. Es ließ. Nach den ersten Zeilen war Jörg klar, dass da ein paar Blatt Papier nicht reichen würden. Im Schrank lag noch eins der grauen Regiebücher, in die man DIN-A4-Blätter einheften konnte. Zoltan hatte ihm das Buch vor Jahren geschenkt, zur Premiere von »Der Irre und die Hure«. Jörg nahm die graue Kladde, tat die alten Seiten heraus und heftete gut hundert Blatt weißen Papiers hinein. Vorne malte er mit einem Filzstift in großen Lettern GRATSCH auf den Deckel, dann fing er an zu schreiben. Jörg hieb geradezu mit dem Stift auf das Papier ein und erdachte sich Stück für Stück die Lügengeschichte über Jewgenij Vassilijewitsch Gratsch, den Sohn dieses Luftwaffenobersten. Er schrieb und schrieb, die Finger mit dem Stift flogen übers Papier. Konnte man in einer Nacht in der Küche ein neues Leben zurechtbasteln? Jörg konnte. Und was er da hinschrieb, waren nicht bloß ein paar kleine Stichpunkte zur Biographie einer Figur, wie er sie hin und wieder für das Rollenstudium auf der Schauspielschule sich hatte ausdenken müssen, nein, Jörg schmierte sich hier in der nächtlichen Küche genau den Lebenslauf zusammen, den er sich immer erträumt hatte: kein langweiliges Leben in einer Kleinstadt im Schwarzwald, sondern eine aufregende, hochneurotische Vita als Soldatenkind, hin- und hergerissen zwischen russischer Seele und dem Glauben an den Kommunismus, geschüttelt in den Wirren des Kalten Krieges zwischen den Kulturen, eine Kindheit zwischen den Blöcken der Macht. Unrast und Hetzerei zwischen Petersburg, Afghanistan, Deutschland und wieder Petersburg, Armut und Aufbegehren gegen den übermächtigen Alten, der kein Waschlappen von Gemeindebeamter im Schwarzwald war, sondern ein Tier, ein gnadenloser Soldat, ein Jagdflieger, ein Kämpfer für den Kommunismus. Es war eine Biographie der Rastlosigkeit und der Agonie zwischen dem Oberst und der Mutter, die natürlich eine schöne Frau gewesen war und das Leben an der Seite des übermächtigen Obersten nur ertragen konnte, indem sie sich schließlich, als ihre jugendliche

Schönheit aufgebraucht war, durch das Offizierskasino des ganzen Geschwaders vögelte. Das war vielleicht ein bisschen starker Tobak, aber erstens brauchte Jörg keine belanglose Biographie, die hatte er selbst, und zweitens: Wer wollte so etwas je nachprüfen? Die Pfoten krakelte Jörg sich wund am Küchentisch, ließ den jungen Jewgenij Gratsch dann aus dem zerstrittenen Elternhaus abhauen, kurz zur See fahren – darf in keiner interessanten Biographie fehlen! –, ihn sodann in Petersburg ein paar Semester Literaturwissenschaften studieren und Schauspielunterricht nehmen, sich der avantgardistischen Musiktheatergruppe *Perverse Patrioten Petersburg* anschließen, einen provokativen Roman herausbringen und ihn schließlich nach Deutschland zurückkehren, wo er seine Kindheit verbracht hatte und deswegen natürlich der deutschen Sprache mächtig war, wenn überhaupt, dann mit Brandenburger Akzent.

Das alles ließ sich behaupten, und Jörg war sicher, diese Rolle hinzubekommen. Er musste auch, er hatte keine andere Wahl. Da drohte der alte Zoltan, den er um Hilfe angebettelt hatte, in dessen Schuld er stand und der von ihm Disziplin, Mut, Engagement und vor allem endlich einen Plan erwartete, wie Jörg sich zum Star und zum Bösewicht zu machen gedachte.

Und dann war da noch diese Fluglehrerin, der er beweisen musste, dass doch etwas in ihm steckte. So wie heute, nach der missglückten Trudelattacke, wollte er sich von der nicht noch mal zurechtbügeln lassen. Abgezogen war er aus Fürstenwalde wie ein kleiner Hosenscheißer, wie ein depressiver Schauspieler, der nach einer versauten Premiere noch drei Stunden allein in der Garderobe hockt und sich dann im Schutz der Nacht aus dem Bühnenausgang ohne Umweg in irgendeine Kneipe in seine kleine Zweizimmerwohnung davonschleicht, in der Hoffnung, dass ihm keiner über den Weg läuft, der Zeuge seiner Blamage geworden ist. Nein, nein, es gab kein Zurück. Jörg musste aufs Ganze gehen und den Gratsch geben.

Es war schon gegen drei Uhr nachts, als er die 22 vollgeschriebenen Seiten in der grauen Kladde nochmals durchlas, hier und da etwas strich, veränderte, dann ins Arbeitszimmer hinüberging und ein Exzerpt davon am Computer ins Reine schrieb. Es dämmerte schon, als drei Seiten über das Leben von Jewgenij Vassilijewitsch Gratsch – genannt Jott Punkt Gratsch – aus seinem alten, verstaubten Canon-Drucker herauskamen und Jörg so müde war, dass die gute Melissa von www.dream-panties.com nicht die geringste Chance hatte, sich heute via Internet virtuell an seinem guten Mittelmaß zu vergehen.

17

Jörg parkte den Käfer im Halteverbot an der Königsallee, stieg aus und schlurfte auf die *pegasus*-Villa zu, nicht ohne wieder tiefe Spuren in die penibel geharkte Kiesfläche zu ziehen. Unter den skeptischen Blicken von Heidemarie schritt Jörg durch das Vorzimmer, speiste Heidemarie mit einem hingeworfenen »Hab einen Termin!« ab, klopfte quasi symbolisch an die Flügeltür und ging einfach hinein in die Höhle der Löwin. Er sagte jovial: »Morgen, Frau Doktor!«, setzte sich ungebeten in den großen ledernen Besuchersessel vor dem Schreibtisch der Chefin und lächelte. Frau Doktor Suchanek sah von ihrer Arbeit auf, erwiderte kurz den Morgengruß und drehte ihren Rollstuhl dann frontal zu Jörg.

»Ich sollte vorbeikommen, hier bin ich.«

Frau Doktor Suchanek zögerte einen Moment. Irgendetwas lief hier anders als gewohnt, sie musste erst verdauen, dass Jörg Raabe einfach so hereingeschneit war wie ein Star, nicht gekrochen wie normalerweise. Besoffen? Zugekokst? Die Suchanek kannte das ja bei Schauspielern, wenn auch nicht bei Jörg Raabe.

»Eins gleich mal vorweg: Ich spiel keinen Nebenrollendreck mehr. Schaffen Sie mir andere Sachen ran.«

Frau Doktor Suchanek sah Jörg kurz an, mit genau dem tief sitzenden Zweifel, mit dem ein Arzt einen hochgradig gut gelaunten Patienten mustern würde, dem er soeben Hodenkrebs im fortgeschrittenen Stadium diagnostiziert hatte.

»Geh, Jörg Raabe, nach dir schreit koaner. I red ma die Goschen fusslig am Telefon, aber an Jörg Raabe wui koaner.«

Jörg sagte nichts, sah die alte Frau nur an.

»Herrgottnochamoi, Jörg Raabe, für einen Lover bist ned schee g'nug und vui z'fett, und an bad guy, an Bösewicht, den glaubt dir koaner.«

Jörg nickte mehrmals, als hätte ihm gerade der heilige Geist die Erkenntnis literweise ins Hirn gegossen.

»Abgemacht, Frau Doktor. Bösewichte. Geben Sie mir sechs Wochen.«

Frau Doktor Suchanek schüttelte den Kopf. Irgendetwas stimmte nicht mit Jörg Raabe, irgendetwas lief da ab in den Hirnwindungen ihres Klienten, was sie nicht einschätzen konnte. Ausgerechnet Jörg Raabe. Der war doch sonst nicht so durchgeknallt gewesen. Jörg weidete sich noch ein wenig an der offensichtlichen Irritation von Frau Doktor.

»Und noch was: Ich will diesen Udet spielen, diesen Fliegerhelden in dem Ami-Film.«

»Geh, Jörg Raabe, jetzt heer doch auf mit dem Schmarrn. Des is a internationale Hauptrolln beim Greg McBain, des is dir zwoa Nummern zu groß!«

Keine Reaktion von Jörg.

»Die suchen einen Star. Und die wollen einen, der fliegen kann. Du host ja scho Schiss beim Autofahrn, Jörg Raabe. Letztes Joahr, wo's den Fahrlehrer g'spuilt host beim Derrick, da hot sich die Produktion bei mir beschwert, dass du ned amoi des Einparken g'schafft host ohne Stuntman!«

»Gut, dann suche ich mir eine neue Agentur.«

Frau Doktor Suchanek hatte nun keinen Zweifel mehr. Jörg Raabe war durchgeknallt. Irgendwann passierte es immer, wenn es schlecht lief. Manche verschwanden im tiefen Loch einer Depression, andere wurden größenwahnsinnig. Bei Jörg Raabe hätte sie zwar immer auf Depression getippt, aber so konnte man sich täuschen.

»Magst zum Arzt gehn, Jörg Raabe? Ich wüsst einen tollen Therapeuten, der bringt di wieder z'ruck auf'n Boden.«

Jörg zog die drei Seiten Exzerpt aus seiner grauen Kladde und knallte sie der Frau Doktor kommentarlos auf den Tisch. Heidemarie fummelte im Vorzimmer herum und verstand es, ihre Tätigkeiten so einzurichten, dass sie mit dem Kopf immer genau vor der großen Flügeltür zugange war, damit ihr auch ja nichts entgehen konnte von dem Schauspiel, das sich im Chefinnenzimmer abspielte.

»Kommen Sie rein, wenn Sie neugierig sind, oder machen Sie die Tür zu!«, sagte Jörg zu Heidemarie, die ihn völlig fassungslos anstarrte. So hatte sie hier in ihrem Revier noch keiner angeschnauzt, und schon gar nicht diese Nebenrollenfigur Jörg Raabe. Frau Doktor Suchanek sah kurz von der Lektüre auf.

»Geh, Heidemarie, bist so gut, lass'd uns an Moment allein.«

Mit der unendlichen Traurigkeit aller Zurückgewiesenen dieser Welt schloss Heidemarie devot die Flügeltür, aber Mitleid stellte sich nicht ein bei Frau Doktor, denn die las schon weiter in Jörgs Exposé. Schließlich lehnte sie sich im Rollstuhl zurück, ließ die drei Blatt Papier vor Jörg auf den Schreibtisch flattern und sah Jörg mit den Augen eines unter Valium stehenden Mondkalbs an.

»Und jetzt?«

»Jetzt sind Sie dran, Frau Doktor.«

Frau Doktor schüttelte den Kopf.

»Des is doch a Schnapsidee, Jörg Raabe!«

»Die Zeit schreit nach Schnapsideen.«

Frau Doktor Suchanek fuhr mit dem Rollstuhl um ihren ausladenden Schreibtisch herum, direkt auf Jörg zu und blieb vor ihm stehen, wie ein französischer Fernlastwagenfahrer vor einem Blockadebrecher.

»Eins sag ich dir, Jörg Raabe: So etwas ist nicht unser Stil!«

Jörg sah sie einen Moment lang an und lachte dann laut los.

»Das ist also nicht Ihr Stil? Was ist denn dann Ihr Stil? Wie sieht er denn aus, der Stil von *pegasus*? Na los, erzählen Sie mir endlich mal was über Ihre Unternehmensphilosophie, Frau Doktor! Ich höre!«

»Wie red'st du denn mit mir, Jörg Raabe? I muss mi doch vor dir ned rechtfertigen wie a Schulbub vor'm Herrn Oberlehrer! Wo sammer denn?!«

»Im Büro von *pegasus* sammer, Frau Doktor, und Ihre bulimische Hilfsschwester presst sich wahrscheinlich gerade vor Neugierde ihr mageres Öhrchen an der schönen Flügeltür flach. Das ist der Stil von *pegasus*.«

Frau Doktor Suchanek war zu einer spontanen Erwiderung nicht fähig, was sich auch erübrigte, weil Jörg munter weitermachte.

»Dann erzähl ich Ihnen mal was über Ihren Unternehmensstil. Das Einzige, was Sie tun, ist Warten. Warten, dass die Produktionen unterwürfig an der Tür kratzen und um Ihre Schauspieler betteln. Wen haben Sie denn in Ihrer schönen Kartei? Paar Nebenrollenfressen wie einen Jörg Raabe und zwei bis drei senile Altstars, die sich mit Müh und Not über die Jahre durchgemogelt haben. Irgendwann sterben die Ihnen auch weg, und dann stehen Sie da, und ich sag Ihnen: Da ruft dann kein Produzent mehr an, nur weil Sie 1960 mal zufällig mit Maria Schell zu Abend gegessen haben. Da waren die nämlich noch gar nicht auf der Welt, die heute in der Branche das große Sagen haben. Wenn Sie dann Glück haben, bringen Sie vielleicht hin und wieder ein paar von Ihren Luschen unter, aber auch nur dann, wenn die Stars der Branche sämtlich mit Maul- und Klauenseuche darniederliegen und die Produzenten ganz schnell irgendwen vor die Kameras karren müssen, damit nicht alle Verträge platzen. Nein, nein, Frau Doktor, was Sie hier seit Jahren zusammenmurksen, das hat nichts mit Stil zu tun, das ist das desperate Hinterherhecheln hinter den alten Zeiten in Tateinheit mit dilettantischer Mangelverwaltung. Aber so läuft das heute nicht mehr. Die Zeiten haben sich geändert. Und die Konkurrenz ist groß. Die warten nicht, die betreiben, denken sich Strategien aus, haben Marketingkonzepte, Kontakte und hin und wieder mal Ideen. Und genau das fehlt Ihnen: Ideen!«

Frau Doktor Suchanek sah Jörg schweigend an. Wie kam ausgerechnet dieses Büberl dazu, ihr auf den Punkt zu sagen, was seit Jahren schief lief mit *pegasus*?

Jörg nahm seine drei Seiten *Gratsch* vom Schreibtisch, überflog sie noch einmal und sah das Papier an, als hielte er da die neue Wunderaktie in Händen, auf die alle gewartet hatten.

»Das ist eine Idee, Frau Doktor.«

»Aber so funktioniert doch des ned, Jörg Raabe. Die Leut merken doch den Beschiss! Die kennen dich doch!«

»Ja? Merken die das? Seit drei Jahren höre ich mir von Ihnen an, dass mich keiner kennt. Und jetzt sollten sie's plötzlich alle merken? Also überlegen Sie sich's. Sonst geh ich zu einer der Agenturen, die auf so was stehen. Und da gibt's viele.«

»Jörg Raabe, du spinnst komplett!«

»Hoffentlich. Mit Normalität ist in der Branche kein Blumentopf mehr zu gewinnen. Im Niederreißen liegt der Aufbau. Reden Sie doch mal mit Heidemarie drüber.«

Jörg legte Frau Doktor Suchanek seine drei Seiten Neu-Identität wieder auf den Schreibtisch.

»Lassen Sie sich nicht zu viel Zeit, sonst bin ich weg. Bussi, Frau Doktor.«

Jörg stand auf, grüßte stumm mit einer improvisierten Siegergebärde, öffnete die Flügeltür, brachte damit Heidemarie fast aus dem Gleichgewicht, rauschte aus dem Büro, durchfurchte schlürfend den Kies, stieg in den Käfer und fuhr los, direkt auf die Stadtautobahn in Richtung Kreuzberg.

18

»Gafft der auch jedem fetten Weiberarsch nach?«

»Wer?«

»Na dein Jott Punkt Gratsch!«.

Einen Platz in der Ecke hatten Jörg und Zoltan im *Grauen Raben* noch gefunden, und genau da führte der Weg zur Toilette vorbei. Jörg war gerade in die Überlegung vertieft, welche Farbe wohl das kleine Höschen unter der weißen Stretch-Hose der rothaarigen Toilettengängerin haben mochte, das ziemlich weit und vor allem gut erkennbar zwischen die doch sehr prallen Hinterbacken hineingerutscht war.

»Wie soll der überhaupt sein, dieser Gratsch?«

Jörg hielt Zoltan seine Kladde vors Gesicht.

»Ein Irrer ist das, ein Schauspieler, Schriftsteller, der kommt aus Petersburg zurück nach Deutschland und … Hab ich alles hier aufgeschrieben.«

Zoltan knallte die Kladde ruppig auf den Tisch.

»Aufschreiben, Buch, Mist! So einer muss leben! Der muss mehr zu sagen haben als drei kleine beschissene Seiten!«

»Drei kleine beschissene Seiten???«

Zoltan packte Jörg fest am Arm.

»Herrgott, Jörg Raabe, dieser Gratsch, der ist wunderbar! Genau das, auf das die ganzen Affen da draußen warten. All das macht der, wovon diese kleinen Spießerseelen immer träumen, wenn sie nachts in ihren Betten von Möbel-Höpfner liegen und jämmerlich würgen an ihrer eigenen Armseligkeit!«

Zoltan ließ Jörgs Arm wieder los, grinste, und schon kam das nächste Becks Bier, der nächste Wodka. Der Alte kippte das Zeug in sich hinein wie nichts.

»Also. Was hat der gemacht, als er 15 war?«

»Als er 15 war? Da … Äh … Da ist er mit seinem Vater … zurück nach Russland …«

»Scheißdreck ist er! Das war vor zehn Jahren. Dann wär der jetzt 25! Das glaubt dir kein Mensch.«

»Ja gut, dann hat er mit 15 eben … Da ist er in Fürstenwalde gewesen, mit der 16. Luftarmee.«

»Ich sag dir, was der mit 15 gemacht hat: Da hat er das erste Mal gefickt!«

»Mit 15?«

»Mit 15! Da hat die vierzigjährige Frau Parteisekretär seinen jungen Russenschwengel aus der Hose geholt, im Hinterzimmer eines Flugzeughangars, und hat den jungen Jewgenij erst mal eine Nacht lang eingeritten, aber so, dass die Fenster der ganzen Halle beschlagen waren. Das ist eine Biographie!«

Zoltan war laut geworden, und schon zogen die beiden die Blicke der anderen Gäste auf sich, obwohl der Grundpegel des Kneipenlärms durchaus bei etwa 78 Dezibel lag. Aber Zoltan mit seinem knatternden Organ kam wahrscheinlich sogar über einen Presslufthammer drüber. Das dritte Bier, der dritte Wodka.

»Also, mit 15 hat er gefickt, mit 16 hat er dem Alten eine gescheuert, und dann hat er mit seiner kleinen Schwester rumgemacht …«

»Nein, hat er nicht!«

»Gut, dann eben nicht.«

Das vierte Bier, der vierte Wodka.

»Du weißt, was das heißt, Jörg Raabe. Das heißt Proben bis zum Umfallen. Trainieren. Auf wie viel Kilo bist du jetzt?«

»79.«

»79 Kilo sind zu viel für einen asketischen Russen!«

»Ich bin ja dran. Fress ja schon nichts mehr. Ich halt mich streng an deine Paprikadiät!«

»Sauf Wodka, davon nimmt man ab!«

»Von Wodka?«

»Ja, von Wodka! Man darf bloß nix fressen dazu. Drei Tage lang, dann hast du noch mal fünf Kilo runter. Dann siehst du aus wie ein Russe!«

Jörg winkte die anämische Bedienung herbei und wollte sich einen Wodka bestellen, aber Fräulein Aschfahlmaus verstand nichts bei dem Lärm. Zoltan griff polternd ein: »Flasche Wodka für Opa! Verstanden, Mädchen?«

Und siehe: Mädchen hatte verstanden.

»Und dann spiel ich den Flieger, diesen Udet. Bei dem Ami-Regisseur. Dem sprech ich vor und dann …«

Zoltan sah Jörg von der Seite an.

Die Flasche Wodka kam, gebracht von Lazarello, dem Besitzer des Lokals, einem leptosomischen schwulen Italiener mit schlechter Haltung und wichtigem Dauergrinsen, wohl ein fazialer Folgeschaden vom ständigen Umgang mit der Filmprominenz, die im hinteren, abgesperrten Teil des Cafés zu speisen pflegte, respektive unverschämte Preise für Kleinstportionen bezahlte, nur um dort gesehen zu werden. Lazarello lächelte die beiden mit seinem Mimikschaden an, vermutlich hielt er sie präventiv für Prominente, und vielleicht lag er in Bezug auf Jörg richtig, wenn er damit auch ein paar Wochen zu früh dran war.

Lazarello, mit umgebundener weißer Schürze, die so lang war, wie er sich vielleicht etwas anderes gewünscht hätte, drehte und wendete die auf dem Tablett herangeschaukelte Wodkaflasche in einem manierierten Brimborium, wischte sie mit einem Tuch ab, hielt sie Zoltan schräg vor die Nase, damit der das Etikett lesen konnte, und zog sie dann wieder an sich heran, um mit einem kleinen Messerchen die Alufolie in sechs Millimeter Breite um den Flaschenhals herum abzuschneiden, das so entstandene Alufolienringchen beiseite zu klappen, einen albernen Designerkorkenzieher aus der Schürze hervorzuziehen, anzusetzen, ihn mit 25 heftigen Viertelumdrehungen in den Korken hineinzurammeln, die Flasche zwischen die Beine zu nehmen, den Korken zu ziehen – glücklicherweise ohne weitere kryptosexuelle Verrenkungen – und ihn in das vorbereitete Alufolienringchen hineinzuschieben.

Als er dann daranging, einen kleinen Schluck Wodka in ein Kognakglas zu gießen, um dieses mit kreisenden Bewegungen mehrmals unter seiner Nase rotieren zu lassen, nahm ihm Zoltan die Flasche einfach weg, setzte sie an und soff. »Mach dich fort, wir haben zu reden!« Lazarello hinkschlurfte lächelnd davon.

Zoltan hielt Jörg die Wodkaflasche hin, und dieser trank, schließlich wollte er noch weiter runter von seinen 79 Kilo.

»Bei mir spielst du die Hauptrollen, Junge! Bei mir! Das ist Bedingung! Ist das klar?«

Jörg war das bis jetzt nicht so klar gewesen, aber er schlug ein, nahm die Hand, die Zoltan ihm hinhielt. Zoltan drückte fest zu und sah Jörg tief in die Augen.

»Übers Geschäft müssen wir auch noch reden. Zehn Prozent von jeder Gage.«

Jörg sah Zoltan baff an, der immer noch seine Hand umklammerte, wie ein Schraubstock vom Baumarkt.

»Hör mal, Zoltan, zehn Prozent …«

»Gut, dann zwanzig Prozent.«

Jörg überlegte, seine Pfote immer noch eingeschraubt. Klar, er hatte den Alten damals sitzen lassen, und ohne ihn würde er es wirklich nicht schaffen, wenn überhaupt.

»Du lässt mich aber ganz schön bluten, Zoltan.«

»Oh ja, du sollst bluten! Ja, ich lass dich bluten, das versprech ich dir. Ich reiß dir das Herz aus dem Leib wie der Jude Shylock dem König Lear, haha! Dann mach *ich* einen Film mit dir! Du spielst die Hauptrolle, und ich führe Regie! Seit zwölf Jahren hab ich das Buch in der Schublade!«

»Aber nicht dieses Stellvertreterdrama …«

»Doch doch, das Stellvertreterdrama! ›Des Diktators Depp‹. Prost!«

»Aber wer will denn das? Das will doch keiner.«

Zoltan soff noch einen Schluck aus der Wodkaflasche.

»Das werden sie mir noch aus den Händen reißen, das versprech ich dir! Die irrwitzige hirn-und-herz-und-arschgefickte Komödie über Rudolf Heß, den Führerstellvertreter … Da werden sie alle heulen, die Juden, die Nazis, die Sozis und die Yuppies … Den spielst du mir, irgendwo ganz oben zwischen Wahnsinn, Angst und Hybris!«

Zoltan hob die Wodkaflasche. Sie war fast leer, wie mittlerweile auch der ganze Laden. Zoltan schrie nach der Kellnerin, aber nur Lazarello hatte noch seine weiße Schürze an.

»Komm her, Toskaner, jetzt singen wir beide!«

Zoltan stimmte lauthals ein russisches Volkslied an, Jörg sang mit – er kannte das Lied aus seinen Zeiten beim Pathos-Theater –, aber Lazarello schwieg und versuchte, sich aus der Umarmung des Alten zu befreien.

»Wenn du schon deine Schnauze nicht aufbringst, dann schaff uns wenigstens noch eine Flasche Wodka ran!«

Lazarello versuchte, trotz Zoltans Umklammerung die noch offene Rechnung auf den Tisch zu legen.

»Neunzig Euro willst du für eine beschissene Flasche Wodka? Und singst dafür nicht mal mit uns?!«

Lazarello schielte mehrmals nach dem fettleibigen Koch, als ob er ihn um firmeninternen Beistand bitten wollte, aber der grinste nur und machte keine Anstalten, zu Hilfe zu kommen. »Gib ihm fünfzig, das muss reichen!«, sagte Zoltan zu Jörg, ohne allerdings Lazarello loszulassen. Nun kam der Koch doch noch herbei, grinsend, mit einer Flasche Wodka im Arm. Die wurde dann dem schmächtigen Lazarello mehrmals an den Mund gehalten, immer wenn der Koch die erste Strophe von Kalinka sang, das einzige russische Volkslied, das der Dicke kannte. Dieses Gezerre ging wohl noch eine Stunde, und es war schon fast acht Uhr morgens, als Jörg dann einen Fünfzigeuroschein auf den Tisch legte und die beiden Männer Arm in Arm ins Freie wankten.

»Ich geh jetzt, Alter.«

»Wir gehen zusammen.«

»Aber ich …«

»Wir gehen zusammen, hab ich gesagt!«

Jörg hatte keine Ahnung, was Zoltan jetzt wieder im Hirn hatte, als sie in der helllichten Morgensonne aus dem *Raben* kommend in westlicher Richtung die Schönhauser Allee entlanggingen.

»Der Blick fehlt dir.«

»Ich bin müde, Zoltan.«

»Der Blick des Bösen. Den brauchst du noch. Den Blick des bösen Wolfs, der sich ein blödes Schaf reißt. Gdje ty, gospodin Gratsch?!«

Jörg sagte nichts, wunderte sich, dass der alte Depp auch noch Russisch konnte, und trottete ergeben neben Zoltan her wie ein blödes Schaf auf dem langen Weg zum bösen Wolf. Zoltan schwieg, und das war ein schlechtes Zeichen. Jörg kannte diese Art Schweigen bei dem Alten. Meist zeigte es das unmittelbare Bevorstehen einer seiner gefürchteten Regieeinfälle an. Es war wie die Ruhe vor dem Sturm.

Die beiden kamen bei einem Trödler vorbei, der gerade seinen Laden aufgeschlossen hatte und alten Schrott wie Tische, Schemel, Lampen und Radioapparate auf die Straße stellte. Zoltan blickte im Vorbeigehen in das Schaufenster, blieb plötzlich stehen und drehte sich zu Jörg um: »Gib mal dreißig Euro.«

Zoltan griff sich das Geld, sagte: »Warte hier«, und ging in den Trödlerladen.

Jörg war klar, dass er nach Hause wollte und unmöglich noch selbst fahren konnte, also winkte er schnell einem vorbeifahrenden Taxi, dessen Fahrer ihn aber nicht wahrnahm und die Fahrt ohne erkennbare Verzögerung fortsetzte. Jörg sah dem Taxi kopfschüttelnd hinterher. »Warum hält der nicht? Der muss mich doch gesehen haben!«

Zoltan stand wieder neben ihm, nestelte an seinem Mantel herum und zündete sich eine Zigarre an.

»Hör auf zu jammern!«, grunzte Zoltan, steckte zwei Finger der Linken in den Mund und stieß einen gellenden Pfiff aus. Ein Taxi, das die knapp fünfzig Meter entfernte Torstraße entlangfuhr, bremste abrupt, setzte zehn Meter zurück, bog in die Schönhauser Allee ein und hielt direkt vor Jörg und Zoltan.

»Det is ja ein'glich ne Nichtrauchertaxe!«, nuschelte der dicke Fahrer, nachdem sie eingestiegen waren.

»Eigentlich interessiert mich einen Scheißdreck!«, sagte Zoltan. »Zur S-Bahnstation Schönefeld.«

Der Dicke in der Lederjacke grunzte nur kurz, legte den Gang ein und gab Gas.

Zoltan paffte an seiner Zigarre und sah sich die Straßen an, durch die der Dicke sie kutschierte. Die führten überallhin, nur nicht nach Schönefeld, und schon gar nicht auf dem kürzesten Weg.

»Ihr beede seid ooch keene Berliner, wa? Janze Stadt voller Kanaken und alles Russenmafia hier, sach ich euch!«

»Halten Sie den Mund und fahren Sie endlich nach Schönefeld!«, blaffte Zoltan den Taxler an. Wenn der Alte in diesem Zustand war, gab es nur zwei Möglichkeiten: entweder tun, was er wollte, und zwar ohne Widerrede, oder einfach abhauen, kommentarlos, möglichst schnell und möglichst weit weg. In zwei Tagen würde er sich dann erfahrungsgemäß wieder beruhigt haben, hatte im Theater vielleicht etwas Mobiliar zerschlagen, aber man war um Haaresbreite einem Unfug von Regieeinfall entgangen, den man dann für dreißig oder fünfzig Vorstellungen lang jeden Abend hätte abfeiern müssen, denn der Alte saß regelmäßig in jeder Vorstellung und passte auf. Nun hockte er neben Jörg auf dem Rücksitz dieser verstunkenen Berliner Taxe, und Jörg war zum Abhauen einfach zu müde.

Als das Taxi endlich am S-Bahnhof Schönefeld hielt, war die Uhr bei 87 Euro 40 stehen geblieben.

»Siehm-achzich-vöhzich, wenn's jeht, aba passend, Hunni kriech ich nich kleen!«, schwallte der Taxler wie auswendig gelernt nach hinten. Offenbar spekulierte der Mann darauf, dass Zoltan den Betrag mit Trinkgeld auf einen glatten Hunderter aufrundete.

»Tut mir Leid«, sagte Zoltan ganz ruhig, »aber der Fahrpreis ist wohl ein Witz.«

»Erst die Taxe verpesten, große Klappe riskieren und denn ooch noch rumfeilschen wie ne Horde Russen, det fehlt noch!«

»Ich pflege nicht zu feilschen«, sagte Zoltan, zog seinen Geldbeutel heraus und beugte sich nach vorne, ganz dicht zum Fahrer. Er hielt dem Dicken einen auf einem Farbkopierer hergestellten Ausweis unter die Nase, der ihn als Bevollmächtigten – wofür auch immer – der Berliner Taxi-Innung auswies.

»Ihre Fahrernummer habe ich mir notiert, in den nächsten Tagen wird die Innung sich bei Ihnen melden. Im Wesentlichen geht es um drei Punkte: Duldung von Rauchern in einem Nichtrauchertaxi, Umweg von mehr als sechzig Prozent und ausländerfeindliche Bemerkungen. Letzteres mögen wir von der Innung überhaupt nicht. Rechnen Sie vorsichtshalber schon mal mit dem Verlust Ihrer Lizenz.«

Der Taxifahrer und Jörg glotzten Zoltan an, beide in etwa gleich blöd, wenngleich mit unterschiedlicher Motivation. Der Taxifahrer fing an zu stammeln. »Moment ma, Moment ma, det könnt ihr doch nich machen! Ick brauch die Lizenz! Meine Frau …«

»Bitte nicht die Leier von der kranken Frau und dem Reihenhaus in Lichtenrade«, fuhr Zoltan ihm über den Mund. »Diese Geschichten hören wir täglich zehnmal!«

Jörg grinste verhalten, Zoltan gab den Unbestechlichen, und nach ein paar Minuten stiegen die beiden aus, Zoltan mit hundert Euro in der Tasche für das Versprechen, sich bei der Innung für eine großzügige Handhabung der Sache einzusetzen. Das Taxi fuhr unter heftigen Schleifgeräuschen davon, die klangen wie ein leidvolles Jammern und Klagen über das eben Vorgefallene.

»Was wollen wir eigentlich hier in Schönefeld?«, fragte Jörg, und Zoltan grinste ihn nur breit an.

Direkt vor der Sicherheitskontrolle in der Abflughalle des Schönefelder Flughafens zog Zoltan umständlich aus der Innentasche seines Mantels eine alte Handgranate, die er Jörg möglichst unauffällig hinhielt.

»Was ist das?«

»Nun nimm schon, und schrei nicht so rum!«

Erstaunlich, wie der Mann nach zwei Flaschen Wodka und einer durchgemachten Nacht immer noch derartige Contenance bewahrte. Jörg nahm die Handgranate in seine Finger, drehte sie vorsichtig ein paarmal.

»Und jetzt?«

»Steck sie ein und geh durch die Kontrolle. Wenn du da durch bist, dann hast du den Blick!«

»Du bist doch völlig gaga, Zoltan!«

»Die ist nicht scharf. Eine alte Übungshandgranate, so gefährlich wie ein Tennisball. Nun mach schon!«

»Aber ich hab kein Ticket!«

»Das merkt doch von den Döffeln hier keiner. Los jetzt!«

Jörg drückte Zoltan sein graues Regiebuch in die Hand, nicht ohne den Hinweis, es keinesfalls aus der Hand zu geben, was Zoltan nur mit einem »Jaja, nun mach schon!« quittierte. Jörg steckte sich die Handgranate in die rechte vordere Hosentasche und stellte sich in eine der Schlangen vor der Sicherheitskontrolle. Die Sicherheitskräfte wirkten müde und gelangweilt. Es schienen ihm durch die Bank frustrierte und vom Leben gedemütigte Ossis zu sein, die glücklicherweise gar nicht daran dachten, irgendwen nach einem Ticket zu fragen. Hier hatte sich noch ein Stück DDR'scher Lustlosigkeit herübergerettet, in dieser kleinen Nische konnte noch pöbelnd befohlen werden ohne Option auf Widerrede, in gehackten Worten, hart an der Innenkante der akustischen Verständlichkeit: »Jacke aus – gehn Se ma da rüber – Tasche aufs Band – Schlüssel und Geldbeutel auch« und dergleichen kruden Knappheiten mehr. Der routinierten Unfreundlichkeit gegenüber dem Reisenden wurde hier keine Lust mehr abgewonnen, wie vielleicht noch in Tegel oder Tempelhof, hier war nur die pure reine schiere Lustlosigkeit, Sadismus ohne Abspritzen sozusagen. Schließlich flogen hier keine Geschäftsleute, die sich täglich dem auszusetzen hatten und sich dementsprechend gegen solche Behandlung verwahrt hätten, nein, hier von Schönefeld flog fast nur Charter, und die gnadenlos erholungswilligen Pauschaltouristen fanden's wahrscheinlich noch toll, schlecht behandelt zu werden, das musste ja so sein, das gehörte einfach dazu bei zwei Wochen Flug und Hotel für 215 Euro inklusive Flughafensteuer. Und dieser Schönefelder Lustlosigkeit fiel auch die eigentlich obligatorische Frage nach dem Ticket zum Opfer.

Gleichförmig rückte die Schlange weiter, bis Jörg an der Reihe war. Eine übergewichtige Fünfzigjährige mit gefärbten roten Haaren, die sich in eine viel zu enge dunkelblaue Uniform gepresst hatte, unter der sich konventionelle Unterwäsche – wahrscheinlich Woolworth – deutlich abzeichnete, deutete mit der Hand unmissverständlich auf einen Plastikkorb auf dem Förderband zum Durchleuchtungsapparat und sagte nur »Jacke!«, wobei Jörg schon bei diesen zwei knappen und im Stakkato hervorgestoßenen Silben ein sächsisches Idiom herauszuhören glaubte, ein Eindruck, der durch den Unterbiss ihres Kiefers noch verstärkt wurde, wobei der Unterbiss in Sachsen und Thüringen statistisch belegt häufiger vorkommt als in anderen Bundesländern, mit Ausnahme von Baden-Württemberg und einigen Gegenden Bayerns vielleicht. Für einen Moment überlegte Jörg, ob es vielleicht einen Zusammenhang zwischen der regionalen Häufigkeit von Unterbissen einerseits und dem Vorhandensein von Woolworth-Warenhäusern andererseits geben mochte, verwarf aber den Gedanken sofort wieder. Jörg legte die Jacke stumm und eine Spur zu langsam ins Körbchen, worauf der Maschinenpistolenunterkiefer der Sicherheitsfachkraft sogleich die Silbenkombination »Schlissl-Geldberse-Minzn« ausstieß. Jörg ging noch einen halben Schritt auf die Safety-Sächsin zu und sah ihr direkt in die Augen, respektlos, furchtlos, gnadenlos. Genau diesen Blick musste Zoltan gemeint haben, als er vom Blick des Wolfs gegenüber dem zu reißenden Schaf gesprochen hatte. Nicht dass Jörg das in Uniform respektive Woolworth-Wäsche gepresste Wach-Schaf hätte reißen wollen, aber wenn er hier schon schauspielerische Übungen durchexerzierte, dann auch richtig, durchaus mit ernsthaftem Bemühn. Also sagte er gesetzt und mit der tiefsten Tonlage, deren seine Stimme habhaft wurde – es stand ja immer noch die Antwort auf die ›Schlissl-Geldberse-Minzn‹-Frage aus –, sagte er also, ohne den strangulativen Wolfsblick auch nur um einen Deut zu lockern: »Nichts dergleichen, schöne Frau!«

Und ließ den Blick weiter stehen, respektlos, furchtlos, gnadenlos. Und schon sah er sie, die kleine Unsicherheit in der Haltung der Kontrolleurin, die vielleicht im Zivilberuf damals Traktoristin in einer LPG gewesen sein mochte, sah, wie die als »schöne Frau« Titulierte kurz mit der Hand an ihren prallen Hintern griff, als wolle sie dort schnell die Woolworth-Wolle zurechtzupfen, den Schlüpfer an seine Passform erinnern und ihn barsch wieder an den vorschriftsmäßigen Ort auf dem Meridian ihrer Pobacke verweisen. Doch so wie die Hand an den Hintern gefahren war, hatte sich auch schon der Mund mit einem kurzen, einleitenden Kinnklappen wieder geöffnet und schnell ein vermeintlich rettendes »Nu glotzen Se doch nit soo!« hervorgebellt.

Aber Jörg glotzte weiter, respektlos, furchtlos, gnadenlos, so wie Jott Punkt Gratsch wohl den sowjetischen Zensor anlässlich der Ablehnung seines ersten Theaterstückes angeglotzt hätte, mischte seinem Blick gar noch einen kleinen Hauch sarkastischen Lächelns bei und sagte, noch eine Spur leiser, fast vertraulich, als gebe er ein wertvolles Geheimnis preis: »Ich glotze nicht, gnädige Frau. Das ist der Blick des bösen Wolfs.«

Wieder war die Sicherheitsbedienstete für einen Moment irritiert, wieder griff die Hand kurz in Richtung Woolworth, wieder klappte der Unterkiefer dreimal ohne nennenswerten Ausstoß von Lauten auf und zu, formulierte dann aber in geradezu sprachlicher Vollendung den Satz: »Ma durchgehn jetzt durch die Schranke!«, worauf Jörg ein freundliches »aber gerne« samt einem geradezu charmanten Lächeln zurückgab und ruhigen Schrittes durch die genannte Schranke ging. Prompt fing der Tongenerator an zu piepen, und jenseits des Portals kam nun sofort eine weitaus jüngere Dame auf Jörg zu, die aber nun in einer viel zu weiten blauen Uniform, die sie sich wohl von der Kollegin vor der Schranke ausgeliehen haben musste. In einer Mischung von Ängstlichkeit, Skepsis und Ungeduld trat die junge Frau vor Jörg hin, sah ihn fragend an, voll des stummen Vorwurfs, so wie man einen ansieht, der soeben ein Sakrileg begangen hat, etwa zur Hauptbesichtigungszeit in den Kölner Dom gepinkelt oder etwas Vergleichbares. Sie hatte ein Vogelgesicht, hager, mit eingefallenen Wangen unter nervös zuckenden grünen Augen, von denen Jörg gerne auch mal ein Lächeln gesehen hätte, wenn auch nicht gerade in einer Ausnahmesituation wie dieser. Die Haare hatte sie komplett unter ihrer Dienstmütze versteckt, aber Jörg schätzte sie auf dunkelblond mit einem Schuss ins Rothaarige. Sie war bestimmt nicht weit über dreißig, wenn überhaupt, aber irgendwas hatte sie gezeichnet, eine Traurigkeit im Blick, eine Ernsthaftigkeit der asketischen Verzweiflung, und Jörg hätte sich gern ein Stück dieser Ernsthaftigkeit nachträglich in seine, wie er glaubte, Allerweltsfresse hineingeklont.

Jörg hielt durch, trat auch dieser neuerlichen Sicherheitskraftbedrohung in Person der Mageren unerschrocken gegenüber, respektlos, furchtlos, gnadenlos, so wie Gratsch das tun würde. Ja, er hielt dem verzweifelten Blick der jungen Frau stand, und Jörg hatte das Gefühl, auf dem richtigen Weg zu sein: weg vom Jammerlappen, der noch vor zwei Stunden im *Raben* gesessen und Toilettengängerinnen auf den Hintern geglotzt hatte, hin zu dem russischen Dreckskerl, der sich ohne einen Hauch von Furcht das holte, was er von der Welt wollte. Er sah sich einmal kurz um zu Zoltan, um sich zu vergewissern, dass der Alte auch mitbekam, wie gut er seine Sache hier machte. Es waren bis jetzt im Wesentlichen zwar nur zwei weibliche Sicherheitskräfte in Berlin-Schönefeld, an denen er hier seine erste Blickübung in Sachen Gratsch durchspielte, aber immerhin. Zumindest sah es so aus, als nahmen sie ihn ernst, vielleicht hielten sie ihn sogar für gefährlich. Gut so. Stumm hielt Jörg den Wolfsblick, fest die Augen der Mageren fixierend, die im Moment auch nichts Besseres zu tun wusste, als mit vergleichbar blöder Wirkung ebenso stumm zurückzuglotzen. Jörg wollte die ganze Aktion gerade beenden – schließlich war es ja nur um den Blick gegangen – und sich via Portal wieder aus dem Sicherheitsbereich davonschleichen, zurück zu Zoltan, da kam nun die Traktoristin durch ebendieses Portal gelaufen, direkt auf Jörg und ihre magere Kollegin zu, und stieß eine Warnung im Flüsterton aus, die aber weit im Umkreis deutlich zu verstehen war, trotz Idiom und Unterbiss: »Pass uff, Marlies, der is a bissel gomisch!«

›Marlies … Die magere Marlies aus Marzahn …‹, dachte Jörg und überlegte, mit welcher Bemerkung er sich jetzt am besten aus der Affäre ziehen könnte. Die nun zu Hilfe geeilte Miss Sachsen-Traktor hatte offensichtlich wesentlich mehr Erfahrung im Umgang mit Sicherheitsrisiken als ihre grünäugige, bulimische Mitstreiterin. Mit bewegtem Unterkiefer starrte sie Jörg auf den Schritt, genau dorthin, wo sich, durch das Fehlen seiner Jacke begünstigt, im Bereich der rechten Hosentasche eine deutliche Beule abzeichnete.

»Was hamm S'n da drinne?«, fiepte die Woolworth-Sächsin aufgeregt, drehte schnell den Kopf und rief dabei nach hinten, wo in einer Ecke ein kräftiger Mann in blauer Uniform stand und eine Zigarette rauchte: »Herr Steputat, komm‹Se ma rieber hier bitte!«

Der Kopf schwenkte sofort wieder zurück zu Jörg, der Kiefer klappte zweimal kurz ohne Lauterzeugung auf und zu, und nochmals kam dieselbe Frage, im Ton noch aufgeregter, aber auch eine deutliche Spur strenger: »Was hamm S'n da drinne!?«

Schon war die Hand wieder zuppelnd am Hintern zugange. Jörg sah sich kurz nach Zoltan um, konnte den Alten aber auf die Schnelle nirgends entdecken. Und noch mal kam sie, die Frage, von heftigem Unterbiss-Klappern und Wullworss-Gezupfe umrahmt, jetzt quasi inquisitorisch, sogar mit leicht verändertem Satzbau: »Wat Se da drinne hamm?!«

Und Jörg sagte nur, ganz ernst gemeint mit Blick auf die Woolworth-Problemzone, als fachmännischen Tipp des Dessous-Kenners sozusagen: »Nehmen Sie doch einfach statt einer 44 nächstes Mal eine 46, dann drückt sich das auch nicht so durch, vor allem unter diesen Uniformhosen.«

Herr Steputat, Schnauzbartträger und offensichtlich eifriger Nutzer eines Solarienverbunds, warf relativ unverzüglich die halbgerauchte Zigarette in einen kleinen Blechaschenbecher, schritt dann doch entschlossen herbei, drängte die magere Marlies zur Seite und dröhnte mit einem tiefen Berliner Bass: »Sofort ma Taschen vollständich ausleeren!«, schob aber gleich noch, sich wahrscheinlich an seine Ausbildung zur Sicherheitskraft erinnernd, die Aufforderung nach, Jörg solle sich umdrehen und mit erhobenen Händen an das Portal stellen. Das war natürlich Unsinn, denn mit erhobenen Händen konnte man keine Taschen ausleeren, geschweige denn »vollständich«.

Jörg war jetzt endgültig der Meinung, dass das Ziel der Übung erreicht war und es höchste Zeit wurde, dieses alberne Spiel zu beenden. Mitten in die Überlegung, wie er das dem Safety-Trio am besten beibringen würde, kam die erneute Aufforderung von Sonnenbank-Steputat, sich mit erhobenen Händen ans Portal zu stellen, einhergehend mit einem gar nicht so sanften Stoß vermittels eines Gummiknüppels, den Steputat aus einem kleinen Lederfutteral an seinem Uniformgürtel gezogen hatte.

»Moment mal«, versuchte Jörg zu beschwichtigen, aber Steputat – Jörg nannte ihn innerlich bereits Steppi – dachte gar nicht daran, klein beizugeben. Er hatte nun Blut geleckt und wiederholte sowohl die Aufforderung als auch die Gängelei mit dem Gummiknüppel. Jörg stellte sich pro forma mit andeutungsweise erhobenen Händen in die Nähe des Portals, doch das reichte Steppi nicht: »Hände janz na oben!«

Jörg hob die Hände noch ein wenig weiter, stammelte irgendetwas von wegen Missverständnis, aber Schnauzbart-Steppi schob ihn mit dem Knüppel nun ganz an das Portal und presste das Knüppelgummi mit einem Druck von ungefähr 15 Newtonmeter in Jörgs Nierengegend.

»Wat hamm Se da inner Hose?«, wollte Steppi wissen, und

die Traktoristin warnte ihn gleich: »Passen Se bloß auf, Herr Steputat, der is irjndwie gomisch!«

»Wat hamm Se da inner Hose?!«, beharrte Steputat weiter. Jörg drehte seinen Kopf nach hinten, lächelte die drei Sicherheitskräfte an und sagte, so irgend nett ihm das in dieser Situation möglich war: »Ist doch egal, was ich in der Hose habe, das ist ja nur ein Requisit.«

»Sie hamm also'n Requisit inner Hose?!«, versicherte sich Steppi, dabei das Wort Requisit so betonend, als stehe dieser Begriff für eine ganz besonders ausgemachte Sauerei.

»Ich sag's ja, der is irjndwie gomisch!«, legte die Traktoristin noch mal nach, und Jörg suchte in seiner wachsenden Verzweiflung nunmehr den Blick der mageren Marlies. Wenn er hier noch so etwas wie eine Verbündete hatte, dann war sie es, dieses einsame, verdauungsgestörte Mägdlein aus Marzahn. Doch weit gefehlt. Mager-Marlies wich seinem Blick aus und wandte sich fragend an Steputat: »Was soll'n das sein, ein Requisit?«

»Na, wat soll det schon sein?«, quäkte Miss Sachsentraktor ungefragt vorwitzig dazwischen, und Steputat polterte nun unverhohlen drohend: »Holen Se unverzüchlich det Ding da raus!«

Jörg wurde es nun wirklich leid, sah suchend durch das Portal nach draußen, konnte den Alten nirgendwo entdecken und rief nun mit lauter Stimme in die Abfertigungshalle hinein: »Zoltan, komm doch mal her!«

Zoltan zeigte sich nicht, aber dafür hielt Herr Steputat diesen Ruf für irgendein vereinbartes geheimes Kampfsignal, stürzte sich vehement von hinten auf Jörg, drückte ihn mit nicht unerheblicher Gewalt an das Portal, riss ihm die Hände heftig nach oben und bellte im Kommandoton, den er sich bei irgendeiner Pioniereinheit angeeignet haben mochte, die Traktoristin an: »Vera, hol dem det Ding da raus!«

Vera hieß sie also, die üppige Vera, Vera Wullwortskaja, die

Traktoristin aus Ottendorf-Okrilla, die ihre Ausbildung wahrscheinlich in einer befreundeten sozialistischen Brigade in Semipalatschinsk absolviert hatte und nun sofort der Steputat'schen Aufforderung nachkam und sich an Jörgs Hosentasche zu schaffen machte. Jörg unternahm einen letzten verbalen Beschwichtigungsversuch, ernsthaft bemüht um engelszungenhaften Klang seiner Stimme: »Jetzt lassen Sie's doch bitte gut sein. Ich gehe jetzt hier raus, ich will ja gar nirgendwo hin, mit dem Flugzeug schon gar nicht, ich hab ja nicht einmal ein Ticket – und wenn, dann fahr ich mit der Bahn, aber jetzt lassen Sie mich doch einfach wieder gehen, und wir vergessen das alles.«

Doch da hatte er sich in seinen drei Schönefelder Sicherheitsfachkräften gewaltig getäuscht. Steputat verstärkte den Druck auf Jörgs Rücken, offenbar waren den Solarien, die er besuchte, auch mehrere Kraftsportzentren angegliedert, und er brach Jörg fast die Arme, als er ihn mit all seinen im Trainingsschweiß gezeugten Muskeln festklammerte wie ein Flacheisen im Schraubstock, während Vera Wullwortskaja ihm das Ding aus der Hose zog, das Jörg seine letzten dreißig Euro gekostet hatte und substanziell gesehen wirklich nicht mehr war als ein relativ wertloses Requisit aus halbverrostetem Gusseisen.

Die Wirkung, die der Anblick des minderwertigen Requisits auf das Schönefelder Sicherheitstrio hatte, war allerdings enorm. Die magere Marlies begann unartikuliert zu kreischen, Vera Wullwortskaja grub sich beide Hände in die Hinterbacken, Steputat hatte irgendwo eine Trillerpfeife hervorgezaubert, in die er aus Leibeskräften hineinblies, woraufhin die ein derart infernalisches Pfeiftrillern generierte, dass dagegen der Lärm einer soeben startenden Tupolew 154 ins akustische Abseits gedrängt wurde. Simultan mit dem ununterbrochenen Pfeifen – Steppi konnte gleichzeitig pfeifen und Atem holen, eine Technik, die man sich vermutlich im Feld bei den Pionieren aneignet – griff sich Steppi die Handgranate, schleuderte sie mit einer an den klassischen Hammerwurf erinnernden Bewegung von sich und warf sich dann selbst in einer Art Hechtsprung hinter den Durchleuchtungsapparat in Deckung. Während dieses ganzen Vorgangs war selbst für geübte Ohren keine Unterbrechung des Pfeifens festzustellen gewesen. Vera Wullwortskaja sprang panikartig im Sicherheitsbereich hin und her, das Kreischen der mageren Marlies war mittlerweile verstummt und einem lautlosen hysterischen Starren gewichen. Die von Steppi geschleuderte Handgranate durchflog in einer Hyperbel den Abflugbereich und zertrümmerte schließlich die Glasscheibe des Cubana-Reisebüros, das glücklicherweise zu diesem Zeitpunkt, wie so oft, nicht besetzt war. Allein Jörg stand emotional relativ unbeteiligt am Portal, wollte sich gerade durch ebendieses davonschleichen, als eine Truppe von hochgradig vermummten und gepanzerten BGS-Soldaten angerammelt kam, die Maschinenpistolen im Hüftanschlag, die Visiere der Helme heruntergeklappt, während Steppi tapfer weiterpfiff. Sofort rannten die Grenzschutz-Landsknechte auf Jörg zu, nahmen ihn in den so genannten Sicherheitsgriff, schrien sich gegenseitig fragmentartige Kommandos zu, die unter Steppis anhaltendem Pfeifen natürlich nicht zu verstehen waren und zu ständigen gegenseitigen Rückfragen seitens der Kombattanten führten. Genau in diesem Augenblick trat Zoltan durch das Portal und dröhnte mit seiner alten Bühnenstimme: »Schluss jetzt hier!«

Steppi verschluckte sich fast an seiner Trillerpfeife, selbst die BGS-Söldner verharrten für einen Moment. So etwas wie Stille kam auf, gespenstisch, unerwartet, eine geradezu absurde Lautlosigkeit, in die Zoltan hineindröhnte, Jörgs Regiebuch immer noch in der Hand: »Lasst den Mann los! Ich bin Zoltan Schneider, und das ist mein Schauspieler! Geht nach Hause! Die Probe ist beendet!«

Die Soldaten und die Sicherheitsleute glotzten den Alten an wie einen Irren. So etwas hatten sie noch nicht erlebt, dazu gab es in den Dienstvorschriften keine Referenzfälle, da herrschten tumbes Schweigen und hilfloser Befehlsnotstand.

»Mein Buch, Zoltan! Gib mir mein Buch wieder!«, nölte Jörg in die allgemeine Fassungslosigkeit hinein, und wie auf ein Kommando wiedererwacht – gleich dem Dornröschen aus dem Jahrhundertschlaf –, stürzten sich nun die BGS-Schergen auf Zoltan, rissen ihm Jörgs graues Regiebuch aus der Hand, warfen es zu Boden, feuerten vorsichtshalber eine MP-Salve auf das graue Buch ab, überwältigten Zoltan und Jörg in Sekundenschnelle mit knappen, perfekt eingedrillten Handgriffen, brüllten dreimal laut »Raum frei!!!«, was in der Fachterminologie der Einsatzkommandos die Beendigung der Gefahr bedeutet, und führten die beiden Männer unverzüglich und ohne jede Diskussion schweren Trittes davon in dunklen Verhaft, gefolgt von fassungslosen Blicken seitens Steppi, Vera und der mageren Marlies.

19

Die Zelle war klein. An den beiden Seiten des Raums, in einer Art Tiefparterre des Flughafengebäudes gelegen, war je eine Pritsche angeschraubt, an der Südwand des Zimmers stand ein kleiner, wackliger Tisch. Durch das kleine Fenster, eigentlich nur ein Schlitz unter der Decke, schien die Sonne herein, direkt in die Nische an der Nordwand. Dort war eine Toilette installiert, die immerhin dem ehemaligen DDR-Sanitär-Standard entsprach und eine Brille hatte samt Deckel, wenn auch aus dem alten Ostplaste-Material in Lindgrün. Der Geruchspegel hielt sich durchaus im Rahmen des üblichen Behörden- und Kasernenstandards, lag aber auch irgendwo bei Lindgrün, gäbe es eine Umrechnungstabelle für Gerüche in korrespondierende Farben. Jörg kauerte im Halbschlaf auf der Pritsche. Nach den Ereignissen im Sicherheitsbereich und der Verhaftung war er, immer noch halb besoffen von Raben-Wodka in Tateinheit mit Zoltans Diät, erst mal auf der Pritsche eingenickt. Unter dem Kopf hatte er sein graues Regiebuch liegen, dessen Pappdeckel im Randbereich stark zerfetzt war und in der Mitte zwei Einschusslöcher vom Kaliber 9 Millimeter hatte, eigentlich eine magere Bilanz für ein leer geschossenes MP-Magazin mit immerhin 32 Patronen. Zoltan saß auf der gegenüberliegenden Pritsche und zündete sich gerade eine Zigarre an, die wohl bei der Leibesvisitation übersehen worden war, wie auch die minderwertigen Streichholzbriefchen aus dem *Grauen Raben*. Allein die Handgranate fehlte, wahrscheinlich war sie mit dem Durchdringen der Glasscheibe in den Besitz des Cubana-Reisebüros übergegangen.

»Jetzt hast du den Blick, Junge. Hol dir die Situation mit diesen Idioten herbei, wenn du einen Bösen spielst. Du musst mental immer eine Handgranate in der Tasche haben. Und zack – ist der Blick da.«

Zoltan paffte mehrmals an der Zigarre und verursachte eine Serie kleinerer Rauchwolken, die schnell die enge Arrestzelle ausfüllten. Jörg musste ein paarmal kurz husten und erwachte vollends aus seinem Dösezustand.

»Die hätten uns fast erschossen, Zoltan!«

»Haben sie aber nicht. Wie weit bist du mit deinem Gewicht?«

»Gestern waren es 78 Kilo, also knapp 79, nach dieser Nacht bin ich wahrscheinlich auf 75 runter.«

»Dann hau den Rest auch noch weg! Friss einfach nicht so viel!«

»Na bravo! Dank deinem grandiosen Regieeinfall werd ich dazu die nächsten Stunden kaum Gelegenheit haben!«

»Und mach Liegestütze!«

»Liegestütze? Hier drin?«

»Kannst ja den Wärter mal fragen, ob er einen Trainingsraum für dich hat!«

Jörg rutschte mehrmals auf der Pritsche hin und her und presste dabei seine Beine zusammen. Zoltan beobachtete dieses Gekrampfe aus dem Augenwinkel, paffte an der Zigarre, verzog aber keine Miene.

»Ich müsste mal auf die Toilette«, sagte Jörg kleinlaut.

»Dann geh doch!«

»Ich glaub, ich kann nicht, wenn jemand zuguckt.«

»Du stellst dich schlimmer an als eine katholische Jungfer!«

»Dreh dich wenigstens um!«

»Was meinst du, wie's in Russland im Knast zugeht? Da fickt dich gleich noch einer in den Arsch beim Scheißen!«

»Herrgott noch mal, ich bin noch nie im Knast gewesen!«

»Das ist genau dein Problem, Junge! Und wir üben das so lange, bis du kannst, wenn alle zugucken!«

»Scheißen, oder was?«

»Alles, Junge, alles.«

Zoltan ließ den Qualm der Zigarre genüsslich aus seinem halb geöffneten Mund quellen und sah dabei aus wie eine Mischung aus einem Karpfen und Willi Brandt. Jörg ging zu der Toilette und machte sich gerade die Hose auf, als vom Gang her Geräusche in die kleine Arrestzelle drangen. Ein kleiner dicker Mann in Uniform kam den Flur entlang, dicht gefolgt von Frau Doktor Suchanek im Rollstuhl und der sie schiebenden Heidemarie, deren Gesicht das blanke Entsetzen ob dieser dunklen Lokalität widerspiegelte. Sofort verschloss Jörg unverrichteter Dinge seine Hose wieder und setzte sich in verkrampfter Haltung auf seine Pritsche. Der uniformierte Pykniker hatte einen riesigen Schlüsselbund in der Hand und suchte umständlich nach dem Schlüssel für die Arrestzelle, wobei er einen Schlüssel nach dem anderen mit leisem Geklirre über den runden Stahlring schob. Als Zoltan der Frau Suchanek ansichtig wurde, gab er kurz ein meckerndes

Lachen von sich, herausgeholt irgendwo aus der Tiefe seiner verknarzten Kehle, und nahm noch einen tiefen Zug aus der Zigarre. Den Rauch blies er in Richtung der vergitterten Tür und löste damit einen Hustenanfall des Schlüsselknechts aus, was den nun vollends aus dem Konzept brachte, so dass er nochmals anfing, einen Schlüssel nach dem anderen prüfend über den Ring zu ziehen.

Die Suchanek wusste natürlich sofort, wer hinter der Wolke von Zigarrenrauch stecken musste. Ohne Jörg einer Bemerkung zu würdigen, hieb sie sogleich auf Zoltan ein: »Na sauber. Der Zoltan Schneider. Hätt i mir ja denken können, dass da irgend a Halbirrer dahintersteckt, hinter diesem Schmarrn!«

Zoltan lächelte hinter einem Vorhang von Zigarrenrauch hervor, setzte die Miene des alten weisen Mannes auf und säuselte sie an.

»Rosemarie Suchanek.« Noch ein Zug aus der Zigarre. »Seit ich Frau Doktor kenne, macht Madame immer denselben Fehler. Ist ständig hinter dem großen Geld her, weiß aber nicht, was damit anfangen.«

Und wieder der malancholisch-weise Asketenblick, vom Zigarrenrauch verbrämt. Jörg begriff. Da musste es eine Vorgeschichte geben zwischen den beiden, die kannten sich. Wahrscheinlich irgendwo von Wien oder Budapest her, damals, als Zoltan den Hamlet inszeniert und die Suchanek als Ophelia bei den Proben so angeschrien hatte, dass sie von der Bühne gefallen war und seitdem im Rollstuhl saß, oder etwas dergleichen.

»Geh, Zoltan, hör auf mit dem alten Schmarrn! Was habt's euch denn da dabei gedacht? Und ausgerechnet am Abflug nach Tel Aviv! Da sans eh alle ganz b'sonders fickrig! Ihr seid's scho zwaa so Obertrotteln!«

Mittlerweile hatte der Dicke den Schlüssel zu der Arrestzelle gefunden und es nach mehreren Anläufen geschafft, die Zellentür zu öffnen. Heidemarie sah Frau Doktor Suchanek fragend an, ob es wirklich ihr Ernst sei, in dieses Loch von Arrestzelle hineingeschoben zu werden.

»Nun mach schon, Heidemarie!« Heidemarie kam der Aufforderung zögerlich nach und schob ihre Frau Chefin in die kleine Arrestzelle, sorgsam darauf bedacht, nirgendwo anzustoßen und sich dabei etwa mit der Beulenpest zu infizieren. Ihr kurzes Hingucken auf die Toilettenschüssel mit dem lindgrünen Plastedeckel wäre oscarverdächtig gewesen, gäbe es je einen Preis für die Kategorie »bester angewiderter Seitenblick im europäischen Film« oder etwas in der Art.

»Hat er dich eingewickelt mit diesem Russenschmarrn, oder ist das wieder auf deinem Mist g'wachsen, Zoltan Schneider?«, fragte Frau Doktor, als sie denn mit dem Rollstuhl mitten in dem kleinen Arrestraum stand.

»Der Junge muss raus!«

»Wer hat ihn denn hier reingebracht?«

»Der muss raus, der hat genug geprobt, der braucht jetzt mal Publikum!«

Zoltan griff sich Jörgs durchlöchertes Regiebuch und hielt es mitsamt den heldenhaften Einschusslöchern der Suchanek vors Gesicht, wedelte ihr damit vor der Nase herum.

»Was der Junge hier drin aufgeschrieben hat, das ist eine Bombengeschichte! Das schreit nach Erfolg!«

Jörg sah den Alten verblüfft an.

»Moment mal, Zoltan, du hast doch gesagt, das sind drei kleine beschissene Seiten!«

»Spiel du deinen Russen, den Rest überlässt du mir.«

»Das Ganze ist immer noch meine Idee!«

»Jetzt mach Liegestütze. Oder geh scheißen!«

Frau Doktor manövrierte ihren Rollstuhl mit kleinen Bewegungen in der Zelle auf und ab, parallel dazu rangierte sie im Hirn vermutlich ihre Zweifel und den Verdacht hin und her, ob in der Russenidee nicht vielleicht doch etwas steckte, womit sich Geld verdienen ließ.

»Zoltan, du glaubst doch nicht im Ernst, dass ich für so an Hirnschiss den guten Ruf meiner Agentur aufs Spiel setz!«

»Geh, Rosemarie Suchanek, was denn für ein guter Ruf? Und überhaupt: Der gute Name ist eine nichtige und höchst trügliche Einbildung, oft ohne Verdienst erlangt und ohne Schuld verloren. Shakespeare.«

»Dein Shakespeare kannst dir sparen. Ich leb ganz gut von dieser Einbildung, und ich hab nicht vor, das zu ändern, Zoltan.«

»Warum bist du dann hier, Frau Doktor? Barmherzigkeit? Milieustudien über U-Haft-Bedingungen? Da lach ich doch!«

Die Suchanek zögerte einen Moment, und sofort huschte ein kurzes Grinsen über Zoltans Gesicht, als er schnell einen Zug aus der Zigarre nahm und der Agentin den Rauch mitten ins Gesicht blies.

»Von Kultur hast du noch nie was verstanden, meine liebe Rosemarie, aber das Geld, das riechst du drei Meilen gegen den Wind!«

Ein kleines Kichern von Heidemarie wurde auf der Stelle mit einem bösen Blick der Frau Doktor geahndet. Zoltan war nun absolut sicher, dass er bei der Suchanek genau am richtigen Punkt herumhebelte.

»Hol den Jungen hier raus, der ist gut! Du machst das Geschäftliche, Frau Doktor Suchanek, die Kunst mach ich. Und der Junge reißt als wild gewordener Russe das Maul schön weit auf. Basta. Wenn man das richtig anzettelt, dann kommen die schon angeschissen, da kannst du Gift drauf nehmen!«

»Geh Zoltan, wer soll da ang'schissen kommen?«

»Alle, Frau Doktor, alle! Diese ganze Medienbrut. Das Land wartet auf irgendein Arschloch, das es herausholt aus seiner melodramatischen Mittelmäßigkeit. Die betteln doch um einen Skandal! Muss ich dir jetzt deinen Beruf erklären, oder was?«

»Watt is nu, Herrschaften?«, ging der rundliche Schlüsselbundträger frech nuschelnd dazwischen, und er hatte sein ›Herrschaften‹ noch kaum fertiggesabbelt, da fuhr Zoltan ihm schon übers Maul: »Sie haben überhaupt keinen Text von sich zu geben, wenn die Elite hier Fragen von kultureller Tragweite verhandelt, klar?«

Der Wachmann musste erst mal überlegen, wer wohl mit ›Elite‹ und was mit ›kultureller Tragweite‹ gemeint sein mochte und ob die Bemerkung vielleicht angetan war, das Ansehen seiner Person und seines Amtes herabzuwürdigen, aber die Suchanek rollte ein kleines Stück auf ihn zu und fragte ihn mit einem geradezu versöhnlich charmanten Lächeln: »Kann ich diese zwaa Kindsköpf jetzt mitnehmen, bitte schön?«

»Kindsköppe, jenau. Kaution hamm Se ja entrichtet, denn sehn Se ooch zu, dass Se nu ma vom Acker kommen mitsamt Ihre komische Elite!«

Zoltan stellte nicht ohne Befriedigung fest, dass die liebe Frau Doktor angebissen haben musste, sonst hätte sie wohl kaum ihren notorischen Geiz überwunden und die Kaution bezahlt, wie gering die auch immer gewesen sein mochte. Ein kurzes Nicken aus dem Rollstuhl signalisierte Heidemarie, dass Frau Doktor aufzubrechen gedachte, und ohne weitere Verzögerung schob Heidemarie ihre Meisterin aus der ihrer Meinung nach hochgradig stinkigen Zelle heraus. Zoltan folgte mit etwas Abstand, nur Jörg blieb wie angewurzelt stehen.

»Watt is mit Ihnen? Brauchen Sie ne Extraeinladung, oder was?«

»Ich würde noch mal gern die Toilette benutzen.«

»Denn machen Se hinne!«

Zoltan, Heidemarie und Frau Doktor warteten auf dem Gang, der Wachmann stand schlüsselklappernd in der Tür. Zumindest war die Nische mit Kloschüssel nun nicht mehr im Blickfeld der anderen, und Jörg ließ die Hosen herunter, klappte die Brille hoch und setzte sich. Das ungeduldige Stöhnen von Frau Doktor Suchanek und das Schlüsselgeklapper des Wachmanns versuchte er, so gut es ging, zu ignorieren und vollbrachte die höchst dringende Entleerung trotz all der widrigen Umstände. Und als er da saß, das graue, einschussgeadelte Regiebuch fest auf die Knie geklemmt, und sich erleichterte, wurde ihm klar: Bald würde er so weit sein, vor allen die Hosen herunterzulassen, und zwar respektlos, furchtlos, gnadenlos. So wie ein Russe eben. Wie Jewgenij Gratsch.

20

Zoltan kannte einen Kostümdesigner, der um die Ecke hauste, denn Gratsch fehlte zu seinem Bürstenhaarschnitt, den Zoltan ihm höchstpersönlich im Pathos-Theater verpasst hatte, noch ein passendes Outfit. Der Mann nannte sich Schorsch, war aus Bayern – Miesbach in Oberbayern, oh Omen! – und teilte sich im so genannten Shopsharing einen Laden mit einer Hutmacherin in der Niebuhrstraße. Der gesharte Shop war in einer von außen nur schwer als Laden erkennbaren Parterrewohnung untergebracht, auf einem gemeinsamen Schild standen die Namen der beiden Textil-Kreativen: GUT HUT BY UTE HUTH und darunter, in gleicher Schrift: SAKRISCHE G'WÄNDER VOM SCHORSCH. Wobei mit den ›sakrischen G'wändern‹ eine Kollektion mehr oder minder ausgeflippter Lederkleidung gemeint war, die ihre Wurzeln ganz entfernt in der Wildwest-Leder-Romantik einerseits sowie andererseits in der bajuwarischen Trachtenrenaissance hatte. Die ganz und gar nicht guten Hüte von Ute waren Jörg und Zoltan scheißegal, es ging um die sakrischen Gewänder vom Schorsch. Schorsch hatte Zoltan vor Jahren für den Hamlet im Pathos-

Theater einen hautengen, ledernen Strampelanzug mit Hosenlatz angefertigt, von dem die Kritik einhellig geschrieben hatte, er sei das Beste an der ganzen Inszenierung. Innen im gesharten Shop gab es keine erkennbare Trennung zwischen privatem und kommerziellem Teil der Wohnung: Herumliegende Kleidungsstücke inmitten von Lederresten, Nähmaschinen und ungewaschenem Geschirr signalisierten, dass in dieser Schmuddelwerkstatt mindestens zwei Menschen dauerhaft hausen mussten.

Schorsch war groß, hager, hatte einen Vollbart zum kahlrasierten Schädel und war angezogen wie ein aus dem 18. Jahrhundert entsprungener, Motorrad fahrender Piratenprolet vom Starnberger See. Das Problem an Schorsch war aber nicht sein Aussehen, sondern ein permanentes, ohne jede Interpunktion strukturiertes, teilweise hochgradig obszönes Gerede, das er in tiefstem Oberbairisch von sich gab, sobald jemand sich in die Ladenwohnung verirrt hatte. »Geh schau der Zoltan der alte Schwede – sakrafix no amoi – des warn Zeitn – sakradi –vögelnvögelnvögeln oder? – woaßt scho – i mach jetzt zamm da den Laden mit der Ute – mir teilma uns des – Shopsharing vastehst – i bin a ganz a g'scherter Shopsharer! – brauchst wieder amoi a sakrisches G'wand – sag nix – siag i scho – machst wieder an Hamlet oder an Othello oder so an Schmarrn – nimmst an Huat no dazu – musst o'schaun die Hüat – die Ute is a sakrische Hutmacherin und sonst au a sakrische Libido, des Weib – vastehst – a paar Titten wie die Dolomitten und eine Muschi zum drin ersaufen – woaßt scho – kommst aus'm Lecken und Vögeln nimmer raus – und zwoa so Trümmer vo Platinring in die Fotzenlippn! – so soll's sei, oder?«

Die Hüte und Mützen, die überall halbfertig in der Wohnung herumlagen, waren von derart stilistischer Scheußlichkeit, dass Jörg schon davon fast übel wurde, von den unverlangt preisgegebenen gynäkologischen Details der Hutmacherin ganz abgesehen. Aber Schorsch hatte wohl in vollkommener sexueller

Verirrung und Abhängigkeit die gute Ute einfach derart in sein Leben integriert, dass er für die besagten Details wohl auch ihre abscheulichen Kreationen mit in Kommission genommen haben musste. Zum Glück war die Frau wenigstens nicht im Laden, Schorsch alleine reichte schon hinlänglich.

»Halt einfach mal die Schnauze, Schorsch!«, sagte Zoltan nur. Und schon war Ruhe. »Der Junge braucht ein Kostüm. Soll aussehen nach russischer Literatenmafia, bisschen durchgeknallt, aber nicht vollkommen gaga. Hauptsache auffällig.«

Und schon war es wieder vorbei mit dem verbalen Waffenstillstand. »Ja logisch, alter Schwede – vastehst – wenn des oaner kann dann der Schorsch – da hob i was ganz was Sakrisches – des is a Mantel wie du an Mantel brauchst – a sakrischer Mantel – den kriagst du nirgendwo auf der Welt a so wie beim Schorsch – vastehst – sakradi!«

Schorsch holte aus einem aus Vierkantrohren roh zusammengeschweißten Regal einen langen, schwarzen Ledermantel hervor, der geschnitten war im Stil eines Cowboy-Aufzugs aus einem Italo-Western. Auf dem Rücken des Mantels war aus roten Lederstücken ein großes Hammer-und-Sichel-Emblem aufgestickt. Schorsch ging auf Jörg zu, zog ihm unter Kommentaren wie »Heb amoi hoch deine Pfotn und tu's runter – des taiwanesische Billigzeigerl!« das T-Shirt aus und hängte ihm den Mantel einfach über die nackten Schultern.

»Komm jetzt gehst amoi a paar Schritt damit – sakradi – beweg di – des is dei Mantel – Burschi – dieser Mantel – der steht dir so sakrisch – vastehst – der macht an Guru aus dir – vastehst – an Guru – und des is was die Leit braucha – an Guru – von mir aus an Russenguru – scheiß drauf – Hauptsach a Guru!«

Jörg ging in dem Mantel ein wenig zwischen all dem Unrat auf und ab, machte die Schritte zögerlich, als würde er sich in einer neuen, unbekannten Haut bewegen.

»Und schau amoi was i dir da hinten draufgnäht hob – woaßt

scho wos des is – a rots Bisamleder is des – und a rots Bisamleder des hot ned a jeder rumliegn – HammerundSichel – ja sauber! – da woaß doch a jeder was g'spuilt wird – sakradi – und a paar Hosn g'herr do dazua – a paar tartarische Reiterbuxen – vastehst!«

Schon war Schorsch irgendwo in einem Nebenzimmer verschwunden und erzeugte dort wühlende und räumende Geräusche.

»Ist der immer so?«, fragte Jörg schnell, während im Nebenzimmer – oder Hauptzimmer? – unter lautem Gefluche einige Kartons in sich zusammengestürzt sein mussten. »Der ist doch völlig krank!«

»Die Hutmuschi tut ihm gut«, sagte Zoltan. »Er ist viel ruhiger geworden. Da ist ja sonst immer noch der sexuelle Stau dazugekommen …«

»Koks?«

»Quatsch. Psyche. Aufgewachsen in Miesbach als unehelicher Sohn vom Dorfpfarrer und einem Judenmädel, das der Pfarrer versteckt hatte. Wollte der Werner Herzog mal verfilmen.«

»Und?«

»Irgendwann nach dem dritten Vorgespräch mit Schorsch hat er aufgegeben. Gegen den war der Kinski ein lammfrommes, stilles Wasser.«

Jörg ging noch ein paar Schritte auf und ab, besah sich im Spiegel.

»Aber der Mantel ist gut.«

»Sein Handwerk versteht er. Normale Kunden brauchen nach einem Verkaufsgespräch aber erst mal zwei bis drei Jahre Abstand, bis sie sich wieder hier reintrauen. Wenn der einen Laden in Mitte aufmachen, eine nette Tusse reinstellen und sich nie selber zeigen würde, dann könnte der sich dumm und dämlich verdienen. So reicht's gerade zum Überleben. Die Hutmuschi muss er ja auch noch durchfüttern, so wie die Hüte aussehen.«

Schon kam Schorsch wieder herein, fluchend, eine uralte, graue, knarzige Lederhose über dem Arm, die aussah, als hätte sie zwei Jahrzehnte lang einer Autowerkstatt gute Dienste als Unterlage für demontierte Getriebeteile geleistet.

»Da – die probierst etz amoi – des gute Stück – diese Hosn – des is oane vo moane erste Hosn – des is a Unikat – so was kriagt ned a jeder – vastehst – diese Hosn hob i amoi für an Miesbacher Bluessänger g'macht und dann hob i's zehn Johr lang selber ang'habt jeden Tag – und etz schaust amoi ob dein fetten Arsch einibringst in diese Hosn!«

Jörg zog sich seine Jeans aus und wollte schon in das starre Leder hineinsteigen, als Schorsch ihn anfauchte wie eine Wildkatze: »Ja schaust du vielleicht dass du auf der Stelln diese greislichen Boxershorts runtertust – sakradinoamoi – diese Hosn g'hert auf'n nackten Arsch – sakradinoamoi!«

Jörg zögerte einen Moment, und Zoltan grummelte: »Nun mach schon!« Jörg schlüpfte aus den Boxershorts, stieg ins Leder und zog die Hose hoch. Sie war eng, aber die wuchtigen Stahlknöpfe an Bund und Hosenladen ließen sich schließen, wenn auch mit ein wenig Mühe. Rechts unter dem Hintern hatte die Hose einen knapp zehn Zentimeter langen Riss, unter dem nun der Ansatz von Jörgs rechter Pobacke hervorblitzte.

»Die ist ja kaputt!«, sagte Jörg, und Schorsch lachte aus vollem Halse los.

»Bei dir is vielleicht was kaputt – Schleimscheißer – des g'hert a so bei dera Hosn – so a Hosn braucht an Riss am Arsch – weil des a Guruhosn is und koa Schlafanzughosn für an Lehrling bei der Boarischen Vereinsbank vastehst – für so a Hosn brauchst an Arsch – und den musst zeign den Arsch – und wennsd koan Arsch ned host – na g'herst ned in so a Hosn – sakradinoamoi!«

Jörg ging zum Spiegel und besah sich den Riss samt dem Stück nackter Haut. Er musste zugeben, dass die Hose in Verbindung mit dem Ledermantel wirklich martialisch aussah, die perfekte Inszenierung für einen Nonkonformisten, der tat, als sei ihm sein Äußeres gleichgültig, aber diese Wirkung auf seine Mitmenschen haargenau kalkuliert hatte. Jörgs Bewegungen in dem Kostüm wurden zunehmend lockerer, der Mantel und die Hose fingen bereits an, ein Stück von ihm zu werden, oder besser gesagt: ein Stück von Jewgenij Gratsch.

»Musst scho zeign deine Arschbacken – damits a jeder siagt – vastehst – Erotik is wenn aner an Arsch in der Hosn hot – sakradi – ohne Arsch koa Guru – woaßt scho!«

»Irgendwas braucht er noch oben herum«, sagte Zoltan, »immer mit nackten Titten, das ist zu dicke, Schorsch.«

Und schon hatte Schorsch aus irgendeinem Haufen eine Weste aus weichem Leder hervorgezaubert, die aussah, als sei sie aus alten gebrauchten Fensterledern kunstvoll zusammengesetzt worden. Jörg legte die Fensterlederweste an, zog dann den Mantel wieder darüber, stieg in ein Paar alter Cowboystiefel, die Schorsch ihm reichte, nahm sich von Zoltan eine Zigarre, biss die Spitze ab, steckte sie sich zwischen die Zähne, fläzte sich auf eine der Holzkisten, legte die Füße hoch und sah Zoltan und Schorsch mit provokativem Blick an.

»Sauber, sog i – jetzt schaugst aus wie a Guru – da brauchst gar nimmer viel sagn wann du in diesem sakrischen Gewand daherkimmst – des siagt a jeder dass du a Guru bist!«

Zoltan grinste affirmativ: »Sehr gut, Schorsch, so in etwa hatte ich mir das vorgestellt.«

»Sauber sog i – des is der Existentialistensmoking von am Literatenguru – wird eh Zeit dass die Stadt amoi wieder an Guru kriagt – diese Stadt wui eine Hauptstadt sein – woaßt scho – aber designmäßig und modemäßig san die die totale Provinz – vastehst – des san modemäßig die totalen Spießerpreißen halt –

vastehst – koa Guru weit und breit – aber alls vollg'schissen mit Fuilmfuzzis und rasierte Plastikfotzen und Börsenwichser – und irgendwann ersaufns amoi alle in der strukturellen Langeweile von ihrem eig'nen Arschloch – vastehst!«

Ein Moment der Stille trat ein, Stille triefend von Befriedigung und der Gewissheit dreier Männer, auf dem richtigen Weg zu sein.

»Gut, dann zieh ich's mal wieder aus«, sagte Jörg, aber Zoltan schüttelte nur den Kopf.

»Nein, Junge, du behältst das an. Das ist jetzt dein Kostüm, und das Kostüm ist ein Teil der Identität, und das ziehst du nicht mehr aus, bis es losgeht, und dann sowieso nicht mehr. Verstanden?«

Und Jörg hatte verstanden.

21

Das knarzige Leder der Hose scheuerte ein wenig im Schritt, aber Jörg war sicher, das würde sich geben. Wenn er die restlichen drei Kilo verloren haben würde, die ihm noch zu den angestrebten 75 fehlten, dann würde die Hose sitzen wie eine zweite Haut.

Jörg saß links und dirigierte die Möhre mit harten Bewegungen durch die von der aufsteigenden Hitze unruhige Nachmittagsluft. Natascha beobachtete geduldig sein verkrampftes Ringen mit der Turbulenz.

»Wir wollten auf das Rapsfeld da vorne zufliegen. Raps ist gelb.«

»Ich weiß, wie Raps aussieht.«

»Dann fliegen Sie doch einfach hin.«

»Die Kiste haut immer nach einer Seite ab.«

»Nicht die Kiste. Die hat hier nicht das Kommando.«

Natascha legte die Hand an ihren Knüppel, und schon flog die alte Morane in einer Linie direkt auf das Rapsfeld zu.

»An der Möhre liegt's nicht.«

Wenn diese Polin nur meckern konnte! Jörg übernahm den Knüppel wieder, und sofort ging das Gewackel wieder los. Jörg korrigierte eifrig, war aber mit jeder Korrektur immer knapp ein paar Sekunden zu spät dran. Diese Verzögerung reichte, dass sich jeder Korrekturversuch prompt wieder mit einer neuen Turbulenz addierte und sich zu einer Art Gegenbewegung aufschaukelte, die heftige Korrekturen in die Gegenrichtung erforderlich machte. Diese Form des Fortkommens erinnerte Jörg an sein Leben. Immer bemüht, alles richtig zu machen, und immer mit Präzision eine Handbreit daneben, und jeder kleine Fehler wächst sich zu einer halben Katastrophe aus. Jetzt fing der gleiche Mist hier oben auch noch an. Der Schweiß stand Jörg auf der Stirn. Immer wieder nahm er die rechte Hand kurz vom Gashebel und zupfte sich die Lederhose im Schritt zurecht, die er, wie geheißen, ohne Unterwäsche trug. Es scheuerte ihn auch ein wenig unterhalb der rechten Pobacke, dort, wo das nackte Fleisch vom Riss freigegeben direkt auf dem Sitz der Morane zu liegen kam. Und just da drückte sich ein Stück der Drahtbespannung durch, die unter dem dünnen Polster lag. Es war eher ein Gartensessel als ein Pilotensitz, auf dem er da saß.

»Und Sie sollen nicht reinstürzen in den Raps, Sie sollen hinfliegen. In einer Höhe von 2000 Fuß.«

»Das Ding ist völlig instabil. Das kann man gar nicht exakt auf einer Höhe halten!«

Sofort griff die Polin wieder zum Knüppel, ließ die Morane steil auf 2000 Fuß steigen und hielt das kleine Flugzeug dann so präzise auf dieser Höhe, dass Jörg den Eindruck hatte, die Nadel des Höhenmessers sei auf der 2000-Fuß-Marke festgenagelt. Für einen Moment dachte er, das Gerät sei defekt, und klopfte kurz mit dem Finger gegen die kleine Glasscheibe des Höhenmessers.

»Der ist nicht kaputt. Das ist reine Übungssache. Sie müssen einfach spüren, was die Kiste machen will, und korrigieren, bevor sie Ihnen abhaut.«

Jörg rutschte ein wenig auf dem Sitz hin und her und versuchte parallel zum Kampf gegen die Turbulenzen die blanke Stelle seines Hinterns so zu positionieren, dass sie nicht genau auf dem Drahtgeflecht zu liegen kam.

»Wenn Sie nicht entspannt sitzen, wird das nie was!«

»Da pikst mich was.«

»Dann ziehen Sie das nächste Mal eine Hose an, die Ihnen passt!«

Jörg nahm den Knüppel wieder in die Hand und konzentrierte sich. Er versuchte, die Bewegungen des Flugzeugs im Voraus zu erahnen und so zeitig gegenzusteuern, dass es gar nicht erst zu großen Abweichungen in der Flughöhe kam. Der Schweiß lief ihm in kleinen Rinnsalen über das Gesicht, wie gebannt starrte er auf den Höhenmesser, aber es gelang ihm tatsächlich, die Abweichungen von den geforderten 2000 Fuß spürbar geringer zu halten. Sichtbar angestrengt schaffte Jörg es immerhin, dass die Morane in einer Höhe zwischen 1900 und 2100 Fuß herumeierte, was für einen Anfänger durchaus kein schlechtes Ergebnis ist.

»Jetzt loben Sie mich doch auch mal!«

»Ja gut, die Höhe stimmt einigermaßen.«

»Na also.«

»Aber so wird das auf Dauer nichts, wenn Sie immer auf den Höhenmesser starren wie ein depressives Reh. Sie müssen das spüren. Das bringt nichts, dem Höhenmesser hinterherzujagen. Schauen Sie lieber nach draußen!«

»Aber die Höhe halte ich jetzt besser, das müssen Sie doch zugeben, verdammt noch mal!«

»Von mir aus. Und wo ist das Rapsfeld?«

Jörg sah nach draußen: vom Rapsfeld keine Spur, weder links noch rechts. Jörg spähte seitlich nach hinten. Vielleicht hatte er den blöden Raps schon überflogen. Aber auch hinter dem Flugzeug konnte er beim besten Willen nichts Gelbes entdecken. Und man sah auch nicht so gut, wegen der sperrigen Tragflächen, die die Sicht unterhalb der Kabine völlig verdeckten.

»Ja Scheiße! Ich seh den blöden Raps nicht mehr! Ich hab auf die Höhe geguckt.«

»Sag ich doch: Sie sollen nach draußen schauen. Das ist wie im Leben. Da müssen Sie auch mehrere Sachen gleichzeitig machen. Wenn Sie die Orientierung erst mal verloren haben, haben Sie wirklich ein Problem. Dann müssen Sie nämlich das Flugzeug fliegen und gleichzeitig rausfinden, wo Sie herumeiern. Und zwar möglichst, bevor Sie in irgendeine Kontrollzone reinbrettern, einem Airliner vor die Schnauze oder dergleichen. Also passen Sie lieber auf, wo Sie langfliegen, statt immer nur auf den Höhenmesser zu glotzen. Der sagt Ihnen nur, wie hoch Sie sind, aber nicht, wo Sie sind. Klar?«

»Jaja, klar! Sie können mich immer bloß anscheißen. Haben Sie was gegen mich?«

»Ich versuche nur, Ihnen das Fliegen beizubringen. Allerdings weiß ich nicht, warum Sie das lernen wollen. Sie haben doch andere Sachen im Kopf.«

»Ja, vielleicht hab ich andere Sachen im Kopf!«

»Große Pläne, was?«

»Ja, verdammt noch mal, ich hab große Pläne! Und die ziehe ich durch! Gnadenlos! Die lass ich mir von Ihnen und Ihrem Gemecker nicht kaputtmachen!«

Jörg nahm den Knüppel fest in die Hand, dirigierte die Morane entschlossen in eine 45-Grad-Kurve nach links und schimpfte weiter auf Natascha ein.

»Von Ihnen lass ich mir mein Selbstbewusstsein nicht kaputtmeckern! Auch wenn Sie dreißigmal besser fliegen als ich! Aber ich schaff das auch noch! Irgendwann fliege ich Loopings und Rollen und Immelmann-Turns und den ganzen Mist, da können Sie Gift drauf nehmen!«

Jörg hatte einen Dreiviertelkreis geflogen, noch dazu in konstanter Höhe, und sah nun rechts vor sich, in der Drei-Uhr-Position, das vermisste gelbe Feld aus dem toten Winkel unterhalb der Tragfläche wieder auftauchen.

»Da unten ist Ihr gottverdammter blöder Drecksraps und der Scheißhöhenmesser steht auf 2000!«

Natascha musste lächeln und sah Jörg mit einem Grinsen an: »Sehen Sie, es geht doch.«

»Ja natürlich geht es! Ich bin doch kein Idiot!«

»Manchmal führen Sie sich aber so auf.«

»Bringen Sie mir das Fliegen bei, den Rest mache ich schon selber. Ich hab keine Angst mehr! Vor nichts und vor niemandem!«

Natascha sah Jörg von der Seite an, zweifelnd, ob sie es nicht doch etwa mit einem Halbirren zu tun hatte.

»Und was wollen Sie dann, wenn Sie den Schein haben? Luftkrieg spielen, oder was?«

»Ja, vielleicht! Wie einst Ernst Udet.«

Natascha gefiel diese Bemerkung nicht, das merkte Jörg.

»Fliegen Sie nach Hause.«

»Wie nach Hause?«

»Zum Flugplatz.«

»Und wo ist der?«

»Keine Ahnung. Finden Sie's raus. Wenn Sie Udet spielen wollen, werden Sie ja auch den Flugplatz finden.«

Natascha lehnte sich in ihrem Sitz zurück, schweigend. Jörg spürte, dass jede Widerrede zwecklos war. Wahrscheinlich war das ein pädagogischer Trick, um ihn zu mehr Selbständigkeit zu erziehen. Gut, dachte Jörg, das sollte sie haben. Er nahm die

Karte und versuchte, seine Position festzustellen. Rapsfelder waren in der Karte natürlich nicht eingezeichnet, und Jörg suchte die Landschaft unter sich nach unverwechselbaren Merkmalen ab. Ab und zu spähte er kurz zu Natascha hinüber, um vielleicht irgendeine Spur von Reaktion zu bemerken, die ihm zeigte, ob er richtig lag oder vollkommen daneben. Aber im Gesicht der Polin war nicht die geringste Regung zu entdecken, die sich irgendwie deuten ließ. Schweigend saß sie in ihrem Sitz und guckte stur nach vorne, ohne das geringste Anzeichen von Nervosität. Na gut, die sollte ihn kennen lernen. Jörg entdeckte unter sich eine Autobahn, die in einer langgezogenen Kurve auf einer Brücke über einen See führte. Daneben lief parallel zur Autobahn auch ein Bahngleis über eine Brücke. Jörg guckte in die Karte. Ganz grob wusste er ja, wo er sein musste. Und dann sah er die markante Stelle in der Karte: Autobahnbrücke über den Schwielowsee, daneben die Eisenbahnbrücke. Und südlich davon eine Insel im See: das musste Werder sein. Das konnte nur Werder sein. Das war Werder! Also fummelte er sein kleines Kursdreieck aus seinem Kniebrett und versuchte, es auf die Linie zwischen der Insel Werder und dem Flugplatz Fürstenwalde anzulegen. Das war schwierig, weil er ja mit einer Hand das Flugzeug fliegen musste und die Turbulenzen immer noch stark waren. Zweimal verrutschte ihm das Kursdreieck wieder, aber beim dritten Versuch gelang es ihm, einen rechts weisenden Kurs von etwa 75 Grad abzulesen. Und wenn er diesen Kurs flog, ein paar Grad hin oder her, würde er irgendwann an die Autobahn nach Frankfurt/Oder kommen, und von dort aus würde es kein allzu großes Problem mehr sein, den Flugplatz Fürstenwalde zu finden. Jörg steckte das Kursdreieck wieder weg und sah auf den Kompass: Momentan lag ein Kurs von 290 Grad an. Also musste er nach rechts kurven, über Nord, bis er 75 Grad anliegen hatte. Jörg leitete eine Rechtskurve ein, überschoss natürlich die Marke von 75 Grad, korrigierte wieder etwas nach links und hatte dann doch relativ genau einen Kurs von 75 auf dem Kompass. Immer wieder sah er auf die Karte und verglich, ob die Landschaft unter ihm mit dem Kartenkurs übereinstimmte. Er flog über das Ostufer des Schwielowsees, südlich an Potsdam vorbei, dann über den Seddinsee. Ein paar Meilen vor sich sah er bereits das ebenso markante Autobahndreieck Michendorf, das er von vielen Fahrten nach Westdeutschland her kannte.

Natascha gab immer noch keinen Kommentar von sich, schien in sich versunken den Flug zu genießen, wie ein völlig ahnungsloser Passagier. Gut, wenn sie dieses Spiel wollte, konnte sie es haben. Jörg wusste, dass er auf dem richtigen Kurs war, und zwar nicht nur nach Fürstenwalde, sondern überhaupt. Das war der Weg: furchtlos eine gemachte Entscheidung durchziehen und sich von nichts und niemandem beirren lassen. Völlig angstfrei saß Jörg in der Morane und steuerte sie in genau 2000 Fuß durch die Turbulenzen auf Kurs 75 dorthin, wo er hinmusste. Ein warmes, wohliges Gefühl von Gewissheit stieg in ihm auf. Er hatte die Sache in die Hand genommen und war auf dem richtigen Weg. Und genau so, wie er diesen Flug nach Fürstenwalde zu Ende bringen würde, würde er seinen Gratsch dorthin bringen, wo er ihn haben wollte: zum Erfolg. Es war knüppeldicke Euphorie, die ihn da jetzt überwallte, Euphorie, wie er sie von früher kannte, wenn er kurz vor einer Premiere gestanden oder um eine Frau gekämpft und sie auch bekommen hatte. Ja, da war sie plötzlich wieder, die Kämpfernatur in Jörg Raabe, die ihm im Lauf der Jahre so schmählich abhanden gekommen war. Hier saß nicht Jörg Raabe alleine am Knüppel, hier half Jewgenij Gratsch noch heftig mit, die Morane durch den turbulenten Brandenburger Himmel nach Hause zu steuern.

»Da gucken Sie, was? Das hätten Sie mir nicht zugetraut, was? Der Alte traut mir auch nichts zu, und die Suchanek sowieso nicht. Aber keine Sorge, Mädchen, ich pack das. In drei Tagen bin ich auf 75, den Mantel hab ich schon, und sobald die Suchanek was anleiert, lass ich die Sau raus, aber richtig!«

Natürlich kam wieder kein Kommentar von der Polin, abgesehen von einem schwer zu deutenden Blick, der alles bedeuten konnte von Bedauern über Ablehnung bis zu Mitleid, nur bestimmt keine Anerkennung. Egal, um die Polin ging's auch nicht. Die sollte ihm das Fliegen beibringen und damit basta. Jörg ließ die Lehrerin Lehrerin sein – immerhin hatte er selbst seine Position bestimmt und den Kurs nach Fürstenwalde eingeleitet – und blickte wieder nach unten. Dort zog jetzt gerade der Rangsdorfer See vorbei, den er am Südrand passierte, um die Kontrollzone von Berlin-Schönefeld nicht anzukratzen.

»Wegen dem Airspace Delta Schönefeld brauchen Sie mich jetzt gar nicht prophylaktisch anzumeckern, ich flieg südlich dran vorbei.«

Wieder kein Kommentar, wieder nur ein Blick. Drauf geschissen, dachte Jörg, knüppelte weiter in Richtung 75 Grad und fing laut an zu singen: »Flieger, grüß mir die Sonne«, etwas Blöderes war ihm auf die Schnelle nicht eingefallen. Jörg sang laut, seine Stimme saß gut, und er registrierte mit einem amüsierten Seitenblick, wie Natascha die Lautstärke ihrer Kopfhörer am Intercom-Panel leiser stellte. Und noch eine Strophe sang er, löste den obersten Knopf am Bund seiner Gurulederhose und ritt durch die Turbulenzen wie ein manisch gut gelaunter Cowboy durch die staubige Prärie.

Das Stottern des Motors kam urplötzlich, mitten hinein in Jörgs Sangeslust. Jörg griff schnell an den Gashebel, schob ihn weiter hinein, aber das Stottern wurde stärker. Als das Motorengeräusch ganz verstummte, war da die für alle Motorflieger so schrecklich laute Stille eines stehenden Motors, nur begleitet vom Rauschen des Fahrtwinds, der über Tragflächen und Kabinenhaube dahinzog. Natascha saß immer noch zurückgelehnt in ihrem Sitz, als wäre nichts geschehen. ›Was ist das jetzt?‹, dachte

Jörg, ›irgendeine Retourkutsche, aber wofür?‹ Wahrscheinlich wollte sie testen, wie belastbar er war, und hatte unbemerkt irgendeinen Schalter gezogen. Die gönnte ihm wohl seine Freude nicht. Na gut. Zusammenreißen und mitspielen. Jörg säuselte in aller Gelöstheit, deren er fähig war, in das Mikrofon seines Headsets: »Ich glaube, wir stürzen ab.«

Natascha antwortete ihm ebenso ruhig: »Motorausfall. Was machen Sie in einem solchen Fall?«

Jörg sagte artig auf, was er in der Theorie über eine solche Situation gelesen hatte: »Geschwindigkeit für bestes Gleiten einnehmen, Notlandegelände suchen, wenn Zeit bleibt, Wiederstartversuch.«

»Korrekt. Dann machen Sie's.«

Jörg nahm die Nase der Möhre herunter, bis sie genau achtzig Knoten schnell war, der Geschwindigkeit für bestes Gleiten. Er hielt nach einem Notlandegelände Ausschau, fand aber keines, sosehr er auch spähte. Von hier oben sah alles hochgradig unlandbar aus, nur Wälder, so weit das Auge reichte. Und es ging rapide nach unten. Und die Polin saß da, als sei da vor der Haube irgendein blödsinniges Länderspiel zu sehen und nicht ein scheußlich still stehender Dreckspropeller.

»Herrgott noch mal, müssen wir denn ausgerechnet bei dieser Turbulenz eine Notlandeübung machen? Hier kann man nirgendwo landen. Stellen Sie das Ding wieder an, und lassen Sie mich nach Hause fliegen.«

Natascha setzte sich wieder aufrecht hin und nahm den Knüppel in die Hand.

»Das ist keine Übung.«

»Was?«

Vorbei war es mit Jörgs Glücksgefühlen. Entsetzt sah er Natascha an, die pure Angst hatte ihn wieder. Der Schweiß stand ihm auf der Stirn, die Hände fingen prompt an zu zittern.

»Was heißt denn das, keine Übung?«

»Das heißt, dass wir einen Motorausfall haben.«

»Das heißt, wir stürzen ab!«

»Jetzt halten Sie den Mund.«

»Ich hab's immer gesagt: Das ist ein Scheißflugzeug!«

Natascha griff zum Intercom-Panel und schaltete Jörgs Mikrofon kurzerhand ab. Die Morane segelte direkt über einem großen Waldgebiet, und da musste man schon genau hingucken, wo man den Flieger hinsetzte. Natascha entdeckte einen breiten Waldweg und steuerte die gleitende Möhre in einer langgezogenen Kurve in den Endanflug auf den Weg, der sich in einer Schneise schnurgerade durch die Wälder zog. Von den 2000 Fuß beim Stottern des Motors waren jetzt noch ganze 400 Fuß übrig.

»Auf diesen Waldweg??? Das ist ja Irrsinn! Das schaffen Sie nie!!!«

»Wollen Sie's selber machen?«

»Wir werden an den Bäumen zerschellen, dann fangen wir Feuer und verrecken grausam imWald!«

»Halten Sie den Mund.«

»Sie können doch nicht auf diesem Knüppelweg landen, bei diesen Turbulenzen!!«

»Wenigstens ist es kein Kinderferienlager! Und jetzt halten Sie die Schnauze! Zumindest bis wir unten sind.«

Natascha zirkelte die Morane trotz der Turbulenzen mit völliger Ruhe kurz oberhalb der Abrissgeschwindigkeit zwischen die Baumwipfel in die Schneise über dem Waldweg hinein, fuhr die Klappen voll aus, schwebte noch ein bisschen über den Weg, korrigierte ständig Richtung und Höhe, während draußen in ein paar Metern Abstand nur Bäume vorbeizogen, und setzte dann die Morane, kurz bevor sie nicht mehr fliegen wollte, mit einem kleinen Rumpler auf den Waldweg auf, wo sie wackelnd weiterrollte und nach ein paar Metern stehen blieb.

Stille. Von den Bäumen hörte man ein leises Rauschen, es

roch harzig nach Kiefern und Fichten, ein bisschen auch nach heißem Motoröl, aber ansonsten war großer Friede im Brandenburger Forst. Jörg blieb in der Morane sitzen, ein paar Tränen waren ihm ausgekommen. Es war ihm völlig egal, ob das Freudentränen waren, lebend wieder am Boden zu sein, oder nur ein paar zu spät gekommene Boten seiner Todesangst. Natascha war aus dem Cockpit geklettert, hatte die Cowling geöffnet und machte sich mit ein paar Schraubenschlüsseln am Motor zu schaffen.

Jörg sah nur Nataschas Hintern in der grauen Fliegerkombi, der unter der Motorhaube hervorlugte, und Jörg war schlichtweg unfähig, auch nur der leisesten voyeuristischen Neigung nachzugehen und auszuspähen, was die Pilotin unter der Kombi anhaben mochte.

»Sie haben mir das Leben gerettet!«

»Quatsch. Bilden Sie sich bloß nichts ein. Wegen Ihnen hab ich's nicht getan. Ich hab ja auch dringesessen.«

Natascha schraubte weiter am Motor herum.

»Hauptschalter mal auf ›Ein‹ und kurz den Starterknopf drücken!«

»Wollen Sie nicht lieber jemand von der Werft kommen lassen?«

»Nun machen Sie schon!«

Jörg tat wie geheißen, und ein zufriedenes »Na also« kam unter der Cowling hervor.

»Finden Sie den Fehler?«

»Die Benzinpumpe war verstopft.«

Natascha schloss die Motorhaube der Morane und stieg wieder ins Cockpit.

»Und wo kriegen wir jetzt hier einen Mechaniker her?«, fragte Jörg.

»Wozu einen Mechaniker?«

»Moment mal, was haben Sie denn jetzt vor?«

»Wir lassen die Maschine an und fliegen nach Hause. Machen Sie einen anderen Vorschlag.«

»Sie wollen doch nicht etwa mit diesem Ding wieder in die Luft gehen?!«

»Möchten Sie den Flieger lieber nach Hause schieben?«

»Sie können doch nicht auf diesem Trampelpfad hier starten!«

Allein der Gedanke an einen Start mitten im Wald ließ Jörgs Adrenalinspiegel wieder wie eine Sprungfeder nach oben schnellen, von einem Weiterflug mit der Gefahr eines erneuten Motorausfalls ganz zu schweigen. Ohne weiteren Kommentar schaltete Natascha den Hauptschalter ein, spritzte dreimal mit dem Primer Sprit ein, schob den Gashebel nach vorne und betätigte den Starter. Nach ein paar kläglich jaulenden Umdrehungen des Propellers stotterte der Motor kurz und sprang dann tatsächlich wieder an. Nach ein paar Sekunden lief er völlig rund.

»Schnallen Sie sich wieder an!«

Natascha griff an die Cockpithaube, um sie zu schließen, aber Jörg hielt die Haube mit beiden Händen krampfhaft in der geöffneten Stellung fest.

»Was soll das jetzt?«

»Ich steige aus!«

»Was tun Sie?«

»Ich fliege keinen Meter mehr mit dieser Kiste. Noch dazu ein Start hier mitten im Wald, das ist doch glatter Wahnsinn!«

Natascha sah Jörg einen Moment lang tief in die Augen, atmete durch, als müsse sie ihren aufkeimenden Ärger herunterschlucken.

»Jetzt passen Sie mal auf. Sie faseln mir ständig irgendwelche Geschichten vor von Ernst Udet und von Jagdfliegern, aber beim leisesten Stottern der Maschine scheißen Sie sich in die Hosen. Was meinen Sie, mit was für Schrott diese Männer geflogen sind? Und Jagdflieger … Sie haben überhaupt nicht die blasseste

Idee, was das heißt, ein Jagdflieger zu sein. Sie taugen ja nicht einmal zum Schönwetter-Hobbypiloten.«

Jörg sah Natascha mit großen Augen an, als hätte er sich verhört.

»Glotzen Sie nicht so blöd! Sie sind ein weinerlicher Angsthase, sonst gar nichts. Sie gehören einfach nicht in ein Flugzeug.«

Natascha griff mit ihrer Hand erneut an den Verriegelungshebel der Cockpithaube.

»Entweder Sie schnallen sich jetzt an und halten Ihre blöde Schnauze, oder Sie steigen aus und gehen zu Fuß nach Hause.«

»Sie blöde, verzickte Polenfotze, Sie!«

»Raus!«

Jörg drehte sich nach hinten um, griff sein graues Regiebuch, das auf dem Rücksitz lag, und stieg ohne ein weiteres Wort aus. Natascha rutschte auf den linken Sitz, schloss die Cockpithaube, wendete das Flugzeug auf dem schmalen Waldweg und rollte zurück, um zum Start wieder die volle Länge des Weges zur Verfügung zu haben. Jörg stand mit seinem Regiebuch wie ein Eimer Hühnerscheiße am Rand des Waldwegs und sah der langsam zurückrollenden Möhre hinterher. So blöd er sich auch manchmal anstellte im Leben, so sicher und instinktiv wusste er jetzt, dass dies ein entscheidender Moment war. Er durfte nicht kneifen, verdammt noch mal. Wenn er je Gratsch sein wollte, dann musste er jetzt in diese verpupste Möhre steigen, die Augen zumachen, die Angst herunterschlucken wie eine Kröte, die Schnauze halten und einfach durchmarschieren durch den Dreck. Und wenn er hier auf dem Waldweg stehen blieb, dann wäre alles vergeigt. Wenn er diesen kleinen Schritt jetzt nicht schaffte, dann würde er zurückfallen in die alte, klebrige Lethargie, die ihm im Laufe der letzten Jahre alle Freude am Leben geraubt hatte. Und schon nagte die Angst wieder mit aller Kraft an ihm, saß ihm wie ein kleiner mieser U-Bahn-Kontrolleur in der Brust und schrie aus Leibeskräften: »Bleib hier, bleib hier, bleib hier!«

Natascha war mit der Möhre bis zu der Stelle zurückgerollt, wo sie vor einer halben Stunde aufgesetzt hatten, und war gerade dabei, das Flugzeug mit hoher Drehzahl auf dem engen Waldweg wieder zu wenden und in die Startrichtung zu stellen. Jörg rannte los, lief, so schnell er konnte mit seinen engen Lederbuxen, den Waldweg entlang, direkt auf die Möhre zu, die mit unter Volllast drehendem Propeller auf dem Waldweg stand, zitternd von Vibrationen, nur noch von den getretenen Bremsen gehalten. Jörg kam direkt vorne auf das Flugzeug zu, wild mit den Armen fuchtelnd und dabei ständig völlig nutzlos aus voller Kehle »Warten Sie!« schreiend. Als er bei der Morane angekommen war, schüttelte Natascha den Kopf und deutete ihm mit der Hand an, aus dem Weg zu gehen. Die Morane zitterte, der Motor lief immer noch auf voller Drehzahl. Jörg lief schnell um den rechten Flügel herum, stieg von hinten auf den schmalen Tritt auf der Oberseite der Tragfläche und klopfte wie wild an die Haube. Der heftige Luftstrom des Propellers riss wie ein Orkan an seinen Haaren und seinen Kleidern. Natascha sah ihn mit bitterbösem Blick an, als wolle sie ihn mit der Kraft ihrer Augen von der Tragfläche herunterstoßen. Aber Jörg hielt sich krampfhaft fest und wich keinen Millimeter von der Stelle. Natascha löste die Bremsen, die Morane rollte los, aber Jörg blieb bockstur wie festgenagelt auf der Fläche stehen. Mit einem wütenden, im Lärm allerdings untergehenden Fluch nahm Natascha das Gas heraus, trat wieder in die Bremsen und öffnete die Haube einen Spalt weit.

»Das tut mir Leid mit der Polenfotze!«, schrie Jörg gegen den Lärm des Motors an.

»Haun Sie endlich ab!«

»Ich will mit!«

»Haun Sie ab!«

»Das ist meine letzte Chance! Bitte!!!«

Natascha zögerte noch einen Moment, dann öffnete sie die Haube. Jörg setzte sich auf den rechten Sitz, schnallte sich, ohne ein Wort zu sagen, an und nickte Natascha zu. Natascha schloss die Haube, trat in die Bremsen, schob den Gashebel bis zum Anschlag hinein und rollte los.

Rumpelnd nahm die Möhre auf dem Waldweg Fahrt auf, wurde immer schneller, machte bei einer Bodenwelle einen kurzen Hopser, fiel nochmals auf den Weg zurück, löste sich schließlich vom Boden, holte weiter Fahrt auf, die Räder nur einen halben Meter über dem Waldweg, und stieg dann, heftig von Turbulenzen geschüttelt, kurz vor dem Ende des Waldwegs zwischen den Bäumen nach oben, wo sie langsam, Meter um Meter, über den Bäumen an Höhe gewann. Und Jörg schwieg tapfer wie ein dehydriertes Schneiderlein.

22

Unter der Decke des stillgelegten Straßenbahndepots hingen ein paar Scheinwerfer, in der Mitte der Halle saßen knapp hundert Zuschauer auf Klappstühlen und blickten erwartungsvoll zu der kleinen Bühne, auf der drei rote Sofas und ein paar Tischchen aufgestellt waren.

Zwischen Publikum und Bühne manövrierten vier Kameraleute mit ihren fahrbaren elektronischen Mühlen scheinbar planlos hin und her, schleiften Kabel hinter sich her und riefen sich über Headsets Anweisungen und Kommentare zu. Auf der Bühne stand ein etwas nervöser Aufnahmeleiter, der die Zuschauer zu gezielt spontanem Verhalten bei der Sendung zu animieren versuchte, während hinter ihm die Talkshowgäste von jungen

Helferinnen auf ihre Sofaplätze dirigiert wurden. Die Veranstaltung, die da in zwei Minuten planmäßig beginnen sollte, nannte sich Berlin Mitte und war eine dieser Talkshows, wie sie allenthalben routiniert abgefeiert werden, um kostengünstig vorhandene Sendezeit zu füllen.

Die Moderatorin hieß Tanja Schröder und war eine knapp dreißigjährige, gut aussehende Frau, die heute ein zweiteiliges hellblaues – oder bleues? – Kostüm von Yves Saint Laurent trug, kombiniert mit einer pinkfarbenen Bluse. Souverän betrat sie die Bühne, nahm dem gestressten Aufnahmeleiter das Mikrofon aus der Hand, begrüßte das Publikum, schaffte mit ein paar wenigen, durchaus charmanten und witzigen Bemerkungen eine Lockerung der Atmosphäre und verkündete freudig, dass man heute ganz besonders interessante Gäste eingeladen hätte. Das machte sie trotz aller Routine so geschickt, dass das Publikum ihr spontan applaudierte, ohne vom Aufnahmeleiter explizit dazu vergattert worden zu sein.

Dreien der Zuschauer sah es der geübte Beobachter allerdings an, dass sie nicht zur üblichen Masse des Talkshowfüllpöbels gehörten. Die drei saßen ganz hinten, in der letzten Klappstuhlreihe, oder besser gesagt: etwas rechts der letzten Reihe. Frau Doktor Suchanek im Rollstuhl wurde routiniert umwallt von der wie immer schwarzgewandeten Heidemarie, die in diesem Ambiente noch mehr aussah wie eine spindeldürre Jungfer im Klimakterium und von den anderen Zuschauern offenbar für eine Art Adjutantin gehalten wurde, was sie ja auch war. Neben den beiden, und damit schon außerhalb des gekennzeichneten Zuschauerkarrees, hatte sich Zoltan Schneider niedergelassen, mit griesgrämigem Gesicht, auf einem Klappstuhl, den er sich kurzerhand aus der letzten Stuhlreihe herausgegriffen hatte. Unter seinem zerschlissenen schwarzen Anzug trug Zoltan einen alten Wollpullover, der so weitmaschig war, dass seine starke Brustbehaarung deutlich durchschimmerte, ja Teil des Pullovers zu sein schien. Zweimal war der Alte bereits von einem Kameramann angemeckert worden, aus dem Weg zu gehen, doch Zoltan hatte nur zurückgeblafft, der Kameramann solle sich einen anderen Job suchen, wenn er zu blöd sei, um ihn herumzufahren, womit der kleine Wortwechsel auch schon zum Ende gekommen war.

Eine Erkennungsmelodie wurde von der Regie abgespielt, Tanja Schröder begrüßte die Zuschauer der Live-Sendung direkt durch das Objektiv von Kamera 3, setzte sich dann auf den mittleren Platz des mittleren Sofas und begann, der Reihe nach ihre Gäste vorzustellen. Zunächst arbeitete Tanja Schröder, den Regeln der Höflichkeit folgend, die weiblichen Teilnehmer der Runde ab. Direkt neben ihr, auf ihrer rechten Seite, saß eine froh gelaunte Rentnerin mit bläulich gewelltem Haar, die mindestens schon an die achtzig sein musste. Die Frau hieß von Schmidt-Gustloff, mit Vornamen Wilhelmine, und sah tatsächlich aus, als sei das ihr wirklicher Name und nicht ein von einem findigen Redakteur schnell erdachtes Pseudonym. Wilhelmine von Schmidt-Gustloff war, Tanja Schröders Spickzettel zufolge, tatsächlich 82 Jahre alt und gebürtig in Sankt Petersburg. Bevor die chronisch gut gelaunte adelige Oma jedoch zu einem längeren Monolog ansetzen konnte, wandte sich die Moderatorin schnell zu ihrer Linken, wo die Helferinnen ihr eine verkniffen dreinblickende vierzigjährige Frau mit Kurzhaarschnitt hingesetzt hatten, die als Ethnologin der Universität Göttingen vorgestellt wurde, Renate Hilpers-Hildenich hieß und immerhin einen Doktortitel hatte. Sie trug einen dunkelblauen Strickpullover über einer verknitterten Leinenhose, die zu kurz war und einen freizügigen Blick auf ihre knochigen Füße ermöglichte, die sockenlos in braunen Gesundheitstretern steckten. Frau Doktor Hilpers-Hildenich, las Tanja Schröder ab, habe eine Populationsstudie über die Struktur der Bevölkerung in Leningrad gemacht, was ihr sofort den Einwurf von Freifrau von Schmidt-Gustloff einbrachte, die Stadt hieße Sankt Petersburg und nicht Leningrad. Frau Doktor Hilpers-Hildenich konterte sofort, allerdings ohne den stur nach vorne gerichteten Blick auch nur um einen Deut zu ändern, auf dem Titelblatt ihrer Studie stünde wörtlich Leningrad und eben nicht Petersburg, das sei nun einmal so. Tanja Schröder vertröstete Wilhelmine von Schmidt-Gustloff auf eine spätere Erörterung dieses Punktes und stellte einen Herrn vor, der rechts von ihr saß, direkt neben der alten Schmidt-Gustloff. Der Mann war korpulent, vom Alter her undefinierbar irgendwo in den besten Jahren, hatte einen Bürstenschnitt und einen struppigen Schnauzbart, trug einen dreiteiligen grauen Nadelstreifenanzug, hieß Igor Koluschnikoff und war angeblich russischer Botschaftssekretär. Da er trotz seiner Botschaftstätigkeit des Deutschen nicht nennenswert mächtig war, hatte er sich eine junge Dolmetscherin mitgebracht, die ihm dicht zur Seite saß und in der Üppigkeit ihres großzügigen Dekolletees den Eindruck erweckte, als würde sie dem Herrn Sekretär noch zu wesentlich delikateren Aufgaben als dem Dolmetschen zur Verfügung stehen. Igor Koluschnikoff grummelte etwas in seinen Schnauzer, was die Dolmetschmätresse als freundlichen Gruß an das deutsche Fernsehpublikum verstanden zu haben glaubte. Ganz rechts außen, neben Igor Koluschnikoff und seinem Übersetzungsmädel, saß ein Staatssekretär des Auswärtigen Amts, der Nestelbach hieß und von Tanja Schröder mit »Herr Staatssekretär« angesprochen wurde. Der Herr Staatssekretär nickte stets freundlich und hatte ein Milchgesicht, in dem das unkaputtbar verbindliche Lächeln eines hartgesottenen Mobiltelefonverkäufers eingebrannt zu sein schien. Links neben Frau Doktor Hilpers-Hildenich saß ein kleiner Mann im schwarzen Anzug, der traurig dreinblickte. Tanja Schröder stellte ihn als den evangelischen Pastor Böhlich aus Weimar vor, der sich die Mitmenschlichkeit zum Anliegen gemacht hatte. Scheu lächelte er in die Kamera mit der Ordnungsnummer 3.

Links vom Pastor saß Jörg. Er hatte sein teuflisches, ledernes Schorsch'sches Gurugewand an, samt den Lederhosen, die nun auch am Bund passten, denn Jörg hatte noch ein paar Kilo abgenommen. Am Ledermantel war ein Ärmel abgetrennt worden und gab den Blick frei auf Jörgs rechten Oberarm, der mittlerweile schön muskulös war und von einer großen, dilettantisch ausgeführten Hammer & Sichel-Tätowierung bedeckt war, die aussah, als hätte sie ein besoffener Matrosenkamerad kurz vor dem Untergang der Kursk noch rasch zusammengestümpert. Jörg war gepflegt unrasiert, ein kunstvoller Zweitagebartschatten, der seinem abgemagerten Gesicht zusätzlich eine Spur von Härte verlieh, besonders mit der dunklen Ray-Ban-Sonnenbrille, die er trug und die schon deutliche Spuren des heftigen Gebrauchs zeigte. Was aber am meisten auffiel, war die Form von Jörgs Gesicht, bei dem nun auf einmal die Backen sehr prominent hervortraten und ihm tatsächlich ein durchaus slawisches Aussehen verliehen. Jörg hatte sich vor der Sendung in der Toilette zwei o.b.-Mini-Tampons in die Backentaschen geschoben und sie mit Zahnersatz-Haftpaste seitlich an den Zahnreihen fixiert, damit sie ihm auch bei heftigem Sprechen nicht herausfielen.

Unter dem Mantel trug er nur das Lederwams, dessen drei oberste Knöpfe geöffnet waren, was den Blick auf seinen mittlerweile durchtrainierten Oberkörper lenkte.

Jörg hatte die Füße, die in perfekt patinierten staubigen Cowboystiefeln steckten, auf eines der Tischchen gelegt. Auf den Knien lag sein graues Regiebuch, das immer noch die Einschusslöcher von der Verhaftung am Flughafen Schönefeld zierten. So saß er da, offensichtlich in sich ruhend, aber doch Gefahr und Aggression signalisierend, vielleicht wie eine Kampfmaschine im Stand-by-Modus.

»Jetzt begrüße ich hier als Letzten in unserer Runde Jott Punkt Gratsch aus Petersburg. Jott Punkt Gratsch, Sie sind Schauspieler, Autor, Regisseur und haben, obschon Sohn russischer Eltern, enge Beziehungen zu unserem Land. Ihr Vater war zu Zeiten der DDR Kommandant einer sowjetischen Luftwaffeneinheit hier im Brandenburger Raum, und Sie haben einen großen Teil Ihrer Jugend in Deutschland verbracht. Sie sind damit sozusagen ein Kenner beider Seiten.«

Jörg blickte die Moderatorin völlig starr und ohne Regung an, und Tanja Schröder musste kurz einen Blick auf ihr Karteikärtchen werfen, das sie zur Sicherheit in der rechten Hand hielt.

»Ja. Herr Gratsch, sagen Sie uns doch mal: Wo steht Russland heute?«

Aber Jörg sagte es weder ihr noch der Runde, sondern zog eine dicke Zigarre aus der Tasche seines Ledermantels, riss ein Streichholz an der Sohle seines Stiefels an und setzte die Zigarre mit paffenden und schmatzenden Geräuschen in Brand.

»Eigentlich ist das hier bei Berlin Mitte immer eine Nichtraucherrunde ...«, wandte Tanja Schröder mit einem Lächeln ein und erntete heftig zustimmendes Nicken von Frau Doktor Hilpers-Hildenich und auch vom Herrn Staatssekretär. Jörg paffte genüsslich an seiner Zigarre, und aus dem Publikum waren erste Gluckser von Heiterkeit zu vernehmen. Jörg wiegte die Zigarre in seiner Hand, sah träumerisch den aufsteigenden Rauchschwaden nach und sagte dann direkt in die Kamera 1, die jetzt ganz dicht an ihn herangefahren war: »Scheiße sieht das aus.«

Tanja Schröder war nun doch ein wenig irritiert, sie hatte keinen Schimmer, wovon ihr Gast sprach.

»Was sieht bescheiden aus, Herr Gratsch?«

»Na, Ihr grüner BH unter der billigen rosa Bluse und diesem Witz von blauem Kleidchen. Das sieht einfach scheiße aus.«

Im Zuschauerkarree kam wieder verhaltenes Gekichere auf.

»Ich dachte eigentlich, darüber reden wir nach der Sendung!«, konterte Tanja Schröder geschickt und hatte nun ihrerseits ein paar Lacher auf ihrer Seite. Schnell sah sie auf ihr Karteikärtchen und warf einen Blick zum Aufnahmeleiter, der nur ratlos die

Hände hob. Die Heiterkeit im Publikum wuchs. Frau Doktor Suchanek saß gespannt wie eine Feder in ihrem Rollstuhl, und Zoltan Schneider kontrollierte vorsichtshalber mit einem Seitenblick, ob die Suchanek nicht etwa im nächsten Moment geheilt aus ihrem Rollstuhl springen würde. Heidemarie hatte ihre Spinnenfinger in die Handgriffe des Rollstuhls gekrallt und verfolgte das Geschehen mit atemlosem Staunen.

In aller Seelenruhe stand Jörg auf, ging die drei Schritte zu Tanja Schröder hinüber, nahm ihr kurzerhand ihr Karteikärtchen weg, faltete es zusammen, steckte es im Vorbeigehen dem Pastor Böhlich in die Tasche am Revers, setzte sich wieder auf seinen Platz, legte die Füße wie gehabt auf das Tischchen vor dem roten Sofa und nahm einen tiefen Zug aus der Zigarre.

»Wollen Sie mich jetzt was fragen, oder nicht? Ich hab nachher noch was vor«, sagte Jörg laut, und das Publikum reagierte spontan wieder mit Gelächter. Tanja Schröder, die überlegt hatte, ob sie auf die Unverschämtheit des Zettelraubs eingehen sollte, entschied sich, die Unverschämtheiten des Lümmels mit Freundlichkeit und Sympathie ins Leere laufen zu lassen. »Ich frage Sie das gern noch mal, Herr Gratsch, aber ich würde Sie bitten, sitzen zu bleiben: Wo steht Russland heute?«

Die Dolmetscherin übersetzte Herrn Koluschnikoff die Frage direkt ins linke Ohr hinein, worauf Koluschnikoff ein kurzes, meckerndes Lachen von sich gab. Tanja Schröder guckte kurz irritiert zu dem Russengespann hinüber, als sei auch von dort Gefahr im Verzug.

Jörg lächelte ölig, quasi als Anerkennung für die einwandfrei auswendig formulierte Frage: »Sehen Sie, geht doch auch ohne Zettel, Fräulein Schröder.«

Beim Wort Fräulein zuckte Tanja Schröder ganz leicht, verkniff sich aber einen Einwand.

»Okay, Russland, Fräulein Schröder. Russland ist eine Parodie auf den Westen: Schwarzmarkt, Korruption, Mafia und Kinderpornos. Und die Leute rennen den Dollars hinterher wie läufige Hündinnen, bis wir auch ein Haufen frigider und impotenter Kapitalisten sind wie der Westen. Schreib ich gerade einen Roman drüber.«

Frau Doktor Hilpers-Hildenich schüttelte indigniert den Kopf und kratzte sich kurz mit den Fingernägeln am freiliegenden Knöchel, wieder ohne den Kopf auch nur irgendwie aus der Geradeausposition zu wenden. Das sprachkundige Russenmädel rutschte ihrem Botschaftskosaken nun fast auf den Schoß und verklickerte ihm Jörgs Sermon in der Muttersprache, wobei sie mit ihrem Mund ganz dicht an Koluschnikoffs Mikrofon kam, so dass ihr gutturales Gesäusel durch die Halle schallte wie der O-Ton eines russisch synchronisierten Pornofilmchens. Koluschnikoff schlug sich mehrmals auf den quadratischen Oberschenkel, lachte diesmal schallend und rief, mit den feisten Händchen applaudierend, mehrmals zu Jörg hinüber: »Da da, gospodin, otschen choroscho! Eto otschen prawilna!«

Jörg lehnte sich zurück, paffte an der Zigarre, und Tanja Schröder sah solidaritätsheischend zum Herrn Staatssekretär hinüber, der sofort in die Bresche sprang und Jörg anging, im Tonfall wohlwollender väterlicher Belehrung: »Na, na, junger Mann, also ganz so schlimm, wie Sie das hier darzustellen versuchen, ist das wohl nicht. Ich habe unlängst auf einer Reise nach Petersburg …«

Jörg paffte kurz an der Zigarre und fiel dem Herrn Staatssekretär ins Wort.

»Petersburg, ja? Da sind Sie mit dem Jet von der West-LB rübergeflogen und haben bei der Waffenschiebermafia mit Schmiergeldern aus der Rüstungslobby um sich geschmissen, oder wie? Oder war's der Privatflieger der Berlin-Hyp? Der Waffenschieber Schreiber müsste in München auch noch einen Lear-Jet rumstehen haben …«

Die Gesichtsfarbe von Tanja Schröder wurde mit einem Schlag um drei Stufen bleicher.

»Herr Staatssekretär …«

»Lassen Sie gut sein, Frau Schröder, der Mann will sich nur wichtig machen.«

Der Herr Staatssekretär produzierte ein gütiges Lächeln, vermutlich vor dem Spiegel einstudiert, um Souveränität auch in schwierigen Situationen zu signalisieren.

»Hat er Drogen genommen?«, fragte Heidemarie, und ihr Tonfall ließ keinen Zweifel daran, dass ihr die Vorgänge auf der Bühne hochgradig suspekt vorkamen. »Red kaan Schmarrn, Heidemarie, der Bursch is so guat wie nie zuvor!«, flüsterte Frau Doktor Suchanek ihrer blassbleichen Assistentin leise ins Ohr, und die Vorfreude auf das, was Jörg respektive Gratsch hier noch loslassen würde, ließ ihren alten kleinen Körper in dem Rollstuhl erzittern. »Schau dir das an, Heidemarie, die Trotteln fressen das!«, frohlockte die Suchanek, was Zoltan Schneider mit einem skeptischen Seitenblick registrierte. Der Agentin sprangen jetzt schon die Dollarzeichen sichtbar aus den Augen. Zoltan suchte Jörgs Blick und schob dann, in einer deutlich geführten Geste, die rechte Hand ein kurzes Stück nach vorne, als würde er den Gashebel eines Flugzeugs betätigen, was in der Sprache der Jagdflieger etwa bedeuten würde, Jörg solle jetzt den Nachbrenner zünden. Jörg nickte Zoltan kurz zu, fast unmerklich, stand dann von seinem Platz auf, trat in das Rund vor den Sofas, direkt vor den Herrn Staatssekretär, schlug sein Regiebuch auf und suchte blätternd eine bestimmte Stelle. Ein Kameramann mit seiner Handkamera versuchte derweil hektisch, in eine Position hinter dem Herrn Staatssekretär zu gelangen, in der er Jörg von vorne vors Objektiv bekam. Jörg begann, aus dem Buch vorzulesen, mit lauter Stimme wie ein Rezitator: »Petersburg, here we come! Alle Mann haushoch besoffen reinmarschiert in den Privatpuff am Lenin Prospekt, voran der Herr Staatssekretär und hin zur Puffmutter, in der Hose die dicken Eier, in der Hand die fetten Dollarscheinchen, und der Sabber lief ihm von den Lefzen, als er die Puffmutter mit seiner versoffenen Kapitalistenstimme angrunzte: Na dann zeigen Sie uns mal, Ludmilla, was Sie so haben an blutjungen Zuckerfötzchen, hier in Sankt Petersburg …«

Jörg schlug das Buch zu und setzte sich wieder auf seinen Platz. »Das ist aus meinem neuen Romanprojekt. Heißt ›Russenpisse in Petersburg‹.«

Nun war es Wilhelmine von Schmidt-Gustloff, die spontan zu applaudieren begann.

»Bitte, Frau von Schmidt-Gustloff, jetzt reißen Sie sich doch zusammen!«, fuhr Tanja Schröder die alte Freifrau an, die mittlerweile ganz aus dem Häuschen war.

»Ach Mädchen, ich denk gar nicht dran, mich zusammenzureißen. Das ist wenigstens noch ein Kerl, der den Mund aufmacht! Ach, was hamm wir für Kerle jehabt damals in Petersburg, jaja, das waren auch wilde Rabauken, Revolutionäre waren das, wissen Sie, die wollten mit dem Kopp durch die Wand, immer mit dem Kopp durch die Wand, aber Liebhaber waren das, Mädchen, das sag ich Ihnen, das waren Nächte, so was erlebt man heute gar nicht mehr, das sag ich Ihnen!«

Aber Tanja Schröder wollte einen Dreck wissen über Liebhaber und endlose Rabaukennächte im Petersburg respektive Leningrad der Dreißigerjahre. Was ihr viel mehr am Herzen lag, war die soeben live vorgefallene erneute Beschädigung der Ehre des Herrn Staatssekretärs. So etwas war ihr noch nie passiert in ihrer nun schon siebenjährigen Karriere als Moderatorin.

»Entschuldigen Sie bitte vielmals, Herr Staatssekretär«, sagte sie in Richtung des Herrn Staatssekretärs, aber der Herr Staatssekretär, mittlerweile deutlich seiner Souveränität verlustig gegangen, dachte nunmehr nicht daran, zu entschuldigen: »Das ist eine Unverschämtheit! Das muss ich mir nicht bieten lassen!«

»Lasst uns doch in Gottes Namen menschlich miteinander umgehen!«, träufelte Pastor Böhlich deeskalierend dazwischen, mit sicherem Instinkt den passenden Moment für eine philanthropische Intervention erkennend, bekam aber sofort von Jörg eine Breitseite verpasst: »So menschlich, wie deinesgleichen verlogene Pfaffenbrut die Russisch-Orthodoxen abgemurkst und uns die Kirchen geklaut hat?«

Als er Pastor Böhlichs betroffene Miene sah, erinnerte sich Jörg, wo er den Mann schon einmal gesehen hatte: in der Talkshow, in der er nach einem Anraunzer von Jean-Pascal Randolph ebenso bedröppelt geguckt hatte.

Der Herr Staatssekretär zeigte mit dem Finger auf Jörg und ging ihn an, mit sich überschlagender Stimme: »Nehmen Sie auf der Stelle Ihre unverschämten Unterstellungen zurück, Sie Schmierfink, sonst …«

»Sonst was?«, fragte Jörg ganz ruhig, einen Zug aus der Zigarre nehmend.

»Sonst unterbreche ich augenblicklich die Sendung!«

»Ja? Weshalb denn? Weil ich hier sage, dass ihr Geschäftemacher aus dem Westen dran schuld seid, dass sich bei uns die Leute die Schädel einschlagen?«

Tanja Schröder hob zu einem Appell an die Vernunft an, aber der Herr Staatssekretär zischte sie an: »Ich werde mich beim Rundfunkrat über Sie beschweren, wenn Sie nicht augenblicklich diese Pöbeleien unterbinden!«

Jörg guckte nochmals kurz zu Zoltan Schneider, stand wieder auf, ging direkt auf den Herrn Staatssekretär zu, drehte sich um, den Rücken zum Herrn Staatssekretär, klemmte das Regiebuch zwischen die Beine, steckte sich die Zigarre in den Mund, zog die Hose herunter – er trug gemäß Schorschens Rat nichts drunter! – und hielt dem Herrn Staatssekretär seinen nackten Hintern direkt vors hochrote Gesicht.

»Gucken Sie sich die Narben an! Da haben mir drei Tschetschenen nach einer Lesung aus der ›Russenpisse‹ die Zigaretten im Arschloch ausgedrückt. Das ist der Preis für die Wahrheit.«

Der Kameramann mit der Handkamera kroch jetzt von hinten fast hinauf auf das rote Sofa, und um Jörgs Arschloch samt den erwähnten Narben voll vor die Linse zu bekommen, schob er kurzerhand den Oberkörper des Herrn Staatssekretärs ein wenig zur Seite. Der Herr Staatssekretär wurde daraufhin seinerseits handgreiflich und versuchte, dem Kameramann eine Ohrfeige zu verpassen, was natürlich nicht so einfach war, weil der ja die Kamera fest an sein Gesicht gepresst hielt. Mit dem sicheren Instinkt des Live-Kameramanns schwenkte er seine Mühle von Jörgs rosa Arschloch gleich hinüber auf das krebsrote Gesicht des Herrn Staatssekretärs, das im Moment optisch mehr herzugeben versprach als Jörgs nackter Hintern.

Dolmetschmäuschen quiekte mit hoher Stimme und ihrem frivolen Akzent in den mittlerweile heftigen Lärm hinein, Herr Koluschnikoff könne versichern, Präsident Putin habe das Tschetschenenproblem voll im Griff, und niemand in Petersburg müsse derzeit Angst um seinen Hintern haben. Wilhelmine von Schmidt-Gustloff pfiff den Herrn Staatsekretär zusammen, er solle sich wegen eines nackten Hinterns nicht so anstellen und lieber beim Kanzler dafür sorgen, dass bei der Villa ihres Großvaters in Petersburg die Fenster und die Fassade endlich renoviert würden, ganz gleich, wer da jetzt drin wohne; Hilpers-Hildenichs Leningrad-Protest und Pastor Böhlichs fortgesetztes Beschwören der Mitmenschlichkeit gingen in dem allgemeinen Trubel unter. Der Aufnahmeleiter stand jetzt vor Tanja Schröder am Sofa und fragte mehrfach, ob er die Sendung nun von der Regie abbrechen lassen solle. Aber Tanja Schröder sah den Mann gar nicht an, sondern starrte abwesend vor sich hin.

Allein Jörg saß lächelnd auf der Couch, zog genüsslich an der Zigarre, während der Herr Staatsekretär unter heftigem Protest die Bühne verließ und quer durch den Zuschauerraum, an Zoltan und Frau Doktor Suchanek vorbei, das Weite suchte, während der Handkameramann ihm in ohrfeigensicherer Entfernung folgte und den verzweifelten Exodus des Herrn Staatssekretärs bildlich dokumentierte. Frau Doktor Suchanek glühte sichtlich vor Begeisterung und Zufriedenheit und blies ihrerseits zum Aufbruch.

»I hob scho immer an Riecher für Talente g'habt!«, tönte die Suchanek eine halbe Stunde später durch die *Paris-Bar* und versuchte gleich an Ort und Stelle, Kontakte zu knüpfen, ja am liebsten schon Optionen oder gar Verträge für ›ihren‹ Gratsch festzuklopfen. »Der Bursch is ma eh scho so gut wie ausgebucht für die nächsten zwaa Joahr!« und dergleichen Unsinn mehr tat sich über ihr lautstarkes Organ im ganzen Lokal kund. Die *Paris-Bar* war einer der letzten noblen In-Treffpunkte in Charlottenburg, wo die Szene sich gern versammelte. Natürlich war es hier auch längst Tresengespräch, dass der begnadete Greg McBain nach Berlin kommen und hier seinen großen Fliegerfilm über Ernst Udet drehen würde. Und hier in der *Paris-Bar* saßen auch fast nur Leute, die natürlich entweder schon mit Dschie-Em-Bieh gearbeitet respektive mit ihm in Los Angeles Golf gespielt oder Rasen gemäht oder zumindest Nächte mit ihm durchgesoffen hatten. Frau Doktor Suchanek hatte spontan nach der Sendung eingeladen, die Freude über die so wunderbar in die Hose gegangene Talkshow hatte die Oberhand über ihren chronischen Geiz gewonnen. Es war ohnehin rammelvoll in der *Paris-Bar*, und die fünf ständig beleidigten frankophilen Kellner hatten Mühe, die Rollwege freizuhalten für die Suchanek, die sich als Gastgeberin von Heidemarie an die Tische schieben und von denen bumfideln ließ, die da auf ihre Kosten soffen. Es konnte sich ja Wichtigkeit, die nicht a priori vorhanden oder im Laufe der Jahre abhanden gekommen war wie bei der Suchanek, durch großzügiges Bewirten der richtigen Klientel schnell wieder verschafft werden. Die Suchanek genoss es und tat natürlich so, als habe sie diesen Jott Punkt Gratsch, diesen Wahnsinnigen, höchstpersönlich in Sankt Petersburg aus irgendeiner heruntergekommenen Gosse gezogen.

Umso mehr litt Heidemarie, die Jörgs Auftritt in der Talkshow als ziemlich widerwärtig empfunden hatte. Ausgerechnet sie hatte jetzt zusätzlich zu allem erlittenen Ekel und der aufdringlich lauten Atmosphäre der *Paris-Bar* auch noch Tanja Schröder, die Moderatorin, am Hals. Natürlich hatte die niemand eingeladen, Fräulein Schröder war aber trotzdem einfach nachgekommen, in einem Taxi, direkt in die *Paris-Bar*. Nun saß sie bei der schweigenden Heidemarie am Tisch, war mit den Nerven völlig am Ende, aber auch hochmotiviert, diesen Zustand allgemein bekannt zu machen. Einen Wodka Lemon nach dem anderen gab sie sich und lamentierte dabei unentwegt, was ihr Chef respektive der Rundfunkrat mit ihr anstellen würden. Das Schreckensvokabular reichte dabei von ›Kopf abreißen‹ über ›hochgradig aus dem Sender hinauskanten‹ bis hin zu ›ein für alle Mal zur Unperson machen‹, was geschehen würde, wenn sich erst am nächsten Morgen die Printmedien auf sie einschössen. Immer wieder kam ihre Rede auf den Herrn Staatssekretär, der natürlich dem Ruf der *Paris-Bar* nicht gefolgt war, sich zur Stunde wohl den Anschiss vom Herrn Minister abholte und, wie Tanja Schröder mutmaßte, bei höchster Stelle vorstellig wurde, um sie als verantwortliche Moderatorin final abzusägen.

»Wie kann die Suchanek mir so etwas antun und mir dieses Arschloch auf die Couch setzen?!«, fauchte sie die arme Heidemarie an, die sich Hilfe suchend nach ihrer Frau Doktor Suchanek umsah, die aber aus eigener Kraft drei Tische weitergerollt war und dort lustvoll Hof hielt. Heidemarie schwieg tapfer, wenngleich sie im Grunde derselben Meinung war wie Tanja Schröder.

Auch Pastor Böhlich aus Weimar saß an der Theke. Der etwas

klein geratene Mann hatte sich auf einen langbeinigen Barhocker hinaufbegeben und hielt sich mit einem Arm an der lederbezogenen Theke fest. Er wurde ohne Bestellung intervallartig mit Pils vom Fass versorgt, offenbar kannte man den Pastor in der *Paris-Bar*. Neben ihm, und das sah schon etwas absurd aus, lümmelte eine knapp zwei Meter große, angeblich irgendwann einmal als Opernsängerin tätig gewesene Schwarze mit der berufstypischen Üppigkeit. Die Frau hatte ein durchdringendes Organ und sprach halb deutsch, halb englisch, falls sie überhaupt sprach. Meist gab sie nur ein derart durchdringendes, schallendes, salvenartiges Lachen von sich, dass sie deswegen in einigen Etablissements bereits Hausverbot erhalten hatte, und zwar nur des Lachens wegen. Kein Wirt will sich seine Gäste in schlechte Laune lachen lassen. Das kleine traurige Pastorenmännchen neben der lauthals lachenden tiefschwarzen Sopran-Wumme, das sah aus wie eine Dekoration, die sich ein alternder Szenenbildner in präseniler Geschmacksflucht als Hintergrund für ein bescheuertes RTL-2-Low-Budget-Erotik-Movie ausgedacht haben könnte.

Raumgreifend hatte sich der Botschaftsangehörige Koluschnikoff an einem Tisch mitten im Raum platziert, umgeben von drei schwarz gekleideten russischen Sicherheitskräften, die, ohne den ganzen Abend lang auch nur ein Wort zu sagen, hinter dem Dicken standen und den Durchgang der Kellner vehement behinderten; die drei Safety-Kosaken jedoch beiseite zu schicken, getraute sich hier niemand. Koluschnikoff aß aus einer großen Porzellanschüssel eine Brühe, die ihm als russischer Borschtsch angedient worden war, und offenbar gab es an der Suppe nichts auszusetzen, so wie der Botschaftsangehörige löffelte. Neben ihm, in sprachlicher und physischer Tuchfühlung, kauerte seine kleine Dolmetschmieze und bekam hin und wieder von Koluschnikoff ein Löffelchen Borschtsch ins rot geschminkte Mündchen geschoben.

In der allerhintersten Ecke, an einem kleinen Zweimanntischchen, das fast an die Säufer-Separees in irischen Kneipen erinnerte, saß Jörg zusammen mit Zoltan Schneider. Jörg hatte die Sonnenbrille vor den Augen, sein graues Regiebuch auf dem Schoß und die Füße hochgelegt, wie in der Talkshow. Unnahbar saß er da, alle Signale auf ›Rührt-mich-nicht-an‹ gestellt, er, der eigentliche Star des Abends, und hatte immer noch die beiden o.b.-Minis in den Backentaschen. Zoltan saß neben ihm mit einer Fresse, die Kinder in die Flucht schlagen würde. Immer wieder ging Jörgs Blick hinüber zu Tanja Schröder, die neben der quasi versteinerten Heidemarie am Tisch hing wie eine Klette mit Regressansprüchen.

»Die guckt immer heimlich her zu uns«, sagte Jörg, und Zoltan entgegnete grinsend: »Daran wirst du dich gewöhnen müssen.«

»Und wenn wir hingucken, guckt sie weg.«

Zoltan griff Jörgs rechte Hand und umklammerte sie mit eisernem Griff.

»Pass mal auf, mein Junge, das ist wie beim Fliegen. Wenn du die Hebel nach vorne geschoben hast, musst du fliegen, bis du wieder gelandet bist. Vorher aussteigen ist nicht. Du bist jetzt Gratsch. Das ist nicht wie im Theater, wo nach dem Vorhang Schluss ist. Du bist jetzt Gratsch, und höchstens beim Scheißen hast du mal Ruhe. Und du wirst so lange Gratsch sein, bis sie dir die Eier abreißen oder dich zum Helden machen Du hast das so gewollt, also zieh es auch durch. Und wehe, ich erwisch dich irgendwann als Jörg! Hast du das kapiert?«

Jörg nickte wieder. Es wurde ihm allmählich klar, dass diese Russenrolle, die er sich da ausgedacht hatte, keine dramatische Nebenbeschäftigung war, sondern ein Dauergastspiel ohne Auszeiten. Zoltan löste den Griff wieder. Jörg massierte kurz sein Handgelenk, goss sich noch ein Glas Wodka ein und kippte es in einem Zug herunter. Durch den Kneipenlärm tönte immer wieder das Jammern von Tanja Schröder hindurch, die sich regelrecht an Heidemarie festgebissen hatte. Die magere Assistentin ertrug es mit der stoischen Regungslosigkeit, mit der man in der ersten Reihe die Premierenkarte einer unsäglichen Theatervorstellung absitzt.

Koluschnikoff hatte den Borschtsch bis auf den letzten Schluck ausgelöffelt, wischte sich den feisten Mund samt Schnauzbart mit einer Serviette ab, wuchtete seinen fetten Leib nach oben, sah zu Gratsch hinüber, rief »Gospodin!« und machte sich durch die engen Stuhlreihen auf den Weg nach hinten, direkt auf Jörg und Zoltan zu. Seine drei Safety-Männer sahen ihn fragend an, aber Koluschnikoff winkte ab. Für diesen kleinen Ausflug benötigte er keine Sicherheitseskorte. Nur seine Dolmetscherin hängte sich an ihn, tippelte im Sog seines massigen Körpers hinter ihm her durch die mittlerweile vollends überfüllte Bar. Als Jörg den dicken Russen kommen sah, erschrak er und ergriff panisch Zoltans linken Unterarm. »Der kommt hierher! Der will mit mir reden! Was soll ich denn dem sagen? Der merkt das doch!«

Zoltan überlegte kurz.

»Hau ab aufs Klo, den übernehme ich.«

Jörg stand auf und entwischte blitzschnell durch den schmalen Gang in Richtung Toilette, bevor Koluschnikoff sich durch die Massen bis zu der kleinen Ecke durchgeschlagen hatte, wo Zoltan nun alleine mit seiner Flasche Wodka saß.

Koluschnikoff stand grinsend vor Zoltan, fragte: »Gdje gospodin Gratsch?«, und sofort säuselte seine Begleiterin, der Herr Botschaftssekretär habe gefragt, wo denn Herr Gratsch sei. Zoltan sah ihr kurz ins Gesicht, dann für einen Moment aufs Dekolletee, und sagte nur knapp: »Goworju po-russkij, gosposcha utschitelniza«, was so viel heißt wie: ›Ich spreche selbst Russisch, Fräulein Lehrerin.‹ Koluschnikoff nickte, und auch die Dolmetscherin hatte spontan verstanden, dass es hier ohne sie ging. Zoltan und Koluschnikoff sahen sich einen Moment an, als wollten sie testen, wer von beiden den längeren Atem hatte. Zoltan goss zwei Gläser Wodka ein, die zwei Männer prosteten sich zu und vernichteten das Gesöff in einem Zug. Nach einer weiteren Schweigerunde wollte Koluschnikoff natürlich wissen, wo Gratsch steckte. Zoltan erklärte ihm mit aller Seelenruhe in einwandfreiem Russisch, dass Gratsch hinten auf der Toilette sei und sich einen Schuss setze. Koluschnikoff nickte verständnisvoll, als habe er nichts anderes erwartet. Klar, wer solche Sachen schrieb wie die ›Russenpisse‹, der musste wohl an der Nadel hängen, und die Drogensucht in Russland war ein Fakt, von dem Koluschnikoff natürlich genau wusste und über den er äußerst ungern sprach. Also noch ein Satz Wodka und weitere stumme Blicke, aber Koluschnikoff machte keine Anstalten, mit seiner Mätresse wieder zur Borschtsch-Fütterungsstelle abzuschwirren.

Zoltan wusste, irgendetwas musste jetzt geschehen, von allein ging der Koloss nicht mehr. Also lenkte er seinen Blick auf die Dolmetscherin, fixierte sie mit taxierenden Blicken, hob schließlich in völliger Selbstverständlichkeit ihr Kleid nach oben, drehte sie dann mit einem festen Griff kurzerhand ein wenig um die eigene Achse, um sich auch ihren Hintern anzusehen – sie trug nur ein winziges schwarzes Etwas, das mindestens zwei Nummern zu klein war, als hätte der runde Hintern das Höschen aufgefressen –, und fragte dann den Dicken auf Russisch, etwa so, wie man um eine Zigarette bittet, ob er ihm die Dame bis morgen Mittag für fünfzig Dollar überlassen könne, vielleicht habe ja Gratsch im Lauf der Nacht auch noch Lust auf ein Prachtweib. Die Mätresse kicherte, und Koluschnikoff brach in ein kurzes, schallendes Lachen aus. Er schlug Zoltan kameradschaftlich auf die Schulter, wies das Angebot zurück, weil die Dame zum Botschaftspersonal gehöre und Nebentätigkeiten prinzipiell vorher anmelden müsse, trank noch einen Schluck Wodka aus der Flasche und marschierte mit seiner Angestellten durch das Getümmel wieder zurück auf seinen Platz.

Dieser Vorgang war natürlich im ganzen Lokal beobachtet

und mit heftigem Gejohle kommentiert worden. Jörg spähte vorsichtig vom Gang der Toilette zu Zoltan hinüber, sah, dass Koluschnikoff weg war, ging zu Zoltan und fragte, was denn passiert sei. Aber Zoltan dachte gar nicht daran, Jörg hier auch noch einen Bericht über sein Ablenkungsmanöver zu erstatten, sondern zischte ihn an: »Schau, dass nicht die ganze Scheiße auffliegt, bevor sie überhaupt losgegangen ist! Mach was!« Schon wieder war da der klammernde Griff um Jörgs Handgelenk, und ihm war klar, dass er jetzt das durchgeknallte Literatenarschloch geben musste. Was erwarteten diese saturierten Szene-Hyänen jetzt hier in der verpupsten *Paris-Bar* von einem wie Gratsch? Klar, dass die ganze Meute heiß war auf eine schnelle Psychopathennummer, aber woher auf die Schnelle die passende Russenpsychose nehmen? Jörg konnte nicht schon wieder seinen angeblich tschetschenisch malträtierten Arsch zeigen oder diese Tanja Schröder nochmals verbal zusammenkartätschen, das gab nichts her. Auch des Herrn Pastor Böhlichs passives Beleidigungspotenzial war schon ausgeleiert wie eine Messingbuchse mit Übermaß. Ein spontaner sexueller Übergriff auf Mann, Frau oder Kellner? Haltloses Verteilen von Rauschmitteln, blutförderndes Ritzen der eigenen Stirn mit dem Obstmesser des Barkeepers, auf den Tresen kacken, noch ein Kapitelchen aus der ›Russenpisse‹ lesen oder gleich das Gemächt rausholen, in einen Wodka Lemon reinpissen und austrinken? Jörgs Hirn ratterte wie eine alte Registrierkasse, aber die verfluchte Klappe mit dem intuitiven Wechselgeld sprang nicht auf.

Jörg sah sich im Raum um, so wie ein Jagdflieger den Himmel nach feindlichen Jägern absucht. Aber die ganze Bar war voll von feindlichen Jägern. Drauf geschissen, irgendeiner musste jetzt dran glauben, egal wer. Sein Blick blieb im vorderen Teil der Bar hängen, direkt am Fenster. Dort saß ein feist gewordener, allseits bekannter Filmproduzent, der Hunz oder Kunz oder irgendwie so ähnlich hieß. Der Mann sah nun leider haargenau so aus, wie man sich das Klischee eines übriggebliebenen Westberliner Filmschaffenden vorgestellt hätte. Ein phantasieloser Lobbyist, der durch irgendeinen unheilvollen Zufall in den Sechzigern statt in die Charlottenburger Waschmaschinenbranche irgendwie ins Filmgeschäft hineingeschlittert war und sich dank seiner Verfilzung in verschiedenen Finanzierungsgremien und Redaktionen bis dato mit drei scheußlich belanglosen Filmchen pro Jahr hatte über Wasser halten können. Man munkelte auch, dass Hunz-Kunz-Irgendwie unter schamloser Ausnutzung des Versendet-Sich-Bonus bei jedem dieser Machwerke ein paar hunderttausend Mark für sich hatte abzweigen können. Primär begründete sich der Ruf des Feisten aber auf den Umstand, dass er in den einschlägigen Szene-Cafés herumsaß, irgendwelchen jungen Starlets bis zum Höchstalter von 23 erzählte, er mache gerade einen großen Film und suche eine Besetzung für die Hauptrolle, um die Ruhmsüchtigen dann mit zu sich nach Hause zu verschleppen, wozu auch immer. Und tatsächlich hockte da auf dem Platz neben ihm so ein prototypisches dunkelhaariges Mädchen, dem sogar Jörg schon aus der Entfernung die Russin ansah. Na gut, das war vielleicht eine Chance. Hunz-Kunz-Irgendwie musste herhalten, als Opfer für eine kleine Provokation taugte der allemal.

Jörg nahm sein graues Regiebuch, kippte den letzten Rest Wodka aus der Flasche in sich hinein, war mit ein paar Schritten beim Tresen, sprang in Schorschens Mantel und den sakrischen Lederbuxsen hinauf auf die Theke, stellte sich hin und guckte. Sonst gar nichts. Stand einfach da und guckte. Sofort kehrte Ruhe ein, die Blicke ruhten auf ihm wie auf einem Guru. Frau Doktor Suchanek glühte förmlich vor Erwartung auf das Kommende, klammerte erneut beide Hände krampfhaft in die Griffe des Rollstuhls und hoffte inständig, ja betete leise zum Schutzheiligen der Film- und Fernsehagenten, dass Jörg durchhalten und womöglich noch einen drauflegen würde. Aber bis jetzt guckte er nur, wenn auch mutig und nach vorne. Auch Heidemarie guckte, aber nur feige nach unten auf den alten, gebohnerten Parkettboden der *Paris-Bar*, als könne sie sich aus diesem Raum verflüchtigen, solange sie nur nicht hinsah. Selbst Tanja Schröder stellte ihr tumbes Lamento über die möglichen Rachemaßnahmen seitens des Herrn Staatssekretärs für einen Moment lang ein.

»Ty sche russkaja?«, fragte Jörg die junge Frau, die neben Hunz-Kunz-Irgendwie saß.

»Nu da, no dawajtje goworit po-njemezkij!«, kam es von der Dunkelhaarigen mit sicherer Stimme zurück, in der ein gutturales Lachen mitschwang. Sie sprach also Deutsch, und zugegebenermaßen hatte sie tatsächlich Esprit, und hoffentlich merkte sie nicht, dass er kein Russe war, also Vorsicht. Jörg tat es irgendwie Leid, dass er das Mädel da mit hineinzog, aber was war sie auch so blöd und saß heute ausgerechnet mit diesem Hunz-Kunz-I'wie in dieser Wichtigtuergruft.

»Warum sitzt so eine Schönheit wie du neben so einem feisten Fettsack? Hat er dir gesagt, dass er einen Film macht und eine Besetzung für seine Hauptrolle sucht? Das sagt er nämlich immer.«

In der *Paris-Bar* kam große Heiterkeit auf. Hunz-Kunz-Irgendwie sah aus, als würde er gleich detonieren oder implodieren, und Jörg stellte sich einen Moment lang vor, wie sich die Masse des aufgedunsenen Körpers schrapnellartig in der ganzen *Paris-Bar* verteilen würde. Jörg wandte sich jetzt direkt an sein Auditorium, das ihm skandalheischend an den Lippen hing: »Wahrscheinlich hat er ihr versprochen, sie spielt die Enkelin von Katharina der Großen und hat den Schmuck der Oma Zarin in ihrer Muschi versteckt!«

Jörg warf einen perfekt getimten Blick zu Hunz-Kunz-Irgendwie, der jetzt die niederträchtige Verarschung mit einem gütigen Lächeln zu überspielen versuchte. Und unter all dem lag das simultane Gesäusel der Dolmetschmaus von Koluschnikoff, die ihrem Meister und Arbeitgeber all den Gratsch'schen Unsinn unverzüglich auf Russisch ins Ohr flüsterte.

Jörg legte nach: »Oder machst du gar keine Filme mehr, weil du schon zu fett geworden bist?«

Die Stimmung in der Bar glich jetzt der im Ostseestadion während einer der seltenen Momente, in denen es Hansa Rostock gelungen war, einen Treffer zu erzielen. Und eines war klar: Jörg hatte sich instinktiv den Richtigen ausgesucht. Keiner mochte diesen Produzenten, aber auch keiner hasste ihn so, dass man es ihm gesagt hätte. Also kam den Leuten diese kleine Attacke auf Hunz-Kunz-Sowieso als Abwechslung ganz recht, dieser kleine Spaß mit dem dämlichen Hunz-Kunz, der niemandem wichtig genug war, vorsätzlich gegen ihn zu stänkern.

»Sag uns doch mal, was du mit so einer Frau im Bett anstellen willst, Hunz-Kunz? Golf spielen? Russisch lernen?«

Mitten im aufbrausenden Gelächter war Hunz-Kunz-Irgendwie aufgestanden, bebte vor Wut und umklammerte mit seinen Patschepfötchen die Brunello-Rotweinflasche, als wolle er sie im nächsten Moment an der Tischkante abschlagen und damit auf Jörg losgehen. Der kleine Mann spürte die negative Stimmung um sich herum und wusste, dass er in diesem Raum jetzt kaum einen Verbündeten finden würde. Es war ja immer so: Die Hyänenbande in der *Paris-Bar* suchte stets nach einem Deppen, an dem sie sich schadlos halten konnte, und im Moment war er eindeutig und allein das designierte Opfer, das hatte der widerwärtige Russenlümmel geschafft, daran gab es keinen Zweifel. Verzweifelt sann er nach einem Ausweg aus seiner beschissenen Situation. Aber den brauchte er gar nicht mehr. Jörg winkte ab, unterbrach das Spiel, so wie man aus einer Rolle aussteigt oder den Ferrari aus der Führungsposition an die Boxen fährt, um schnell einen Kaffee zu trinken, bis die Mercedes McLarens um die Ecke geschlichen kommen.

»Nun steh nicht da wie ein gehirnamputierter Ochse! Verstehst du keinen Spaß!?«

Damit sprang Jörg unter heftigem Applaus wieder vom Tresen, drückte der Opersängerin ein Küsschen auf die schwarze Backe, klopfte dem Pastor Böhlich kameradschaftlich auf die schmale Schulter und rief durch den ganzen Raum: »Leckt mich alle am Arsch, ich geh schreiben!«

Unter Applaus und Jubel schlurfte er durch die Bar zum Ausgang, die Sonnenbrille vor den Augen, und tat, als sei ihm dieser ganze Trubel um seine Person völlig gleichgültig. Mit perfekt gespieltem Understatement ging er an all seinen neuen Fans vorbei, ohne auch nur einmal den Kopf zu wenden, direkt auf die Tür zu.

Vor der Tür blieb Jörg erst einmal stehen, atmete tief durch, heilfroh, draußen zu sein, entkommen aus diesem Affentheater, frische Luft zu spüren und endlich diese verfluchten Gratsch-Tampons aus den Backentaschen loszuwerden. Jetzt fiel ihm auch wieder ein, wie der Mann hieß: Konz. Thilo Konz. Jörg griff in seinen Mund, um die mittlerweile völlig vom Speichel durchsuppten Wattestäbchen herauszuholen, aber augenblicklich wurde er von zwei kleinen Händen gepackt und energisch an die Hauswand hingezogen.

›Scheiße, der Konz!‹, durchfuhr es Jörg sofort, denn durch die Sonnenbrille konnte er in der Dunkelheit nichts erkennen, weil seine Augen noch an die Helligkeit in der Bar gewohnt waren.

»Komm her, Russe!«

Aber es war nicht der düpierte Thilo Konz, der ihm da aufgelauert hatte, sondern die mittlerweile völlig betrunkene Tanja Schröder. »Warum hast du das getan, Russe? Wegen meinem grünen Büstenhalter?«

Die Schröder hatte Jörg ganz vergessen, und er wusste nur, dass er sie auf dem schnellsten Wege loswerden musste.

»Willst du's sehen?«

Wahrscheinlich meinte sie grüne Unterwäsche. Nein, Jörg wollte die lindgrüne Kreation nicht sehen, er wollte nur weg.

»Komm, dann zeig du's mir, Russe! Ich will es sehen!«

Jörg hatte keinen Schimmer, was die angeschlagene Moderatorin nun ihrerseits sehen wollte.

»Zeig mir die Stelle an deinem Arsch, wo die Tschetschenen die Zigarren ausgedrückt haben!«

»Es waren keine Zigarren, es waren Zigaretten.«

»Scheißegal. Nimm mich mit in dein Kämmerlein und zeig mir deinen Arsch!«

Tanja Schröder zog Jörg mit all ihrer vom Suff entfesselten Kraft zu sich heran und blökte ihm ins Ohr: »Pass auf, du böser Russenbengel: Du nimmst mich jetzt mit, denn du sollst mich haben heute Nacht. Verstehst du das, du halbirres Tier: Du sollst mich haben heute Nacht!«

›Ach du meine Güte‹, dachte Jörg nur.

»Oder hat der böse Russe etwa Angst vor starken Frauen?«

Angst hatte der böse Russe natürlich nicht, er war einfach müde und hatte überhaupt keine Lust auf Tanja Schröder in ihren lindgrünen Dessous.

»Der böse Russe geht jetzt, und du legst dich schön in dein Bett. Und wenn der böse Russe dich haben will, dann findet er dich! Do swidanija, Tanja!«

Damit machte Jörg sich schnell von ihr los, lief ein paar Schritte die Kantstraße entlang, hielt ein vorbeikommendes Taxi an – auch das klappte nun plötzlich –, stieg ein und ließ sich per Kurzstrecke die paar Meter die Kantstraße hinauf zu seiner Wohnung kutschieren.

23

Als Jörg die Wohnungstür aufschloss, roch er den Braten schon. Es war natürlich kein Braten, den er da roch, sondern Fisch, mit viel Knoblauch gebratener Fisch, und das Ganze vermischt mit dem typischen Duft brennender Kerzen. Es lief Musik, Barockmusik, und Jörg kannte die CD: ›Henry Purcell – Music for a While‹. Es war ihm nur nicht klar, was für eine Weile hier mit Henry Purcells Werk besungen werden sollte. Jörgs Hirn war träge, weil der Wodka in der *Paris-Bar* nun durchaus Wirkung zeigte. Er ging langsam durch das gerümplige Wohnzimmer und den Flur hinter zur Küche. Dort war tatsächlich für ein Candlelight-Dinner gedeckt. Auf einem Stövchen stand eine große Platte aus Edelstahl, auf der, liebevoll garniert und verziert, ein gebratener Fisch lag, offenbar ein Zander, noch dazu ein Prachtexemplar. Daneben stand eine Schale mit Kartoffeln, anmutig mit Petersilie bestreut, eine alte Sauciere in neobarocker Form und eine große Schüssel mit bunten Salaten der Saison. Drum herum brannten Kerzen in silbernen Leuchtern, deren Flackern sich in einer bereits entkorkten Flasche von rotem Brunello spiegelte, genau von der Sorte, wie der feiste Konz sie vor einer halben Stunde in der *Paris-Bar* zitternd vor Wut umklammert hatte. Gedeckt war für zwei Personen, neben dem alten Porzellan lag Silberbesteck auf kunstvoll gefalteten Stoffservietten, während aus den Boxen der Stereoanlage das Barockensemble von St. Martin-in-the-Fields unter Leitung von Sir Neville Marriner, wie Jörg auf dem Cover der CD gelesen hatte, Henry Purcells wunderbare Barock-Kantaten heruntersang.

An der Stirnseite des Tisches saß Petra. Auch sie war sozusagen liebevoll angerichtet. Sie trug das Haar hochgesteckt, hatte sich die Lippen in einem verführerischen Rot geschminkt und etwas Rouge auf die Wangen gegeben. Petras Oberkörper war lediglich von einem hautengen ledernen Bustier umhüllt, das vorne mit zwei Metallklammern zusammengehalten wurde. Unter dem Bustier grub sich ein Strapsgürtel in Petras Bäuchlein, an den mit Strapsen lange, schwarze, spitzenbesetzte Strümpfe angeknöpft waren, die samt Petras Füßen in hochhackigen Lederschuhen verschwanden. Über den Strapsgürtel hatte Petra einen weißen Stringtanga mit Spitzenbesatz am schmalen Vorderteil gezogen, das Topmodell der französischen Firma Aubade mit Namen Desiree, das Petra im ersten Jahr der Beziehung von Jörg zum Geburtstag geschenkt bekommen und in letzter Zeit nie mehr angehabt hatte, zumindest nicht in Jörgs Anwesenheit. Die schwarzen Spitzenhandschuhe, die sie dazu trug, reichten bis weit hinauf über den Ellbogen.

Jörg, in seinem Ledergewand, die Umhängetasche noch über der Schulter, stand in der Küchentür, schob die Sonnenbrille nach oben und betrachtete das so hübsch arrangierte Herrengedeck. Durch sein vom Wodka vernebeltes Gehirn spukte im Wesentlichen die Frage, ob es eigentlich auch Strapse für ellenbogenlange Handschuhe gab. »Kommst spät«, hauchte Petra leise, mit einer durchaus wahrnehmbaren Spur von Traurigkeit im Unterton. Petra sah Jörg mit einem zweideutigen Lächeln an, das Jörg eine Weile lang ertrug, ohne die geringste Reaktion zu zeigen. Dann ging er zum Kühlschrank, nahm sich eine Flasche Bier, machte sie auf, trank einen Schluck, lehnte sich wieder stumm an die Küchentür, die Flasche in der Hand, und sah Petra einfach an.

»Ich hab dich gesehen, in der Talkshow.«

Jörg nickte nur stumm und nahm noch einen Schluck aus der Bierflasche.

»Hast ja ganz schön vom Leder gezogen. Vielleicht ein bisschen primitiv, aber hatte was. So gut hab ich dich schon lange nicht mehr gesehen. Und deine Fresse kommt im Fernsehen richtig schön kantig.«

Jetzt erst fiel Jörg ein, dass er immer noch die beiden Tampons in den Backen hatte.

»Jott Punkt Gratsch, Russe, Autor, Schauspieler. Das hat sich die alte Suchanek ausgedacht, oder?« Petra kicherte wie über einen frivolen Scherz. Jörg stand da, die Tampons in den Backen und so stumm wie der Fisch auf der Edelstahlplatte, der wahrscheinlich auch schon längst eiskalt war. Petra schloss kurz die Augen, als müsse sie sich noch mal einreden, jetzt nur nicht aufzugeben, nahm dann die Brunello-Flasche, goss ein Glas ein, stellte es zu dem freien Gedeck, goss sich selbst in ihr eigenes Glas nach, hob es hoch und winkte Jörg mit der anderen Hand zu sich heran. »Komm, die trinken wir jetzt.«

»Wozu?«

»Na, auf diesen wunderbaren Abend!«

Jörg machte keine Anstalten, sich Petra oder dem Rotweinglas zu nähern.

»Nun komm schon, setz dich. Jetzt essen wir ein bisschen ...«

Petra setzte gekonnt eine kleine Pause und sagte, all ihre Verführungskraft in die beiden Worte legend: » ... und dann ...«

»Was, und dann?«

»Und dann ... Dann sollst du mich haben heute Nacht.«

›Nicht schon wieder‹, dachte Jörg, ›wen und was soll ich denn noch alles haben heute Nacht?!‹

Er trank den Rest der Bierflasche in einem Zug aus, ging wieder zum Kühlschrank, nahm sich noch eine, murmelte mehrmals ›Und dann und dann und dann‹ vor sich hin und stellte sich wieder in den Rahmen der Küchentür.

»Und dann ... Und dann, Petra, dann reden wir über alles... Und dann kaufen wir uns einen neuen Wagen, und dann wird alles wieder gut, oder was?«

Petra sah Jörg mit einem verzeihenden, fast mütterlichen Lächeln an.

»Jetzt sei doch nicht so. Mir musst du doch nichts vorspielen.«

»Hast du schon eine neue Wohnung?«

Petra nahm einen Schluck aus ihrem Brunello-Glas, stand auf, ging auf Jörg zu und legte ihm zärtlich einen Arm um die Schulter. Jörg ertrug diese körperliche Attacke derart stoisch, dass auch ein manischer Optimist mit viel Phantasie nicht auch nur die geringste Änderung seines sturen Verhaltens hätte erkennen können.

»Also: wann bist du hier raus?«, fragte Jörg in gnadenloser Sachlichkeit.

Petra versuchte, Jörg in die Augen zu sehen, mit denen er durch sie hindurchblickte wie durch eine Nebelwand, und dann flötete sie ihm leise direkt ins Ohr: »Sieh mal, Jörg Raabe, wir streiten uns, aber wir brauchen uns. Wir verlieren uns, aber wir finden uns. Wir verdammen uns, aber wir begehren uns. So ist das nun mal mit uns beiden.«

Jörg hatte aber keine Lust auf weitere Begriffspaare und war auch ganz und gar nicht der Ansicht, dass das nun mal so war mit ihnen beiden. Das würde niemals klappen, und mit Kind schon gar nicht. Mit einer Entschlossenheit, die nicht die geringste Fehldeutung zuließ, machte er sich, ohne grob zu sein, von ihr los und nahm ihren Arm von seiner Schulter.

»Ich hab dir doch gesagt, je eher du hier raus bist, desto besser. Ich kann dir auch beim Umzug helfen.«

Jörg wusste, dass er jetzt hart bleiben musste, trank noch einen Schluck Bier und ging durch den Flur die paar Schritte hinüber ins Wohngerümpelzimmer, direkt auf ein altes IKEA-Regal zu. Dieses Primitiv-Regal vom Typ *Sten* – Design Olof Lölleblöm – hatte Petra damals aus ihrer WG mit in die gemeinsame Wohnung gebracht, zunächst in ihrem Zimmer als Möbel benutzt und es dann anstelle Entsorgung einfach im Wohnzimmer abgelagert. Jörg steckte sich die Bierflasche in die Manteltasche, nahm vom Regal zwei alte Blumenvasen, in die schon seit Jahren keine einzige Blume mehr eingedrungen war, stellte sie auf den Boden, griff das Regal mit beiden Händen und trug es zur Balkontür. Petra war Jörg gefolgt, das Klappern ihrer hochhackigen Schuhe klang ein wenig unsicher auf dem alten Parkettboden. Die Arme quasi schützend um das Lederbustier geschlungen, stand sie mitten im Wohnzimmer und sah Jörgs Tun mit Verwunderung zu.

Dass er sich aufführte wie ein Arschloch, war ihr schon klar, auch wenn sie keinen Schimmer hatte, was er jetzt vorhatte. »Was soll denn das jetzt?«

Jörg öffnete die Balkontür, nahm das Regal, ging auf den Balkon, sah kurz hinunter, hob *Sten* über die Balkonbrüstung und warf das unbehandelte Kiefernholzprodukt einfach nach unten auf den Gehsteig, wo es kurz darauf hörbar aufschlug. Jörg schaute noch einmal kurz über die Brüstung, als wolle er sich überzeugen, ob *Sten* auch wirklich in der Kantstraße angekommen war, und schloss dann die Balkontür wieder.

»Das Regal ist schon mal unten. Den Rest schaffst du auch noch. Das Geschirr kannst du behalten.«

Petra stand da, zitterte. Wenn Blicke je kastrieren konnten, dann hier und jetzt. Jede Faser ihres Leibes bebte vor nackter Wut, und das ganze verwichste Strapsgedöns ließ sie noch nackter dastehen als nackt vor diesem Arschloch im Ledermantel, der sich die Sonnenbrille wieder aufgesetzt hatte und an der Bierflasche nuckelte. Blitzschnell und ohne mit den hochhackigen Ticki-Tackis umzuknicken packte sich Petra eine der beiden Vasen und schleuderte sie mit voller Kraft in Jörgs Richtung.

»Du widerliches, blödes Arschloch!«

Jörg wich trotz alkoholbedingter Manövrierbehinderung ein Stück zurück, Vase eins verfehlte ihr Ziel und zerbarst splitternd an der Wand, genau dort, wo *Sten* bis eben für zwei Jahre gestanden hatte. Aber Petra hatte bereits Vase zwei abgefeuert, und die erwischte Jörg voll in Höhe des Brustbeins. Zum Glück war es eine selbstgetöpferte Vase aus Ton, die sofort in unzählige Einzelteile zerbrach, quasi pulverisierte, und das starre Leder von Schorschens Gurumantel bewahrte Jörg vor einschneidenden Verletzungen. Kommentarlos ging er zurück zur Küche, um seine Ledertasche zu holen, die er dort stehen gelassen hatte. Er bückte sich gerade nach der Tasche, als Petra schon an ihm vorbeirauschte zum Küchentisch, sich die Edelstahlplatte mit dem Zander griff und das komplette Fischgericht in Jörgs Richtung schleuderte. Jörg blieb über die Tasche gebückt, und der Fisch schlug knapp einen halben Meter über ihm an der Küchenwand auf. Durch die Wucht des Aufpralls filetierte sich der Zander selbst, und zwar dermaßen perfekt, dass das völlig vom Fleisch befreite Fischgerippe samt Kopf vor Jörg auf den Boden fiel. Offenbar hatte Petra den Fisch diesmal zu lange im Ofen gelassen, während sie ihm zu Beginn ihrer Liebe einmal eine halbrohe Forelle aufgetischt hatte, die Jörg damals aus reiner Verliebtheit aufgegessen hatte, was ihm zwei Tage Scheißerei einbrachte. Jörg nahm seine Tasche und richtete sich auf.

»Ich geh ins Hotel heute Nacht. Und streich die Küche, bevor du abhaust.«

»Streich sie doch selber, du blödes Arschloch!«

Im Weggehen registrierte Jörg noch das Rotweinglas, das hinter ihm an der Küchenwand zerschellte und einen großen roten Brunello-Fleck hinterließ.

Als er unten aus der Haustür trat, sah er, wie zwei schnauzbärtige Männer schon dabei waren, das weitgehend intakte Holzregal – Statik: ebenfalls Olof Lölleblöm – auf einen kleinen, verrosteten Pkw-Anhänger mit polnischem Kennzeichen zu laden. Jörg ging hinüber zum Izmir-Imbiss, kaufte sich rollengemäß eine Flasche Jegeroff-Wodka, den es bei Plus für 2,99 Euro gab und der hier im Izmir für 9,99 über den Tresen ging. Jörg verstaute den Jegeroff in seiner Ledertasche, hielt ein Taxi an und ließ sich ins Hotel Residenz in der Meineckestraße fahren, ein kleines Hotel, in dem Filmproduktionen gern ihre Schauspieler unterbrachten. An der Rezeption verlangte die südländisch anmutende Endvierzigerin wegen Jörgs Aussehen gleich Vorkasse, was Jörg mit der Bemerkung quittierte, ihm sei alles recht, solange er sie nicht haben sollte heute Nacht, eine Bemerkung, mit der die Frau natürlich nichts anzufangen wusste. Als Jörg sein Geld herausholte, musterte la Receptionista ihn länger und intensiver als nötig und fragte ihn dann, als er schließlich die verlangten 95 Euro auf den Tisch legte, ob er das heute gewesen sei, in dieser Talkshow. Jetzt erst bemerkte Jörg den kleinen Fernseher, der neben der Kasse stand und auf dessen Bildschirm soeben Captain Picard seinen ersten Offizier, Commander Ryker, in den Kommandostand zitierte. Jörg bejahte die Frage nach der Talkshow und wollte gerade den Zimmerschlüssel einstecken, als die Signora ihre Hand schnell auf die Keycard mit der Nummer 247 legte.

»Was denn noch?«, fragte Jörg, der jetzt nur noch in sein bereits bezahltes Zimmer wollte.

»Sie machen aber nichts mit den Möbeln, ha!?«

Jörg sah die Südländerin blöde an.

»Wir haben nämlich schlechte Erfahrungen gemacht mit den Russen. Die schmeißen gerne mal die Möbel aus den Fenstern, ha!«

»Das werden Sie dann schon merken, morgen früh. Machen Sie sich einfach ein bisschen Sorgen, dann wird Ihnen die Nachtschicht nicht so lang. Ha!«

Jörg ging hinauf auf die 247, nahm die Jegeroff-Flasche aus der Tasche und stellte sie auf das Nachttischchen, legte sich samt Mantel und Hose auf das Bett, pulte sich die Tampons aus den Backen, spielte noch kurz mit dem Gedanken, das in der Tat geschmacklose Couchtischchen aus dem Fenster zu werfen, und fiel Minuten später in einen tiefen, langen Schlaf.

24

Jan Pöter saß an seinem Schreibtisch und sah sich die Videoaufzeichnung zum dritten Mal an. Die Vorhänge hatte er zugezogen, um einerseits den Videoschirm besser sehen zu können und um sich andererseits die Aussicht hier vom siebten Stock zu ersparen: den Blick über den Mix aus fertigem Beton und ewiger Baustelle, und dahinter dieser alberne Fesselballon, der in enervierender Regelmäßigkeit alle halbe Stunde dreißig Touristen knapp hundert Meter nach oben steigen ließ, um sie nach fünf Minuten wieder herunterzuholen und sie durch dreißig neue Schwaben, Hessen oder Japaner zu ersetzen. Der Sender hatte mit den neuen Büros nicht gegeizt. Der Potsdamer Platz war an sich schon beste Adresse und das Sony-Center sowieso, zumal hier auch die Drehbuchakademie untergebracht war und die europäischen Provinzposten großer amerikanischer Filmgesellschaften wie Warner Broth oder Buenavista angesiedelt waren. Auch die Columbia wollte hier demnächst ein Berliner Büro eröffnen.

Jan Pöter war knapp über dreißig, gut aussehend, blond, groß, hatte schöne blaue Augen und ein energisches Kinn, ein Jungdynamiker wie aus dem Bilderbuch. Entsprechend war auch sein Werdegang gewesen. Nach dem Abitur in Melsungen und dem Wehrdienst bei einer Panzereinheit in Munsterlager – Entlassungsdienstgrad Obergefreiter UA – hatte er schnell in Göttingen acht Semester Betriebswirtschaft absolviert und dann hurtig noch zwei Jahre an der Filmakademie Baden-Württemberg in Ludwigsburg draufgesattelt, im Studienbereich ›Produktion‹. Danach war er zu dem Sender mit den bunten Würfeln gegangen, mit dem Ziel, niveauvolle Fernsehunterhaltung zu machen und sich damit möglichst bald möglichst weit nach oben zu arbeiten, was nicht erst seit der Pleite des Münchner Filmschrotthändlers Kirch ein schwieriges und wackliges Unterfangen war.

Seit sich seine Frau von ihm getrennt und das gemeinsame Kind gleich mit einbehalten hatte, war Jan Pöter wieder ein bisschen auf die Jagd gegangen und seine Abschussquote war gar nicht so schlecht. Kürzlich hatte er im Aufzug des Sony-Centers mit einer jungen Studentin aus der Drehbuchakademie angebandelt, die ihn aber dann, nach kurzem Austausch von Zärtlichkeiten, in der Küche seiner Penthousewohnung eingeschlossen und ihm ihr neuestes Drehbuch vorgelesen hatte, und zwar vollständig, wenn auch nur unvollständig mit einem Bodystocking aus Stretchmaterial – 85 % Cotton, 15 % Elastan – bekleidet. Jan Pöter war über der Lesung eingenickt und am Morgen in der Küche aufgewacht, alleine, mit dem hinterlassenen Drehbuch auf dem Kühlschrank. Der verpasste Geschlechtsakt war gar nicht sein Problem an diesem Kopfwehmorgen in der Küche, es regte ihn weit mehr auf, dass ihm schon wieder ein miserables Drehbuch angedient worden war, das nur so triefte von gewollter Komik und depressiver Humorlosigkeit.

Überhaupt spürte Jan Pöter in letzter Zeit eine bisher nicht gekannte Lustlosigkeit, die sich immer öfter nach durchgezogenem Aufriss einstellte. Meist genügte es ihm, eine Frau zum Essen einzuladen, sie mit Erfolgsstorys zuzutexten, mit nach Hause zu nehmen und zu küssen, sie auszuziehen und schließlich die Bereitschaft, mit ihm schlafen zu wollen, erklärt zu bekommen. Hier machte er dann immer öfter einen Rückzieher, erzählte irgendetwas von dringenden Terminen am nächsten Morgen oder redete gar einer verquasten Romantik das Wort, die angeblich durch ein Miteinanderschlafen am ersten Abend zerstört würde, ohne auch nur im Entferntesten daran zu denken, die derart Vertröstete jemals wieder zu treffen. War die Dame dann gegangen, fragte er sich, während er sich elegant ein wenig betrank, ob die Zurückweisung nur ein Ausdruck seiner Machtbegierde war oder vielleicht der morgenrötliche Bote einer heraufziehenden Midlifecrisis oder gar einer psychischen Erkrankung, die im Endstadium zur Mitgliedschaft in einem der mittlerweile 32 Golfclubs rund um Berlin führen würde. Seine Sauferei hielt sich jedoch in Grenzen – er war Sportler, Langstreckenläufer –, und Koks war schon gar nicht Jan Pöters Sache, da hing er zu sehr am Erfolg, hatte Angst, er würde sich mit der Kokserei eine Falle auf dem Weg hinauf in die Chefetage des Senders stellen, wenn es den denn auch im nächsten Jahr noch geben würde. Auch das ihm bis auf einige sonntägliche Besuchstermine vorenthaltene Kind war nicht Jan Pöters eigentliches Problem. Er hatte ohnehin den Draht zu dem siebenjährigen Mädchen verloren und sich immer mal wieder gefragt, ob er nicht die Anteile an der Elternschaft abstoßen könnte, zumal die Mutter das Kind schon weitgehend versaut hatte. Und wenn er Melinda, so hieß die Kleine, mal jeden zweiten oder dritten Sonntag zur Verwahrung hatte, langweilte ihn die nölige Wesensart des hochgradig verwöhnten Kindes. Melinda war ihm einfach zu wenig motiviert, basta. Das war aber auch kein Wunder, bei der ausgefeilten Demotivierungstaktik, die Melindas Mutter stets fuhr: Erst wurde der Kleinen mit großem Getöse etwas verboten oder ein Wunsch abschlägig beschieden, zwei Minuten später ebendieses Begehren doch zugestanden, und das anfängliche Nein weitere fünf Minuten später mit großzügiger Süßigkeitenausschüttung postum wieder vergessen gemacht. Um das Kind ging es ihm gar nicht so sehr, im Grunde war Jan Pöter eigentlich nur darüber sauer, dass die Kindsmutter die Stirn hatte, dieses Neurosen fördernde Lavieren auch noch schamlos Erziehung zu nennen.

Jan Pöters eigentliches Problem hieß Michael B. Hofmeier. Vor einem halben Jahr hatte die Chefetage des Senders diesen Hofmeier zum Leiter der Hauptabteilung ›Fiction und Serien‹

gemacht, dabei waren Jan Pöter – und einige seiner Kollegen – felsenfest davon ausgegangen, dass er den Posten bekommen würde. Zumindest hätte er ihn verdient gehabt. Und stattdessen setzte man ihm diesen Michael B. Hofmeier vor die Nase, einen nichts sagenden Münchner Dandy, der nur eins konnte: sich mit den Chefs gut stellen. Michael B. Hofmeier hatte in München bei der Bavaria als Aufnahmeleiter angefangen und immer im richtigen Moment die richtigen Leute gekannt, um Stück für Stück, Posten um Posten, unaufhaltsam nach oben zu glitschen. Was das Schlimmste war: Michael B. Hofmeier konnte nicht nur nichts – außer Anschleimen oben rechts –, der wollte vor allem auch nichts. Der Mann hatte keine Idee, keinen eigenen Geschmack, keine Besessenheit, nicht mal erklärte Feindbilder, kein Konzept, keine Strategie, gar nichts. Der Mann war nur da, wollte nichts, und schwupp war er oben. Und das entsprach ganz der Strategie der Chefetage. Denn weil niemand solche Personalentscheidungen verstand, war im ganzen Hause ein Hauen und Stechen um die Posten im Gange, gegen das jede konventionelle Mitarbeiterermunterung zwangsläufig abstinken musste. Jeder hieb gegen jeden, Producer oder Redakteure mit Skrupeln verabschiedeten sich immer nach dem gleichen Muster: Erst fingen sie an zu jammern, dann gingen sie irgendwann von selbst. Ja, hier regierte das ›Survival of the Fittest‹, wobei ›Fittest‹ eigentlich nur bedeutete, dass die fitten Surviver als Einzelkämpfer versuchten, irgendwie Quoten zu machen, um nach oben zu kommen, egal zu welchem Preis. Das von außen wahrnehmbare Resultat dieser Firmenpolitik war ein breit gefächerter, konturloser Matsch von Durchschnittware, der in stupider Beliebigkeit, von Werbepausen unterbrochen, über den Bildschirm schwappte. Schlimm genug, und seit der Kirch-Pleite war es doppelt so schlimm geworden.

Zum vierten Mal ließ Jan Pöter das Videoband ablaufen, als es an der Tür klopfte. Seine Truppe war im Anmarsch, und die bestand im Wesentlichen aus Heike Mellinghusen, seiner ihm zuarbeitenden Producerin, und der gemeinsamen Sekretärin, einer ursprünglich aus Kolumbien stammenden dunklen Schönheit, die einen erfolglosen Ludwigsburg-Absolventen geheiratet hatte und sich seitdem Assuncia de Alcacer-Bentele nannte. Doppelnamenspender Bentele saß zu Hause und schrieb fleißig Drehbücher mit immanenter Ablehnungsgarantie, aber Assuncia de Alcacer-Bentele war nichtsdestotrotz eine tüchtige Sekretärin mit viel Selbständigkeit, hohem Organisationstalent und hin und wieder etwas vorlautem Mundwerk. Aber das mochte Jan Pöter, der Mann aus Melsungen stand auf südliches Temperament. Es ließ sich überhaupt für Jan Pöter mit Frauen besser arbeiten als mit ehrgeizigen Karrieristen oder geschmäcklerischen Schwulen, also bestand seine Abteilung bis auf ein paar Laufburschen hauptsächlich aus Frauen.

Jan Pöter schaltete den Videorekorder ab und begrüßte die beiden Frauen, die natürlich sofort merkten, dass ihr Chef brannte, ja loderte, und den aufkeimenden Duft von Monsterquoten roch. Heike Mellinghusen setzte sich an den großen Konferenztisch, Assuncia de Alcacer-Bentele klappte, mit gebotener räumlicher Distanz zur Abteilungsleitung, ihr kleines, aber leistungsstarkes I-Book auf.

»Morgen!«, sagte Jan Pöter. »Sie wissen, um was es geht?«

Natürlich wusste Heike Mellinghusen, um was und vor allem um wen es ging. Sie hatte das Band gesehen, in dem Jörg in der Talkshow den Herrn Staatssekretär beleidigt hatte, und sofort Sunntzja – was die abgekürzte und eingedeutschte Form des Namens Assuncia war – gebeten, diesbezügliche Recherchen anzustellen.

Jan Pöter war aufgestanden und lief schwärmerisch durch den großzügigen Raum: »Die Quote ist um 13,4 Prozent nach oben gegangen, als dieser Kerl da angefangen hat. 13,4 Prozent, das muss man sich mal vorstellen!«

Heike Mellinghusen bemühte sich um Sachlichkeit, bat Sunntzja kurz um das I-Book und las ab, was man bereits über den bösen Mann in der Talkshow herausgefunden hatte: »Gratsch heißt der Mann.«

»Und der Staatssekretär heißt Nestelbach«, mischte sich Sunntzja de Alcacer-Bentele geringfügig vorlaut ein.

»Das ist mir scheißegal, wie der heißt!«, blökte Jan Pöter in Richtung Sunntzja zurück. »Von mir aus kann der den Bundeskanzler persönlich beleidigen!«

Jan Pöter wandte sich wieder mit fragendem Blick an Heike Mellinghusen, die weiterreferierte: »Also: Gratsch. Jott Punkt Gratsch. Russe, aus Petersburg. Unter Vertrag bei der Agentur *pegasus*. Ist Sohn eines russischen Luftwaffenoffiziers, Schauspieler, Autor, Performance-Künstler. Ist in Deutschland aufgewachsen, spricht akzentfrei deutsch. Schreibt angeblich auch Romane und Theaterstücke …«

Jan Pöter grunzte nachdenklich. »Theaterstücke … Na wenn schon. Den Mann brauchen wir. Heike, seien Sie so gut, rufen Sie da an, bei dieser Agentur …«

Man sprach sich im Gegensatz zum allgemeinen Duz-Wahn in der Film- und Fernsehbranche in der Abteilung von Jan Pöter per Sie an, aber unter Verwendung des Vornamens.

»Agentur *pegasus*, eine Frau Doktor Suchanek«, warf Sunntzja schnell ein.

»Die alte Suchanek?«, fragte Jan Pöter ungläubig. »Wo hat die denn den her? Die hat doch sonst nur öffentlich-rechtliche Halbleichen mit Sprachstörung in der Kartei!«

»Sie hat ihn jedenfalls, Jan. Und zwar exklusiv.«

»Na gut, Heike, reden Sie mit ihr. Wenn sie blöd tut, mach ich's selber.«

»Und was soll ich ihr sagen?«, fragte Heike Mellinghusen vorsichtig.

»Also: der soll ein TV-Movie machen. Am besten eine ganze

Reihe. So schnell wie möglich, irgendwas: Hauptrolle Gratsch. Haben wir Stoffe für den?«

»Mir ist jetzt auf die Schnelle da nichts präsent, Jan«.

»Dann geben Sie was in Auftrag, Heike. Die Autoren sollen sich die Finger wund schreiben mit Rollen für den. Je durchgeknallter, desto besser. Die Kids schreien nach einem neuen Kinski.«

»Kinski war ja auch Pole, der hieß eigentlich Nakszynski«, trug Sunntzja ungefragt sonnig bei. Im Schatten von Sunntzjas Bemerkung manövrierte Heike Mellinghusen ganz vorsichtig einen abwägenden Faktor in das Gespräch hinein: »Wir sollten aber bedenken: der Mann ist irgendwo auch ein Risiko. Wenn der sich so danebenbenimmt, könnte das eventuell Probleme für das Image des Senders geben.«

Jan Pöter winkte lachend ab. »Da ist drauf geschissen, Heike. Da soll sich die Rechtsabteilung drum kümmern, zu was haben wir die Juristenfurzer denn? Nein, nein, der Kerl bringt Quote, das rieche ich. Und die brauchen wir, sonst gar nichts. Dieses russische Arschloch schickt uns der Himmel!«

Jan Pöter war fest entschlossen, ganz auf diesen Jott Punkt Gratsch zu setzen, um den Kampf um den Abteilungsleiterposten ›Fiction und Serien‹ doch noch für sich zu entscheiden. Da sollte der blöde Michael B. Hofmeier mal dagegen anstinken! Und wenn Jan Pöter schon seine Tochter nicht mehr sehen und sein Zeugungsorgan nicht mehr in diverse bereitwillige Frauen hineingeben mochte, so wollte er doch eins: diesen idiotischen Russenarsch zu seiner Entdeckung machen und derart zum Star hypen, dass bald jeder in der Branche nicht nur diesen Gratsch, sondern auch den Namen Jan Pöter kennen würde. Bislang war Jan Pöter nur im Sender ein Begriff, und weil Pöter im Niederdeutschen ja so viel wie Hintern bedeutet, wurde Jan Pöter hausintern eigentlich nur Jan Arsch genannt, wenn auch hinter vorgehaltener Hand.

25

Jörg hatte sich einen großen alten Ledersessel direkt ans Fenster geschoben und die Füße auf ein kleines Metallköfferchen gelegt, in dem er seit neuestem seine Unterlagen mit sich trug, vor allem sein graues Buch, die symbolische Schmusedecke seiner neuen Identität. Vorne auf den Deckel des Köfferchens hatte er ein rotes Hammer-und-Sichel-Emblem gemalt und drunter mit einer Schablone den Namen J. Gratsch gepinselt, in kyrillischen Buchstaben, versteht sich. Zum Abschluss hatte er die ganze Blechbüchse sorgfältigst patiniert, so dass das Requisit wirklich aussah, als schleppe es ein durchgeknallter Russe seit Jahren mit sich herum. Und künftig würde man ihn nie wieder ohne diesen Koffer und vor allem nicht ohne sein graues Buch sehen. Jörg guckte zum Fenster hinaus und betrachtete voller Genugtuung die tiefen Spuren, die er mit seinen Cowboystiefeln in die wie immer penibel gerechte Kiesfläche gezogen hatte.

Zoltan Schneider ging im Raum auf und ab, immer von einer Wand zur anderen, und Jörg stellte sich vor, dass der Alte, wenn er so weitermarschierte, auf dem Parkettboden auch bald Spuren hinterlassen würde wie Jörg draußen im Kies. Zoltan dachte nach, und sein denkendes Schreiten in Form einer Ellipse hatte etwas von der Rigorosität einer arbeitenden Planierraupe. Überhaupt war der Vergleich mit Erdbewegungen gar nicht so absurd, zumal das Ergebnis solcher Zoltan'scher Denkvorgänge oftmals einer Rodung, einer Einebnung oder gar einem Kahlschlag gleichkam. Manchmal endete das Gedenke und Geschiebe jedoch auch ohne jedes Resultat, aber mit dem Schlimmsten rechnen musste man allemal, wenn Zoltan in Ellipsen schritt. Heidemarie stand hinter einem großen Tisch, keinem Schreibtisch, sondern nur einer Art

Edelholzplatte auf ebensolchen Böcken, quasi einer Art Schöner-Wohnen-Arbeitsfläche. Sie sortierte stumpfsinnig Unterlagen und Videokassetten, indem sie penibel Häufchen neben Häufchen neben Stapelchen bildete, wobei sie jeweils einen Abstand von drei Zentimetern ließ. Jörg wunderte sich, dass sie die Häufchen und Stapelchen nicht mit Zollstock und Wasserwaage nachmaß. Soweit Jörg das erkennen konnte, handelte es sich bei der Stapelware ausschließlich um sein Material oder, besser gesagt, um das von Jott Punkt Gratsch.

Die Suchanek saß hinter ihrem Schreibtisch und telefonierte. Neuerdings hatte sie eine dieser drahtlosen Hör-Sprech-Garnituren, die Dienstleistende in Call-Centern tragen. Es sah schon ein wenig seltsam aus, wie die Dame Suchanek im Rollstuhl saß, einen Bügel über dem Ohr hatte, der anmutete wie das verbliebene Teil eines defekten Brillengestells. Von dort führte ein weiterer Bügel, an dem das Mikrofon angebracht war, direkt vor den Mund der Suchanek, die sich auch mit diesem Ding nicht von ihrem Platz hinter dem Schreibtisch wegbewegte, obschon dies ja jetzt technisch ohne Probleme möglich gewesen wäre, von der hervorragenden Manövrierbarkeit ihres S-Klassen-Edelrollstuhls ganz zu schweigen. Sie blieb wie angenagelt hinter dem Schreibtisch stehen, mit arretierten Bremsen, dafür sprach sie nun wild gestikulierend in das Mikrofon hinein. Ihre Art zu telefonieren als heftig zu bezeichnen hätte die Sache nur unvollständig getroffen. Trotz der modernen Technik, die da um ihr Haupt gewunden war wie eine High-Tech-Dornenkrone, schrie sie ihre Worte heraus, als wollte sie sie wirklich drahtlos übermitteln, und zwar ganz und gar ohne technische Hilfe. Der Text, aus dem die kurzen, direkt aufeinanderfolgenden Telefonate der Suchanek bestanden, war, von den jeweiligen Begrüßungsfloskeln einmal abgesehen, immer derselbe: »Passn S' auf: Gratsch heißt der. Jott Punkt Gratsch. Sohn eines russischen Luftwaffenobersten. Ja, ein Tier. Schauspieler, Autor, Regisseur. Alles nur exklusiv über mich. Ja, machen Sie mir ein Angebot, ich hör von Ihnen. Bitte. Danke. Servus, Bussi, baa baa!«

Und schon drückte die Suchanek die nächste Kurzwahltaste, und das Spiel ging von neuem los. Jedoch musste Jörg ihr zugute halten, dass die Telefonate auch beim x-ten Mal nicht abgenudelt klangen. Jeder der Angerufenen musste das Gefühl haben, als sei er der Einzige auf dieser Welt, der heute mit einem Anruf der Suchanek bedacht wurde. Die darstellerische Authentizität, mit der sie dieses Sprüchlein aufsagte, war schon bewundernswert, das musste auch Jörg einräumen. Gebremst wurde die Suchanek nur hin und wieder von den Seitenblicken Heidemaries, die sie vom Sortiertisch aus zur Chefin hinüberwarf.

»Was schaust denn andauernd so damisch, Heidemarie?«

»Das ist doch alles erstunken und erlogen!«

»Geh, bittschön, Heidemarie, jetzt mach mi ned narrisch!«

»Aber wir können doch nicht einfach behaupten, dass …«

»Na wos? Die Zeiten hamm sich geändert. Heut laufts nur noch so, des Gschäft!«

Der Blick, der diesem kleinen Wortwechsel folgte, ließ nicht den geringsten Zweifel daran, was Heidemarie von den neuen Geschäftspraktiken ihrer langjährigen Chefin hielt. Jörg zündete sich eine Zigarre an, paffte den Rauch zum Leidwesen Heidemaries mitten in den Raum und fragte dann die Suchanek: »Was ist denn jetzt, Frau Doktor? Ich hab nachher noch was vor.«

»Jetzt tu nicht drängeln, Jörg. Es gibt a ganze Menge zum Reden!«

Die Suchanek reichte Jörg einen ganzen Stapel an Einladungen für Premieren, Vernissagen und sonstige Events, bei denen man plötzlich Wert auf Jörgs Anwesenheit legte, respektive auf die Präsenz von Jott Punkt Gratsch. Dann drehte sich Frau Doktor kurz zu Zoltan um, der immer noch den Raum durchschritt, mittlerweile nicht mehr elliptisch, sondern jetzt quasi in der Diagonale prozessierte.

»Zoltan, tu mir an Gfallen, und setz dich irgendwo nieder! Diese Lauferei macht mich narrisch!«

Zoltan hielt kurz inne, sah die Suchanek an wie ein Tiger kurz vor dem Sprung und verzog sich in die nördliche Ecke des Raumes, die er mit verminderter Geschwindigkeit nunmehr in kleinen, nicht konzentrischen Kreisen durchmaß.

Die Suchanek ergriff wieder das Wort: »Pass auf, Jörg, der Jan Pöter hat angrufen.«

»Wer?«

»Na, der Jan Arsch von PRO-SAT. Der wird hoch gehandelt im Sender, als potenzieller Nachfolger von diesem Michael B. Hofmeier.«

»Aha. Und warum hat dieser Hofmeier nicht angerufen?«

»Geh, vergiss den Hofmeier, des is a Trottel.«

»Aber dieser Jan Arsch hat angerufen …«

»Na, erst hat er die Mellinghusen vorgschickt, seine Producerin. Aber die Mellinghusen kannst erst recht vergessen, die hat eh bloß Schiss.«

»Und?«

Jörg sah kurz auf die Uhr: die PRO-SAT-Interna über irgendwelche Hofmeiers und Mellinghusens interessierten ihn einen Scheißdreck.

»Also, der will eine Reihe mit dir machen: zwölf Folgen, neunzig Minuten, du spielst die Hauptrolle, an russischen Privatdetektiv in Berlin, so a Art intellektueller Colombo …«

»Mal was ganz Neues. Wie sind die Bücher?«

»San scho so guat wie fertig.«

»Ich hab gefragt wie, und nicht wann. Schon was gelesen?«

Die Suchanek schüttelte den Kopf.

»Geh, Jörg, fang ned an rumzuspinnen! Vor sechs Wochen hättst dich über jeden gschissenen Tag in einer Krankenhausserie gfreut, und jetzt …«

»Aber jetzt bin ich Gratsch. Ich hab mir diesen ganzen Schlamassel nicht angetan, um dann irgendwelchen Schrott zu spielen. Gratsch ist einmalig, und wenn sie keine originellen Bücher haben, sollen sie den Mist mit ihren üblichen Langweilerfressen machen, basta!«

Die Suchanek nickte mehrmals vor sich hin. Ein Moment des Schweigens, sozusagen eine Gedenkminute für all die Kollegen, die sich mit miserablen Drehbüchern wirklich umfassend und dauerhaft blamiert hatten.

»Sehr gut, Jörg. Für an Schmarrn geben wir uns nicht her.«

Jetzt schwieg Jörg für einen Augenblick, sah kurz zu Zoltan hinüber und fragte dann:

»Was will er denn zahlen, der Herr Arsch?«

Und schon roch die Suchanek wieder Rückenwind und lächelte hintergründig.

»Pauschal. 70 000.«

»Für alles?«

»Pro Folge, Burschi.«

Jörg war das Kopfrechnen nicht mehr gewohnt, vor allem nicht in solchen Dimensionen.

»Das sind ja dann … äh …«

»Na eh.«

»Wenn die so viel zahlen, dann können die sich auch gute Autoren leisten. Und wenn nicht, steig ich aus oder schreib die Bücher um. Machen Sie da eine Klausel rein in den Vertrag.«

Die Suchanek nickte.

»Hab eh scho unterschrieben.«

»Jetzt läuft's, hm?«

»Schaut so aus, Jörg.«

»Die haben's alle gefressen, oder?«

»Wart nur, des geht no ganz anders los …«

Jörg drehte die Zigarre in seinen Fingern, sah sich die Glut an, als sei darin ein Orakel zu lesen. Die Nummer war natürlich geklaut: Marlon Brando hatte dieses Zigarrenbetrachtungsritual mal in irgendeinem Film herunterzelebriert, um dann dem Präsidenten der Vereinigten Staaten – oder war es der Mafiaboss von Chicago? – eine absolut unverschämte Forderung zu stellen.

»Jetzt noch was: Ich brauch einen Vorschuss.«

»Was brauchst du?«

Die Suchanek kippte fast aus ihrem Edelrollstuhl.

»Einen Vorschuss. Cash.«

Jörg guckte wieder auf die Zigarrenglut.

»Wie viel denn?«

»Dreißig.«

»Dreißig was?«

»Dreißigtausend.«

»Geh, Jörg, bist narrisch?«

»Dann müssen Sie eben alles wieder absagen.«

Die Suchanek wackelte ein paarmal mit dem Kopf, als müsse sie irgendetwas Lästiges von sich abschütteln.

»In Gottes Namen. Dreißig Riesen … Und bis wann?«

»So bald wie möglich.«

Heidemarie stand vor ihren Stapeln und gab ununterbrochen unverständliche Laute von sich, die jeder ansatzweise begabte Synchronregisseur mit Sätzen wie ›Jetzt spinnt er völlig‹ oder ›Das nimmt ein übles Ende‹ betextet hätte. Jörg nahm die Füße vom Köfferchen, steckte sich die Zigarre zwischen die Zähne, stand auf, griff sich die Blechbüchse und machte Anstalten, die kleine Konferenz zu verlassen.

»Bleib hocken, Jörg, mir san no ned fertig!«

»Ich muss weg. Und den Vorschuss brauch ich bald.«

Jörg nahm sein Blechköfferchen, stand auf, nutzte den Schwung des Moments und ging ohne weiteren Gruß. Sobald er die Tür hinter sich etwas unsanfter als eigentlich beabsichtigt geschlossen hatte, verließ Zoltan wie von einer Nachbrennerrakete getrieben seine Ellipsenbahn, schoss auf den Stapeltisch zu und schlug mit der Faust drauf, so dass Heidemarie erschrocken zurückwich, als der Großteil ihrer geometrisch exakt sortierten Häufchen in sich zusammenfiel wie unsachgemäß gelagertes Brennholz bei Starkwind. Zoltan brüllte wie ein Ochse: »Was geht hier eigentlich ab, Frau Doktor? Der Bubi hat ein Mal auf den Tisch geschissen, und schon führt sich hier alles auf, als wär der Herr ein Superstar!«

»Ja, ja, ja!«, skandierte Heidemarie und fing sich postwendend von Zoltan ein knappes »Schnauze, Magersucht!« ein. Sofort machte sie sich daran, die gefallenen Häufchen wieder sorgfältig aufzuschichten. Draußen sah sie Jörg, der im Laufschritt über den Hof rannte, direkt auf seinen Käfer Cabrio zu, und dabei mit seinen Cowboystiefeln wieder eine deutlich sichtbare Spur in den Kies fräste. Zoltan ging auf die Suchanek zu, drehte sie samt dem Rollstuhl zu sich hin und drang unmissverständlich drohend auf sie ein: »Jetzt hör mir mal genau zu: Der Junge steht ganz am Anfang! Und du wirst mir den nicht verheizen. Du nicht! Ich hab Großes mit dem vor.«

Die Suchanek ließ ein meckerndes Lachen los: »Dein verschimmeltes Hirngspinst vom Stellvertreter? Wer soll dir denn für den Schmarrn a Geld geben? Du glaubst doch ned etwa im Ernst, dass ...«

Unvermittelt brüllte Zoltan wieder los, mitten in den Satz der Suchanek hinein: »Der ist noch kein Star! Und wenn du so weitermachst, dann wird er nie einer! Der hat dem Erfolg einmal kurz an die Titten gegrabscht, sonst gar nichts! Hart arbeiten muss der, und die Arbeit fängt jetzt erst an! Wenn ihn einer zum Star machen kann, dann bin ich das! Du bestimmt nicht, mit deiner ganzen PR-Kacke! Du führst dich auf wie eine Provinzmatrone, die beim ersten Lacher ins Publikum geht und beim Pöbel um Applaus bettelt! Den Applaus gibt's, wenn überhaupt, am Schluss, Frau Doktor Suchanek! Am Schluss oder gar nicht!«

Mit einem Schlag war Zoltan wieder die Ruhe selbst und verließ ohne ein weiteres Wort das Büro von *pegasus*, zog ab wie ein Sommergewitter nach der Entladung.

Die Suchanek fuhr kopfschüttelnd wieder hinter ihren Schreibtisch. Wie ein kleiner Hund schlich Heidemarie zurück zu ihren zerstörten Häufchen.

»Wenn das hier so weitergeht, kündige ich!«

»Spinn ned rum, Heidemarie, dich nimmt doch eh kaaner mehr.«

»Das ist gemein.«

»Jetzt mach deine Arbeit, sonst werd ich mal richtig gemein!«

»Seit diesem ganzen Gratsch-Zirkus ist hier nichts mehr, wie es mal war.«

»Hoffentlich, Heidemarie, hoffentlich!«

Heidemarie fing ganz langsam an, ihre zerstörten Häufchen wieder aufzuschichten, und kam sich ein wenig vor wie die letzte Trümmerfrau der Film- und Fernsehbranche.

26

Jörg fuhr die Landstraße bei Zerpenschleuse entlang, direkt auf Fürstenwalde zu. Er scheuchte den Käfer, holte alles heraus, was in der 34-PS-Maschine steckte, rammelte mit knapp 130 an einer kleinen, verschworenen Schleicherkolonne aus Opel- und Japanerwagen vorbei und scherte im letzten Moment, kurz vor einem entgegenkommenden Lkw der Firma ›Harry – Bäcker seit 1867‹ wieder auf die rechte Spur ein, fuhr wie ein gesenkter Gratsch. Er musste aufpassen, nicht nur wegen der Lkws. Die neue Identität durfte ihm jetzt nicht wieder entgleiten. Jörg wusste im Moment auch nicht, wer für ihn bedrohlicher war: Zoltan in seiner Unberechenbarkeit oder die Suchanek mit ihrem dick geschwollenen

Geschäftssinn, deren Absichten immerhin zumindest bedingt kalkulierbar waren, wenn ihm auch diese ständig beleidigte Heidemarie erheblich auf die Nerven ging. Jetzt, wo endlich die Angebote für Dreharbeiten hereinkamen wie Fallobst, musste er zugreifen: drehen, drehen, drehen, Geld verdienen und die Fresse bekannt machen. Die Chance, auf die er so lange gewartet hatte und die so urplötzlich, auf Anhieb geradezu, gekommen war, musste er jetzt nutzen, so wie ein Schwabe die Tageskarte am Tiroler Skilift herunterfuhr, und seine Visage so lange in jede Kamera hineinhalten, bis ihn wirklich jede Hausfrau kannte. Die Tachonadel war inzwischen bis auf 133 geklettert. Klar die Prioritäten setzen, darauf kam es jetzt an. Fernziel war die Jagdfliegerrolle. Der Rest waren Etappenerfolge. Militärisch denken. Durchhalten. Den Gratsch durchziehen. Basta. 134. Berühmt werden. Und endlich diesen vermaledeiten Flugschein fertig machen, zwischen den Dreharbeiten. Die Schulden bezahlen. Sich eine neue Wohnung suchen. Völlig zu Gratsch werden. Totalvergratschung. Zu den Partys gehen und da den wilden Russen markieren, aber richtig. Rumpöbeln auf den Events, wie eben ein durchgeknalltes Petersburger Existentialistenarschloch. Und sich da vor Ort vielleicht einfach mal ein Mädel nehmen, eine von denen, die man als Gratsch ja plötzlich haben konnte! Aber eventuell vorher im grauen Buch ein paar Punkte auflisten, wie man sich auf Partys und Premieren am effizientesten danebenbenimmt. Auf den Nutzgrad kam es an, das richtige Verhältnis zwischen Vortrieb, Auftrieb und Widerstand, wie beim Fliegen. 136. Und vor allem auch in den Drehpausen immer schön Gratsch bleiben, der geheimnisvolle unnahbare Russenlümmel, der tiefgründig schweigt, um dann mit präzisem Timing scheinbar mühelos aus der Hüfte sein verbales Gift zu verspritzen. Und immer schön die Tampons in die Backentaschen stecken. Jörg war zufrieden. Die Richtung stimmte, jetzt durfte er nur nicht die Orientierung verlieren.

Mit driftendem Heck bog er auf den Parkplatz in Fürstenwalde ein. Er war gut eine halbe Stunde zu spät dran. Er nahm sein Blechköfferchen, in dem auch die ICAO-Luftfahrtkarte, sein Kniebrett und sein blaues Flightlog lagen, in dem alle Flugstunden eingetragen wurden. Für die Zulassung zur Prüfung fehlten ihm noch über zwanzig Stunden, dazu mehrere Überlandflüge. Im Laufschritt rannte er hinüber zur Halle, vor der mit offener Haube die alte Möhre stand. Von der Polin keine Spur. Vielleicht war ihr das Wetter zu schlecht. Es war windig, und zerrissene Wolkenfetzen trieben in niedriger Höhe mit hoher Geschwindigkeit von Westen nach Osten über das flache Land. Jörg mochte den Wind nicht beim Fliegen, der machte alles noch komplizierter, als es ohnehin schon war. Er ging hinein in die Halle, wo auch die rote kleine Pitts stand, und sah zwischen den Flugzeugen nach, rief ein paarmal »Hallo?«, weil er immer noch nicht wusste, wie die Fluglehrerin überhaupt hieß. Aber auch hier keine Spur von der Frau. War die blöde Kuh wieder nach Hause gefahren, nur weil er eine halbe Stunde zu spät war? Jörg öffnete eine kleine Tür am hinteren Ende der Halle und warf einen Blick über das Gelände hinter der Halle. Hier stand ein altes, halbverrottetes Agrarflugzeug vom Typ Z 37, das noch aus DDR-Zeiten stammte und wohl seit der Wende nicht mehr in der Luft gewesen war. Er wollte die Tür gerade wieder schließen, als der Wind Wortfetzen zu ihm herübertrug, die nach einer erregten Debatte klangen. Jörg sah sich um, um die Herkunft des Gezeters zu lokalisieren, zumal er glaubte, die Stimme von Lehmann, dem Chef dieser dubiosen Flugschule *Come & Fly,* erkannt zu haben. Jörg schlich sich über das Gelände, an dem Agrarflugzeug und einem maroden Holzschuppen vorbei. Dahinter entdeckte Jörg einen alten Bauwagen, der auch noch aus DDR-Zeiten stammen musste. Die Wortfetzen wurden lauter, der Streit schien tatsächlich vom Bauwagen zu kommen. Jetzt war Jörg sicher, dass es Lehmann war, der da herumzeterte, dessen Gebrüll war mittlerweile trotz des starken Winds deutlich zu verstehen: »Nichts hast du gehabt, gar nichts! Ich hab dich aus dem Dreck geholt, und wenn ich nicht gewesen wäre, dann würdest du heute noch da rumsitzen, im Dreck!!!«

Jörg hatte sich fast kriechend, immer unterhalb der Fensterlinie bleibend, hinter den Bauwagen geschlichen und hob jetzt vorsichtig den Kopf, Zentimeter um Zentimeter, um durch eines der kleinen Fenster einen Blick ins Innere des Wagens zu erhaschen. Der Hänger war primitiv für Wohnzwecke eingerichtet, ein altes Bett mit verwaschenem Bettzeug war an die fensterlose Rückseite des Wagens geschoben worden. Daneben hatte irgendjemand eine Art Küchenbord hingebastelt, auf dem ein Benzinkocher, etwas Geschirr und eine dieser Billigkaffeemaschinen für 9,90 Euro – ohne Brühstopp! – standen. Mitten in dem kleinen Raum war ein großer Tisch aufgestellt, auf dem jede Menge Fliegerkarten, Luftfahrthandbücher und Besteck für die aeronautische Navigation lagen. Das Material war so umfangreich, dass es Jörg vorkam wie der Flugvorbereitungsbereich eines Linienpiloten. An diesem Tisch saß die Fluglehrerin auf einem Hocker, hatte den Kopf auf die Hände gestützt und schien das Gebrüll von Lehmann über sich ergehen zu lassen, als sei das Gezeter schon ein über lange Jahre eingespieltes Ritual. Von Lehmann war allerdings nichts zu entdecken, und Jörg bemerkte, dass von außen heftig an der offenbar verschlossenen Tür des Wagens gerüttelt wurde. Jörg bückte sich und sah unter dem Wagen hindurch die Füße von Lehmann, der auf der kleinen Treppe an der Vorderseite des Wagens stand und erneut an der Tür zerrte: »Mach jetzt die Tür auf, du verdammtes Luder!!!«

Jörg richtete sich leise wieder auf und spähte in das kleine Fenster. Die Fluglehrerin saß am Tisch und blätterte abwesend in einem blauen Ordner, der Standardanflug- und -abflugverfahren für die Instrumentenfliegerei enthalten musste, soweit Jörg das durch die verschmutzte Glasscheibe erkennen konnte.

»Alles verdankst du mir, alles! Ohne mich wärst du ein Stück Scheiße, sonst gar nichts!«, pöbelte Lehmann von draußen und rüttelte unablässig an der Tür.

»Dafür kannst du mich vögeln und hast ne billige Fluglehrerin noch dazu. So hast du dir das gedacht, Lehmann, oder?«, sagte Natascha ruhig, ohne den Kopf zu heben.

Lehmann hörte für einen Moment auf, an der Tür zu zerren. »Was hast du gesagt?«

»Hau ab und lass mich in Ruhe!«, gab Natascha nun so laut zurück, dass auch Lehmann es zweifellos verstanden haben musste.

»Wie redest du denn mit mir?! Wenn du nicht auf der Stelle die Tür aufmachst, fliegst du keine Minute mit der Pitts mehr, ist das klar?!«

Lehmann wartete auf eine Antwort, aber es kam keine, also brüllte er weiter: »Dann kannst du dir deine Meisterschaft sonst wohin schmieren!« Wieder erhoffte sich Lehmann eine Reaktion, aber wieder erntete er nur Schweigen.

»Und die Rosinen von wegen Airliner-Pilotin, die treib ich dir auch noch aus!«

Jörg spähte ins Fenster und sah, wie Natascha den blauen Ordner nahm, ihn blitzschnell in Richtung Tür schleuderte und dabei einen lauten Fluch in einer slawischen Sprache ausstieß, die in Jörgs Ohren wie polnisch klang: »Du Spanner warst hier drin und hast rumgeschnüffelt!«

»Dir bring ich auch noch deutsche Sitten bei, du verzicktes Drecksweib, verlass dich drauf!«, schrie Lehmann und stieg die kleine Treppe zur Tür des Bauwagens wieder herunter. Jörg duckte sich, um nicht entdeckt zu werden. Zwischen den Rädern des Wagens hindurch sah er, wie Lehmann in Richtung Halle abzog. Jörg richtete sich auf und klopfte kurz an das Fenster des Bauwagens. Mit einem wütenden Blick fuhr Natascha herum, als hätte sie Lehmann dort am Fenster erwartet. Als sie Jörg erkannte, schüttelte sie den Kopf, stieß einen kurzen Seufzer aus und öffnete das Fenster.

»Zu windig heute, was?«, sagte Jörg lächelnd.

»Reden Sie keinen Quatsch. Haben Sie den Vorflugcheck gemacht?«

»Nein, noch nicht, ich dachte …«

»Sie denken zu viel. Was machen Sie überhaupt hier?«

»Ich habe Sie gesucht.«

»Ich hab eine Viertelstunde am Flugzeug auf Sie gewartet.«

»Jaja, ich hab mich ein bisschen verspätet, weil ich …«

»Quatschen Sie keine Opern. Machen Sie die Checks, und tanken Sie voll.«

»Volltanken? Bei diesem Wetter …?«

»Wollen Sie ohne Sprit fliegen?«

Jörg schüttelte den Kopf und trabte los, hinter der Halle vorbei zu der Morane. Die wollte also wirklich in die Luft, bei diesem Wetter. Allein die Vorstellung, mit der alten Möhre in diesen Turbulenzen herumzueiern, trieb Jörg wieder die Angst in alle Glieder. Aber kneifen war nicht, sonst würde er die Stunden für die Zulassung zur Prüfung nie zusammenbekommen, und die Zeit wurde schließlich knapp. Jörg erledigte den Vorflugcheck diesmal peinlich genau nach der Checkliste, denn die Blöße, etwas vergessen zu haben, wollte er sich heute nicht schon wieder geben. Er ließ den Motor an, rollte das kurze Stück hinüber zur Tankstelle und füllte beide Tanks voll. Jörg hatte gerade die Tankdeckel wieder verschlossen, als Natascha herankam, Kopfhörer und Kniebrett in der Hand.

»Also, ich meine, wegen dem Wind, vielleicht sollten wir uns das noch mal überlegen, ob das heute was bringt …«

»Haben Sie getankt und die Checks gemacht?«

»Ja sicher, aber …«

»Also dann rein in die Kiste und zur Piste rollen.«

Jörg wusste, dass Gegenrede zwecklos war, und tat, wie ihm

geheißen. Drei Minuten später stand er mit der Morane am Rollhalt der Piste 27 und erledigte den Take-off-Check. Der Wind schüttelte das kleine Flugzeug schon am Boden heftig durch, und Jörg unternahm einen letzten Ausbüxversuch: »Ich weiß nicht, ob ich mich heute so fühle, bei diesem Wind und vielleicht …«

»Hören Sie auf mit dem Gejammere! Rollen Sie auf die Bahn und geben Sie Gas. Der Wind kommt genau von vorne, da fliegt die Kiste nach 200 Metern.«

Also rollte Jörg auf die Bahn und gab Gas. ›Sei einfach Gratsch‹, sagte er sich und versuchte, die Morane mit den Beinen auf der Bahn gerade zu halten. Durch den kräftigen Gegenwind baute sich die Geschwindigkeit am Fahrtmesser schnell auf, nach wenigen Metern beutelte eine heftige Böe das kleine Flugzeug und hob es, weit vor dem üblichen Abhebepunkt, in die Luft.

»Nachdrücken, Richtung halten«, sagte Natascha in aller Ruhe, und Jörg versuchte, so etwas wie einen geradeaus gerichteten Steigflug hinzubekommen. Wild umhertanzend gewann die Morane schnell an Höhe, während vereinzelte, tief hängende Kumulusfetzen an der Cockpitscheibe vorbeitrieben und ein Sonnenstrahl plötzlich durch ein Wolkenloch hindurch das stürmische Szenario in hochgradig kitschiges Licht tauchte. Noch waren sie unter den Wolken, und Jörg korrigierte die Böen, die ihm wieder ausgewachsene Angstschauer durchs Nervensystem jagten, mit heftigen Ruderausschlägen. Wie ein Rodeoreiter fuhrwerkte er schwitzend in dem kleinen Cockpit umher und rührte mit dem Knüppel herum wie ein zugekokster Militärkoch in einer widerspenstigen Gulaschkanone.

»Wollen Sie mich zum Kotzen bringen, oder was soll dieses Rumgeeiere?«, fragte Natascha barsch.

»Die Turbulenzen, das sehen Sie doch!«

»Turbulenzen sieht man nicht, die spürt man. Versuchen Sie's doch mal mit Gefühl.«

»Gefühl? Was wissen Sie denn von Gefühl?«

Natascha warf Jörg einen bösen Blick zu, nahm ihren Knüppel in die Hand und ließ die Morane in sanften Bewegungen mit den Böen tanzen, stieg in großen, eleganten Schleifen durch ein Wolkenloch hindurch auf eine Höhe von 4000 Fuß. Nun lag die Wolkendecke unter ihnen, die Sonne schien über einem herrlich klaren, blauen Himmel, und man hatte das Gefühl, im Norden bis hinauf zur Ostsee sehen zu können. Unter ihnen zogen die zerrissenen Wolkenfetzen vorbei, ab und zu tat sich ein Loch in der Wolkendecke auf, durch das man den Boden sehen konnte. Der Wind war hier oben auch noch recht stark, aber zumindest nicht mehr so böig wie in Bodennähe.

»Vollkreis rechts mit 45 Grad Schräglage.«

Jörg nahm den Knüppel wieder in die Hand und versuchte, etwas in der Art eines Kreises bei 45 Grad zu fliegen, aber es kam eher ein Dreiviertelei mit ständig wechselnder Schräglage dabei heraus.

»Bei welchem Kurs haben Sie eingeleitet?«

Jörg musste kurz überlegen. »Ziemlich genau Nord, glaube ich.«

»Und was fliegen wir jetzt?«

»Ostsüdost, 110 Grad.«

»Und?«

»Der Wind.«

»Dann das Ganze noch mal links herum, Einleiten auf Ostkurs und Ausleiten ebenso.«

»Jaja.«

»Nichts jaja, machen. Woher kommt der Wind?«

»Ähh, aus Westen, glaub ich …«

»Dann seien Sie bitte so gut und berücksichtigen das bei Ihren Steuerausschlägen.«

Nun versuchte Jörg das Ganze links herum, und er kam auch nach einer ansatzweise kreisförmigen Flugbahn wieder auf Ostkurs heraus, allerdings schweißgebadet, mit zitternden Händen und gut 600 Fuß tiefer.

»Gucken Sie doch mal auf den Fahrtmesser.«

›Wenn die nur immer meckern kann‹, dachte Jörg und sah auf den Speed-Indikator, der schon an der Grenze vom gelben zum roten Geschwindigkeitsbereich stand und fast 150 Knoten anzeigte. Jörg überkam wieder ein Gefühl von Unsicherheit, ihm schwante irgendetwas Übles, er wusste aber noch nicht, was da vorging.

»Warum ist das Ding denn plötzlich so schnell?«, fragte er, und Natascha zeigte stumm nach draußen. Nun sah Jörg, dass die Möhre dabei war, in einen Spiralsturz überzugehen, und mit einem Mal war ihm auch klar, woher die hohe Geschwindigkeit kam.

»Dann fangen Sie die Kiste vielleicht mal ab, bevor wir hier mit 200 Knoten irgendwo im Spreewald aufschlagen.«

Jörg zog am Knüppel, der sich nur schwer bewegen ließ, weil die Luftkräfte am Ruder wegen der hohen Geschwindigkeit schon sehr groß waren. Jörg zog mit aller Kraft, und schon wieder schnauzte ihn die Lehrerin an: »Ziehen Sie doch nicht wie ein Ochse, oder wollen Sie das Ding in der Luft zerlegen?«

»Machen Sie's doch selber!«, blaffte Jörg zurück und ließ den Knüppel einfach los. Mit einem slawischen Fluch zog Natascha die Geschwindigkeit sanft heraus, fing den Sturzflug ab und brachte die Möhre wieder in eine stabile horizontale Fluglage. Jörg nestelte sich am Hintern herum. Die enge Hose von Schorsch kniff schon wieder am Hintern, und der Schweiß lief ihm in Bächen herunter, vorn und hinten, die Brühe kochte sozusagen unter dem sakrischen Leder in seinem Arsch.

»Kein Wunder, dass Sie nicht fliegen können, mit den albernen Klamotten, die Sie da wieder anhaben.«

»Wissen Sie was? Sie kommandieren hier rum wie ein Oberst!

Fliegen können Sie ja vielleicht, aber von Psychologie und Pädagogik haben Sie nicht den geringsten Schimmer!«

»Fliegen Sie endlich und halten Sie verdammt noch mal Ihr neunmalkluges Maul!«

Das war laut gewesen, und Jörg brüllte zurück: »Lassen Sie gefälligst Ihren Ärger mit Herrn Lehmann nicht an mir aus!«

Natascha klemmte den Knüppel zwischen ihre Beine, drehte sich, so gut es ging, zu Jörg hin und nahm ihn sanft am Kragen: »Jetzt passen Sie mal genau auf, Sie Milchbubi: Ich sitze hier nicht zum Spaß. Ich hab mir lang überlegt, ob ich Sie einfach rausschmeiße oder ob ich Ihnen das Fliegen beibringe. Und wenn Sie weiter rumzicken, dann war's das.«

»Dann gehe ich zu Herrn Lehmann!«

Natascha lachte schallend los. »Dann gehen Sie mal zu Lehmann. Viel Spaß!«

»Sie haben ziemlichen Ärger mit dem, oder?«

»Das geht Sie einen Scheißdreck an. Kümmern Sie sich um Ihre eigenen Probleme. Da haben Sie genug zu tun.«

Jörg atmete tief durch. Er wusste, er durfte sich jetzt nicht mehr viel erlauben, sonst konnte er sich wirklich einen neuen Lehrer suchen. Und schließlich wollte er den Schein ja machen. Also weg mit der verfluchten Angst. Er durfte in der Luft einfach nicht Jörg sein, sondern musste das als Gratsch durchziehen. Aber es gab auf diesem Instrumentenpanel keinen roten Gratsch-Knopf, den man einfach auf ›on‹ schalten konnte. Natascha riss Jörg aus seinen Gedanken, und zwar mit einem Wort, das er gar nicht gerne hörte: »Überziehen, erst im Leerlauf, dann mit Vollgas.«

Überziehen, ausgerechnet. Bei dieser Übung ließ man das Flugzeug langsam werden, bis die Strömung abriss und es schließlich nicht mehr fliegen wollte und einfach durchsackte, wenn man Glück hatte, geradeaus nach vorne oder – wenn man

Pech hatte – über eine Tragfläche nach der Seite. Jörg hasste diese Übung, aber er wusste, da musste er durch.

»Also los jetzt, überziehen im Leerlauf.«

»Einen Moment noch bitte!«, sagte Jörg, griff nach hinten und holte sich sein Blechköfferchen nach vorne. Er fummelte das graue Regiebuch heraus und legte es sich zwischen die Knie.

»Gucken Sie mal bitte kurz weg.«

»Wieso soll ich weggucken?«

»Ich muss da schnell was machen … mit meinen Zähnen.«

»Was stimmt denn nicht mit Ihren Zähnen? Sie haben doch die Fliegertauglichkeit, die gibt's nicht mit kaputten Zähnen.«

»Jetzt gucken Sie doch einfach mal weg!«

Natascha sah zur Seite, Jörg griff sich zwei o.b.-Mini-Tampons, nestelte sie sich schnell in die Backentaschen und stellte das Köfferchen wieder auf die Rücksitzbank. Er setzte sich aufrecht hin, nahm den Knüppel in die Hand und sagte mit fester Stimme: »Gut, ich bin so weit. Kann losgehen.«

Natascha sah ihn verwundert an.

»Was ist denn jetzt passiert? Ihre Backen sind völlig geschwollen! Haben Sie Zahnschmerzen?«

»Nein, nein, das ist schon gut so. Erst Leerlauf, oder?«

»Ja, erst Leerlauf.«

Jörg nahm das Gas heraus, hielt tapfer die Höhe, merkte, wie die Morane zu vibrieren anfing, wartete eiskalt das Durchsacken ab, drückte dann nach, schob das Gas rein und fing die Möhre wieder ab. Bei der ganzen Aktion hatte die Morane gerade mal hundert Fuß Höhe verloren.

»Fertig. Noch mal Leerlauf oder Vollgas?«

Natascha sah ihn ungläubig an. Das Manöver war perfekt gewesen. Sie hatte den Eindruck, dass da plötzlich ein ganz anderer am Knüppel saß.

»Leerlauf, 15 Grad Klappen.«

Jörg nahm das Gas wieder heraus, setzte die Klappen, hielt die

Höhe und wartete seelenruhig auf das Abkippen, das wegen der ausgefahrenen Landeklappen ein wenig heftiger ausfiel als beim ersten Mal. Und wieder beendete er das Manöver mit nur gut hundert Fuß Höhenverlust.

»Steigen auf 4000 und dann überziehen mit Vollgas.«

Jörg ließ die Morane mit knapp 75 Knoten steil auf 4000 Fuß klettern, zog dann noch weiter, bis die Geschwindigkeit trotz der vollen Leistung immer mehr abnahm und die Morane schon fast senkrecht am Himmel hing, bevor sie diesmal wirklich abrupt abkippte, und zwar über die linke Tragfläche. Jörg korrigierte ohne das geringste Zucken wie gelernt mit dem Seitenruder, drückte nach, fing ab und brachte die Morane gekonnt wieder in einen stabilen Horizontalflug. Höhenverlust ganze 200 Fuß.

»Noch mal?«

Natascha schüttelte stumm den Kopf. Sie konnte es kaum glauben. Der Kerl hatte die Manöver perfekt wie ein Profi geflogen, und das dreimal hintereinander. Und alles ohne die geringste Spur von Unsicherheit oder gar Angst. Irgendetwas musste da vorgegangen sein in dem Milchbubi, irgendein Knoten musste geplatzt sein. Ihr sollte es recht sein.

»Nein. Reicht. Abstieg durch ein Wolkenloch. Suchen Sie sich irgendeins aus.«

Jörg sah ein schönes Loch in den Wolken, direkt über einem kleinen Wäldchen, und steuerte die Morane in sanften Vollkreisen auf die Wolkenlücke zu. Präzise hielt er eine Sinkrate von 500 Fuß pro Minute und zirkelte exakt durch das Wolkenloch hindurch. Unter den Wolken, als es wieder böig wurde, versuchte er gar nicht erst, jeden einzelnen Windstoß zu parieren, sondern blickte weit nach vorne und ließ die Möhre in den Luftmassen mit sanftem Zwang geradeaus marschieren.

»Da vorne ist der Platz. Fliegen Sie hin, melden Sie sich und landen Sie.«

Jörg ging in den Gegenanflug, meldete sich über Funk, fuhr

die Klappen aus, erwischte den korrekten Punkt für das Eindrehen in den Endanflug und ließ die Morane im genau richtigen Winkel mit exakt achtzig Knoten auf die Schwelle der Landebahn hinmarschieren.

»Nach dem Aufsetzen Klappen rein und durchstarten«, sagte Natascha, und Jörg quittierte es nur mit einem Nicken. Trotz der Böen setzte er die Morane sanft auf die Grasbahn auf, fuhr die Klappen ein, gab wieder Gas und war nach ein paar Metern schon wieder in der Luft. Diese Manöver exerzierte er noch dreimal durch, ohne dass Natascha irgendetwas sagen oder gar eingreifen musste. Sie selbst hätte es nicht anders gemacht, wenn auch etwas eleganter, aber schließlich war der Kerl Anfänger. Und dafür machte er seine Sache wirklich sehr gut. Und vor allem: seine Nervosität schien wie weggeblasen. Das musste man ausnutzen, dachte Natascha und sagte, als Jörg zum vierten Mal im Endanflug auf die Bahn 27 war: »Nach der nächsten Landung bleiben Sie unten.«

Jörg setzte auf, bremste ab und rollte an den Rand der Piste.

»Und jetzt? Wir haben noch für zwei Stunden Sprit.«

»Na gut, dann rollen Sie wieder zum Rollhalt für Piste 27.«

Jörg rollte wieder bis kurz vor den Startpunkt, hielt die Morane im Leerlauf mit den Bremsen und sah Natascha fragend an. Die nahm ihren Kopfhörer ab, griff sich ihr Kniebrett und öffnete die Haube. »Jetzt machen Sie das Ganze noch dreimal ganz genauso wie eben. Der einzige Unterschied: ich stehe hier draußen.«

Natascha hatte jetzt eigentlich eine bühnenreife Suada von panischen Ausflüchten erwartet. Sie wusste, wie Flugschüler oft auf die Ankündigung des ersten Alleinflugs reagierten. Vor Jahren war ihr einer aus dem Flugzeug gesprungen und zu Fuß quer über das ganze Flugfeld davongerannt. Und bei Jörg hatte sie überhaupt nicht vor der zwanzigsten Flugstunde mit der Alleinflugreife gerechnet, wenn überhaupt. Sie hatte im Spaß schon mit dem Gedanken gespielt, dass sie bei diesem Kerl wahrscheinlich mit dem Fallschirm abspringen musste, um ihn überhaupt zum ersten Alleinflug zu überreden. Aber Jörg saß nur stumm da, bestätigte das Vorhaben mit einem Nicken, als hätte man ihn gebeten, am Kiosk eine Schachtel Zigaretten zu holen. ›Werd einer schlau aus diesem Kerl‹, dachte Natascha, stieg aus und ging zur linken Seite an das Cockpit. Sie zog ein Handfunkgerät aus ihrer grauen Kombi und schaltete es ein.

»Ich habe ein Funkgerät, ich bin immer bei Ihnen. Wenn Sie ein Problem haben, dann sage ich Ihnen, was Sie tun müssen. Den Rest können Sie selber. Sie machen das sehr gut, sonst würde ich Sie nicht alleine losschicken. Klar?«

»Klar.«

Natascha betätigte die Sprechtaste des Handfunkgeräts und fragte: »Hören Sie mich?«

»Laut und klar«, kam Jörgs Stimme aus dem kleinen Lautsprecher zurück.

»Viel Glück bei Ihrem ersten Alleinflug.«

»Danke, wird schon schief gehen«, sagte Jörg und schloss die Haube.

Natascha stellte sich an den Rand der Piste und sprach ins Handfunkgerät: »Dann los. Der Wind kommt direkt von vorne, alles so wie eben. Kein weiterer Verkehr. Sie sind jetzt der wichtigste Mann am Platz.«

Jörg hatte die 800 Meter lange Grasbahn genau vor der Windschutzscheibe, der Propeller drehte im Leerlauf, und der Wind rüttelte an der Morane. Jörg setzte die Klappen auf die Startstufe und überprüfte noch einmal alle Instrumente und vor allem das Trimmrad. Alles war genau so, wie es sein sollte. Er schob sich mit der linken Hand die beiden Tampons in den Backentaschen noch einmal zurecht und fühlte nach, ob sein graues Regiebuch sicher zwischen den Beinen lag. Quasi als finalen Check langte er sich noch mal kurz zwischen die Beine an den Sack, drückte ihn kurz, wie zum Gruß, und schob dann den Gashebel entschlossen nach vorne. Der Drehzahlmesser zeigte korrekt 2600 Umdrehungen an, die Möhre trabte los, etwas flinker jetzt, weil sie leichter war ohne die Lehrerin und mit halbleeren Tanks, und Jörg wusste, dass er diesen kurzen Flug nun gnadenlos durchziehen musste. Jetzt gab es kein Zurück mehr, schon war die Abhebegeschwindigkeit erreicht, und er zog leicht am Knüppel. Die Morane hob vom Boden ab, und Jörg wusste, dass er jetzt Gratsch bleiben musste, bis er wieder am Boden war, ein Abrutschen in den blöden Jörg würde ihn wahrscheinlich den Hals kosten.

»Ich mach euch allen das Arschloch!«, schrie Jörg aus Leibeskräften in dem kleinen Cockpit, natürlich ohne die Sprechtaste der Funkanlage zu drücken, und ließ die Morane im Gegenwind steil steigen, hart an der Grenze dessen, was noch als steilstes Steigen galt. ›Herrgott noch mal, es ist wirklich wahr, ich fliege allein!!!‹, dachte er und schrie wieder: »Ich kann es! Ich kann es!!!« durch das Cockpit. Der Motor lief sauber, die Geschwindigkeit stimmte, 400 Fuß hatte er schon auf dem Höhenmesser, und er fuhr die Klappen ein. Jetzt stieg die Morane noch ein bisschen besser, und Jörg suhlte sich in der Woge von Stolz und Euphorie, die ihn umgab. Dann fing er an zu singen, Kalinka, und es kam ihm vor, als sei er sein Leben lang ein Flieger gewesen, ein einsamer russischer Postflieger, der einen Sack voll Briefe durch die Taiga flog, auf jeder kleinen Wiese landen konnte und überall ein Mädel hatte, das er schnell noch in der Flugplatzbaracke bumste, bevor er wieder in seine alte Kiste stieg und weiterflog mit der Post im Heck, durch die unendlichen Weiten der russischen Taiga. Oder so. Und wenn's auch nicht die Taiga war, sondern nur Brandenburgische Pampa, und wenn er auch keine Post im Heck und kein Mädel in der Baracke begattet hatte, so war Jörg doch in diesem Moment mutmaßlich der glücklichste Mensch auf der ganzen Welt, oder zumindest über dem Himmel von Berlin.

Natascha stand unten an der Grasbahn und überlegte sich, ob sie ihm über Funk sagen sollte, etwas flacher zu steigen, oder ob sie ihn damit nur wieder nervös machte. Aber Jörg hatte jetzt schon die Platzrundenhöhe erreicht, nahm das Gas etwas zurück und ging in den Querabflug. Ja, für Natascha sah das von hier unten alles perfekt aus. Auch für einen Lehrer war der erste Alleinflug immer eine Zitterpartie, schließlich konnte man allenfalls noch verbal eingreifen, wenn da oben einer die Nerven verlor. Einer hatte ihr vor Jahren das Bugrad einer Zlin geschrottet, als er kurz vor dem Aufsetzen den Glauben an sich verloren und einfach die Hände vom Knüppel genommen hatte. Aber der da oben hatte es im Griff, die Hälfte der Platzrunde war schon so gut wie geflogen. Jörg war im Gegenanflug, parallel zur Bahn, sang aus voller Kehle und sah Natascha nun als kleinen Punkt unten am Anfang der Piste stehen, das Funkgerät in der Hand. Das hätte sie wohl nicht gedacht, die Polin, dass sie ihn so stressfrei zum ersten Alleinflug kriegen würde. Eigentlich war die Frau gar nicht so übel, dachte Jörg, immerhin hatte sie ihn nicht rausgeschmissen, obwohl er bei den Flugstunden ordentlich herumgezickt hatte. Die Frau hatte wirklich Nerven, und eine gute Pilotin war sie noch dazu. Eigentlich hatte sie sich einen kleinen Dank verdient, dachte Jörg. Und über was würde sich die Polin wohl mehr freuen als über eine kleine Demonstration seiner Nervenstärke? Kurz vor dem Eindrehen in den Queranflug kam ihm die Idee für ein kleines fliegerisches Dankeschön, quasi eine Aeroculatio praecox des werdenden Piloten, gewissermaßen eine aus der Hitze des Augenblicks heraus spontan geflogene Zugabe für seine geduldige Lehrerin. Jörg gab Querruder nach links, schob noch ein bisschen Gas nach, drückte den Knüppel nach vorne und hielt mit knapp 130 Knoten direkt auf Natascha zu. Er fühlte sich wie Ernst Udet persönlich. Schnell kam der Punkt am Boden näher, an dem Natascha stand, und Jörg sah, wie sie das Funkgerät an den Mund nahm und hineinsprach. Schon kam ihre Stimme aus dem Lautsprecher: »Was machen Sie denn da, zum Teufel?!« Jörg grinste, drückte die Sprechtaste und sagte: »Bleiben Sie einfach stehen, ich hab's im Griff!«

›Verdammte Scheiße, jetzt ist er durchgeknallt, jetzt jagt er mir die Kiste ungespitzt in den Boden!‹, dachte Natascha für einen Moment und sah, wie Jörg die Morane knapp hundert Meter vor ihr abfing und in ungefähr fünf Metern Höhe direkt auf sie zukam. Natascha verkniff sich weitere Anweisungen, um den Idioten nicht völlig irre zu machen. Schon war Jörg direkt über ihr, und jetzt wackelte der Mistkerl auch noch mit den Flächen wie ein alter Jagdflieger. Und kaum war er über Natascha hinweg, zog Jörg die alte Möhre wieder steil nach oben, drehte eine Rechtskurve und ging direkt in den Endanflug, natürlich viel zu tief.

Victor A. Lehmann kam angerannt, außer Atem, und schrie schon von weitem: »Was soll die Scheiße? Was macht der Kerl da?«

»Der macht seinen ersten Alleinflug«, sagte Natascha nur und hielt das Funkgerät fest, das Lehmann an sich reißen wollte.

»Misch dich da nicht ein, das ist mein Schüler!«

»Der ist ja total durchgeknallt, der fliegt uns hier alles zu Schrott!«

»Quatsch, der macht das schon. Und jetzt hau ab in dein Büro und hol das Bärchen!«

Lehmann zitterte vor Wut.

»Das hat ein Nachspiel, verlass dich drauf! Ich zeig dich an, beim Luftfahrtbundesamt!«

»Als was denn? Als Ausbildungsleiter, der sich beim Fliegen in die Hose scheißt?«

Lehmann ersparte sich eine Antwort und trottete wieder in Richtung Halle.

Jörg war jetzt mit der Möhre knapp über der Schwelle und setzte die Maschine sicher auf der Grasbahn auf.

»Klappen rein, durchstarten, und das Ganze noch mal!«, sagte Natascha ins Funkgerät, als sei überhaupt nichts vorgefallen. »Und diesmal vielleicht die Standardplatzrunde, wenn's Ihnen nichts ausmacht!«

»In Ordnung, Frau General«, knarzte Jörgs Stimme mit einem Lachen aus dem kleinen Lautsprecher des Funkgeräts. Schon gab er wieder Gas, hob ab und flog diesmal die vorgeschriebene Platzrunde, ohne jeden Makel, landete und hängte noch eine Runde dran. Nach der dritten Landung stand Natascha schon am Ende der Landebahn und winkte ihn zu sich her. Jörg rollte von der Bahn, blieb direkt bei Natascha stehen, stellte den Motor ab und öffnete die Haube. Er wusste, was jetzt kommen würde, und nahm schon mal den Kopfhörer ab. Natascha stieg auf die linke Fläche, holte aus und verpasste ihm mit aller Kraft eine Ohrfeige, bei der Jörg sich wegen des verrutschten Tampons in der linken Backentasche heftig auf die Zunge biss. Er verkniff sich jeglichen Kommentar.

»Glückwunsch zum ersten Alleinflug, Sie Arschloch!«, sagte Natascha und gab ihm tatsächlich die Hand. Sah Jörg da ein Grinsen auf ihrem Gesicht? Einen Moment lang trafen sich ihre Blicke, und es lag ganz kurz etwas von der Verschworenheit zweier Fliegerkameraden in diesem Blick. Jörg hätte diesen Moment gern länger ausgekostet, aber schon kam Lehmann über den Platz gelaufen, ein kleines Teddybärchen mit Fliegerbrille und Fliegerschal im Arm.

»Herzlichen Glückwunsch zum ersten Alleinflug!«, säuselte nun auch Lehmann. Er zog eine Schere aus der Tasche seiner blauen Pilotenuniform – mit dem Abzeichen CFI-ME am Revers –, beugte sich zu Jörg ins Cockpit und schnitt ihm kurzerhand ein Stück vom Kragen seiner Lederweste ab.

»Was soll denn das?«

»Alter Fliegerbrauch. Damit sind Sie in den Kreis der Flieger aufgenommen.«

Lehmann drückte Jörg das Fliegerbärchen und eine Urkunde über den ersten Alleinflug in die Hand.

»Und über Ihre Spezialeinlage bei der ersten Runde reden wir dann …«

Der Blick von Natascha, den Lehmann sich jetzt einfing, ließ ihn mitten im Satz stocken.

»Ja, dann noch viel Spaß bei der weiteren Ausbildung. Freut mich, dass Sie mit Ihrer Lehrerin zurechtkommen. Ist ja schließlich die beste, die wir hier haben, wenn auch manchmal vielleicht ein bisschen ruppig im Ton, haha.«

Grinsend versuchte Lehmann, seinen Arm um Natascha zu legen, aber ein weiterer Blick Nataschas ließ ihn von diesem Vorhaben Abstand nehmen. Mit gespielt jovialem Gruß schritt er wieder davon, wie ein Gockel in seiner Pseudo-Lufthansa-Uniform mit dem CFI-ME-Emblem.

»Ich glaube, mit dem möchte ich doch nicht fliegen«, sagte Jörg und fing sich ein Grinsen von Natascha ein.

»Die Alleinplatzrunden haben Sie ganz gut hingekriegt.«

Jörg lächelte, das ging runter wie Öl. Er überlegte, ob er die Polin vielleicht noch auf einen Kaffee einladen sollte.

»Von der Showeinlage mal abgesehen. Die war dilettantisch.«

»Wie bitte?«

»Stellen Sie die Kiste ab und binden Sie sie an, aber richtig. Der Wind soll noch auffrischen.«

Und schon hatte sie sich auf den Hacken umgedreht und ging quer über das Flugfeld davon, direkt auf die Halle zu, in der die rote Pitts stand.

27

Es blies immer noch mit knapp fünf Windstärken aus westlicher Richtung, als Jörg auf die Dachterrasse hinausging und über das abendliche Berlin sah. Von hier aus hatte man zugegebenermaßen einen Blick über die ganze Stadt, wenn auch der Fernsehturm am Alex die Sicht etwas einschränkte. Der Makler, laut Visitenkarte ein Herr Achim Hahnepohl, wollte für das mit Rigipsplatten hart an der Grenze zum Pfusch schnell zusammengepfriemelte Dachgeschoss eine Miete von immenser Höhe. Das als ›großzügiges Luxus-Dachterrassen-Penthouse in Toplage‹ angebotene Objekt bestand im Wesentlichen aus einem großen Wohnraum, der wohl an die achtzig Quadratmeter maß und eine gut zehn Meter lange, hochwertig verglaste Vorderfront zur Dachterrasse hin hatte. In der Mitte des Raums stand eine so genannte amerikanische Küche, ein zwei mal zwei Meter großer Block aus heftigem Teakholz, in dem Herd, Spüle und Kühlschrank als integrierte Einheit untergebracht waren. Zwischen dem Hauptraum und der Wohnungstür gab es eine kleine Diele mit begehbarem Kleiderschrank. Durch eine Schiebetür aus nämlichem Teakholz gelangte man vom Hauptraum in den fensterlosen Luxus-Nassbereich: einem in Terrakotta gekachelten Badezimmer mit Wanne, Toilette und Dusche, das sich mittels ausgeklügeltem Dimmersystem vergleichsweise stufenlos beleuchten ließ, von der schummrigen Heimeligkeit einer Dunkelkammer bis hin zur Stadion-Flutlicht-Atmosphäre.

Jörg zog vier Fünfhunderteuroscheine aus der Tasche, hielt sie Herrn Hahnepohl vor die Nase und erklärte dem Makler, er würde allerhöchstens die Hälfte des geforderten Mietpreises zahlen und sofort einziehen. Aller fundierten Maklerausbildung beim Ring Deutscher Makler zum Trotz verfehlte die Magie des nackten Geldes auch bei Achim Hahnepohl ihre Wirkung nicht. Nach zwanzig Minuten war die Sache gegessen: Jörg hatte seinen Mietvertrag auf den Namen Jewgenij V. Gratsch samt drei Satz Schlüsseln, und Achim Hahnepohl zog inklusive Clipboard, Vorschuss und dem schnell verdienten Schmiergeld wieder ab.

Jörg holte die Umzugskartons aus dem Käfer herauf – es gab immerhin einen Fahrstuhl! –, fuhr noch mal in die Kantstraße, packte sich seinen alten Futon und etwas Geschirr in den Wagen, erstand für zwanzig Euro in der Ladenschlusshektik eines Baumarkts am Kurfürstendamm einen Camping-Klapptisch samt Stuhl, fuhr zurück nach Mitte und richtete sich im Frischpenthouse mit dem bisschen Krempel vergleichsweise häuslich ein.

Nun saß er da, auf der Dachterrasse, halb Jörg, halb Gratsch, über den Dächern von Berlin Mitte, während drüben im Westen die Sonne unterging und jetzt genau hinter dem Gleitpfad des Instrumentenanflugs auf Piste 26 von Tegel stand. Für einen kurzen Moment waren die im Zweiminutenabstand hereinkommenden Linienmaschinen unsichtbar im roten Gegenlicht der untergehenden Sonne. In Jörgs Adern strömte immer noch das Euphorieenzym, übrig geblieben vom ersten Alleinflug. Diesen Augenblick gab's schließlich nur einmal im Leben, das konnte man nicht mehr auf null stellen, alleine geflogen war alleine geflogen, basta. Glück konnte ja so klein sein, manchmal, und auf den Verkehrslärm unten auf der Alten Schönhauser war geschissen.

Jörg war zufrieden, wie die Dinge liefen, wie man sich plötzlich für ihn – für Gratsch! – interessierte, und sah hinunter auf die Stadt. Irgendwo da unten waren jetzt die fieberhaften Vorbereitungen für den großen Fliegerfilm im Gange. Hunderte von Schauspielern, Aufnahmeleitern, Kostümbildnerinnen, Beleuchtern und Komparsen hatten Lunte gerochen und taten alles, um sich und ihre Fähigkeiten dem amerikanischen Produktionsstab anzudienen. Jeder wollte dabei sein. Ein Voraustrupp der Amis trieb sich angeblich schon in der Stadt herum, und Gerüchten zufolge war die Hauptrolle noch nicht besetzt. Noch also hatte Jörg eine Chance, er musste einfach nur weitermachen als Gratsch.

Er nahm sich eine Dose Bier aus dem Kühlschrank im Küchenblock – hier gab es keinen Izmir-Imbiss gegenüber, leider! –, schloss den Computer an, besuchte kurz Melissa bei www.dream-panties.com, die ihn aber mit labbriger, himmelblauer Satinwäsche langweilte, setzte sich wieder auf die Terrasse und büffelte tapfer den Text für die erste Folge von Kommissar Kolja, den russischen Colombo, den er ab übermorgen drehen würde. Nachdem der Text endlich ansatzweise saß – Jörg hatte als Jörg schon lange keine längeren Monologe mehr lernen müssen! –, stierte er noch eine Stunde lang in die Bücher für die Flugtheorie, die ihm Victor A. Lehmann kostenfrei überlassen hatte, und hatte bald den kleinen Biervorrat aufgebraucht, den Hahnepohl – wer sonst? – im Kühlschrank des Küchenblocks zurückgelassen haben musste.

Jörg legte sich auf seinen Futon, ließ die Türen zur Dachterrasse weit offen und las in der Biographie über diesen Ernst Udet. Je mehr er da erfuhr über diesen Udet, desto klarer wurde ihm, was dieser Kerl für eine wunderbare Vorlage für jeden Schauspieler war: ein begnadeter Pilot, ein Weiberheld, ein Nazi-General und schließlich ein Selbstmörder. Wo gab es schon auf einen Schlag so eine Menge an Charakterstoff zu spielen? Ein Wunder, dass nicht schon lange einer draufgekommen war, über diesen Udet einen Film zu machen. Er klappte das Buch zu, legte sich auf den Rücken, sah draußen über der Dachterrasse den Mond aufgehen und stellte sich vor, wie er als Udet im Flamingo saß, auf die Wiese rollte, Vollgas gab, abhob und in ein paar Metern Entfernung an der Kamera vorbeiflog, die am Rand der Piste stand.

Am nächsten Morgen frühstückte Jörg kurz auf der Dachterrasse und brach dann auf. Er fuhr direkt nach Zehlendorf, wo Axel wohnte, in der Einliegerwohnung der elterlichen Villa. Er stellte den Käfer direkt vor die Einfahrt, ging die pappelgesäumte Auffahrt hinauf und klingelte. Als Axel ihm erstaunt öffnete – er war offensichtlich gerade erst aus dem Bett gestiegen –, drückte Jörg ihm die geliehenen 5000 Euro wieder in die Hand und sagte, damit seien sie beide quitt, das mit Petra könne er getrost vergessen. Und bevor Axel auch nur irgendeinen Hebel der Vertraulichkeit ansetzen konnte, war Jörg schon wieder verschwunden.

Und weiter ging's nach Steglitz. Als er vor der Praxis von Dr. Rastemborski hielt, sah er, dass die Balkontür des Sitzungszimmers im Hochparterre einen Spalt weit geöffnet war. Er trat an den Balkon hin und lauschte. Die Stimme, die da drinnen depressiv nölte, so wie er selbst noch vor wenigen Wochen genölt hatte, kam ihm bekannt vor: »Zweifel. Ich habe tiefe Zweifel. An meiner Arbeit, an meinem Leben. Manchmal erscheint mir das alles vollkommen sinnlos …«

Und natürlich war ihm auch das affirmative Gegrunze von Rastemborski vertraut: »Zweifel, sinnlos, hm. Und was denken Sie, woher kommen diese … hm … Zweifel, diese … äh … Sinnlosigkeit?«

Jörg zog sich ein Stückchen am Balkon nach oben und versuchte, durch das Fenster zu spähen. Alles, was er sah, war eine Kaffeetasse, in die von oben ein Croissant getaucht wurde. Jörg kletterte noch ein wenig höher und verschaffte sich Gewissheit. Da fraß der Therapeutensack doch glatt während der Sitzung ein Croissant, das er immer wieder aufs Widerwärtigste in die Kaffeetasse stippte und dann triefend möglichst geräuschlos zu seinem Mund führte, während der Patient jammerte. Und der Jammerer, der diesmal auf der Couch lag, mit dem Rücken zu Rastemborski und daher die Stipperei nicht sehen konnte, war kein anderer als der Regisseur Sebastian Sinkel, der in einem fort lamentierte: »Ich weiß es nicht, ich weiß es nicht. Es kommen einfach immer diese Zweifel, mitten in ganz alltäglichen Situationen denke ich plötzlich: Es hat alles keinen Sinn …«

›Und so einer‹, dachte Jörg, ›so einer schneidet ungestraft meinen wunderbaren Pennermonolog aus seinem Film raus!‹

Vorbei an der verdutzten Praxishilfe stürmte Jörg direktemang ins Behandlungszimmer. Als Rastemborski Jörg in seinem neuen Outfit mitten im Behandlungszimmer stehen sah, dachte er spontan an einen schutzgeldorientierten Überfall der Russenmafia und verschluckte sich an seinem Croissant, wobei er hustend Teile des kaffeegeschwängerten Backerzeugnisses auf seinen diesmal hellgrünen Feincordanzug kleckerte.

»Was fällt Ihnen ein?! Sie stören – hust hust spuck – eine laufende Behandlung!«

Sebastian Sinkel unterbrach sein Lamento und versuchte mühsam, sich auf der Couch aufzurichten, wurde aber umgehend und unmissverständlich von Rastemborski angeschissen: »Sie bleiben liegen, wenn ich – hust hust – darum bitten dürfte!«

Jörg stellte sich vor den Therapeuten, sah ihm mit dem bösewichtigsten Blick, dessen er fähig war, tief in die Augen, zog in provozierender Langsamkeit einen Fünfhunderteuroschein aus dem Vorschussgeldbündel und ließ ihn auf das Couchtischchen fallen, wo die Banknote in einem Gemenge aus Kaffee und Croissantpartikeln liegen blieb. Dann nahm er die Liquidation aus der Manteltasche, zerriss sie vor den Augen des immer noch mit Hustenreiz kämpfenden Arztes und warf ihm die Papierfetzen vor die Füße. »Damit sind wir quitt. Mehr war Ihr freudianisches Geseiere nicht wert.«

»Hören Sie mal …«

»Ich höre mal einen Scheißdreck. Seien Sie froh, dass ich den Bockmist mit der Sauna im Uterus nicht an den Therapeutenverband verpetze. Ein Tipp von mir: Suchen Sie sich einen Analytiker, aber einen richtigen.«

Jörg drehte sich auf den Hacken um und verließ ohne weitere Bemerkung die Praxis.

Das war einfach nötig gewesen, und es hatte verdammt gut getan. Zumindest fühlte Jörg sich jetzt besser als nach jeder der in der Liquidation aufgeführten Sitzungen. Als er zum Käfer ging, hörte er noch, wie sich drinnen in der Praxis Sebastian Sinkel beklagte, dass der Therapeut während der Sitzung esse und ihn überdies mit Speiseresten bekleckert habe: »Wieso essen Sie, wenn Sie mich behandeln?«

»Also, wir waren stehen geblieben bei ›Zweifel‹ und ›Sinnlosigkeit‹.«

»Außerdem haben Sie mich vollgesabbert!«

»Meine Mitarbeiterin wird das kleine Missgeschick im Anschluss an die Sitzung ganz in Ihrem Sinne regeln. Also: ›Zweifel, Sinnlosigkeit …‹«

»Wieso essen Sie ausgerechnet in meiner Behandlung?«

»Hmm … nun, Herr … äh … Sinkel, was meinen Sie. Woran könnte das liegen?«

Laut lachend setzte Jörg sich in den VW und fuhr mit quietschenden Reifen davon, nach Hause nach Mitte, um sich dann – sieben Etagen über Mitte – nackig vor die hochwertigen Schallschutzfenster auf die Dachterrasse zu legen und weiter Text zu lernen.

28

Die Schlüterstraße an der Kreuzung zur Pestalozzistraße war hell erleuchtet. Unzählige Scheinwerferbatterien auf Kranwagen tauchten die nächtliche Straße aus einer Höhe von zehn Metern herab in gleißendes Licht. Jan Pöter, der mit einer dicken Daunenjacke um die Schultern auf einem Klappstuhl am Rand der Kreuzung saß – immerhin schon kurz vor Mitternacht –, war hochzufrieden. Die Berliner Metropol-Film, die hier für ihn, oder, besser gesagt, für seinen Sender PRO-SAT eine Folge seiner neuen Reihe Kommissar Kolja mit Jott Punkt Gratsch in der Hauptrolle drehte, hatte gut hingeklotzt. Im Umkreis von hundert Metern war alles mit Wohnmobilen, Maskenwagen, Generatoren und Licht-Lkws vollgestellt, ein Stab von gut fünfzig Leuten, sämtlich mit Funksprechgeräten samt Headsets ausgerüstet, verbreitete trotz ostentativen Bemühens um Lärmreduzierung einen wuselnden, hektischen Radau. Das Ganze wäre wahrscheinlich nicht so schlimm gewesen, wenn nicht alle versucht hätten, so zwanghaft leise zu sein und die nun mal notwendigen Anweisungen genervt in geflüsterter Hysterie herumzuplärren. Mitten auf der abgesperrten Kreuzung stand der Wagen, mit dem sich Jörg als Kommissar Kolja während aller Folgen der neuen Reihe durch Berlin bewegte: ein monströser amerikanischer Dodge-Pick-up, der von den Ausstattern so kunstvoll patiniert und mit Beulen und Schlammspritzern versehen worden war, dass er aussah, als sei er mindestens fünf Jahre nicht mehr gewaschen worden. Und von jeder dieser vorsätzlichen Verschmutzungen existierte ein genaues Detailfoto – Polaroid! –, falls irgendein Idiot auf die Idee kommen sollte, dem Requisit mit einem Schwamm nahe zu kommen. Reinigung wäre hier mit Sabotage gleichzusetzen gewesen! Der Pick-up fahrende Kommissar Kolja war natürlich Russe und so ein Typ Colombo, denn so gut wie jeder neue Kommissar im deutschen Fernsehen hatte nach Meinung der Redakteure und Producer so ein Typ Colombo zu sein, auch wenn er Russe war. In der Folge ›Kaviar und Kalaschnikoff‹, deren dramatischer Showdown nun hier gedreht werden sollte, musste Jörg eine gut situierte und aussehende Immobilienmaklerin aus den Klauen der Russenmafia befreien. Der Quoten wegen war die gut situiert aussehende Maklerin relativ jung, so knapp über zwanzig, und überdies mit einem ebenso gut aussehenden Staatssekretär befreundet, der wiederum mit der böse aussehenden Russenmafia unter einer karierten Decke steckte.

Der Regisseur der Folge, ein alter Berliner Fernsehprofi namens Berndt Bernhardt, der schon auf die sechzig zuging, richtete seit gut zwei Stunden das Schlussbild ein: Auf der Ladefläche des Dodge sollte Kolja mit der Maklerin Irene – sprich: Eiriiien! – stehen, während von links aus der Pestalozzistraße die Russenmafia anrückte und von rechts aus der Schlüterstraße der Herr Staatssekretär seiner Dekuvrierung entgegenging. Berndt Bernhardt saß mit seiner Regieassistentin Renate, die auf die dreißig zuging und von ihm nur ›mein Renatchen‹ gerufen wurde, auf einem knapp zwei Meter hohen Gestell aus Aluminium, das die Metropol-Film extra für ihn hatte anfertigen lassen, genau nach seinen Anweisungen. Auf die obere Fläche von gut drei mal drei Metern führte eine schmale Aluminiumtreppe, oben standen sein Regiestuhl und ein Monitor, hinauf durfte man nur nach ausdrücklicher Aufforderung durch Berndt Bernhardt oder sein Renatchen.

Die Szene sah zugegebenermaßen beeindruckend aus, mit dem Pick-up in der Mitte, der gut aussehenden Maklerin auf der Ladefläche des Pick-ups, der Russenmafia mit zwei ihrer Ferraris, dem Mercedes S-Klasse des Herrn Staatssekretärs und den gut hundert Schaulustigen, die sich auf den Gehsteigen eingefunden hatten und neugierig warteten, dass endlich eine Schießerei oder etwas in der Art losgehen würde. Ganz abgesehen von den rund zwanzig Pressefotografen, denen man versprochen hatte, ein paar Fotos von Jewgenij Gratsch bei den Dreharbeiten schießen zu dürfen. Insgeheim dachte Jan Pöter, als er das so alles auf sich wirken ließ, dass bei diesem Aufwand sogar die Amis neidisch werden würden, die sollten nur anrollen mit ihrem Fliegerfilm. Und wenn erst der blöde Michael B. Hofmeier die erste Folge seiner Kolja-Reihe sehen würde, würden dem hoffentlich vor

Neid und Begeisterung die Eier aus der Hose fallen. Die Mellinghusen, die neben Jan Pöter saß, fand den Aufwand ein wenig albern und für eine Fernsehserie schlicht übertrieben, aber das tat sie Jan Pöter nicht kund. Noch nicht.

Eigentlich war alles so weit: Das Licht war eingerichtet, die Darstellerin der gut aussehenden Maklerin fror auf dem Pick-up – sie sollte frieren, hatte ihr Berndt Bernhardt anheim gegeben, als äußeres Bild ihrer inneren Zerrissenheit! –, die Russenmafia wartete, der Herr Staatssekretär, gespielt von einem Kollegen aus der Synchronbranche, dem Berndt Bernhardt endlich mal wieder zwei Drehtage verschafft hatte, memorierte nervös vor der S-Klasse seine marginalen Texte, und Berndt Bernhardt samt Renatchen war bereit für eine erste Probe. Eigentlich mehr als bereit.

Das einzige Problem war Jörg, oder besser gesagt: Gratsch. Er hatte die Produktion schon den ganzen Abend ein wenig in Atem gehalten. Als der Fahrer ihn um 20 Uhr gemäß der Disposition hatte abholen wollen, hatte Jörg auf das Klingeln des Fahrers nicht geöffnet und war auch nicht ans Telefon gegangen. Eine Stunde später, nachdem ihn der Produktionsleiter, ein Herr Markowitz, ein großer, schnauzbärtiger Sachse um die fünfzig, mehrmals angerufen und viermal, zunehmend verzweifelt, auf die Mailbox gesprochen hatte, nahm Jörg dann doch ab und behauptete, er säße noch mit einem Produzenten im Restaurant, vor Mitternacht sei er ohnehin nicht dran, und er hätte keine Lust, für nichts und wieder nichts in seinem bescheuerten Wohnmobil herumzusitzen, schließlich sei es Lebenszeit, die er hier vergeude. Jörg hatte diesen Satz mit der Lebenszeit vor einem halben Jahr von einem vielbeschäftigten jungen Kollegen aufgeschnappt. Er als Jörg Raabe wäre nie auf so etwas gekommen, weil er immer heilfroh gewesen war, überhaupt irgendwo beschäftigt zu werden. Der Herr Markowitz hatte dann bereitwillig die Abholung auf 22.30 Uhr verschoben, was

Jörg nur mit einem »Na also, geht doch!« quittiert hatte. Als der Herr Markowitz dann um halb elf nochmals angerufen und Jörg gebeten hatte, sich ein Taxi zur Schlüterstraße zu nehmen, weil der Fahrer noch unterwegs sei, hatte Jörg sich geweigert und darauf bestanden, entweder von seinem Fahrer abgeholt zu werden oder gar nicht. Und aufgelegt. Als der Fahrer dann um 23 Uhr wieder vergebens vor der Dachterrasse gestanden und nun seinerseits völlig verzweifelt den Herrn Markowitz angerufen hatte, war Jörg inzwischen mit der Bemerkung, er müsse später in der Nacht noch weg, mit seinem Käfer in der Schlüterstraße aufgetaucht. Jörg hatte natürlich die ganze Zeit auf seiner Dachterrasse gesessen und seinen Spaß an den kleinen Kapriolen gehabt, mit denen er seinen Ruf als Bösewicht zu untermauern gedachte.

Nun war er zwar in der Schlüterstraße, saß aber in seinem Wohnmobil und gab einer Journalistin der Zeitschrift *Gala* ein Interview. Der Ehrlichkeit halber muss man einräumen, dass er sich weigerte, der jungen Pressefrau auch nur irgendeine Frage zu beantworten. Eine Zigarre rauchend saß er vor ihr, sagte immer nur »nächste Frage« und löcherte dann seinerseits die Reporterin nach Details aus deren Privatleben, was die *Gala*-Dame ein wenig aus dem Interview-Konzept brachte. Als der Aufnahmeleiter, ein junger grungebärtiger Hip-Hop-Hektiker namens Mike, klopfte und vorsichtig anfragte, ob Herr Gratsch für eine Probe bereit sei, schnauzte Jörg ihn nur an, er könne jetzt nicht, er gebe gerade ein Interview. Als er die Journalistin dann nach weiteren zwanzig Minuten privaten Verhörs fragte, ob sie einen Schluck Wodka wolle und ihm dafür jetzt hier im Wohnmobil einen blasen würde, sah sie ihn nur mit völlig entsetztem Blick an. Jörg winkte ab: »Nun piss dir nicht vor Angst ins Höschen, Mädel, musst nicht blasen, der böse Gratsch muss jetzt drehen. Und der Wodka ist sowieso alle.«

Während die Journalistin nervlich ziemlich aufgearbeitet und ohne eine einzige brauchbare Antwort auf dem Rekorder das Feld räumte, ging Jörg mitsamt seiner Zigarre zu dem Pick-up, sprang auf die Ladefläche, küsste die junge Kollegin Katja, die die Maklerin Irene – Eiriiien! – spielte, kollegial ab. Katja Mitzenstein hatte langes, dunkelblondes Haar und große, wunderschöne braune Augen. Ihre Figur war ein Phänomen: sie war wespenschlank um die Taille, hatte dabei aber eine wirklich eklatant üppige Oberweite und war dazu außerordentlich langbeinig, weil Maklerinnen im deutschen Fernsehen immer langbeinig waren, obwohl die Lüge an sich ja kurzbeinig ist – egal. Angeblich war Katja Mitzenstein lange in Erfurt am Theater gewesen, und wenn sie nervös war, fiel sie ganz leicht in ein sächsisches Idiom. Das fand Jörg süß. Und obwohl sie für die Rolle einfach zu jung war, machte sie ihre Sache wirklich gut: Jörg hatte vor Tagen bereits einige Szenen mit ihr gedreht, sie gab der Rolle etwas Edles und schaffte es trotz ihres jungen Alters, die Kälte einer abgebrühten vierzigjährigen Geschäftsfrau zu versprühen. Und dabei noch so etwas wie Erotik aufflackern lassen. Gegen die konnte Immobilienrealo Hahnepöhlchen schlichtweg einpacken. Da hatte Jan Pöter ausnahmsweise mal was Brauchbares angeschleppt. Nachdem er Katja Mitzenstein kollegial begrüßt hatte, sah Jörg sich von der Ladefläche aus die eingerichtete Szenerie an. Ganz vorsichtig fragte Berndt Bernhardt vom Alu-Regiegestell herunter, ob man nun vielleicht eine Probe machen wolle. Jörg drehte sich langsam um, sah den Regisseur an, wie er da oben in seinen Cordhosen mit seinem Renatchen auf seinem Gestell saß: »Reden Sie nicht so geschwollen, sagen Sie doch einfach die Probe an!«

Es fiel Jörg nicht schwer, den Mann anzupfeifen. Der Kerl war ihm in den ersten drei Drehtagen schon vehement auf die Nerven gegangen, weil er angeblich in Moskau Regie studiert hatte und permanent mit Jörg über Moskau reden wollte, am liebsten auf Russisch. Der sollte sich mal lieber um sein Renatchen kümmern, die wollte nämlich Karriere machen, und zwar auf Deutsch.

»Gut, Gospodin Gratsch, ich wollte nur fragen, ob Sie so weit wären für eine Probe …«

»Ich meine, ich muss nicht proben, wir können auch einfach über Moskau reden …«

Verhaltenes Gelächter machte sich im Team breit, und Jörg guckte in die Runde. Er hatte das Team gern auf seiner Seite, wenn er sich gratschend danebenbenahm.

Berndt Bernhardt sagte: »Probe ab, und Action!« – wieso sagte dieser Spielführerheini ausgerechnet ›Action‹, wenn er doch in Moskau studiert hatte?! –, und Jörg spielte den Retter der Maklerin, der sie in den Arm nahm, nachdem er die Mafia niedergeschossen hatte, bevor laut Buch der Herr Staatssekretär kam.

»Ich danke Ihnen, Herr Kommissar.«

»Weshalb? Ist mein Job.«

»Aber Sie haben mehr für mich getan, als Sie mussten.«

»Nitschewo. Aber Sie haben mir nicht die Wahrheit gesagt. Zumindest nicht die ganze Wahrheit.«

Mitten im Text brach Jörg plötzlich ab, schmiss seine MP auf die Ladefläche und schrie laut über den ganzen Platz: »Was soll denn die Scheiße? Die Katja friert sich hier den Arsch ab!«

»Jaja, die soll frieren!«, kam es von oben, vom Regiegestell herunter, und zwar von Renatchen.

»Bullshit, Renatchen, Bullshit! Tschepucha totalski! Die soll spielen, dass sie friert, und nicht frieren! Und ich spiele, dass ich die Mafia über den Haufen schieße, oder soll ich für dich auch scharfe Munition nehmen, Renata Berndtowna?«

Wieder Gelächter, keine weitere Reaktion von Berndt Bernhardt.

»Und jetzt bringt der Kollegin eine Jacke, los!«

Sofort rannten zwei Garderobieren los und brachten Katja Mitzenstein eine warme Jacke.

Vorsichtig sagte Berndt Bernhardt wieder: »Probe bitte, und Action!«, wobei sein ›Action‹ immer klang wie ›Ack-schönn‹. Wer den Mann nicht kannte, konnte nur ahnen, was mit ›Ack-schönn‹ gemeint sein könnte. Jörg spielte die Szene noch mal, aber als der Herr Staatssekretär dann in der S-Klasse herangefahren war und seine zwei Sätze laut knatternd aufgesagt hatte, brach Jörg wieder mitten in der Szene ab: »Das klingt ja völlig Scheiße! Wo habt ihr denn den her? Aus'm Synchronstudio?«

Der Synchronsprecher wurde völlig bleich im Gesicht. Berndt Bernhardt schlug vor, es einfach noch mal zu probieren, der Herr Staatssekretär vielleicht mit etwas weniger Stimme, aber Jörg sagte nur: »Mit dem spiele ich nicht. Der ist scheiße.«

Plötzlich war es für einen Moment ganz ruhig.

»Wie meinen Sie denn das, Jewgenij?«, fragte Berndt Bernhardt mit aller Freundlichkeit.

»Ich spiel nicht mit dem, basta. Nitschewo. Besorgt mir einen anderen. Von mir aus einen aus Moskau.«

Natürlich hatte Jörg gewusst, dass Berndt Bernhardt diesen Sprachstanzer angeschleppt hatte, denn er hatte die beiden während seines *Gala*-Interviews durch das Fenster des Wohnmobils mehrfach vertraut miteinander tuscheln sehen. Nun hatte Berndt Bernhardt erst mal ein Problem. Grinsend stieg Jörg herunter vom Pick-up, und sofort kamen aus den Reihen der Zuschauer einige Autogrammjäger auf ihn zu. Aufnahmeleiter Mike versuchte sofort, die Leute wieder zurückzudrängen, aber Jörg fuhr ihn an: »Lass bloß die Leute hier! Das sind meine Fans! Die bringen dem Sender die Quoten, damit du was zu fressen hast, klar?«

Aufnahme-Mike nickte nur, zog sich zurück, und Jörg gab bereitwilligst Autogramme, mitten auf der Kreuzung. Schnell war er von einer Menschenmenge umringt, während Berndt Bernhardt und Herr Markowitz hektisch nach einer Umbesetzung für den Herrn Staatssekretär zu telefonieren begannen, es ging ja schließlich schon auf ein Uhr zu.

Jan Pöter saß in seinem Klappstuhl und betrachtete das Ganze. Dieser Gratsch ließ hier alle auflaufen und nach seiner Pfeife tanzen. Die Kosten, die dadurch entstanden, waren nicht sein Problem, damit musste die Metropol-Film klarkommen. Und Gratsch war einfach klasse, der Mann hatte genau das, was all den anderen fehlte. Dieser Berndt Bernhardt war ein Fehlgriff gewesen, aber das war nicht so schlimm. Er, Jan Pöter, würde den Film selbst schneiden, denn die Bilder, die der Kameramann Atze Grunert machte, waren einfach klasse. Jan Pöter war sicher, mit Gratsch genau den richtigen Griff getan zu haben, mit dem er letztendlich diesem Michael B. Hofmeier senderintern den Ast absägen würde. Die Mellinghusen allerdings fand die Situation eher bedenklich: »Der schmeißt denen ja den ganzen Dreh!«

»Hast du mal die Muster gesehen? Der Kerl ist Gold wert. Und dieser Synchronsabbler ist wirklich scheiße, da hat er Recht!«

»Berndt Bernhardt wollte den unbedingt haben …«

»So sieht der auch aus!«

Jetzt kam der Herr Markowitz zu Jan Pöter gelaufen, nahm ihn umständlich diskret zur Seite, aber die Mellinghusen bekam gleich lange Ohren.

»Herr Pöter, können Sie nicht mit ihm reden? Wo soll ich denn jetzt um diese Zeit eine Umbesetzung herbringen?«

»Herr Markowitz, das ist nicht mein Problem. Eines sage ich Ihnen: Gratsch ist brillant als Kommissar Kolja, und der braucht gute Leute um sich! Da hat er meine volle Rückendeckung.«

Die Mellinghusen hatte natürlich alles mitbekommen, und durch ihren Kopf ratterten jetzt im Wesentlichen Entscheidungsoptionen bezüglich der Frage, ob sie im Hause PRO-SAT künftig mit Jan Pöter oder gegen Jan Pöter weiterkommen würde. Wenn dieser Idiot von Russe den Kommissar Kolja in den Sand setzte, wäre es jetzt schon höchste Zeit, sich von Pöter zu distanzieren, um nicht in den Strudel von Jan Arschens Untergang mit hineingezogen zu werden. Ging's gut, musste sie natürlich im Team sein und konnte Jan Pöter vielleicht sogar schnell hinter sich lassen, wenn der ein kurzes Formtief hatte, mit Michael B. Hofmeiers Hilfe.

Inzwischen hatten auch die Pressefotografen zu meutern begonnen und sich beim Aufnahmeleiter Mike beschwert, warum sie so lange warten müssten. Also fragte der Aufnahmeleiter seinen Hauptdarsteller Gratsch, der immer noch Autogramme auf der Straße gab, ob man nicht jetzt schnell wenigstens die Fotos machen könne.

»Die sollen mich beim Drehen fotografieren und nicht beim Rumstehen!«

»Ja, aber man könnte doch …«

»Pass mal auf: Hier macht keiner auch nur ein einziges Foto, bevor hier nicht ein Staatssekretär auf der Matte steht, der sprechen kann!«

Hip-Hop-Mike holte nochmals Luft, fummelte nervös am Headset herum und blökte dann: »Aber die Fotografen warten schon zwei Stunden! Die werden allmählich sauer!«

»Ja? Wenn denen was nicht passt, sollen sie abhauen und Hera Lind knipsen gehen! Sonst werde ich allmählich sauer.«

Natürlich blieben die Fotografen, vielleicht war Hera Lind ja noch schlimmer. Und Jörg hoffte insgeheim, dass einer der Herren insgeheim vielleicht doch zu fotografieren anfinge, damit er dem sogleich – ritsch-ratsch-gratsch! – den Film aus der Kamera reißen könnte, was wiederum ein schönes Bild für die anderen Fotografen gewesen wäre, dem schlechten Ruf höchst professionell förderlich. Aber es traute sich keiner. ›Pressefotografen‹, dachte Jörg, ›sind mittlerweile auch allesamt Saftsäcke.‹ Also wieder warten. Jörg kümmerte sich zum Zeitvertreib ein wenig um Katja Mitzenstein, was er nicht ungern tat. Er erkundigte sich, ob sie noch friere, organisierte ihr aus dem Licht-Lkw einen bequemen Klappstuhl samt Bühnenkiste, um die langen Beine der jungen Kollegin hochzulegen. Das machte er mit großem Getue, um gleich drauf coram publico einen Anschiss gegen Hip-Hop-Mike abzufeuern, warum man sich hier um alles selbst kümmern müsse. Auch diese kleine Ekelnummer war geklaut, und zwar von einem berühmten Tatort-Kollegen, mit dem er vor Jahren einmal gedreht hatte und der solche kleine ad-hoc-Widerwärtigkeiten quasi halbstündlich aus dem Ärmel geschüttelt hatte. Von dem stammte auch die Idee, ungeliebte Kollegen einfach abzulehnen und sich so angenehme Pausen zu verschaffen, bis die Produktion für ihn akzeptables Darstellermaterial herangeschafft hatte. Jörg holte Katja einen Becher Kaffee, erinnerte sich, dass sie ihn mit Milch ohne Zucker nahm, fragte sie, ob sie Hunger habe oder mit ihm den Text noch mal durchgehen wolle, und dergleichen Betüddelungen mehr. Er setzte sich neben sie und wurde eine Stufe vertraulicher: »Wie kommst du denn mit diesem alten Sack von Regisseur klar?«

»Na ja, manchmal denke ich, der mag mich nicht, und dann will er wieder abends mit mir essen gehen.«

»Na, essen will der bestimmt nicht.«

»So plump wird er doch nicht sein …«

»Nee, noch plumper. Lass dich von dem nicht einmachen. Hast du gar nicht nötig. Du spielst wunderbar.«

»Ja?«

»Das wird gut, glaub's mir. Mach einfach weiter so.«

Das saß natürlich und ging der jungen Kollegin runter wie Öl. Diese Maklerin Irene – Eiriiien – war ihre erste größere Fernsehrolle, und Katja spürte noch eine gewisse Unsicherheit, ob sie das auch alles gut hinbekam. Dennoch wunderte sich Katja Mitzenstein ein wenig über so viel Freundlichkeit und Offenheit, weil sie Jörg bislang nur als schlecht gelaunten Hauptrollenstinkstiefel kennen gelernt hatte. Sie hielt Jörg ja für einen abgebrühten Profi, einen Star, der gut im Geschäft war, rumzickte wie eine Diva, sich nichts gefallen ließ, und nun war der Kollege auf einmal handzahm wie ein Lamm im Schritt. Jörg bemerkte Katjas Irritation und grinste. »Pass auf, ich bin auch plump.«

Katja musste lachen, und Jörg bot ihr plump einen Schluck Wodka an, allerdings ohne diesmal die Erwartung irgendeiner libidinösen Gegenleistung auch nur anzudeuten. Katja hatte tatsächlich Lust auf ein Schlückchen Wodka und fand im Moment auch den Gedanken gar nicht so unangenehm, von einem erfolgreichen Kollegen ein wenig unter die Fittiche genommen zu werden, auch wenn sie aus dem Kerl nicht so ganz schlau wurde. Nach einer halben Stunde Smalltalk im Wohnmobil und einem klitzekleinen Gläschen Wodka – nur zum Aufwärmen! – war tatsächlich ein neuer Staatssekretär gefunden: Renatchen hatte am Bühnenausgang der Schaubühne am Ku'damm den wunderbaren Werner Willumeit nach der Vorstellung von ›Brunst‹ abgepasst und ihn gleich mit Bargeld in die Schlüterstraße gelockt. Renatchen wollte wirklich Karriere machen.

Also bat Berndt Bernhardt zur Probe, und schon fuhr ihm Jörg wieder übers Maul: »Probe, Probe! Der Willumeit kann das, und die Katja auch, also scheiß auf die Probe! Schalten Sie die Kamera an, und lassen Sie uns das endlich spielen, bevor's hell wird! Oder wollen Sie die Beleuchter einsparen?«

Katja Mitzenstein und Jörg grinsten sich kurz an, nicht plump, sondern ganz fein, für die anderen kaum wahrnehmbar. Berndt Bernhardt gab klein bei und rief laut: »Ton ab, Kamera ab, Klappe und Ack-schönn!«

Jörg und Katja Mitzenstein spielten die Szene noch mal, aber schöner, variantenreicher und emotionaler als vorher. Ganz leicht streifte Jörg Katjas Hintern mit der Hand, wie zufällig, ein Hauch von Berührung über den runden Arschbacken der Kollegin und natürlich unterhalb der Bildgrenze, doch der Blick zwischen den beiden, der dann folgte, war von einer geheimnisvollen Intensität. Und dann kam der wunderbare Werner Willumeit als korrupter Staatssekretär mit dem Mercedes ins Bild gefahren, hielt auf den Punkt genau – ohne Probe, Profi! – und stieg aus. Jörg drehte sich langsam auf der Pick-up-Ladefläche nach dem Staatssekretär um und flog mit einem Schlag urplötzlich völlig aus der Rolle. Nicht wegen Werner Willumeit, sondern weil sein Blick einen Balkon im ersten Stock der Schlüterstraße gestreift hatte, auf dem ein Fünf-Kilowatt-Scheinwerfer stand. Der Scheinwerfer war allerdings nicht das Problem, sondern der alte Mann, der neben der Lampe am Balkongeländer lümmelte: Zoltan Schneider. Bernhardt Berndt war natürlich Profi genug, um zu merken, dass da etwas nicht stimmte, sah Zoltan auf dem Balkon und brach die Aufnahme ab. Dann rief er hinüber zum Balkon: »Der Herr dort auf dem Balkon, würden Sie bitte hineingehen und die Tür schließen!? Danke.«

Kein Grund zu danken, denn Zoltan ging natürlich nicht, sondern blieb regungslos auf dem Balkon stehen und starrte hinunter zu Jörg. Der hatte sich mittlerweile vom ersten Schreck erholt, drückte Katja Mitzenstein die MP in die Hand, sprang von der Ladefläche herunter, lief zum Hauseingang und rief dabei laut: »Das mach ich selber! Das Arschloch hol ich da runter!« Keiner im Team wagte auch nur einen Hauch von Widerrede, die Autogrammjäger begannen laut zu johlen und zu applaudieren. Jan Pöter, die Mellinghusen und Herr Markowitz sahen sich besorgt an, als müsse man sich jetzt wirklich ernsthaft Sorgen machen um Gratsch oder zumindest um den planmäßigen Fortgang der Dreharbeiten.

Kurz nachdem Jörg im Hauseingang verschwunden war, sah man oben auf dem Balkon eine Rangelei, in deren kurzem Verlauf der alte Mann vom Balkon in die Wohnung hineingezogen wurde.

»Was soll der Scheiß, Alter??«, schrie Jörg Zoltan an, nachdem er ihn auf ein völlig versifftes IKEA-Sofa bugsiert hatte, dem einzigen Möbelstück in der offenbar leer stehenden Wohnung.

»Was zum Teufel hast du auf diesem beschissenen Balkon verloren?«

»Ich gucke dir zu.«

»Ich will aber nicht, dass du mir zuguckst! Ich kann das auch alleine!«

Zoltan schüttelte mehrmals langsam den Kopf.

»Einen Scheißdreck kannst du. Du spielst nicht gut, Jörg Raabe.«

»Gratsch!!! Ich bin Jott Punkt Gratsch, merk dir das endlich!«

»Du tönst rum. Dein Spiel ist oberflächlich. Nur hohles Geblöke ohne Emotion. So wirst du nie ein Star!«

»Überhaupt nichts ist da hohl, du alter Meckersack!«

»Davon, dass du der Kleinen am Arsch rumfummelst, wird's auch nicht besser.«

»Ich hab der nicht am Arsch rumgefummelt, ich hab sie höchstens zufällig gestreift!«

»Zufall ist hohe Kunst!«

»Von den Idioten da unten merkt das sowieso keiner!«

»Aber ich merke es!«

»Ich drehe aber nicht mir dir!«

»Noch nicht, aber bald! Und bei mir kommst du mit diesem Gehampel nicht durch, das versprech ich dir!«

»Hau ab jetzt und lass mich meine Arbeit machen!«

Zoltan lachte nur einmal kurz auf, wieder das altbekannte gutturale Meckern.

Jörg wusste, dass er den Alten irgendwie vom Balkon verbannen musste, sonst konnte er die Dreharbeiten für den Rest der Nacht vergessen.

»Also gut, wenn ich hier fertig bin, dann fangen wir an mit deinem Film!«

Zoltan grinste nur kurz, stand auf und ging ohne ein weiteres Wort aus der Wohnung. Jörg spähte durch das Fenster nach unten und sah den Alten die Pestalozzistraße entlang davonschlurfen, vorbei am ganzen Team, das wie gebannt auf den Balkon starrte. Jörg rannte nach unten, rief: »Kann weitergehen, der Irre ist weg!«, sprang auf die Ladefläche, nahm seine MP wieder in die Hand und gab Berndt Bernhardt ein Zeichen mit der Hand, dass er wieder bereit war.

Das ›Ack-schönn‹ kam, und Jörg legte nun im Spiel noch eins drauf, streifte noch mal in der hohen Kunst der Zufälligkeit Katja Mitzensteins Hintern und war Kommissar Kolja mit Haut und Haar, ohne Geblöke und voll von Emotion. Jan Pöter war vom Stuhl aufgestanden und sah Jörg voller Begeisterung zu, wie er sprach und sich bewegte, wie er schrie und schoss, die Figur Kolja so zum Leben erwachen ließ, dass Jan Pöter für einen Moment lang Angst hatte, der würde der Russenmafia gleich wirklich an die Gurgel springen. Ja, dieser Gratsch würde die Quote bringen, das stand für Jan Pöter jetzt außer Zweifel. Er sah kurz heimlich hinüber zur Mellinghusen, und auch die starrte mit großen Augen auf seinen Gratsch. Nachdem Jörg die beiden Russenmafiosi mit der Kalaschnikoff über den Haufen geschossen, einen Streifschuss abgekriegt und den Herrn Staatssekretär wegen Beihilfe zur Unterschlagung mit Handschellen an das Lenkrad seiner S-Klasse gefesselt hatte, stand er mit Katja Mitzenstein auf der Ladefläche des Dodge. Katja fror als Maklerin Irene und schmiegte sich an Jörg, suchte – laut Drehbuch! – seine körperliche Nähe.

»Es ist vorbei, Irene. Jetzt kann Ihr Leben wieder beginnen.«

»Das wird schwer … nach all dem …«

Katja Mitzenstein setzte gekonnt eine kleine Pause.

»Und ohne Sie, Kommissar Kolja …«

Jörg sah die junge Kollegin an wie ein einsamer Wolf in süßer Melancholie, bevor er den letzten Satz der ersten Folge sagte: »Vergessen Sie's, Irene …«

Und dann kam der Blick, dieser letzte Blick in Großaufnahme. Zwei Gesichter, die sich in der Freude, am Leben zu sein, und im Wissen um die bevorstehende Trennung förmlich verschlangen. Katja Mitzenstein ließ ohne Zuhilfenahme eines Tränenstifts zwei echte Tränchen aus ihren Augen fließen, und Jörg spürte sich völlig durchflutet von echter Emotion. Und es war ihm völlig egal, ob er nun wirklich ein guter Schauspieler war oder ob er sich das nur einbildete, solange die anderen das nur glaubten. Berndt Bernhardt ließ die Kamera lange laufen, was er hatte, das hatte er, Material war genug in der Kamera, und dieser Blick war es einfach wert, da konnte er gar nichts falsch machen, dieses Bild konnte er ewig unter dem Abspann stehen lassen. Und dann rief er schließlich »Cut! Aus und checken, und wenn die sauber ist, dann haben wir Drehschluss!«

Jan Pöter applaudierte, und der Mellinghusen blieb gar nichts übrig, als in den Applaus einzufallen. Sie beschloss, während sie den Mund zu einem Lächeln verbog und in die Hände klatschte, vorerst noch eine Weile an der Seite von Jan Pöter auszuharren und sich nicht gleich, wie sie es vorgehabt hatte, an Michael B. Hofmeier ranzuschmeißen, sich mit ihm ein wenig über Jan Pöter zu unterhalten und ihm nahe zu legen, ihr Pöters Abteilung zu übertragen. Vielleicht hatte Jan Arsch Pöter ja doch Recht und dieser Kommissar Kolja schlug ein, dann konnte sie immerhin als Mitinitiatorin des Projekts senderintern Punkte sammeln.

Jörg quittierte den Applaus mit einem dankenden Nicken, nickte, wie nur einer nickt, der weiß, dass er gut ist. Tuffi, der Oberbeleuchter, streckte Jörg einen erhobenen Daumen entgegen. Die kleinen Seitenhiebe gegen Berndt Bernhardt waren für ihn und seine Jungs Balsam auf die geschundene Beleuchterseele gewesen. Die Crew hatte schon hektisch mit dem Zusammenräumen der Lampen und Kabel angefangen und war dankbar, dass Jörg jede dieser Einstellungen ohne langes Proben und immer mit der ersten Klappe geschafft hatte. So waren eben die Profis aus Russland, da musste es auf Anhieb klappen, die russischen Filmemacher hatten nämlich keinen Meter Filmmaterial übrig, das sie verschwenden konnten, wie all die Mimosen hierzulande. Jörg wischte sich mit einem Taschentuch das Filmblut von der Stirn, das ihm die Maske für den Streifschuss ins Gesicht geschmiert hatte. Katja Mitzenstein, die noch nicht ganz von der Rolle der Irene in die Realität zurückgekehrt war, beobachtete Jörg mit großen Augen.

»Ich hab noch nie mit einem Russen gedreht.«

Jörg sah sie völlig ernst an.

»Und? Tut's weh beim ersten Mal?«

Katja Mitzenstein musste kurz lachen.

»Quatsch. Macht Spaß, mit dir zu spielen.«

Jörg hielt mit dem Taschentuch inne, sah Katja mit genau dem Lächeln an, mit dem er sie schon einige Male als Kommissar Kolja betört hatte.

»Zum Spielen gehören immer zwei.«

Katja lächelte dankbar für das kleine Kompliment.

»Für einen Russen hast du wahnsinnig blaue Augen …«

Jörg ging einen Schritt auf Katja zu und flüsterte ihr ins Ohr: »Okay, lass gut sein. Wenn du willst, gehen wir zu mir. Hab ne schöne Terrasse.«

Katja Mitzenstein zuckte ein ganz kleines bisschen zusammen. Das Angebot mit der Terrasse kam doch ein wenig überraschend.

»Bist du immer so direkt?«

»Wenn ich was wirklich will, bin ich eben ein plumper Russe.«

Eine halbe Stunde später stand Jörg, der nur noch seine sakrischen Lederhosen am Leib hatte, hinter Katja Mitzenstein auf der Terrasse. Langsam zog er ihr das weiße T-Shirt über den Kopf. Katja trug einen schwarzen BH, dessen Marke Jörg auf die Schnelle nicht erkennen konnte. Wahrscheinlich war es ein No-Name-Produkt von Hennes & Mauritz oder Woolworth, wenn diese Läden in Erfurt überhaupt eine Filiale hatten. Er drehte

Katja zu sich um, und was sich da vorne unter dem schwarzen No-Name abzeichnete, war alles andere als ein Billigprodukt der Natur. Heftig atmend versuchte er, den Verschluss des schwarzen Miedererzeugnisses mit geschickten Fingern zu lösen, als Katja Mitzenstein plötzlich laut zu lachen anfing. Jörg sah Katja erschrocken an, als habe er, wie früher fast immer bei seinen wenigen sexuellen Abenteuern, wieder irgendetwas falsch gemacht. Aber Katja hatte nur zum ersten Mal die riesengroße, dilettantische Hammer-und-Sichel-Tätowierung auf Jörgs rechtem Oberarm wahrgenommen.

Sie bat Jörg, die Muskeln mal kurz anzuspannen, und siehe: Hammer & Sichel verzogen sich über Jörgs Bizeps zu einem eher komisch anmutenden, comic-artigen Gebilde. Katja Mitzenstein kicherte, aber Jörg wollte jetzt eigentlich nicht herumalbern, sondern endlich den schwarzen BH abstreifen, denn er war, gelinde gesagt, sturzhagelscharf, geil wie ein junger hungriger Wolf. Er war ja in der Tat sexuell ausgehungert, denn seit dem zweifelhaften Abenteuer mit Elke Höfele war er nicht mehr zum Zuge gekommen, sein Mittelmaß hatte nur hin und wieder ein paar Handarbeitsstunden mit Melissa bei www.dream-panties.com abgeleistet. Das würde heute sozusagen seine Beischlafpremiere als Gratsch werden, und er hatte nicht vor, sich zu blamieren wie einst so oft als Jörg Raabe. Jörg kicherte mit, so gut es ging, und während er den rechten Bizeps immer wieder anspannte, bog sich auf der Tätowierung jedes Mal der Stiel des Hammers, und der Sichel wuchs an ihrer Schneide eine beulenartige Ausbuchtung, was die beiden sinnträchtigen Werkzeuge der Arbeiter und Bauern als funktionsuntauglich und damit als absolut lächerlich erscheinen ließ. Dabei vollbrachte er jedoch mit der linken Hand das Kunststück, den Verschluss des schwarzen Büstenhalters blind einhändig zu öffnen und Katja das gute Stück schließlich abzustreifen. Was er dann sah, ließ ihn augenblicklich kurzatmig werden. Jeglicher Physik und Schwerkraft trotzend erhoben sich diese beiden nahezu gleich großen Brüste auf dem glatten Oberkörper.

»Ich hab noch nie so schöne Brüste gesehen! Das sind die Brüste einer Göttin!«

»Ich denke, ihr Russen seid Atheisten?«

Jetzt war Vorsicht angesagt, denn Jörg hatte sich schon öfter im Rausch der Erregung zu dermaßen blödem Geschwafel hinreißen lassen und sich sozusagen damit schon mehrfach um einen schon beschlossenen Beischlaf gebracht. Ohne ein weiteres verfängliches Wort zu verlieren, begann Jörg, Katja zärtlich zu küssen. Leidenschaftlich erwiderte Katja den Kuss, und Jörg löste dabei vorsichtig den Gürtel ihres blaurot karierten Wickelrocks. Langsam ließ er den nunmehr aufgewickelten Rock über die schmalen Hüften der jungen Kollegin zu Boden gleiten. Katja eng umschlungen haltend schielte er auf ihren wirklich kleinen Hintern, über dem er einen zum Wollworth-H&M-BH korrespondierenden schwarzen Slip oder sogar einen Tanga vermutete. Was er aber statt dessen dort entdeckte, ließ seine ohnehin schon fast siedende Erregung noch weiter steigen. Um den schlanken, fast mageren Leib der jungen Kollegin schmiegte sich hauteng das Oberteil einer hauchzarten, rauchschwarzen Feinstrumpfhose, deren Beine gut zwei Handbreit über dem Knie abgeschnitten waren, offenbar in Heimarbeit mit einer Schere. Außer dieser halben Strumpfhose hatte Katja nun nichts mehr an, vor allem nichts darunter, kein Wäschestück, gar nichts. Dieser Strumpfhosentorso war selbst für Jörg, den Dessousexperten, ein Novum und schon deswegen aufreizend, weil er mindestens eine Nummer zu eng und noch dazu mangelhaft blickdicht war. Das war nun fast zu viel für Jörg. Heftig atmend, die Muskeln seines Oberkörpers anspannend, während sein schwellendes Mittelmaß schon am sakrischen Leder seiner Hose scheuerte, griff er an den schmalen Bund der Strumpfhose und versuchte, ihr das unkonventionelle

Wäschestück abzustreifen. Sofort legten sich Katjas Hände mit einem kneifenden Griff auf seine Finger und ließen ihn auf der Stelle einhalten.

»Psst, Finger weg, Russe!«, flüsterte Katja Mitzenstein energisch. »Das behalt ich an!«

Und schon ging sie ihrerseits daran, den Knopf von Jörgs sakrischer Lederhose zu öffnen.

»Nun zeig mir mal, was du da drin hast, Hammer oder Sichel?«, sagte Katja neckisch und zog Jörg die Hosen ganz nach unten. Mittlerweile war die Sonne aufgegangen, und Katja bugsierte Jörg samt seinem aufgerichteten Mittelmaß nach drinnen, direkt zum Futon, der vor den geöffneten Terrassentüren auf dem Laminatboden lag.

»Kann hier jemand reingucken?«

»Nein«, sagte Jörg. »Über uns ist nur der Himmel.«

»Na gut, dann bums mich jetzt, aber da unten rumlecken ist nicht, klar!?«

»Und die Strumpfhose?«

»Die bleibt an, hab ich doch gesagt.«

»Aber wie soll ich denn dann …?«

»Lass dir was einfallen, Russe.«

Katja bestand natürlich auf einem Kondom, aber Jörg wusste, dass er so etwas nicht im Hause hatte, wenn nicht Makler Hahnepohl eins im Kühlschrank deponiert hatte, was wenig wahrscheinlich war. Katja als selbstbewusste Frau hatte natürlich ein ganzes Päckchen Markenpariser dabei, auf dem Jörg noch das Preisschild der Thuringia-Apotheke in Erfurt erkennen konnte. Jörg streifte sich umständlich einen der bereitgestellten Gummis über, und Katja kniete sich mitsamt ihrem Strumpfhosenfragment vor ihm auf den Futon.

»Nun komm schon, Russe!«

Offenbar wollte sie tatsächlich, dass er sie von hinten durch die Strumpfhose hindurch nahm, vielleicht eine Art sexueller

Zerreißprobe, die er da bestehen musste. Jörg spürte, dass weitere Fragen zum Procedere jetzt Gift waren, kniete sich hinter Katja und versuchte, der Strumpfhose zum Trotz, sein Organ dahin zu bringen, wo es hinsollte. Nach ein paar vergeblichen Versuchen, bei denen Katja leise zu stöhnen begann, riss das dünne Material der Strumpfhose gleich einer Sollbruchstelle, und Jörg drang Stück für Stück in die junge Kollegin ein. Ein wenig unheimlich kam ihm das schon vor, und er sah ängstlich nach draußen zur Terrasse, ob da nicht etwa wieder Zoltan Schneider stand und ihm bei seiner Stümperei zusah.

Von Zoltan natürlich keine Spur, und Jörg riss sich zusammen. Er bumste tapfer drauflos, hielt den strumpfhosenumschlossenen kleinen Popo mit seinen Händen fest, während Katja Mitzenstein laut zu stöhnen begann und in immer höheren Tonlagen ihrem Höhepunkt zusteuerte. Und kurz nachdem die junge Kollegin mit einem langgezogenen Schrei gekommen war, den man bestimmt bis zum Alexanderplatz gehört haben musste, entlud sich auch Jörg, eher grunzend, in das Markenkondom aus der Thuringia-Apotheke. Das war's gewesen, linear und lustvoll, wenn auch vielleicht ein wenig kurz. Sofort entzog sich Katja ihm, setzte sich in ihren leicht beschädigten Strumpfhosen auf den Hintern, zog sich ihr T-Shirt über und zündete sich eine Zigarette an.

»Und?«, fragte Jörg, und Katja antwortete nur: »Was und?«

»Alles gut bei dir?«

»Du hast mir die Wäsche zerrissen, Russe.«

Katja grinste, und Jörg war irritiert. Sie hatte ihn doch unzweifelhaft gebeten, sie in ihren Strumpfhosen zu bumsen. Er stand auf und ging ins Bad, um den Pariser loszuwerden und seinen Blähungen freien Lauf zu lassen, die ihn üblicherweise gleich nach dem Geschlechtsverkehr überkamen. Und er musste endlich die Tampons aus den Backentaschen nehmen, die schmeckten mittlerweile schon durchdringend nach altem, aufgeweichtem Zellstoff. Jörg schmiss die durchgesuppten Dinger in die Toilette und verzichtete drauf, sich neue Kinnformer hineinzustecken. Der Tag war ja so gut wie gelaufen, ein Glas Wodka vielleicht noch, dann war Schluss. Jörg fühlte eine wohlige Müdigkeit in sich aufsteigen und Zufriedenheit. Die Dreharbeiten für Kommissar Kolja waren ein Erfolg gewesen, Zoltan hatte er abgewimmelt, er hatte seit langem wieder mal erfolgreich abgeschleppt, und es war auch zum Äußersten gekommen, quasi wie von selbst. Der böse Russe hatte sich einfach geholt, wonach ihm verlangte. So sollte es sein. Jörg band sich ein Handtuch um die Hüften und ging wieder hinaus zum Futon. Dort saß Katja und blätterte in aller Seelenruhe in Jörgs grauem Regiebuch, das er unvorsichtigerweise auf dem Teakholz-Küchenblock hatte liegen lassen. Jörg erschrak, ging schnell auf Katja zu und riss ihr sein heiliges Buch aus der Hand.

»Sag mal, spinnst du?«, fuhr Katja Mitzenstein ihn an.

»Das ist mein Buch, das geht niemanden was an!«, bellte Jörg zurück, sicherlich eine Spur lauter als beabsichtigt. Katja nahm einen tiefen Zug aus der Zigarette und schnippte die Kippe weg, hinaus auf die Dachterrasse.

»Du bist überhaupt kein Russe!«

Jörg zuckte zusammen. Was hatte die Kollegin in der kurzen Zeit alles in seinem Buch gelesen?

»Was bin ich??«

»Ich weiß nicht, was du bist, aber ein Russe bist du bestimmt nicht!«

»Sag du mir nicht, was ich bin!«

»Ich sag dir ja bloß, was du nicht bist!«

»Und warum soll ich kein Russe sein?«

»Weil ich genug Russen als Freunde hatte in Erfurt, und die waren alle nur geil drauf, West-Strumpfhosen zu zerreißen!«

»Deswegen muss doch noch lange nicht jeder Russe ein Strumpfhosenkiller sein, das ist doch Humbug!«

»Dann sag mir doch mal, was Strumpfhose auf Russisch heißt!«

»Ich bin doch hier nicht in der Schule! Außerdem hab ich dir die Strumpfhose doch zerrissen!«

»Aber wie! Und ficken tust du auch nicht wie ein Russe, damit du's weißt!«

Damit erhob sich Katja, band sich ihren Wickelrock um, nahm die Handtasche, steckte den schwarzen BH und das Päckchen mit den Parisern hinein, ging schnurstracks zur Tür, blieb in der geöffneten Tür noch einmal stehen und drehte sich zu Jörg um, der neben dem Küchenblock stand wie ein Häuflein Elend.

»Ist mir scheißegal, was du den andern vorspielst, aber ich lass mich nicht anlügen!«

Sie warf die Tür hinter sich ins Schloss und trampelte laut das ganze Treppenhaus hinunter.

Jörg goss sich den Zahnputzbecher voll Wodka und setzte sich, nackig, wie er war, auf die Terrasse. Von unten kam schon der Lärm der Straße herauf. Schluck für Schluck trank er und dachte nach, was mühsam war wegen der Müdigkeit, die ihn allmählich überkam. Es waren immer die kleinen blöden Details, die große Pläne scheitern ließen. Wie konnte er wissen, dass Russen verrückt waren auf westliche Feinstrumpfhosen? Aber mit jedem Schluck Wodka wurde ihm das plausibler. Er musste also in Zukunft vorsichtiger sein. Sich unnahbarer geben als Gratsch, keine Risiken eingehen, private Kontakte so weit wie möglich herunterfahren und der Welt das geben, was sie von ihm wollte: das totale russische Arschloch.

29

Die Dinge änderten sich: Jörgs Plan war ja anfangs nicht mehr gewesen als ein Hirngespinst, eine vage Spekulation, powered by emotion and a little hope, dass die ganze Branche wirklich so blöd sein und dieses Schauermärchen fressen würde, wenn man es nur konsequent behauptete und mit drei Attitüden, zwei bösen Sprüchen und einem adäquaten Kostüm unterfütterte. Aber genau das war mittlerweile geschehen: Jörg konnte sich vor Angeboten kaum retten, war nun fast täglich mit Dreharbeiten beschäftigt und so binnen kurzer Zeit zumindest seine finanziellen Sorgen losgeworden. Man kannte ihn, nicht nur vom Bildschirm. Überall in der Stadt hingen seit einer Woche Plakate der Zigarettenmarke WOLGA, die seit Jahren Werbekampagne herunterzelebrierte, in der auf Schwarzweißfotos rauchende Wichtigkeiten aus der Kulturszene abgebildet waren, immer mit einem typischen Sprüchlein dazu. Den russischen Flussnamen hatte die zum HB-Konzern gehörige Firma lange vor Jörgs russophiler Phase entdeckt und okkupiert. Und nun war es eben Jörg mit Kippe, der gesamtdeutsch fast jede Plakatwand zierte, sich den Rauch an den tampongeblähten Backen vorbeisteigen ließ und dazu in einer Sprechblase kundtat: »Wer Angst hat, Freunde zu verlieren, hat noch zu viele!« Und darunter in weißer Schrift stand nur: JOTT PUNKT GRATSCH – BÖSEWICHT, PETERSBURG/BERLIN. Amen.

Auch die Printmedien halfen kräftig und bereitwillig mit, den Nimbus Gratsch weiter auszubauen. In der *Gala* war das Interview erschienen, das er im Wohnmobil gegeben oder, besser gesagt, verweigert und mit obszönen Provokationen beendet hatte. Doch dergleichen war da nicht zu lesen. Die junge Reporterin hatte ihn als sensiblen, hochintelligenten, wilden jungen – !

– Mann mit unbändiger Vitalität, großem Talent, Querkopf und ausgeprägter Sexualität gepriesen und den Artikel mit der Bemerkung überschrieben, dieser Mann sei eine Sünde wert. Jörg hatte den Artikel gar nicht zur Gänze gelesen, sondern nur kurz überflogen, die Stichwörter zur Kenntnis genommen und die Zeitschrift gleich in eine Kiste geworfen, in der er Presseberichte über Gratsch lagerte. Danach hatte sich bei der Suchanek sofort die *Cosmopolitan* gemeldet und auch um ein Interview gebeten, denn wenn Gratsch in der *Gala* stattfand, dann musste die *Cosmo* zwangsläufig nachziehen.

Auf dem Campingtisch im Dachgeschoss stapelten sich mittlerweile die Einladungen zu Premieren, Events, Empfängen und Partys. Fast täglich spuckte das Faxgerät mehrere Anfragen nach Interviews aus, die Frau Doktor Suchanek an Jörg weitergeleitet hatte mit der Bitte um Stellungnahme. Auf die ließ sie Jörg in seiner Gratsch-Laune jedoch meist vergebens warten. Und je bekannter und begehrter Jörg wurde, desto durchgeknallter und gleichzeitig verschlossener gab er sich. In der Unnahbarkeit sah er seine einzige Chance. Er spielte seinen Gratsch jetzt noch gnadenloser, nie mehr zeigte er sich ohne Tampons in den Backen in der Öffentlichkeit. Seit neuestem nahm er sich sogar hin und wieder einen Leibwächter, sporadisch, auf Zuruf. Der Mann war natürlich Russe, hieß Sergej, war knapp dreißig, körperlich ein Hüne, hatte 45 Zentimeter Umfang am Oberarm – Bizeps – und war Jörg in einem Fitnesscenter in Berlin Mitte begegnet. Schnell hatte man sich geeinigt. Die Bezahlung geschah stundenweise, zehn Euro die Stunde gab es ohne Quittung auf die Hand. Dafür stellte Sergej keine dummen Fragen, obschon er das Geschäft, das Jörg der Welt als Gratsch vorgaukelte, sofort durchschaut hatte. Er gab Jörg sogar den einen oder anderen Hinweis, wie der seine Gratsch-Performance noch weiter perfektionieren konnte.

Wenn Sergej Dienst hatte, lief er immer zwei Schritte neben

Jörg, hielt ihm lästige Fans vom Hals, manchmal übte er auch mit ihm Russisch, vornehmlich in den Drehpausen. Und wenn Jörg sich in der Öffentlichkeit zeigte, dann geschah dies meist nur noch nach genau festgelegtem Plan, selten wurde da etwas dem Zufall überlassen. Dieser inszenierten öffentlichen Auftritte gab es jedoch viele.

So hatte er zum Beispiel einmal das Nobelrestaurant Borchardts in Berlin Mitte betreten, sich an einen Tisch gesetzt und gewartet, während Sergej am Eingang stehen geblieben war. Nachdem Jörg ein paar Minuten am Tisch ausgeharrt hatte und kein Kellner zu ihm gekommen war, um ihm auch nur die Speisekarte an den Tisch zu bringen, war Jörg aufgestanden und hatte gebrüllt: »Was ist denn das für ein Scheißladen hier?« Als dann immer noch keine Anzeichen bevorstehender Dienstleistung aufgeleuchtet hatten, war Jörg aufgestanden, hatte sein kleines, weiß eingedecktes Zwei-Personen-Tischchen kurzerhand angehoben und mit aller Kraft in Richtung Tresen geschleudert. Dabei hatte er gebrüllt: »Wenn ich schon in einem beschissen kapitalistischen Land zum Fressen gehe, will ich auch verdammt noch mal behandelt werden wie ein Scheißkapitalist!«

Das Tischchen war berstend im Tresen eingeschlagen, etliches Geschirr zerdeppernd, ohne dass allerdings einer der weißlang-beschürzten Kellner getroffen worden war. Das ansonsten schläfrige Personal war erstaunlich wach rechtzeitig davongesprungen. Der Sicherheitsmann am Eingang, der den Vorgang mit Entsetzen beobachtet hatte, war von Sergej mit festem Griff fixiert und dergestalt quasi anästhesiert worden. Jörg hatte sodann mit Sergej das Lokal ohne weitere Kommentare verlassen. Kenner der Materie vermuteten allerdings, dass die Aktion mit der Restaurantleitung abgesprochen war, weil das stagnierende Geschäft dort einer kleinen Auffrischung bedurfte. Dafür sprach auch der Umstand, dass zufällig Reporter aller wichtigen Tageszeitungen entweder in der Nähe, draußen auf der Straße oder eben zufällig dort beim Essen saßen und der Gratsch'sche Tischwurf dann am nächsten Tag breitgetreten in der ganzen Berliner Presse erschien, fotografiert aus verschiedensten Blickwinkeln. Besonderen Gefallen fand eine Aufnahme des Wurfs, die im Hintergrund einen lokalen CDU-Spitzenkandidaten zeigte, der sich, gerade noch erkennbar, ängstlich hinter dem Generalsekretär der bayrischen Schwesterpartei versteckt hatte, mit dem er dort gespeist hatte.

Anderntags war Jörg den Ku'damm entlanggegangen, neben ihm synchron zwei Kamerateams, und hatte dabei eine Art Interview gegeben. Das Besondere daran war gewesen, dass sich zwei Sender diesen Interviewtermin hatten teilen müssen, keine Fragen gestellt werden durften und Jörg das Tempo bestimmte. Also versuchten die beiden Teams, sich gegenseitig nicht ins Bild zu kriegen, während Jörg als Gratsch in moderatem Sturmschritt den Ku'damm entlangmarschierte und Storys von sich gab oder einfach nur auf der Prachtstraße sichtbare Auswüchse von Blödheit kommentierte. Jörg hatte, das musste man zugeben, mittlerweile eine Form der Gratsch-Improvisation entwickelt, die boshaft und dabei hochgradig unterhaltend war, sozusagen eine Art zartbitterlustiger Hardcore-Stand-up-Comedy, wenn man sie denn hätte kategorisieren wollen. Jörg erzählte frei erfundene Schauergeschichten direkt neben Kommentaren zu realen Vorgängen, und das Reizvolle lag eben in dieser Vermischung von Realität und Fiktion. Die Aufnahmen am Ku'damm waren dann auch von beiden Anstalten gesendet worden, und das sogar mehrfach. Ein wenig Ärger hatte es, für beide Anstalten, jedoch wegen der Bemerkung gegeben, die Jörg spontangratschend gemacht hatte, als der Tross an der Praxis eines bekannten Schönheitschirurgen vorbeigekommen war, Höhe Ku'damm 205. Er hatte einfach behauptet, die Unionsvorsitzende Merkel sei just hier geliftet worden, habe jedoch verkehrt herum auf dem OP-Tisch gelegen, so dass ihr die Mundwinkel statt nach oben unglücklicherweise nach unten gezogen worden waren.

Danach saß Jörg mit Sergej im Dachgeschoss – er hatte ihn nach dem kleinen Dreistundenjob am Ku'damm noch mit auf ein Glas Wodka hinaufgebeten – und sah sich mit ihm zusammen eine der albernen Talkrunden an. Dort hatte man, weil Jörg mehrfach Interviews und Talkshows verweigert hatte, kurzerhand Jan Pöter zu einem hornbebrillten Gymnasial-Oberklugscheißer namens Dr. Guido Jochimsen auf eine geschmacklose Couch gepackt und die Frau Doktor Suchanek im Rollstuhl dazugeschoben, um die drei zum Thema ›Gratsch – Bösewicht auf Bestellung?‹ schwafeln zu lassen. Der gastgebende promovierte Besserwisser – Dr. phil.! – Jochimsen hatte sich zu Hause sogar ein paar hochprovokative Fragen ausgedacht: Ob das Phänomen Gratsch nicht eine klug ersonnene Masche sei, worauf Jan Pöter ihm gleich ins Wort gefallen war: »Das ist doch Unfug! Wir bei PRO-SAT sind geradezu dankbar, diesen wunderbaren Mann gefunden zu haben, ein hochbegabter, sensibler und disziplinierter Schauspieler, der noch dazu einen Verstand hat, den er auch benutzt. Wir haben hier in Deutschland viel zu viele publicitysüchtige Hosenscheißer und beängstigend wenig kompromisslose Charaktermenschen wie diesen Jewgenij Gratsch. Das und nichts anderes macht seinen Erfolg aus.«

Das gab Applaus im Publikum, wo auch Heidemarie und die Mellinghusen samt Sunntzja de Alcacer-Bentele saßen. Sergej klopfte Jörg anerkennend auf die Schulter.

»Sag mir doch mal eins, Sergej«, fragte Jörg, als er das Wodkaglas des – echten! – Russen noch einmal voll goss, »wie ist das bei euch mit den Strumpfhosen?«

»Strrumpfhosen? Was fier Strrumpfhosen?«

»Na, Damenstrumpfhosen. Stimmt das, dass die Russinnen die gern mal anlassen?«

»Anlassen?«

»Na ja, du weißt schon, anlassen, die Strumpfhosen, wenn's zur Sache geht …«

Sergej lachte laut auf.

»Beim Ficken, meinst du?!«

»Jaja, genau, beim Ficken.«

Sergej wusste zu berichten, dass eine gewisse Vorliebe für Strumpfhosen bei russischen Frauen tatsächlich durchaus verbreitet war, wenn auch eher für westliche Erzeugnisse, weil die Synthetik russischer Produktion allzu schnell rissen, so dass es dann eigentlich egal war, ob man sie dabei anbehielt oder nicht.

Überhaupt war Sergej sein Geld durchaus wert. Nicht nur in Bezug auf Nachhilfeunterricht in russischen Sitten, sondern auch für deftige publicityträchtige Action war der Mann ein Volltreffer. Für einen ARD-Sender hatte Jörg Mitte der Woche eine NPD-Demonstration gesprengt, zumindest teilweise, aber immerhin direkt vor dem Brandenburger Tor. Jörg hatte – vor laufenden Kameras, versteht sich! – einem der skandierenden Glatzköpfe sein »Deutschland muss deutsch bleiben«-Plakat entrissen und ihm das Ding mit den Worten ›Gegen deutsche Dummheit helfen nur Russenprügel!‹ – man beachte den historischen Bezug! – mehrmals um die Ohren gehauen. Danach war die Randale losgegangen, und Jörg hatte sich tapfer geschlagen. Den Großteil der Prügelarbeit hatte Sergej geleistet, und das nicht ohne Freude und innere Genugtuung und für ganze zehn Euro die Stunde. Die anschließend in der ganzen ARD ausgiebig publizierten Bilder hatten Jörg viele Sympathien in Künstlerkreisen eingebracht, die sich sonst nur verbal zu äußern pflegten: Endlich hatte hier mal einer tatkräftig Flagge und Faust gegen die Neonazi-Krakeeler gezeigt.

Ein paar Tage darauf war Jörg als Studiogast bei Harald Schmidt eingeladen gewesen, der ihn, verarschend, als den neuen Bösewicht angekündigt hatte, als den zornigen, Neonazis verprügelnden Mann aus Russland. Und als Dirty Harry, sich pampig mit seinem Publikum verbündend, vor Jörgs Auftritt ausgiebig auf der Frage herumgeritten hatte, was der böse Kerl Gratsch, der nach der Werbepause kommen sollte, denn wohl diesmal Böses tun würde, war Jörg auf der Stelle, vor der Werbepause und erst recht vor dem vereinbarten Stichwort, aus der Garderobe auf die Bühne gestapft, halbnackt, mit Sergej im Schlepptau, und hatte Harald Schmidt ohne weiteren Kommentar eine Ohrfeige verpasst – für dumme Moderation! –, dann im Publikum ein paar Autogramme gegeben, sich kurzerhand ein junges, angemaltes Püppchen aus der ersten Reihe gegriffen und mit der deftig gepiercten Schönheit den Saal, quer durchs Publikum paradierend, nach hinten wieder verlassen. Die Handkamera, die ihn dabei verfolgt und ausgiebig sein Hammer-und-Sichel-Tattoo live über Sender geschickt hatte, war schließlich von Sergej relativ grob außer Betrieb gesetzt worden. Die Aktion hatte natürlich in den Medien mehr Aufsehen erregt, als Jörg das mit jedweder verbalen Gemeinheit Herrn Schmidt gegenüber hätte schaffen können.

Private Kontakte hatte Jörg so gut wie keine mehr, die Suchanek und das *pegasus*-Büro mied er weitestmöglich, und wenn, ging er auch nur mit Sergej hin, was Heidemarie meist vollends verstummen ließ. Zoltan, der morgens einmal unten an der Haustür geläutet hatte, hatte er von Sergej unmissverständlich abwimmeln lassen. Sein Handy benutzte Jörg nur noch mittels Mailbox und Rückruf, die spärlichen Lebensmittel, die er brauchte – Jörg hielt immer noch Diät –, ließ er meist von Sergej einholen. Jörg führte gewissermaßen kein herkömmliches Leben mehr, sondern war vielmehr konsequenter Vollstrecker seines selbst gewählten Events, und dieser Event hieß Gratsch, basta. Und wenn die Amis nicht bald aus freien Stücken zu ihm kommen und ihn bitten würden, den Jagdflieger Udet zu spielen, dann würde er eben irgendwann mit Sergej dort in Babelsberg einmarschieren und ihnen genau das nahe legen.

Auch wenn Jörg alleine und ohne Inszenierung kaum mehr aus dem Haus ging, gab es doch in diesem Frühsommer keine wichtige Party, auf der Gratsch nicht vertreten war oder wo man zumindest auf ihn wartete. Meist kam er jetzt mit Sergej, der manchmal auch noch einen weiteren Kollegen aus der Bodybuilderzunft oder gar eine hübsche, junge russische Prostituierte mitbrachte, die ohne weitere Gegenleistung allein für den Gegenwert des Herumschnupperns in der Filmbranche zu Diensten stand, wenn auch nur begleitend.

Eingeladen hatte diesmal die große Filmverleihfirma Columbia-Pictures, und zwar zur Einweihung der neuen Büroräume am Potsdamer Platz, direkt im Sony-Center. Zur Party hatte man zusätzlich zu den wirklich üppigen einzuweihenden Büros, deren Betonwände fast ausschließlich mit hochwertigen Tropenhölzern – Motto: scheiß doch auf den Regenwald! – verkleidet waren, noch das Foyer in die Feierlichkeiten mit einbezogen. Auch hier war heftig dekoriert und sogar eine Bühne errichtet worden, auf der eine Liveband spielte, zunächst nur zur Berieselung des Smalltalks und im späteren Verlauf dann, falls gewünscht, zu ausgelassenem Tanze.

Jörg kam natürlich, wie sich das für den coolen Gratsch geziemte, gehörig zu spät. Irgendwann gegen halb elf schritt er, gefolgt von Sergej und einer wirklich hübschen kaukasischen Prostituierten, die Sergej mitgebracht und deren Namen er vergessen hatte, den roten Teppich entlang. Die Fotografen, die hinter der seitlichen Absperrung zum roten Teppich standen, ließen sofort ein Blitzlichtgewitter los, Autogrammjäger hielten Jörg bettelnd beschriftete und frankierte Umschläge hin, die er mit Autogrammkarten befüllen und zurückschicken sollte. Jörg grüßte jovial mit der Hand und gab Sergej ein Zeichen, woraufhin der die Umschläge einsammelte und einsteckte. Am Eingang zum Foyer standen zwei Hostessen in Columbia-Pictures-Uniformen, die die Einladungen kontrollieren sollten. Natürlich wurde Jörg sofort als Gratsch erkannt und ohne jede weitere Drangsalierung mitsamt Sergej und der jungen Kaukasierin eingelassen. Drinnen war das Getümmel schon nahe am Siedepunkt, so gut wie alle Wichtigkeiten aus der Branche lungerten herum und geierten darauf, gesehen zu werden oder ihrerseits jemanden noch Wichtigeren zu entdecken, dem man schnell ein Gespräch andienen konnte, bevor man von einem wiederum ranghöheren Wichtigtuer abgedrängt wurde. Die Band hielt sich noch zurück, spielte dezenten Combo-Jazz, und zahllose Hostessen durchschwammen das Haifischbecken wie kleine Pilotfische, stets gefüllte Tabletts mit Getränken in den Händen, in den Gesichtern das verbindliche Einheitslächeln der hochmotivierten Dienstleisterinnen.

Jörg griff sich ein Gläschen Champagner und blieb am Rand des Foyers stehen, in der Nähe der Bühne, um die Lage zu sondieren und erst mal eine Bestandsaufnahme der anwesenden Prominenz zu machen. Sergej stand schweigend hinter ihm, trank Wasser, sein hübsches kaukasisches Mitbringsel schmiegte sich nun etwas dichter an Jörg und prostete ihm mit ihrem Champagnerglas und einem verführerischen Lächeln zu. Jörg erwiderte das Lächeln, und nach dem Schluck flüsterte ihm das schöne Kind auf Russisch ins Ohr, fast gehaucht: »Ja Irina«, was so viel hieß, dass sie Irina hieß, dafür reichte Jörgs Russisch mittlerweile. »Ja, Irina«, antwortete Jörg, lächelte sie an und gab ihr ein Küsschen auf die Wange, worauf Irina noch ein Stückchen näher an Jörg herankam und geschickt mit ihrem Arm unter seinen glitt. Jörg ließ es erst mal geschehen, und sofort tauchte ein Fotograf aus der Menge auf und wollte ein Foto von den beiden machen, Arm in Arm. ›Na gut‹, dachte Jörg, ›sollen sie sich morgen mal die Köpfe zerbrechen, wer wohl die schöne Braut an der Seite von Jott Punkt Gratsch gewesen sein mag.‹ Doch als der Fotograf dann, bevor er abdrückte, in die Knie ging und tief in der Hocke verharrte, wusste Jörg plötzlich, woher er das Gesicht des Lichtbildners kannte. Es war natürlich just jener Herr Guderius, der ihn damals an dem unseligen Abend mit Frau Höfele abgelichtet hatte und der einfach Ha-Jott genannt werden wollte. Jörg versuchte, so unbeteiligt wie möglich dreinzugucken, ja versteckte sich geradezu ein wenig hinter der hübschen Irina, um dem Erinnerungsvermögen von Herrn Guderius nicht noch leichtfertig Vorschub zu leisten. Doch Guderius beließ es bei zwei Knipsern in der Hocke und schwirrte sofort eifrig weiter auf seinem Beutezug der Prominenten-Kriegsberichterstattung, der ihm dann anderntags in Form von Veröffentlichungshonoraren das ständig überzogene Girokonto zumindest temporär aufschwängern sollte. Und kaum dass Guderius das Feld wieder geräumt hatte, wurde Jörg ununterbrochen gegrüßt, angelächelt, angesprochen, um Autogramme gebeten, befragt, was er denn zur Zeit drehe, wie seine Pläne aussähen, was seine Eltern in Petersburg machten und dergleichen mehr. Jörg hielt sich bedeckt, nickte hin und wieder oder machte vage mimische und gestische Andeutungen, die man wohl am treffendsten mit den Worten ›Man wird sehen‹ übersetzt hätte. Geheimnis, Geheimnis, Geheimnis. Jörg gab den in sich ruhenden Bösewicht mit fast schon perfekter Gelassenheit.

Unvermittelt tauchte Jan Pöter mit der Mellinghusen im Schlepptau aus der Masse auf, stürmte auf Jörg zu, nahm ihn, der ja kleiner war als er, überschwänglich in die fitnessstudiogestählten Arme, professionell darauf bedacht, dass dieser Vorgang allgemeine Beachtung fand, was er auch tat. Jörg machte sich von Jan Pöter los und verpasste der Mellinghusen einen galanten Handkuss, was von Irina mit gedämpfter Begeisterung registriert wurde. Jan Pöter redete unablässig auf Jörg ein, wie gut die Muster von Kommissar Kolja seien, er habe jetzt schon mal den Rohschnitt der ersten Folge gesehen, und das sei alles schlichtweg kolossal. Immer wieder fiel dieses Wort: kolossal, gesprochen ko-lo-ssal. Jörg nickte dazu nur, als habe er nie etwas anderes erwartet, als schlichtweg ko-lo-ssal zu sein. Und Irina hatte sich geschmeidig wie eine Katze wieder bei ihm eingehakt und deutete schnurrend und gurrend in Richtung des Büfetts, das mittlerweile eröffnet und bereits heftig umlagert war.

Jörg tat Irina den Gefallen, zog sie mit sich und brach mit ihr ein ins Gewusel der Hungrigen, die sich am Büfett mindestens so gebärdeten wie afghanische Flüchtlinge an einer Suppenküche des Deutschen Roten Kreuzes. Sich im letzten Moment auf seine Rolle als Gratsch besinnend, verzichtete Jörg auf Teller und Besteck und schob sich mit den Fingern die besten Häppchen in den Mund: Scampis, Crevetten und zum Schluss sogar eine ganze Rindsroulade am Stück, deren Sicherungsfaden er sich dann mit einer großen Geste wieder aus den Zähnen zu ziehen begann, was ein wenig an den korrekten Gebrauch von Zahnseide erinnerte. Irina kicherte und langte auch ordentlich zu, wie ihr Party-Einschleuser auf Besteck verzichtend. Kaum hatte Jörg sich den roten Rouladenfaden aus den Zahnzwischenräumen gefummelt, bekam er einen heftigen Schlag auf den Rücken. Er drehte sich um und erkannte den jungen, erfolgreichen Kollegen Decker, der die Kneipe am Lützowufer hatte und mit dem er in der dritten Folge von Kommissar Kolja zwei Drehtage zusammen gehabt hatte. Decker schrie: »Komm her, du alte Russensau!«, nahm Jörg in den Arm und drückte ihm mit seinem permanenten Dreitagebart ein pralles Doppelküsschen auf die Wangen, was Jörg wegen der Tampons ein wenig wehtat. Sofort flammten die Blitzlichter diverser Fotografen auf.

»Woher zum Teufel hast du denn dieses wunderschöne Miststück?«, brüllte Decker und knutschte nun ungefragt auch Irina ab, unmissverständlich libidinöses Interesse an ihr zeigend.

»Aus Russland, woher sonst?«, sagte Jörg, und Decker lachte schallend.

»Wenn die nur halb so gut bläst, wie sie aussieht, dann …« Decker brachte seinen obszönen Satz nicht zu Ende, da Irina ihm ins Wort fiel: »Nix viele Worrte, hol raus, dann weißt!« Decker erschrak für den Bruchteil einer Sekunde, holte dann tief Luft, warf seine Jacke mitten ins Publikum, stieg auf das Büfett – direkt zwischen die Rindsrouladen – und nestelte unter lautem Gejohle und rhythmischem Geklatsche der Umstehenden tatsächlich sein Gemächt hervor, dessen Erscheinen die Combo prompt mit einem Tusch bedachte. Irina lachte und schnippte mit dem Finger einmal kurz nach dem aus der Hose hängenden schlaffen Schwanz von Decker. »Das alles? Ist mirr sogar fier Nachtisch zu klein. Hat mein kleiner Russe hirr doppelt so groß!«

Damit fiel sie Jörg um den Hals, küsste ihn und zog ihn unter lautem Gelächter vom Büfett wieder fort. Decker lachte auch, packte wieder ein, schloss die Hose, sprang vom Büfett herunter und lief Jörg und Irina hinterher.

»Absolute Klasse, deine Braut!«, schrie Decker, wanzte sich von hinten zwischen Jörg und Irina und legte seinen Arm um die Schultern der beiden.

»Was willst du noch, Decker?«, fragte Jörg. »Ich blas dir auch keinen.«

»Verstehst du keinen Spaß, Gratsch, oder was? Kommt mit, ihr zwei Hübschen, ich hab was für uns.«

Jörg und Irina sahen sich kurz an, fragend, ob man dieses Angebot des Kollegen nicht lieber ausschlagen sollte. In diesem Moment tauchte direkt vor den dreien wallend die üppige Gestalt von Elke Höfele auf, die offenbar wieder auf der Suche nach irgendeinem ›oinsamen Wölfle‹ war. ›Wie zum Teufel kommt die hier rein?‹ dachte Jörg, senkte sofort den Blick und war für einen Moment lang wie gelähmt. Jörgs kurzes Zögern reichte aus, dass Decker ihn und Irina mit sich zog, an der Höfele vorbei direkt in eines der protzigen Büros, die der voyeuristischen Einweihung harrten. Hier war von der Columbia-Pictures nun wirklich reichlich Kapital auf den Kopf gehauen und in Form von edelholzigen Wandverkleidungen und Bodenbelägen am Baukörper angebracht worden. Was mussten da für Leute sitzen und was mussten die ferner für Filme verleihen, damit die Kosten für das Geprotze irgendwann mal wieder reinkamen? Mal ganz abgesehen davon, dass sich jeder konventionell sozialisierte Mensch da drin am zweiten Arbeitstag vorkommen musste wie in der Edelholzvariante einer mecklenburgischen Justizvollzugsanstalt.

Aber im Moment arbeitete ja keiner hier, lediglich ein paar vereinzelte Grüppchen standen beisammen, Versprengte und Vertriebene der Party-und-Event-Kultur, der Kleidung und dem dezenten Gehabe nach zweifellos Führungspersonal. Von Jörg, Decker, Irina und Sergej schienen die Herrschaften überhaupt keine Notiz zu nehmen. Einer der Nadelstreifenherren ließ eine halbgerauchte Zigarette auf den brandneuen Holzboden fallen und trat die noch glühende Kippe sorgsam mit der Spitze seines Budapester Halbschuhs aus, wo sie einen ebenso brandneuen Brandfleck auf der hochglanzpolierten Maserung hinterließ.

Jörg schritt langsam an einem der Büroschränke entlang, strich mit den Fingern über die endlos und randlos glatte Oberfläche des Holzes. Selten hatte er etwas so vollendet Poliertes unter seinen Händen gespürt. Für einen Moment hatte dieses funktionale Luxusmöbel etwas Erotisches. Wie zufällig übte Jörg einen leichten Druck auf den Rand einer Schranktür aus, und schon sprang sie geräuschlos auf, ein Mechanismus, den man sonst nur im Schiffsbau der Luxusklasse kannte. Neugierig sah Jörg in den Büroschrank, wo in säuberlichster Aufreihung Aktenordner abgestellt waren, sortiert nach verschiedenen Kategorien. Als er den Blick über die beschrifteten Rückseiten der Ordner streifen ließ, blieb er an einer ganzen Reihe von Ordnern mit der Aufschrift WINGS OF THE DEVIL hängen. Und unter den Teufelsflügeln stand in kleinen Buchstaben: ›The Berlin Udet Project‹. Und darunter: ›Director: GMB‹. Na also: Dschie-Em-

Bieh. Natürlich, das war's. Jörg sah sich in der Bürosuite um. Neben ihm stand Irina und lächelte ihn an, aber ansonsten schien niemand von ihm Notiz zu nehmen. Vorsichtig griff er sich einen der Ordner und sah sich nochmals um. Im ganzen Raum immer noch kein Anzeichen irgendwelcher Anteilnahme an seinem Tun. Von draußen, vom Foyer her, drang jetzt schon heftiger Lärm herüber. Die Band spielte in voller Lautstärke, und das Gemurmel des Smalltalks hatte sich mittlerweile zu einem hysterischen Gequäke und Gekichere gesteigert. Jörg stellte sich hinter Irina, schlug den Ordner auf und blätterte ihn durch. Er enthielt irgendwelche Aufzeichnungen in Englisch, Adressen von Bühnenbildnern und Ausrüstern von Kriegsfilmen, die Panzer, Handfeuerwaffen und Militärlastwagen für Filmaufnahmen anboten. Das Ganze sah aus wie die Nachtkästchenlektüre eines Militaria-Fetischisten. Das war es beleibe nicht, was Jörg suchte, wobei er nicht mal wusste, wonach und wozu er suchte. Er stellte den Ordner wieder in den Polierschrank, überflog mit schnellem Blick die Rücken der anderen Ordner und blieb an einem hängen, auf dem CAST stand. Das war schon eher was. Immer noch in Irinas Deckung bleibend holte er nun diesen Ordner heraus und blätterte. Nach etlichen Seiten mit Fotos amerikanischer Schauspieler, die er allesamt nicht kannte, fand er ein Schreiben des Managements von Robert de Niro. Den kannte er immerhin. Und sein Schulenglisch reichte aus, um zu verstehen, dass das in Los Angeles – wo sonst? – ansässige Management mitteilte, Robert habe das Drehbuch mit großem Interesse gelesen und bedauere aufrichtig – sincerely! –, dass er leider für die nächsten drei Jahre bereits Verträge habe und deshalb absagen müsse. Na immerhin. Robert de Niro war also in der Schlacht um die Besetzung des Udet schon mal draußen.

»Komm her, Russensau, und hol dir deine Ration!« Jörg erschrak, stellte den Ordner schnell wieder weg, schloss die Schranktür mit sanftem Druck und drehte sich um. Kollege

Decker hatte einen der Schreibtische okkupiert, genauer gesagt, sich mitten auf die Tischplatte gehockt und ein Päckchen mit weißem Pulver hervorgeholt, das er mithilfe eines dort bereitliegenden Stahllineals auf der aalglatten Oberfläche des Tisches zu einer kleinen Line ausgezogen hatte. Dazu eignete sich die Tischplatte übrigens hervorragend, da bedurfte es keines Spiegelchens mehr. Während man im Nachkriegsdeutschland, Tugenden wie Fleiß und Sauberkeit zufolge, bekanntlich vom Fußboden essen konnte, war es also im neuen Berlin aufgrund der Fortschritte in der Oberflächengestaltung nunmehr möglich, von nahezu jeder Stelle derartiger Büros aus pulverförmige Drogen nasal aufzunehmen, so arschglatt poliert war das alles, hier am Potsdamer Platz. Und sauber natürlich sowieso. Irina kicherte, und Jörg ging mit ihr hinüber zum Kollegen Decker.

»Nimm dir was, Russensau, und gib deiner Taiga-Schnecke gefälligst auch was!« Decker grinste Irina breit an, und in dem Grinsen lag Deckers unerschütterliche Gewissheit, Irina irgendwann heute Nacht noch rumzukriegen und flachzulegen, wenn sie nur genug von dem weißen Pulver eingeschnupft haben würde. Jörg wusste natürlich, dass man von ihm als durchgeknalltem russischen Literaten einen souveränen und routinierten Umgang mit Drogen erwartete, was nicht so leicht war, weil Jörg kaum Erfahrung damit hatte. Und außer Wodkatrinken hatte er mit Zoltan keine weiteren Details für Exzesse einstudiert. Soweit er wusste, saugte man das Zeug mit einem zusammengerollten Geldschein in die Nase, möglichst weit nach oben. Jörg wusste aber auch, dass er extrem kitzlig war im oberen Bereich seiner Nase, und hoffte, dass er nicht niesen musste, wie ihm das auf dem Münchner Oktoberfest passiert war, beim Versuch, eine kleine Prise Schnupftabak einzusaugen. ›Jetzt nur keinen Fehler machen‹, dachte Jörg und ließ Irina den Vortritt. Irina nahm den Geldschein und saugte ihre Line auf, so locker und routiniert, wie sich beispielsweise ein seit Geburt Kurzsichtiger die Kontaktlinsen in die Augen packt oder ein Diabetiker sich eine Insulinspritze setzt. Es war klar, dass Irina das nicht zum ersten Mal machte.

Jörg sah kurz hinüber zu Sergej, aber der stand völlig bewegungs- und emotionslos neben der Bürotür. Der konnte ihm jetzt auch nicht helfen. Also musste Gratsch ran und das Zeug möglichst unfallfrei in seine oberen Schleimhautbereiche verfrachten. Er nahm den Geldschein von Irina, bückte sich zur Tischplatte und wollte soeben tapfer losschniefen, als plötzlich ein kleiner Mann neben ihm stand, aufgetaucht wie aus dem Nichts. Jörg musste zweimal hineinsehen, aber es war tatsächlich Pastor Böhlich aus Weimar, der sich die Mitmenschlichkeit zum Anliegen gemacht hatte. Jörg befürchtete, der Mann wollte sich jetzt bei ihm wegen der Behandlung in der Tanja-Schröder-Show beschweren, aber Pastor Böhlich legte Jörg freundlich den Arm auf die Schulter und sprach mit völlig klarer Stimme, ohne den geringsten Hauch von Jammer oder sächsischem Tonfall: »Bei Ihnen läuft es gut, Herr Gratsch, hm?«

»Da da, otschen choroscho, gospodin Pastor.«

Jörg hatte keine Ahnung, was der Pastor von ihm wollte.

»Ja, Herr Gratsch, so sind die Menschen in diesem Land: Sie wollen, dass man ihnen etwas vorspielt. Dabei geht es doch meist nur um Geld, Macht und Sex.« Dabei machte Pastor Böhlich eine kleine Handbewegung in Richtung Irina. Jörg befürchtete, dass dies der Auftakt für eine längere Predigt sein könnte, aber Dan Decker sprang sogleich in die Bresche, schließlich wollte der sich hier nicht in seine so nett arrangierte Koksrunde moralethisch hineinquatschen lassen: »Tu mir einen Gefallen, Pfaffe, und hau ab!«

Pastor Böhlich drehte sich sehr langsam zu Dan Decker um, mit einem langen traurigen Blick, schüttelte den Kopf, nickte Jörg zu, lächelte Irina an und ging erhobenen Hauptes in Richtung Tür. Jörg sah dem Pastor hinterher. Irgendwie stimmte hier gar nichts mehr. Decker schmiss mit dem Koks um sich, die Nadelstreifenherren hatten nicht einmal einen Blick auf die offensichtliche Kokserei verschwendet, und alle waren scharf auf Irina, aber die hing tapfer an seiner Seite.

»Los jetzt, oder willst du warten, bis der Pfaffe wieder angeschissen kommt?«

Jetzt musste Jörg wohl oder übel ran an das Pulver. Er nahm den Geldschein, hielt ihn an die Line und zog tapfer los, mit genau der Entschlossenheit, mit der er damals das Trudeln eingeleitet hatte, und es gelang ihm wirklich, den routinierten Kokser halbwegs überzeugend zu mimen. Mit einem Zug saugte er das weiße Zeug ein, bis ganz nach oben, und konnte auch den spontanen Niesreiz unterdrücken, der ihn überkam wie damals beim Oktoberfest.

Erst mal geschah gar nichts. Aber dann wurde es heller im Raum. Fast weiß. Das Zeug tat gut. Eine große, lichte Klarheit blies Jörg durchs Hirn, und es gab für ihn mit einem Schlag keinen Zweifel mehr, dass er der große Gratsch war, der neue Kinski, der neue Shootingstar der deutschen Film- und Fernsehszene. Auch die Tampons in den Backentaschen drückten nicht mehr, sie waren jetzt ein Teil von ihm, quasi ein Implantat, das sein Körper angenommen hatte wie er selbst die neue Identität. Irina glitt wieder dichter an ihn heran, fuhr ihm mit dem Arm wieder unter den seinen und fasste ihn bei der Hand. Jörg erwiderte den Druck, zog Irina noch enger zu sich heran, legte ihr die Hand auf den Rücken, knapp über den Hintern, und starrte durch den Raum, der jetzt plötzlich unter ihm zu sein schien, wenn auch nur zwanzig oder dreißig Zentimeter. Aber Jörg stand jetzt eben ein Stück über all den Dingen: über dem protzigen Büroraum, über den Wichsern in ihren Nadelstreifen, die immer noch in Grüppchen zusammenstanden, über Sergej, der an der Tür die Stellung hielt, wozu auch immer, über dem Partygetöse, das von draußen hereindrang, und auch ein Stückchen über Irina, die sich an ihn hängte wie ein Groupie an einen Filmstar. Vielleicht war er ja einer, oder zumindest auf dem besten Wege dazu. Und Deckers permanentes indifferentes Gejaule von der eigenen Rockband und dem eigenen Spielfilm, den er ›demnächst‹ machen wollte, all das ging Jörg jetzt meilenweit am Arsch vorbei, sozusagen in Schwanzeslänge unter ihm hindurch. Und wenn er dann den Udet spielen würde, so wie ihn sonst keiner spielen würde, dann sollte sich de Niro noch einmal krank ärgern über seine poplige Standardabsage, die da in einem Berliner Wurzelholzschrank vor sich hin gammelte.

Jörg genoss diese helle weiße Klarheit, die der ganze Raum jetzt für ihn hatte, und brauchte einen Moment, um das lächelnde Gesicht wahrzunehmen, das inzwischen direkt vor ihm aufgetaucht war. Irgendwie kam ihm diese weiche, teigige Schmelzkäsefresse bekannt vor, die ihn da buddhagleich angrinste. Natürlich, das war Michael B. Hofmeier, der Chef der Abteilung ›Fiction und Serien‹ bei PRO-SAT. Und hinter ihm lungerte, wie eine Katze auf dem Sprung, die Mellinghusen. Das mit der Schmelzkäsefresse war nicht einmal so sehr aus der Luft gegriffen. Hofmeier war angeblich gebürtig aus Schongau in Oberbayern, wo ja bekanntlich die geistige Wiege der Schmelzkäseproduktion steht, weil man im dortigen Ersten Bayrischen Milchwerk vor Jahren überschüssige Käseabfälle in einen Kessel geschmissen, mit Schmelzsalz – was immer das sein mochte! – vermengt und die fertige Pampe dann rotzfrech dem Handel und damit dem Verbraucher unter der Bezeichnung Schmelzkäsezubereitung zum Fraße vorgeworfen hat. Zur Teigfresse trug Hofmeier so eine Art Lodenjacke light, in der Jeans- und Lodenstoff in unentschlossenem Trachtenschnitt zu einem belanglosen modischen Käse verschmolzen waren. In den letzten Wochen hatte er Furore gemacht, weil er in der Presse behauptet hatte, er sei kurz davor, Wittgenstein zu verstehen. Dies war einhergegangen mit einem Einbruch seiner Quoten, und man konnte nur hoffen, dass Hofmeier seinen Wittgenstein nicht mit irgendeinem Wirtschaftswissenschaftler verwechselte.

»Da schau her, mein Kommissar Kolja …«, lispelte Hofmeier, und die Mellinghusen musterte Irina mit aller zwischenweiblichen Taxierung, die noch gerade unterhalb der offenen Verachtung durchging. Aber es waren nicht mal so sehr der Stutenbissblick der Mellinghusen und die teigige Fresse mit dem Salonbayerlispeln von Hofmeier, die Jörg so aufregten, als vielmehr das besitzanzeigende Fürwort, das der Fiction-Chef dem Kommissar Kolja vorangestellt hatte. ›Mein Kommissar Kolja‹, dachte Jörg, ›ich bin nicht diesem Schmelzkäseheini sein Kommissar Kolja!‹ Jörg krallte sich nun förmlich in Irina fest und sah dem Herrn Hofmeier erst mal schweigend in die Augen, so lange, bis er die ersten Anzeichen von Nervosität in der zum Gesicht gewordenen Schmelzkäsemasse des Department-Chefs entdecken konnte.

»Soso, Hofmeier, ich bin also ›dein Kommissar Kolja‹ …«

Michael B. Hofmeier lachte. »Ja freilich san Sie des, Gratsch, unser russisches Goldbüberl …«

»Bevor du weiterplapperst, Hofmeier, merk dir mal eins: Ich bin nicht dein Kommissar Kolja und schon gar nicht dein russisches Goldbüberl!«

»Ganz der Russ, ganz der Russ!«, nölte Hofmeier bayrisch bräsig und sah Heike Mellinghusen zustimmungsheischend an, die aber lieber schwieg.

»Schaun Sie, Gratsch, ich hab Sie ja quasi entdeckt.«

Das wurde ja immer dreister, und Jörg glaubte, er hätte sich verhört.

»Was hast du, Hofmeier??«

»Ja freilich, quasi rausgholt aus der Petersburger Gossen hab ich Sie. Hab dem Jan Pöter gsagt, schau her, Jan, diesen Gratsch, den packen mir uns, gell, Heike-Schatzerl?«

Heike-Schatzerl Mellinghusen war das Gerede des Herrn

Hofmeier hochgradig peinlich, zumal Irina die Producerin jetzt unverhohlen angrinste.

»Wenn was in der Gosse rumgammelt, dann sind das deine Quoten, Hofmeier.«

Da musste M.B.H. erst mal schlucken, überspielte aber seine Unsicherheit mit einem verbindlichen Lächeln der Gattung Starnberger See. Heike Mellinghusen sah nur betreten zu Boden. Die Ration in Jörgs Nase war nun gänzlich von den Schleimhäuten absorbiert und ließ ihn zu Hochform auflaufen. Und dieser Hofmeier, schon leicht angeschlagen, schrie mit seiner blöden Schmelzlifresse geradezu nach weiteren Beleidigungen und Demütigungen.

»Die TV-Movies, die du in deinem Sender machst, Hofmeier, die sind Bullshit. Ausgedachter Hühnerdreck mit 17 Leichen pro Film, zusammengeschustert nach abgeguckten Erfolgsrezepten. Die Leute merken das nämlich, wenn du ihnen ein zusammengewichstes Potpourri von geklauten Ideen andrehen willst. Du weißt nämlich nicht, was eine Geschichte ist, du hast nie eine dringehabt in deinem neureichen Bayernschädel. Du bist einfach ein Hohlkopf ohne eine Spur von Inspiration, das ist dein Problem.«

Michael B. Hofmeier sah Jörg mit offenen Augen an, ach was, er starrte ihn an mit dem halbdebilen Glotzen eines soeben des betrügerischen Bankrotts überführten Mondkalbs. Die Mellinghusen brachte den Kopf nun gar nicht mehr hoch und sengte mit ihren Augen einen weiteren Brandfleck in den nagelneuen Parkettboden.

»Ist der immer so?«, fragte Michael B. Hofmeier die Mellinghusen, nachdem er seine Stimme wiedergefunden hatte, und die nickte nur, ohne den Blick zu heben.

»Ja, Gratsch ist immer so, Hofmeier. Lies deinen Wittgenstein, freu dich, dass ich den Kommissar Kolja spiele, und quatsch künftig einfach keinen Schleimkram mehr an mich hin, klar?!«

Natürlich war Jörg ebenfalls weit davon entfernt, diesen Wittgenstein auch nur im Ansatz zu verstehen, aber bevor Michael B. Hofmeier irgendetwas erwidern konnte, hielt eine unvorhergesagte Lärmfront Einzug in das Kingsizebüro. An der Spitze einiger zeternder Adepten, Girlies und karriereerpichter Spreizflittchen polterte der allseits bekannte Kollege Hannes Laubensack in aufgeplustertem Hahnengang übers Hochglanzparkett, eine Push-up-Blondine in Klarsichtpackung im Arm, und schrie: »Scheißvollmond, da haben die Fotzen alle wieder Tampons in den Mösen!«, was spontan lautes Gelächter in seiner Begleiterschar auslöste.

Der knapp fünfzigjährige Laubensack trug einen weißen Anzug mit roten Lackschuhen und sah trotz seiner beginnenden Glatze immer noch recht gut aus. Und er besaß zugegebenermaßen Talent, hatte nach einer Lehre zum Heizungs- und Sanitärinstallateur – Gas/Wasser/Scheiße – als Nebendarsteller in Softpornos angefangen und sich dann Stück für Stück hochgespielt, bis hinauf in die erste Liga, in der er jetzt war. Es gab kaum einen Zwei- oder Dreiteiler im deutschen Fernsehen, in dem er nicht eine tragende Rolle spielte. Daneben galt er als absoluter Frauenschwarm, und, weil er keine diesbezügliche Gelegenheit ausließ, ebenso als Weiberheld. Ab und zu sang er auch, was allerdings trotz heftigem Breittreten in den Medien nicht zu nennenswertem CD-Absatz geführt hatte. Offenbar gab es in Deutschland doch noch Spuren von Geschmacksempfindung, zumindest was das vorsätzliche Befüllen der heimischen CD-Player betraf.

»Na, alte Russensau, wieder beim Koksen?«, blökte Hannes Laubensack und schritt mit seiner Truppe direkt auf Jörg und Hofmeier zu. Kollege Decker sprang auch gleich herbei und hofierte dem großen Laubensack mit den szeneüblichen zwei Küsschen auf die Wangen. Michael B. Hofmeier war allerdings noch zu lädiert, um Hannes Laubensack ein nettes bayrisches

Bonmot zu verpassen, zumal ihn Laubensack keines Blickes würdigte. Dass Laubensack ihn ›alte Russensau‹ nannte, störte Jörg nicht. Diese Anrede war in wenigen Wochen in Kollegenkreisen zum allgemeinen Standard geworden.

»Jetzt passt mal alle auf!«, trompetete Laubensack los. »Ich heirate nächste Woche, und da will ich euch alle sehen. Auch dich, alte Russensau, und wehe, du kommst nicht …!«

Wieder brach sich lautes Gelächter Bahn. Das Kuriose daran war nur, dass Laubensack bereits vor kurzem in München mit riesigem Medienrummel geheiratet hatte – zum dritten Mal! – und sogar den Bundeskanzler persönlich eingeladen hatte, der allerdings – er, der Medienmann! – der Einladung nicht gefolgt war.

»Du hast doch gerade erst geheiratet, Laubensack«, sagte Jörg grinsend. »Das Getröte war ja beim besten Willen nicht zu überhören.«

»Hey, Alter, das ist so ne Art Zusatzkonzert, weil beim ersten Mal nicht alle reingekommen sind!«

Nun lachte auch Michael B. Hofmeier, und sogar die Mellinghusen löste allmählich ihren Blick wieder vom Boden. Laubensack ließ seine Klarsichtblondine los und nahm nun völlig unverhohlen Irina in Augenschein. Dann nickte er mehrmals anerkennend, umarmte Jörg und sagte: »Wollte nur mal sehen, ob das stimmt, was alle sagen, du hättst da wieder ein Prachtstück von Weib dabei. Kompliment, alte Russensau! Läuft da heute noch was?«

»Ich denke, du heiratest?!«

»Ist doch erst nächste Woche, du Arsch!«

»Na, dann ist wenigstens nicht mehr Vollmond.«

Und wieder grölte die Laubensack'sche Mitläuferfraktion lauthals los.

»Kommste mit nach draußen, oder lässt dich dein Chef nicht?«, fragte Laubensack und zeigte mit dem Finger auf Michael B. Hofmeier, der daraufhin sein schönstes debiles Lächeln zeigte.

»Das ist nicht mein Chef, Laubensack!«, sagte Jörg. »Aber nimm den mal wieder mit nach draußen, der nervt nämlich.«

Laubensack lachte und verpasste Michael B. Hofmeier einen leichten kameradschaftlichen Puff auf den Oberarm. »Na, Hofmeier, haste deinem Russenstar wieder die Hucke vollgequatscht, was?« Laubensack legte seinen rechten Arm um Michael B. Hofmeier, packte sich mit dem linken wieder seine Klarsichtblondine und marschierte mit beiden Arm in Arm nach draußen. Die Adjutantencrew folgte artig, wenn auch lärmend. Ohne weiteren Gruß tippelte schließlich auch die Mellinghusen hinter der Gruppe her. Kollege Decker taxierte die Situation unschlüssig, raffte dann seine Pulverreste zusammen, steckte sie in die Hosentasche und folgte dann der Laubensack-Abordnung, weil sich da wohl im weiteren Partygeschehen mehr Verwertbares erwarten ließ als bei Gratsch.

Auch vom Laubensack-Auftritt hatten die Herren in den Nadelstreifen nichts wahrgenommen, zumindest hatten sie keine Reaktion darauf gezeigt, auch nicht die geringste.

»Hast Arschloch gut abserviert!«, kicherte Irina. »Aber ist egal. Ist sowieso schwul.«

»Wer? Der Laubensack?«

»Nein, ich mein anderes Arschloch, diese Choffmeir.«

»Hofmeier, Irina. Na immerhin hat er ja eine Frau dabeigehabt.«

»Haha, verstehst nix von Frauen, Gratsch. Die will nicht sein Schwanz, die will anderres.«

»Wie anderes?«

»Na, Gratsch, die Frau will Geschäfft. Will Chef von Choffmeir-Firma sein.«

»Jaja, Irina, alle wollen sie was.«

»Und was willst du?«

Irina zog Jörg mit sich in die hintere Ecke des Büros, wo man durch die großen Fenster einen herrlichen Blick auf den nächtlichen Leipziger Platz hatte. Jörg sah sich wieder nach Sergej um, aber der stand immer noch emotionslos an der Tür. Jörg und Irina guckten über den Platz, der ja noch Baustelle war. Im Vollmondlicht lag er friedlich, da Berliner Baufirmen wohl nicht gern Überstundentarife für Nachtarbeit bezahlten und die Zollfandung nachts ebenso gerne mal nach schwarz arbeitenden Polen Ausschau hielt.

»Wenn du willst, kannst mich haben heute Nacht!«, säuselte Irina, und Jörg rutschte spontan die Frage heraus: »Hast du an auch Strumpfhosen?« Statt einer Antwort hob Irina ihr Kleidchen nach oben, unter dem sie völlig nackt war. »Guckst du, hab ich garr nix an!«

In der Tat war Irina nackt, und zwar im doppelten Sinne. Sie trug zwar Strümpfe, die von Strapsen gehalten wurden, aber mehr auch nicht, und außerdem war ihr Geschlecht völlig kahl rasiert. Nur zwischen den zarten Labien blitzte ein winziger silberner Ring hervor, der durch die linke kleine Schamlippe gestochen war. Den gesamten Bereich vom Bauchnabel bis zur Vulva zierte ein vielfarbiges Tattoo, das eine Raubkatze darstellte, die eine Maus zu jagen schien und deren Pfote mit den Krallen direkt im schmalen, beringten Spalt ihres Geschlechts verschwand.

»Was ist? Willst du suchen kleine Maus heut Nacht?«, fragte Irina, und Jörg blickte sich unsicher nach Sergej um, der aber diskret zur Seite sah. Jörg glotzte wie ein Pfingstochse auf den bebilderten Unterleib, unschlüssig, ob er Angst vor der Raubkatze haben oder sich mit Gratschens Lust in den Kampf um die kleine Maus stürzen sollte.

In diesem bedeutsamen Augenblick wurde Jörg von hinten heftig in die Nierengegend gestoßen. Sofort ließ Irina ihr Kleidchen wieder sinken. Jörg sah sich nach dem Urheber des Stoßes um. Es war Zoltan Schneider, der da leibhaftig neben ihm stand.

Er trug wieder seinen alten, ausgeleierten Pullover und hatte die abgeschabte Ledertasche umhängen.

»Wer hat denn dich hier reingelassen?«

»Du führst dich auf wie ein Arschloch.«

Jörg lachte. »Ich bin das Arschloch. Das Arschloch der Nation.«

»Bist du nicht. Du tust nur so.«

»Na und? Es läuft, Alter. Und Quoten lügen nicht, haha!«

»In diesem Stil hab ich schon viele abkacken sehn, Jörg Raabe. Und die hatten mehr Talent als du!«

Jörg winkte mit lässiger Geste ab. »Quatsch nur, immer dieses Moralistengequake. Ich will keine Buchhalter und Religionslehrer mehr um mich herum, Zoltan. Nur noch Leute mit Visionen. Draufhaun auf die Kacke.«

»Und schon ist der Schwanz wieder mal größer als das Hirn.«

Irina kicherte, endlich verstand sie, worum es ging: »Hast grroßen Schwanz?«

Zoltan sagte nur: »Wahrscheinlich nicht mal das.«

Irina guckte verständnislos, und Zoltan schnauzte sie an: »Hau ab, Mädchen, dawaj.« Irina trollte sich, offenbar äußerst irritiert, in Richtung Tür, von wo aus ihr Sergej entgegengekommen war. Sergej sagte etwas auf Russisch zu Irina, ging dann auf Jörg zu und fragte ihn mit einem Seitenblick auf Zoltan, ob Hilfe nötig sei.

»Lass gut sein, Sergej. Ich brauch dich nicht mehr heut. Mach dir'n schönen Abend.«

»Hm. Und Irrina?«

»Nee, nee, brauch ich auch nicht mehr. Muss früh raus morgen früh.«

»Heute frrieh.«

»Eben. Heute früh. Mach's gut.«

Sergej ging wieder Richtung Tür, und Irina redete jetzt in erregtem Tonfall auf ihn ein, aber leider auf Russisch, was Jörg natürlich nicht verstand. Sergej fuhr ihr barsch ebenso russisch über den Mund, woraufhin Irina sich auf den Hacken umdrehte, mit zwei, drei schnellen Schritten bei Jörg war, ihm etwas – auf Russisch! – ins Gesicht schrie und dem verbalen Anwurf gleich noch eine höchst physische Ohrfeige folgen ließ, mitten rein in Jörgs im Augenblick dämlich wirkende Fresse. Dann stakste sie erhobenen Hauptes hinter Sergej her in Richtung Tür. Jörg sah den Scheidenden nach und hielt sich die gerötete Backe.

»Was hat die gesagt, Zoltan?«

»Wer ist denn hier der Russe, du oder ich?«

»Du kannst besser Russisch!«

»Willst du's wirklich wissen?«

Jörg überlegte einen Moment lang und wollte es dann lieber doch nicht wissen. Jetzt musste er erst mal Zoltan loswerden, sonst war der ganze Abend im Arsch.

»Also, Alter, was willst du hier?« Zoltan Schneider sah Jörg einen Moment stumm an. Es war eine diese Pausen, die der alte Mann immer gern setzte, bevor er einen Hammer losließ.

»Ich krieg noch zehn Prozent von dir. Von allem.«

Jörg sah Zoltan konsterniert an: Natürlich, das war abgemacht gewesen, das hatte er völlig verdrängt in all dem Trubel, um nicht zu sagen, schlichtweg vergessen. Jörg sah wieder durch das Fenster auf die nächtliche Baustelle und versuchte schnell im Kopf zu überschlagen, welche Schuldensumme da inzwischen aufgelaufen sein mochte.

»Bist du deswegen hier?«

Zoltan nickte.

»Auch. Deswegen auch.«

Zoltan öffnete seine Ledertasche und zog ein abgegriffenes Drehbuch heraus, das mindestens an die 300 Seiten dick sein musste. Er drückte es Jörg in die Hand, der schnell den Titel überflog: ›Des Diktators Depp – Drehbuch für einen Spielfilm‹. Von Zoltan Schneider.

Jörg hielt das dicke, speckige Manuskript in der Hand wie eine unverlangt ausgelieferte Heißkartoffel.

»Was soll ich damit, Zoltan?«

»Verkaufen.«

»Was?«

»Such uns einen Produzenten. Einen mit Geld im Rücken. Ich will diesen Film drehen, und zwar so schnell wie möglich!«

»So einfach geht das nicht, Zoltan!«

»Ich denke, du bist das Arschloch der Nation? Die Branche frisst dir aus der Hand.«

Etwas seitlich der großen Fensterfront, vor der die beiden Männer standen, bückte sich eine Hostess des Party-Service genervt nach einem heruntergefallenen leeren Glas, das sie auf ein großes leeres Tablett stellte, und sah sich dann ebenso genervt nach weiterem gastronomischen Strandgut um. Offenbar war man von der Phase des bereitwilligen Bewirtens bereits in den Endspurt des finalen Einsammelns übergegangen. Jörg guckte und guckte, hielt inne: den Hintern, der da einsammelte, kannte er. Und wenn er etwas kannte, dann waren es Ärsche. Seit der Pubertät hatte er nichts gemacht, als sich Ärsche anzugucken, egal wo, auf der Straße, in jedem Kaufhaus, überall guckte er sich Ärsche an und speicherte die Formen in seinem Hirn. Ärsche, Ärsche, Ärsche, in allen Formen und Größen, und sobald er einen Arsch sah, konnte er mittlerweile die korrespondierende Unterwäschegröße aufsagen. Er hatte noch nicht so viel Gelegenheit gehabt, diese Taxierungen nachzuprüfen, aber in den wenigen Fällen, wo er zugeschlagen hatte, war er immer richtig gelegen, sowohl im Wäschetyp als auch in der Größe. Jörgs Kopf war im Grunde so eine Art gigantische Festplatte voll mit Arschkonturen, gesammelt in Jahrzehnten. Und diesen Hostessenhintern hatte er schon mal gesehen, und zwar hinter der Frischfleischtheke bei Edeka 2000. Das musste diese Czikowski sein. Natürlich, das kam hin, die Art, wie sie sich bewegte, und als die junge Frau sich wieder aufrichtete und nach weiteren Gläsern suchte, da war Jörg sicher: Es war Fräulein Czikowski, die mit den Strings unter den weißen Gymnastikhosen anlässlich der Roastbeef-Bestellung. Jetzt trug sie natürlich die schwarze Hostess-Uniform des Party-Service, und Jörg hatte kaum eine Chance, darunter irgendwelche Details in Sachen Unterwäsche zu identifizieren. Nur eins war klar: Das musste mindestens eine 38 sein.

»Du spielst die Hauptrolle. Und ich führe Regie.«

»Was?« Jörg drehte sich erschrocken zu Zoltan um.

»Du glotzt schon wieder auf Weiberärsche!«

»Das ist die aus der Frischfleischabteilung beim Edeka! Ich hab dir doch erzählt von der. Das ist die!«

Zoltan packte Jörg am Kragen.

»Verarsch mich nicht, Junge. Ich mein das ernst. Du hast mich schon mal abserviert! Es ist mir scheißegal, ob du dir das Hirn zukokst oder sonst was machst, aber sieh zu, dass du einen Produzenten findest, sonst …«

»Sonst was?«

»Sonst lass ich die ganze Gratsch-Kacke auffliegen, ist das klar?«

»Ja, mach doch! Fliegst du nämlich genauso mit auf!«

Zoltan lachte wieder, tief von unten aus der Raucherkehle.

»Auffliegen? Ich?«

Und noch ein Lacher, kehlig guttural, von ganz unten.

»Ich bin schon tausendmal aufgeflogen, Junge, ich hab nichts mehr zu verlieren. Aber du bist auf dem besten Wege, dich richtig in die Scheiße zu reiten.«

Jörg guckte in Zoltans Augen, mitten rein, da, wo's immer zuerst wackelt, wenn was wackelt, aber da wackelte nichts: nicht das geringste Flackern von Unsicherheit. Der Alte war hart und zäh wie ein Stück Dauerbrot. Das Koks ließ auch schon in der Wirkung nach, zugegebenermaßen hatte Zoltan rauschmindernde Nebenwirkungen. Vor allem, wenn er unverlangt auftauchte und Drehbücher verteilte.

»Dünn, Junge, sehr dünn!«

»Ja dünn, dünn … Was ist dünn, verdammt noch mal?!«

»Das Eis, Junge, auf dem du dich bewegst. Dünne, sehr, sehr dünne.«

Lachend ging Zoltan davon, quer durch das Büro, hustend, lachend und immer wieder »sehr sehr dünne« murmelnd, leise beschwörend, gebetsmühlenartig. Jörg sah nicht hinterher, der Ton reichte ihm. Die Nadelstreifenherren standen immer noch beisammen, bar jeder Reaktion, als wären sie völlig allein irgendwo in der Welt, nur nicht in diesem einzuweihenden Edelholz-Scheißbüro am Potsdamer Platz. Aber Jörg war mit den Augen sowieso schon wieder bei der mutmaßlichen Czikowski und ihrem Apfelarsch. Jetzt richtete sie sich wieder auf, sah zu ihm herüber und lächelte. Einfach so. Lächelte ihn an. Hatte die ihn am Ende erkannt als den Roastbeef-Kerl vom Edeka 2000? Das hätte gerade noch gefehlt. Jörg wandte den Blick ab und glotzte zum Fenster hinaus, wo es langsam heller zu werden schien. Für einen Moment dachte Jörg, Zoltan wäre noch einmal zurückgekommen, aber der war es nicht, der jetzt neben ihm am Fenster stand. Es war der kleine Pastor Böhlich aus Weimar: »Siehst du, wie die Sonne aufgeht, Russe? Das ist die Schöpfung, wie der neue Tag anbricht im Osten. Ja, es bricht so vieles an im Osten, und wir beide sind mittendrin. Ja, Russe, wir sind hier genau an der Schnittstelle, im Epizentrum zwischen Ost und West, an der kulturellen Baustelle der Völker, und es ist unsere gottschuldige Pflicht, das heilige Werkzeug unserer Gaben in die Hand zu nehmen und mitzuschuften an dieser Wiederauferstehung unserer beschissenen Welt.«

Was um Himmels willen sollte dieses Geschwätz, was um Himmels willen wollte der kleine Mann von ihm? Pastor Böhlich legte den Arm um Jörg, was sich nicht einfach gestaltete, weil er doch mindestens einen Kopf kleiner war als Jörg.

»Wir müssen uns zusammentun, Russe.«

»Was müssen wir?«

»Ihr sollt euch versammeln in meinem Namen, sagt der Herr, und das müssen wir machen, Russe. Wir müssen es einfach nur machen, das ist alles, verdammt noch mal!«

Jörg hatte tatsächlich immer noch nicht den Hauch einer Ahnung, was der pastorale Schwachkopf eigentlich meinte.

»Ist doch ganz einfach, Russe. Wir treten nur noch zusammen auf. Du und ich, der böse Russe und der sanftmütige Pastor. Wir machen eine eigene Sendung, wir beide, das Arschloch und der Jammerer. Wir nennen das ›Gut & Böse‹, und dann laden wir uns die richtigen Leute ein: Geschundene, Selbstmörder, Triebtäter, Verstoßene. Amokläufer. Kindsmörder. Verfolgte Neonazis … äh … Von mir aus auch mal eine Afrikanerin, der der Medizinmann die Schamlippen zugenäht hat, so was wollen die Leute sehen. Du provozierst die Arschlöcher, und ich tröste sie dann wieder. Gut & Böse. Das ist die Dualität, nach der die armen bescheuerten Seelen schreien in diesem Land. Hardcore-Emotionen und Seelenkitsch, kontroverse Betroffenheit, Gott und Teufel, das zieht! Halleluja!«

Jörg versuchte sich loszumachen, aber der Pastor hing an ihm wie eine genmanipulierte Schlingpflanze. Jetzt verfiel der kleine Mann wieder in den sächsischen Tonfall.

»Wir gehörn zusamm, Russe! Ne vermaledeite Sünde wär das, wenn wir zwee beede diesem Ruf des Schicksals nicht folgen tääten.«

Jörg überlegte fieberhaft, wie er sich diesen durchgedrehten Schwachkopf möglichst schnell vom Leibe säkularisieren konnte.

»Und weißt du, was das Wichtigste ist, Russe? Wir müssen das selber machen. Nur wir beide. In Eigenregie. Na nasche sdorowje! Wir müssen eine eigene Firma gründen, verstehst du? Die Good & Evil-Media-Company!«

In Böhlichs Rückfall-Sächsisch klang das wie ›guttnüühwl-määdjo-gommbernie‹, was den Schwachsinn noch lächerlicher klingen ließ.

»Guck dir den Pfarrer Fliege an, Russe! Diese gottlose Sau kassiert 11 Milljoohn im Johr mit dieser Bedruffenheits-Gage. Das göönn wir ooch! Aber dreimool soo guud!!!«

Jetzt hatte sich der kleine Pastor förmlich in Jörg verklemmt und verbissen, und Jörg wollte sich den klammernden kleinen Jammergiftzwerg gerade mit Gewalt vom Halse schaffen, als einer der Nadelstreifenherren gemessenen Schrittes auf die beiden zukam und vor ihnen stehen blieb. Der große, schlanke Mann war um die fünfzig, hatte rotes Haar, helle Haut, blaue Augen und eine Knubbelnase, was ihm in der Summe dieser Attribute ein hochgradig irisches Aussehen verlieh. Der Mann machte nur eine kurze abfällige Geste mit der linken Hand, fast herrisch, und sagte dabei ganz leise, mit amerikanischem Tonfall: »Fuck off, preacher.« Und dieser eine leise Satz reichte, dass Pastor Böhlich unverzüglich von Jörg abließ und ohne jedes weitere Wort davonging, direkt in Richtung Tür.

»Immer dasselbe mit diesem Idioten«, sagte der Rothaarige jetzt in tadellosem Deutsch, sein amerikanischer Akzent war, wenn überhaupt, nur als leichter Hauch zu spüren. »Haben Sie denn gefunden, was Sie gesucht haben?«

Jörg sah den Mann für den Bruchteil einer Sekunde irritiert an.

»Ich meine, vor zwei Stunden, als Sie sich mit Ihrer hübschen Begleiterin ein wenig in unserem Aktenschrank umgesehen haben?«

Der Rothaarige lächelte Jörg mit schalkhafter, geradezu entwaffnender Freundlichkeit an. »Verzeihen Sie, ich habe mich noch gar nicht vorgestellt: Ich bin Kevin Myers von der Columbia.«

Sofort riss Jörg sich wieder zusammen, holte seinen Atem herunter in das Zentrum seines Körpers, dahin, wo das Zwerchfell sitzt, nickte zweimal völlig cool und sagte dann, locker und souverän, nur das eine Wort: »Gratsch.«

Spontan lachte Mister Myers von der Columbia wieder los: »Aber ich bitte Sie, gospodin Gratsch, man kennt Sie doch.« Der Rothaarige zeigte auf Zoltans Drehbuch und grinste: »Wie ich sehe, hat man Ihnen heute offenbar bereits wieder etwas angeboten …«

Schnell rollte Jörg das Drehbuch zusammen, damit dieser Mister Myers nicht auch noch den dämlichen Titel von Zoltans Machwerk zu lesen bekam.

»Wie gefallen Ihnen denn unsere neuen Räumlichkeiten hier in Berlin?«

Jörg sah dem Amerikaner tief in die Augen und verzog den Mund kurz zu einem ironischen Grinsen: »Was soll das werden, Mister Myers, Smalltalk bei Sonnenaufgang? Machen Sie's kurz, ich wollte gerade gehen.«

Augenblicklich schwenkte Kevin Myers von seinem Konversationsgehabe um in einen völlig trocken geschäftsmäßigen Ton: »Okay, Gratsch, reden wir Klartext. Wir bereiten hier einen großen Spielfilm vor: ›Wings of the Devil‹.«

»Schon mal gehört. Und?«

»Es geht um die Titelrolle. Wir wollten die eigentlich sehr prominent mit einem Amerikaner besetzen, aber es gibt nun Überlegungen, uns auch hier umzusehen. Ich mache es kurz: Wären Sie bereit, das Buch zu lesen und für Probeaufnahmen in unser Studio zu kommen?«

Am liebsten hätte Jörg lauthals ›au ja‹ geschrien. Aber er riss sich zusammen, besann sich auf seine Gratsch-Rolle, zuckte kurz mit den Schultern und meinte lapidar: »Mal sehen. Hab viel zu tun. Rufen Sie meine Agentur an.«

Kevin Myers nickte und verkniff sich einen Kommentar auf

diese unhöfliche Antwort, die ja fast schon einer Abfuhr gleichkam.

»Soll ich Sie nach Hause bringen lassen?«

»Nicht nötig.«

»Okay.«

»Okay.«

Die beiden Männer sahen sich schweigend an, bis Kevin Myers merkte, dass der Russenkerl stur war und das Gespräch wohl wirklich als beendet betrachtete.

»Dann wünsche ich Ihnen einen schönen Heimweg, Mister Gratsch. Sie hören von uns.«

»Okay. Schönen Tag noch.«

Jörg hob die Hand zu einem lässigen Gruß, und Kevin Myers ging wieder hinüber zu den anderen Herren im Nadelstreifenanzug, die mit ihm das Büro verließen.

Die Band hatte schon lange aufgehört zu spielen, und Jörg starrte wieder zum Fenster hinaus auf die Baustelle, wo die ersten Arbeiter anfingen, ihre schweren Baumaschinen in Gang zu setzen. Jörg war jetzt allein in dem Büro bis auf die Hostess, die immer noch Gläser einsammelte. Als sich ihre Blicke trafen, lächelte die junge Frau wieder, und Jörg war nunmehr völlig sicher, dass es besagtes Fräulein Czikowski von der Frischfleischtheke war. Sie kam einen Schritt auf Jörg zu.

»Du bist doch der Russe aus'm Fernsehen!?«

Jörg nickte.

»Wir gehn noch mit paar Leuten ins 90 Grad, abtanzen. Komm doch mit, wenn du Lust hast.«

»Jetzt noch?«

»Ich muss heute nicht raus, ich mach das nur nebenbei.«

»Nebenbei? Neben was nebenbei?«

»Ach, ich mach so ne Scheißlehre in nem Lebensmittelladen.«

Jörg grinste breit. Es stimmte also. Volltreffer. Edeka 2000.

»Also, was ist? Kommste mit?«

»Geht nicht. Hab noch was vor.«

»Jetzt noch?«

»In zwei Stunden. Auch so ne Art Lehre.«

»Mach doch krank! Ich geh morgen auch nicht in den bescheuerten Edeka!«

Jörg schüttelte den Kopf.

»Nicht bei dem Wetter. Hochdruck über ganz Mitteleuropa. Tut mir Leid. Wäre hochgradige Flugwettervergeudung.«

Und damit drehte Jörg sich auf den Hacken um und ging nach draußen, tief befriedigt und voll der Gewissheit, dass nun doch alles genau so klappte, wie er sich das vorgestellt hatte. Draußen auf der Straße war der morgendliche Berufsverkehr schon voll im Gange, und ein ganz klein wenig tat es Jörg doch Leid, dass er die Chance nicht wahrnehmen konnte, der Czikowski irgendwann in den Vormittagsstunden nach dem Abtanzen auf seiner Dachterrasse – eventuell! – das Höschen vom üppigen Hintern zu ziehen und sich das eingenähte Zettelchen anzugucken. Aber er wusste ja ohnehin, dass es eine 38 gewesen wäre, und wenn er sich jetzt nicht schnellstens auf den Weg machte, würde er zu spät kommen. Und wer zu spät kommt, den bestraft bekanntlich das Leben.

30

Die Uhr des Taxis stand auf 73 Euro, als der Fahrer zu hupen begann: »Sie hocked jetzt faschd scho a Stund vor dem Hoisle! Do kummt doch koiner määh!« Jörg schreckte aus seinen Gedanken hoch. Er hatte wirklich eine Stunde vor dem kleinen Einfamilienhaus im Schwarzwald gesessen, ohne dass jemand gekommen wäre. Immer wieder guckte er die fast meterhohen Gartenzwerge an, als könnten die ihm verraten, wo seine Eltern steckten. Es war für Jörg kaum vorstellbar, dass diese zutiefst spießigen Alten einfach an einem Werktag einen Ausflug machten. Undenkbar! Schließlich war er eigens in den Schwarzwald geflogen, um seinen alten Herrschaften mal richtig auf den Tisch zu kacken, dafür dass die so ein Hosenscheißerle aus ihm gemacht hatten, und nun waren die weg, mitten unter der Woche. Jörg gab dem Gartenzwerg noch einen letzten Klaps auf den Rücken und setzte sich wieder in den Fond des Taxis.

Erst um kurz nach vier kam Jörg wieder am Flugplatz an, und während er den Fahrer bezahlte – die Uhr zeigte mittlerweile 173 Euro –, hörte er einen kräftigen Donnerschlag, hoch oben über dem Schwarzwald. Der Fahrer machte noch Zicken, weil er nicht glauben konnte, dass Jörg wirklich 200 gesagt und damit 27 Euro Trinkgeld in Aussicht gestellt hatte, denn so etwas war ihm während dreißig Jahren Taxifahren im Schwarzwald noch nicht passiert. Jörg winkte ab, ließ sich eine Quittung geben und ging schnell hinaus auf das kleine Vorfeld vor dem Tower, wo die Morane stand. Natascha saß auf der Tragfläche und schien es nicht eilig zu haben.

»Tut mir Leid, hat ein bisschen gedauert«, sagte Jörg, aber Natascha sah ihn nur stumm an. Was hatte die jetzt schon wieder? »Wollen wir gleich los?«

Und wieder kein Wort, nur dieser ungnädige inquisitorische Blick. Im Moment ging ihm die Polin wieder auf die Nerven, vor allem nach der Enttäuschung gerade.

»Was ist denn? Ich hab Ihnen doch gesagt, dass ich was erledigen muss!«

Anstatt zu antworten, sah Natascha nur nach oben. Jörg tat es ihr nach und bemerkte, dass das Gewitter mittlerweile herangezogen war und sich von allen Seiten direkt über dem Flugplatz zusammenzuziehen schien.

»Vor einer Stunde wären wir noch weggekommen. Aber jetzt ist's zu spät.«

»Haben Sie Angst? Dann fliege ich!«

»Schon mal durch ein Gewitter geflogen?«

»So schlimm wird das ja nicht sein …«

Natascha zuckte mit den Schultern.

»Ich kenne keinen, der richtig drin war und noch was darüber erzählen könnte …«

»So schlimm?«

Und dann legte Natascha richtig los.

»Natürlich ist das so schlimm, Sie Rindvieh! Mit so einer Möhre haben Sie in einem Gewitter nichts verloren! Sie schon gar nicht, und auch sonst keiner! Und sollten Sie das Glück haben, aus so einem Kumulonimbus am Stück wieder rauszukommen, dann zerlegen Sie die Kiste mit 99-prozentiger Sicherheit beim Abfangen aus dem Sturzflug. Also vergessen Sie's, ein für alle Mal!«

»Und jetzt?«

»Ja, und jetzt … Heute schaffen wir das nicht mehr, und ich hab morgen früh einen Termin in Berlin. Und die Kiste muss auch wieder rauf.«

»Und was jetzt?«

»Hören Sie doch mit dem blöden Gefrage auf!«

Natascha ging auf einen jungen Mann in Arbeitskombi zu, der hektisch Gegenstände aufräumte und in die kleine Halle brachte, offenbar der Tankwart des Platzes.

»Haben Sie noch einen Hallenplatz für unsere Möhre? Oder zumindest ein paar Stricke zum Festzurren?«

Der junge Mann nickte und kam kurz darauf mit drei blauen Stricken und einem mit Beton vollgegossenen Autoreifen aus der Halle. »Zwoi send no in der Halle!«, rief der Tankwart, und Natascha fuhr Jörg an: »Na los, worauf warten Sie noch?!« Jörg rannte los, fand die beiden anderen betongefüllten Reifen und schleppte die teuflisch schweren Dinger zu der Morane. Zusammen mit dem jungen Mann banden Natascha und Jörg die Möhre mit den Seilen an den Betonreifen fest.

»Ein Hallenplatz wäre mir lieber gewesen.«

»Mir hend aber koi Platz mehr, und bei so em Gwitter stellmer liabr die oigne Flieger nei ind Halle.«

Natascha nickte. Sie hätte das wahrscheinlich auch nicht anders gemacht. Jetzt kamen die ersten vereinzelten Regentropfen aus den Gewitterwolken, und Natascha fragte den Tankwart: »Haben Sie hier wenigstens ein Hotel?« Der Tankwart verzurrte das letzte Seil am Heck der Möhre. »Froged Se doch amol die in der Fliegerkneipe, Gäschtezimmer fürd Segelflieger …«

Natascha nickte, ging zur Morane, nahm ihre Pilotentasche heraus und schloss schnell die Haube.

»Die Zimmer bezahle selbstverständlich ich!«, sagte Jörg gleich, und der Tankwart lachte kurz auf.

»Die Zimmer? Die hond bloß oins, und des au bloß, wenn Sie Glück hend.« Wie auf ein Stichwort ging es richtig los, Donner, Blitze und Regen prasselten mit einem Schlag herunter.

»Wenn's uns jetzt hier die Möhre zusammenhagelt, dann reiß ich Ihnen was ab, das verspreche ich Ihnen!«, sagte Natascha und rannte los, direkt auf die kleine Fliegerkneipe zu.

Es gab tatsächlich ein Segelfliegerzimmer, aber es war klein, wirklich klein. Und spartanisch eingerichtet, für Segelflieger eben, die ja enge Cockpits gewöhnt sind und Reisegepäck mit einem Gewicht von maximal zwei Kilo. In der Mitte des weiß getünchten Zimmers standen zwei alte Holzbetten, zusammengeschoben zum Doppelbett. An der dem Fenster gegenüberliegenden Wand war ein Kleiderhaken angebracht, neben dem Fenster gab es ein kleines Waschbecken, über dem ein halbblinder Spiegel von etwa zwanzig mal dreißig Zentimetern hing, dessen linke untere Ecke von einem blauweißen Aufkleber des Deutschen Aeroclubs bedeckt wurde. Über dem Bett hing ein Ölgemälde, das ein Segelflugzeug irgendwo in den Alpen zeigte.

Jörg und Natascha saßen auf ihren Betten, während draußen das Gewitter tobte. Immer wieder wurde der kleine Raum vom Licht eines Blitzes gespenstisch beleuchtet. Jörg hatte nur sein graues Regiebuch und seine Fliegertasche mit den Karten bei sich. Natascha hatte die Füße auf ihren Pilotenkoffer gelegt. Jörg sah die Fluglehrerin mit dem schuldvollen Blick eines beim Wurstklau erwischten Lissabonner Straßenköters an, immerhin war er ja durch seine Verspätung schuld an der Notwendigkeit, ein Quartier – und vor allem dieses Quartier! – in Anspruch nehmen zu müssen.

»Also, hören Sie. Wir können auch in die Stadt fahren und uns ein Dorint-Hotel suchen oder so was … Ich hab Geld dabei.«

»Jaja, Geld … Quatsch. Sowie's hell wird, geht's vom Acker. Ich hab nicht ewig Zeit.«

»Gegen Gewitter ist man machtlos. Haben Sie selber gesagt.«

»Wenn Sie nicht so lange gebraucht hätten, wären wir noch vorher rausgekommen.«

Jörg sagte nichts, saß nur da und guckte. Jetzt sah man wieder draußen vor dem Fenster, im Schein eines Blitzes, wie der Regen auf die alte Möhre prasselte und der Wind an den festgebundenen Tragflächen rüttelte. Jörg hoffte nur, dass die Seile hielten und dass nicht irgendwann in der Nacht noch Hagel herunterkam. Natascha schien seine Gedanken erraten zu haben. »Wenn's die Kiste verhagelt, dann gehen Sie zu Lehmann und erklären ihm das.«

»Mein Gott, das heute war sehr wichtig für mich.«

»Interessiert mich nicht.«

»Gibt's eigentlich überhaupt irgendwas, das Sie interessiert?«

»Das werd ich Ihnen gerade auf die Nase binden.«

Das hatte wieder mal gesessen. Warum musste die immer so ruppig sein?

»Ich sag Ihnen mal was: Wenn Sie mit Menschen auch so souverän umgehen würden wie mit Flugzeugen, dann …«

»Dann was?«

»Ach, vergessen Sie's.«

Jörg nahm seine Tasche und kramte zwischen den Fliegerkarten und seinem aeronautischen Besteck eine Piccoloflasche Rotkäppchen-Sekt halbtrocken hervor. Die hatte er vor der ersten Flugstunde einmal beim Izmir-Imbiss mitgenommen und vorsichtshalber zu den Flugutensilien gepackt, mit dem Hintergedanken, dass sich vielleicht mal nach dem Fliegen ein schöner Moment ergeben würde. Nun war das ja hier kein ausgesprochen schöner Moment, aber immerhin ein Moment für Rotkäppchen.

»Möchten Sie auch 'n Schluck?«

Natascha sah Jörg mit einem Blick an, als hätte er soeben eine hochgradige Obszönität von sich gegeben.

»Wollen Sie oder wollen Sie nicht?«

Natascha grummelte etwas Unverständliches, was Jörg einfach mal als Zustimmung wertete. Auf dem kleinen Waschbecken standen zwei alte Zahnputzbecher, einer gelb, der andere rot. Jörg spülte beide unter dem Wasserhahn aus und verteilte den Inhalt der Piccoloflasche brüderlich genau auf die beiden Kunststoffbecher.

»Gelb oder rot?«

»Geben Sie schon her!«, grantelte Natascha und griff sich den roten Becher. Jörg sah der Fluglehrerin tief in die Augen, denn fehlender Augenkontakt beim Zuprosten zog ja bekanntlich sieben Jahre minderwertigen Geschlechtsverkehr nach sich, wenn Jörg auch im Moment nicht konkret an Geschlechtsverkehr dachte, schon gar nicht im Zusammenhang mit der Fluglehrerin. Wortlos klickte Natascha ihren roten Kunststoffbecher gegen Jörgs gelben, und beide nippten kurz an dem halbtrockenen Nationalgetränk der neuen Bundesländer. Jörg lächelte Natascha an, aber die schüttelte nur den Kopf.

»Aus Ihnen soll mal einer schlau werden … Erst scheißen Sie sich in die Hosen, und dann können Sie gar nicht genug kriegen. Normalerweise gehen wir für die Streckenflugübung mal kurz rauf an die Ostsee … Aber gleich in den Schwarzwald … Na ja, ist ja Ihr Geld.«

»Man muss einfach immer das Beste aus einer Situation machen.«

Natascha verschluckte sich fast an dem Gesöff.

»Mann, Sie eiern von einem Extrem ins andere. Wie beim Fliegen. Ich hab Schisshasen erlebt und Draufgänger, aber so was wie Sie ist mir noch nicht untergekommen.«

»Ich kann mir da kein Urteil erlauben. Sie sind meine erste Fluglehrerin.«

»Jaja, irgendwen erwischt es immer.«

Jörg musste einen Moment lang überlegen, wie die Bemerkung gemeint gewesen sein könnte.

»Ich wollte ja eigentlich mit Herrn Lehmann fliegen.«

»Na, dann viel Spaß.«

Jörg wusste, er musste vorsichtig sein, denn er wollte der Fluglehrerin nicht unbedingt auf die Nase binden, dass er ihren Streit mit Lehmann im Bauwagen belauscht hatte. Jörg nahm noch einen Schluck aus dem gelben Becher.

»Dass Sie ausgerechnet für den Lehmann arbeiten … Der Kerl ist doch …«

»Na, was ist der?«

»Also ich find ihn … irgendwie … ein bisschen …«

»Na, was?«

»Widerwärtig.«

Jetzt nahm Natascha einen Schluck aus dem Becher, genauer gesagt, sie trank auf ex, was allerdings bei der Menge kein Kunststück war.

»Warum fliegt der Herr Lehmann eigentlich nie mit den Schülern?«

Natascha gab so etwas wie einen Gluckser der Erheiterung von sich.

»Der hat Flugangst.«

»Was hat der?«

»Flugangst.«

»Aber ich denke, der ist Fluglehrer?! Der ist doch CFI-ME.«

»Jaja, das ist er schon. Cörrtified flait instracktr.”

Aus ihrem Mund mit dem leichten polnischen Akzent klang die hochtrabende Bezeichnung eher lustig.

»Nun erzählen Sie doch mal!«

»Na ja … Midlifecrisis. Erwischt oft ausgewachsene Airliner-Piloten. Die fliegen ein halbes Leben lang, und plötzlich packt sie die nackte Angst. Da geht dann gar nichts mehr …«

Und da kam Natascha ein kleines Kichern aus, wie einem Kind. Und wenn da auch so etwas wie Schadenfreude mitschwang, so sah sie doch im Licht des Blitzes, der durch das winzige Fenster hereinflackerte, für Jörg zum ersten Mal richtig liebenswert aus. Er hielt ihren Blick und kicherte auch. Und für einen Moment saßen die beiden da auf ihren Segelfliegerbetten, gickernd wie zwei kleine Gören, die sich klammheimlich an einem gelungenen Lausbubenstreich erfreuen.

»So, ich leg mich schlafen«, sagte Natascha, stellte den Plastikbecher beiseite und stand auf, um sich die graue Kombi auszuziehen.

»Ich gucke weg.«

Jörg ging zum Fenster und sah diskret nach draußen, als Natascha sich ihre graue Kombi auszog. Wenn er ehrlich war, hätte er sich schon gern kurz umgedreht und ein wenig gespannt, denn was die Fluglehrerin unter der Kombi trug, war ihm ein komplettes Rätsel. Zum einen zeichnete sich unter dem schweren grauen Stoff nun überhaupt gar nichts ab, und zum anderen war diese Polin für ihn auch beim besten Willen in keine der ihm bekannten Dessouskategorien einzuordnen. Was hatten Polinnen darunter? Gab es überhaupt polnische Tangas? Oder trugen die auch schon Westwäsche? Es war schon merkwürdig. Bei dieser Frau hatte Jörg nicht die geringste Idee, was für eine Art von Hintern sich da unter der Fliegerkombi verbarg.

»Machen Sie das Licht aus.«

Jörg drehte sich um und sah, dass die Polin schon unter der Bettdecke lag. Er ging zum Lichtschalter, drehte das Licht ab, zog sein Wams aus und legte sich in seinen Lederhosen auf das Bett.

»Von mir aus können Sie die Hosen schon ausziehen.«

»Nee nee, die lass ich immer an.«

»Hätt ich mir denken können.«

»Wieso?«

»Schluss jetzt. Jetzt wird geschlafen. Sobald die Sonne aufgeht, geht's los.«

Wieder krachte ein Donnerschlag los, und ein Blitz tauchte die kleine Schlafkammer in gespenstisches Licht.

Als Jörg erwachte, sah er auf seinem phosphoreszierenden Breitling-Chronographen, dass es erst kurz vor zwei war. Von draußen hörte man immer noch das Gewittergrollen, wenn auch leiser und bereits etwas weiter entfernt. Er richtete sich leise auf, ging auf Zehenspitzen die anderthalb Schritte zum Fenster und sah hinaus. Die Möhre stand immer noch da, wenigstens hatte sie sich nicht losgerissen, und auch Hageleinschläge waren in dem schwachen Licht nicht auszumachen. Jörg konnte nicht wieder einschlafen und hätte gern noch etwas getrunken, aber er hatte nur dieses eine Rotkäppchen dabeigehabt. Er nahm seinen Ledermantel, sah in der Innentasche nach und fand in einem Metallröhrchen noch eine seiner Gratsch-Zigarren. Leise fummelte er in der Manteltasche nach Zündhölzern, lehnte sich weit zum Fenster hinaus und steckte die Zigarre an, vorsichtig darauf bedacht, dass der Rauch nicht in das kleine Zimmer drang. Die Zigarre tat gut. Jörg sah über den nächtlichen Schwarzwald, hörte, wie die Morane im Wind ächzte, und war glücklich. Weshalb eigentlich? Der Besuch der Eltern war ein Griff ins Klo gewesen, der Rückflug verpatzt und und und, aber trotzdem.

»Was machen Sie denn da?«

Jörg hielt die Zigarre nach draußen unter den Fenstersims und drehte seinen Kopf nach drinnen.

»Ich kann nicht schlafen.«

»Geben Sie mir auch ne Zigarette.«

»Ähhh …«

»Was?«

»Das ist eine Zigarre.«

»Dann geben Sie mir eine Zigarre.«

»Ich hab aber nur die.«

»Dann lassen Sie mich mal ziehen.«

Die Polin richtete sich im Bett auf, die Decke um ihren Leib geschlungen. Jörg setzte sich auf sein Bett und hielt ihr die Zigarre hin.

»Aber die ist ein bisschen nass vorne …«

»Ich werd's überleben.«

Natascha nahm die Zigarre in die Hand, hielt und drehte sie mit der Selbstverständlichkeit, die nur passionierten Zigarrenrauchern eigen ist, und nahm genussvoll einen Zug.

»Kubanisch, hm?«

»Jaja. Violetta.«

»Hm. Gute Zigarre.«

»Sie rauchen Zigarre?«

»Was dagegen?«

Natascha hielt Jörg die Violetta wieder hin, und Jörg rauchte ein paar Züge. Er ließ den Rauch ganz langsam aus dem geöffneten Mund entweichen und sah den in eleganten Linien aufsteigenden Schwaden nach.

»Gucken Sie mal, das ist auch Aerodynamik.«

»Sie sind schon so ein Spinner.«

»Jetzt sitzen wir hier in diesem Zwergenzimmer, rauchen die letzte Zigarre und …«

»Ja? Und?«

»Ja, und ich kann nicht schlafen und das Gewitter und der verpatzte Rückflug, und trotzdem… Irgendwie fühle ich mich wohl.«

»Geben Sie mir noch mal die Violetta.«

Jörg hielt der Polin die Zigarre wieder hin.

»Wissen Sie, zum ersten Mal in meinem Leben wusste ich, wo ich hinwill …«

Natascha verkniff sich die Bemerkung, dass sie auch wusste, wo sie hinwollte.

»Und jetzt, wo ich fast da bin, frag ich mich, ob ich da wirklich sein will.«

Natascha gab Jörg die Violetta wieder zurück und sah ihn an, so wie man einen elektrischen Schaltplan anguckt, aus dem man nicht schlau wird, weil ein logischer Fehler drinsteckt.

»Ich fliege jetzt schon ein paar Wochen mit Ihnen, und allmählich wird's ja. Aber …«

»Aber was?«

»Mensch, bei Ihnen weiß ich nie, was echt ist und was gespielt …«

»Kein Wunder. Das weiß ich oft selber nicht …«

»Schizophren nennt man das, glaube ich …«

»Könnte hinkommen. Ich müsste nur mal meinen Therapeuten fragen, aber ich hab die letzten Rechnungen nicht bezahlt und mich in der Praxis ein bisschen danebenbenommen …«

Und weil Jörg das so ernst sagte, wie er es auch meinte, musste Natascha laut loslachen. Und Jörg lachte mit. Natascha nahm noch einen Zug.

»Die schmeckt nicht mehr.«

Mit einem gezielten Wurf schleuderte sie die Violetta treffsicher durch das kleine Fenster nach draußen.

»Jetzt wird geschlafen. Abflug bei Sonnenaufgang.«

»Okay.«

Jörg legte sich wieder aufs Bett, machte die Augen zu und wartete auf die kleine Gewitterwolke, die ihn mitnahm in den ersehnten Schlaf.

Als er wieder aufwachte, war es laut Breitling kurz nach drei. Ausgerechnet jetzt, hier mitten im Schwarzwald, mitten in dieser Gewitternacht, war ihm eingefallen, dass er am Nachmittag ein Interview für die *Cosmopolitan* geben sollte. Jörg setzte sich vorsichtig im Bett auf, nahm leise, um die Frau Kommandantin nicht zu wecken, sein graues Regiebuch aus der Tasche und überlegte. Er musste da etwas anderes erzählen als der Torte von der *Gala*, vor zwei Wochen, im Wohnmobil. Und wenn er noch einen kleinen Skandal nachlegen wollte, dann musste dieses Interview tiefgreifend säuisch werden und sich gleichzeitig hochgradig charmant unterhalb der Gürtellinie abspielen. Vielleicht ließe sich noch mal so etwas hinbekommen wie die Improvisation in der *Paris-Bar*, zumindest in der Art. Irgendeine Räuberpistole zusammenfabulieren, die er im Westen erlebt hatte, zur Not auf einem fiktiven Empfang beim Bundeskanzler, wo er just den Amtsinhaber in der Herrentoilette erwischt hatte, beim Tönen der Haare und bei der Korrektur des Toupets. Für ein Skandälchen würde das allemal reichen, so eitel wie dieser Herr Medienkanzler nun mal war. Also fing Jörg an zu schreiben. Obszöne Dialoge, erfundenes Geschwätz prominenter Arschlöcher beim Smalltalk im Kanzlergarten. Journalisten waren dankbar für alles, was sich von der offiziellen Verlautbarungspampe unterschied. Und prompt fielen ihm ein paar Gemeinheiten ein: schöne verbale Entgleisungen und kleine Inszenierungen, wie sie sich nur ein böser, durchgeknallter Russe ausdenken konnte. Das war überhaupt der Trick des Erfolgs, der Verzicht auf jegliche Skrupel. Nach ein paar Minuten und einigen kräftigen Hieben mit dem Stift war Jörg mit den Gedanken richtig drin in der Lügengeschichte, schrieb immer schneller und murmelte schon ganze Dialogfetzen vor sich hin. Er war dabei, dem Herrn Medienkanzler im Kanzlergarten eine Affäre mit der kleinen Kaukasusmaus Irina anzudichten.

»Was schreiben Sie denn da?«

Erschrocken fuhr Jörg herum. Die Polin war aufgewacht und saß aufrecht in ihrem Bett. Sie trug einen schwarzen Bodystocking, einen Einteiler, und Jörg fiel es wie Schuppen von den Augen. Natürlich, sie war genau der Typ für Bodystockings. Wer immer nur einteilige Fliegerkombis trug, der hatte auch Einteiler drunter, das war nur allzu logisch. In seiner Aufregung war Jörg nicht fähig, genauer hinzusehen, um Modell und Größe des Unterbekleidungsstücks festzustellen. Schnell klappte er das graue Buch wieder zu und suchte krampfhaft nach einem Satz, den er sagen konnte, einen unverfänglichen, keine fiktive Gemeinheit, sondern einen ganz realen Satz, jetzt und hier fürs Hotelzimmer.

»Äh, das Gewitter ist weitergezogen. Wird bestimmt ein schöner Tag morgen.«

Ein Satz, immerhin, unverfänglich.

»Weitergezogen, aha. Wohin denn?«

»Wohin? Ja also … Nach Frankreich vielleicht.«

»Nach Frankreich, soso. Erstaunlich bei einer ausgeprägten Oströmung mit knapp dreißig Knoten in 10000 Fuß, finden Sie nicht?«

Wie sollte er denn wissen, wohin sich das verdammte Gewitter verzogen hatte!?

»Nennen Sie mir doch mal die drei Phasen eines klassischen Wärmegewitters.«

»Jetzt?«

»Haben Sie den Meteorologen schon angerufen und das Streckenwetter eingeholt?«

Das hatte Jörg natürlich nicht. Und sein schöner unverfänglicher Satz war natürlich mal wieder ein glattes Eigentor gewesen. Man sollte eben mit einer Fluglehrerin nicht ausgerechnet übers Wetter reden, wenn man zwanglos plaudern wollte. Und schon gar nicht über Gewitter, denn jetzt fiel ihm wieder ein, dass Gewitter nach dem Reife- und Entladungsstadium nicht weiterzogen, sondern sich einfach auflösten. Meteorologie würde er bis zur Prüfung noch ordentlich büffeln müssen, zur Not den ganzen Mist auswendig lernen.

»Ich bin ein ziemlich beschissener Schüler, oder?«

»Wenn Sie ohne Wetterberatung losfliegen, dann schon.«

»Wir haben ja noch Zeit.«

»Ja? Wann ist Sonnenaufgang?«

»Keine Ahnung.«

»Sehen Sie, da fängt's schon mal an mit der Flugvorbereitung.«

»Ich glaub, so gegen vier wird's hell.«

»In Berlin. Und hier?«

»Früher?«

Natascha schüttelte nur den Kopf. Sie waren immerhin 300 Meilen westlich von Berlin, und da ging die Sonne knapp vierzig Minuten später auf.

»Ich mach Ihnen Sorgen, hm?«

»Ist ja Ihr erster Streckenflug.«

»Aber ich merke doch, dass Sie irgendwas bedrückt.«

»Na, Sie bestimmt nicht. Da gibt's noch schlimmere Fälle.«

Jörg hielt lieber für einen Moment die Klappe. Jetzt saßen sie beide auf ihren Segelfliegermatratzen, starrten vor sich hin, während es draußen über dem Schwarzwald ganz langsam hell zu werden begann.

»Sie haben doch was, oder?«

»Jetzt hören Sie endlich mit dieser Fragerei auf!«

»Schnauzen Sie mich nicht so an, wir sind hier nicht im Flugzeug! Vielleicht kann ich Ihnen ja helfen.«

Natascha sah Jörg mit einem fast mitleidigen Lächeln an.

»Sie? Mir?«

»Ich hab schon manchem geholfen! Helfen kann ich. Als Helfer bin ich gar nicht so ein Vollidiot wie als …«

»Wie als was?«

Jörg blieb die Antwort schuldig, und die Blicke der beiden trafen sich. Schweigend sahen sie sich an, und Jörg fraß Natascha förmlich auf mit seinen Augen. Denn wie sie so dasaß, in ihrem schwarzen Bodystocking, der in der Morgendämmerung glänzte wie nur ein Slim Body Elegance von Wolford glänzen kann – Wolford, nicht Woolworth! –, da merkte er zum ersten Mal, dass die Polin hübsch war. ›Scheiße‹, dachte er sich, denn hübsch war nun das komplett falsche Wort. Hübsch war ja schnell mal eine, aber diese Fluglehrpolin war nicht hübsch, die war geradezu schön. Zum ersten Mal, seit er sie kannte, trug sie das schwarze Haar nicht zu einem Knoten zusammengebunden unter der Pilotenmütze. Und ihre dunklen, braunen Mandelaugen strahlten jetzt nicht die Jörg so vertraute Härte der gnadenlosen Instruktorin aus, sondern was? Eine verträumte, traurige Melancholie? Na, das war ein wenig dicke, das war selbst Jörg klar, aber eins stimmte. Schön sah sie aus, und traurig.

»Der Lehmann, hm? Macht der Ihnen Ärger?«

Jörg tastete sich ganz vorsichtig vor, so wie man sich mit einem Flugzeug als Anfänger ganz sachte an die Wolkenuntergrenze heranschleicht, denn er konnte ihr ja schlecht auf die Nase binden, dass er ihren Streit mit Lehmann belauscht hatte.

»Ach, der Lehmann, der ist nicht das Problem.«

»Was ist denn das Problem?«

»Ich weiß nicht, warum ich Ihnen das erzählen sollte.«

»Erzählen Sie's mir doch einfach.«

Der skeptische Blick, mit dem sie Jörg jetzt musterte, war nur kurz. Dann atmete sie tief aus, seufzte fast und sank ein wenig in sich zusammen.

»Es gibt eigentlich gar kein Problem. Ich mach nur gerade den Fernkurs für die Airliner-Lizenz. ATPL. Und das ist happig.«

»Richtig so Pilotin für große Airliner?«

»Hmm.«

»Aber Sie können doch fliegen wie eine junge Göttin … Sie sitzen in einem Flugzeug wie reingeboren.«

Natascha lachte kurz. Offenbar schmeichelte ihr dieses kleine Kompliment ein wenig: »Jaja, ich pack das schon. Aber ich muss das alles in so einem alten Bauwagen machen, am Flugplatz. Keine Dusche, kein Klo, kein richtiges Licht.«

»Und warum machen Sie das nicht zu Hause?«

»Das ist mein Zuhause. Zumindest momentan.«

»Nehmen Sie sich doch eine Wohnung.«

Wieder schnaufte Natascha durch die Nase, als hätte Jörg gerade besonders hochgradigen Schwachsinn von sich gegeben.

»Ich hab nicht so viel Geld wie Sie. Geht alles für die Ausbildung drauf. Das bezahlt mir niemand. Man verdient nicht viel als Fluglehrerin. Deswegen will ich ja ins Cockpit. Ich hab allmählich die Schnauze voll, mich immer mit unbegabten Anfängern rumzuärgern.«

Jörg nickte verständnisvoll.

»War nicht so gemeint.«

»Schon gut. Ohne Sie hätt ich's sowieso schon aufgesteckt nach der ersten Stunde. Sie sind eine wunderbare Lehrerin.«

Natascha schüttelte nur den Kopf, als wolle sie sagen: ›Aufhören, nicht weiterreden jetzt.‹

»Und noch dazu eine wunderbare …«

»Psst.«

Jörg hielt instinktiv die Klappe. Und dann nahm er all seinen Mut zusammen wie beim Trudeln und legte seine Hand auf die der Fluglehrerin, eingedenk der Gefahr, dass die auch gleich zu trudeln anfing und ihm wieder eine Ohrfeige verpasste. Aber nichts dergleichen. Sie ließ es geschehen. Für eine kleine

Ewigkeit saßen sie da, die toughe Lehrerin und ihr aeronautischer Blindgänger, Händchen haltend im Segelfliegerzimmer am Flugplatz Winzeln.

Natascha zeigte mit dem Kinn auf Jörgs graues Buch, das immer noch auf der Bettdecke lag, ramponiert und abgegriffen.

»Was steht da eigentlich drin, in diesem Buch? Was schreiben Sie da andauernd rein?«

»Psst. Das ist mein Geheimnis.«

»Geheimnis? Die vom Geheimdienst hatten früher auch solche Bücher.«

»Da muss ich Sie enttäuschen, vom Geheimdienst bin ich nicht.«

Natascha lachte herzhaft, löste ihre Hand und gab Jörg einen Schubs.

»Raus jetzt. Wir müssen los. In zwanzig Minuten ist es hell!«

Ohne viel zu reden verließen Jörg und Natascha das Zimmer, banden die Möhre los, machten die Checks, stiegen ein, ließen den Motor an und rollten auf die Piste. Jörg zeigte auf die Wälder, die sie umgaben: »Sehen Sie mal, um uns rum nur Wald. Das wär so ne Situation, wo's blöd wär, wenn uns der Motor beim Start stehen bleibt, oder? Da hat man dann keine Chance mehr, oder …?«

»Mensch, Junge, der Motor weiß doch gar nicht, dass wir mitten aus einem Wald rausmachen. Außerdem redet man vor dem Start keinen solchen Mist, das bringt Unglück. Los jetzt.«

Jörg schob den Gashebel nach vorne, und sie starteten – lange vor der offiziellen Betriebszeit des Flugplatzes und noch dazu ohne Anwesenheit eines offiziellen Flugleiters. Nicht dass man den für irgendwas gebraucht hätte, aber der war nun mal Vorschrift in Deutschland. Und dieser wunderbare klare Morgen schrie geradezu nach der vorsätzlichen Verletzung einer offiziellen deutschen Luftverkehrsvorschrift.

Der Motor blieb natürlich nicht stehen, schnurrte brav ohne

das geringste Mucken, und bald hatten sie über dem Schwarzwald die Reiseflughöhe von 450 Fuß erreicht. Nach einem wunderbaren dreistündigen Trip mit Rückenwind, der aufgehenden Sonne entgegen, zeitweise händchenhaltend quer über Schwaben, Franken, Thüringen und Sachsen, landete Jörg kurz vor acht Uhr morgens die Möhre sicher auf der Graspiste von Fürstenwalde.

Vor der Halle, nach dem Abstellen des Triebwerks, trug Natascha die Flugzeit in ihre Ausbildungsunterlagen ein.

»Damit sind die Streckenflüge abgehakt. Für die Prüfung fehlen jetzt noch die Soloflüge und ein paar Notfallübungen.«

Jörg lächelte Natascha an, legte sein Regiebuch auf die Tragfläche der Morane, nahm die Fluglehrerin in den Arm und gab ihr einen Kuss auf die Wange.

»Danke. War ein toller Flug. Und eine schöne Nacht.«

Natascha zögerte noch einen Moment und machte sich dann los. »Am besten, Sie vergessen das, was ich Ihnen heute Nacht erzählt habe.«

»Nur wenn Sie mir sagen, wie Sie eigentlich heißen.«

»Sie haben mich kein einziges Mal nach meinem Namen gefragt. Komisch, oder?«

»Sauer?«

»Ach was. Sagen Sie einfach Nascha zu mir.«

»Ich heiße Jörg.«

»Ich weiß.«

Und schon war sie weg, in Richtung ihres Bauwagens.

Nascha hieß sie also. Nie gehört, einen solchen Namen, aber wer kannte sich schon mit polnischen Vornamen aus. Jörg drosch den Käfer westwärts die Landstraße bei Zerpenschleuse entlang, auf der wieder die Opels und Mazdas der brandenburgischen Langsamfahrermafia herumdümpelten. Als er nach einigen nervenstarken Überholvorgängen auf den Berliner Ring traf, fuhr er nicht in nördlicher Richtung, um über die Landsberger

Allee hinein nach Mitte zu kommen, sondern nach Süden, auf dem Ring um Berlin herum, und dann die Avus entlang, direkt zum Dreieck Funkturm. Das Interview mit der *Cosmopolitan* würde er einfach sausen lassen, denn jetzt gab es Wichtigeres zu tun.

31

Heidemarie stieg der schimmlige Geruch des feuchten Gebäudes unangenehm in die Nase, als sie ihre Chefin durch die Stahltür ins Foyer schob. Drinnen, im Bühnenraum des Pathos-Theaters, hörte man gedämpft eine junge Frauenstimme, die sich an einem Shakespeare-Monolog versuchte, immer wieder – setzt nieder eure ehrenwerte Last! –, bis schließlich eine knarzige Altmännerstimme dazwischenpolterte, derb unterbrechend: »Mädchen, wenn du das sprichst, denk einfach: Der will dich ficken, und du willst es auch! Noch mal!«

»Na also, wenigstens der is zu Haus!«, entfuhr es der Suchanek freudig. »Der ist hier zu Hause?«, fragte Heidemarie, und allein der Gedanke, dass jemand dieses schimmlige Loch sein Zuhause nennen könnte, jagte ihr Schauer des Ekels über den mageren Rücken.

»Na, Heidemarie, auf was wartest? Gemma rein.«

»Aber, wir können doch nicht einfach … Da sind Proben im Gange.«

»Geh, Heidemarie, des wern scho so Proben sei.«

Heidemarie klopfte zweimal leise an die Tür, die zum Bühnenraum führte, öffnete sie dann, ohne dass ein Herein zu hören gewesen wäre, und schob ihre Chefin in das nur von einer Neonlampe erleuchtete Theater. Zoltan, der rittlings auf einem der

Klappstühle saß, fuhr energisch herum und brüllte: »Ruhe, hier ist Probe, verdammt noch mal!«

Die junge, mit einem schwarzen Tänzerinnentrikot bekleidete Frau auf der Bühne – es war wieder Viola, Zoltans Lieblingsstudentin – stand ratlos da und sah Zoltan fragend an.

»Was willst du, Suchanek?«, fragte der Alte, und Heidemarie wäre vor Scham am liebsten im versifften Boden des Bühnenraums versunken.

»Ich muss mit dir reden, sofort.«

Zoltan überlegte und winkte dann die Schülerin zu sich her.

»Mach Schluss für heute, Viola.«

»Wir haben doch gerade erst angefangen …«

»Dann setz dich meinetwegen zu Hause auf deinen süßen Arsch und sprich den Text noch mal durch, von mir aus so lange, bis du ihn im Schlaf kannst.«

»Sehen wir uns heute noch?«

»Weiß ich nicht, Kindchen, kann ich nicht sagen.«

Viola packte ihr Textbuch und die Literflasche Evian in ihre Umhängetasche, schnappte sich ihre Jacke und verließ erhobenen Hauptes mit ostentativer Missbilligung den Raum, ohne Heidemarie und ihre Frau Doktor auch nur eines Blickes zu würdigen.

»Heidemarie, die Klaane merk ma uns, die hat was. Des is a Luder! So was wird immer gern gnommen.«

Heidemarie nickte unmerklich und schob Frau Doktor noch ein Stück weiter an Zoltan heran.

»Warum störst du meine Proben?«, giftete Zoltan und steckte sich eine Zigarre an, was sofort einen spontanen Hustenanfall seitens Heidemaries zur Folge hatte. Und so, wie die Suchanek das Gesicht beim Wort Proben verzog, war klar, dass sie diese Proben eher für eine Art sexueller Ressourcengewinnung hielt, mithilfe deren Zoltan seit Jahr und Tag seine gesamten partnerschaftlichen Beziehungen gestaltete. Schließlich hatte sie vor gut vierzig Jahren auch einmal auf solch einer Probebühne gestanden.

»Wo steckt der Kerl? Seit drei Tagen versuch ich, den zu erreichen!«

»Und?«

»Morgen ist die Lesung, die Leut rennen mir die Bude ein, und ich hab keinen Schimmer, wo der Scheißkerl steckt!«

»Ich weiß es auch nicht.«

»Wann der mir die Lesung schmeißt …«

»Was dann?«

»Geh Zoltan, des waaßt du genauso gut wie ich. Ich hab alles eingladen aus der Branch, was Rang und Namen hat. Und die kommen alle. Ich hätt die Vorstellung dreimal verkaufen können.«

Die Suchanek zog ein paar Postkarten hervor und reichte sie Zoltan. Die Karten zeigten Jörg in seiner Gratsch-Uniform und wiesen auf eine morgige Lesung im Gorki-Theater hin. Zoltan besah sich die Karten lächelnd. Angeblich würde Jott Punkt Gratsch da aus seinem neuen Roman ›Die Hure von Petersburg‹ lesen.

»Schön. Und was soll er da vorlesen?«

Die Suchanek zauberte ein geheftetes Büchlein aus ihrer Handtasche und hielt es Zoltan hin: »Des hot ma schnoi a Studentin aus Wien zammgschrieben, ausm literaturwissenschaftlichen Seminar.«

Zoltan grinste.

»Ganz die Suchanek. Und was soll ich jetzt damit?«

Wütend fuhr die Suchanek auf Zoltan zu, im Affekt glatt aus eigener Kraft. Heidemarie tippelte sofort hinterher.

»Jetzt hör auf verflucht noch amoi mit diesem sophistischen Geseiere, Zoltan! Mir is des todernst!«

»Mir auch, Suchanek, mir auch.«

Die Suchanek sah den Alten an, als hätte er mindestens die

Beteiligung an einer organisierten Kleintiermisshandlung zugegeben.

»Soso, des is dir also auch todernst. Was hastn du vor mit dem Burschi?«

Zoltan sah sie nur stumm grinsend an, was Frau Doktor noch mehr in Rage brachte. Jetzt fing sie regelrecht an zu zetern, mit dem ganzen Körper, so dass sich die Räder des Rollstuhls bei jeder Eruption ihres Zorns ein paar Zentimeter vor und zurück bewegten. Zoltan sah die Suchanek gar nicht an, während sie tobte, sondern guckte nur gefesselt auf die Räder des Rollstuhls.

»Da steckst du doch dahinter, dass der Dreckskerl verschwunden is! Der geht ja ned amoi ans Handy! Den Interviewtermin bei der *Cosmo* hotter aa versiebt, der Trottel, der gschissne!«

Als wäre das alles aufs Genauste geprobt, bewegten sich die Räder sinnrichtig genau zu jeder Betonung. Heidemarie hatte die innere Kapitulation vor der Situation längst vollzogen und stand wie ein verwelktes floristisches Sonderangebot von Blume 2000 im Zigarrenqualm, während ihre Chefin weiter verbal auf Zoltan einhieb.

»Du hetzt den gegen mich auf! Wegen deim Scheißdiktatorfilm. Des wird doch nie was! Des wird doch seit dreißig Jahren nix! Und merk dir aans: Der Burschi ghört mir! Ich bestimme, was der macht, und sonst kaaner!«

»Im Moment wohl weniger …«

»Du versaust mir den doch mit Weiber und Drogen! Der is ja scho vollends durchgeknallt! Dieser Markowitz vom Kommissar Kolja ruft mi dreimoi am Tag an und heult sich die Seele ausm Leib bei mir, der Sachsendepp, der bleede!«

»Ja, das ist eben das Risiko, wenn man mit bösen Russen Geschäfte macht.«

Jetzt wurde die Suchanek mit einem Schlag leise, gefährlich leise, und auch die Räder des Rollstuhls standen mit einem Mal still.

»Zoltan, du sorgst mir dafür, dass der morgen Abend im Gorki sitzt und mindestens eine Stunde lang aus diesem Hefterl vorliest, und zwar so, dass es halbwegs nach am Kapitel aus aam bschissenen Roman klingt.«

Zoltan überlegte. Auch für ihn wäre es zweifellos besser, wenn diese Lesung stattfinden würde. Vielleicht saß ja ein potenzieller Financier für den Diktatorfilm im Publikum, den man sich hinterher im Foyer gleich packen und festnageln könnte. Und immerhin hatte er, Zoltan, ja auch zwei Monate Arbeit in diesen Mistkerl investiert, und jetzt wäre es endlich mal an der Zeit, davon zu profitieren. Und zwar ordentlich. Die ganze verwichste Branche lag dem selbsternannten Arschloch zu Füßen, hochgradig bereit, sich melken zu lassen. Und er, Zoltan, würde kräftig mitmelken. Außerdem war Jörg mit seinem Geld immer noch nicht rübergekommen. Also würde er den Kerl suchen gehen und ihm noch mal den Marsch blasen. Doch eins war klar. Auch die Suchanek musste bluten.

»Also gut. Ich schlepp dir deinen Star an. Und ich geh mit ihm den Text durch. Dafür will ich die Hälfte der Abendkasse.«

»Du spinnst ja wohl total, Zoltan! Was maanst denn du, was ich für Ausgaben ghabt hab!«

»Bitte, dann lass dich losschieben von deiner Heidemarie, und such ihn dir selber. Irgendwo im Großraum Berlin wird er ja stecken.«

»Vierzig Prozent. Maa letztes Angebot.«

»Die Hälfte, oder wir lassen's.«

Die Suchanek nickte wie ein Angeklagter bei der Verkündung eines harten Urteils.

»Von mir aus, du alter Blutsauger. Aber du sorgst dafür, dass das morgen Abend im Gorki a gscheids Spektakel wird.«

»Ich lass mir was einfallen.«

Ein kleines Nicken genügte, und Heidemarie schob ihre Frau Doktor ohne weiteren Gruß aus dem kleinen Theater. Zoltan blieb vor der Bühne sitzen, blätterte in dem Textheft und musste grinsen. Das Machwerk der Wiener Studentin strotzte nur so vor Obszönitäten und Sauereien, dagegen konnte selbst Altmeisterin Jelinek einpacken. Die Frage war, wo Jörg steckte. Zoltan hatte die wenig angenehme Vermutung, dass da wieder eine Frau im Spiel war. Er schob die Einladungskarten, die ihm die Suchanek gegeben hatte, in die Tasche, schloss das Theater ab, holte die Velosolex aus dem Hof und fuhr los, in Richtung Berlin Mitte.

32

Jörg hatte den Käfer in der Kantstraße geparkt und ging mit einer Reisetasche die Stufen zu seiner alten Wohnung hinauf. Er schloss auf und sah sich um. Die Wohnung war wirklich leer, Petra offenbar tatsächlich ausgezogen. Sofort öffnete er die Fenster, denn es roch muffig. Dann ging er hinter zur Küche, an deren Wand immer noch der Rotweinfleck und die Spuren des unsachgemäß zubereiteten Zanders zu sehen waren. Petra hatte die Küche also nicht gestrichen, und wenn Jörg ehrlich war, hatte er auch nicht damit gerechnet. Er öffnete den Geschirrschrank und stellte befriedigt fest, dass Petra wenigstens ein wenig Geschirr dagelassen hatte. Fürs Erste würde das reichen. Jörg holte die Reisetasche aus dem Wohnzimmer, nahm eine Dose Carparol Blütenweiß heraus, öffnete sie, rührte gemäß der Anweisung gut durch und überstrich mit einem Flachpinsel notdürftig die Rotwein- und Fischflecken. Das musste sein, denn Speiseflecken der Ex auf der Wand waren mindestens so inakzeptabel wie deren etwaige herumliegende getragene Unterwäsche. Natürlich sah man nach dem Streichen, dass hier provisorisch übertüncht worden war, aber das war immer noch besser als die blanken, nackten Speisespuren. Dann ging Jörg in sein ehemaliges Arbeitszimmer und schleppte die alte Bettcouch, auf der er sich mit dieser Frau Höfele so zweifelhaft vergnügt hatte, in das Wohnzimmer. Er stellte sie an die Wand, besah sich das Ganze und schob die Bettcouch daraufhin einen halben Meter weiter nach links. Er holte seinen alten Modellbautisch aus der Kammer und postierte ihn vor das Fenster. Das würde zum Arbeiten allemal reichen. Er ging wieder in die Küche, nahm den Blumenstrauß aus der Reisetasche, den er schnell noch bei Blume 2000 neben dem Baumarkt abgegriffen hatte, und stellte ihn in einem zur Vase umfunktionierten Zinkblecheimer auf den Modellbauschreibtisch. Dann fummelte er ein Poster, das er im Aero-Shop erstanden hatte und das einen schwarzen Curtiss-Doppeldecker im senkrechten Steigflug zeigte, in den Bilderrahmen Modell Image pro, der ihn im Baumarkt glatt fünfzig Euro gekostet hatte. Er schlug einen Nagel in die Wand und hängte die Curtiss im Image pro direkt über das Bett. Das hatte was, zweifelsohne. Jörg besah sich das gesamte Wohnzimmer und nickte zufrieden.

Jetzt fehlte nur noch Bettwäsche. Decke, Kissen, Bezug und Laken. Er ging hinüber ins ehemalige Schlafzimmer, öffnete den Schrank und stellte fest, dass Petra sämtliches Bettzeug und Bettwäsche mitgenommen hatte. Das war natürlich Mist. Ohne Bettwäsche ging's nicht, das konnte man niemandem anbieten, wenn auch das Beziehen von Betten zu den Arbeiten zählte, die er äußerst ungern tat. Also musste er noch mal rüber ins Dachgeschoss nach Mitte, um Bettzeug beizubringen.

Jörg fuhr hinüber nach Mitte und sah sich umgeben von Idioten, die es einfach nicht schafften, loszufahren, wenn die Ampel auf Grün schaltete. Sieben Ampelphasen gingen für die Kreuzung Invalidenstraße/Chausseestraße drauf, drei Wagen hoppelten pro Ampelphase darüber. Jörg schimpfte wie ein Rohrspatz in seinem Käfer, bis sein Blick plötzlich auf eine Litfaßsäule fiel, die ein paar Meter vor der Kreuzung stand. Mit einem

Schlag hörte er auf zu meckern, verstummte völlig, denn die Säule war voll mit Plakaten, die sein Gesicht im Großformat zeigten und für eine Lesung von Jott Punkt Gratsch im Gorki-Theater warben. Angeblich sollte der Russe da aus seinem neuen Romanprojekt ›Die Hure von Petersburg‹ lesen, und zwar am Mittwoch, um 20 Uhr 30. Das Datum ließ keinen Zweifel, dass damit der morgige Mittwoch gemeint war. Jörg war nicht verwirrt, er war schlichtweg paralysiert. Das konnte nur die Suchanek angezettelt haben. Wahrscheinlich zusammen mit Zoltan. Und vor allem, selbst wenn er da auftauchte, was sollte er da vorlesen? Es gab verdammt noch mal keinen Roman von Jott Punkt Gratsch, es gab nicht einmal ein einziges Kapitel oder ein Exposé, es gab nichts. Und Jörg konnte ja schlecht den neuesten Roman von diesem Peljewitsch nehmen und schnell ein paar Orte und Namen umschreiben. Und die paar Gedanken über Irina und den Medienkanzler, die er sich für das versiebte Interview aufgeschrieben hatte, gaben nicht einmal fünf Minuten her. Nein, er musste diese Lesung absagen. Wegen Krankheit. Oder Dreharbeiten. Oder exzessivem Drogenmissbrauch. Dann hätte die Presse wenigstens wieder was zu schreiben. Lautes Gehupe riss ihn aus seinen Gedanken. »Zu blöd, bei Grün loszufahren!«, schrie ihn einer von hinten an, Jörg drosch den ersten Gang ins Getriebe und fuhr bei Rot werdendem Orange über die Kreuzung, was die Wut der hinter ihm Wartenden nur noch steigerte. Jörg parkte den Käfer direkt vor dem Haus im Halteverbot und schloss gerade die Haustür auf, als Zoltan mit der Velosolex aus der Deckung der Mülltonnenbox hervorgerollt kam.

»Zoltan, ich hab's eilig, ich muss Bettwäsche holen!«, sagte Jörg, merkte aber gleich, dass mit dem Alten nicht zu spaßen war.

»Ich krieg noch Geld von dir, und nicht zu knapp.«

Jörg nickte. Es war klar, dass hier nur die Flucht nach vorne half.

»Ich hab's mal grob durchgerechnet, das sind in etwa 10 000.«

»Und?«

Jörg zog seinen Geldbeutel heraus und überschlug schnell den aktuellen Inhalt.

»Ich kann dir erst mal 5000 geben, die zweite Hälfte kriegst du demnächst.«

Zoltan sackte das Geld ein.

»Morgen krieg ich den Rest, im Gorki.«

Jetzt fing der auch noch mit dem Gorki-Menetekel an.

»Vergiss es, Zoltan. Gorki fällt aus, basta. Ich hab überhaupt nichts, was ich da vorlesen soll. Da kann von mir aus die Suchanek hingehen und ihr Tagebuch vorlesen!« Und schon war die knochige Hand des Alten wieder an Jörgs Kragen.

»Jetzt pass mal auf, du kleines Arschloch. Du wirst das morgen nicht verpatzen, sonst verpatz ich dir deine bescheuerte Russenkarriere, aber gründlich. Kann ich das als verstanden betrachten?«

Jörg versuchte, Zoltans Hand von seinem Kragen wegzuschieben, aber der Alte ließ nicht locker.

»Lass mich los! Ich kann mich da morgen nicht einfach hinstellen und irgendwas improvisieren, das schaff ich nicht!«

Zoltan ließ Jörgs Kragen los, griff in seine alte Ledertasche und zog das Manuskript heraus, das ihm die Suchanek gegeben hatte.

»Morgen um 16 Uhr im Gorki, und bis dahin guckst du dir den Text an. Dann wird noch zwei Stunden geprobt, bevor du auf die Bühne gehst! Und wehe, du kackst da ab, morgen Abend!«

Jörg glotzte dämlich auf das Textheft. ›Die Hure von Petersburg‹ stand da, geschrieben von Jewgenij Gratsch.

»Wo hast du das her?«

Schon wieder klammerte sich die knochige Hand des Alten wie eine Eisenkralle in den Kragen seines Ledermantels.

»Scheißegal. Du schaffst dir das drauf bis morgen!«

Jörg wusste, dass es nur einen Weg gab, den Alten loszuwerden: »Also gut, 16 Uhr im Gorki, mit Text, ist gebongt. Und jetzt lass mich los.«

Aber Zoltan dachte gar nicht daran.

»Nächster Punkt: Was ist mit meinem Drehbuch? Bist du weitergekommen?«

»Ich bin dran.«

»Red keine Scheiße. Hast du's diesem Jan Pöter schon gegeben?«

»War noch keine Gelegenheit.«

»Dann sieh zu!«

»Mach ich. Der Pöter frisst mir aus der Hand.«

»Das hoffe ich.«

Jetzt würde der Alte ja wohl endlich Ruhe geben. Aber da hatte Jörg sich zu früh gefreut.

»Jetzt willst du also Bettwäsche holen. Darf ich fragen, wozu?«

Das artete ja allmählich zu einer regelrechten Inquisition aus. Das Erwähnen der Bettwäsche war natürlich ein saudummer Fehler gewesen.

»Einfach so, Bettwäsche …«

»Man holt nicht einfach so Bettwäsche.«

»Doch, die muss … gewaschen werden. Genau.«

»Wenn du Stinkstiefel freiwillig Bettwäsche waschen willst, dann steckt da irgendwas anderes dahinter.«

»Nein, da steckt nichts dahinter.«

»Ich krieg's raus, verlass dich drauf.«

»Da gibt's nichts rauszukriegen.«

»Wenn du mir jetzt wegen irgend so einer Muschi abkackst, dann gibt's Ärger, verstanden?«

Daraufhin ließ ihn der Alte los, stieg wieder auf die Velosolex, trat sie an und fuhr davon.

Jörg zog sich den Kragen des Ledermantels wieder zurecht,

ging nach oben, holte Bettzeug und Bettwäsche, fuhr mit dem Lift wieder herunter, stieg im ersten Stock aus und spähte dort vom Treppenhaus aus hinunter auf die Mülltonnenbox. Von Zoltan keine Spur.

Jörg fuhr schnell in die Kantstraße, bezog das Bettzeug, drapierte alles liebevoll auf der Bettcouch und sah sich das Gesamtergebnis noch einmal an. Ja, jetzt war es gut, jetzt konnte man das jemandem anbieten, zumindest übergangsweise. Jörg stieg in den Käfer und fuhr wieder aus der Stadt, direkt in Richtung Osten.

33

Als Jörg am Flugplatz ankam, stand die Fluglehrerin an der roten Pitts und hatte den Kopf unter der Cowling. Offenbar schraubte sie auch noch selbst an den Flugzeugen herum, statt das einen Instandsetzungsbetrieb machen zu lassen. Jörg ließ den Mantel und das Hure-von-Petersburg-Manuskript im Käfer, stieg aus und ging leise auf Natascha zu. Im Moment wusste er noch nicht, mit welchen Worten er ihr sein Angebot unterbreiten sollte. Er blieb kurz hinter ihr stehen und betrachtete mit großem Wohlwollen ihren Hintern, der sich jetzt, aufgrund des heftigen Hineinbeugens in den Motorraum des Doppeldeckers, mitsamt dem Body deutlich unter der grauen Fliegerkombi abzeichnete. Was war Jörg für ein Idiot gewesen, dass er die ganze Zeit nicht bemerkt hatte, was für eine wahnsinnige Figur diese Frau haben musste. So sanft wie nur möglich sagte er: »Hallo«. Natascha nahm den Kopf aus der Cowling hervor – sie trug ihr schönes schwarzes Haar wieder zusammengebunden unter der Kappe – und sah Jörg erstaunt an.

»Was wollen Sie denn schon wieder hier? Sie sind heute nicht dran.«

»Ich weiß. Verstehen Sie das jetzt nicht falsch, bitte.«

»Was denn?«

»Also, wegen Ihrem Airliner-Fernkurs … und den äußeren Bedingungen in dem Bauwagen … Haben Sie mir doch erzählt, im Schwarzwald.«

Für einen kurzen Moment lag ein böses Funkeln in den wunderschönen braunen Augen der Polin.

»Aber hier ist nicht der Schwarzwald. Ich hab Ihnen gesagt, Sie sollen das vergessen.«

»Ich weiß. Aber ich hab mir gedacht …«

»Was denn? Ich hab nicht ewig Zeit.«

Jörg lächelte, spielte verkrampft mit seinem grauen Regiebuch, das er in den Händen hielt, und druckste herum. Immerhin war er zu allem noch zusätzlich irritiert durch den wunderbaren Hintern, den er gerade zum ersten Mal bewusst wahrgenommen hatte. Aber jetzt durfte er nicht an Ärsche denken, jetzt musste er erst mal rausrücken mit seiner grandiosen Idee.

»Wie gesagt: Da ist gekündigt, aber der Vertrag läuft noch drei Monate. Da ist auch niemand mehr. Alles weg, auch die Flecken. Ich hab mir gedacht, Sie könnten ja … Also da könnten Sie vielleicht besser … wegen Ihrer Airliner-Lizenz …«

Das war natürlich ein rechtes Gestammel gewesen, und Natascha hatte keine Ahnung, wovon der Kerl eigentlich sprach und was für Flecken er meinte. Jörg zog, wieder ein wenig umständlich, den Schlüssel der Kantstraßenwohnung aus der Tasche, schrieb schnell auf einen Zettel die Adresse und hielt der Fluglehrerin beides hin.

»Hier ist der Schlüssel … und die Adresse … An der Tür steht Raabe.«

»Schlüssel? Wofür?«

Jetzt bekam Jörg allmählich die Kurve und sagte mit aller

Selbstverständlichkeit, deren er in diesem Moment habhaft werden konnte: »Der Schlüssel für meine alte Wohnung … Paar Möbel sind auch noch drin und ein bisschen Geschirr in der Küche, und äh … da war ein Rotweinfleck in der Küche, aber der ist weg. Und, wie gesagt, für drei Monate könnten Sie da rein, umsonst. Das ist alles.«

So, jetzt war es draußen. Natascha sah ihn an wie einen Debilen, der ihr soeben einen Heiratsantrag gemacht hatte, mitsamt all der Rührung, die einen in so einem Fall wahrscheinlich überkam. Und sie wusste ja, dass Jörg nicht debil war und durchaus seine lichten Momente hatte. Und wenn sie's recht überlegte, war das mit der Wohnung einer der eher lichten Momente. Denn sie brauchte wirklich eine Wohnung, das Hausen in Brönners Bauwagen mit Lehmann ständig an Tür und Deichsel, das war wirklich kein Zustand. Sie sah den Schüssel an, warf ihn hoch und fing ihn auf.

»Und keine Angst. Das ist der einzige Schlüssel. Nicht dass Sie denken, ich hab noch einen und komm nachts und fall über Sie her …«

Jetzt lachte Natascha.

»Da bin ich schon mit ganz anderen fertig geworden.«

»Ich weiß.«

Aber Nataschas Lachen erwuchs durchaus der Freude, zum einen über den Umstand, so schnell und umsonst eine Wohnung zu haben, und zum anderen über diese Aufmerksamkeit, die sie ihrem merkwürdigen Flugschüler nie zugetraut hatte. Und außerdem waren seine Landungen in letzter Zeit wirklich passabel. Nein, nein, der Kerl war gar nicht so mies, der brachte es wahrscheinlich irgendwann noch zu einem mindestens mittelmäßigen Piloten, dafür würde sie schon sorgen. Aus der Laune heraus ging sie auf Jörg zu, zog ihn zu sich heran und gab ihm ein Küsschen auf die Wange. Als Jörg den Körper der Frau an seinem spürte, lief ihm ein angenehmer Schauer über den Rücken, von der wunderbaren Art, wie man es normalerweise nur als Fünfzehnjähriger erlebt, im Jahr der ersten Küsse.

»Danke.«

»Gern geschehen.«

Und das war ausnahmsweise keine Floskel, denn Jörg hatte es wirklich gern getan.

Dann standen die beiden voreinander, etwas sprach- und ratlos, und Jörg hätte der Lehrerin am liebsten noch zwanzig weitere Schlüssel gebracht, um für jeden nochmals einen solchen Dankeskuss einzuheimsen. Jörg wusste, er musste jetzt entweder etwas wirklich Gutes sagen oder einfach wieder gehen, aber gehen wollte er nicht. Und vom Wetter konnte er auch nicht wieder anfangen, weil sowieso die Sonne schien und er nicht eine weitere Debatte über Hochdruckgebiete und deren Verlauf lostreten wollte. In seiner Verlegenheit starrte Jörg auf die kleine rote Pitts, die immer noch mit offener Cowling dastand. Vorsichtig berührte er die untere linke Fläche des Doppeldeckers, die mit Stoff bespannt war. Auch aus der Nähe sah das Flugzeug sehr klein aus, fast wie ein zu groß geratener Modellflieger. Aus Büchern wusste er, dass diese Dinger voll kunstflugtauglich und äußerst agil waren, fliegerisch bestimmt nichts für Anfänger. Kein Wunder, bei diesem bisschen Sperrholz und Stoff, einer Spannweite von nur knapp sechs Metern und 300 PS, die an dem Propeller zerrten.

»Fliegen Sie damit auch?«

»Sagen wir mal so. Ich trainiere damit. Für die Kunstflugmeisterschaft, offene Klasse.«

»Sie? Richtig Kunstflug …?«

»Glauben Sie nicht, was?«

»Zeigen Sie's mir doch.«

»Wollen Sie mit?«

Jörg wusste für einen Moment nicht, ob er das wirklich wollte, aber nach Hause gehen wollte er bestimmt nicht. Also nickte er nur kurz mit dem Kopf, und Natascha warf ihm einen Fallschirm zu.

»Abspringen will ich aber nicht.«

»Ist Vorschrift beim Kunstflug.«

Natascha half Jörg, den Fallschirm anzulegen, und forderte ihn auf, in den vorderen der beiden hintereinander liegenden Sitze einzusteigen.

»Sie lassen einfach die Finger vom Knüppel und trampeln mir nicht in die Pedale!«, sagte Natascha, kletterte auf den hinteren Sitz und ließ den 300-PS-Continental an. Der Lärm war beachtlich, denn so etwas wie einen Schalldämpfer hatte die Pitts nicht. Jörg zog die Anschnallgurte fest und setzte sich den Kopfhörer auf. »Sind Sie so weit?«, fragte Natascha über Intercom, und Jörg bejahte. Natascha gab Gas und rollte los, über die Wiese zur Startbahn. Das kleine, leichte Flugzeug rumpelte stark auf der unebenen Wiese, und Jörg sah nach vorne so gut wie nichts, da die Pitts kein Bugrad hatte und die Schnauze deshalb am Boden steil nach oben zeigte. Natascha hielt kurz vor der Piste an, machte den Vorflugcheck und fragte Jörg noch mal, ob alles in Ordnung sei. Ja, es war alles in Ordnung, bis auf ein kribbliges Gefühl, aber das behielt Jörg lieber für sich.

Natascha gab Vollgas, und der Propeller zerrte vehement an dem kleinen Flugzeug. Schnell war das kleine Heckrad weg vom Boden, und nach ein paar Metern schon zog Natascha die Pitts fast ruckartig vom Boden weg. Und sie waren kaum fünf Meter über der Piste, da drehte sie die Pitts auf den Rücken und setzte den Steigflug mit himmelwärts zeigenden Rädern fort. Jörg erschrak fast zu Tode, als er plötzlich den Fürstenwalder Boden über sich hatte, zumindest optisch. Jörg wollte schreien, aber er riss sich zusammen. Diesmal wollte er sich keine Blöße geben und nicht wieder als Jammerlappen dastehen. Fast senkrecht stieg die Pitts jetzt nach oben, und Jörg sah nur noch grenzenlosen Himmel um sich herum. Nach zwei ewigen Minuten brachte

Natascha die Pitts wieder in eine normale Fluglage, und Jörg sah mit einem Blick nach unten, dass sie in der kurzen Zeit mindestens eine Höhe von 500 Fuß erreicht haben mussten.

»Also gut, dann wollen wir mal!«, kam es aus dem Kopfhörer, und Jörg machte sich auf Schlimmes gefasst.

Doch es kam schlimmer. Beinahe senkrecht stürzte die Pitts nach unten, der Speed kletterte rapide von 70 Knoten auf 180, wo der rote Gefahrenbereich auf dem Fahrtmesser begann. Wieder zog die Irre da hinter ihm am Knüppel, und Jörg wurde von unsichtbaren Kräften in den Sitz gepresst. Die Waagrechte nur kurz streifend ging es wieder vehement nach oben. Jörg hatte das Gefühl, selbst seine Wangen würden von der Fliehkraft nach unten gezogen, und er verfluchte die beiden Tampons. Fest klammerte er sein graues Regiebuch zwischen den Schenkeln fest. Plötzlich hing er wieder in den Gurten, und über seinem Kopf erschien der Erdboden. Sie waren am oberen Scheitelpunkt des Loopings, und sofort ging es wieder nach unten, bis die Erde da auftauchte, wo sie hingehörte. Ein paar Sekunden ging es im Geradeausflug weiter, quasi als kleine Verschnaufpause, dann drehte sich die Pitts mit einem Ruck um neunzig Grad nach rechts um die Längsachse. Messerflug nannte man das, erinnerte sich Jörg an die Beschreibungen der Kunstflugfiguren, die er in der Udet-Biographie gelesen hatte. Und schon ging's weiter, noch mal neunzig Grad nach rechts, auf den Rücken, dann wieder in den Messerflug, wobei jetzt die linken Tragflächen senkrecht zum Boden zeigten, und schließlich mit dem letzten Ruck zurück in die Normallage. Und auf den Schlag folgte das gleiche Spiel noch einmal, aber jetzt links herum.

»Na, wie geht's da vorne?«

»Jaja, geht schon.«

»Das war das Standardprogramm für Kunstfluganfänger. Looping und gesteuerte Rolle in vier Phasen, einmal rechts rum, einmal links rum. Was ist? Haben Sie Lust auf was Richtiges?«

›Was Richtiges‹, dachte Jörg, ›was meint die denn um Himmels willen mit was Richtigem?‹ Die Antwort folgte auf dem Fuß.

»Dann machen wir jetzt mal eine gerissene Rolle. Aber da muss ich erst ein bisschen Speed aufbauen.« Und schon ging die Nase wieder nach unten, aber nur kurz, bis die Geschwindigkeit für den Eintritt in das Manöver erreicht war, und dann wirbelte die Pitts mit einem Schlag ohne Unterbrechung einmal nach links um die Längsachse herum. Jörg kam mit dem Angsthaben kaum mehr mit, denn schon schleuderte Natascha das Flugzeug mit derselben Vehemenz rechtsherum um die Längsachse und wieder linksherum und nochmals rechtsherum. Für jede dieser gerissenen Rollen um die Längsachse brauchte die kleine Pitts gerade mal ein bisschen länger als eine Sekunde. Und ab da begann es Jörg richtig Spaß zu machen. Diese Frau flog wirklich wie die kleine Schwester des Teufels, und er dachte einen kurzen Moment daran, wie er sie bei den ersten Flugstunden durch sein Trudelmanöver hatte aus dem Konzept bringen wollen. Die konnte man nicht aus dem Konzept bringen, zumindest nicht in einem Flugzeug, die war das Konzept.

Jetzt flog die Pitts senkrecht nach oben, dabei machte sie wieder eine Rolle in vier Phasen um die Längsachse. Dann schien sie senkrecht in der Luft stehen zu bleiben, nur für den Bruchteil einer Sekunde, fing an, nach hinten über den Schwanz abzurutschen, ging dann wieder in einen ganz normalen – ! – Sturzflug über, mit Rollen nach links auf den Erdboden zu. Jörg nahm vor sich nur ein sich drehendes, rasend näher kommendes Grün wahr. Dass Lehmann mittlerweile auf das Flugfeld gelaufen war und der Pitts vom Boden aus mit Wut und Eifersucht zusah, bemerkte Jörg nicht.

Kurz über dem Boden fing Natascha die Pitts ab, legte sie auf den Rücken und fegte im Rückenflug in knapp fünf Metern Höhe einmal über die Piste. Dann zog sie sie in einem Negativ-Turn wieder nach oben und ließ sie dabei in gerissenen Rollen um die Längsachse rotieren. Jörg schrie, aber nicht vor Angst, sondern aus schierer Begeisterung. Ja, das war es.

»Ach!«, brüllte er aus Leibeskräften gegen den wunderschönen Lärm des Motors an,

»gält es jetzt zu sterben,
jetzt wär's mir höchste Wonne,
weil ich fürchte, dass nie
ein solches Glück mir jemals
noch im Busen wohnt!!!«

»Was brüllen Sie da?«

»Shakespeare, Othello, dritter Akt.«

»Na dann …«

»Machen Sie mal einen Immelmann-Turn!«, rief Jörg, denn diese Figur hatte er in einer der Udet-Karikaturen gesehen und nie richtig verstanden. Und Natascha flog den Immelmann, und Jörg kochte schier vor Freude und hatte mit einem Mal auch die besagte Karikatur kapiert, und zwar voll und ganz.

Und dann kam das delikate Programm, das die Könner der Kunstflugszene heutzutage draufhaben müssen, den Lovkovacz, eine Art Purzelbaum nach vorn über die Schnauze, eine Figur, die sich ein verrückter Tscheche ausgedacht hatte und bei der alle aerodynamischen Regeln von Strömung und Schwerkraft aufgehoben zu sein schienen. Natascha flog die ganze Kür herunter, die sie bei der Meisterschaft im Herbst zeigen wollte. Jörg konnte vor Freude nicht mehr an sich halten und schrie sich vor Begeisterung fast heiser.

Als Natascha das kleine rote Flugzeug nach knapp einer halben Stunde auf die Fürstenwalder Piste aufsetzte, beinahe so sanft wie ein guter Koch Eischnee unter eine Teigmasse hebt, war Lehmann längst wieder in seiner Baracke verschwunden. Vor der Halle stieg Jörg aus, und seine Beine waren wackelig, als er wieder festen Boden unter den Füßen hatte. Seine Lederhose und das Wams waren nassgeschwitzt, und auch Natascha lief der Schweiß in Strömen über das Gesicht. Schließlich hatte sie eben quasi drei volle Kunstflugprogramme am Stück heruntergeflogen, und das ging an die Substanz.

Jörg streifte sich den Fallschirm ab und ging auf Natascha zu, die sich des Gurtzeugs schon entledigt hatte. Jetzt war ihm alles egal, jetzt wollte er sie in den Armen halten, und wenn es wieder mal das Letzte wäre, was er tat.

»Du fliegst wie eine junge Göttin … Du Aphrodite der Airshows!«

»Wenn ich noch richtig zum Trainieren komme, habe ich vielleicht eine Chance bei der Meisterschaft …«

»Die hast du! Ich komm zur Meisterschaft und stehe unten und feure dich an!«

Natascha lachte. Und jetzt ging Jörg aufs Ganze. Er trat noch einen Schritt näher an Natascha heran und nahm sie einfach in den Arm. Natascha wehrte sich nur ein ganz klein wenig, sozusagen pro forma. Ihre schweißnassen Kleider berührten sich, und Jörg spürte, wie ihn die Feuchtigkeit in dieser engen Umarmung erregte, doch dazu bedurfte es ohnehin keiner großen Mühen mehr, denn die Fliegerei an den Grenzen der Physik hatte Jörg hochgradig stimuliert. Und hätte man ihm jetzt in einer dieser Talkshows die blöde Frage gestellt, ob Fliegen denn geil mache, dann hätte er glatt und ausschließlich mit Jaaa geantwortet.

Aber Jörg war nicht in einer Talkshow und hielt keine angemalte Plaudermeisterin in den Armen, sondern eine lebendige, wunderbare, schweißnasse Frau aus Fleisch und Blut. Jörg fraß Natascha förmlich auf mit seinen Augen, sagte nur leise und zart: »Danke«, schloss die Augen und tat mutig, was er sich so oft im Leben nicht getraut hatte: Er küsste sie einfach. Er spürte, wie Nataschas ganzer Körper sich anspannte, doch Jörg ließ seine Lippen mit zielstrebiger Behutsamkeit zu Nataschas Mund vordringen, fand genau die Balance zwischen Drängen, Geduld und

Zärtlichkeit. Und schließlich trafen sich ihre Zungen, fassten Vertrauen zueinander und schaukelten sich nach und nach zu einer wilden ungestümen Knutscherei vor der heißen Motorhaube der Pitts auf.

›Die küsst genauso gut, wie sie fliegt‹, dachte Jörg, als Natascha sich ihm plötzlich mit sanfter Entschlossenheit entzog. Sie nahm seine Hand und sagte leise: »Nicht hier. Komm.«

34

Natascha zog Jörg mit sich, an der Halle vorbei, direkt auf den Bauwagen zu. Hand in Hand liefen die beiden über den Platz und bemerkten nicht, dass Victor A. Lehmann hinter der Halle in Deckung gegangen war und den beiden zielstrebig in Richtung Geborgenheit Fliehenden nachglotzte, heftig gebeutelt von Neugierde, Eifersucht und Wut.

Drei Kerzen brannten und tauchten das Innere des Bauwagens in ein flackerndes, warmes Licht, denn Natascha hatte vorsorglich die hölzernen Läden des kleinen Fensters geschlossen, die Tür des Wagens verriegelt und somit den Tag zur Nacht gemacht. Sofort nahmen sie sich wieder in die Arme und setzten das Spiel ihrer Münder fort, das sie draußen vor der Pitts unterbrochen hatten. Immer wilder wurden die Küsse, und die Hände der beiden wanderten bald zu anderen Regionen ihrer vor drängender Leidenschaft schon bebenden Körper. Als Jörg seine Hände auf Nataschas Hintern legte, stöhnte sie leicht auf, und Jörg wollte jetzt nichts sehnlicher, als diesen wunderbaren Arsch in seinen gierigen Pfoten halten, und zwar ohne den festen Baumwollstoff der grauen Fliegerkombi zwischen seiner und ihrer Haut. Seine brodelnde Geilheit im Zaume haltend zog er ganz sacht den Reißverschluss der grauen Kombi nach unten und ging auf die Knie, um Natascha von ihren schwarzen Springerstiefeln zu befreien. Und während er langsam die Senkel aufknotete, kraulte ihm Natascha zärtlich den Nacken, wo er so empfindlich und reizbar war. Als die Füße schließlich von den Stiefeln befreit waren – Nascha trug keine Socken! –, stand Jörg langsam wieder auf und schob den oberen Teil des Overalls vorsichtig von ihren Schultern. Und dann fiel die graue Kombi. Nun stand Natascha da in ihrem schwarzen einteiligen Body, der wirklich von Wolford stammte und Größe 36 hatte, was Jörg sofort erkannte, ohne dass er auf das kleine Schildchen am Rücken hätte spicken müssen. Nataschas wunderschöne runde Brüste, die nicht übermäßig groß waren, zeichneten sich deutlich unter dem schweißfeuchten schwarzen Baumwollgewebe ab, samt den längst steif gewordenen Spitzen, denn Natascha trug natürlich keinen Büstenhalter unter dem Body. Der hintere Teil des Bodys war jetzt zwischen Nataschas Hinterbacken nach oben gerutscht und hatte sich tief in das Tal zwischen den prallen, aber nicht im mindesten fetten Backen eingegraben, was deren Rundheit nur noch mehr betonte. Natascha hatte tatsächlich einen vollendeten Apfelhintern, der jeder Leichtathletin zur Ehre gereicht hätte: wahrscheinlich trainierte sie auch am Boden, um ihren Körper für die Strapazen der Kunstfliegerei fit zu halten. Der Anblick brachte Jörg fast um die Besinnung.

Und wie gut diese Frau roch! Jörg konnte sich gar nicht satt schnüffeln an diesem ewig weiblichen Duft, der ein wenig auch nach dem Schweiß roch, den die Turnerei in der Luft ihr – und ihm – aus dem Leib getrieben hatte. Aber es war ja frischer Schweiß, Fliegerschweiß, und der roch mindestens so gut wie Bühnenschweiß nach einer umjubelten Theatervorstellung oder Liebesschweiß nach einer im Rausch der Verliebtheit durchvögelten Nacht. Natascha streifte Jörg das feuchte Lederwams ab, und die beiden knutschten unersättlich, ihre Körper aneinanderpressend wie zwei ausgehungerte Schraubstöcke im Probelauf.

Natascha klammerte sich fest an den muskulösen Oberkörper ihres Flugschülers und bemerkte mit einem Schmunzeln das Hammer-und-Sichel-Tattoo auf Jörgs linkem Oberarm. Aber sie sagte nichts, denn das war nicht der Moment für Worte, das war eine Woge der reinen Lust, in der die beiden jetzt trieben wie zwei Schiffbrüchige in der Gischt eines vom Sturm aufgepeitschten Ozeans. Unter dem engen schwarzen Stoff von Wolford zeichnete sich Nataschas kleiner dunkler Busch ab, und Jörg wollte jetzt nichts sehnlicher, als vorzudringen zu diesem kleinen paradiesischen Feuchtbiotop zwischen den Beinen seiner Fluglehrerin. Er zog den schwarzen Stoff vorsichtig – so gut das ging in diesem Zustand! – beiseite und enthüllte den dunklen, leicht gekräuselten Streifen ihres Schamhaars, das wie ein kleines Monument über dem stark gewölbten Venushügel stand. Im flackernden Licht der drei Kerzen entdeckte Jörg die schimmernde Feuchte, die sich auszubreiten begonnen hatte.

Heftig atmend, fast platzend vor Begierde, ging Jörg wieder auf die Knie, und als er endlich diese unendlich süße kleine Stelle da zu küssen begann, ganz zart und leicht, stöhnte und schrie Natascha vor Lust. Jörg kam sich vor, als würde er wieder senkrecht gen Himmel rasen, und saugte den süßen Saft der Lust so unersättlich in sich hinein, als schlürfte er da die pure Essenz des gesamten Universums aus seiner Fluglehrerin heraus.

Doch kurz bevor Natascha sich in den sich ankündigenden Orgasmus fallen ließ, packte sie Jörg an den Schultern, zog ihn zu sich hoch und öffnete mit gierigen Fingern den obersten Knopf seiner sakrischen Lederhose. Als die Hose fiel, nahm Natascha sich mit ihren Fingern, die noch vor einer Stunde den Steuerknüppel der Pitts so gekonnt geführt hatten, seines guten Mittelmaßes an, das längst seine volle Größe erreicht hatte, wenn nicht sogar mehr. Und Jörg kam sich vor, als flöge Natascha mit seinem steifen Schwanz jetzt Looping, gerissene Rolle und Immelmann auf einmal.

Sanft dirigierte Natascha Jörg auf die alte Couch am Kopfende des Wagens, ohne den festen Griff ihrer Finger um sein drängendes Gemächt zu lösen. Beim ersten Mal ließ Natascha den schwarzen Body noch an und Jörg drang, den Stoff zur Seite schiebend, von vorne in sie ein. Die beiden fickten mit einer derart ungestümen Vigilanz, wie Jörg sie zumindest sich selbst niemals zugetraut hätte. Schnell ging es nach oben mit den beiden, wie bei einem Aufschwung aus der Horizontalen, und nach ein paar Minuten erreichten sie beide schreiend und gemeinsam einen wunderbaren Höhepunkt. Jörg zog der erschöpften Natascha jetzt den schwarzen Body aus, sog den Geruch des Stoffs noch einmal kurz auf, war gleich wieder bereit und drang sofort erneut, diesmal von der Seite, in die vor Verlangen stöhnende Natascha ein. Irgendwann hörten die beiden auf zu zählen, und draußen war es längst dunkel geworden. Dass Lehmann während des Abends und der Nacht mehrmals zu dem Bauwagen geschlichen war und zu lauschen versucht hatte, war von den beiden natürlich nicht bemerkt worden. Irgendwann kam der Durst, und Jörg soff eine Flasche Mineralwasser fast auf ex. Natascha entkorkte eine Flasche Rotwein, doch die beiden Gläser blieben halb gefüllt stehen, weil die unersättliche Lust immer wieder ihren Tribut forderte.

Jörg blieb die ganze Nacht und bumste Nascha so lange, bis sein geschundenes Mittelmaß irgendwann anfing, wund zu werden. Die beiden hatten bei ihrer gnadenlosen Hingabe an die Lust jedes Gefühl für die Zeit verloren, waren nach Stunden völlig erschöpft liegengeblieben und eingeschlafen. Als Jörg, wie immer, mitten in der Nacht kurz aufwachte und schnell vor den Wagen zum Pinkeln ging, war im Osten schon ein Hauch der heraufziehenden Dämmerung zu spüren. Jörg lag danach eine Weile wach neben Natascha und sah sie sich einfach an. Sie hatte die Decke bis zum Kinn hinaufgezogen, und trotz des schwachen Lichts erkannte er ihr wunderschönes Gesicht. Ihre dunklen Augen waren geschlossen, und ihr Atem ging sanft und gleichmäßig. Und wenn ihm auch hier in diesem Bauwagen nun gar nicht mehr klar war, wer er eigentlich war – Jörg, Gratsch oder wer auch immer – und wohin ihn sein Leben führen sollte, wusste er doch eins mit Sicherheit: Er war verknallt in diese Nascha, und zwar mit einer Heftigkeit, wie er sie auch als Fünfzehnjähriger noch nicht erlebt hatte.

Als sie beide aufwachten, morgens, roch Natascha immer noch gut, und es brauchte keine Worte, dass sie sich wieder küssten und ihre Leiber nochmals zusammenfanden zu einem ungestümen morgendlichen Liebesakt. Völlig glücklich lagen sie da, aber auch erschöpft von der Nacht und dem Morgenfick, und die Sonne hatte schon längst ihren Weg durch die Ritzen des hölzernen Fensterladens gefunden. Jetzt sah Jörg zum ersten Mal auf die Uhr und stellte fest, dass es schon elf war. Siedendheiß fiel ihm ein, dass er noch keinen einzigen Blick in das Manuskript geworfen hatte, das er am Abend auf der Bühne als Gratschens neuen Roman würde verkaufen müssen.

»Ich muss los.«

»Hätt dich jetzt sowieso rausgeschmissen. Ich hab Schüler und muss mich noch um die Pitts kümmern.«

»Wann sehen wir uns wieder?«

»Du hast morgen Nachmittag eine Flugstunde.«

Jörg lachte und schlüpfte in seine Ledersachen.

»Ich hab dich wahnsinnig lieb.«

»Nun hau schon ab, mein kleiner Bruchpilot!«

Jörg nahm sein Regiebuch, gab Natascha noch einen Abschiedskuss oder zwei, öffnete die Tür des Bauwagens, kniff kurz die Augen zusammen wegen des gleißenden Sonnenlichts und spähte vorsichtig umher, ob nicht etwa Victor A. Lehmann irgendwo auf Lauschposten stand. Von Lehmann keine Spur, und Jörg ging schnellen Schrittes an der Halle vorbei zum Parkplatz, wo sein Käfer stand. Jörg hätte Lehmann auch mit größter Umsicht nicht entdecken können, denn der war schlichtweg nicht da. Aber er bemerkte auch Zoltan nicht, der mit seiner Velosolex in der Deckung eines Schuppens stand und Jörgs Abgang beobachtet hatte.

›Einfach so Bettwäsche, sieh an!‹, dachte Zoltan und hatte jetzt Gewissheit, was da in letzter Zeit mit Jörg vorgegangen war. Es steckte also eine Frau dahinter, wenn Jörg nicht vor lauter Russenwahn am Ende noch schwul geworden war. Aber in dem Bauwagen hauste bestimmt kein belorussisches Tänzerjüngelchen, das musste ein Weib sein. Wahrscheinlich diese Fluglehrerin.

Zoltan blieb geraume Zeit auf seinem Posten, bis sich die Tür des Bauwagens wieder öffnete und Natascha, in der grauen Fliegerkombi, herauskam. Also tatsächlich die Fluglehrerin, der Verdacht war richtig gewesen. Auch aus der Ferne sah Zoltan mit dem geschulten Blick, den er sich in jahrelangen Proben – ! – angeeignet hatte, dass das eine Klassefrau war, die jetzt direkt auf den kleinen roten Kunstflugdoppeldecker zuging.

›Wenn der sich jetzt in die verliebt‹, dachte Zoltan, ›dann kackt mir der Junge völlig ab.‹ Denn genau das hatte Zoltan so schon einmal erlebt. Als Jörg ihn vor Jahren im Stich gelassen hatte, hatte er auch kurz vorher mal wieder die Liebe seines Lebens getroffen, diese unsägliche Petra. Und ab dann war's bergab gegangen. Wenn der sich erst mal in eine verliebte und dann in die Muschi reinkroch bis zum Anschlag, war sein ganzer Elan völlig absorbiert. Das musste man verhindern, sonst war die ganze Russenaktion umsonst gewesen, und er konnte seinen Diktator-Stellvertreter-Film ein für alle Mal vergessen.

Die Frau in der Kombi schraubte an der Pitts herum, holte ein Teil aus der Cowling hervor, setzte sich auf einen Hocker und nahm das Teil auseinander. Wahrscheinlich der Vergaser, so mutmaßte Zoltan. Also, wie konnte man einen Keil treiben zwischen die beiden, einen, der für immer spaltete, was sich so schnell zusammengefunden? Zoltan wollte sich eine Zigarre anzünden, um die Phantasie zu befördern, da entdeckte er in seiner Tasche die Einladungskarte für die Gratsch-Lesung im Gorki, am heutigen Abend. Natürlich, das war's: die Lesung. Dieser Abend würde, so wie Zoltan sich das vorstellte, ein richtig widerwärtiges Spektakel werden, und wenn die Frau da im Publikum sitzen würde und nicht vollkommen mit branchentypischer Idiotie geschlagen war, dann dürfte Jörg für den Rest des Lebens keine Chance mehr haben, auch nur noch so etwas wie einen Hauch von Sympathie bei ihr zu verbuchen.

»Nun ist's erdacht, noch nicht entfaltet –
die Bosheit wird durch Tat erst ganz gestaltet!«

Jaja, Shakespeare, der alte Bösewicht. Der hätte auch einen guten Russen abgegeben.

Zoltan ging auf die Pitts zu, humpelnd, blieb in einiger Entfernung kurz stehen, als könne er gar nicht glauben, was da für ein aeronautischer Leckerbissen stand, kam dann näher und verschlang den kleinen Flieger fast mit seinen Blicken. Er tat so, als bemerke er Natascha gar nicht, und hatte nur Augen für das Flugzeug. Kurzsichtigkeit vortäuschend – bei seinem Alter und Aussehen wahrlich kein Kunststück! – ging er ganz nah an die Pitts heran, kroch mit der Nase fast hinein in die Rumpfbespannung vorne am Triebwerk. Natascha hatte den Alten natürlich längst entdeckt und hielt ihn für einen dieser Großväter, die ständig auf Flugplätzen herumliefen und jedem ein Gespräch ans Knie schraubten, bei dem dann herauskam, dass sie mal Agrarpilot oder Jagdflieger gewesen waren.

»Gucken Sie, soviel Sie wollen, aber bitte nicht anfassen!«, rief Natascha vom Hocker aus zu Zoltan herüber, der sich mit dem Habitus eines Schwerhörigen zu ihr umdrehte.

»Ist das die 260-PS-Maschine von Lycoming mit Rückenflugvergaser?«

»Nee, die hat den 300 PS Conti drin.«

»Fliegen Sie die, Frollein? Ich meine, so eine Kiste ist doch bissig wie'n Haufen Hummeln … So was muss man doch fliegen können …«

Natascha lachte kurz. Nun hatte sie sich von dem Alten doch glatt in ein Gespräch verwickeln lassen.

»Kennen Sie sich aus mit Flugzeugen?«

»Bin Jagdflieger gewesen. ME 109.«

›Na also‹, dachte Natascha, ›wieder mal richtig getippt …‹

Der Alte kam jetzt langsam auf sie zugehumpelt, wahrscheinlich eine Kriegsverletzung. Und Natascha hätte wetten können, dass ihr der alte Mann gleich haarklein erzählen würde, wie ihm ein Russe oder ein Engländer beim Luftkampf das Knie zu Klump geschossen hatte.

Doch der Mann mit dem kantigen Gesicht blieb stumm vor ihr stehen und sah ihr zu, wie sie die kleine Pumpe reparierte, die den Rauchgenerator für Airshow-Flüge mit Diesel versorgte.

»Die Pumpe für den Rauch, nicht wahr?«

»Exakt.«

Der Alte kannte sich anscheinend wirklich ein bisschen aus mit der Technik.

»Mit der kleinen Rändelschraube da oben können Sie die Fördermenge einstellen, Frollein.«

»Frollein weiß das, danke.«

Der Alte ließ ein kurzes, meckerndes Lachen los, tief aus der Kehle.

»Sie sind Fluglehrerin, nicht wahr?«

»Ja, und?«

Der Alte zog einen Umschlag aus der Tasche seines Staubmantels und hielt ihn Natascha hin.

»Das soll ich Ihnen geben, von Ihrem Flugschüler.«

»Von Jörg?«

Zoltan nickte, und Natascha nahm den Umschlag mit fragendem Blick entgegen.

»Was ist das? Noch ein paar Wohnungsschlüssel?«

»Karten fürs Theater, heute Abend. Kommen Sie doch. Das wird sicher sehr schön.«

»Und warum bringt er mir die nicht selber?«

»Er hat's vergessen, sagt er. Und jetzt hat er keine Zeit, er muss zur Probe. Deshalb hat er mich gebeten, Ihnen das vorbeizubringen. Ich bin der Vater.«

»Der Vater?«

»Jörg ist ein Nachzügler.«

Natascha starrte den Alten nun wirklich an wie einen Geist aus einem Shakespeare-Stück. Dann kam ihr ein Grinsen aus.

»Sohn eines Jagdfliegers … Da guck an. Bei den ersten Flugstunden hat er sich angestellt wie der Ziehsohn einer Hebamme.«

»Er war schon immer ein schwieriges Kind.«

»Na ja, allmählich macht er sich … Nicht nur fliegerisch.«

»Ich habe immer an den Jungen geglaubt. Sie müssen ihn nur ordentlich rannehmen, Frollein.«

»Frollein macht das, da können Sie sich drauf verlassen.«

Zoltan gab Natascha einen vertraulichen Klaps auf die Schulter, zwinkerte ihr verschwörerisch zu und humpelte dann wieder von dannen, hinter zu dem Schuppen, wo er die Velosolex abgestellt hatte. Er wusste, dass Natascha ihm nachsah, und spielte die Rolle des abgeschossenen Jagdfliegers, bis er in der Deckung des Schuppens in Sicherheit war.

Sofort stieg er auf die Velosolex, denn er musste schnell los und noch ein paar Vorbereitungen für die Lesung treffen. Vor allem ein bisschen was inszenieren. Denn wenn Zoltan etwas konnte, dann war es Inszenieren. Doch Eile war geboten, denn mit der Velosolex brauchte er bis zum Gorki-Theater mindestens zweieinhalb Stunden.

35

Der Saal im Gorki war voll, bis auf den letzten Platz. Selbst auf den Gängen standen Leute oder lehnten an den Wänden. Vorne neben die ersten Reihe hatte sich Frau Doktor Suchanek von Heidemarie hinrollen lassen, schön lange nach dem zweiten Gong, damit's auch alle mitbekamen. Wenn auch nicht gerade ein Auftritt, so doch ein gelungenes Aufrollen. Heidemarie verkrallte sich vor Spannung im äußersten Sessel der ersten Reihe, neben ihr hockte Zoltan in aller Ruhe und grinste.

Das alles konnte Jörg in dem Scheinwerferlicht kaum erkennen. Seit gut zehn Minuten saß er auf der Bühne und las aus seinen zwanzig Seiten. Er trug das volle Bösewicht-Ornat, neben ihm auf einem kleinen Tischchen lag das graue Regiebuch und standen eine Wodkaflasche – mit Wasser gefüllt – und ein Trinkglas.

Jörg lag gut in der Zeit, wie bei einem Streckenflug hatte er nach den ersten beiden Seiten die Zeit genommen und das Ergebnis auf die voraussichtliche Gesamtdauer hochgerechnet. Wenn er so weitermachte, würde er auf gut 75 Minuten kommen, und er konnte sich ruhig noch etwas mehr Zeit lassen. Sich draufsetzen auf den Text. Die Stimmung war gut. Es hatte schon von Beginn an viele Lacher gegeben, und selbst bei den kleinen Sauereien am Anfang schwoll dieses wunderbare Geraune der Entrüstung an. Jörg war voll drin in der Gratsch-Rolle, hatte sogar ein paar Ad-hoc-Bemerkungen abgeschossen und nach drei Minuten den ersten Szenenapplaus eingeheimst. Nur gehustet hatte bisher noch keiner, zumindest nicht richtig.

Die Suchanek sah sich um und glühte förmlich vor Begeisterung. Es lief gut, an Prominenten war alles da, was Rang und

Namen hatte. Heidemarie biss sich die Lippe wund, und Zoltan spielte genüsslich mit der linken Hand an seinem Sack. Jörg legte die dritte Seite des Manuskripts auf das Tischchen und las weiter, mit klarer Stimme: »Drittes Kapitel. Vladimir und Natascha saßen in der kleinen Zweizimmerwohnung in Petersburg, die eisig kalt war wie ihre Seelen, und hatten eine Flasche Wodka fast ausgetrunken.«

Jörg machte eine kleine Pause, sah ins Publikum, goss sich das Trinkglas voll und leerte den vermeintlichen Wodka in einem Zug, was wieder mit verhaltenem Lachen quittiert wurde. Dann las er weiter: »Vladimir: Du verdammte Hure, du hast sie alle gefickt! Ganz Petersburg hast du gefickt, du verdammte Hure!

Natascha: Ganz Petersburg hab ich stöhnen und geifern lassen über mir, nur dich nicht, mein lieber, lieber Vladimir. (lacht) Nein, nein, dich lass ich nicht rein in mein süßes feuchtes Petersburger Paradies!«

Plötzlich war ein leises Husten zu hören, etwa aus der dritten Reihe. Jörg ließ schlagartig das Manuskript sinken und sah böse ins Publikum.

»Wer was das?«

Natürlich kam keine Antwort. Es lag gebannte Stille über dem Saal. Jörg stand langsam auf, ging die paar Schritte bis zur Rampe und blieb dort stehen. Dann brüllte er los, unvermittelt, mit perfekt gestützter Stimme: »Ich hab gefragt, wer das war, verdammt noch mal!«

Ein schüchterner Mann um die fünfzig, der Huster, hob ein ganz klein wenig die Hand. Sofort ging der Verfolger auf den armen Kerl, der sich ängstlich nach hinten umdrehte.

»Du warst das, ja? Und warum musst du Pisspott hier scheißblöde rumhusten, wenn ich lese!?«

Der Huster sah ängstlich zu Boden, und Jörg schrie ihn an: »Sieh mich gefälligst an, wenn ich mit dir rede!«

Wieder ging ein leises Raunen durch das Publikum.

»Komm her oder ich hol dich rauf, du Pisser!«

Der Huster stand langsam auf, als hätte er sich in die Hose gemacht, und ging gesenkten Hauptes durch die Reihen und über die Treppe bis hinauf zur Bühne. Wie ein armer Sünder blieb der hagere Mann vor Jörg stehen. Das Geraune im Saal wurde lauter, und Jörg fuhr das Publikum an: »Schnauze da unten!!!«

Sofort war wieder Ruhe. Jörg winkte den Huster zu sich her und zeigte herrisch auf die linke hintere Bühnenecke.

»Stell dich da in die Ecke, und wehe, ich höre auch nur einen Ton!!!«

Der Mann ging wie geheißen zur linken Ecke und stand nun wie ein Häuflein Elend vor dem geschmacklosen roten Samtvorhang, was auch deswegen ausgesprochen blöde aussah, weil der arme Tropf einen billigen hellblauen Anzug mit blassgelbem Rollkragenpullover anhatte, was farblich nun überhaupt nicht zu dem roten Samt passte. Die Spannung im Saal stieg, und die Suchanek weidete sich an der delikaten Situation, während Heidemarie völlig entsetzt auf den blaugelben Hustensünder vor dem Vorhang zeigte.

»Der arme Mann …«

»Geh, Heidemarie, red kaan Schmarrn, is doch alls bloß Theater. Der Huster, des is a Statist vom Zoltan … Der hat mich fünfzig Euro kost … «

Heidemarie sah Hilfe suchend zu Zoltan, aber der grinste nur breit, als Jörg sich wieder setzte und weiterlas.

»Also weiter.

Vladimir: Natascha, ich will dich, nur dich, deine Seele will ich saufen aus vollen Zügen.

Natascha: Das Einzige, was du saufen kannst, ist dieser Scheißfusel, du kleiner Wichser. Nimm deinen Zwergenpimmel und fick die Wodkaflasche, die hält wenigstens still!«

Jörg machte eine kurze Pause, um eine etwaige Reaktion

abzuwarten, und die Reaktion kam prompt. Mitten aus dem Saal heraus ertönte eine helle Frauenstimme und rief, laut und für alle hörbar: »So eine ekelhafte Scheiße!«

Jörg erschrak fast zu Tode, denn die Stimme kannte er. Im Saal herrschte Totenstille. Sofort ging der Verfolger auf die siebte Reihe, aus der der Zwischenruf gekommen war. Und nun sah Jörg sie da in der Siebten sitzen, in einem wunderschönen schwarzen Abendkleid, das dunkle Haar offen und die Lippen in einem kräftigen Rot geschminkt. Sie sah wunderschön aus. Zuerst dachte Jörg, er hätte Halluzinationen und seine ungestüme Verliebtheit hätte ihm einen üblen Streich gespielt, aber es war tatsächlich Nascha, seine Fluglehrerin. Da saß die Frau, die er heute Nacht gevögelt hatte wie nie eine Frau zuvor, und rief ›ekelhafte Scheiße‹. Jörg merkte, wie ihm das Blut aus dem Kopf wich und wie er leise, fast unhörbar, immer wieder »Nascha, bitte …« vor sich hin stammelte.

Zoltan in der ersten Reihe grinste breit und rieb sich die knochigen Hände. Es lief alles genau nach Plan. Nun stand Natascha auf, kramte den Wohnungsschlüssel für die Kantstraße aus ihrer Handtasche und schmiss ihn wütend über die Köpfe der Zuschauer hinweg auf die Bühne, wo er vor Jörgs Füßen liegen blieb.

»Bevor ich mir so eine ekelhafte Scheiße anhöre, geh ich lieber freiwillig zurück nach Sankt Petersburg!«

Jörg war zu keiner Reaktion fähig, saß wie ein Volltrottel auf der Bühne und glotzte dumm wie ein Stück Brot auf seine sternhagelwütende Natascha.

»Auch eine Statistin?«, fragte Heidemarie flüsternd ihre Chefin, aber die Suchanek fuhr ihr barsch übers Maul: »Halt dei Pappn, Heidemarie, des is kaa Statistin!«

Dann tat Natascha das, was für Jörg, seit er auf einer Bühne gestanden hatte, immer ein Horror gewesen war: Sie verließ demonstrativ das Theater. Brüsk bahnte sie sich den Weg durch die siebte Reihe hin zu den großen Flügeltüren am Rand des Saals. Gemurmel und Ratlosigkeit machten sich breit. Da stand vorne in der ersten Reihe Zoltan auf, und sofort fing ihn ein zweiter Verfolger ein. Er rief laut mit seiner alten knarzigen Stimme quer durch den Saal nach hinten zu Natascha, die jetzt schon fast bei den Türen angelangt war: »Jaja, lauf nur … Lauf nur weg, du kleine Hure aus Sankt Petersburg, haha!«

Nun kam ganz langsam Gelächter auf im Publikum. Man begann, das Ganze für eine Inszenierung zu halten. Natascha erkannte Zoltan natürlich und fauchte ihn an: »Halt die Klappe, Opa. Und komm mir bloß nicht noch mal unter die Augen mitsamt deinem scheißblöden Bengel!«

Nun gab es spontanen Szenenapplaus, wenn auch nicht für Jörg, sondern für Natascha. Jörg stand auf, ging zur Rampe und rief mit waschechter Verzweiflung zu Natascha hinüber: »Nascha, bitte! Lauf nicht weg! Ich kann dir alles erklären, das ist doch nicht von mir!«

»Warum liest du's dann? Menja ot tebja toschnit!«

»Ich liebe dich!«

»Dann schreib nicht so eine Scheiße über uns Russen! Do swidanija, idiot, njemezkij!«

Fassungslos starrte Jörg hinter Natascha her, die jetzt den Saal verließ und die große Flügeltür laut hinter sich ins Schloss warf. Als wäre das ein Stichwort gewesen, war mit einem Mal der Bann der Zurückhaltung im Publikum gebrochen, und man lachte laut los. Das hatte eine Komik, weil alles so echt aussah. Die wütende Russin war einfach wunderbar gewesen, und dieser Gratsch schien tatsächlich ein begnadeter Schauspieler zu sein, so wie er jetzt diese vollkommene Verzweiflung so glaubhaft darstellte. Zoltan, immer noch im Lichtkegel des Verfolgers, schrie Jörg an: »Lies weiter, du Döskopp da oben!«

Klar, dass da wieder Gelächter kam. Stolpernd ging Jörg zu seinem Stuhl zurück und suchte die Manuskriptseiten zusammen, die auf den Bühnenboden gefallen waren, was sofort erneute Heiterkeit hervorrief. Völlig aus dem Konzept gebracht las Jörg weiter, stammelnd und unsicher.

»Ähh … Vladimir: Nur dich, deine Seele äh … Seele will ich … äh … saufen aus vollen Zügen … ja. Nein, hatten wir schon.«

Die Pause, die Jörg jetzt machte, erwuchs nicht einer dramatischen Gestaltung, sondern er fand schlichtweg die richtige Stelle im Text nicht mehr. Zu allem Übel erhob sich nun noch eine Frau im Publikum und fing an zu nörgeln, und leider kannte Jörg auch diese Stimme. Es war Petra, die da mit hochrotem Kopf in der hintersten Reihe stand, wo sie der Verfolger nur schräg von der Seite erwischte. Ihre Stimme überschlug sich regelrecht vor Erregung: »Dieses Arschloch ist überhaupt kein Russe! Das ist alles erstunken und erlogen! Der heißt Jörg Raabe und ist eine durchgeknallte Nebenrollenfresse!«

Jetzt tobte der Saal. Man fand wirklich großen Gefallen an der unkonventionellen Inszenierung dieser Autorenlesung. Frau Doktor Suchanek hingegen teilte diese Begeisterung nicht. Sie hatte plötzlich Angst, dass das Ganze allmählich doch vehement aus dem Ruder laufen könnte. Heidemarie fragte sie leise, ob man diese Frau auch engagiert hätte, und die Suchanek zischte sie nur an: »Einen Dreck haben wir!«

Irgendwo aus der Mitte des Saales heraus rief ein Zuschauer laut: »Wie viele Weiber kommen denn noch?«

Doch Petra gab sich noch nicht geschlagen und plärrte heiser von hinten durch den ganzen Saal: »Das ist ein Betrüger!!! Ein ganz beschissener Betrüger. Mir hat er vor vier Jahren ein Kind versprochen!«

Das krähende Geblaffe von Petra holte Jörg mit einem Schlag in die Realität zurück. Als hätte irgendwer einen Schalter umgelegt, war er wieder Gratsch und fuhr Petra an, mit aller Boshaftigkeit der durchgeknallten Russenfigur: »Hau ab, Schrapnelle! Es ist aus zwischen uns!«

Und wieder johlten die Leute, klatschten Beifall, und es war eine Stimmung im Saal wie in einer dieser idiotischen, von sinnlosen Emotionsaufwallungen durchsuppten Nachmittags-Talkshows der Privatsender. Zoltan sprang von seinem Platz auf, raste in seiner humpelnden Agilität nach hinten, direkt auf Petra zu, und kantete sie mit seiner knarzenden Stimme ab: »Hau ab, Mädel. Hast doch gehört: Das wird nichts mit dem Kind! Und deinen Auftritt, den übst du noch mal. Das war ja sauber nichts. Und an der Stimme arbeiten wir auch noch.«

Das Gejohle, das nun losbrach, hätte Vera am Mittag vor Neid erblassen lassen.

Da konnte natürlich die Suchanek auch nicht mehr an sich halten und gab lautstark ihren Senf dazu: »Bitte, meine Herrschaften, hamma doch eine Contenance. Das ist doch bloß eine Statistin!«

Petra schrie hysterisch: »Ich bin keine Statistin!«

Nun meldete sich auch noch der Huster in der Ecke vor dem roten Samtvorhang und fragte: »Kann ich wieder auf meinen Platz?«

Und bevor Jörg etwas sagen konnte, schiss Frau Doktor Suchanek den Mann im hellblauen Anzug zusammen: »Bleib stehn da droben und halt dei Pappn, Statist, damischer!! Und hör auf zu husten!«

Zoltan humpelte wieder nach vorne und rief Jörg durch das Gelächter zu: »Und du da oben, lies endlich weiter!«

Jörg hätte nun alles machen können da oben, so aufgekratzt war das Publikum, so sehr lag man ihm und dieser vermeintlichen Inszenierung von Selbstironie zu Füßen. Also sah Jörg ohne jedes Mätzchen ins Publikum und sagte nur, mit aller Selbstverständlichkeit der Welt: »Natascha, ich liebe dich.« Und nun war es Heidemarie, die spontan lostrompetete mit ihrem mageren Stimmchen und dreimal, so laut es ging, »Bravo, bravo, bravo!« schrie.

»Und dich lieb ich auch, Bohnenstange. Gratsch liebt euch alle!«

Jörg hob das Manuskript wieder auf, ordnete es in aller Ruhe und las den Rest auch noch vor, kam ohne jedes Problem auf gut anderthalb Stunden und holte sich dann geschlagene zehn Minuten stehende Ovationen ab, bevor er die Bühne nach hinten verließ und den völlig verängstigten Hustenkomparsen wieder nach Hause schickte.

36

Jörg saß schweißgebadet und schwer atmend in der kleinen Garderobe. Sobald er wieder halbwegs zu Kräften gekommen sein würde, musste er losfahren nach Fürstenwalde, um mit Natascha zu reden. Sie hatte das natürlich alles in den falschen Hals bekommen. Der Text, den die Suchanek angeschleppt hatte, war aber auch wirklich eine Katastrophe gewesen. Und dieser Idiot von Zoltan hatte in seiner Blödheit den ganzen Schlamassel nur noch schlimmer gemacht. Aber der größte Idiot war schon er selbst gewesen: Nascha war keine Polin, sie war Russin. Und ausgerechnet nach dieser wunderbaren Nacht musste Nascha auf die unsägliche Idee kommen, diese Lesung zu besuchen, die ja eigentlich gar keine war. Er musste ihr das alles haarklein erzählen, und zwar so bald wie möglich. Was Jörg nur wunderte: Warum hatte Nascha ihn als Zoltans scheißblöden Bengel bezeichnet? Die Tür ging auf, und ohne Klopfen kam die Suchanek herein, von Heidemarie geschoben. Frau Doktor war vor Begeisterung fast der Selbstauflösung nahe.

»Raus!«, sagte Jörg nur, und Heidemarie tapste sofort rückwärts wieder aus der kleinen Garderobe. Die ›Bohnenstange‹, noch dazu von der Bühne herunter, steckte ihr noch tief in den Knochen. Aber die Suchanek dachte gar nicht daran, das Feld zu räumen: »Jörg, des woar das absolute Ereignis. Es woar a Traum! Du woarst hinreißend, eine Sensation. Die Leut san aufm Boden glegen vor Begeisterung. Alle, mit die ich gredt hob schon, san total ausn Heiserl. Die Meier-Bütow vom Tagesspiegel hat gsagt, wir hobn an neuen Kinski! Vastehst, was des haaßt? Jetzt sammer durch, Jörg, glaub's mir! Jetzt gemma ganz nach oben, aber direktissima, vastehst?!«

Jörg saß stumm da und wollte nur eines: weg nach Fürstenwalde.

»Und oans musst unserm alten Zoltan lassn: Des woar a saubere Inszenierung. Wenn der was kann, na is es Inszenieren.«

Na danke, dachte Jörg.

»Und a feins Texterl hamma do ghabt, genau die Balance erwischt zwischen Provokation und Tiefgang!«

Die alte Suchanek war doch nicht mehr ganz dicht!

»Und jetzt pass auf, Jörg, jetzt kummt der absolute Hammer! Waaßt du, wer auch in der Vorstellung woar?«

Jörg wollte es gar nicht wissen, es reichten ihm schon die, die er leibhaftig erlebt hatte. Die Suchanek wedelte mit ein paar Blättern vor seinem Gesicht herum.

»Du wirsts ned glauben: der Kevin Myers von der Columbia.«

Jörg glaubte es, aber es ging ihm am Arsch vorbei.

»Und waaßt, wos i do hob?«.

Wieder wedelte die Suchanek mit den Papieren herum.

»Eine Castingszene für den großen Fliegerfilm, den die Amis drehen. Und jetzt halt dich fest: Du hast morgen früh a Casting, in Babelsberg, und zwar für die Titelrolln!«

Vor zwei Stunden wäre Jörg noch aufgesprungen und laut vor Freude brüllend durch das ganze Gorki-Theater gerannt. Jetzt hatte er das erreicht, wofür er all den Mist eigentlich angezettelt hatte, und trotzdem hielt sich seine Begeisterung in Grenzen.

Natürlich würde er da hingehen nach Babelsberg und sich so teuer wie möglich verkaufen. Absagen konnte man immer noch. Jörg nahm der Suchanek die Blätter aus der Hand und überflog schnell den Text: Die Szene war nur eine Seite lang und klang ein bisschen so, wie sich Klein-Schorsch-Dabbljuh-Bush die bösen Nazis vorstellt. Aber Jörg wusste: Das war nur eine Textprobe, und wenn man das richtig spielte, dann würde da schon eine Figur draus werden. Dieser Udet gab ja von seiner ganzen Biographie her so viel Stoff zum Spielen, dass man sich da gar keine Gedanken machen musste. So schlecht konnte ein Drehbuch gar nicht sein, als dass man die armselige Tragödie dieses Fliegerasses und Nazi-Handlangers nicht leibhaftig werden lassen könnte. Jörg steckte die Blätter ein und wollte endlich los, raus nach Fürstenwalde, um alles zu klären. Es klopfte kurz an der Garderobentür, und fast zeitgleich kam Jan Pöter in den kleinen Raum getrapst. Ohne weitere Vorwarnung nahm er Jörg in den Arm und küsste ihn auf beide Wangen, direkt auf die Tampons: »Das war Spitze, Jewgenij, einsame Spitze! Das war eine neue Dimension intelligenter Unterhaltung. Und ich sage Ihnen was, Jewgenij. Das zeichnen wir auf! Von mir aus wöchentlich. Donnerstags, auf dem 20-Uhr-Termin: ›Gratsch liest live‹. Das ist das Format der Zukunft. Literatur als Spektakel, dagegen ist Reich-Ranicki eine lauwarme Seifenblase. Fordern Sie eine Gage, ich boxe das durch beim blöden Hofmeier. Die Störer besorgen wir, jede Woche frisch. Huster gibt's ja genug, besonders im Winter, haha! Und Frauen sowieso. Die schleppe ich Ihnen persönlich an, haha. Da schick ich Ihnen die Mutter meiner Tochter rein. Und die Mellinghusen. Das wird ein Spektakel, da fallen ihnen allen die Eier ab vor Neid, haha!«

Und schon hatte Jörg ihn wieder knutschend an der Backe. Die Suchanek glühte förmlich vor der Erwartung weiterer lukrativer Verträge. Jörg machte sich von Jan Pöter los.

»Reden wir nächste Woche drüber. Ich muss weg.«

»Verstehe, verstehe. Die weiblichen Fans warten, haha. Nur zu, nur zu!«

Jan Pöter zog ab, und Jörg nahm sein graues Regiebuch, um endlich dieser unseligen Garderobe zu entfliehen.

»Wart, Jörg, mir san no ned fertig. Do san die Abendeinnahmen, fünfzig Prozent macht summa 6000.«

Die Suchanek hielt ihm einen Umschlag hin, den Jörg einsteckte, ohne nachzuzählen.

»Ich dachte, es wäre mehr. Egal, ich muss weg.«

»Nix da, mir hamm no was zu besprechen.«

»Ich will jetzt aber nichts besprechen!«

»Des is mir scheißegal, ob du willst oder ned, letzte Woche hab ich mir die Seele aus dem Leib telefoniert und bin fast narrisch worn, weil du ned amoi ans Handy gangen bist.«

»Das ist ja wohl meine Sache.«

»Dreck is es.«

Jörg schüttelte den Kopf.

»Nicht in dem Ton, Frau Doktor. Ich habe nämlich beste Lust auszusteigen aus diesem ganzen Mist.«

»Das lässt aber fein bleiben, mein lieber Jörg! Jetzt geht's nach oben, und zwar direktissima.«

»Wenn ich nicht mehr will, geht gar nichts.«

Die Suchanek schnaufte tief und kämpfte gegen ihre aufkommende Zornesröte.

»Jetzt pass amoi auf, Büberl: Ich hab in dich investiert, ich hab dir diesen wunderbaren Text besorgt, und das wird jetzt durchgezogen, klar?!«

»Wenn Sie mir so kommen, dann ist auf der Stelle Schluss!«

»Des probierst, Büberl.«

»Dann bin ich einfach wieder Jörg Raabe.«

»Scheißdreck bist. Ich hab ein Gutachten besorgt, von einem Psychiater aus Petersburg. Da steht drin, dass du hochgradig schizophren bist und dich permanent für sonst jemanden hältst, von mir aus für den Zaren aus Petersburg oder für einen gewissen Jörg Raabe aus Berlin.«

Jörg starrte die Agentin fassungslos an.

»Und wennsd dann immer noch blöd tust, dann steck ich dich persönlich in die Psychiatrie nach Wienerneustadt, und wann du da wieder rauskommst, waaßt eh nimmer, wer du bist.«

Jörg hatte verstanden. Die Suchanek dachte gar nicht daran, ihn aus der Geschichte wieder rauszulassen. Jörg stellte sich hinter sie, nahm die Griffe des Rollstuhls in die Hände und schob die Suchanek auf das kleine Schminktischchen zu, dem einzigen Möbel in der Garderobe.

»Gut, dann gemma jetzt nach oben, Frau Doktor, und zwar direktissima.«

Jörg packte den Rollstuhl unten bei den Rädern, ging in die Knie und hob die Suchanek, all seine Kräfte nutzend, mitsamt dem Rollstuhl auf den Schminktisch, der gerade mal so groß war, dass beide Räder dort Platz hatten, und ließ sie einfach da oben stehen. Dann machte er das Licht aus, schloss die Tür von außen ab und warf den Schlüssel direktissima zum Fenster hinaus, mitten auf den großen gepflasterten Platz vor dem Gorki-Theater.

Er hatte gerade den Bühneneingang des Gorki verlassen, da tauchte aus dem Dunkel der Nacht Sergej auf. Jörg erschrak. Er hatte völlig vergessen, seinen temporären Leibwächter zur Lesung einzuladen. Wahrscheinlich war der sentimentale Kraftprotz jetzt beleidigt.

»Sorry, Sergej, hab dich ganz vergessen. Tut mir Leid.«

»Ist kein Problem. Bin sowieso in der Vorrstellung gewesen.«

Jörg war sich nicht ganz im Klaren, was Sergej dann noch wollte. Aber das sollte er gleich erfahren.

»Bin mit Frreunden in der Vorrstellung gewesen. Und hat ihnen nicht gut gefallen.«

Jetzt traten aus dem Dunkel die beiden besagten Freunde von Sergej hervor, die aussahen wie eine Zwillingskopie der Boxer-

Brüder Klitschko aus Kiew. Zwischen ihnen lugte die kleine Irina hervor, die ihn auf der Einweihungsparty der Columbia begleitet hatte. Der Kleinere der Klitschko-Kopien – auch mindestens einen Meter neunzig groß – ergriff das Wort: »Junge, sagst du im Theater: bist du Russe, aber bist du kein Russe. Das finden wirr nicht gutt.«

Aha. Jörg schwante Übles.

Der Größere sprach weiter, während der kleine Einsneunziger seine Pranke um Jörgs Unterarm legte und zudrückte wie ein Altmetallschredder.

»Hab ich gelesen in Zeitung, sagst du, bist kleine Junge von Oberst Grratsch, Vassilij. Hab ich Soldat gewesen in Firstenwalde, bei Oberst Gratsch Vassilij, und glaub ich, wann ich ihm erzähle, dann er findet garr nicht gutt und schickt ein paar Frreunde aus Kiew.«

Jörg wurde bleich. Den Oberst gab es ja wirklich, das hatte er ganz vergessen in seiner Euphorie, damals, beim Ausdenken des Lebenslaufs. Und wieder übernahm das Eins-neunzig-Modell die Führung: »Verdienst du gutt mit Liege – Lüge! – ieber Russe, sagt Sergej, und weil wir Frreunde und arm, wirr wollen auch verdienen. Weil wirr missen sagen Oberst Gratsch Vassilij und hierr auch alle von die Presse, was du bist wirklich: eine kleine deitsche Hosenscheißer!«

Damit fiel die erste Ohrfeige, und zwar aus der Hand des ehemaligen Gefreiten von Oberst Gratsch, Vassilij.

»Gut, wir können über alles reden, aber jetzt muss ich weg!«

Das war das Stichwort für die zweite Ohrfeige. Und schon war Jörg klar, dass er hier ohne kleinere Gastgeschenke nicht mehr vom Acker kam.

»Gut. Wie viel?«

Der Einsneunziger grinste.

»Vielleicht finftausend? Firr Anfang …?«

Jörg zog den Umschlag mit der Abendgage aus der Tasche

und hielt Sergej zehn Fünfhunderter hin. Allmählich ging das alles auch noch richtig ins Geld.

»Und jetzt sag ihnen, Sergej, sie sollen verschwinden. Dawaj, dawaj!«

Irina trat zwischen den beiden Hünen hervor, spuckte vor Jörg aus und ging mit ihren beiden mutmaßlichen Arbeitgebern davon. Jörg hätte sich auf der Party doch lieber Irina zuwenden sollen, anstatt sich vom Pastor Böhlich verbal anpökeln zu lassen. Sergej hatte noch schnell ein kleines entschuldigendes Schulterzucken für Jörg übrig und folgte dann dem Trio ins Dunkel der Nacht. Drinnen im Theater hörte man ganz entfernt die Suchanek um Heidemaries Beistand zetern.

Jörg stieg in den Käfer, fuhr in Rekordzeit nach Fürstenwalde, klopfte vergebens zehn Minuten lang am Bauwagen und suchte dann fast den ganzen Flugplatz ab, ständig laut nach Natascha rufend. Aber sie war nicht da. Kein Mensch war da, alles war verlassen, und nicht einmal ein ABM-Nachtwächter kümmerte sich um das Geschrei, das Jörg da mitten in der Nacht veranstaltete.

Also fuhr er zurück nach Berlin, setzte sich auf seinen Dachgarten und prügelte sich den Text für das Casting in seinen müden, von den Ohrfeigen und der Lesung schmerzenden Kopf, bevor er nach drei Wodkas mehr oder minder selig auf der Dachterrasse einschlief.

37

Die Halle war alt und riesig, stammte noch aus DEFA-Zeiten und war seither nicht aufwändig renoviert worden, wie die meisten der ehemaligen DEFA-Hallen im Medienpark Babelsberg. Für Probezwecke reichte die Halle allemal, und wahrscheinlich bekam man sie billiger als die Studios mit High-Tech-Standard. Jörg stand inmitten einer Dekoration, die wohl eine Flugplatzbaracke aus den Dreißigerjahren darstellen sollte. Die mit bemalter Leinwand bezogenen Stellwände waren nur gut zwei Meter hoch, und darüber hinweg sah man, wie Bühnenarbeiter im hinteren Teil der Halle das 1:1-Modell des legendären Udet-Flamingo aufbauten und zusammenschraubten.

Vor Jörg saß rittlings auf einem Stuhl der Mann, der die ›Wings of the Devil‹ in Szene setzen sollte. Er war Jörg als der berühmte Greg McBain vorgestellt worden und sah aus wie ein Elefantenbaby. Dschie-Em-Bieh war weiß, oder besser: rosa, um die fünfzig, gut einsachtzig groß und hatte labbrige Jeans an, ein viel zu weites T-Shirt mit dem Aufdruck: WINGS OF THE DEVIL – DIRECTOR um den fetten Bauch und eine Basecap auf dem Kopf, unter der ein paar einzelne rotblonde Haarsträhnen hervorlugten. Auf einem Campingtischchen hatte er sein Drehbuch liegen und eine Stoppuhr. Daneben drei Tüten mit Vollmilch, aus denen er ohne Zuhilfenahme eines Trinkgefäßes in regelmäßigen Abständen große Schlücke in sich hineinleerte. In der hinteren Ecke der etwas ärmlichen Dekoration hatte sich Kevin Myers in einem Ledersessel niedergelassen und erging sich in diesem scheußlichen Ich-bin-gar-nicht-da-Gehabe, das misstrauische Vorgesetzte bei der Überwachung ihrer Untergebenen so gern an den Tag legen. Mitten im Raum stand eine elektronische Kamera, die ein kraushaariger, vollbärtiger Mittdreißiger bediente, der aussah, als wäre er direkt von einer Himalaja-Expedition nach Babelsberg eingeflogen worden.

Jörg hatte seine sakrischen Ledersachen an und die Tampons in den Backen, hielt den Zettel mit dem Text in der linken Hand und ging im Stechschritt vor Greg McBain auf und ab. Er ließ seine Augen böse funkeln, sprach drohend, mit voller Stimme, und spielte direkt in die Kamera, mit der ihn der Bergsteiger eifrig verfolgte.

»Mister Reichsmarshal, fuck you and your whole Kriegsgericht! Gimme one of your damn Messerschmitts and I'm gonna blow these fucking Spitfires down from the sky!«

Dschie-Em-Bieh drückte die Stoppuhr und applaudierte heftig mit seinen Patschepfötchen.

»Yeah, man! That's good. That's really good. Great eyes, good voice. You just did it how I told you. Perfect, Jay-Point. You're a good actor. Okay, sit down, Jay-Point.«

Jörg nahm sich einen Stuhl aus der Dekoration und setzte sich lässig vor den fetten Greg McBain. Jörg war locker, ruhte in sich und hatte rein gar nichts von der devoten fiebrigen Bemühtheit, an der Castingkandidaten weltweit zu leiden pflegen. Greg McBain hob wieder an, und seine piepsige Stimme stand in merkwürdigem Kontrast zu seinem fülligen, milchvernichtenden Leib: »Look, Jay-Point, I'm goin to shoot a big movie. A movie about people in the Luftwaffe fighting against the enemies in the air and against the enemies down on the ground: They are pilots, not Nazis. I'm goin to shoot a movie against war, against hate and fascism. A movie for culture and civilisation. A movie against fanatism and mass murderers.«

Jörg nickte. Dagegen war im Grunde nichts zu sagen. Er nahm das Blatt mit dem Castingtext hoch, das er immer noch in der Hand hatte, und zeigte auf die Passage, die er eben vorgespielt hatte.

»So was hätte der echte Udet natürlich nie gesagt.«

»Sorry, what did you say?«

Kevin Myers war in seinem Sessel hochgefahren und stierte auf die beiden wie ein Lachs kurz vor dem Sprung.

»Mister McBain, I said: Udet would never have said things like that. Wissen Sie, dieser Udet war ja irgendwo eine tragische Figur. Tragic guy, you know? Als der nach Amerika kam, um sich seinen lang ersehnten Curtiss-Doppeldecker abzuholen, auf den er so lang gespart hatte …«

»Yes, sure Jay-Point, I know, the Curtiss-biplane …«

»Ja. And when he came there to pick up the biplane, fucking Göring had already paid for the Curtiss. Der Fettsack hat ihm das Ding geschenkt, dabei hat sich Udet jahrelang fast die Gräten gebrochen und Kunstflug auf Jahrmärkten gemacht, um sich den Traumflieger zusammenzusparen. Und dann musste er natürlich …«

»Jay-Point, don't forget one thing: They are pilots, not Nazis. I'll shoot a movie about pilots, you know, about great pilots.«

»By the way: I'm a pilot.«

»You are what?«

»I'm a pilot.«

»Really? You really are a pilot, man? That's fucking perfect.«.

Jörg sah kurz hinüber zu Kevin Myers, und der strahlte wieder übers ganze Gesicht.

Dschie-Em-Bieh trank mit einem Zug die erste Milchtüte leer, warf sie einfach hinter sich und öffnete die nächste Tüte. Dabei musterte er Jörg mit genau dem Blick, mit dem ein Mazda-Sportwagenfahrer den roten Porsche ansieht, den er sich nicht leisten kann.

»Okay, Jay-Point, that's all perfect: good eyes, good voice, good actor, even a pilot. Except one thing.«

»Was denn?«

»You are Russian.«

»Okay. I'm Russian. So what?«

»I do not work with Russians.«

Jörg sah sich um, ob Kevin Myers lauschte, und das tat er. Also ging Jörg so dicht an Greg McBain heran, dass er die Vollmilchfahne schon deutlich wahrnahm, und flüsterte, als sei das ein Geheimnis, was er dem Regisseur jetzt anvertraute: »Okay, Sir. Let me tell you: I'm German. That's just a show. I'm not Russian. I'm German!«

Greg McBain fixierte Jörg mit durchdringendem Blick und

nahm noch einen Schluck Milch, ohne Jörg dabei aus den Augen zu lassen.

»Okay, Jay-Point. Do not tell me any fuckin lies! You are Russian! Your accent!«

Jetzt war es Jörg egal, ob Kevin Myers mithörte oder nicht, er sprach wieder mit normaler Lautstärke. Irgendwie musste er sich dem Milchtrinker ja verständlich machen: »Das ist ein deutscher Akzent, verdammt noch mal!!! Schwarzwald! Black Forest! German accent!«

Und dann wurde Dschie-Em-Bieh laut, soweit das mit dieser Stimme überhaupt möglich war: »This is a fuckin Russian accent!!!«

Greg McBain stand auf und lief nun seinerseits im Stechschritt auf und ab, aber derart heftig, dass man fast Angst um ihn haben musste, wegen seines offensichtlichen Bluthochdrucks. Der Bergsteiger hingegen fummelte autistisch an seiner Kamera herum und tat, als ginge ihn das ganze Gezeter überhaupt nichts an. Kevin Myers war nun dem Polstermöbel entsprungen und versuchte, seinem Regisseur optisch mäßigende Hinweise zu übermitteln. Doch Dschie-Em-Bieh nahm das Gefuchtel von Myers gar nicht wahr. Das Rosa in seinem Gesicht verfärbte sich zusehends zu einem Dunkelrot: »I know the Russians! I can smell them. I would smell them out of thousands of people. And I hate them! I hate them all! I hate all these Borises, these Iwans and fuckin Dimitris! And I hate this drinkin stinkin Jelzins and Putins! I hate Tshetshenians and Casachstanians and Belorussians and Sibirians and Ingoshetians, I hate them all!!!«

Jörg schüttelte nur noch den Kopf und dachte an seine wunderbare Nascha. Dann sagte er laut und klar, ohne jede weitere Rücksicht auf die Rolle, die ihm da gerade wegschmierte ins Nichts, einfach so, wie man eine unabwendbare Tatsache feststellte: »Du bist doch ein krankes Rindvieh!«

Und so viel Deutsch verstand er dann doch, der milchmümmelnde Russenhasser McBain.

»What am I? You Russian bastard call me a sick Rindvieh? Fuck off, you bloody Russki bastard!!! Piss off. Out of my audition!!!«

Auf dem Weg zur Tür drückte Jörg dem etwas irritierten Kevin Myers die zwei Textblätter in die Hand.

»Suchen Sie sich lieber erst mal einen anständigen Regisseur, Myers.«

Myers setzte schnell wieder sein Pokergesicht auf.

»Den Alten aus Ihrer Lesung im Theater zum Beispiel?«

»Ja, zum Beispiel. Jedenfalls kein solches Rindvieh wie den da.«

»Sie sind kein Russe, oder?«

»Ist das jetzt noch wichtig?«

»Nein. Trotzdem schade. Sie wären gut gewesen für die Rolle.«

»Vielleicht ein andermal, gospodin Myers, vielleicht ein andermal.«

Sobald Jörg die Halle verlassen hatte, rannte er zu seinem Käfer, denn in zehn Minuten begann die Flugstunde in Fürstenwalde.

38

Die Morane stand vor der Halle. Jörg spurtete auf das Flugzeug zu, er war fast eine Stunde zu spät dran. Er war zwar gefahren wie der Teufel, aber der südliche Berliner Ring, den er von Babelsberg aus hatte nehmen müssen, war keine Autobahn, sondern eher eine Art exterritorialer polnischer Lastwagenparkplatz. Auf der Fahrt und vor allem während der Stausequenzen war er im Kopf noch einmal durchgegangen, wie er Nascha den gestrigen Abend erklären würde. Er musste ihr die ganze Wahrheit auftischen, wer er wirklich war und was es mit Gratsch auf sich hatte. Er wollte, dass es weiterging mit ihm und dieser wunderbaren Frau, selbst wenn das bedeutete, dass er sich zwischen ihr und Gratsch entscheiden musste. Die Haube der Möhre war geöffnet, der Zündschlüssel hing am Gashebel, doch von Nascha keine Spur. Dafür kam jetzt Lehmann aus der Halle, direkt auf ihn zu. Der hatte ihm jetzt gerade noch gefehlt. Jörg befürchtete, dass der gegroundete CFI-ME längst Lunte gerochen hatte, dass da etwas zwischen ihm und seiner Fluglehrerin lief. Lehmann, der wieder die blaue Pseudo-Lufthansa-Wichs trug, sah pikiert auf seine Rolex-Armbanduhr.

»Sie sollten schon pünktlich zu den Flugstunden kommen. Sonst muss ich Ihnen das in Rechnung stellen. Ich kann das Flugzeug schließlich nicht stundenlang für Sie blockieren.«

›Der soll froh sein, dass er überhaupt noch Flugschüler hat‹, dachte Jörg, verkniff sich diese Bemerkung aber. Was ihm weitaus mehr auf den Nägeln brannte, war die Frage, wo Nascha steckte. Schließlich war sie heute Nacht offenbar nicht im Bauwagen gewesen, und den Schlüssel für die Kantstraße hatte sie ihm auf die Bühne geschmissen.

»Wo ist denn die Fluglehrerin?«, erkundigte Jörg sich so naiv wie nur möglich.

»Das wollte ich Sie gerade fragen.«

Lehmanns süffisanter Unterton war nicht zu überhören. Also ahnte er doch etwas. Jörg flüchtete sich in Aktionismus und begann einfach mit den Vorflugchecks an der Möhre.

»Schwitzen Sie eigentlich nicht in diesem Ledermantel?«, fragte Lehmann stichelnd, während das klopfende Geräusch eines Hubschraubers näher kam. Die Bölkow BK 117 der Luftrettung Brandenburg, die auch in Fürstenwalde stationiert war, schwebte heran und landete sicher auf dem weißen Kreuz, das ihren Standplatz markierte. Die Turbine fuhr herunter, die Rotorblätter verlangsamten ihre Drehung, und der schnauzbärtige Pilot in der orangefarbenen Kombi öffnete die Tür. Vom Copilotensitz kletterte Natascha aus dem Heli und verabschiedete sich lachend von dem Piloten mit einem Küsschen. Jörgs Herz rutschte vor Eifersucht nach unten, etwa auf Höhe der Hosentasche seiner Lederbuxen. Lehmann ging sofort auf Natascha zu.

»Da bist du ja endlich! Wo kommst du jetzt her?«

»Aus Tempelhof, wieso?« Natascha lächelte völlig unbefangen, und Jörg starrte sie an mit all der Debilität des hoffnungslos Verliebten, der weiß, dass er sich danebenbenommen hat. Natascha sah wieder wunderschön aus, was sonst.

»Wieso fliegst du am helllichten Tag mit der Luftrettung durch die Gegend?«

»Ich hab eine halbe Stunde hier gewartet, und der Herr Schüler ist nicht gekommen. Da bin ich schnell mal mit Björn nach Tempelhof rüber.«

Lehmann schüttelte nur den Kopf ob so viel unprofessioneller Disziplinlosigkeit.

»Der Björn soll sich gefälligst um seine zermatschten Verkehrsopfer kümmern. Dein Herr Schüler ist jetzt da und wartet. Also los.«

»Übernimm du das doch bitte für mich heute«, sagte Natascha lächelnd zu Lehmann, als sei das die normalste Sache der Welt. Jörg verstand überhaupt nichts mehr. Was hatte das zu bedeuten? Warum hatte sie diesen Hubi-Piloten Björn geküsst? Warum wollte sie nicht mit ihm fliegen, und warum bat sie Lehmann, die Stunde zu übernehmen, wo sie doch genau wusste, dass der Herr Certified-Flight-Instructor-Multi-Engine nicht mehr fliegen konnte? Lehmann schluckte ein paarmal, sah hinauf in den Himmel, als wolle er das Wetter abchecken, drehte sich dann urplötzlich zu Natascha um und schrie sie an: »Jetzt sieh zu, dass du in die Luft kommst mit diesem Arschloch, du machst ja sonst auch alles mit ihm!« Damit stapfte er in Richtung Halle davon. Jörg stand da wie ein begossener Yorkshire Terrier und stammelte leise: »Nascha, bitte, lass dir alles erklären.«

Natascha sah Lehmann kurz nach, zeigte dann auf die Möhre und sagte nur: »Einsteigen!«

Jörg stieg ein, ließ den Motor an, rollte los, machte den Take-off-Check, gab Vollgas, hob ab und ging im Steigflug bis auf 2000 Fuß, ohne dass Natascha auch nur ein Wort gesagt hätte.

»Kurs zwo fünf null, 2500 Fuß.« Immerhin.

Jörg drehte auf 250 Grad und stieg die fehlenden 500 Fuß. Unter ihnen lag die Brandenburger Seenplatte, das Wasser zwischen den grünen Wäldern glänzte silbern in der Nachmittagssonne. Aber Jörg war nicht im Geringsten nach Sightseeing zumute.

»Bitte, Nascha, sprich mit mir.«

Natascha zeigte auf den Steuerknüppel und sagte: »Überziehen, mit Vollgas.«

Jörg schob den Gashebel bis zum Anschlag und nahm den Knüppel an den Bauch. Die Möhre stieg, wurde langsamer, schüttelte sich und kippte mit einem Schlag nach vorne ab. Jörg ließ nach am Knüppel, fing ab und brachte die Möhre wieder in den Geradeausflug. Er schwitzte Blut und Wasser.

»Bitte, ich erklär dir alles wegen gestern Abend!«

»Was willst du da erklären? Schickst deinen Alten los, weil du selber zu feige bist, mich einzuladen zu so einer Scheiße!«

Allmählich dämmerte Jörg, was hier abgelaufen war.

»Zoltan? Hat dich der Alte eingeladen?«

»Frag nicht so blöd!«

»Nascha, das ist nicht mein Vater! Das ist mein Regisseur! Den hab ich nicht geschickt, der hat einen Knall, sonst gar nichts!«

»Der Einzige, der einen Knall hat, bist du! Und auf so was hab ich keinen Bock. Mein Bedarf an Verrückten ist gedeckt, ein für alle Mal!«

»Nascha, bitte!«

»Überziehen im Leerlauf, volle Klappen.«

Auch das brachte Jörg noch hinter sich, obwohl ihm das in dieser Konfiguration wesentlich heftigere Abkippen wieder einen Angstschauer durch den Leib gejagt hatte.

»Ich hab doch nur so getan, als wär ich ein Russe!«

»Ich hab die Schnauze voll von Kerlen, die so tun, als ob. Ich hab da unten schon so einen rumsitzen, der so tut, als wär er Fluglehrer. Oder Ehemann.«

Jörg wischte sich den Schweiß von der Stirn.

»Lass uns doch vernünftig reden, bitte!«

Natascha drehte sich zu ihm hin und funkelte ihn böse an mit ihren wunderbaren braunen Augen: »Du willst vernünftig reden? Gut, dann reden wir vernünftig: Deine Russenshow da unten auf Bühne, das ist Hirnwichserei. Blöder ausgedachter Bockmist!!!«

»Du hast das in den falschen Hals gekriegt. Das ist ein Trick, um besser ins Geschäft zu kommen. Mehr ist das nicht. Eine Masche, verstehst du?«

»Jetzt pass mal auf, du kleiner Wichtigtuer! Ich bin aus Petersburg, und diese erfundene Scheiße kotzt mich an! Eine Beleidigung ist das für alle Petersburger. Ficken und Saufen und Saufen und Ficken, nichts anderes hast du da geschwafelt. Und diese Idioten von Zuschauern lachen auch noch darüber. Ich sag dir mal was: Wenn wir Russen uns das halbe Hirn wegsaufen, dann haben wir immer noch mehr im Kopf als ihr alle zusammen! Kakoj-sche ty durak!«

»Nascha, das war ein Text, den die Suchanek mir untergeschoben hat, der war doch gar nicht von mir, den hat eine halbdebile Literaturstudentin aus Wien zusammengeschmiert!«

»Warum liest du ihn dann?«

Darauf wusste Jörg keine Antwort, jedenfalls keine brauchbare. Also hielt er Kurs, Höhe und den Mund. So flogen sie eine Weile lang, stumm, jeder nach vorne blickend. Hochkonzentriertes Fliegen, wie im Lehrbuch. Dann hielt es Jörg nicht mehr aus, dieses gnadenlose Schweigen: »Nascha, bitte, gib mir noch eine Chance. Dieser Flug mit dir gestern und diese Nacht, so etwas hab ich noch nie erlebt. Ich versprech dir, ich lass das mit dem Russenmist.«

Natascha sah ihn an, lange, und durchbohrte ihn mit ihren Blicken. Ganz langsam legte Jörg seine Hand auf ihre und Natascha ließ es geschehen.

›Ward je in dieser Laun ein Weib gefreit?‹, dachte Jörg. So flogen sie Hand in Hand, minutenlang, bis Jörg seine Fluglehrerin schließlich fragte, irgendwo über Luckenwalde, so leise und zart es nur ging bei dem Motorenlärm der Möhre: »Wollen wir's zusammen versuchen, Nascha?«

Natascha biss sich auf die Lippen. Sollte sich einer auskennen mit diesem Kerl. Was fand sie eigentlich an ihm? Er sah gar nicht so übel aus, von dem Asketengehabe und dem lachhaften Tattoo mal abgesehen. Die Nacht mit ihm war ja ganz spannend gewesen, auch wenn das nicht alles war, wie die Männer immer meinten. Trotzdem, einer, mit dem man mal eine Nacht lang rumtoben konnte, war schon besser als so ein Machosack wie Lehmann, der vor lauter Midlifecrisis immer nach zehn Minuten Selbstbeglückung wegschnarchte wie ein seniler Iltis. Wenn sie auch nicht ganz schlau wurde aus diesem Flugschüler Jörg und seinem albernen Russengetue, so ahnte sie doch, dass er im Grunde ein interessanter Kerl war. Und das mit dem Wohnungsschlüssel war einfach rührend gewesen. Klar, schwierig war er, aber glatte und geleckte Männer hatte sie nie gemocht. Ein bisschen verrückt war er schon, doch sie mochte es, wie er ihre Hand hielt und sie einfach fragte, ob sie es mit ihm versuchen wollte. Das Blöde war nur, dass sie es tatsächlich wollte. Zumindest mal versuchsweise.

Und gerade, als sie Jörg das sagen wollte, fragte der: »Oder hast du was mit diesem … Björn?«

Das hätte Jörg sich besser gespart. Sofort zog Natascha ihre Hand zurück: »Dieser Björn ist stockschwul, du Idiot. Was soll das eigentlich? Erst machst du mir einen Antrag, fragst mich, ob wir's zusammen versuchen wollen, und im nächsten Moment kotzt du mir deine kleinkarierte Eifersucht vor den Latz, als wäre ich dein Eigentum. Was meinst du eigentlich, wer du bist?«

Jörg wusste überhaupt nicht mehr, wer er war, und versuchte zu retten, was zu retten ging: »Bitte, Nascha, das hab ich nicht so gemeint. Vergiss es einfach. Und lass uns nicht streiten jetzt, ich steck sowieso schon bis zum Hals im Schlamassel, die Agentin macht mir den Arsch ein, die Klitschko-Doppelgänger erpressen mich, und Jan Pöter nervt, und Zoltan sowieso mit seinem Diktatorfilm … Und ich … Dann hab ich nachher auch noch so einen beschissenen Interviewtermin bei Viva, und ich … ich …«

»Ja? *Du* hast Schlamassel, *du* musst weg, *du* machst Interview, *du* spielst das Arschloch aus Russland, du, du, du!!! Außer dir gibt's doch für dich gar nichts auf dieser Welt!«

»Bitte, denk an gestern Nacht. Da gab's nur dich für mich.«

Am liebsten hätte Jörg sich gleich nochmals auf die Zunge gebissen, sowie ihm dieser sentimentale Mist aus dem Mund gerutscht war.

»Gestern Nacht, ha? Vielleicht warst du einfach nur geil auf meinen Arsch. Von was anderem redest du auf der Bühne ja auch nicht!«

Das hatte gesessen. Unter ihnen tauchte jetzt als riesige Sandwüste der ehemalige Truppenübungsplatz Sperenberg auf, wo einst auch ein Jagdbombergeschwader der 16. russischen Luftarmee stationiert gewesen war. Die verlassene, zwei Kilometer lange Betonlandebahn, aus deren Ritzen schon das Gras wuchs, war direkt neben ihnen. Natascha griff wütend zum Knüppel, drückte ihn nach vorne und hielt genau auf die Betonpiste zu.

»Bitte, Nascha, mach jetzt keinen Scheiß!!!«

Die Möhre schoss im Sturzflug auf den Boden zu, der Fahrtmesser war schon weit im orangefarbenen Bereich. Im letzten Moment, kurz vor dem Boden, fing Natascha das Flugzeug ab, fuhr mit einem Schlag die Klappen voll aus, drehte in einer Sechzig-Grad-Steilkurve in Richtung der Bahn, nahm das Gas heraus und setzte die Möhre punktgenau auf der überwucherten Landebahnschwelle auf. Hart trat sie in die Bremsen, und sowie das kleine Flugzeug zum Stehen kam, riss sie die Haube auf und sagte nur: »Raus.«

»Nascha, bitte, ich …«

»Raus.«

Sie packte Jörgs Ledermantel, der auf dem Rücksitz lag, und warf ihn mitsamt seinem Pilotenkoffer nach draußen auf den maroden Beton. Wie in Trance stieg Jörg aus und stammelte: »Bitte, Nascha, bleib hier. Ich liebe dich.«

Doch Natascha schob den Gashebel sofort wieder nach vorne, so dass Jörg gerade noch dem heraneilenden Leitwerk ausweichen konnte. Dämlich neben seinem Mantel und dem Koffer auf der zerbröckelnden Betonpiste stehend, sah er der abhebenden Möhre hinterher, in der sein Traum von der großen Liebe in Richtung Osten davonflog.

39

Sechs Stunden später ging Jörg mit schlammverschmierten Stiefeln durch die nicht verschlossene Stahltür in das Pathos-Theater. Zoltan saß mitten in den Stuhlreihen und rauchte eine seiner Violetta-Zigarren. An der Decke brannte nur eine kleine Funzel, und die Bühne wirkte leer und verlassen, ausnahmsweise so ganz ohne beflissene Elevin in schwarzen Gymnastikhosen. Jörg stellte die Pilotentasche hin und setzte sich neben Zoltan. Er sah müde aus. Es verging eine ganze Weile, ohne dass einer der beiden einen Ton sagte. Schließlich fiel Zoltan die Asche seiner Zigarre herunter.

»Wie war's in Babelsberg?«

»Vergiss es.«

Zoltan zeigte auf Jörgs Stiefel, die nur so strotzten von verkrustetem Schlamm, der auch bis zu den Knien seiner sakrischen Lederhose hinaufreichte.

»Hast du eine Expedition gemacht?«

»Truppenübungsplatz … Sperenberg …«

»Die Fluglehrerin?«

Zoltan registrierte nur den Ansatz eines Nickens in Jörgs Gesicht.

»Hoffnungslos verschossen in das Mädel, hm? Tut mir Leid, mit den Theaterkarten.«

»Egal. Wird sowieso nichts draus. Hab im falschen Moment wieder Bockmist geredet.«

»Und nach dem Bockmist hat sie dich in Sperenberg rausgeschmissen und ist allein nach Haus geflogen …«

Jörg glotzte abwesend auf die am Boden liegende Asche der Violetta.

»Jetzt hat der böse Russe also Liebeskummer.«

»Scheiß auf den Russen. Ich will nicht mehr.«

»Aha. So ist das also.«

Zoltan nahm einen tiefen Zug aus der Violetta, ließ den Rauch in Schwaden aus seinem breiten Mund herausquellen und stierte auf die hellrote Glut der Zigarre: »Wenn ich was hasse, dann sind das Theaterstücke mit einem schlechten Schluss.«

Zoltan ließ den Satz im Zigarrenqualm stehen und machte eine seiner gefürchteten Pausen.

»Noch beschissener finde ich Stücke, die überhaupt keinen

Schluss haben. Und ich glaube, ich sehe da gerade eine ziemlich beschissene Schmierenkomödie: Erst hampelt ein kleiner Wichser der ganzen Welt das durchgeknallte Arschloch vor, um berühmt zu werden und den großen Jagdflieger zu spielen, und kaum ist er so weit, verknallt er sich in eine Fluglehrerin und kackt ab – Ende. Das ist kein Schluss, Jörg Raabe. Das ist nicht einmal ein Stück, das ist nur Mumpitz.«

»Die Suchanek lässt mich sowieso nicht raus. Die will mich für schizophren erklären.«

Zoltan beugte sich auf seinem Stuhl zu Jörg vor und wurde mit einem Mal ganz leise: »Die gute Suchanek, jaja. Die schert mich nicht, die Frau Doktor Suchanek. Die hat genug verdient an dir. Um die braucht man sich keine Sorgen zu machen, die fällt immer auf die Füße, die gute Frau Doktor.«

Das Bild war natürlich etwas daneben, vor allem hinsichtlich dessen, wie Jörg die Agentin am Vorabend hinterlassen hatte. Jörg wand sich auf seinem Stuhl wie ein Fisch im Netz.

»Ich will nicht mehr. Ich will nur noch raus aus dieser Gratsch-Geschichte. Ich bin schon völlig wirr im Kopf, ich krieg keinen einzigen klaren Gedanken mehr zusammen.«

Zoltan lächelte Jörg an: »Dann helf ich dir jetzt mal auf die Sprünge, du Hosenscheißer! Du hast nämlich wirklich ein Problem, Jörg Raabe, und dieses Problem bin ich! Du hast eins vergessen: Du bist hier angekrochen gekommen und hast mich um Hilfe angebettelt. Und ich hab dir geholfen, unter der Bedingung, dass wir wieder zusammen arbeiten, wenn es klappt. Jetzt hat es geklappt. Ich habe meinen Teil der Abmachung erfüllt, und du kotzt mir jetzt kein zweites Mal vor die Tür, das sag ich dir!«

Eine Ewigkeit lang saß Jörg auf seinem Stuhl wie ein kleines Stück Kacke in der Kloschüssel, das nur darauf wartet, dass jemand die Spülung zieht. Aber es zog keiner.

»Also. Wie stellst du dir das jetzt vor?«

»Ich weiß es nicht. Schlag mir die Fresse ein oder sonst was, aber …«

»Deine Fresse kannst du dir alleine einschlagen.«

Und während Jörg dasaß wie ein vorübergehend stillgelegter Holzbock, fing Zoltans Hirn an zu arbeiten. Stück für Stück reifte ein neuer Plan in seinem Kopf, und die Lust auf die Umsetzung dieses Plans wirkte wie ein Nachbrenner auf die Phantasie des Alten. Jörg war zu keiner Gegenrede fähig, aber sie hätte ihm auch nichts genutzt. Er stand so tief in der Schuld des alten Mannes, dass ihm nichts anderes übrig blieb, als bedingungslos seine Teilnahme zuzusagen an dieser neuen Inszenierung von Zoltan Schneider.

Nach drei Stunden und zwei geleerten Wodkaflaschen war eines klar: Die Komödie vom bösen Russen würde ihren Schluss bekommen, und dieser Schluss hatte eine Konsequenz: Gratsch musste sterben.

»Gut, Gratsch muss sterben. Aber wie?«

»Na wie wohl? Mit einem großen Knall. Bumm und aus. Im Niederreißen liegt der Aufbau.«

Und dann, mitten in der Nacht, fingen die beiden Männer an zu arbeiten, nicht mit dem Kopf, sondern mit den Händen.

Drei Tage später um kurz nach sechs Uhr morgens kamen Jörg und Zoltan mit dem Käfer in Fürstenwalde an. Der Flugplatz lag verlassen da, nichts rührte sich, und vor acht war hier auch niemand zu erwarten. So leise wie möglich zerrten die beiden ein rotes Gebilde aus Stoff und Sperrholz aus dem Wagen und trugen es zusammen mit zwei großen Reisetaschen vor das Tor der Halle, in der die Flugzeuge standen. Das Schloss des Hallentors war schnell aufgebrochen, und Jörg und Zoltan zogen das Tor sofort wieder zu, nachdem sie das rote Sperrholzteil und die Taschen in die Halle gebracht hatten. Sie rangierten die Pitts in der Halle von innen direkt vor das zugeschobene Tor und fingen mit ihren Vorbereitungen an. Das Requisit aus Sperrholz sah haargenau aus wie die rechte untere Tragfläche der Pitts. In den letzten beiden Tagen hatten die beiden die Flügeldublette im Pathos-Theater gebaut, wobei Jörg seine Erfahrungen im Flugmodellbau zugute kamen. Nach der Lackierung hatte Jörg so originalgetreu wie möglich einen Teil der Kennung D-EFFI aufgemalt und schließlich die Ränder mit einer Lötlampe angekokelt, was das Tragflächenstück tatsächlich wie ein verschmortes Wrackteil aussehen ließ. Mit zwei Gurtbändern befestigten sie es so am Rumpf, dass die Flugfähigkeit der Pitts nicht wesentlich beeinträchtigt wurde. Zumindest hofften die beiden das. Dann legten sie die Fallschirme an und packten den Rest der Requisiten aus den Taschen in das Cockpit. Darunter war auch Jörgs Gratsch-Mantel, in dessen rechter Seitentasche sein graues Regiebuch und der Abschiedsbrief steckten.

Zoltan vergatterte Jörg noch mal, etwa so, wie man vor einer Premiere den Text memoriert.

»Also, ein letztes Mal: Ich zünde in 3000 Fuß den Rauchgenerator, paar Meter über dem Wasser fang ich die Kiste ab, genau in dem Moment wirfst du das Wrackteil ab, den Mantel, den Brief und die Brandbombe.«

»Jaja, schon klar. Muss das denn sein mit der Brandbombe?«

»Jetzt fang nicht wieder an mit dem Genöle! Dir wird schon der Arsch nicht anbrennen, und wenn, dann brennt er uns beiden an. Merk dir eins: Psychologie und Pyrotechnik sind das Handwerkszeug des Thrillers.«

Jörg nickte nur, aber die Nervosität war ihm deutlich anzumerken.

»Nicht zapplig werden, Junge. Du machst einfach, was ich sage.«

Zoltan stieg auf den hinteren Sitz der Pitts und fand den Zündschlüssel, der am Gashebel hing, genau wie Jörg ihm das gesagt hatte.

»Mach das Tor auf und steig ein!«, rief Zoltan aus dem Cockpit. Mit dem umgeschnallten Fallschirm sah Jörg aus wie ein Eichhörnchen im Trainingsanzug, als er mit großer Anstrengung die beiden Teile des Hallentors so weit aufschob, dass die Pitts gerade genügend Platz hatte, um herauszurollen.

»Steig ein. Ich starte die Maschine hier in der Halle.«

Jörg kletterte auf den vorderen Sitz der Pitts.

»Und du bist sicher, du kannst das? Ich meine, das muss ja zig Jahre her sein …«

Zoltan lachte nur und kippte den Hauptschalter der Pitts auf *on*.

»Kannst ja aussteigen, Jörg Raabe. Und die nächsten zig Jahre als Gratsch rumlaufen …«

Jörg schloss seinen Sicherheitsgurt und kontrollierte ein letztes Mal die Requisiten. Es fehlte nichts, und alles war griffbereit verstaut und gegen Verrutschen gesichert.

»Zoltan, wir haben leichten Westwind, du musst nach Westen raus.«

»Danke, aber ich hab das schon mal gemacht. Vom Boden krieg ich die Kiste allemal weg, da wird eher die Landung das Problem. Und die Ostsee werden wir ja wohl finden.«

»Ich hab die Karten dabei, ich sag dir oben dann die Kurse an.«

»Ach Junge, den Flugplatz, den kenn ich, den treff ich dir sogar nachts bei Nebel und Nieselregen.«

»Die Presse hab ich verständigt, für zehn Uhr.«

»Dann mal los, damit das Spektakel auch pünktlich losgeht.«

Zoltan betätigte den Anlasser, und nach zwei kleinen Stotterern lief die Maschine. Sofort gab er Gas und rollte in Schlangenlinien mitten über die Wiese zur Startbahn. Ohne anzuhalten und einen Take-off-Check zu machen, kurvte Zoltan auf die Bahn und schob den Gashebel ganz nach vorne.

40

Die Journalisten, die am Parkplatz des Peenemünder Flugplatzes herumstanden, kamen sich, gelinde gesagt, ein wenig verarscht vor. Schließlich waren sie drei Stunden oder noch länger auf der chronisch verstopften B 96 samt dem Nadelöhr Anklam unterwegs gewesen hierher nach Peenemünde, und jetzt wollte hier niemand etwas davon wissen, sie an den Drehort bestellt zu haben. Heinz Hotopp, der Aufnahmeleiter, ein kleiner drahtiger Potsdamer um die vierzig, blätterte zum zweiten Mal die Tagesdisposition durch und konnte darauf nicht einmal einen versteckten Hinweis auf einen für zehn Uhr anberaumten Pressetermin finden. Rückrufe im Babelsberger Produktionsbüro hatten ebenfalls nur Ratlosigkeit erzeugt. Auch dort konnte niemand ausfindig gemacht werden, der zugeben wollte, Presse zum Drehort nach Peenemünde bestellt zu haben.

›Und das am ersten Tag, noch dazu bei diesem Choleriker von Regisseur‹, dachte sich Heinz Hotopp und versprach den Journalisten, mit Greg McBain zu reden und zu klären, ob man die Sache irgendwann dazwischenschieben könne. Bis dahin müssten sich die Damen und Herren allerdings etwas gedulden. Hotopp trug seinem Assistenten auf, in dem kleinen Café der Flugsportgruppe Kaffee und Kuchen für die Journalisten bereitzustellen, selbstverständlich auf Kosten der Produktion. Für den späten Vormittag hatte sich auch noch Kevin Myers, der Produzent, am Drehort angekündigt, und Heinz Hotopp wollte nicht schon am ersten Drehtag den Eindruck erwecken, er habe das alles nicht richtig im Griff. Während sich die Presseleute murrend auf den Plastikstühlen niederließen, lief Heinz Hotopp, der den Berliner Marathon im vergangenen Herbst in drei Stunden und zwanzig Minuten bewältigt hatte, quer über den Platz los, um dem Regisseur die Anwesenheit der Pressemeute zu verklickern.

Das Areal des ehemaligen Militärflugplatzes Peenemünde war riesig. Es lag direkt an der Ostsee, am nördlichen Ende der Insel Usedom. Erbaut von der Luftwaffe des Dritten Reichs waren dort bis zur Wende russische Luftwaffeneinheiten stationiert gewesen. Die drei Kilometer lange Betonpiste, die fast in Nord-Süd-Richtung verlief, endete direkt vor dem Wasser der Ostsee, südlich der Insel Rügen. Um die Startbahn herum standen wie kleine Hügel die Shelter, in denen früher die Kampfjets untergestellt worden waren. Seit einigen Jahren diente der Platz privaten Segel- und Motorfliegern als Basis, und hin und wieder verirrten sich auch ein paar Geschäftsflieger nach Peenemünde, die beruflich auf Usedom zu tun hatten. Nun waren hier Dreharbeiten für den amerikanischen Kinofilm ›Wings of the Devil‹ im Gange. Überall standen Gerät und Equipment herum, Maskenwagen und Wohnmobile für die Darsteller. Für eine große Kinoproduktion mutete der Aufwand aber eher gering an. Die Lastwagen der Beleuchtungsabteilung sahen alt und armselig aus und stammten offenbar noch aus alten DEFA-Beständen. Auf der Betonpiste stand das 1:1-Modell von Udets Flamingo-Doppeldecker, das auf einem Tieflader in neun Stunden Fahrt von Babelsberg hierher gebracht worden war, denn schließlich war das Modell aus Kostengründen nicht flugfähig. Heinz Hotopp lief an einer Gruppe von etwa fünfzig Statisten in Nazi-Uniformen vorbei auf einen der großen Shelter zu, der am Rand der Landebahn stand. Kaum außer Atem – die knapp anderthalb Kilometer vom Parkplatz bis hierher waren für den Marathonmann natürlich ein Witz – stieg Hotopp auf den Shelter hinauf, auf dem die Regie Stellung bezogen hatte.

Zusammen mit seiner Regieassistentin Gwendolyn, einem alten Mädchen um die fünfzig von ähnlicher Statur wie er selbst, thronte Dschie-Em-Bieh hier oben auf seinem sehr hohen und stabilen Regiestuhl, an dessen Lehne auf der Rückseite in großen Stoffbuchstaben sein Name aufgenäht war. Vor ihm stand die Video-Combo mit dem Monitor, auf dem er sehen konnte, was die Kamera aufnahm. Daneben hatte man ihm sein Tischchen aufgebaut, auf dem fünf Tüten Vollmilch standen. Gwendolyns Stuhl war etwas niedriger, aber mindestens ebenso stabil wie der von Dschie-Em-Bieh, schließlich wog Gwendolyn in voller Assistentinnenmontur inklusive Lederweste in Übergröße und Stoppuhr auch mindestens an die 130 Kilo.

Neben den beiden spielführenden Midwest-Speckschwarten saß der Hauptdarsteller, auf den man sich vor zwei Tagen schnell geeinigt hatte: Es war der junge erfolgreiche Kollege Dan Decker, der nun den Udet spielte und eine alte verschlissene Fliegerkombi aus den Dreißigerjahren trug. Mit hochgelegten Beinen lümmelte Kollege Decker auf seinem Hauptdarstellersitz, trank Kaffee, blätterte im Drehbuch und stopfte Muffins in sich hinein, von denen Gwendolyn ein Dutzend bestellt hatte und die aufzutreiben in Peenemünde nicht einfach gewesen war. Heinz Hotopp hatte extra einen Fahrer ins etwa fünfzig Kilometer entfernte Greifswald schicken müssen, um dort wenigstens ein paar vor Fett triefende Teiglinge abzugreifen, die allerdings nur entfernt an Muffins erinnerten.

Hotopp war auf der Hut. Mit seinem Englisch war es nicht zum Besten bestellt, schließlich hatte er seinen Job bei der DEFA gelernt, und dass Greg McBain ein Choleriker war, hatte er schon bei der ersten Regiebesprechung mitgekriegt. Auch dem Kollegen Decker begegnete man besser mit Samthandschuhen, denn der griff sich gern einmal jemanden aus dem Team, um ihn vor versammelter Mannschaft wegen Nichtigkeiten zur Sau zu machen. Bereits heute Nacht hatte Dan Decker direkt nach der Anreise sein Hotelzimmer im benachbarten Anklam zertrümmert, weil das Quartier nicht seinen Vorstellungen entsprach und ihn noch dazu der Nachtportier nicht erkannt hatte und sich an der Rezeption Deckers Personalausweis hatte zeigen lassen. Heinz Hotopp blieb eine Anstandsminute lang stumm auf dem Dach des Shelters stehen, wartete ab, bis Dschie-Em-Bieh einen Schluck Milch genommen hatte, und fragte dann in seinem Ost-Englisch so behutsam wie möglich: »Mister McBain, can I speak you for a little moment?«

»What's on, Ketchup? We've to start shooting now!«, blaffte Greg McBain zurück, der Heinz Hotopp Ketchup nannte, weil er dessen Vornamen mit einer renommierten amerikanischen Tomatenketchupmarke in Verbindung brachte und den drahtigen Aufnahmeleiter der Einfachheit halber in seinem Hirn als Ketchup abgespeichert hatte.

»I am sorry, Mister McBain, but here are some people from the press, who want to make some photos and perhaps an interview, too.«

Gwendolyn schüttelte gleich kategorisch den Kopf, und Dschie-Em-Bieh wunderte sich: »The press is here, Ketchup? On our first day? Fuckin Germany. Nobody in the States would care, when Greg McBain starts shootin a movie …«

Kollege Decker mümmelte an seinem Muffin herum und schleimte mit vollem Mund an den Regisseur hin: »You are a very famous man in Germany, Greg!«

Greg McBain nahm noch einen Schluck Milch und lachte, was mit seiner hohen Stimme eher wie ein Quieken klang.

»Hey, Darling Dan, when they gonna see the movie, they'll hate me, haha!«

Aus Gründen der Motivationsoptimierung hatte Dschie-Em-Bieh beschlossen, seinen Hauptdarsteller Decker während der Dreharbeiten ausschließlich als Darling Dan anzureden. Nun lachte auch Kollege Decker, und Gwendolyn lachte vorsichtshalber auch noch mit, wobei es nur mehr ein Kichern war, das sich da aus ihrem Speckmündchen Bahn brach. Heinz Hotopp wollte eben noch das Verebben der Heiterkeit abwarten, um dann nochmals in Sachen Pressetermin nachzuhaken, doch Greg McBain drehte sich mit einem Schlag abrupt zu ihm um und fuhr ihn an: »Come on, Ketchup, don't stand around like a pregnant bratwurst, tell these assholes, we start shootin now! Everybody move your fuckin bones now!«

Heinz Hotopp war klar, dass er den Pressetermin fürs Erste vergessen konnte, wenn nicht ganz und gar, als er in der Ferne ein Motorengeräusch wahrnahm, das schnell näher kam. Heinz Hotopp sah irritiert in die Richtung, aus der das Geräusch zu kommen schien, und nun hatten auch die anderen auf dem Dach des Shelters den Lärm bemerkt. Verstört blickten sich alle um und sahen ratlos hinauf zum Himmel. Doch dort war nichts zu entdecken. Heinz Hotopp senkte seinen Blick in Richtung Boden, dorthin, wo die Landebahn im Süden anfing. Und genau dort war ganz knapp über dem Grund die Silhouette eines roten Flugzeugs zu sehen.

Jetzt ging alles sehr schnell. Keine zwei Meter über dem Boden bretterte die Pitts mit infernalischem Lärm über die Landebahn, direkt über die Köpfe der glotzenden Statisten hinweg. Genau auf der Höhe des Shelters wurden zwei kleine Beutel aus dem Flugzeug geworfen, die beim Aufprallen auf die Betonpiste sofort mit einem Knall detonierten und sich mit einer Stichflamme in einen gewaltigen roten Feuerschein verwandelten. Die Komparsen in ihren Nazi-Uniformen fingen panisch an zu schreien und völlig unkoordiniert quer über das ganze Flugfeld davonzulaufen. Gwendolyn war starr vor Schreck, Kollege Decker verschluckte sich fast am Muffin und hustete, und Dschie-Em-Bieh schrie Heinz Hotopp mit dem hochroten Kopf des Bluthochdruckpatienten an: »What the fuck is goin on here, Ketchup?!?«

Natürlich hatte Heinz Hotopp nicht die geringste Ahnung, was da ablief. Es war nun wirklich Bewegung auf dem ganzen

Flugfeld, die jeden Actionfilmregisseur hätte neidisch werden lassen. Während die rote Pitts in nördlicher Richtung fast senkrecht über dem Wasser der Ostsee nach oben stieg, rannten die Fotografen mit schussbereiten Fotoapparaten in Richtung Landebahn, sämtliche Absperrungen ignorierend, was zu mehreren Beinahe-Zusammenstößen mit den in Gegenrichtung fliehenden Statisten führte. Die Fotografin der Bildzeitung, die das sprintende Pressefeld anführte, wurde von einem Komparsen in der Uniform eines Reichsluftwaffenobersten schlichtweg niedergerannt und musste die Führung aufgeben. Hilfe der Kollegen wurde ihr natürlich nicht zuteil, denn die rannten schnurstracks auf den rötlichen Feuerschein in der Mitte der Landebahn zu. Greg McBain sah fassungslos auf das Chaos, das sich auf seinem schönen Motiv ausgebreitet hatte. Heinz Hotopp überlegte gerade, wie er die ganze Scheiße wieder in den Griff bekommen sollte, am besten noch, bevor Kevin Myers hier auftauchte, als er nach oben sah und bemerkte, wie die Pitts über der Ostsee über die linke Seite abkippte und jetzt im Sturzflug herangerast kam, direkt auf das Dach des Shelters zu. In wenigen Sekunden war das kleine Flugzeug wieder herangekommen, und Dschie-Em-Bieh und Gwendolyn starrten fassungslos auf das lärmende Ungetüm. Heinz Hotopp konnte sich gerade noch auf das Dach des Shelters werfen, bevor die Pitts keine zwei Meter direkt über dem Shelterdach wieder ruckartig nach oben gezogen wurde. Greg McBain purzelte im Moment des Überflugs haltlos auf seinen fetten Arsch, direkt in den Milchtisch hinein, der krachend unter der Last nachgab, wobei sich der Inhalt der Milchtüten fast vollständig über Dschie-Em-Bieh ergoss. Gwendolyn tappte quiekend den Shelterhügel herunter, gefolgt von Darling Dan Decker, der ins Innere des Shelters floh.

Die Pitts hatte nach gut 1000 Fuß Höhengewinn in einem Immelmann-Turn gewendet und nahm nun wieder Kurs auf den Shelter. Das Geschrei, Gezeter und unkoordinierte Umhergerenne auf dem ganzen Flugfeld hielt so ungebrochen an, wie man es schwerlich hätte besser inszenieren können. Als Greg McBain den erneuten Angriff bemerkte, rappelte er sich mit einer für seine Figur verblüffenden Schnelligkeit auf und rannte, von Milch triefend, den Shelter herunter, schnurstracks auf die Landebahn zu.

Allmählich fing die Sache an, Jörg Spaß zu machen, großen Spaß sogar. Bei den ersten Manövern hier über Peenemünde hatte er sich vor Angst fast in die Hosen geschissen, denn Zoltan auf dem hinteren Sitz knüppelte die kleine Pitts so brachial durch die Luft, dass die Drähte der Tragflächenverspannung lärmten wie Heulsusen und der Fahrtmesser bei den Sturzflügen ständig im roten Bereich festgenagelt zu sein schien. Aber offenbar konnte der Alte immer noch fliegen wie ein junger Hasardeur, wenn auch von der Eleganz der Bewegungen, die er beim Flug mit Natascha so genossen hatte, nichts, aber auch gar nichts zu spüren war. Und beim letzten Anflug auf den Shelter hatte er einen Moment lang gedacht, Zoltan würde die Pitts ungespitzt in den kleinen Hügel hineinjagen. Jörg kontrollierte reflexmäßig den festen Sitz der Gurtbänder, die das gefakte Wrackteil seitlich am Rumpf festhielten. Von seinem vorderen Platz im Cockpit aus konnte Jörg jetzt den fliehenden Dschie-Em-Bieh deutlich ausmachen, und er gab Zoltan mit der Hand ein Zeichen. Nun sah auch der Alte den milchdurchnässten dicken Mann, der da die Landebahn entlangrannte, und hielt direkt auf ihn zu. In Schulterhöhe jagte er die Pitts über die Bahn, von hinten auf den wackelnden Greg McBain zu, der sich im letzten Moment auf den Boden warf und durch den Fahrtwind der Pitts seine Basecap vom Kopf gerissen bekam. Mühselig rappelte sich der Regisseur wieder auf und lief nun in der Gegenrichtung davon. Zoltan wendete die Pitts mit einer Kombination aus halbem Looping und halber Rolle und nahm die Verfolgung des angeschlagenen Spielführers wieder auf. Entlang der Landebahn standen wie aufgereiht die Fotografen und hielten einfach stur drauf auf das Spektakel. Dass die atemberaubende Luftkampfeinlage nicht zum offiziellen Drehpensum von ›Wings of the Devil‹ gehören konnte, war mittlerweile auch dem Letzten hier in Peenemünde klar geworden. Und das Gerücht, dass es nur dieser verrückte Russe Gratsch sein konnte, der da in dieser kleinen, roten Kiste am Himmel herumtobte, verbreitete sich wie ein Lauffeuer über dem alten Militärflugplatz.

»Lass mich auch mal!«, schrie Jörg, packte den Knüppel und hielt auf den humpelnden Greg McBain zu, dessen sinnlose Flucht, diesmal in südlicher Richtung, jetzt schon sichtlich langsamer wurde. Im letzten Moment trat Jörg kurz ins rechte Seitenruder und ging zwei Meter seitlich an dem stolpernden Russenhasser vorbei, um einen Blick auf dessen blödes, von nackter Angst gezeichnetes Milchgesicht zu erhaschen. Jörg zog den Knüppel nach hinten, die Pitts gehorchte unverzüglich und ging ruckartig in einen Steigflug, den Jörg mit einem weiteren Immelmann-Turn beendete und wieder auf Greg McBain zuhielt, der jetzt auf der Landebahn lag und sich nicht mehr rührte.

»Lass gut sein, Jörg, dem reicht's!«, rief Zoltan von hinten, übernahm den Knüppel wieder und zog das kleine Flugzeug steil nach oben.

»Jetzt wird's Zeit für den großen Abgang. Tod dem Russen, nieder mit Jott Punkt Gratsch!«

Jörg konnte sogar durch den Lärm des Motors hindurch das heisere Lachen des Alten hören, der die Pitts nordwärts aufs offene Meer hinaussteuerte.

Heinz Hotopp war vom Shelter herunter in einem Sprint zu Dschie-Em-Bieh gerannt, der regungslos mitten auf der Betonpiste lag. Er kniete sich neben Greg McBain und stützte seinen schwer atmenden nassen Regisseur, der heftig nach Milch und Angstschweiß roch.

»Are you okay, Mister McBain?«, fragte Hotopp, aber der

Dicke glotzte ihn nur fassungslos an und begann wie ein kleines Kind zu weinen. Wenigstens schien sein Chef so weit in Ordnung zu sein, denn dass der Amerikaner am ersten Drehtag einer Herzattacke erlegen wäre, hätte ihm gerade noch gefehlt in seiner Biographie. Hotopp wusste, dass der Russe Gratsch für die Udet-Rolle vorgesprochen hatte und dass es beim Casting zu einem heftigen Streit zwischen Gratsch und McBain gekommen war. Und wenn ihm auch der heulende McBain ein wenig Leid tat, empfand der Aufnahmeleiter doch eine gewisse Genugtuung ob dieses kleinen aeronautischen Racheakts, den sich der irre Russe da geleistet hatte. Und eingedenk der kommenden zwei Monate, die er mit McBain zu verbringen hatte, hoffte Hotopp, dass die gelungene Attacke dem cholerischen Ego des Amerikaners einen stressmindernden Dämpfer versetzt haben würde. Mit einem unterdrückten Grinsen sah Heinz Hotopp der kleinen Pitts nach, die jetzt in gut 2000 Fuß Höhe in nördlicher Richtung über dem Meer davonflog.

Doch plötzlich hörte Hotopp, wie der Motor der Pitts aussetzte und zu stottern begann. Sofort stand er auf und starrte wie gebannt auf das kleine Flugzeug. Vorne am Rumpf, wo der Motor saß, war jetzt dicker, weißer Qualm zu sehen, und das Flugzeug schlingerte in offenbar unkontrollierbaren Bewegungen am Himmel, in einer Höhe von knapp 300 Metern. Hotopp konnte nicht wissen, dass Zoltan den Rauchgenerator gezündet hatte und mit großem Spaß an Steuerknüppel und Pedalen herumfuhrwerkte und die Pitts dadurch völlig präzise die Bewegungen eines drohenden Absturzes simulieren ließ. Immer wieder schaltete Zoltan die Zündung des Motors ein und aus, was man am Boden in Verbindung mit dem weißen Qualm und gelegentlichem Fehlzündungsknallen natürlich zwangsläufig für einen ernsthaften Motorschaden halten musste.

Jörg auf dem vorderen Sitz musste sich zusammenreißen, um nicht laut loszuschreien, denn Zoltan machte das alles so glaubhaft, dass Jörg wirklich Angst hatte, im nächsten Moment unkontrolliert ins Meer zu plumpsen. ›Der Alte muss es immer übertreiben!‹, dachte Jörg und hielt sich krampfhaft am Cockpit fest. Immer ganz kurz, bevor die Strömung am Flügel der Pitts abriss, fing Zoltan das Flugzeug wieder ab, um dann noch eine weitere Volte von Beinahe-Abstürzen dranzuhängen.

»Er stürzt ab, er stürzt ab!«, hörte man es von überall her, und alle Blicke in Peenemünde hingen jetzt an dem in der weißen Qualmwolke über dem Meer herumeiernden Flugzeug. Auch Greg McBain hatte sich wieder aufgerappelt und sah schwer atmend hinaus aufs Meer, wo die Pitts scheinbar brennend gegen den drohenden Absturz kämpfte.

»It's coming down, it's coming down, Ketchup!«, schrie Greg McBain mit seiner Piepsstimme.

Als hätte er Greg McBains Gequieke gehört, brüllte Zoltan nach vorne, zu Jörg: »Ich lass sie jetzt gleich runter! Mach die Gurte los und halt den Brandsatz bereit!«

Jörg fummelte an den Verschlüssen der Gurtbänder herum und zerrte unter seinem Sitz den Brandsatz und die anderen zum Abwurf bestimmten Requisiten hervor, während die Pitts immer noch am Himmel herumtaumelte wie eine abgeschossene Flugente vor dem Fall.

»Bist du so weit da vorne?«, brüllte Zoltan, und Jörg streckte seine rechte Hand mit dem erhobenen Daumen nach oben.

»Kann losgehen, Zoltan!«

Zoltan nahm das Gas ganz heraus und drückte den Knüppel nach vorne, bis zum Anschlag.

Heinz Hotopp sah, wie die qualmende Pitts mit einem Mal senkrecht nach unten ging und, scheinbar ins Bodenlose fallend, direkt auf die Wasseroberfläche zuraste.

Jörg war hochkonzentriert, das Adrenalin kam ihm zu den Augen heraus. Halb im Sitz stehend guckte er nach draußen und schätzte die Höhe, als Zoltan laut: »Jetzt!« schrie. Jörg warf den

Mantel ab, löste das Wrackteil am Rumpf, und es waren kaum zehn Meter mehr bis zum Wasser, als Jörg mit aller Kraft den Brandsatz zündete und nach draußen schleuderte.

Und dann sah Heinz Hotopp die Explosion, direkt auf der Wasseroberfläche, und eine Sekunde später hörte er den ohrenbetäubenden Knall. Und wie allen anderen auf dem Flugfeld in Peenemünde war ihm klar, dass dies das Ende bedeuten musste. Diesen Absturz konnte kein Mensch überlebt haben, nicht einmal ein durchgeknallter Russe namens Jott Punkt Gratsch.

»He's dead, he's dead!! The fucking bastard is dead! The asshole's gone to hell!!!«, schrie Greg McBain, und sein Quiekorgan überschlug sich mehrmals. Wie ein aufgeblähtes Rumpelstilzchen sprang er auf dem Beton der Piste herum, und Heinz Hotopp hatte schon Angst, dass der Dicke doch noch einen Herzanfall erleiden würde, wenn auch nicht aus Angst, dann vor Freude über den Tod des Russen. Denn dass das Gratsch gewesen sein musste, diese verfluchte Drecksau von einem Russen, der ihn ein krankes Rindvieh genannt hatte, das hatte sogar Mister McBain inzwischen mitbekommen. Dafür merkte er allerdings nicht, wie die Fotografen einen Film nach dem anderen durch die Kameras jagten und ihn mit seinen nassen Klamotten auf der Landebahn herumhüpfend ablichteten. Als Hotopp sich umsah, stand plötzlich Kevin Myers neben ihm, der mittlerweile in Peenemünde angekommen war. Und bevor der Aufnahmeleiter zumindest zu einem Versuch ansetzen konnte, eine Erklärung für die Situation am Drehort abzugeben, war Dschie-Em-Bieh seinem Produzenten schon um den Hals gefallen und schleifte ihn hüpfend mit sich über den Beton. Geistesgegenwärtig scheuchte Hotopp endlich die Fotografen davon, denn Bilder vom Produzenten, der auf der Landebahn Arm in Arm mit seinem Regisseur einen Freudentanz wegen des abgestürzten Russen Gratsch aufführte, waren das Letzte, was Hotopp am nächsten Morgen in den Zeitungen sehen wollte.

»Kevin, the asshole is dead, the fuckin Russki is gone to hell!!«, schrie Greg McBain immer wieder. Kevin Myers machte sich von seinem Regisseur los und guckte hinaus aufs Meer, wo immer noch der Feuerschein der Explosion leuchtete. Myers sah, dass mehrere Boote und ein Seenotkreuzer aus dem Hafen von Peenemünde ausgelaufen waren und Kurs auf die brennende Stelle mitten im Meer genommen hatten. Gegen Abend sollte er erfahren, dass man am Absturzort einen verkokelten Teil der unteren rechten Tragfläche und den Ledermantel von Jott Punkt Gratsch gefunden hatte. Und er sollte gesagt bekommen, dass keiner der Rettungsfachleute auch nur den Hauch einer Chance sah, dass der Russe oder irgendjemand sonst den Absturz hätte überleben können. Doch jetzt hier, im mittäglichen Chaos auf dem Flugfeld von Peenemünde, machte sich Kevin Myers primär erst mal Sorgen um seinen Film und seinen Regisseur, von den in den Sand gesetzten rund 100 000 US-Dollars ganz zu schweigen, die dieser versaute erste Drehtag ihn kosten würde.

Im letzten Moment, direkt nach der Explosion, hatte Zoltan die Pitts abgefangen und sie einen Meter über dem Wasser mit gerade mal 1200 Umdrehungen in Minimalgeschwindigkeit weiterfliegen lassen, direkt in Richtung Norden. Und keine zwei Minuten später hatte er sie sicher und unbemerkt mitten in eine Wiese auf der Insel Ruden gesetzt, einem kleinen Eiland zwischen Rügen und Usedom. Der einzige Schaden am Flugzeug war eine Delle an der rechten Fahrwerksverkleidung, mit der Zoltan beim Ausrollen einen Stein auf einem Maulwurfshügel erwischt hatte. Sofort waren er und Jörg aus der Pitts herausgesprungen, hatten sie von der Wiese in ein kleines Wäldchen gezogen, sie unter drei Bäume geschoben und das Flugzeug sogleich mit der großen Camouflage-Plane zugedeckt, die sie vorsorglich mitgebracht hatten, so dass man nichts mehr vom verräterischen Rot der Pitts erkennen konnte, weder vom Wasser aus noch von oben aus der Luft.

41

Die schöne Kiesfläche vor dem Haus in Zehlendorf, in dem die Agentur *pegasus* ihre Geschäftsräume hatte, war grundlegend versaut. Die Fahrer der knapp dreißig Wagen, die kreuz und quer geparkt auf dem Kies standen, hatten allesamt das Verbotszeichen am Tor ignoriert, waren direkt bis vors Haus gefahren und hatten dabei tiefe Furchen in den Kies gegraben. Kaum wiederzuerkennen war auch der weitläufige Büroraum, in dem Frau Doktor Suchanek residierte. Den Schreibtisch der Suchanek hatte man ganz an die Stirnseite des Zimmers geschoben, bevor man den Raum, die zur Verfügung stehende Fläche bis auf den letzten Quadratmeter ausnutzend, mit etwa fünfzig schwarzen Klappstühlen vollgestellt hatte, die allesamt mit Pressevertretern besetzt waren. Selbst an den Wänden standen noch Journalisten, die offensichtlich froh waren, Einlass gefunden zu haben. Einige ihrer Kollegen, die erst knapp vor dem anberaumten Termin erschienen waren, hatten wegen Überfüllung abgewiesen werden müssen und drückten sich nun draußen vor den Fenstern des Büros herum, die angeschlagene Kiesfläche mit ihren Füßen noch tiefgreifender malträtierend.

Die Stimmung im Büro war gedämpft. Es fiel auf, dass die Journalisten alle auf Stift und Papier zurückgegriffen hatten, denn Frau Doktor Suchanek hatte sich für ihre Pressekonferenz aus Gründen der Pietät absolutes Film- und Fotografierverbot erbeten. Nicht einmal Tonbandgeräte oder kleine Dat-Rekorder waren erlaubt, was bereits beim Einlass von Heidemarie mit gnadenloser Konsequenz kontrolliert worden war. Im Publikum saß auch Jan Pöter, und zwar mutterseelenallein, denn die Mellinghusen hatte sich sofort, nachdem der Absturz von Gratsch bekannt geworden war, mit Michael B. Hofmeier zu einer Fernsehtagung nach Luxemburg abgesetzt und Assuncia de Alcacer-Bentele gleich auch noch mitgenommen, als Dolmetscherin. Was die mit ihrem Spanisch in Luxemburg dolmetschen wollte, war Jan Pöter nicht ganz klar.

Die Suchanek saß im Rollstuhl hinter ihrem Schreibtisch und trug ein tiefschwarzes Kleid mit hochgeschlossenem Kragen. Auch ihre knochigen Hände steckten in schwarzen Seidenhandschuhen, und selbst über ihren Edelstahlrollstuhl hatte sie ein schwarzes Tuch gebreitet, was dem Gefährt einen Hauch von fahrbarem Sarg verlieh. Schwarz war auch das sackartige Gewand, in das Heidemarie ihren mageren Körper gehüllt hatte. Nun saß sie direkt zur Rechten ihrer Chefin, vor ihr stand ein großes Porträtfoto von Gratsch, das kunstvoll mit einem Trauerflor behängt war. Links neben der trauernden Frau Doktor saß der kleine Pastor Böhlich aus Weimar, wie immer ganz in Schwarz, aber heute trug er im Kragen das weiße Beffchen, das zum offiziellen Habit des evangelischen Pastors gehört.

Die Suchanek nickte dem Pastor kurz zu, woraufhin Böhlich sich mit sakraler Wichtigkeit erhob – viel hob sich da ja nicht, denn er war bekanntlich klein von Wuchs – und der anwesenden Gemeinde von Journalisten ein kleines Zeichen mit der Hand gab, sich nun ebenfalls zu erheben. Zögernde Presseleute, die eigentlich lieber sitzen bleiben wollten, wurden von unmissverständlichen Blicken ihrer Kollegen ebenfalls zum Aufstehen genötigt.

»Lasst uns beten«, sagte Böhlich in wohl dosiertem sächsischen Tonfall, faltete die Hände und hob an: »Vater im Himmel, wir bitten dich um Gnade für einen unserer Brüder, den du zu dir genommen hast. Du hast das Leben gegeben, und du hast es genommen, und unser Bruder gehe hin, und er ruhe in Frieden. Im Namen des Vaters, des Sohnes und des heiligen Geistes, Amen.« Daran hängte der Pastor noch das Segenszeichen, und selbst dieses kurze, formlos heruntergestammelte Gebet zeigte Wirkung. Die ersten Tränen krochen hier und da in Augenwinkeln hervor, als Böhlich sich wieder setzte und mit einem erneuten Handzeichen auch die Journaille wieder Platz zu nehmen hieß.

Nun gab die Suchanek, die die Rolle der Zeremonienmeisterin mit lustvoller Perfektion spielte, ihrer mageren Heidemarie in Form eines weiteren Nickens ein Zeichen. Heidemarie griff unter den Schreibtisch und hob mit beiden Händen in einer würdevoll gemeinten Bewegung Jörgs sakrischen Ledermantel nach oben und legte ihn vor der Suchanek auf den Schreibtisch. Dann holte sie mit nämlicher Würde ein schwarzes Kondolenzbuch herauf und platzierte es direkt neben den Mantel. Nachdem noch eine mit schwarzem Stoff beschlagene Pappschachtel gefolgt war, bedankte sich die Suchanek mit einer stummen Geste bei Heidemarie, suchte den Augenkontakt mit ihrem Publikum und begann dann mit leiser, vor Trauer zitternder Stimme zu sprechen: »Meine sehr verehrten Damen und Herren, wir alle wissen, was geschehen ist. So wie Jott Punkt Gratsch gelebt hat, so ist er auch gestorben: wild und kompromisslos. Wir haben einen großen Mann verloren, einen Schauspieler und einen Literaten, der alles war und das Gegenteil von allem, nur eines war er nicht: Durchschnitt und Mittelmaß. Unsere Kulturszene wird ohne ihn zweifellos wieder ärmer sein. Er ruhe in Frieden.«

Es herrschte Stille im Saal, die nur von dem leisen Kratzen der Stifte aufs Papier untermalt wurde, ein nicht ganz unbeabsichtigter Nebeneffekt des Verbots, bei diesem Anlass elektronische Aufzeichnungsgeräte zu benutzen. Jan Pöter sah eifersüchtig auf den kleinen Pastor, denn gerne hätte er als der Producer, der Gratsch schließlich entdeckt hatte, auch da vorne am Tisch neben der Suchanek gesessen und ein paar Worte gesprochen, doch die Suchanek hatte abgelehnt. Die wusste genau, dass das ihre Show war. Aber vielleicht könnte Pöter sich den Pastor für eine daily Human-Interest-Sendung packen, so gut wie Fliege war der allemal.

Wie auf ein verabredetes Zeichen griff sich Heidemarie ein schwarzes Taschentuch und begann schniefend, sich die Tränen aus den Augen zu wischen. Selbstredend hatte auch Pastor Böhlich zwischenzeitlich zu schluchzen begonnen, wenn auch bemerkenswert leise und diskret. Frau Doktor Suchanek nahm Jörgs Mantel in die Hand, hielt ihn zögernd einen kurzen Moment lang wie eine Reliquie hoch, drückte ihn dann kurz an ihr Gesicht und legte ihn zurück auf den Tisch: »Jott Punkt Gratsch hat uns seinen geliebten Mantel hinterlassen und einen Abschiedsbrief.«

Die Suchanek deutete auf die schwarze Pappschachtel, die neben dem Mantel stand: »Eine Kopie des Abschiedsbriefs liegt anschließend für Sie hier bereit, nachdem Sie sich in das Kondolenzbuch eingetragen haben.«

Die Suchanek gab Heidemarie erneut ein Zeichen, woraufhin die ihrer Chefin zwei kleine Paperback-Bändchen mit schwarzem Umschlag reichte.

»Dennoch bin ich trotz aller Trauer glücklich, Ihnen hier den neuen und leider letzten Roman von Gratsch präsentieren zu können: ›Die Hure von Petersburg‹. Aber bereits in den nächsten Tagen folgt ein Band mit unveröffentlichten Theaterstücken und Texten aus dem Nachlass von Jott Punkt Gratsch, dessen Probedruck mir bereits vorliegt.«

Frau Doktor Suchanek legte ihre Hand mit einer fast liebevollen Geste auf den Unterarm von Pastor Böhlich: »Das Vorwort zu diesem Buch hat dankenswerterweise unser lieber Pastor Böhlich geschrieben, der ja in einem innigen freundschaftlichen Verhältnis zu Jott Punkt Gratsch gestanden hat. Sollten Sie Fragen an Pastor Böhlich haben, können Sie sich bitte jederzeit vertrauensvoll an die Agentur *pegasus* wenden.«

Die Suchanek drückte den Unterarm des Pastors noch einmal

ganz fest, Pastor Böhlich schloss die feuchten Augen und guckte mit einer Inbrunst gen Himmel, als könne er durch die geschlossenen Lider hindurch mit seinem dahingeschiedenen innigen Freund Gratsch noch ein letztes Schwätzchen halten. Die Suchanek ließ den Pastor wieder los, legte das Paperback-Büchlein neben sich auf den Tisch und streifte mit einem ganz kurzen Blick eine dunkelhaarige füllige junge Frau, die ganz hinten in der letzten Reihe saß. Das Mädel, dem die Suchanek jetzt nahezu unmerklich zunickte, musste dem Aussehen nach mindestens im zwanzigsten Semester Literaturwissenschaften sein und war in den letzten Tagen ohne Zweifel sehr fleißig gewesen. Und schon war die Suchanek mit ihrer Aufmerksamkeit wieder beim Publikum: »Die Filmrechte über das Leben von Jott Punkt Gratsch liegen übrigens bei mir. Ich werde sie zu gegebener Zeit veräußern. Allerdings nur unter der Voraussetzung, dass sich der Interessent für diesen großen Stoff als würdig erweist.«

Nun gönnte sich die Suchanek auch selbst noch eine Träne, ließ sie sich über die Wange laufen, kämpfte offensichtlich mit dem Drang, ungehemmt loszuheulen, fing sich im Gegenzug eine rasch aufgelegte Hand des Pastors ein, wischte sich das Tränchen dann mit einer schnellen Bewegung ihrer im Handschuh steckenden Hand ab und bewahrte wieder tapfer Contenance.

»Und nun haben Sie Gelegenheit, sich in das Kondolenzbuch einzutragen, sofern Sie das möchten.«

Und da jeder einen Abschiedsbrief haben wollte, stand einer nach dem anderen auf, trug sich in das Kondolenzbuch ein und nahm eine Kopie des Abschiedsbriefes. Heidemarie passte auf, dass keiner der Journalisten zweimal in die schwarze Kiste griff, um etwa einen Kollegen vom Eintragen in das schwarze Buch zu befreien.

Die ganze Zeremonie dauerte gut anderthalb Stunden lang, und die Suchanek war tief befriedigt, dass die Presse ihr so aufs

Wort gefolgt war. Und sie war überdies sicher, dass sie das posthume Interesse an Gratsch noch einige Zeit würde am Kochen halten können, zumindest bis ihr Literaturseminarmädel aus der letzten Reihe genug Material zusammengeschrieben hatte, das als Gratsch-Nachlass durchgehen würde. Und wenn das Interesse irgendwann langsam zu schwinden beginnen würde, dann konnte sie immer noch schnell eine Biographie nachschieben, das Kondolenzbuch als Faksimile herausgeben und auch den Ledermantel mithilfe einer befreundeten Wienerneustädter Lederwarenmanufaktur gewinnbringend zum posthumen Kultobjekt hinaufhypen. Und außerdem hatte sie den Pastor Böhlich jetzt unter Vertrag, und zwar was dessen sämtliche Medienauftritte anging; die Blicke von Jan Pöter auf den Pastor waren ihr nicht verborgen geblieben. Frau Doktor Suchanek war sozusagen wieder auf dem Weg nach oben, und zwar direktissima.

Nur einer hatte sich nicht ins Kondolenzbuch eingetragen. Der Mann war in der letzten Reihe gesessen zwischen all den Journalisten, obwohl er nicht zur schreibenden Zunft gehörte: Kevin Myers von der Columbia. Er hatte sich nach der, wie er zugeben musste, gekonnt inszenierten Pressekonferenz der Suchanek leise nach draußen geschlichen, wo sein Fahrer mit der großen Chrysler-Limousine im zerfurchten Kies auf ihn wartete. Und Kevin Myers war wohl in der Tat der einzige Frevler gewesen, der den Gang zum Kondolenzbuch verweigert hatte, weil er zum einen Wichtigeres zu tun hatte, als sich mit fünfzig Pressefritzen für ein Stück Papier anzustellen, und weil er zum anderen nicht so recht an den Tod von Jott Punkt Gratsch glauben mochte.

42

Der Vollmond schien über dem Flugplatz von Fürstenwalde, als Zoltan Schneider über den Zaun kletterte, der den Flugplatz nach Süden hin begrenzte. Fast eine Stunde hatte der Fußmarsch – mit dem steifen Bein! – vom kleinen Bahnhof Fürstenwalde bis hier gedauert, dabei hatte Zoltan ohnehin schon eine ausgedehnte Reise hinter sich gehabt. Am Nachmittag war er von der kleinen Insel Ruden aus aufgebrochen, war in einem Schlauchboot nach Rügen hinübergepaddelt, zum Bahnhof Putbus gelaufen, mit dem Zug über Binz, Bergen und Stralsund nach Berlin gefahren und von dort aus schließlich mit einer Regionalbahn nach Fürstenwalde gelangt. Der Rückweg würde einfacher werden, denn auf dem Flugplatz stand immer noch Jörgs Käfer, dessen Wagenschlüssel er in der Tasche hatte. Zoltan hatte mitten in der Nacht keine Lust mehr gehabt, noch um den ganzen Flugplatz herumzulaufen, also war er über den Zaun gestiegen und stapfte im Dunkeln über die verlassene Landebahn direkt auf die alte Halle zu, aus der er vor drei Tagen mit Jörg die rote Pitts geklaut hatte.

Von der Halle aus guckte er hinüber zu dem Bauwagen, in dem die Fluglehrerin wohnte, und durch den geschlossenen Fensterladen konnte er einen schwachen Lichtschein ausmachen. Zoltan war schon fast am Wagen, als er plötzlich Schritte hörte. Schnell lief er wieder zu dem alten Holzschuppen und schmiegte sich an dessen Rückwand, die im Schatten des Mondlichts lag. Nun sah er den Kerl, der da gebeugten Schrittes auf den Bauwagen zuschlich: Er trug eine Art Lufthansa-Uniform, wirkte aber von Gang und Haltung eher wie ein geschlagener Hund. Der Mann blieb vor der Tür des Bauwagens stehen und klopfte. Von drinnen kam keine Antwort, doch der Mann klopfte immer wieder und bettelte fortwährend mit kleiner, unterwürfiger Stimme um eine letzte Unterredung, um eine letzte Chance, während sich der Vollmond auf der licht gewordenen Stelle an seinem Hinterkopf spiegelte.

Zoltan hatte dem vergeblichen Trauerspiel einige Minuten lang zugesehen, als sich schließlich die Tür des Bauwagens ganz leicht bewegte. Im Schein des Mondlichts konnte Zoltan Nataschas Augen an der Tür erkennen, viel mehr aber nicht. Vorsichtig hielt sie die Tür nur einen Spalt weit geöffnet, wahrscheinlich um sie bei Gefahr im Verzug jederzeit sofort wieder verrammeln zu können, von innen. Der Mann blieb draußen stehen, denn dass er keine Chance hatte, eingelassen zu werden, musste ihm wohl längst klar geworden sein.

»Was willst du noch? Es ist mitten in der Nacht!«, fragte die Fluglehrerin.

»Ich muss mit dir reden, Natascha.«

»Es gibt nichts mehr zu reden, Victor. Es ist alles gesagt.«

Zoltan musste sich kaum anstrengen, das Gespräch zu verstehen, denn die Luftfeuchtigkeit war hoch und trug die Worte wie auf einem Kissen durch die Mondnacht zu Zoltan herüber. Als der Name Victor gefallen war, erinnerte sich Zoltan, am Tor des Flugplatzes auf dem Firmenschild einer Flugschule ›Victor A. Lehmann – CFI-ME‹ gelesen zu haben. Das musste wohl dieser Victor Lehmann sein, obwohl der Mann beileibe nicht wie der Chef eines renommierten Luftfahrtausbildungsunternehmens wirkte.

»Gib uns noch eine Chance. Ein letztes Mal, Natascha. Ich flehe dich an!«, winselte der mutmaßliche Lehmann, aber die Fluglehrerin rührte sich nicht von der Stelle.

»Ach Victor, es hat schon viel zu viele letzte Male gegeben. Es ist Schluss.«

Lehmann sah zu Boden, und Zoltan hoffte inständig, dass diese Debatte nicht bis zum Sonnenaufgang dauern würde.

»Komm wieder nach Hause, Natascha. Ich bitte dich inständig. Ich weiß, ich habe Fehler gemacht, aber es wird sich alles ändern. Du kannst doch zu Hause viel besser lernen als in diesem Loch hier.«

Zoltan erinnerte sich, dass Jörg ihm erzählt hatte, seine geliebte Fluglehrerin büffelte für die Prüfung zur Airliner-Pilotin.

»Es ist aus, Lehmann. Du hast einfach die Grenze überschritten. Das mache ich nicht noch einmal mit. Und jetzt geh, bitte.«

Die Fluglehrerin wollte offenbar die Tür schließen, aber Victor A. Lehmann gab noch nicht auf: »Wart noch eine Minute, Natascha. Sieh mal, wir müssen doch zusammenhalten. Wir haben doch nur gemeinsam eine Chance. Ich habe neue Flugschüler besorgt, die müssen ...«

»Vergiss es, Lehmann. Ich hab's dir deutlich gesagt: Ich spiel hier nicht mehr die billige Fluglehrerin für dich. Das ist ein für alle Mal vorbei. Ich hab gestern die Scheidung eingereicht. Und bei dem, was du dir geleistet hast, ist das nur eine Formsache.«

»Was hast du???«

»Ich hab die Scheidung eingereicht.«

»Du spinnst doch total! Was willst du denn machen ohne mich?«

»All das, was ich die ganzen Jahre mit dir nicht machen konnte. Ich will einfach leben, Lehmann, irgendwo, überall, bloß nicht mehr hier. Also hau ab jetzt.«

Zoltan sah, wie Lehmann eine Stufe auf der Treppe nach oben ging und seinen Fuß in die Tür des Bauwagens zu stellen versuchte. Mit einem Schlag war das Weinerliche aus der Stimme des Flugschulleiters verschwunden, und der Mann bellte jetzt im Kasernenhofton durch die Nacht: »Moment mal, Moment mal, meine liebe Natascha: So kommst du mir nicht davon! Dein Herr Flugschüler hat mir meine schöne Pitts zu Schrott geflogen! Wer soll denn das sonst gewesen sein?!«

Zoltan drüben an der Schuppenwand musste ein Lachen unterdrücken. Natascha verstärkte den Druck auf die Tür: »Was willst du eigentlich, Lehmann? Du kassierst doch das Geld von der Versicherung.«

Nun brüllte Lehmann richtig los: »Einen Scheißdreck kassiere ich! Die Pitts war nur Haftpflicht! Ich hab nämlich kein Geld gehabt für Vollkasko!!! Die war nur Haftpflicht, du blöde Schlampe! Und die Haftpflicht zahlt nicht bei Diebstahl, das ist doch die Scheiße, geht denn das nicht rein in dein blödes kleines Weiberhirn?!«

»Das ist dein Problem, Lehmann. Das geht mich nichts mehr an.«

Jetzt versuchte Lehmann, die Tür des Bauwagens einzudrücken, und Zoltan überlegte bereits, ob er einschreiten und Jörgs Angebeteter helfen sollte. Aber die brauchte keine Hilfe. Blitzschnell trat sie mit ihrem Absatz auf Lehmanns Fuß, schlug im gleichen Atemzug die Tür des Bauwagens zu und verriegelte sie von innen. Zoltan fürchtete, dass es ein hartes Stück Arbeit werden würde, was er in dieser Nacht noch vorhatte. Der ausgesperrte Lehmann trommelte mit den Fäusten an die Tür und schrie dabei aus Leibeskräften: »Du bist doch schuld an der ganzen Scheiße, du verfluchte russische Dreckshure! Du hast doch hier rumgefickt mit diesem Dreckskerl!!!«

Immer wieder hieb er mit der nackten Faust in die hölzerne Außenwand des Bauwagens hinein und schrie dabei unablässig: »Rumgefickt! Rumgefickt! Rumgefickt!«

Offenbar hatte sich Lehmann dabei verletzt, denn Zoltan sah, wie er sich wimmernd die rechte Hand hielt, mit dem Fuß nochmals gegen die Tür trat und dann vor Schmerz humpelnd durch die Nacht den Rückzug antrat. Zoltan guckte Lehmann hinterher, bis er in einer der Bürobaracken verschwunden war, und wartete noch ein paar Minuten. Dann hörte er hinter der Bürobaracke das Geräusch eines startenden Automotors. Mit quietschenden Reifen fuhr Lehmann davon, und Zoltan harrte an der Schuppenwand aus, bis die Lichter des Wagens in der Ferne verschwunden waren. Er löste sich aus dem Schatten des Schuppens, ging auf den Bauwagen zu und klopfte an der Tür. Erst rührte sich gar nichts. Zoltan klopfte noch einmal und rief mit gedämpfter Stimme: »Natascha, otkrywajtje, poschalujsta! Ja drug!«

Ein Rascheln war von drinnen zu hören, dann öffnete sich an der Längsseite des Bauwagens der Fensterladen einen Spalt weit: »Kto eto?«

Zoltan war froh, dass Natascha ihn und sein Klopfen zumindest nicht für einen erneuten nächtlichen Überraschungsangriff von Lehmann gehalten hatte. Vorsichtig schlich er auf das Fenster zu und sagte: »Natascha, poschalujsta! Goworitje so mnoj!«

Natascha streckte den Kopf ein Stück zum Fenster heraus, aber als sie Zoltan erkannte, schlug sie, einer spontanen Gefühlseingebung folgend, den Fensterladen sofort wieder zu.

Zoltan klopfte nochmals an den Fensterladen: »Nun kommen Sie schon. Ich hab Neuigkeiten.«

Der Fensterladen blieb zu, und Natascha sagte von drinnen: »Ich hab die Schnauze voll von Ihren Neuigkeiten! Was habt ihr zwei Arschgeigen mit meiner schönen Pitts gemacht?«

»Das müssen Sie schon die andere Arschgeige fragen.«

Natascha öffnete den Fensterladen und sah Zoltan mit einer Verblüffung an, die Zoltan übers ganze Gesicht grinsen ließ.

»Wo ist er?«

Zoltan machte eine abwiegelnde Geste. »Alles zu seiner Zeit.«

»Mann, was soll das jetzt? Lebt er oder nicht?«

»Wenn Sie's wissen wollen, dann kommen Sie mit.«

»Mit Ihnen? Wohin denn?«

»Kommen Sie. Wir machen eine kleine Reise.«

Zoltan lächelte Natascha mit all seinem hinterlistigen Charme an.

»Packen Sie sich ein paar Sachen zusammen, aber nur das Nötigste.«

Der Fensterladen wurde geschlossen, und zwei Minuten später kam Natascha in ihrer grauen Kombi aus dem Bauwagen, eine kleine Reisetasche in der Hand. Im Licht des Vollmonds gingen Zoltan und Natascha hinüber zum Parkplatz, wo Jörgs Käfer stand. Zoltan schloss den Wagen auf, hob Nataschas Reisetasche auf den Rücksitz und ließ Natascha rechts vorne einsteigen. Natascha sah den Alten an und überlegte noch einmal, ob sie nicht gerade dabei war, wieder einen Riesenfehler zu machen. Zoltan hatte das bemerkt, legte Natascha seine knochige Hand auf den Arm, ganz leicht nur, und sagte: »Bis es hell wird, sind wir da.«

Dann ließ er den Motor an, fuhr los, auf den Berliner Ring, und dann die B 96 hoch in Richtung Anklam, wo jetzt mitten in der Nacht ausnahmsweise mal kein Stau war.

43

Jörg hielt sein Handy fest ans rechte Ohr gepresst und versuchte, das Gespräch schnell zu einem Abschluss zu bringen, denn sein Akku war fast am Ende, und ein Ladegerät samt Steckdose stand ihm hier auf dem gut einen Hektar großen Ödland Ruden mitten in der Ostsee nicht zur Verfügung. Die zwei übereinandergelegten Fallschirme hatten sich unter den Umständen als eine durchaus bequeme Sitzgelegenheit erwiesen. Jörg hatte sich aus alten Brettern eine Art Schreibtisch gebastelt und sein graues Regiebuch vor sich liegen. Drei Tage lang hatte er nahezu ununterbrochen geschrieben und nachts immer nur ein paar Stunden in dem winzigen Zweimannzelt geschlafen, das Zoltan vorsorglich in die Reisetasche gepackt hatte. Jörgs Haare begannen bereits wieder zu wachsen, und im Gesicht zeichnete sich ein entstehender

Vollbart ab. Und wie er so dasaß, nur eine kurze Boxershorts anhatte, die Zoltan ihm überlassen hatte, ohne die Tampons in den Backentaschen, erinnerte eigentlich nur noch das Hammer-und-Sichel-Tattoo auf seinem rechten Oberarm an seine kurze Vergangenheit als Jott Punkt Gratsch. Fett geworden war er aber noch nicht wieder, denn seit drei Tagen gab es nur Notverpflegung, an die Zoltan zum Glück gedacht hatte. Über hundert Seiten hatte Jörg in sein graues Buch hineingekritzelt, seit er und Zoltan auf der kleinen Insel gelandet waren. Die Geschichte war so gut wie fertig, der Plot stand, und die wesentlichen Dialoge waren auch schon ausformuliert.

Natürlich war es eine Fliegergeschichte und hieß ›The Old Man and the Sky‹. Dem alten Buschflieger Pete – sprich: Piet –, der mit seinem Flugzeug in den Wäldern des nördlichen Kanada flog und hauste, hatte sein Chef endlich den Nachfolger geschickt, den Pete in den Job einführen sollte. Aber der alte Pete dachte gar nicht ans Aufhören und beschloss, den jungen Nachfolger auflaufen zu lassen. Nur war der junge Nachfolger kein ehrgeiziger Kanadier, sondern eine schöne, aber sture und verstockte junge Pilotin aus Russland, die der Chef für ein lächerlich geringes Gehalt unter Vertrag genommen hatte. Pete, der überhaupt nicht wusste, was er außer Fliegen – und Saufen! – mit seinem Leben anfangen sollte, hasste die Frau, sobald sie dort auf seinem kleinen Flugfeld mit der Holzfällerhütte angekommen war. Die beiden bekriegten sich bis aufs Messer, mussten nach einem Streit im Cockpit mitten in der Wildnis am Flusslauf des Yukon notlanden, lebten von Fischen, während sie das Buschflugzeug reparierten, und schafften es dann tatsächlich, zurückzufliegen zu Petes kleiner Buschstation. Es kam, wie es kommen musste: Die beiden verliebten sich ineinander und schwebten in den Wolken, bildlich und physisch, der alte Mann und die junge Frau, mitten im Himmel auf Erden. Bis dann eines Tages mit dem Versorgungsflugzeug der junge Ehemann der

Russin kam, den sie in Sankt Petersburg verlassen hatte und der seine Frau bei einem wilden Liebesakt mit Pete zwischen Ölfässern und Vorräten überraschte. Dann ging die Schlacht erst richtig los, nunmehr zu dritt, jeder gegen jeden. Diesen Teil der Geschichte musste Jörg noch ausformulieren, den Schluss jedoch hatte er schon, wenn auch nur grob skizziert: Der Alte stürzte, nachdem er den Nebenbuhler ausgebootet hatte und Vorräte für seine schwangere Geliebte holen wollte, mit dem Flugzeug in den Wäldern ab. Das fand sogar Jörg ein bisschen dicke, aber so mochten es ja die Amis.

Ungeduldig unterbrach Jörg seinen Gesprächspartner am Handy: »Hören Sie, Mister Myers: Sechs Millionen, drunter geht's nicht. Also überlegen Sie sich's. Das Buch ist so gut wie fertig.«

Das war natürlich ein bisschen geschwindelt, aber dass Klotzen zum Geschäft gehörte, diese Lektion hatte Jörg mittlerweile gelernt.

»Mein Akku kackt ab, Myers. Also sagen Sie ja, und geben Sie mir eine Option, oder ich schick es jemand anderem. Sie wollten doch unbedingt was mit mir machen. Und eine Besetzung für den Alten liefere ich Ihnen frei Haus. Den besten, den man kriegen kann.«

Kevin Myers am anderen Ende der Funkverbindung ahnte, wen Jörg damit meinte.

»Ja genau, der Alte, der von der Lesung im Gorki. So eine Fresse gibt's kein zweites Mal. Und der kann fliegen wie der Teufel, sag ich Ihnen.«

Kevin Myers wollte wissen, ob der Alte am Knüppel gesessen hatte, als die rote Pitts die Attacke auf seinen Regisseur Greg McBain geflogen war.

»Ja, das war er. Und spielen kann der mindestens genauso gut, das verspreche ich Ihnen.«

Da begann das Handy zu piepen, was bedeutete, dass noch ein

paar Sekunden blieben, bis der Akku endgültig seinen Geist aufgeben würde.

»Und noch was, Myers: Ich will Regie führen. Das ist Bedingung. Geben Sie mir Ihr Okay, und ich bringe Ihnen das Buch, sobald ich wieder in Berlin bin.«

Und Kevin Myers gab sein Okay. Als das Licht des Displays von Jörgs Handy endgültig erlosch, konnte er selbst kaum glauben, was er da soeben vollbracht hatte: Er hatte eine, wenn auch nur mündliche, Zusage von Kevin Myers und damit der Columbia für einen Film samt Regie und Besetzung, dessen Drehbuch bisher lediglich als handschriftliche Aufzeichnung in seinem grauen Buch existierte. Aber der Rest war nur noch Fleißarbeit, das würde er schon schaffen.

Jörg machte drei Freudensprünge durch die Luft und bemerkte ein kleines Boot, das sich von Norden der kleinen Insel näherte. Jörg lief zum Strand. An der Pinne des Außenbordmotors saß Zoltan, und vorne im Bug stand sie: Natascha, leibhaftig und wunderschön. Sie sah aus wie die schönste Galionsfigur mit Reisetasche, die Jörg je gesehen hatte, ach was, sie kam ihm vor wie die vom Himmel herabgestiegene Göttin der Fliegerei in ihrer grauen Kombi, dort am Bug des kleinen Anglerkahns.

»Nun glotz nicht wieder wie ein Ölgötze!«, rief Zoltan, als er das Boot mit Schwung auf den flachen Sandstrand gleiten ließ. »War gar nicht so einfach, sie zu überreden.«

Jörg ging zum Bug des Boots und hielt Nataschas Hand, als sie auf den Strand sprang. Stumm sahen sich die beiden in die Augen, während Zoltan das Boot weiter auf den Strand hinaufzerrte.

»Ich denke, du bist tot?«, sagte Natascha mit einem Grinsen. Jörg schüttelte den Kopf.

»Du verwechselst mich. Siehst doch, dass ich lebe!«

»Und wer war das Arschloch auf der Bühne?«

»Der? Das war Gratsch, der Russe. Der ist tot. Gestorben wie ein Kamikaze.«

Zoltan kam heran, und Natascha löste sich aus Jörgs Griff.

»Ihr zwei Vollidioten habt meine schöne Pitts ins Meer geschmissen!«

Jörg und Zoltan grinsten sich an. Jörg nahm Natascha wieder bei der Hand und sagte: »Küss mich, dann zeige ich dir was.«

»Was denn?«

»Erst küssen?«

»Ich soll den Frosch küssen, gut. Und was kriege ich dafür?«

»Probier's aus.«

Und Natascha probierte es aus. Eine minutenlange Ewigkeit küssten sie sich. Zoltan drehte den beiden den Rücken zu und blickte aufs offene Meer hinaus, als warte er sehnsüchtig darauf, dass eine seiner Schauspielschülerinnen in schwarzen Gymnastikhosen auf einem Surfbrett herbeigeglitten käme. Jörg fühlte wieder diese grenzenlose Lust heraufziehen, die ihn vor ein paar Tagen in Fürstenwalde überfallen hatte. Er gab dem Affen weiter Zucker und küsste wie ein Fünfzehnjähriger um sein Leben. Doch mitten in einem neuerlichen heftigen Aufwallen der wilden Knutscherei machte Natascha sich von Jörg los.

»Schluss jetzt. Genug Frosch geküsst. Jetzt will ich die Überraschung sehen.«

Jörg und Zoltan grinsten sich an.

»Komm!«

Jörg nahm Natascha bei der Hand und ging mit ihr auf das Wäldchen zu, genau zu der Stelle, wo die tarnfarbene Camouflage-Plane an den oberen Ästen hängend bis auf den Boden gespannt war. Zoltan folgte den beiden.

Jörg blieb vor der Plane stehen, gab Natascha noch ein Küsschen und sagte: »Gut, dann zeig ich's dir.«

Zusammen mit Zoltan hob er die Plane hoch, und darunter kam die kleine Pitts zum Vorschein, die jetzt statt der deutschen

Eintragungszeichen eine von Jörg aufgeklebte nordamerikanische Kennung trug, und zwar N-5113 X. Natascha traute ihren Augen nicht, aber sie war sich trotz der anderen Kennung sofort sicher: Das war ihre geliebte kleine Pitts. Todsicher.

»Ich schenk sie dir«, sagte Jörg, und Natascha sah ihn kopfschüttelnd an.

»Aber die gehört Lehmann.«

Zoltan legte seine Hand auf Nataschas Schulter.

»Nee, Frollein. Die vom Lehmann liegt in der Ostsee. Die hat dieser Idiot von einem Russen versenkt. Und die war leider nur Haftpflicht. Aber die da, die gehört Ihnen.«

Natascha zeigte auf die kleine Delle an der rechten Radverkleidung, die sie natürlich sofort entdeckt hatte: »Die Schramme ist neu.«

»Kleiner Bagatellschaden beim Einparken«, sagte Zoltan.

Natascha nahm Jörg in den Arm und küsste ihn. Zärtlich streichelte sie seinen Kopf: »Und du hast die Kiste heil auf diesem Acker runtergebracht, mein Kleiner? Das glaub ich nicht.«

Jörg deutete mit der Hand auf Zoltan: »Er war's.«

Natascha drehte sich zu Zoltan um. »Also doch Jagdflieger?«

Zoltan lachte wieder, laut und kehlig. »Ach Mädchen, gegen den Schrott, den wir damals hatten, fliegt sich das Ding wie ein Kinderspielzeug.«

Natascha hatte nun tatsächlich Freudentränen im Gesicht. Jörg nahm Natascha wieder in den Arm und grinste breit: »Und wenn ihr wollt, machen wir drei dieses Jahr zusammen noch einen Film. Aber einen richtigen.«

Zoltan zuckte für einen Moment zusammen und sah Jörg fassungslos an.

»Ich hab's noch nicht schriftlich, Zoltan, aber mündlich. Und ich sage dir: Der hat angebissen, richtig fett angebissen.«

Der Alte haute Jörg vor Dank fast die Schulter zusammen.

»Du hast diesem Myers tatsächlich mein Drehbuch verkauft, du Satansbraten…?!«

»Gewissermaßen, Zoltan, gewissermaßen.«

»Red keine Scheiße von wegen gewissermaßen. Was soll das heißen, gewissermaßen?«

»Das heißt: gewissermaßen. Mehr sage ich nicht, bevor ich's schriftlich habe. Aber Bedingung ist, dass du dabei bist. Zufrieden?«

Zoltan war zufrieden, was blieb ihm auch übrig. In dieser Nacht versuchte er unten am Strand in dem kleinen Motorboot zu schlafen, über das er die Persenning gebreitet hatte. Aber die bot auch nicht mal ansatzweise akustischen Schutz vor dem libidinösen Spektakel, das die ganze Nacht ein paar Meter weiter oben unter dem kleinen Zweimannzelt vor sich ging. Und genauso wie Jörg und Natascha tat Zoltan in dieser Nacht kein Auge zu.

44

Die Schneise in dem ausgedehnten Waldgebiet der Schorfheide, nördlich von Berlin, war gerade mal 500 Meter lang. Am Rand stand eine kleine Blockhütte, daneben ein alter Lagerschuppen, vor dem alte Ölfässer aufgestapelt waren. Mitten in der Lichtung hatte man einen verwitterten Holzmast in den Waldboden gerammt, an dem ein rotweißer Windsack hing, und in der Längsrichtung der Schneise war parallel zur Waldkante mit zwei Reihen gelbschwarz gestrichener Plastikmülleimer eine schmale Landebahn markiert.

Vor der Hütte standen die rote Pitts und eine alte 182er-Spornrad-Cessna, eine STOL-Ausführung. STOL stand für ›Short-Take-off-and-Landing‹, was bedeutete, dass man das

Flugzeug auch von einem 300 Meter langen Acker aus starten konnte, und aus einer 500 Meter langen Waldschneise schon dreimal. Auch für die Pitts war ein Start aus der Schneise kein Problem, der Abflug von der Insel Ruden vor ein paar Wochen war da ein ganz anderer Akt gewesen, mit nicht einmal 300 Meter Startbahnlänge. Aber Natascha hatte das souverän gemeistert, nachdem Jörg und Zoltan jedes Gramm überflüssigen Ballast aus der Pitts geräumt und mit dem Motorboot und dem Käfer nach Hause geschafft hatten.

Über dem Blockhaus wehte die kanadische Flagge, und das ganze Ambiente sah so hammerhart nach Kanada aus, dass es jeden zufällig hier auflaufenden Schorfheidenwanderer wahrscheinlich in einen Zustand tiefster geographischer Verwirrung gestürzt hätte. Ja, dieser liebevoll hergerichtete Versorgungsstützpunkt konnte ohne jeden Zweifel als der kleine kanadische Flugplatz durchgehen, auf dem der alte Buschpilot Pete sein Leben gefristet hatte und nun auf den unseligen Nachfolger wartete.

Nachdem Kevin Myers das fertige Buch gelesen hatte, war er begeistert gewesen. Sofort hatte er dem mündlichen Wort einen schriftlichen Vertrag folgen lassen und alles in die Wege geleitet, um diesen Film so schnell wie möglich zu drehen. Kevin Myers brauchte einen Erfolg, und zwar so schnell wie möglich. Sein Stuhl bei Columbia war nämlich in den letzten Wochen heftig ins Wackeln geraten, als Folge der Turbulenzen um ›Wings of the Devil‹. Denn die Wings, das war Myers mittlerweile klar, waren wohl eher ein Griff ins Klo gewesen. Dschie-Em-Bieh und sein Hauptdarsteller hatten sich nicht in die Haare bekommen, nein, es war noch schlimmer gekommen: sie waren ein Herz und eine Seele geworden. Greg McBain hatte seinen Darling Dan Decker ungestört agieren lassen, was zur Folge gehabt hatte, dass Decker sein stereotypes präpotentes Geschaue mit der Kippe im Mundwinkel weitgehend ungestört den ganzen Film hindurch hatte abfeiern können, was nicht nur stinklangweilig war, sondern auch mit dem echten Udet so gut wie gar nichts zu tun hatte. Thema verfehlt, glatte Fünf minus. Als Kevin Myers den Rohschnitt des Machwerks gesehen hatte, war blankes Entsetzen die Folge gewesen. Auch im Schnitt war da nichts mehr zu retten gewesen, das Material war einfach hinten und vorne verkackt.

Schon vor der Premiere von ›Wings of the Devil‹ waren Einzelheiten über den Udet-Film nach außen gedrungen, und schnell war der Vorwurf angeblicher Nazi-Verherrlichung breitflächig durch die Medien gegeistert. Und wenn Kevin Myers ehrlich war, hatte ihm sein lieber Dschie-Em-Bieh mit den Wings vielleicht nicht unbedingt einen Nazifilm ins Nest gelegt, aber ein verkappter Kriegsfilm mit pubertärer Lust an Effekt und Knallerei gepaart mit ausgiebigem albernem Geschwätz über Krieg, Frieden und Gerechtigkeit war das Machwerk allemal. Also hatte sich Kevin Myers mit aller Kraft auf sein neues Projekt gestürzt: ›The Old Man and the Sky‹. Aus Finanzierungsgründen wurde der größte Teil vom Old Man in Brandenburg gedreht, nicht zuletzt wegen den Eigentümlichkeiten deutscher und europäischer Filmförderung. Kevin Myers hatte das sehr klug eingefädelt, Brandenburger Gelder und EU-Förderungen eingestrichen und den ganzen Film finanziert, ohne seiner Columbia nennenswert in die Tasche greifen zu müssen. Hier in Europa war man so versessen drauf, Hollywood nachzueifern, dass man Myers das Geld quasi nachgeworfen hatte, eine Situation, von der er als Produzent in den Staaten nur hätte träumen können.

Ihr Hauptquartier hatte die Produktion im nahe der Schorfheide gelegenen ehemaligen Militärflugplatz Eberswalde aufgeschlagen, der seit der Wende mehr oder minder leer stand und an dem sich schon eine ganze Schar von Investoren die Zähne ausgebissen hatte. Von hier aus ging es jeden Morgen mit Kleinbussen hinüber zur Schneise in der Schorfheide, dem Hauptspielort von ›The Old Man and the Sky‹. Hier sollte das ganze Drama stattfinden, die Liebesgeschichte zwischen dem Alten und seinem Biest, zwischen Hass, Eifersucht und glühender Leidenschaft. Für die Außenaufnahmen waren im Anschluss daran drei Wochen Drehzeit in den kanadischen Wäldern geplant, denn die Notlandung am Fluss konnte man schlecht an der Havel drehen und dem Publikum das Gewässer als Yukon verkaufen.

Heinz Hotopp klappte den Regiestuhl auf, auf dessen Lehne ›Jorg B. Raven – Director‹ geschrieben stand. Gern hatte sich Kevin Myers diesen Hotopp wieder als Aufnahmeleiter geholt, denn der hatte sich im Umgang mit Greg McBain tapfer geschlagen und selbst dieses Fiasko relativ unbeschadet überstanden. Jörg kam über die Lichtung gelaufen, setzte sich auf seinen Stuhl und schlug sein Drehbuch auf. Heinz Hotopp schaltete den Monitor ein, der auf einem Gestell vor Jörg stand. Jörg war kaum wiederzuerkennen: Er hatte einen Vollbart, trug ein weit offenes Hawaiihemd und eine Basecap mit der Aufschrift ›The Old Man and the Sky‹. Und zugenommen hatte er auch wieder ein wenig.

Aus dem Maskenwagen kam Jörgs Hauptdarsteller über die Lichtung herübergehinkt, in einer alten Fliegerkombi, eine Lederkappe auf dem Kopf, in den Händen einen Kaffeebecher und sein Drehbuch. Kaum war er, die aufgehende Morgensonne im Rücken, bei Jörg angekommen, fing er schon wieder an, mit verrauchter Stimme herumzumeckern: »Das ist viel zu viel Text! Wer will denn die ganze Scheiße hören? Jörg Raabe, ich hab seit dreißig Jahren nicht mehr gespielt!«

»Das verlernt man nicht, Zoltan. Wir wollten doch zusammen einen großen Film machen, oder?«

»Ja, das wollten wir. Aber andersherum! Ich inszeniere, du spielst!«

»Scheiß drauf, Alter, die Dinge ändern sich eben. Ich hol das Beste aus dir raus, glaub's mir. Kannst du den Text?«

Zoltan schüttelte den Kopf über diese alberne Frage und ging hinüber zu der Pitts, auf deren Motorhaube der Kameramann gerade mit Spanngurten seine 35-Millimeter-Ari-Kamera festzurrte. Zoltan kletterte auf den vorderen Sitz, schnallte sich an, und der Kameramann richtete sein Bild ein, und zwar so, dass Zoltans lederkappenumrahmtes Gesicht das Format komplett füllte.

Die Tür der Blockhütte ging auf, und Natascha trat heraus. Sie trug ihre graue Kombi – was sonst?! –, und Jörg winkte sie zu sich heran. Schon wie sie da über die Lichtung zu ihm herankam, heranschwebte – auch ohne Flugzeug! –, hatte Jörg das Gefühl, jemand gösse einen Schwall von purem Glück über ihn aus. Er stand von seinem Stuhl auf, nahm Natascha in die Arme und gab ihr einen liebevollen Kuss auf den Mund. Es war noch keine zwei Stunden her, dass sie in der Suite des Dorint-Hotels von Eberswalde den jungen Tag wie immer in den letzten Wochen mit einer kurzen, aber umso ungestümeren Morgennummer begrüßt hatten. Und wie nur Männer das können, schaltete Jörg schlagartig um von seiner halbdebilen Schwärmerei auf den gnadenlos sachlichen Ton des Regisseurs, zu dem Myers ihn gemacht hatte: »Also: Ich bin ganz groß auf der Fresse von Zoltan. Er ist sternhagelbesoffen, startet aus der Schneise heraus und hat dabei einen langen Monolog. Für die Aufnahme fliegst du, Natascha. Ich will, dass der Alte sich voll auf den Text und den gespielten Suff konzentrieren kann. Auf mein ›Action‹ machst du mit Vollgas los, und Zoltan beginnt mit dem Text. Und mach das Ganze bitte so, dass man dem Alten den Suff glaubt. Also richtig schön rumeiern beim Rollen und beim Abheben. Je näher du an den Bäumen dran bist, umso besser.«

Natascha lächelte, und schon wieder durchrauschte Jörg ein Schauer von Verliebtheit. Er war immer noch so gnadenlos verschossen in diese Frau, genauso heftig wie vor drei Monaten, als alles angefangen hatte. Im Gegenteil, es wurde eher noch schlimmer. Jörg riss sich zusammen und fragte nur: »Alles klar so weit?«

Natascha nickte und gab Jörg ein Küsschen auf die Wange. »Ziel erkannt, großer Chef. Kann ich sonst noch was für dich tun?«

»Jetzt nicht, später vielleicht.«

»Ja? Was denn? Vielleicht mal wieder ein paar Flugstunden?«

Jörg schüttelte grinsend den Kopf.

»Nascha, um die ganze Welt zieh ich mit dir, solange ich nicht wieder in so eine Kiste steigen muss.«

»Nicht mehr in die Kiste mit mir?«

»In jede Kiste der Welt, solange sie nicht fliegt.«

Natascha grinste und sah hinüber zur Pitts, wo jetzt alles für den Abflug bereit zu sein schien. Jörg nahm Nataschas Hand und zog die Geliebte ein kleines Stück zu sich heran.

»Und sei vorsichtig. Ich liebe dich.«

»Keine Angst, Jörg, ich weiß, was ich mache. Sonst wär ich nicht hier.«

Und noch mal gaben sie sich einen Kuss, Natascha ging hinüber zur Pitts, sprach kurz mit Zoltan und dem Kameramann, kletterte auf den hinteren Sitz und schnallte sich an. Dann startete sie die Maschine und rollte zum östlichen Ende der Schneise, wo sie mit laufendem Triebwerk und getretenen Bremsen stehen blieb und den Take-off-Check machte.

Kevin Myers stand hinter Jörg, der auf seinem Monitor Zoltan jetzt voll im Bild hatte. Der Ausschnitt war perfekt: Im Hintergrund sah man die Wälder, und man ahnte, dass der besoffene alte Pete seine Hand am Steuerknüppel hatte. Zoltans Gesicht spiegelte schon jetzt all den Suff und die ganze Verzweiflung dieses alten kanadischen Buschfliegers wieder, und zwar genau so, wie Jörg das haben wollte. Zoltan nickte in die Kamera. Er war bereit. Dass er sich den ellenlangen Text mit Lassoband unter dem Cockpit festgeklebt hatte, konnte Jörg auf seinem Ausschnitt nicht sehen.

»Dann guck mal genau zu, wie ich dir das spiele, mein Kleiner!«, sagte Zoltan in sein Mikrofon und grinste Jörg vom Bildschirm des Monitors herab an.

Aus dem Funk tönte Nataschas ›ready for take off‹, und Jörg rief: »Ton ab!«

»Läuft!«

»Kamera!«

»Kamera läuft.«

Das kurze Flimmern auf dem Videoschirm zeigte Jörg, dass die Kamera mit 25 Bildern pro Sekunde schnurrte, der Bildausschnitt war optimal.

»Und Klappe!«

Die Klappe wurde geschlagen, und Jörg wartete noch genau den kleinen Moment, in dem Zoltan regelrecht zu Pete mutierte.

Dann rief Jörg laut: »Action!«, und Natascha schob den Gashebel nach vorne. Der 300-PS-Conti brüllte laut, verstärkt von seinem eigenen Echo zwischen den Bäumen. Zoltan krakeelte mit versoffener Stimme los, während sich hinter seiner Lederkappe der Wald zu bewegen begann, wackelnd, schwankend, immer schneller wurde, als der Alte sein Flugzeug schlingernd zwischen den schwarzgelben Mülleimern vorbei die Schneise entlang zu treiben schien und dabei aus Leibeskräften brüllte: »Ich bin kein altes Eisen, verflucht noch mal! Der alte Pete, der scheißt euch was! Lieber will ich verrecken, als unten zu bleiben. Fliegen werd ich mit dieser Kiste, bis mir der Sargdeckel von oben auf den Kopf fällt!!«

Klar kam Zoltans Stimme über die Kopfhörer herüber, der Text stimmte präzise, und was Jörg auf dem Monitor sah, das war sensationell. Bis in die letzte Faser seines Gesichts nahm man ihm den alten Buschflieger Pete ab, der gespielte Suff stimmte bis in die kleinste Nuance.

»Yeah, Jorg, er hat die Fresse! He's got the face! Und er kann spielen, der alte Mistkerl!«, rief Kevin Myers begeistert, der jetzt hinter Jörg stand und auch gebannt auf den Monitor starrte. Jörg sah vom Monitor auf, blickte kurz zur Realität der Schneise hinüber, an deren westlichem Ende sich die Pitts jetzt wackelnd vom Boden hob, am Blockhaus vorbei an Höhe gewann, noch einmal durchsackte – Natascha ließ es wirklich krachen, fliegerisch! –, dann plötzlich, wie tatsächlich von einem Besoffenen gesteuert, steil in die Höhe schoss, mit wackelnden Tragflächen kaum mehr als ein oder zwei Meter schlingernd von den Baumspitzen entfernt. Jörg sah wieder auf den Monitor, und Zoltan ließ nicht nach, nein, der Alte legte noch zu: Petes Text kam mit solcher Prägnanz und Heftigkeit, als hätte Zoltan nie etwas anderes gemacht, als jedes Jahr einen Film zu drehen und einen Oscar dafür einzusacken.

Und dann geschah es. Einfach so, völlig aus dem hohlen Arsch, ohne Vorwarnung, von hundert auf null. Der Motor der Pitts blieb stehen. Kein Stottern, kein Spotzen, nur Qualm und Stillstand. Totalausundvorbei. Um Jörg herum war nur noch diese plötzliche Stille, die so unendlich viel lauter war als das Brüllen des 300-PS-Contis, das bis zu dieser Sekunde über der Schorfheide getobt hatte.

Zoltans Gesicht auf dem Monitor hatte aufgehört zu sprechen, war verzerrt zu einer Fratze der nackten Angst. Aussichtslosigkeit. Jörg konnte an den immer langsamer vorbeiziehenden Bäumen erkennen, wie Natascha wohl versuchte, das verdammte Quäntchen an Höhe, das die Pitts über dem Wald hatte, zu nutzen, um die Geschwindigkeit auf das Minimum zu reduzieren, bevor sie und Zoltan mit dem roten Flugzeug unweigerlich in die Bäume stürzen würden. Eine andere Chance hatten sie nicht. Nicht im Steigflug kurz nach dem Start. Da hat man keine Chance.

Es war alles eins: der Sturz in die Bäume, den Jörg auf dem Monitor sah, Zoltans schreiendes Gesicht, und im nächsten Sekundenbruchteil die Explosion und der Feuerschein im Wald, im selben Moment, als das Bild auf dem Monitor kläglich verreckte und die Übertragung des Tons abbrach. Was blieb, war Rauschen und Flimmern. Heinz Hotopp lief los, auf den Wald zu, dorthin, wo man die Flammen lodern sah, und Kevin Myers und all die anderen rannten ihm hinterher.

Nur Jörg blieb sitzen und starrte auf den gnadenlos grau flimmernden Monitor. Wie in Slowmotion stand ihm sein Beinahe-Abgang als Gratsch über dem Meer vor Augen, vorgetäuscht, inszeniert und einen Meter über dem Meer abgebrochen und überlebt. Aber dieser Absturz hier über den verfluchten Schorfheidewäldern war nicht abgebrochen worden. Dieser Crash war nicht vorgetäuscht, erlogen oder inszeniert, der war einfach nur beschissene Realität. ›Den Unfall konnte keiner der beiden Insassen überleben‹, würde lapidar im Bericht der Flugunfallkommission stehen. Niemand konnte so einen Crash in die Bäume mit anschließender Explosion überleben. Auch nicht Zoltan. Nicht einmal eine Göttin wie Natascha. Nicht im Steigflug, kurz nach dem Start, mit nichts als Wald drum herum. Da hatte man keine Chance. Ende. Aus. Ground Zero.

Jörg sagte leise »Aus und danke!« und schaltete den Monitor ab. Das Rauschen verstummte, das Flimmern erlosch.

Jetzt war Gratsch endgültig tot. Und wie er, Jörg, diesen letzten Absturz überleben sollte, ohne den Alten und ohne seine Göttin, das wusste er nicht. Wie ein irres Lachen schoss ihm Gratschens bescheuerter Spruch durchs Hirn, dass einer böse war, der keine Angst mehr hatte, Freunde zu verlieren. Die Freunde hatte er verloren. Und trotzdem hatte Jörg Angst, nur noch Angst, nichts als große unendliche schwarze beschissene Angst.

Danksagung

Dank für ihre Hilfe sage ich den Fliegerfreunden von der Spreeflug und dem Flugplatz Fürstenwalde, meinem Fluglehrer und Graphiker Matthias Fischer, Marc Terjung, Rampensau, Jekatarina Oertel, meiner Lektorin Regine Weisbrod und nicht zuletzt dem Verlag.